U0682136

2016 中国报告文学年选

中国报告文学学会 主编

何建明 编选

南方出版传媒
花城出版社
中国·广州

图书在版编目（ＣＩＰ）数据

2016中国报告文学年选 / 中国报告文学学会主编；
何建明编选. -- 广州：花城出版社，2017.1
　（花城年选系列）
　ISBN 978-7-5360-8194-9

　Ⅰ. ①2… Ⅱ. ①中… ②何… Ⅲ. ①报告文学—作品
集—中国—当代 Ⅳ. ①I25

中国版本图书馆CIP数据核字(2016)第296145号

丛书篆刻：朱　涛
封 面 图：明皇幸蜀图

出 版 人：詹秀敏
责任编辑：蔡　安　欧阳蘅　李珊珊
技术编辑：薛伟民　凌春梅
封面设计：庄海萌

书　　名	2016 中国报告文学年选
	2016 ZHONGGUO BAOGAO WENXUE NIANXUAN
出版发行	花城出版社
	（广州市环市东路水荫路 11 号）
经　　销	全国新华书店
印　　刷	广东新华印刷有限公司
	（广东省佛山市南海区盐步河东中心路 23 号）
开　　本	787 毫米×1092 毫米　16 开
印　　张	21　1 插页
字　　数	350,000 字
版　　次	2017 年 1 月第 1 版　2017 年 1 月第 1 次印刷
定　　价	39.00 元

如发现印装质量问题，请直接与印刷厂联系调换。
购书热线：020 - 37604658　37602954
花城出版社网站：http://www.fcph.com.cn

目录 contents

精彩现场

丰收季节里的喜与忧

——2016 报告文学年选序

一直以来，历史和现实就是报告文学作家创作的两大维度，报告文学的大地因它们的浇灌，枝繁叶茂，硕果累累。无论时代如何变革，报告文学已经深深植根于民族和人民生活的血脉，报告文学因此也具有经久不衰的活力。所以，展现历史和关照现实的优秀作品，依然是今年报告文学年选的重点。每年这个季节，我们在整理一年的文学创作时，总有不少喜悦。确实也是如此，在"中国故事"遍地的时代和民族，你不可能看不到方方面面令人激动和欣喜的事。报告文学作家承担着把这些"欣喜"拾起来，再编织成诗意的文字，这便是2016年的报告文学成就——

2016年是纪念中国工农红军长征胜利80周年，许多作家围绕这个主题创作了一大批作品，战争题材的报告文学创作经过多年的发展也进入到一个深化的阶段。由大历史到小人物、由过去到现在、由革命大家到革命小家，这一年的战争题材书写无论从格局、视角、叙事都令人耳目一新。

《赤澜1929》更多地开始关注普通人或小人物的命运与遭际。在波澜壮阔的中国革命史中，安徽金寨是个绕不过去的历史重镇，千万个金寨儿女为中国革命历史进程浴血奋战，这些在教科书里没有甚至可能永远长埋于献血土地下的人物故事，如今让我们了解、熟知，感叹，敬仰。

与金寨类似的还有小布镇，小布镇曾经是中国红军长征的出发地之一，与金寨相比它的"名声"更鲜为人知。《小布的风声》则把这样一个鲜为人知的江西宁都县的小布镇的革命故事通过作者细腻的笔触和优美的叙述呈现给读者，具有独特的艺术感染力。与《赤澜1929》不同的是，它把视角转到现实，采用历史和现实相交织的叙述，通过今非昔比的手法，真实地展现了革命老区的山乡巨变，是今年在描写老区新貌上为数不多的优秀作品。

《杨氏家国梦》则另辟蹊径，抛开战场，以清末民初和新民主主义革命为时代背景，从杨淮清的视角，通过全景式的叙写呈现杨氏一家人在80年间家庭的兴衰和起伏的人物命运。以小见大，通过革命小家深刻反映中华民族的命运走向和时代变革，这部家教家风的故事成为当时千万个有志之士的家庭的缩影。作为极少反映杨尚昆、杨白冰一家的忠烈与非凡的作品，这篇"领袖家风"值得一看。

关照社会现实一直是报告文学创作的主流。在中华民族实现中国梦这一征程上，中国在各方面取得的成就令世界瞩目，各族人民不断拼搏，在各自领域努力进取，创作属于自己的中国经验和故事，报告文学有太多值得去反映和抒写。因"选编"篇幅有限，只能挂一漏十了。

《中国速度—中国高速铁路发展纪实》记录了中国高速铁路从建设之初一直发展至今的全部过程。从一定意义上讲，中国高铁的速度就是中国发展的速度，中国高铁发展的纪实也是一部改革开放后中国实现腾飞的史书。科技的飞跃发展为中国向中国梦的征程上提供了坚实的动力支持，这样的中国故事需要宣扬，理应为更多的人所了解和熟知。

《生命的守望者》则聚焦道德模范人物，描写了65岁的朱清章三十年如一日照顾植物人养母直至其苏醒的孝心故事。在推动全社会道德建设的今天，这部作品弘扬中华民族的孝悌观和传统美德，是正能量的传递，是一部发扬中国精神、凝聚中国力量的好作品。

《水土中国》是一部以水土保持综合治理及生态建设为主题的报告文学作品。建设美丽中国离不开生态文明的建设，中国水土流失的现状凸现，如何更好地保持生态环境关系着国计民生。近年来水利题材的报告文学出现，《水土中国》就是今年水利题材作品的代表。

因以文学形式及时报告社会生活中重大意义的人和事，报告文学素以文学上的"轻骑兵"著称。随着人们获取信息的方式多样化，报告文学作家直击现场的创作能力减弱，但今年仍有几部佳作频出，《中国时刻—中国援非检测医疗队抗击埃博拉实录》就是一部直击中国援非抗击埃博拉疫情的现场实录。值埃博拉疫情在西非爆发之际，面对这种人类束手无策的感染性强、死亡率高的病毒，中国依然选择坚定地与非洲人民站在一起，共抗疫情。该书在世界面前展现了当代中国的形象，也体现了中国作为负责任大国的担当。

此外，《"国之重器"诞生记》《中国老兵安魂曲》《上海的另一种叙事记忆》《于阗王子——兖州兴隆塔佛祖金顶骨真身舍利之谜》《断翅天使飞》等，在此不再——赘述，它们各自的优点，同样值得我们去关注和阅读。

以上选取的只是今年报告文学优秀作品的一部分，抛砖引玉，更多的报告文学精品佳作等待我们齐发现、共分享。

纵观本年度的报告文学创作，我感觉收获的是：这三年，经过中国报告文学学会和同仁的共同努力，我们的创作队伍确有"茁壮成长"、"势不可挡"之势！没有比这更令人欣慰的。尤其我看到像陈启文、孙学丽、陈新等以前的小说家，现在加入报告文学创作队伍后，出手不凡，佳作频出，干劲冲天，真是喜哉！

但同样，也有几点不满之处：比如特别叫得响的作品不多，在文坛之外公认的令人喜欢的作品不多，题材和创作艺术上让人能眼前一亮的作品不多。这几个"不多"就是一份忧思了。说明了什么？说明了我们的创作者局限性还比较大，视野不够宽阔，"手艺"不够精湛多样。其实，在当今中国社会里，可写和可以写好的题材绝对不乏，问题在于创作者自己。现在急就之章、重复书写的太多，包括我自己在内，开拓题材，开拓一部作品的"内控"创作时间，都需要调整和精细，这是我的期待与自勉，也是广大读者的期待与希望。

2017 年，一定是个大丰收年！

赤澜 1929

舟扬帆　刘鹏艳

一　为什么是金寨

1929 年金寨的立夏节暴动，与 1919 年的五四运动有一脉相承的关联。

以青年学生为先导的五四运动从北京爆发启始，远在大别山脉深处的麻埠、流波疃、燕子河、南溪、斑竹园、金家寨等小学、笔架山农校、禅堂蚕校的师生便举行了集会、游行等声援活动。在外地任教或求学接受了革命思想的金寨籍师生陈绍禹（王明）、蒋光慈、罗固城、袁汉铭、李梯云等进步知识分子，都发挥出了各自的影响，并不断地将《向导》《新青年》《新潮》等刊物传入金寨。

1924 年蒋光慈从莫斯科回国返乡，发展他的小学启蒙老师——志成小学读书会组织者詹谷堂加入中国共产党。同年秋，金寨县的第一个中共党支部成立，詹谷堂任书记。

从 1926 年底起，金寨地区党组织便陆续挑选部分农协组织中的共产党员去武汉黄埔军校、农民运动讲习所学习。到了中共"八七"会议之后，在武汉、开封、安庆和芜湖工作、学习的金寨籍共产党员们回到家乡。这一批人大都上过学堂，见过世面，能文宜武，理想远大。这时金寨大多数地区都建立起了农民协会，乡村的治理结构急剧改变，形成了一股热气腾腾的"一切权力归农会"的新型局面，到处开展抗租抗债、减租减息运动，特别是"耕地农有"的愿景在大众中深得人心，为今后长期的土地革命斗争奠定了乡村社会的民意基础。

1929 年 5 月 6 日，农历三月二十七日，立夏。我们无法查询那天的气象资料，如果白昼无云，立夏的阳光会从黄经四十五度隐隐不安地照射着后来被规划为金寨的地区。然而即使晴空万里，那也是一个几乎没有月光的晚上，夜色愈来愈深，夜幕越来越沉，空气紧张到了极点，终于，立夏节革命武装暴动的枪声，在十一个地点激动人心地打响了。

不对，立夏节暴动不止十一个点。廖家同说，应该是十四个点。

廖家同退休前是金寨县斑竹园镇文化站站长，大约工作的原因，琴棋书画他都可以拿得出手，张口也能来段大别山民歌。这位前站长还是一名资深的金寨红色文物收藏及红军历史研究者，从 1973 年起他便开始收集这方面的实物或口述材料，长年累月地奔走在乡间村镇进行田野调查，四十多个春秋过去，他无疑是打捞红色历史碎片的弥足珍贵的民间先行人。

当然，廖家同首先居有地利之便。在波澜壮阔的中国革命史上，金寨是个绕不过去的历史重镇，鄂豫皖边区著名的"黄麻""立夏节"和"六霍"三次大规模革命武装起义，后两次都发生在金寨境内，这片位于大别山腹地的红色热土，因此成为中国革命的重要策源地和人民军队的重要发源地。

《金寨红军史》记载，1929 年的立夏节暴动是在丁家埠、李家集、南溪、吴家店、包家畈、斑竹园、沙堰、沙河、西河等十一个地点举行。但是廖家同持有异议，按照他的看法，暴动的地点应该是十四个。

我们经过仔细比对后发现，实际上"红军史"上的十一个暴动点，基本也包括了廖家同的十四个点在内，两者之所以形成统计学上的误差，是由于认定的方法不同而造成。哪一种方法论更科学、更严谨姑且不论，至少，他那种修复历史记忆求真存疑的个人执念是值得肯定的。

我们最先就是从廖家同口中，听到集中在这么一个姓氏身上的红色冲动的。

在中国的百家姓中，"漆"字大概只能算作一个名不见经传的小姓，但是不管谁走到金寨县斑竹园一带，无论如何都不敢小视漆氏家族。亦不管是现在、民国还是前清。

漆先航，字袖海，号任之，历任河南巡抚参议员、省咨议局议员、河南省长葛县知县、陆军18师执法处处长、湖北省荆州府镇守使书记官、四川省夔州府书记官、征收局局长。在漆氏后人一篇缅怀其曾祖父漆树人的文字材料中，这是位被百姓称为"漆青天"的老先生，是忧国忧民，正值英年"不愿与狼共舞，毅然辞官还乡，以满腔热血投身到大别山革命事业中来"的传奇人物。

关于辞官，最贴切地反映了漆树人思想状况的可能莫过于他的《思归》：

半雅亭边雁阵斜，入来蜀道向天涯。
春前怕树忘忧草，雾里仍看解语花。
生事艰难疲战乏，冷官最易老年华。
司农最是翁常熟，归去与农话桑麻。

看透世事心灰意懒的漆树人返还家乡时，可能不会想到今后他将必然地走进斑竹园红色风暴的台风眼。《金寨红军史》中的漆树人是位着墨不多的开明乡绅，在有限的记载里有这样一句："斑竹园、果子园农民协会开会时，大绅士漆树人、徐朗山都在会上发言，支持农民协会活动，带头减租减息。"还有一段："1928年冬，首先由周维炯、漆德玮做漆树人的工作，动员他将他们带领的3个班农民武装参加到杨晋阶民团中去……漆树人也认为这是发展他个人势力的上策，更相信周维炯和漆德玮的才干，所以同意了。"

漆树人的曾孙漆重诚告诉我们，他曾祖母去世的时候，曾祖父漆树人把漆德玮、周维炯等族内子侄都唤了去。后者则借此机会建议漆树人想办法搞枪，建立自卫队。于是漆树人找商城县县长李鹤鸣借了十几条枪……这件事在《金寨红军史》里有相应的记载，区别在于史料上写的不是"李鹤鸣"，而是"柯干甫、柯寿恒"，此外漆树人还将在武汉买的六支枪也一并交给了漆德玮和周维炯。漆树人对两个年轻人说，你们想干什么事，我不反对，但是我已经到了这把年纪，你们就不要给我增加麻烦了。其实漆树人知道他们在搞共产党，也知道自己的两个儿子漆德玙和漆德斌都加入了共产党，不过佯装不知而已。这位德高望重的老太爷不反对红色运动，但也不希望把事情惹到家里。

有价值的历史在于历史的真实，对漆树人以及当年那些与他类似的有财产、有地位的乡绅进行读解，离不开对总体历史境况和个体文化视角的考量。实际上漆重诚和我们都无法还原当年漆树人面对革命时的复杂心态，一方面他是政权体制（虽然有些失望）的"旧臣"，且在体制笼罩下续延尊荣的一名体面的乡绅；另一方面，他的骨肉血亲的儿子们，偏偏又都义无反顾地选择了要彻底砸烂这个体制的不归之路。

我们相信，在树影葱茏的斑竹园小河村，在多少个阴晴圆缺的月夜里，漆树人有过许许多多辗转难眠的时刻。老先生的文化、阅历和见识使他对"革命"及其代价的了解多于常人，他清楚革命是危险的，弄不好就要掉脑袋，走出家门很可能再也回不来。同时他还明白，包括他两个儿子在内的绝大多数革命者踏上了这条道，就算十头老牛也拉不回头了。也就是说，事关这双重"不归"的现实思考，或许还需要确认他精神基因里中国传统文人的家国情怀，最终决定了漆树人在1920年代对待革命的态度。

我们无意讨论漆老先生对革命的动因与忠诚，事实上，"革命"从来就不是个边界清晰的话题，我们现在看到的关于革命的宏大主题，是由当时每一个具体的微个体来阐释的。漆树人的个人选择无关革命的成败，但正是无数个漆树人，构成了波澜壮阔的革命历史画卷的一个精彩部分。无论是自觉地投身革命，还是被席卷或裹挟，他们都客观地成就了一部空前绝后的红色史诗。

何况，他除了"不反对"，还做了一位革命者的父亲所能做的一切，并承受了参加革命的儿子"不归"之后，一位父亲所需要承受的一切。

斑竹园有一个村庄，叫"老鸹窝"。在中国的民间文化中，乌鸦被寓意为晦气的象征，是一种不祥之鸟。曾经我们对诸如地主一类的文学形象，有一个放之四海妇孺皆知的比喻，叫做"天下乌鸦一般黑"。说来奇怪，连乌鸦的别名，各地也是"天下一般黑"地统称为"老鸹"。

后来我们知道，老鸹窝村真的给当年风声鹤唳的旧世界招去了许多晦气和不祥。

漆先涛是老鸹窝村人，出身地主家庭，他本人先是私塾先生，后在笔架山农校和火神庙列宁小学都教过书。我们习惯性地在《金寨红军史》里寻找了一下，没有看到关于漆先涛的记载，可见他不是一个被历史特别关注到的有名人物。历史的经纬脉络网格粗疏，被筛漏的永远都是无足轻重的细微碎片。在很多时候碎片当然无关乎历史宏旨，可是对于某些人或某个已经消失了的事件来说，碎片也可能就是他或它历史的全部。

我们静静地瞧着漆仲存——漆先涛的曾孙，仿佛与历史相对而视。我们想象，那年那月的那一天，那位名叫漆先涛的私塾先生出现在老鸹窝的村头，独自行走在乡间的小径上，他眉头皱成肃杀的"川"字，胸中似有重重的心事。正值春夏之交，草木葳蕤，路边的婆婆纳开得绚烂惹眼，这些豆粒大小的野花，单个看来柔弱无比，聚合起来却有嚣张之势，犹如簇簇幽蓝的火苗，蓝森森地烧遍了大块田径。展眼便能望见漆家的村庄，那连成一片的田舍蔚为大观，漆先涛回头看看，掸了掸青色的长衫，不禁加快了步伐。

"周维炯为什么参加了共产党？就是在我老太漆先涛的教育下。"66岁的漆仲存提起他曾祖父时，略显激动，"我爷爷漆德玮和周维炯参加了地下党，那时候叫'黑杀党'，当地人最初不叫共产党，那是后来公开的名字，夜里杀人，所以被地主大户叫做'黑杀党'。"

周维炯、漆德玮都是立夏节起义的领导人和金寨红军最早的创建者之一，两人先后担任过红32师师长，分别出任过红11师、红2师师长等职务。前者被错杀于"肃反"，后者是被派往中央苏区后，在一次战斗中牺牲。

对于晓伏夜出的革命者，农民漆仲存似乎并没有太深刻的理解，在他看来，贫农的儿子周维炯和地主的后代漆德玮能够成为同一战壕的手足兄弟，并不是仅仅依靠马克思主义这根信仰的红线就能够维系的，更多的可能还是曾祖漆先涛的人格魅力，他教育和熏陶了一代革命者，使马克思主义成为影响一个少年终生的理想和血液因子。

周维炯是漆先涛的外甥。漆家虽为大户，倒也不曾威福乡里，礼薄亲友。贫农周德怀运气好，娶的是漆家的姑娘种的是漆家的地，尤其是借近水楼台之便，他能把七岁的长子周维炯送到漆家塾馆跟着妻舅识字念书，好歹这一辈子不再像他那样斗大的字不认识两稻箩。在所有的学生中，漆先涛最是钟爱这个聪颖敏思的外甥，不过周德怀也万万没想到，正是这个在笔架山农校接受进步思想洗礼的妻舅，胸怀天下地引导着他的儿子，最终把一家人都送上了始料未及的另外一条道。

那，可是一桩弄不好要杀头的差事啊！

在文化知识水平普遍低下的1920年代的中国，赤贫的无产者并没有多少能力教育自己的子女接受先进的革命思潮，至少在金寨，这一历史重任在相当程度上首先是由一部分地主家庭承担起来的，恰恰是那些有产者最早传播马克思主义，开始义无反顾地"革"自己所属阶级的"命"。如果没有漆先涛的早期启蒙和进步思想的影响，很难猜想后来的周维炯将会步往怎样的人生方向。周维炯兄弟四人，他排行老大，老小在家照料父母支撑户门，老二和老三两人以后参加的都是国民党的地方武装。现在我们已经寻找不到任何历史佐证，来复原当年同一个屋檐下兄弟阋于墙的场面，红军周维炯后来与他那两个白军兄弟是否见过面，以及双方见面可能会发生点什么或者什么都没有发生？一切不得而知，所有都湮没于年复一年春秋落叶的尘埃之下。在国共双方你死我活的阶级斗争中，这个家族简直就是一段一言难尽的历史缩影。

我们无法穿透历史的迷障，去直接与把身家性命都置之度外的革命者的心灵对视。我们今天只知道，漆先涛，这个地主家庭出身的私塾先生，甘愿放弃优裕的生活前景，甚至不惜担待杀头的匪逆之罪，教育子侄走向了当时还是重重暗夜的革命道路。

漆先涛有四个儿子，漆德玮是长子。

作为漆德玮唯一的后人，漆仲存没有见过他那位担任红军师长的祖父，实际上就连他的父亲对漆德玮也没有任何记忆。漆仲存说，祖父牺牲时年仅21岁，他最后一次来家，父亲才3个月大，祖父在家里待了不足一个时辰。

那日一队红军蓦然出现在老鸹窝村，漆德玮将队伍安置在不远处的石桥湾河边，带着两名卫兵朝家里走去。这一天，他的儿子出生有三个月了。他见到妻儿亲人时的情景细节如今已不可复制，何况他也没能在家待多大一会儿，河边便鸣枪催促他该起程了。形势不太好，强大的敌人正在逼近。漆德玮离家前的最后一句话是和母亲说的："妈，我走了……妈，你们把家里的田给没有田种的人家种，房子给没有屋住的人家住……"

匆匆地来，匆匆地去，从此儿子再未归。儿子临走时的那句话，母亲一直记到了死。

漆德玮有一匹白马，在一次战斗中受伤不能跟着部队转战了，他舍不得这个一同出生入死的伙伴，派人将马送到住在墨园的岳父高鲁钦家去养伤。养了一个多月，形势变得越发的恶化、紧张，周围乡邻都知道老高家有一匹共产党的马，高鲁清不敢再继续养下去，把马杀了，将马腿送到老鸹窝村算是给亲家报个信。漆先涛一见到马腿，整个人就软了，倏然放声大哭，说马倒了，儿子回不来了……马倒了，儿子一定回不来了……号啕，泪如雨下。

二 婚礼与洞房

中国共产党人最艰难的，是1927年。那一年给我们留下了触目惊心的历史记忆，以4月12日的上海和7月15日的武汉两个血光凶煞的标记为转折点，手握军队的蒋介石、汪精卫国民党政权突然动手反共、清共，施行白色恐怖，全面捕杀共产党员和镇压工农运动，宁可错杀一千，不能错过一个，全中国的共产党人牺牲了百分之八十，大部分的组织机构遭到破坏。

后来的教科书上一般这样表述：轰轰烈烈的大革命失败了。

上世纪七十年代电影《闪闪的红星》里面有一句台词家喻户晓，大地主胡汉三跟随国民党军队回到村庄，将乡亲们全部赶到打谷场，把憋着一肚子的仇恨都凶狠地嚷了出来："我胡汉三又回来了，你们拿了我什么，给我送回来！吃了我什么，给我吐出来！"就是那一段历史镜头的重现。

麻埠、流波瞳、燕子河、斑竹园、丁家埠……云阴了，天变了，白色恐怖宛如一股逼人的寒流凛冽地掠过山川原野和人们的心房。

皖西的雨季让人有些杌陧、惊骇，天与山、山与水都仿佛被雨幕缝合成为一体，山洪如野马奔腾般地怒吼着，似乎随时可能把阻拦在它前方的一切撞碎、吞没。对于习惯于城市生活的我们来说，大别山里的那些被时光洗出琥珀色的故事，尤其令人着迷，可是2016年的雨季来得非同寻常，它呼啸滂沱地携来了突破历史极值的降雨量，一度使我们的采访中断。在那些各处紧张于抗洪抢险的日子，我们焦灼不已地继续着对金寨红军史的探访和思考。这时一位朋友的微信推送引起了我们的关注：

这是一个真实的故事，故事的主人公就是我们的大爷大奶，他们新婚当天，我大爷奉命出征，激战三天三夜，后牺牲，年仅22岁，而我美丽贤惠的大奶，亲耳听到大爷牺牲的消息，当场喷血而去！（俗称一口恼）年仅20岁，多么美丽的年华，多么年轻的生命，就这样走了！每年的正月十五和清明，我们都会怀着无比的思念和敬仰去看望他们，每次，我都泪流……

战争，爱情，人性，我们立刻意识到，这可能正是我们一直在寻找的素材。我们当即通过朋友联系到微文的作者周晨女士，进行电话采访。

"我大爷叫张传楷，南溪镇麻河村人。"周晨说，"他老人家是1910年出生，1932年牺牲的。大奶的全名叫余嗣明，1912年生，和大爷同年去世。"

周晨管张传楷和余嗣明叫"大爷"和"大奶"，她的公公张家驹是张传楷和余嗣明的继子。"我公公一出生就过继给了大爷，他们原本是叔侄。"周晨解释，"当时大爷和大奶都已经不在了，是大爷的父亲担心他们这一支绝后，才代立了继子。"

在金寨县档案馆出具的《换发、补发〈革命烈士证明书〉调查登记表》上，张传楷烈士参加革命的时间是1929年3月。1929年，又是那个春雷般爆发的年份，不难想象，在那一年张传楷是如何在赤浪滚滚的暴动中心跨入革命战壕的。他一定参加了著名的立夏节起义，在禅堂、吴家店、南溪、丁家埠一带与地主武装进行过殊死的混战，他以19岁的热情参与了豫东南革命根据地的开拓，在多次反"会剿"中把《八月桂花遍地开》唱响了大别山。1932 年，这位红 25 军 73 师 254 团的营长（请注意这里的身份，引自 1985 年 8 月金寨县人民政府批准填报的《换发、补发〈革命烈士证明书〉调查登记表》），在霍邱县的无阳集（请注意这里的地点，同样引自上述登记表）因战牺牲，把年轻的生命定格在如火如荼的 22 岁。我们无法查证到张传楷更多的讯息，经过近一个世纪的沧海桑田，历史已经模糊不清，甚至就连由金寨县人民政府替张传楷烈士立下的黑色大理石墓碑，都对历史的精准性显出某种自嘲式的无奈。那块镌有红色五星和金色碑文的墓碑这样写道："张传楷（1910 – 1932），男，汉族，中共党员，南溪镇麻河村人，1929 年参加革命，红 25 军 75 师 224 团第三营营长。在四道河作战牺牲。"

张传楷、余嗣明夫妇的故事首先打动了我们，让人忍不住就想落笔，但是经过再三考量之后，我们还是决定放弃重述这个故事的急切愿望，暂且只把历史引述到这里。我们认为那篇张传楷烈士的孙媳妇周晨女士撰写的微文——由老一辈人口口相传的家族往事，可能更能代表某种历史的真实。

也许这是一个平凡而又老去的故事，但是它凄美，而又伟大。它震颤着我们这群浮躁的心灵！

那么简单的仪式，甚至，英都没有一条新裤子，一双新鞋子，只有一件鲜红的碎花小袄，却衬托出了洋洋喜气。没有新房，没有新床，没有新被子，可是英的心里却是满满的。满满的幸福，满满的渴望！因为今天，她要嫁人了，嫁给那个让她脸红心跳的男人，楷。

坐在床沿的英，娇羞地低着头，手指轻轻绕着她那又黑又长的秀发，心中，眼底，全都是楷！能嫁给心心相印的人，是多么的开心，英觉得满满的快乐和幸福都快要挤破她的胸膛冲出来了！

"回来了！"谁喊了一声，英一激灵，从床边站起，带着羞涩和快乐走出房间。是的，回来了。屋外，葱翠的绿树，微风佛面，稻场边的花儿尽情开放，枝头的鸟儿竞相歌唱，浓绿的大树下面，他回来了。

那样雪白雪白的一匹大马，那样英俊伟岸的他，就那么骑在马背上。那浅灰的军装，破旧，但，在他身上，挺拔，半旧的军帽，戴在他头上，俊朗！那样浓的眉毛，那样挺直的鼻梁，那样英气逼人的眼睛正紧紧地看着英！英一阵晕眩，莫名地手足无措，心跳的声音像鼓点在耳边响起，震得英心慌意乱！楷轻盈地跃下马背，径直走向英，伸出那双又粗又大长满枪茧的大手，温柔地牵起英的手，深深地盯着英："我回来了，进去吧！"英傻傻地转身，跟他进屋。

简单的仪式，但是在楷和英的心中是最隆重的婚礼；简陋的新房，在楷和英的心里是最美的天堂；亲人战友的祝福，是楷和英收到的最珍贵的礼物！

　　楷满足地牵着英坐在床沿，爱怜地看着温柔的英，看着她秀丽的眉眼，红润的脸庞，小巧的嘴儿，他想把她看个够，看进心里，印进脑海里，融入灵魂里！因为他知道，他不能给她他该给她的一切，他不能陪她太久，也许只有一晚，也许一晚也没有，因为，他是一名优秀的红军战士！革命需要，他随时就要离开她。"嫁给我，会后悔吗？""不！"英猛地抬起头，明亮的眼睛闪着坚定的光。楷一把拉过英，让她偎进自己温暖的怀里，下巴轻柔地触着英的额头，那双大手轻轻地抚摸着英又黑又长的辫子。幸福像一道光环，紧紧地锁着这对沉醉的新人。多么多么希望，希望时光就此静止……

　　一声号声，是的，一声集合的号声，穿过葱翠的树梢，穿过小小的稻场，急速地传进楷和英的耳朵。刹那的惊愕之后，楷和英站了起来，英理理楷的军装，正正他的军帽，踮起脚尖，狠狠地亲了一下楷的唇角，拉起他的手，快步走出新房。

　　那匹雪白雪白的大马，正立在屋前，楷瞬间的不舍，在眼底划过。他快速地跨上战马，回头，帽檐下那双英气逼人的眼里流露出穿心般的疼爱和温柔，他要再看一眼，再看一眼亲爱的爱人！转过头去，楷握紧了缰绳，挺起胸膛，那双英气逼人的眼里，充满了正义与责任！他要上战场了，亲爱的爱人，再见！那匹充满灵性的大白马，竟然在飞奔的一瞬，对着英眨眨眼睛，甩甩耳朵，然后载着楷飞奔而去……它也知道向这位新婚的妻子告别！

　　英呆呆站着，胸前的辫子还在不停地晃动，手上还有楷的体温，脑海里还是楷那穿心般的疼爱和温柔。她知道楷不能陪她太久，她早就做好了准备，但是她不知道这么快，楷就奔赴战场了，还没有甜言蜜语，还没有儿女情长，还没有洞房花烛夜，还没来得及将心中的爱恋倾诉……英雄又奔赴战场了！可是英并不觉得难过，她仍然是满满地幸福着，只是将幸福变成揪心的等待！

　　英的等待，充满了惊慌，因为外面的枪炮声那样激烈，充满了不安，因为那场战斗是那样的残酷艰难！每一声枪响，每一声炮响，都在英的心头炸开！英颤抖地等待着，无助地等待着，撕心裂肺地等待着，祈祷着……等待着枪炮声能停止，等待战斗早点结束，等待新婚的丈夫早点归来……

　　像是等了几生几世那么长，响了三天三夜的枪炮声终于渐渐平息了。离家几十里外的泗道河，硝烟染黑了碧蓝的天空，鲜血染红了绿树黄土，血腥改变了空气的味道，那场战斗太残酷太艰难了！战场上下来的战士，让每个人的心都疼到颤抖，他们又胜利了，可是他们付出的代价让人们不忍目睹，心，都疼到无语！

下一场战斗又要打响了，战士们从门前的那条土路经过。没有找到楷的英，站在路边，穿着她鲜红的碎花小袄，梳着美丽的大辫子，她要挨个地问遍所有的战士，她的爱人，丈夫，英雄，楷怎么没回来？

先走过的战士告诉她，在后面。英的心像春天的小鸟，欢欣雀跃，激动得小脸通红。后来的战士告诉她，不太清楚。英的心像被千万条锁链锁紧，紧到窒息，呼吸都困难！最后，英看到和楷一个营的战士，她兴奋地向他的身后、身边看去！她多么渴望那个身影能够出现，哪怕他受伤了，哪怕他少了一条胳膊、一条腿，只要他出现，出现在英的眼前！英使劲踮起脚，向战士的身后看去，没有！再使劲地揉揉眼睛，再看，还是没有，那个战士的身后已经没有人了！英突然就听见自己的心"哗"的一声，碎了！无力地抓着那名战士的手，声音轻到自己都听不见："楷呢？"

战士迟疑却清楚地回答："营长牺牲了！"像一把锋利的剑，直刺进了英的心脏，"轰"的一声巨响，英只觉得天旋地转，脑中一片空白，没有了疼的感觉，一股热流，从胸中喷涌而出……

在那片血海中，英看见楷骑着那匹雪白雪白的大马，向她走来，眼里，是那穿心般的疼爱与温柔……

周晨"大爷"与"大奶"的往事听完了，最后好像还需要补充一句。关于张传楷，对照那份《换发、补发〈革命烈士证明书〉调查登记表》和他墓碑上的碑文，倘若不看名字的话，会以为是两位烈士，而如果查看名字的话，又似乎这位烈士在不同的地点牺牲了两次。

这是烈士张传楷在历史中最后的停留。

这同时也从另一个侧面说明，当年的斗争是多么的残酷和惨烈。举一个例子，我们曾到斑竹园漆家店村去寻访一座老宅子，在那儿走进了青山环抱里的两个相毗连的自然村落。村落不大也不小，当初有一百多户，就出了红军九十多人，几乎家家都闹红，大多数户有烈士。那么下落不明不知所终的有多少呢？陪同我们的人瞅着村口的当家水塘没吱声，不知是没听见还是没法回答。我们知道金寨县今天在册的革命烈士一万零五百多人，占安徽省烈士总数五分之一以上。这不包括很多难以统计的长眠在金寨和全国各地的无名烈士，以及许多个人信息都已无从核对和修正的情况。

无独有偶，在那个谜一般的年代，我们还听到了另外一个与"洞房"有关的故事：

南溪镇王畈三道河楣湾的廖国清是个性情倔强的姑娘，1929年5月6日那个被红色燃烧的夜晚，在走出大山的那一刻，这个年仅十三岁的姑娘并不明白自己屈辱的命运将开始改写，但冥冥之中仿佛有一个懵懂的声音呼唤着她，一路牵引着她走向人潮汹涌的火神庙方向……而在此之前，她还只是个为躲避"圆房"逃往深山的童养媳，夫家正到处搜索这个忤逆的小媳妇，她在荒山野地里东躲西藏，把自己搞得人不像人，鬼不像鬼。

为了看清这个"逃婚"的女孩儿，我们把镜头倒回仲春时节的双河镇，那个禁锢了她整整六年的深宅大院。

她是被父亲送到双河来的，家里穷，养不起多余的女孩儿，排行老四的她只好给冯财东的少爷当童养媳。家里还有两个嗷嗷待哺的弟妹，在双河镇教书的父亲实在想不出更好的办法，其实不论更好或更坏的办法都是为了给她和家人找条活路。那年月，粮食就是活命的路，地主家才有余粮，七岁的她换来一家人度荒的口粮，父亲千恩万谢地离去了，把羊羔样可怜的她独个儿留在那个大院子里。六年来，她记不清自己受到过多少打骂，身上留下了多少羞辱的印记，她就像是一棵沉默的小草，在四季的风雨里伏下柔韧的身体，她悄无声息地活着，从来没有想过这里以后就是她的"家"了。

这段日子冯家的老人病重，"冲喜"的事儿似乎再不能耽搁了，举家上下都在忙碌着，为了她和冯少爷"圆房"做准备。廖国清心头波澜起伏，她那时还不理解命运这个词汇的丰富内涵，只是感觉那些天好像咽喉总是被什么无形的东西扼住了，她心里实在不愿意嫁给那个二十五岁的冯少爷。白天因为抗婚，她被公婆一顿毒打，晚上她睡不着了，疼痛一阵一阵袭来，汹涌地撞击着她破碎的身体。夜深了，喧闹了一天的庄子安静下来，她在黑暗中瞪大愤怒而屈辱的眼睛，夜色如墨不见一丝光亮，她觉得这时候特别地期待天上能落下一个惊雷，炸毁自己，还有这个她分外痛恨的宅院。

廖国清叛逆、反抗的性格在这样一个夜晚表现到了极致。已经三更了，没有月，星子也寥落得很，廖国清瞧了一眼黑沉沉的院子，整栋宅子似乎都陷落在疲惫和懈怠里。她猛吸一口气，强抑着咚咚的心跳，蹑手蹑脚地走向前厅。

和白天比起来，夜晚的堂屋显得很冷清，星月无语，八仙桌和太师椅都显出一种黑影幢幢的鬼魅之态。廖国清的肩上斜斜地背着一只粗布包裹，几件换洗衣裳和一点私藏起来的干粮，这是她全部的未来。她不知道自己将去何处，疼痛和愤怒还烧灼着她的身体，她仰起头来，望了一眼中堂上悬挂的朱红纹堂幛，那艳丽的色彩在黑暗中给她以无限的想象，绣满牡丹和凤凰的幛幔像是要飞起来似的。那是她的喜幛，夫家挂上它，她就算是嫁鸡随鸡嫁狗随狗嫁根扁担挑着走，再也跳不出这个家门了。廖国清的鼻孔轻轻地哼了一声，想想忽然又笑了一下，伸手扯下大红的纹堂幛，顺手塞进简陋的包袱。

逃亡开始了，她小心翼翼地拨开门闩，在静悄悄的夜色里疯狂地奔向莽莽郁郁的大山……

在立夏日之前，廖国清已经在深山密林里躲藏了两个月。这两个月里她过着白毛女一样的日子，干粮吃完了，就捡拾野果蘑菇充饥，无油无盐，无依无靠，以至于原本乌黑的头发开始慢慢变白。遮天蔽日的山林和崎岖坎坷的小路使她一度绝望哭泣，但是那天，山下的人声鼎沸惊动了她孤寂无助的世界。5月6日晚，熊熊的火把照亮了整个南溪镇，到处是奔走相告的贫苦农民，呼喊声、锣鼓声、鞭炮声响成一片，廖国清大着胆子在背人处观望了一阵，终于明白了大家这是在干什么，她的双眼放出光来，兴奋地挤进了人头攒动的彭家祠堂，和狂欢的队伍汇集到一起。那条镇上唯一的南北向的南溪街，在廖国清十三岁的记忆里那么炽烈地燃烧成一条贯穿南北大地的巨大火龙。这一晚，她跟着詹谷堂、袁汉铭等共产党员和洪学智、闵鸿友、陈伯禄等两百多名农协会员一起，连夜打了十几户土豪，在不眠的红色之夜里游行数十里地，把农民政权安到了自家的大门口。

一夜之间，廖国清感觉仿佛经历过了一辈子，把她这一生想要走的路都看清楚了，她不再是那个忍辱吞声的童养媳，而是吐气扬眉的红军宣传员，跟着这股汹涌的赤潮，她终于找到了新生的自我和坚定的方向。

在以后的岁月里，彭国清加入了共产党，在枪林弹雨的革命生涯中九死一生，差点儿死于敌人的枪弹和我们自己人的手里。这时，她的名字叫——彭素。

三　时间在水之下

1928年，七月流火，萤火虫儿宛若流火一般飞翔飘舞。那一晚农协在霍邱县的各个集镇和较大的村庄同时动手，忽如一夜间万花竞放，散发、张贴了两万多张油印标语。翌日清晨，白塔畈大地主王子敬打开院门时吓了一大跳，猛然瞪直了眼，他家的门缝里竟然被塞了十几张标语。王子敬惊骇无比，慌张得立马跑到县城告状，不得了，共产党带着那帮农民要暴动了！要求县里赶紧派兵到乡下去镇压。

深秋十月，商城县的地主也到县城去叫苦，他妈的农民都反了，别说租子，连皇粮国税也不交了！商城县政府派了周凤山民团前往南溪、斑竹园一带弹压。中共商南区委立即做出了针锋相对的举措，南溪、李家集、牛食畈、斑竹园、佛堂坳、沙河等地农协联合行动，一千五百多人扛着土枪、大刀长矛和铁锹锄头，群情激昂地汇集南溪，大会后示威游行。周凤山民团见势头不对，当天夜里便撒腿溜回了县城。

南溪、汤家汇、银山畈、斑竹园、果子园、沙堰、吴家店、小河等地，农协活动开展得有声有色，别出心裁，把红红绿绿的标语贴满了住家的墙壁和道路两旁的树干，还发明了一种流动宣传的方法，在木板上写标语，然后刷上桐油放到河里。桃园河、竹根河、小河、白沙河等河流里浩浩荡荡的几千只标语牌顺流而下，下游的霍邱、固始等地的人捡到后直觉得一股新鲜劲儿，争着你传我看的，风声四起，越传越远……

都说，大别山农民暴动了。

上世纪二三十年代的金寨已经不可复原，而且因新中国初期梅山、响洪甸两大水库建设，包括当初号称"小上海"和"小南京"的麻埠、流波镇在内，十万亩良田被淹没水下，八十多年前的景物随着历经那个时代风云的老人们相继离世，在当地人的记忆里逐渐风化成一座粗糙的雕塑，再无精确的线条和细腻的构图，只能隔着遥远的时空距离观摩它大致的轮廓。

那一天，漆学文领我们去他们家的老宅子。今年漆学文正好整六十岁，他的爷爷漆先治曾任红四军医院政委。漆先治的爷爷就是斑竹园五大富户之首的漆远恒，旗下家族产业"漆三星"号是当地首屈一指的大财团，在本土和武汉拥有钱庄、当铺、医院、商店、铁厂等多个分支。

漆家的老宅子已经多年没有人居住了，残破失修败壁朽梁，但是高大雄阔的门楼和依着坡度抬高数进纵深的院落格局，仍然凸显出当年首富的宏伟气势。

"我爷爷漆先治是在武汉上大学时就参加革命的。"漆学文的耳朵不太灵光，说话声总是很大。他口中武汉的大学，是指武昌法政讲习所，在那儿念书的爷爷回到家乡闹革命大约是1927年左右。当时高祖漆远恒对满脑子新潮思想的孙子说，你回来闹革命，不是革我们自己的命吗？

儿孙们闹革命之始，老漆家还没有分家，漆远恒膝下有四个儿子、九个孙子，大家都在一起过日子，"漆三星"其实就是漆家的财团组织。漆远恒的另一个孙子漆先济是红32师的军需长，一到革命需要用钱的时候，他就会回来代表红军打借条，由"漆三星"开出去的银票不知道有多少，透支额度像雪球一样越滚越大。不知什么时候开始，外头有了传言，说是老漆家再也支撑不住，一时持票的客商纷纷前来挤兑，漆家的门槛也几乎被踏破。

"说起来'漆三星'走向破产是很悲壮的。"漆学文的弟弟漆学志用了"悲壮"这个词来形容他们家族在革命年代的破产境遇。

面对岌岌可危的态势，漆家老太爷想出了一条缓兵之计。

那时漆家的钱柜已经空了，上面是虚张声势的钱，下面其实大半都是杂物。这一日，在挤兑的人潮中多了几位九江商号的大老板，他们和漆家素有大宗生意往来，因路过此地，风闻漆家大势将去，遂来探个虚实。漆老太爷马上叫下人抬上来三四箱银元，当众请来人清点兑票。来人大窘，也实话实说，闻听此地闹共产党，原先怕买卖不安稳，但是现在放心了，漆老爷一家都是共产党，共天共地也共不到漆家的头上！咱们生意还要往下做！慌忙让收起银元。漆老太爷的声音沉了下来，说谁的钱也不容易，做买卖全凭一个信字，信得过就细水长流，信不过好合好散，今天有来兑银票的，尽管兑去就是！此话既出，也有那不信邪的，当即就要兑票，漆家果然搬出成箱的银元承兑，走人不送。更多的客商马上审情度势，纷纷向漆老太爷表态，生意还要长长久久地做下去。

而实际上，那几个九江老板和急于兑现的家伙们都是老太爷安排的局，就连那抬出去的钱箱，后来又抬了回来。这些贵重的道具，被反复利用，成为"定海神箱"——有人为了刺探漆家的底细，专门派出保镖深夜造访，见账房里摆满了钱箱，便笃定漆家故意隐瞒财力，原先急于挤兑的客户，又把银票揣回了兜里。

"那是第一年，"漆学志若有所思地说，"第二年，我家老太爷身体已经不行了，他看这样'革命'下去，迟早要还不上账，就把武汉的铁厂、药铺都卖了，兑成现钱……"漆老太爷的想法很符合中国传统文化：宁愿生意不做了，老漆家也要把欠下的账还上，不然，会祸及子孙……

1931年，"漆三星"正式宣告破产，漆老太爷卖掉了武汉、金寨等地的全部家族产业，兑现了之前为支援红军军需开出的所有银票。与此同时，商南地区的革命形势陷入低潮。

老漆家是个摆到哪里都十分显眼的家族，漆先治的叔伯、兄弟们基本上都是含着金钥匙长大的。年少多金的漆先治同学，身上也带有当今富二代某些类似的特点，他骑着高头大马，春风得意地顾盼在乡间的小径上。路边的蒲公英开得娇黄，正是绽放的时候，也许过些日子它会结出深褐的瘦果，顶上白色的绒伞，调皮地飞离地面，像无数离家的游子一样，为了理想飞越万重山水，但此刻，它静静地依偎着土地，梦一般恬静。

近一个世纪前的那天，漆同学遭遇了一场突如其来的恋爱，剧情浪漫、甜蜜、玫瑰得几如虚构，但是真实地发生了。而用漆学文不加修饰的大白话来说，则是"他爷爷漆先治和他奶奶周百兰的婚姻纯属门当户对——一个大财主的儿子看上了一个大财主的女儿"。

漆家的财产足够青年学生漆先治挥金如土，然而该同学并不是个纵绔子弟，蓬勃的朝气、优秀的素养使这个年轻人在山乡世界里显得那样的英姿挺拔与卓尔不群。似乎专门为了等待一段美丽的邂逅，可能连土地爷都没注意到，不知啥时开满蒲公英的小路那头出现了一个娟秀的身影，她低头迈着碎步，身后跟着一个丫鬟，向小径的这一头缓缓走来。近了，更近了，骑马的男子和步行的小姐终于狭路相逢。按照现代交通规则的法理，步行的小姐在这场交通对峙中明显属于弱者，应该予以保护。一般来说弱者往往更敏感，小姐娇俏地立定在那里不动，生气地瞪着对面这个张扬无礼的家伙。没想到陡然被挡了道，马首先唬了一跳，那家伙慌忙勒住缰绳，随手折下一根伸到面前的树枝抛了过去："哎，我说你怎么不让开，万一被马踩了如何是好？"

"我不告你纵马伤人，你反倒有理了？"小姐真的恼了，脸上泛起一抹红云，眉梢飞出万般不屑，一副不爱搭理你的娇嗔模样。

漆先治不禁呆了。可能就是在那一刻，丘比特之箭射中了漆同学的心脏，轰然一声宛若遭到电击，任督二脉火花直闪，不可救药地一见钟情了。

对于一段爱情的描绘，其他人的转述，总不如当事者的剖白来得更真实与真切。在这里我们不作任何文学写意，索性选用爱情双方的直接对白。在1920年代，中国有文化的人占人口比例极小，而女性在有文化的人中所占比例更是微乎其微，周百兰碰巧是微乎其微之一。百兰小姐是位有教养有文化的千金，即使恼怒了也不会开口骂人，她的武器是文化，而文化也是有杀伤力的，她当场又回敬了两句："纵马飞镖惊少女，何处狂男不知羞！"这诗句的力道够重的了。

漆先治已经完全昏头昏脑了，这时回过神来，敢情人家在作诗呢！忙不迭地翻身下马，努力恢复书生本色，摆出小生这厢有礼状，作揖应和："策马闲游遇民女，几片绿叶传知音。"直不笼统就把意思一股脑地杵了过去。

百兰小姐的父亲是果子园乡的举人周老爷。周家在当地也是一个比较显赫的大家族，漆先治的内弟周醒民曾当过来安县县长。周醒民很欣赏漆先治的儿子、他的外甥漆德善，曾想把外甥弄去给他当秘书，让那小子到外边见见世面。可是1947年这名看出中国大势之趋的国军少将写信回来，叫族人赶紧把田地卖掉，说国民党不行了，叫外甥也不要去了。其实，漆德善自己也不愿意去。这是后话。单说周家女婿漆先治，他的性格很强，在外面闹红闹得轰轰烈烈，但不让妻子周百兰闹，要她在家待着。他最后一次回家时，儿子漆德善刚两岁半，非要玩父亲的怀表，结果淘气地把表砸坏了。周百兰心一惊，一把拉住丈夫问，你们到外面搞革命，如果死了，我们在家里怎么办？

一语成谶，漆先治真的死了，再也没有回来。

漆先治的父亲漆承俊却是死于饥饿。老漆家过去的日子，不说锦衣玉食，肯定不止于丰衣足食，他是个要面子的人，饿死都不会出去赊借，丢不起老漆家的脸。有别人家请，他也非预约而不前往，简单吃几口便貌似随意地放下筷子，摆着个乡间绅士的臭架子，以示他老漆家人依然故我。

漆先治死后，他的马倌漆德基和警卫吴续继就都不干了，双双解甲归田。日子一天天地往下过，两人逢年过节都要来家看看，能帮点儿什么的就搭个手，帮不了的，陪着周百兰说几句话也好。

在往后的岁月中，这一家人吃了很多很多的苦。有一年寒冬，到了年关边上，家里却是冷锅冷灶的，眼看着这个年啊真难过得去，大年二十八漆德基来了，送来些吃的，唉，咋也得把年给过掉。日子总算得以慢慢地改善，是直到上世纪七十年代末家里终于解除了地主成分的管制之后。这时周百兰和漆德善都已经不在世了，漆德善的妻子陈亚云没头没脑地大哭一场，哭过后烧了烈士证，坚决不要那些救济的粮食、衣物等。不要，什么都不要。

四　八月桂花遍地开

受到农民运动威胁的豪绅地主竞相扩充护庄队、民团等武装组织，巩固自己的地盘。光是金寨地区的地主势力，就先后建立起了七个人数不等的民团。麻城县民团郑其玉部趁着乡村地主武装扩张的时机也开进了商南，与当地的民团联手"清党"、"清乡"。国民党政府继续加大武装镇压的高压态势，同时又强化保甲制度，清查户口，实行十家联保，每个区都派驻有清乡委员监督、指导"清乡"，搜罗社会闲杂人员充当眼线，军警在路上盘查过往客商。1929 年，1 月 18 日至 2 月 21 日，前后一个月零四天时间，豫东南特委和商城县委便遭受到三次严重破坏。特委书记余锡珍，特委委员兼军委书记张延桂，商城县委书记李惠民，县委委员马石生、钟启泰等多人被捕、牺牲。

被捕、牺牲——实际上是从 1927 年大革命失败以来，中国共产党人随时都有可能面临的厄境。5 月初，鄂东北特委派红 11 军军长兼 31 师师长吴光浩率十余人来帮助发动武装起义，可是途中在罗田的滕家堡遭当地民团包围袭击，全部牺牲。出师未捷身先死，在险情迭出的危局中，指挥立夏节武装暴动的任务，就是这样猝不及防的，只能由徐子清任书记，徐其虚、李梯云、肖方、周维炯、廖炳国等人为委员的中共商罗麻特别区委独力承担了。

1929 年的寒春中，金寨的革命者们都急切地期待着这个灾年的春荒尽快过去，收获的秋天尽早到来。1929 年的八月十五，这个桂花遍地开出一个馨香烂漫世界的中秋节，原定是一个暴动的日子。

"八月桂花遍地开，鲜红的旗帜竖呀竖起来，张灯又结彩呀，张灯又结彩呀，光辉灿烂新呀新世界……"这首脍炙人口的《八月桂花遍地开》早已家喻户晓。然而大多数人并不知道，这支革命歌曲是借用了民间音乐《八段锦》填词改编而成的。其确切的来源曾一度成为争端，主要说法之一是源自江西民歌，之二为出自河南商城，之三便是来自安徽金寨斑竹园。其他还有河南新县说、湖北红安说和安徽六安说等。

　　在这次采访中，我们看到了这样一份书面材料："一转眼，就是桂花开放的季节（指1929年秋）。中共商南县委和红32师在斑竹园花堰长岭岗邓氏祠成立了一区苏维埃政权，县委书记李梯云同志为苏维埃成立写下了一副对联……时任佛堂坳模范小学的校长罗银青同志，也积极参加了苏维埃成立大会，会上载歌载舞的热闹场面激发着罗银青，他豪情满怀，心花怒放，触景生情地创作出《庆祝苏维埃》歌词。由于歌词的第一句是'八月桂花遍地开'，所以人们就习惯叫这首歌《八月桂花遍地开》。"这份材料其实是某次党史课讲稿的一部分，与《金寨红军史》上记载的内容大致不差。

　　根据有关资料记载，罗银青是金寨县斑竹园沙堰村人，幼年读过私塾。1927年春，他考入武昌中央农民运动讲习所，结业以后回到家乡，借办学为掩护从事革命工作。1932年鄂豫皖根据地第四次反"围剿"失败，罗银青重伤被俘，在狱中他写下了气冲云霄的《敢死文》，后被乡亲营救出狱。在各个历史时期，他都撰写了大量革命诗文。

　　《八月桂花遍地开》是在区乡苏维埃政权普遍建立，农民欢欣鼓舞之际创作的。当时县委书记李梯云、县委委员漆禹源等人在花堰白莲宫研究决定编一首歌唱苏维埃的歌，他们把这个任务通过少共县委书记徐乾下达给了罗银青。其时正值天高气爽金桂飘香，罗触景生情，创作出了日后广为流传的《八月桂花遍地开》，配以《八段锦》曲调交给李梯云审阅。定稿后，罗银青在模范小学以打花棍的形式编舞，表演者每人执一根系有红绸和铜钱的花棍，舞动起来哗哗作响，视听效果生动传神。节目的首次亮相是在斑竹园长岭岗举行的第一区苏维埃成立大会上，由方子翼、方太森、肖大清（女）、刘昔祥、吴文彬、徐诗银（女）、黄祖德等十六人组合出场，歌舞演出十分成功，受到热烈欢迎。李梯云当场嘉奖了模范小学，并把教唱这首歌作为大会的一项内容。罗银青将油印好的歌曲散发给大家，现场进行了教唱，会后少共县委将这支歌曲油印发至各团支部和各乡苏维埃，很快便传唱开来。

　　相关记载不可谓不明确、不翔实、不一目了然，但是坦率地说，历史的脚步，有时凝重，有时飘忽，我们不可能捕捉到全部的脚印，只能在大体的轨迹上寻找清晰的，同时不放过那些模糊的，而往往那些若隐若现的历史印记，又能给予我们饶有趣味的咀嚼。1982年5月，当年任鄂豫皖省委宣传部部长的成仿吾在新县革命纪念馆回忆说："记得当时（歌曲）是一个姓王的列宁小学教员写的。听说他是地主资本家的儿子，思想进步，喜爱文艺。叫什么名字，忘记了，是商南或是皖西人。"基于此，河南商城方面便认为，《八月桂花遍地开》是商城县城西大街人王霁初所作。

这场"花落谁家"的争夺战很有点儿意思。需要再次强调的是，呈现是最大限度的阐释，这是本文的起点，也是最终的落点。这首革命历史歌曲的原创者，到底是罗银青还是另有其人，这个问题并不在我们的视幅之内，不过我们倒也乐意将采访中听说到的王霁初的故事同样奉献出来。

王霁初出身于地主家庭，读过私塾，后来毕业于天津南开中学。他从小便喜欢看戏，也算个天赋异禀的人物，婚后开始痴迷起了京剧。

1929年的商南地区，流传过一个"王霁初玩戏卖田"的笑话，说的就是大地主的儿子王霁初为了唱戏，卖田卖地搭办起一个叫做"双河班"的戏班子的事儿。商城人喜欢看戏，双河班一成立，立刻轰动了整个商城县。王霁初的大伯父王理堂是举人出身，曾在辽宁海城当过县令和道尹，王霁初打小就受大伯父的喜爱，被过继给他当了儿子。王理堂在东北听说儿子在家不务正业地玩起了什么戏班子，大为恼怒，咱咋说也是高门大户的堂堂官宦人家，哪容得你个兔崽子操这等下九流的差事！王理堂派人把王霁初叫了去，好一顿训斥，准备给他弄个一官半职，把他那颗唱戏的心拉回来。不料没住几天王霁初便悄悄地溜回到商城，怎么也不肯去做官，死活只愿当戏子。摊上这么个犟种，王理堂傻眼了，真是家门不幸，逆子，逆子啊！

举人大老爷王理堂没有说错，这又是一个地主资产阶级的逆子。

1929年12月，红32师攻下商城县城。因为王霁初家庭成分是地主，其九弟被红军传讯去。王霁初听说后主动找上了红军司令部。红军领导了解到他有厚实的文艺功底，鼓励他编支歌子唱唱，他回家连夜即兴编了一首歌颂红军打胜仗的歌曲《取商城》，红军领导非常高兴，动员他参加红军搞文艺宣传工作，从此他走上了革命的道路。

这里我们却还听到另外一种版本：红32师打下商城后，王霁初作为土豪劣绅被收押入监了。当时师长周维炯和县委书记李梯云正志得意满地规划着赤色商城的美好蓝图，忽然从监房那边传来一阵歌声：

民国十八个春＼红军打商城＼打得土豪乱纷纷＼喜坏了我穷人
二十五清早＼红军计划好＼手提油条肩挑草＼就把那城破了
城里县卫队＼亲区红枪会＼一见红军火浇水＼个个他软了腿

红军砸牢门 \ 救出我穷人 \ 反动分子除干净 \ 不留那害人根

　　周维炯、李梯云不由对视一眼，二人乐了，眼下就正缺一首便于传唱得好歌呢，那歌曲的调门优美情深，特别是歌词，既新颖又切题，十分恰切地表达了翻身群众此时波澜起伏的豪迈心情。一打听，他们大出意外，这首由《山伯访友调》曲子改编的红军赞歌，竟然是地主羔子王霁初临时起意，在狱中以"脱口秀"的形式放声而作。

　　《取商城》的问世如此具有戏剧性，令历史这一端的我们会心一笑，当个人命运写进历史，多少都有点传奇的性质。现在的所有揣测都替代不了王霁初当时的真实想法，反正，他露的这一手确实立马就把周维炯和李梯云强烈地吸引住了。红军成员大都没有什么文化，尤其缺少宣传鼓动工作方面的文艺人才，乖乖不得了，两位军政首长当即热情地把"戏痴"王霁初请出监房，希望他能够为歌唱苏维埃献策献力。

　　唱山歌小调，这可是对了王霁初的心思，他一口气起了几个调，供领导甄选。先是《淮调》，领导的要求高，认为太悲，不合适；后是《砍柴调》，感觉太软，鼓不起士气；再后来《手扶栏杆》，则又嫌太俗，不够昂扬向上；直到王霁初唱出一段《八段锦》，领导兴奋地一拍大腿，就是它了！为了让曲调显得更加悠扬欢畅，节奏又被稍稍加快了一点儿。

　　但令王霁初感到为难的是，他对苏维埃一无所知，甚至不明白"苏维埃"到底是要搞出个什么样的名堂，显然没有办法满足领导"歌唱苏维埃"的要求。后来只好由红 32 师的《红日报》主编陈世鸿，总结了苏维埃的八大作用，编在九段歌词里，算是完成了"表达广大劳苦群众翻身得解放和庆祝苏维埃政府成立的喜悦心情"的政治任务。当时无人识简谱，王霁初也不会，他按宫、商、角、徵、羽五声谱记曲，教给大家演唱，并因此成为红日剧团的团长，开始了他革命的后半生。

　　意大利学者贝奈戴托·克罗齐九十九年前提出：一切的历史都是当代史。在历史的大年轮上，《八月桂花遍地开》的诞生与传播本身，似乎远远重要于歌曲的作者是姓罗还是姓王，实际上曾任鄂豫皖省委宣传部部长的成仿吾回忆的那段内容，对于《八月桂花遍地开》作者的甄别也并没有太大的意义。从 1982 年到今天又过去了三十四年，不知我们还能否寻找到其他历史的实证？

　　历史沉静地转过身去，留下一个令人面面相觑的背影。我们正是在这种背影里与金寨县红军历史研究会会长阎荣安相见了，关于《八月桂花遍地开》，阎会长认为无疑出于金寨。他多方面地分析了这个问题，其中之一：红三十二师攻取商城时值寒冬腊月，何以桂花遍地？而金寨斑竹园长岭岗的第一区苏维埃成立大会正是在丹桂飘香的季节召开的，特别是前些年他曾专门采访过老红军方子翼，作为其时尚存于世的历史亲历者，方子翼回忆了罗银青带领他们在苏维埃成立大会上，以打花棍形式表演《庆祝苏维埃》（即《八月桂花遍地开》）的热烈场景。

一树桂花迎风绽放，纷纷扬扬落地何方？但有一点可以确定，历史的"遮蔽"和"祛蔽"几乎总是同时进行的，真正的历史从来没有停止过生长。我们关注历史的生长性，一如关注人类自身的生长。

我们唯一感到遗憾的是，对于历史碎片的打捞，我们做得太迟、太迟。

五　灵魂在私语

吴家店太平山的穿石庙，是深深嵌进金寨革命史中的一个吉光片羽的地理坐标。1928年8月的穿石庙中共商南党员代表会议，计划积极准备一年，到次年中秋节举行武装起义。九个月后，1929年5月2日，中共商罗麻特别区委在穿石庙召开紧急会议，鉴于当局加紧"清乡"和各民团内部开始清查可疑分子，准备已久的暴动计划有走漏消息之虞，与其坐等敌方可能随时下手，不如采取行动先发制人。

在整个立夏节革命武装暴动的行动部署中，策变驻守丁家埠的杨晋阶民团主力起义是关键一环。当天周维炯利用当值班长之便，建议停训整理内务，晚上聚餐过立夏节。喝酒时安排共产党员控制枪支和警戒，把队长和非共团丁们灌醉。喝到夜半时分，周维炯见时机已到，下令动手，宣布起义，号召众人跟着闹革命，不想干的发五元大洋遣散。于是不费一枪一弹，丁家埠民团顺利起义了。

另有人说，周维炯拔出枪喊动手时，朝天打响了丁家埠民团起义的第一枪——也是唯一的一枪。如果仅仅从起义的结果来说，有或无这一枪都无关宏旨，倒是有一点需要特别说明，队长吴承阁也是共产党员，但由于他的地主家庭出身，出于慎重考虑，起义之前没有向他透露任何消息。

丁家埠、李家集、南溪、吴家店、包畈、斑竹园、沙堰、沙河、西河等十几处同时发起的立夏节暴动，造就了一个石破天惊的历史时刻。鄂豫皖三省交界处大别山这片土地上的立夏节革命武装起义，一夜之间取得了全面胜利，随之红色风暴席卷向更加广阔的地区。

这一件事，我们始终在踌躇、犹豫，不太忍心写。

1929年立夏节起义以后，漆德玮的弟弟漆德斌跟着部队转战各处，他则留在地方上开展苏维埃工作。时值国民党部队的重兵"会剿"，形势非常严峻，一切行动都需要格外小心，漆德玮同妻子周氏约定了一个暗号：如果有敌人，便在后门挂上一件旧衣服；没有敌情的话，就把家里的大笤帚挂出来。

这个早晨湿漉漉的，雾岚在山腰上缠绕出几道叵测的飘带，在山洞中藏身的漆德玮绕到后山，远远地观望着村里的动静，还好，他家后门上挂着的是笤帚。漆德玮束了束腰带，放心地向山下走去。在树林中穿行时他愉悦地想，妻子可能正在笑盈盈地等待着他，她大概已经烧好了热水，好让丈夫一到家就能痛痛快快地洗个澡，换下沾满夜霜和尘土的衣服，这些日子隐蔽在山上，他的身上都有一股馊味了……年幼的孩子也许正在睡梦中，甜甜地露出无邪的笑容……

漆德玮风尘仆仆地推开门，他诧异地看到迎上来的周氏不是喜悦，而是蓦然神情大变，错愕得一把捂住了嘴，面无人色地叫道："快走，快……"漆德玮一惊，立刻掏出手枪，掉头便往外冲。可是，已经来不及了，他下山进村时，行踪就已被发现，漆家的房子此时已在国民党夏斗寅部某团的包围之中了！

"国军"某团大意了，没想到还真有如此不要命的人，愣是迎着子弹冲了出去。漆德玮凭借枪法的精准和对地形的熟悉，把追兵甩到了后面，急切之间他藏进了山冲的稻田里。追兵紧跟而至，只见除了正在田头做农活的周发庆，四周了无人影，不知漆德玮逃往哪里，随即逼问周发庆是否看到有人经过。周发庆这个老实巴交的农民早吓蒙了，战战兢兢地往稻田里随手一指。这一指，改写了两个人的命运，新中国成立后周发庆成为人民的罪人，终身受到管制，把"坏分子"的帽子一直戴进坟墓。

漆德玮被捕后被押往斑竹园。"国军"某团团长张亚一和漆德玮是大学同窗，他很念旧，对老同学惺惺相惜，反复劝诫漆德玮洗心革面，"弃暗投明"。漆德玮的妻子周氏也痛哭流涕地跪求丈夫说句软话，好歹留下一条性命。从今天看到丈夫的第一眼起，周氏的大脑就一片空白，她的思绪短路了，从此就没有搞明白过何以自己会挂错了暗号！她只记得凌乱的枪声击碎了那个平静的早晨，整个三里冲的乌鸦仿佛都被惊动了，乌泱泱地遮满了整个天空，诡异得让人害怕。好像，天又要黑了。

漆德玮看了她最后一眼，硬邦邦地甩出这么一句："你干脆回家守寡吧，莫做指望了!"

在这个世界上,还有一个人必除漆德玛而后快。国民政府河南某厅处长漆芷(自)洲随国民党军回乡反攻倒算,参与迫害红军家属,被红32师抓获处决。听说漆德玛被捕了,漆芷(自)洲的妻子马上泪如雨下,一个台阶一磕头地来求见张亚一,泣诉那天漆芷(自)洲被红军抓走,就是漆德玛叫开的门,老天有眼啊,一定要杀了这个共党。

漆德玛铁下了心肠不降,张亚一后来亲手枪杀了他。漆重诚说,张亚一一枪毙他爷爷用的是"炸子",把爷爷的头打得稀烂,根本认不出尸体。那时候一同牺牲的还有不少人,其中有户姓魏的人家来同奶奶争尸,两家闹得不可开交。最后奶奶认出爷爷腿上的一颗痣,这才把尸体运回家。而根据漆德玛唯一的儿子漆学艮整理的材料,"幸婶母指出,哥每年放暑假返家,常穿裤头在堂屋一个人对墙打乒乓球,发现脚杆上长满黑毛,他爱玩枪,不慎右小指骨折,伸不直是明显特征,前来抢尸十余人方离去。"毕竟近一个世纪过去了,对于历史的细节,连亲人的回忆都变得支离破碎、面目模糊,真正留下的可能只有那种沉淀后的情感,以及对那个赤潮汹涌年代的沉重缅怀。

漆德斌听到哥哥的噩耗,悲痛万分,带着一个营的队伍赶了回来。按照大别山的民情风俗,漆德玛的尸身停放在丘基塆,要等一年后再入土下葬。漆德斌就立在丘基塆,拔枪朝天射击,红了眼睛喊:"哥哥,我给你报仇!"

漆德斌带着队伍走了,却再未回来,像枪口的那缕硝烟一样,消失了。

漆德玛、漆德斌兄弟两个守寡的妻子,后半辈子都没离开这个家,相伴着,守着。

1950年10月11日,漆德玛的妻子周氏去世了,在她寡居二十一年独力抚养烈士遗孤的这段凄凉岁月里,我们不知道她的心里是否曾经背负着一个沉重的十字架。漆学艮对于父亲牺牲的原因,写下"未料联系暗号失误"寥寥八字,留下一个简略的历史注脚。我们问过漆重诚,你奶奶后来是怎么度过余生的?他似乎很茫然,他没想过这个问题。奶奶是烈属,她后来还在南溪镇举行的烈士大会上,分到了一千大洋和一头猪作为抚恤。抚恤自然是必要的,同时更必要的还有抚恤所代表的历史涵义。历史,就这样改变着我们的容颜面目,要么是终极的背离,要么,是终极的原谅。

历史不能重现,只能逼近,我们深感自己的无力。

另一桩往事,我们则不仅犹豫而且彷徨,是下了很大的决心最后才决定落笔。但愿不会因此而侵扰一个业已宁静的灵魂。

漆远玉是个英俊的小伙子,娶了一个美丽的姑娘。他们的婚姻美满,惹人羡慕。漂亮贤淑的妻子是他的骄傲，也是属于他的宝藏，他恨不能每一个白天，她都袅袅婷婷地站在不远处，深深地望着自己；恨不能每个夜深人静时分，都拥她入怀，她则小鸟依人，把自己全部融化在他的温情里。他和她是一个人，完整而不可分割，即使在他离开家之后的很长一段时间内，他们也确定彼此都融进了对方的灵魂，从未分开过一时一刻。那是一种甜蜜的相思，像一只眼睛凝视着另一只眼睛，一只耳朵呼唤着另一只耳朵，而在他们中间，不是千山万水，是血脉相通。

那时候他所在的部队总是捷报频传，她在浣衣的河边或是烟熏的灶房听到他的消息时，就把嘴唇抿成一条盛满笑意的弧线。在她的心中，他当然是英雄，飞上天空是鹰潜下河川是蛟，是她的战无不胜的男人。她为他守着这个家，单等着革命胜利了，他凯旋的那一天。他说过，等革命胜利以后，他天天在家陪她。她才不信呢，像他这样有本事的大男人，能天天在家闷得住？他说，那一出门就把你拴到裤腰带上，到哪儿都不让你离开我身边了。她打他一巴掌，其实心里爱听这话。她不懂革命到底是个啥，只知道她的男人为了革命奋不顾身，甚至能暂时放下她而出去革命。那么他一定更爱他的革命，她想，我也要爱他的革命，我是红军家属哩，我不要拖他的后腿！她守在灶前，慢慢地拉着风箱，灶火把她的脸庞映得红艳艳的。

很快形势变了，国民党军的"围剿"一波赶着一波，红军跳出去打回来又跳出去。外面乱得很，仿佛总在过兵，共产党、国民党、土匪都有，你来了，我去了。她揪心地竖着耳朵，听到的都是对红军不利的消息。庄子上也不太平了，民团、还乡团、"铲共团"，折腾得鸡飞狗跳，只要是家里有红军的，统统烧杀抢掠，鸡犬不留。更可怕的梦魇还有，凡是抓到红军的女人，不仅强奸辱污，还要卖到外地去。好让那些当红军的人看到下场，就是你的老婆将被压到其他男人的身下，将去充当别人家传种接代的女人。说是这样才能更锐利地打击红军的军心，动摇红军的意志。

她恐惧杌陧极了，像一只成天担惊受怕的母鹿，一有风吹草动便跟着庄子上的人跑反，在山里躲猫猫，等那帮畜生烧杀完毕扬长而去，再悄悄地潜回家，觳觫地蜷缩在被洗劫一空的屋角默默流泪。太可怕了，特别是前几天同村的两个本门的妯娌被抢走了，卖掉了，卖得不知去向了。村子里的气氛一下紧张仓惶得无以复加。一个女人，被侮辱，被买卖，那意味着什么？她喘不过气来，在黑暗中把嘴唇咬出了血。

如果被卖，毋宁死！她这一辈子，都只能是属于她丈夫的女人。作为红军家属，也许她唯一能做的，就是不成为他的负累。

而漆远玉呢？

很难想象，不敢想象，更无法想象那个凄怆的画面，那种痛心的成全，那种让人不寒而栗的无言结局，以至于我们认为，几十年后那个做丈夫的都无法原谅自己……

妻子死了，死在丈夫的手里，一块坚硬的石头。

作为妻子的她意识到自己的结局注定是惨烈的，死亡忽然变得那么具体，要么玉碎，要么瓦破，残酷的战争连"瓦全"的机会都不留给这个金寨女子。在"有可能"被白匪卖掉之前，她终于见到了他，这已经是最好的结局。她向他凄婉地一笑，他是她的归宿，也是她的托付，她的身子只能是他的，能干净地死在他手里，她觉得此生无憾。就在此时，此地，她浑身战栗地接受她最终的宿命……

——不，这只是我们从妻子角度进入的一种试图宽慰人心的演绎。事实上我们尽量回避了关于丈夫行为的阐释，哪怕它传递出来的是另一种义无反顾的革命决心。如果用最简略的概述就是，在白军匪徒大肆强奸贩卖红军妻室的时候，丈夫某次回来，用一块坚硬的石头，砸死了自己的妻子。那一天丈夫与妻子从相见到相别的细节，我们不能想象。

后来漆远玉负伤回到家乡。这位曾经的红军营长常常坐在妻子的坟前，塑像般地一动不动，从晨到昏。他在忏悔吗？还是表达自己磐石一样坚硬的忠诚？他把自己坐成了一座雕塑，似乎有某种悲壮的缅怀与无尽倾诉的意味。

那块石头，到底是魔障的化身还是忠贞的见证？我们难以下笔描摹那种复杂的成分。历史在这里定格成一幅混沌的画面，天地玄黄，宇宙洪荒，谁能站在光阴之外评判岁月的理性和魔性？唯开天辟地之后，才有白昼和黑夜，我们没有资格对悖论中的人性指手画脚，因为无论何种评价都是一种人性的悖论。

终生未再娶的漆远玉实践了他对妻子的承诺，一直到上个世纪八十年代，他呼出在这世间的最后一口浊气，魂轻息净地回到了妻子的身边。在长达半个世纪的思念里，他把她的坟茔修成了心目中最温暖、漂亮的"家"，每个节日和相思成灾的日子，他都和她一起隆重地度过，只是这种隆重是他一个人的仪式——他在她的坟前，凝视他们从未褪色的过去，把自己坐成一座坚贞的雕塑。

除了他的红军妻子和作为红军的他自己，不知这个世界上还有没有第三个人，能够真正理解那座无言的雕塑之身的灵魂？

六 消失的故事

惊骇于立夏节起义的胜利和红32师的成立，信阳绥靖公署急令调集商城各路民团限期剿灭红军。红32师闻讯迎击，首战王继亚民团告捷，歼敌四十人，缴枪四十八支，民谣称颂这次胜利是："四月初七八，攻打王金牙，王金牙不管打，一打就散花，哎哟哟，缴枪四十八。"

商城县的官绅地主更加惶恐忐忑，不断向蒋委员长发电告急，请求国民政府派兵进剿。一封封急电，使蒋介石意识到大别山红军已非地方民团所能对付得了了，便命令湖北、河南和安徽三省边区军阀从六月到十月连续发动三次会剿。继而从1930年10月到1932年10月对鄂豫皖根据地发动四次大"围剿"，红四方面军主力转移后，留在大别山的红军部队进行了艰苦卓绝的三年游击战争。至此，从立夏节起义后，红32师诞生起，在金寨这片土地上，又相继走出红33师、红1军、中央独立1师、中央教导2师、红25军、红75师、红74师、红82师、红28军、红218团等共十一支主力红军。

金寨先后有十万儿女参加红军，他们大多数为国捐躯，而且很多人从他们离开村庄的那天起，便如同融化进了蓝天大地般失去了音讯。

解放后，有些红军的后代想起了他们奔赴战场去而未归的祖先，遂以招魂入墓的方式，修建起衣冠冢以寄哀思。招魂，是为了引导漂泊在外的祖先的魂魄回家。我们不知道这些远在离恨天之外的孤魂还能不能回到家乡，他们左手紧握芒槌、右手高执葫芦瓢的子孙会不会在房前屋后把他们的名字喊成一座丰碑，我们只知道历史写到他们的时候，出现了一种不可修复的断裂，他们回来或者不回来，裂缝就在那里，触目惊心。

廖家同向我们出示了一组数据，2000年时，金寨地区有1018座红军空墓，这上千座遗冢墓还只是冰山一角，因为那些没有后人以及后人无力"招魂入墓"的家庭，只得把找不到归乡之路的红军孤魂托付给萋萋荒野。以漆氏为例，当年因革命"绝后"的家庭，占到整个家族的一半以上，没有人记得他们，连一个名字也没有留下。

他算是一个异数。

刘作涛，斑竹园镇倒马河村人，他跟随红军打到湖北。那场战斗异常激烈，空气中的硝烟刺鼻，一枚炮弹凌空呼啸而来，在他身边不远处爆炸，然后他就不省人事了。两个战友背着刘作涛跑了好几里地，停下脚换口气时，才发现他早就停止了呼吸。前边还是活蹦乱跳的人，转眼就阴阳两隔了，二人怎么也不忍就这样抛下战友。他俩向当地农户询问之后才知道这儿是蕲春，遂借了一把锄头，因陋就简地埋葬了刘作涛。为了日后方便找到这位长眠异乡的战友，他们还特地选了一块易于识记的地方。围着刘作涛坟包的，有一棵柏树、一棵松树、一棵茶树和一块大岩石。

战火纷飞的年代远离人们的记忆之后，政府普查谁家有无红军牺牲于外地，并寻找他们的下落时，刘作涛的后人才糊里糊涂地想起来，他们的祖先在别人家的田埂旁躺了一个多甲子。2000 年的一天，刘家后人终于在湖北蕲春找到了刘作涛战友描述的那块地头。他们惊讶了：埋葬刘作涛的坟冢整整洁洁，旁边松柏依旧、茶花洁白、磐石不移，更奇异的是还竖有一块石碑，上书"红军大仙"，四字峥嵘，赫然在目。显然经常有人来打理，可是在这里他们家无亲无故的，谁来呢？

立碑人倒也不难打听，就是附近的一户农家。原来这户人家当年丢过一头牛，耕牛可是农村人的命根子，那时兵荒马乱的，天晓得这头牛还能不能找得到，这家人的爷爷苦寻不见，又累又渴又气恼又沮丧地回来，只见这里大约是采了天地精气的缘故，松柏葳蕤，茶花酴醾，便一屁股坐在刘作涛的坟边，打算喘两口气。周围人家都知道这个野坟丘里埋的是一名红军，他正一肚子的苦水无处说去，就在树阴下跟坟里的那位絮絮叨叨起来："都说你们红军厉害哩，打起仗来能呼风唤雨……按说我也不敢麻烦你老人家，可如今我家的牛不见了，那是不见了全家人的活口啦，你这个红军要是能显显灵，帮我家把牛找回来，我就给你老人家树碑、磕头……"其实越是絮叨来絮叨去，他越是垂头丧气，连个大活人都找不回来牛，还能指望死人？顶多就是发泄发泄，絮叨完了肚子里舒坦一点儿。

然而万万不成想的是，这番祷告竟灵验得一塌糊涂，第二天他家的牛居然真的就自己回来了！这家人的爷爷大喜过望，喜从天降，喜不自禁，连呼神仙，一下子对红军坟顶礼膜拜，虔诚恭敬得不得了。这碑是一定要立的，那么碑上写什么字呢？乡下人质朴，他老人家既是红军，又是神仙，就刻"红军大仙"四个大字了。这碑，一树几十年，风雨倒更见质地，远远近近都晓得，这"红军大仙"，灵！便是有了难解的事，附近的农人心眼儿实，不去庙里拜菩萨，倒来坟头坐坐，诉诉苦衷，往往能够排忧解难，心想事成。

这个灵验的故事是不是过于久远了？

漆成军小时候常常上太爷漆远玉的老屋去听故事，他太爷的肚子里就像藏着一座故事山，那么多红军打仗的老故事，说也说不完，让人听得入迷。

村里的那一拨儿一般大的孩子都喜欢去，大家围坐在太爷的身边，仰着小脑袋如痴如醉。这场景很有画面感，老屋，大树，神往的孩子，沧桑的老人，一轮将堕未堕的夕阳嵌在古村落炊烟袅袅的傍晚。现在的生活场景中，还有这样的老人、这样的孩子和这样的故事吗？

今年雨季到来之前的某一日，我们来到一个树木郁葱苍劲的山凹子，那天烈日如炽，流云在天空飞过，我们面对着曾经走出了很多红军的村庄，还想问一问，除了红军，那么白军呢？对方茫然地望着我们，他大概没想过还有这么个问题，手指了指村子，说，没有白军。实际上，在整个采访过程当中，我们都希望能够寻找到几位受访者谈一谈白军，但是没有，我们明白，白军早已被历史消灭干净了。也就是那一天，我们好像豁然想通了一点儿，在那个红军的村庄以及所有的苏区，当年那股汹涌澎湃的历史洪流压倒一切，即使你没有参加红军、赤卫队或者农协会，也是在洪流之中。

这是历史的潮流。

后　记

犹如那个时代已经遥远得只剩下了回顾，大约我们不得不承认，对于很多今天的年轻人，教科书上的"抛头颅洒热血"早已变得十分抽象。我们的采访对象，几乎都没有红军本人，绝大多数是他们的后代了。某个红军的后人一直在想一个问题，就是为什么他的祖先要干革命？而我们从采访之初便也不禁在思考，那些"仓廪足，知礼仪"体面的大家族，究竟为何要甘冒杀头连坐的风险，举家从事当时并不体面的既危机四伏又背负匪名的逆天之举？

这个问题其实正是我们开篇所提出的"历史究竟意味着什么"的具象化。想想漆远恒老先生对他孙子漆先治说的话，"你回来闹革命，不是革我们自己的命吗？"然而为了孩子们要闹的革命，富有的漆老太爷不但宣布减租减息，从武汉买枪、缝纫机、捐钱，而且还送走了十个儿孙当红军。漆学志带着我们在革命烈士纪念馆里找到了其中牺牲的那八个人的名字，另有两位是伤残回乡，他们带着终身的残疾走过了今后并不平顺的岁月；再想想，当时不到三十万人口的金寨地区，竟然有十万民众踊跃参加红军，他们中的大多数都未能见到新中国成立的那一天。

中国革命的残酷、惨烈、壮丽，中国革命者的疾风劲草、可歌可泣、成仁取义，都归纳成了那一句：一寸山河一寸血，一抔热土一抔魂！

从某种角度来说，历史就是人心。人心所向，创造历史，无论时间的遗忘或者烟尘的遮蔽，它都将存在于人心之中。

参考书目：

1. 金寨红军史编辑委员会，《金寨红军史》，解放军出版社。

2. 于幼军、黎元江，《社会主义 从理论到现实》，广东教育出版社。

3. 亚特伍德，《人类简史》，九洲出版社。

4. 高开华，《金寨革命史话》，安徽教育出版社。

5. 网络上的相关文章材料。

（原载《北京文学》2016 年第 11 期）

小布的风声

马　娜

在小布，自山涧飘荡而来的风，清润、温软；从林中汹涌而来的风却似波浪，悠悠荡荡拥你入怀……小布的风啊，真是有韵致，亦有灵性。

小布的风，也曾经让毛泽东陶醉过。清新的小布山风，拥他与贺子珍相伴而来，那是他与贺子珍厮守最久、最美好的一段时光。在反"围剿"间隙，毛泽东在小布完成了著名的《兴国调查》，而文稿的每一页都是由贺子珍坐在石板凳上抄写整理出来的。许多时候，毛泽东在小书桌前伸展疲倦的腰身，从阴暗的小屋踱步到院子里，每每看见埋头誊稿的妻子发梢被微风吹扬而起时，他总会被眼前这一幕陶醉。

在历史的记忆中，这一幕是最温馨、浪漫的。小布人民收藏了它。

小布的风，有时也非常犀利。最典型的就是：在红军五次反"围剿"中的前三次反"围剿"，多于我红军十倍的国民党军队屡屡想直捣红军指挥总部与首脑机关。但在毛泽东领导下的红四军与当地人民群众，利用熟悉山势与地形的优势，组成反"围剿"的钢铁长城，与敌人周旋于崖谷密林之中。1930 年的最后一天，敌五十师数千名官兵，再次闯入小布地域，结果落脚未稳，便听得山间狂风大作，气温骤降。紧接着，冰雨急落，大雪纷飞。国民党士兵各个冻得浑身发抖，拔腿急往东韶逃窜。一路上，他们直呼"小布的风太厉害、太可怕了"，三天后，这支国民党部队被我军打得落花流水。

我还了解到，小布的风在中国革命和我军历史中，更有着神奇的特性。它温和又神秘、高贵而朴实，它浩荡起伏的韵律犹如我军官兵杀敌制胜的激荡之情；在敌军那里，它的声响又似敲响的阵阵丧钟……

小布的风更深地连着我的情与心。由于我处于特殊的工作环境，工作性质与小布的昨天有着千丝万缕的联系——小布是红军第一部电台的诞生地，也是我军通讯部队的诞生地。这是一片为中国革命战争和建立共和国立下不朽功勋的光荣土地！

几年前第一次到小布时，我坐在诞生我军第一部电台的龚氏家庙的厅堂里，听小布村一位红军的后代向我讲述七十多年前发生在这里的故事。

"我母亲见过毛主席，她经常给埋头写书的毛主席送去凉好的茶喝。毛主席抬头时总会客气地微笑着说：'谢谢老表。'"龚氏后代告诉我，毛主席他们从井冈山到达小布时，一个个都很瘦，像是几个月没有吃饱一顿饭似的。（注：的确没吃过一顿饱饭，我曾在军事史料上查阅过红军这段艰难的历史。）但小布和宁都人民为了支持子弟兵，宁愿自己挨饿，一天内就捐献出五千五百块大洋和七千多双草鞋及其他物资。这是红军下井冈山以来，获得的第一次补给。据说红军军需部门用筹集到的这批钱财和物资，为全军上下每人发了四角小洋和新草鞋、新袜子。得到支援的官兵们顿时精神面貌焕然一新，战斗力大增。而以毛泽东为首的红军也给当地人民带来了福音：农民们"不仅要取得土地的使用权，还要取得土地的所有权"。1931 年 2 月，成立不久的中共苏区中央局在小布村发布了《土地问题与反富农策略》的"第九号通告"，认为"农民是小私有生产者，保守私有是他们的天性"，"他们起来热烈地响应参加土地革命"，就是为了拥有土地的所有权。而深知土地对农民有重要意义的毛泽东还特地依据这一通告精神，以苏维埃中央军委总政治部主任的名义，给时任江西省苏维埃政府主席的曾山写了一封题为《民权革命运动中的土地私有制度》的信，进一步明确了已经分给农民的土地性质："即算分定，得田的人，即由他管所分得的田，这田由他私有，别人不得侵犯。以后一家的田，一家定业，死的不退，租借买卖，由他做主。田中出产，除交土地税于政府外，均归农民所有。吃不完的，任凭自由出卖，得来的钱供给零用，用不完的由他储蓄起来，或改田地，或经营商业，政府不得借此罚款，民众团体也不得勒捐。"并且指出：这样做的目的，"是民权革命时代应该有的过程，共产主义不是一天做得起来的，苏联革命时代也是经过许多阶段，然后才达到现在社会主义的胜利"。"只有实行现在民权革命时代所必要的政策，才是真正走向共产主义的良好办法"。毛泽东的信和他对农民土地的政策精神，使得苏区人民的革命积极性获得了空前的高涨，支持红军的精神也变得彻底而无畏。

那时的小布村，既是以毛泽东为首的红军总部及苏维埃中央局的所在地，也是土地革命的中心，更是革命武装力量最聚集的地方。自然，也是国民党眼中最想拔掉的钉子。

1930 年 10 月，蒋介石调集十万大军，采取"分进合击，长驱直入"的作战方针，对我撤至赣南的红军主力发起了第一次大"围剿"。面对来势汹汹的敌人，红军怎么办？"诱敌深入"，瞅准机会，击其要害。在著名的"罗坊会议"上，经过六天六夜的激烈辩论，毛泽东的这一正确主张得到了采纳。"诱"即为佯退，"深入"即为退至不能退时进行反"围剿"。毛泽东用红色铅笔的笔头在地图上圈出"小布"和邻近的"黄陂"两个地名。选择此地，有六大好处：这里有积极援助红军的人民，这里有有利作战的阵地，红军主力全部集中在这里，在这里发现了敌人的薄弱部分，在这里可以使敌人疲劳沮丧并因此产生过失。毛泽东如此解释，接着又言："人民这个条件对于红军是最重要的条件。这就是根据地的条件，并且由于这个条件的优势，第四、第五、第六等条件也容易促成和发展。所以当敌人大举进攻红军时，红军更容易从白区退撤到根据地来，因为根据地的人民是最支持也最能积极援助红军反对白军的。"他的这一思想成为我军战胜敌人最根本的军事指导思想和法宝，并一直沿用至全歼境内国民党军队。

"那时的小布，有吃的，有住的，我们能落脚，又安心。"朱德夫人、革命老大姐康克清后来回忆小布的战斗经历时，说过这样的话。

"那时，我们村上的青壮年们，穿上草鞋，系上红领巾，拿起大刀长矛，跟着队伍去堵击敌人，村上的妇女和老人、儿童，组织起向导队、侦察队、担架队、运输队、洗衣队、慰问队，而且还设立了兵站。可以说，挖地三尺，砸锅卖铁，倾全村之力，支援反'围剿'的红军主力。"老乡带我站在红军桥上，指着百米之外那块如今已正式命名的"誓师广场"说，"当时这里是一片河滩地，十二月下旬，反'围剿'的战幕拉开之前，红军为了鼓劲壮威，在此召开了临战前的一次万人誓师大会。毛泽东、朱德亲自上台作动员，而且毛泽东还亲拟了誓师台两侧的一副对联：敌进我退，敌驻我扰，敌疲我打，敌退我进，游击战里操胜算；大步进退，诱敌深入，集中兵力，各个击破，运动战中歼敌人。"

读到多年前毛泽东的这段经典军事语录，怎能不让人感叹领袖之伟大英明！

"红军在小布誓师大会的那一幕，可以说使我们这个小山村从此在中国革命的历史上闪闪发光！"老乡从他的父辈口中得知了当年的情景，向我转述，"河滩上的会场，红旗猎猎，枪矛林立，与周围山冈上的红叶交相辉映。'勇敢冲锋''拼命杀敌''多缴枪炮''扩大红军''工农万岁'的口号此起彼伏，震动山河。"

1930年12月，红军在小布村一带为入侵之敌准备了大"口袋"。但狡猾的敌人没有轻易上当，毛泽东、朱德耐心而冷静地等待"大鱼"上钩……

机会终于来了，号称"铁军师"的敌十八师张辉瓒部正从东固向永丰龙冈进发。毛泽东立即下达对张辉瓒部的"伏击"命令，并在 30 日一早，与朱德披着浓雾，将红军前线总指挥部移至距龙冈仅十五华里的小布黄竹岭半山腰。"总司令，你看这景致，真是天助我也！当年诸葛亮借东风大破敌兵，今日我红军乘晨雾全歼顽敌捉张贼也！"毛泽东诙谐道。

"是啊，该让老蒋尝尝我红军的厉害了！"朱德司令大手一挥，"杀敌冲锋啊！"

顿时，我各路红军全线出击。战斗持续一整天，直到傍晚六时许才结束。张辉瓒部第五十二旅、五十三旅及师部九千余人无一漏网。两个旅长或被毙或被俘，张辉瓒则是被搜山的红军活捉。此次战役红军共缴获枪支九千余支、子弹一百万发、无线电台一部。

1931 年元旦，红军乘胜追击，又用了不到三天时间，将敌谭道源的五十师主力军打得落花流水。歼灭一个旅，俘虏三千余人，缴获长短枪两千余支、机枪四十余挺、子弹十三万发、电台一部。至此，蒋介石的第一次"围剿"彻底失败。

万木霜天红烂漫，天兵怒气冲霄汉。雾满龙冈千嶂暗，齐声唤，前头捉了张辉瓒。

二十万军重入赣，风烟滚滚来天半。唤起工农千百万，同心干，不周山下红旗乱。

毛泽东在反"围剿"结束之时，兴奋不已，诗兴激扬，在小布村的龚氏家庙里写下了著名的《渔家傲·反第一次大"围剿"》。

第一次反"围剿"，我军歼敌万余，缴获战利品无数。令小布村人最为骄傲的是那一部半（其中半部已坏）敌军的电台。

而我作为一名军人，与一代又一代官兵一样，从此铭记了这个与自己的部队曾经有着特殊关系的地名——小布。

红军在小布时第一次有了"一部半"电台，也从此结束了"瞎子""聋子"的窘境。

"我们家的厅堂里，因此也热闹起来，每天都有一群年轻的红军战士在这里聚集。有一天，几位红军战士忽然争论了起来，连毛主席也被吸引过来一探究竟。"龚氏后代指着陈列在厅堂侧面的一间"电报室"，向我讲述了他母亲曾经讲给他的一段故事：

那是反"围剿"刚刚结束，毛泽东的警卫员陈昌奉见几位红军战士围在一个笨重的铁疙瘩旁嘀嘀咕咕，于是也凑过去看热闹。陈昌奉左看右看看不出啥名堂，便飞起一脚，踢向那个像酒坛子似的铁疙瘩，嘴里还愤怒地说道："这些国民党老爷兵，打仗不忘喝酒呢！"

"小鬼，你莫要踢啊！这可不是酒坛，是无线电台用的硫酸罐子哟！"陈昌奉回头一看是毛泽东，赶紧收回又提起的右脚。

"无线电台是啥东西？"陈昌奉和红军战士们好奇地问。

毛泽东指指一旁的两只木箱，说："就是这宝贝疙瘩，它的作用可大呢。有了它，两地相通，不用跑路，调动部队灵活得很。"

"你是说它能让两个相隔很远距离的人通话、送情报？"陈昌奉觉得不可思议。

"是嘛！"

"那不成为古书上写的'千里眼''顺风耳'了？"陈昌奉瞅着那箱子里的玩意儿，大惊小怪起来。

毛泽东笑了："是嘛！它以后可要派上大用场了！"

十天后，也就是1931年1月10日这一天，以"一部半"电台为基础的中国工农红军第一支无线电通讯部队正式成立。从国民党军队投诚过来的电台人员王诤任队长、红军指挥员冯文彬任政委，无线电通讯队编有监护排、运输排和炊事班等，共一百多人。毛泽东、朱德又签发了《调学生学无线电的命令》。不久，在小布赤坎陈家土楼开办了第一次无线电培训班，之后，这些骨干又随红军主力在赣闽交界的根据地，用"以师带徒"的方式连续开办数期无线电培训班。至1932年，中国工农红军第一所通讯学校成立，成批的专业军事通讯人才成长为我军的一个个"顺风耳""千里眼"，在配合我军粉碎敌人的一次次反"围剿"中做出了不可磨灭的巨大贡献。小布，因此也成为我军通讯与情报肇始的摇篮。

"嘀，嘀嘀……"

"嘀嘀，嘀！嘀嘀嘀……"

白云山头云欲立，白云山下呼声急，枯木朽株齐努力。枪林逼，飞将军自重霄入。

七百里驱十五日，赣水苍茫闽山碧，横扫千军如卷席。有人泣，为营步步嗟何及！

此刻，站在红军桥上的我，耳边似乎响起了不绝的无线电发报声，伴着这声音的是，我军克敌制胜后雪片般的战斗捷报和毛泽东《渔家傲·反第二次大"围剿"》那气壮山河的朗朗吟诗声。

小布的风啊，轻缓而又温和，葱郁的绿林在山谷间舒畅涌动，而我的思绪继续在飞扬。

记得第一次到小布村时，一位九十一岁的老大爷坐在自家老房前的大树下，用拐杖指着对面那片青青的稻田告诉我，在他七八岁的时候，稻田是一片红军操练的场地。"每天我都能看见一群群红军坐在树的阴凉下弹着'玩意儿'。那'玩意儿'嘀嘀嘀地响，每天都是这样，他们不停地在敲击着，声音很好听。"老大爷捋着白须，笑呵呵地看着我。后来我为他做了一个发报的样子，他笑得更欢了，连声道："是这个样！是这个样！"

当听说我是北京来的"解放军"时，大爷竟激动得两眼闪起泪光，敲着拐杖，让老婆婆拉我一定要在他家吃中午饭。"我知道，今天的解放军就是当年的红军。"大爷喃喃道。尽管他的方言必须有人"翻译"我才能理解其意，但从他的眼神里，我看到了他当年对红军的崇敬与深情，更感悟到了当年军民鱼水的深情厚谊。

他的儿子悄悄告诉我说："他已经八十来年没见过'红军'了，闲时还经常念叨呢……"

我感觉眼眶湿润了，连连向老人家点头，破例答应了他的盛情邀请。可当我弓着背，低着头，走进他家那间低矮而又阴暗的屋子时，内心暗自惊叹，大爷家几乎一无所有，他拿什么来招待我呀？难道这就是老区百姓的生活？这就是当年用生命和鲜血支援红军后人民群众的生存状态？

"不要紧，几只家养的鸡还是拿得出来的。你们从北京来一趟不容易，怎么着也得吃顿饱饭！"大爷的儿子是位忠厚的庄稼汉，立即忙碌起来。

"别别，千万别！这怎么行？"我赶紧阻拦，连说"不了不了"。哪知一旁的老大爷有些激动地支起拐杖，说："吃，要吃……"他的意思，我必须留下在他家吃顿饭。

我无法拒绝朴实而真诚的老人。然而，正是这顿盛情难却的饭，让我对老区和老区人民有了第一次的认识——穷！太穷了！

新中国成立半个多世纪了，为何这里还是这么贫困？在很长的一段时间，我一直都想不明白。直到后来，当我再次踏上这片革命烈士用鲜血染红的热土，再次走进小布老乡们中间时，我明白了一切。

是的，这里本不穷，依山傍水，自给自足。历史记载，数千年来这里都是一片安静祥和的富庶之地。但红军离开之后，"围剿"的国民党大军到处抢掠，再肥沃的土地、再富裕的田宅也经不起如此的豪夺。而且白军实行了"石头也要用刀砍三遍"的政策，且不说小布所在的一个宁都县在当时牺牲的红军烈士就已经多达一万六千七百二十五人，仅说只有几千人口的小布山村，牺牲的烈士就已经达一千五百多人。白军不光见红军、红属就杀，而且对那些红军曾经驻扎和安居过的村庄，实行烧光和搬光的报复手段。

"许多村没了，许多姓没了，更有许多人没了……在红军时期我们这儿到底死了多少人、绝了多少户、灭了多少村，也许谁也说不清。反正到了二十世纪六七十年代，我们整个宁都的人口还是没有大的增长。"有位乡干部这样说。

听到此处，再闻小布之风，似听得一片呜咽声。

"红军走后，白军就来了。"有位老乡悲愤道。他这样向我讲述："红军撤离苏区时，我们村里的青壮年男人都走了，他们走后再没有人回来，十有八九都死在长征前的战斗中了。白军到苏区后，又实行了五次大'清剿'，凡是与红军和苏维埃沾边的，不是被杀就是被烧，死的人比红军五次反'围剿'时还要多，多得到现在还没弄清到底死了多少人。只听老一代人讲，我们邻近的山湾湾里原来都是有村庄的，后来就再也没有了。苏区时，年轻的好女人多数嫁给了参加红军的小伙子，参加红军的小伙子们走了，这些女人们苦啊，不是死就是被改变了命运，在这块土地上，落到匪和财主手里的女人只能当牛做马……"

"当年苏区老区人民为了革命和新中国的成立不惜流血牺牲，今天这些地区还比较贫困，党和各级政府要积极支持和帮助这里的贫困群众尽快脱贫致富奔小康，决不能让一个苏区老区掉队！"这是习近平深情的话语。在他的直接关怀下，国务院于 2012 年正式出台了《关于支持赣南等原中央苏区振兴发展的若干意见》。

"生活在我们伟大祖国和伟大时代的中国人民，共同享有人生出彩的机会，共同享有梦想成真的机会，共同享有同祖国和时代一起成长与进步的机会。有梦想，有机会，有奋斗，一切美好的东西都能够创造出来。"习近平总书记的这段话，一直在激励赣南老区各级党组织和政府的党员干部们，他们在一个个红军烈士墓前紧握拳头，向红色土地和党旗宣誓：用三年时间，让贫困的老区变个样！

啊，这风多么劲烈！这风多么暖心！这风多么有希望！

我第一次离开小布时，就对这风有所耳闻。于是也就一直有了期盼，希望能够再一次到这片红色的土地上，看一看"变个样"的小布到底怎样了……

小布，我来了，再一次。

2016 年 5 月。

淅沥的小雨中，我又站在了小布镇的"红军桥"上。

对面的烈士墓园已有些变样了，而漫山的映山红正将其映得光芒万丈。我蓦然有种异样的感受，似乎今天的烈士们都是在欢笑着的。为什么？我转身再眺望重新规划后如建在花园里的已经是镇级别的小布时，猛然明白了——今天，这不正是当年烈士们甘愿牺牲自己的生命所要追求的幸福生活吗？是的，一定是的。

"为了新中国，为了孩子们的幸福未来，冲啊！"那一刻，我似乎听到了震天动地的冲锋号声，它正伴随着阵阵山风，响彻在小布上空。那天，小布雨后的天空，竟然升起了一道彩虹。

多么神奇！真是太美了！

年轻的镇党委书记李木生笑着告诉我，小布的生态一直很好，现在家家户户都住上了新房，老天也有眼，在欢笑呀！

真是这样？

真的。

李木生很认真地肯定道。

他说："我们这儿有句顺口溜：有了宁都，才有红都，才有首都。毛泽东领导的中国革命队伍从井冈山下来后，最先是在宁都落脚，在小布安营扎寨，设立总部，后来才到了瑞金建立第一个全国苏维埃临时中央人民政府，瑞金因此被称为革命的'红都'。中国革命又从瑞金走到了北京首都，建立了新中国。

"我们这儿除了漫山遍野的翠绿外，现在刚好又是映山红盛开的季节，你看，红得多么动人。"李书记自豪地说，"在习近平总书记和党中央对老区人民的亲切关怀下，这几年我们这儿的变化完全可以用日新月异来形容，一天一个样。变化最大的是百姓的住房问题解决了，这是长久以来难以解决的大难事。过去这里的百姓多数住在山坳里，交通不便，生活困苦。在打仗时，红军把散居在深山老林里的百姓家当掩护和游击作战的护身符，可要说过日子，尤其是想过好日子，在没有电、没有路、没有水的山坳里是很难实现的。所以，这回我们得到了中央政府的支持，把所有山区里的贫困百姓家的房子全部换新了，多数村民已经搬到了新农村的集中区居住了，通路通电通水，彻底告别了过去的旧生活。同时，我们还倾力打造了小布的中心镇区建设，上次你来的时候，我们这个新镇还没有建呢！现在你看看，跟你们北京的那些小区有多少差别吗？"

在李木生等镇干部的引领下，走在这个崭新的花园般的山区小镇，我真的不敢相信，这曾是个地处偏远、长期落后之地，而如今已是道路宽敞平坦，新楼房与街巷干净整齐，商店、饭馆、学校、医院、敬老院、戏台子应有尽有的城镇，还有过去大城市才有的网吧、超市、美容院……这还是我几年前所见过的那个小布吗？

变化真是太大了。

而这里确实是小布，是那个诞生我光荣部队的、为共和国做出巨大贡献的小布！

在小布镇，我又被带进一个叫"大土楼新村"的小区。举目望去，都是一排排崭新、漂亮、整齐的三层小楼房，在大城市里，它该算是连排别墅了。

"这是我们村民住的房子，家家户户都有两三套。"村支书刘星星说。

"都有两三套？"真是不可思议。

"是的。"刘星星支书介绍道，"过去我们一般三代为一家，居住在一起。这回旧村改建过程中，中央给了我们好政策，不仅家家户户换住上了新房子，而且每户在分配时是按照婚姻状况分配的。比如老两口有一套；夫妇俩也有一套；有的孩子大了，领结婚证了，那么他们小两口也可以单独再分到一套。这样，原来的一家人就基本上可以分到两三套新房子了。"

原来如此。

"一般一套大概多少面积？"

"每户实际室内建筑面积为二百二十平方米。统一的。"

这真叫我们城里人羡慕啊！这些房子村民们基本上不用花钱就能享受到。

再看看里面的环境，有环卫工人清扫道路和公共场所，有园艺工人维护绿化环境，花卉及果树成片成行，每天的污水和垃圾全部统一处理，大街上完全看不见垃圾。我还注意到，楼房底层的门槛边都留有一个洞，"这做什么用？"我问。

"农民家一般要养猫狗等小动物，这是我们专门为每家设计的猫狗洞。"刘星星支书的话让我忍不住笑起来，瞧他们为百姓想得多周到！

刘星星支书一定要我们到他家坐坐，于是我们进了他居住的小楼，坐下后听他介绍他带领乡亲们是如何在这几年里从旧房子搬到新房子里的故事。刘星星支书说："村上是2012年开始动员改造土坯房的。以前村里破破烂烂，大家的生活都很简单，似乎也习惯了。当上面动员大伙儿搬迁时，多数人还不理解，不愿挪窝。我也是其中的一个。我是退伍军人，当过兵，家里兄弟五个。父亲留下二百来平方米的房子，自己又建了一百多平方米的房子。一般的老百姓家跟我家差不多。所以刚动员搬家时大伙儿都有些不愿意，主要是不相信那是真的。开始我也是钉子户。尤其是我家的房子刚翻建没多久，不愿意搬是自然的事。负责旧坯房改造的干部曾多次找到我，他们每次都拿着那张规划好的大土楼新村鸟瞰图。那图上的房子漂亮啊，但我们村里人谁都不相信，私底下议论说，那房子是北京人上海人住的，乡干部拿这来糊弄我们山区老农民，就是不相信！面对负责旧坯房改造工程的干部们一次次来谈话，最后我被逼急了，问他们说：'你们说的要是都是真的，房子盖得能像图上那么好，我就搬！'人家干部笑了，说：'你不信我们可以签合同呀！本来我们就是要跟每家每户签订合同的嘛！'我又说：'那好，如果以后不是这样的话，你们政府必须赔偿我，而且是加倍的赔偿！'人家回答我：'那是必须的。'就这样，我带头拆了自己的房子，并且被选进大土楼新村规划建设征地拆迁房屋分配理事会当理事。当时村上多数人的工作还是做不通的，尤其是我们村上有三分之一的人在福建三明市那边打工做生意，动员他们回老家参加拆迁工作非常难。我就和老支书李高峰一起到三明，利用晚上时间把大伙儿叫到一起，给他们讲政策做工作，说了好几个小时，并且用自己的事跟大伙儿交心。最后，在那边打工的二三十户全部同意搬迁。那年正值六七月份，几乎天天下雨，八月份天气一好，我们全村基本上就把拆迁任务完成了。2013 年，全村人都开开心心地搬进了新房。村民们说，做梦都没有想到能住进这么好的楼房里……"

"现在村民还有土地种吗？"这是我比较关心的事情。

"有啊！全村平均每人还有三分土地，可以种粮食、蔬菜，还有一些山地，可以种果树。像我，过去是养鸡的，现在除平时做一些村上的行政工作外，还养了种鸡三千多只，日子过得很富足。孩子们也都有自己的事做……"刘星星支书说他在村上并不是最富裕的，许多村民比他家要好得多。

"现在我们村上没有贫困户。老人由镇上统一安排到敬老院去了，有些子女在外打工、留在家里的空巢老人也可以安排到那里去。"小布镇的敬老院是赣南地区出了名的单位，我去参观过。老人在那里的生活可谓非常幸福。

"过去小镇上有四个叫花子，现在看不到了。他们也被安排到敬老院去了，有吃有住，还有零花钱。"小布人领着我在街头一边走一边说。

迎面见一位大娘在扫地，我过去问她一个月拿多少钱，大娘立即笑眯眯地回答："我不拿钱，是义务劳动。"

"义务劳动？"我有些质疑。

镇干部点头肯定："他们是义务的，而且不止一位大娘，有几十个这样的义务清洁工。"

在小布还真有这样的事？

"是的。百姓们过上好日子后，心境也变了，许多大婶、大妈，还有老大爷、叔叔们，他们做完自己家的活儿后，就主动上街打扫卫生，做好人好事。有的人有空儿就多做些，若家里有事就少做些，大家已经形成习惯了。这是我们小布的一景，我们叫它'好人好风景'。"

"好人好风景"，真是太独特、太美丽了！

小布街头，此时和风习习，令人心情舒畅。

走到一坊小布岩茶馆，我们坐下后，一位漂亮姑娘为我们摆开了茶道。她的一招一式，十分娴熟柔美。

"请品我们小布的岩茶，纯天然的，没有一点儿污染，很香的。"姑娘的声音温婉甜美。

"你是本地人？"我有些怀疑地问。

"是，上潮村的。"姑娘大方地回答。

"长得真漂亮。"

"谢谢。"姑娘腼腆一笑，"我们村上的姑娘还有比我长得好看的呢！"

"小布姑娘漂亮是出了名的，当年红军干部不少人娶了我们小布姑娘呢。"镇干部说。

这位叫曾凤梅的姑娘介绍说，她有七个哥哥一个姐姐，她最小。家里有二十亩地，两个哥哥在外打工，姐姐在泉州开饭店。

"你条件那么好，为什么不出去闯天下呢？说不准可以在哪个大酒店当个大堂经理什么的。"

对我的问话，姑娘回答说："我看好小布的未来，我留在镇上再磨炼磨炼，以后自己创业。再说，这样可以在家照顾父母。一举两得。"

有道理，也有孝心。

"小布的今天，已经开始吸引许多在外打工的本地青年回乡创业了。有个叫曾鑫的小伙子，他原来在江苏的一家企业干中层管理。去年回家一看家乡变化这么大，就回来办了一家快递公司，现在生意十分红火。"

"这毕竟是偏远山区，快递生意还会火？"我略有疑问。

"我们镇上现在已经有四家快递公司了。他们的生意都很火，而且最近又有几家新的快递公司要注册了。"镇干部介绍道。

又是不可思议的事。

"我们这儿农副产品特别多，像茶叶、山黄鸡、无公害大米等，农民们过去苦于交通不便，现在他们知道通过电子网商平台可以把生意做到全国去了，甚至还有的跟外国人做起了生意。走，我们去看看农民们自办的电商。"我被小布人吹来的阵阵暖风彻底陶醉了。

"红秀，先别忙了。北京来的作家来参观你的电商了。"镇干部带我们随便走进一家店铺。只见柜台边那位年轻的妇女正专注地盯着电脑操作，柜台另一旁还有一位妇女在包粽子。我用眼睛扫了一下店铺柜里的商品，清一色的本地土特产，有竹笋干、包装好的咸山黄鸡、山黄鸡蛋、山茶油、腊肉、著名的小布岩茶叶、大米等，琳琅满目，少说也有近百种。

看上去店主熊红秀是小布的知识女性阶层。果不其然，她介绍自己是农村出身，后来上了中专，当过教师，又到赣州打工六七年。"结婚后带孩子再打工就不太方便了，去年回家一看，咱们小布建设得这么好，我就下决心回来创业。"熊红秀是个心直口快的人，一开口就滔滔不绝讲述起了自己的故事，"我最初做电商是为了帮养蜂的父亲把他的蜂蜜卖出去，试了几次，觉得还行。回到小布后，我便开了这家电商。"

"生意如何？"

"不错，养活一家人没问题。"熊红秀说完，自己就开怀大笑了起来。看得出，她是"小财主"了。

"这铺面一年多少租金？"估计五十多平方米的店铺，我盘算了一下，一年也得万把元租金吧。

"政府全免费给我们的。"熊红秀开心地告诉我，"我们小布的干部都是菩萨心，啥事都为我们农民着想。所以小布的老百姓都真心拥护共产党，拥护习近平总书记。"

"这些粽子都是通过网上卖出去？"看到一旁正在包粽子的另一位女工，我问。

"是的。"

包好的粽子都被密封在小包里。

"一袋五只，多少钱卖出去？"

"两袋一卖，十只，三十元。"熊红秀说。

"就是说三块钱一只粽子。哪儿的人要买？"

"全国各地都有，你们北京的也有，前几天我已经发了北京几件。"熊红秀从抽屉里拿出一沓快递单子给我看。

还真是。

"能保证不出问题吗？寄那么远。"

"不会。我们的包装都是真空的，常温下保鲜十天。国家邮政对我们帮助很大，专为我们农民开通了绿色通道，再远的地方，每件只要不超过三公斤都是五元邮费。"

"假如你卖出一件三十元的粽子，能赚多少钱？"我好奇这位农民电商的生意，她的经济效益。

"我们的粽子全是土产和手工做的，米是乡亲们自己种的，粽叶是乡亲们自己摘的，里面的豆啥的也是自家的，包粽子也是我们姐妹们、婶子们动手。

一件粽子的成本大约二十元。"

"也就是说每卖出一件粽子你赚十元。不算多嘛!"

"薄利多销。我们网上卖东西,靠的就是这。"熊红秀说。

朴实的山民,朴实的小布人。

"这位大姐是你的帮工?"我指指包粽子的那位妇女。

"她是我村上的。前几年她老公出了车祸,家里有两个孩子要上学,就困难了,所以我让她来帮忙。都是乡里乡亲的,有福同享,有难同当嘛!"熊红秀这么说。

"她是好人。"一直低头包粽子的那位大姐抬起头说。我看到她眼里噙着泪花。

看得出,"农民电商"熊红秀不仅很会做生意,而且是个热心肠。她店门口的一块玻璃板上写着一段卖粽子的广告语:粽里寻亲千百度,蓦然回首在小布——粽想和您在一起。

"嗬,你还挺会写广告语啊!"

熊红秀的脸立即泛红了:"我不是当过几天老师嘛。"

"像熊红秀这样的电商在我们这儿已经有数十家了,而坐在家里自己操作电脑进行家庭电商做买卖已经成为小布人现在的基本生活与工作状态。可以说,它是今天我们这儿最具活力、最有影响,也最牵动百姓心弦、最关切他们利益的一道主风景。它不仅在迅速改变着广大农民的生产与生活方式,更在迅速改变着他们的精神面貌和知识结构、生产结构、思维方式等多方面,使我们身在山区,却不再被边缘,不再感觉这个精彩的世界离我们很远。幸福其实就在我们身边,就发生在我们身上……"

是啊,这就是小布今天的"主风景",这就是当地人民全面落实中央振兴革命老区精神、推进"四个全面"、践行五大发展理念后所发生的巨变。

由此,我感到小布的风声里有党的温暖、人民的幸福欢笑和时代的气息……

啊,小布,让我以军人的名义,并且代表当年曾经在这里喝过你的水、浴过你的风的红军战士们,向你致以军礼!

(原载《人民文学》2016年第9期)

杨氏家国梦（节选）

张渝扬

第七章　寻梦途中

此时的叛逆少年虽然身在双江，但目光却早已投向了遥远的天际。莫道救国无望，学子已知路径。寻梦途中，有时穿过尘埃，有时穿过泥泞，有时横渡沼泽，有时行经丛林。杨氏三兄弟留学的过程，便是追寻救国梦的过程。

1. **寻求救国梦，热血男儿出夔门。**

在近代中国，历苦难而志弥坚，经累败而气不馁，为共和勇于担当，"越挫越奋"者，首推孙中山。

在四川潼南，历磨难而性倔犟，经艰险而志不坠，为家国勇于牺牲，"磨灭方休"者，首推杨闇公。

在我看来，这两者之间的逻辑并非因果，他们所经历的并非苦难，而是担当和牺牲。

作为中国近代民主革命的伟大先行者，孙中山首举彻底反专制的旗帜，在当年中国内忧外患的情况下，第一个喊出了"振兴中华"的口号。这一口号，一直成为无数中华儿女矢志奋斗的中国梦想。也成为少年杨闇公寻找的革命救国的梦想。

清代晚期，帝国主义列强竞相瓜分中国，清朝犹如一个病入膏肓的老者，就象鲁迅所讲"新派摇头，旧派也叹气"。在维新和守旧两种势力的激烈角逐中，列强的触角伸向长城内外，也伸向了西南四川。

四川地区深处内陆，地理位置封闭；重庆地处西南边塞，万里长江上游，被帝国主义视为"川江之门"。

1890 年，根据清政府与英国签订的《中英会议藏印条约》，英帝国在重庆设立了第一个领事馆。

次年，重庆海关在朝天门附近的"糖帮公所"建立，标志重庆正式开埠。不久，川东道黎庶昌创设的第一所重庆洋务学堂——川东洋务学堂开学。

封建豪绅和外国列强进一步勾结，加深了四川人民的痛苦，同时也增强了四川人民反帝反封建的斗志。"万县案"和"抢米案"迭次发生，以工人带头掀起的"护路"风潮和各地的农民起义，风起云涌。

日益沦为半殖民地半封建社会深渊的中国，国家存亡，成为空前社会危机；救国图存，成为最大时代主题。

自古巴渝山高水长，民风彪悍，使重庆人具有与生俱来的革命性。就是这些封闭落后的地方，能产生忧国忧民的革命先行者的必然性和特殊性。

此时的重庆，爱国青年杨庶堪、陈崇功、朱蕴章等受孙中山影响和鼓舞，认识到只有以"寻求富国强兵之道为标志，以启迪民智为作用，树立革命思想"才能实现"振兴中华"的理想。于是形成了以四川第一个资产阶级革命小团体——公强会为核心的重庆资产阶级革命派。

"革命军中马前卒"，重庆人邹容所著的《革命军》，这本系统阐发孙中山"建立民国"设想的书籍，仿佛当头棒喝，对少年杨闇公萌生革命理想起到了引导作用，在寻求强国梦的途中，有了新的追求和方向。多难家国，激起杨闇公男儿血性。双江深宅大院，已难关住他的高远心志。父亲的教诲，留学兄长的影响，尤其是孙中山、邹容的革命思想，使"四倔仔"的叛逆性格转化成强烈的爱国热忱。此时的叛逆少年虽然身在双江，但目光却早已投向了遥远的天际。

我是旧社会的叛徒，新社会的催生者。

这是少年杨闇公对自身形象的描述，也是杨闇公对人生目标的定位。杨闇公从小就用这句话自励，并付诸实践。

因为从小受到传统家教的影响，杨闇公从传统文化中吸取了养料，它影响了杨闇公的思维方式，左右着杨闇公的审美情趣，规定着杨闇公的价值取向。可以这样肯定地说，传统文化是一种强大而凝聚的力量，没有传统文化的支撑。一个民族将难以支撑，甚至不复存在。同样，一个家族也将难以支撑，甚至不复存在。

走出封建家庭，"进新学、增知识、广见闻"，便成为"祠堂闯祸"的热血男儿冲出夔门，参加革命的人生选择。

双江镇虽然偏于重庆一隅，但受留学归来的"西洋学子"的影响，民风开放而又激进，加之各地反帝反封建斗争浪潮波及，国破家亡的现实使杨闇公的"革命生涯",早在辛亥革命后不久就开始了。

"祠堂闯祸"后,少年杨闇公横下一条心:外出留学。可族长投了反对票;留学不成,杨闇公再度横下一条心:离家出走。这虽是少年时代的一时冲动,却让他在"革命生涯"中,体验到了什么是信仰追求。

自古便有"天下未乱蜀先乱,天下已治蜀未治"之说。四川以其经济富庶和地势险要,一直是南北军阀争夺的焦点。连年战乱中历练出来的杨淮清父子,与迷恋烟灯鸦片的纨绔子弟大不相同。

也许是幼年生活在父亲身边的缘故,杨闇公的身上潜移默化地融入了父亲的一身犟气。

杨闇公的这一身犟气,是他不畏强权性格的闪光。他很小就有鸿鹄之志、鲲鹏之梦。其少小求学之初的作文《行成于勇毁于庸》,反映了他早有的抱负心。但他在寻梦途中却颇多周折。

早在留日之前,杨闇公就已参加推翻北洋军阀的革命。

杨闇公参加革命的第一个行动是为反袁义军运送军火。

杨闇公参加革命的第一次遇险是遭到外国巡捕的缉拿。

1913年夏,年仅十五岁的杨闇公揣上几个银元,再往行囊里塞入几件换洗衣服就走了。那时双江不通汽车,杨闇公在双江镇永兴码头乘船,从涪江经嘉陵江一路往东进入重庆,走向外面的大千世界,开始了他悲壮的旅程。

此时正值孙中山发起讨袁的"二次革命"。杨闇公准备到千里之外的湖口,投奔任江西都督李烈均组织的苏皖湘粤赣五省讨袁联军总参议的堂兄杨宝民。

杨宝民与李烈钧为云南讲武堂同事。李奉孙中山、黄兴之命任讨袁起义军总司令,杨宝民出任襄助。发表讨袁檄文,揭开二次革命的序幕。接着湘、鄂、皖、苏、闽和上海、重庆等省市,相继宣布独立。

谁知,杨闇公乘船到达宜昌时,听说袁世凯下令通缉革命党领导人孙中山、黄兴、李烈钧等人,方知湖口讨袁军事行动失败。

于是,杨闇公改变主意,直达上海,寻找从日本回国在上海商务印书馆从事编译工作的大哥杨剑秋,而此时恰好堂兄杨宝民也逃往上海躲避。

在上海,杨闇公不顾二次革命失败后革命党人遭到迫害,革命形势处于低潮的形势。经杨宝民和杨剑秋推荐,毅然加入中华革命党。后经杨宝民托江苏陆军军官教导团少将教官彭维翰保荐,进入该校学习军事,为将来从事军事斗争作准备。

位于南京中山门外的陆军中学堂,对外称江苏陆军军官教导团,系段祺瑞、冯国璋所办的军官学校。军官教导团的萧团长富有革命热情,与杨闇公志向相同，十分默契。学习期间，杨闇公被派往上海筹集和运送军火，为反袁战争作准备，外国捕巡为此辑拿他。机警的杨闇公穿堂攀檐，巧妙地逃脱反动当局的缉拿。

杨闇公参加革命的第二次遇险是遭到北洋军阀的追捕。

1915年5月9日，袁世凯接受日本提出的灭亡中国的"二十一条"。全国各地掀起抵制日货的高潮。全国教育联合会将5月9日定为国耻纪念日。

当时，青年学生毛泽东在湖南第一师范学校刊印的《明耻篇》中题词："5月9日，民国奇耻，何以报仇，在我学子。"

12月12日，袁世凯窃国称帝，改国号为中华帝国，建元洪宪，史称"洪宪帝制"。一时舆论哗然，举国震惊，受到全国上下一致反对，讨袁浪潮一日高过一日。正在南京陆军军官学校读书的杨闇公，热切盼望自己也能投入这一滚滚革命洪流中去，但又不知如何行动。恰好此时，孙中山派杨宝民从上海去策动江阴炮台起义，杨闇公毅然随堂兄前往。

江阴地处长江南岸，在南京、上海之间，战略地位十分重要。江阴炮台是扼守长江咽喉的江防重地。人称"锁航要塞"，素有"江上雄关"之称，既是由海入江的咽喉，又是南北交通的孔道，历来是兵家必争之地。1916年，杨闇公受杨宝民之命，利用在军官教导团结识的萧团长已调任江阴要塞司令的关系，秘密筹划在炮台官兵发动武装起义，以策应武汉。

3月的一天深夜，蒙蒙的夜雨给江阴古城增添了一丝寒意，街上已经没有行人了，古城一片宁静。但在这宁静的雨夜中，江阴炮台的一间宿舍内却亮着昏黄的烛光。

这是杨闇公和萧司令正召集炮台官兵密谋起事，为避免清廷爪牙的发觉，只点了几支小蜡烛。

灯光虽弱，但大家热情很高。杨闇公用他那特有的四川腔鼓动道："反袁护国，全国响应。我等革命青年切不可坐视。在长江之下游，如能起事成功，与武昌相应，则长江上下自可联贯一气，江南可自立。机不可失，时不再来，维护共和，肇于此时，我愿与诸君共同努力。"

杨闇公的慷慨陈辞很快引发了大家的革命热情。一个瘦弱的青年应声而起："我等加入护国义军，便已立下革命志向，愿为共和献身。如今正是革命之良机，我愿追随孙中山，再造共和，即使肝脑涂地，也在所不惜。"

瘦弱青年的话引起了大家的共鸣。大家纷纷起身表示愿为共和而战。即使是因古板而被同学称作"书呆子"的几个文弱书生也是热血沸腾。

正当紧锣密鼓策动炮台官兵起义之时，谁知，因事机不密，杨闇公遭到北洋军阀派兵搜捕。在危急关头，杨闇公从教导团宿舍跳窗滚岩而逃，敌人将他逼至长江边，在前有大江，后有追兵的千钧一发之际，幸得一渔翁驾小船搭救。北洋士兵只得眼睁睁目送这位"船夫"扬帆破浪而去；

杨闇公智勇双全，胆识过人，屡次遇险而化险为夷。北洋兵听到杨闇公的名字，也是谈虎色变。

2. 莘莘学子，东渡寻梦，梦幻小岛。

自 1895 年算起，至 1915 年袁世凯"帝制自为"，在二十年时间，中国走过了西方国家诸如法国差不多两百年的历史。这种欲速则不达的惶惑感、毁灭感、紧迫感，其实都来自甲午战争。

明治维新以后，日本向西方学习。"破除旧习，求知识于全世界"通过激进的改革，使日本最终走上富国强兵的道路。

日本明治维新的成功，给中国人以很大的启示。在以日为师的思潮影响下，有志青年纷纷踏上了日本的国土。

清末响当当的洋务派领袖张之洞深深关注着民族的命运。他在《劝学篇》中"至游学之国，西洋不如东洋"。这段富有有引力的著名论断，对留学日本起到了推波助澜的作用。

在"政治学西洋，军事学东洋"的口号下，走出国门去日本寻求强国救民之道，日本便成为我国青年留学的主要目的地之一。

1896 年，中国开始向日本派遣留学生，揭开了中国人留学日本的序幕，从此掀起了一波一波留学日本的高潮。

周恩来、李大钊、陈独秀、蒋介石、彭湃、董必武、张澜、廖仲恺、何香凝、鲁迅、郭沫若、田汉、夏衍等这些中国近现代不可不提的风云人物，都有一共同的经历：留学日本。

在留学日本的滚滚人流中，早已有了双江杨氏子弟的身影。

1904 年 8 月，16 岁的杨剑秋第一次离家到异国求学，考入日本中央大学经济系。

杨剑秋自幼聪明过人，过目成诵，有"神童"之称。还在幼年时代，杨淮清就把他作为未来的"实业救国"的专业人士来培养。是双江第一个赴日本专修经济的杨家子弟，体现出杨淮清培育人才的超前眼光和魄力。

当年日本中央大学，一群来自中国的留学生，常相聚一起，赋诗唱和或倾吐忧国忧民之心，或表露革命图变之志。受西方变革思想影响，经常阅读日文版的《共产党宣言》《阶级斗争》和《新青年》等书刊。因其志同道合，杨剑秋与老乡吴玉章和来自广东的廖仲恺畅谈"国破山河在"，"彼此志趣相投，常在一起切磋学问，议论时政"，成为一生的同窗知己。他们相互砥砺，立志学成报国。由此结下了深厚的友谊。

1918 年夏，在廖仲恺、吴玉章的介绍下。杨剑秋加入了孙中山在日本组建的推翻满清王朝、封建统治的中国同盟会，追随孙中山反清救国，成为该会最早的成员之一。从此走上"驱除鞑虏，恢复中华，建立民国，平均地权"的旧民主主义的革命道路，并为之不余遗力奋勇战斗。

杨剑秋不仅国学功底深厚，学识渊博，文武兼备，生性刚强，眼界开阔，敢于标新立异，所以能够在那国弱民贫，风云激荡的变革时期，怀揣报国之志，追求救国真理。他还经常从日本寄进步书刊给家中闇公弟妹阅读。

一年春节，杨剑秋从日本回到老家，向闇公弟妹讲了许多外面世界所发生的事情，讲到了日本新式学堂，以及在这个新学堂里，学习数学、物理、化学等全新知识；此外，还对他们施以革命启蒙教育，讲到了外国洋人在中国横行霸道，讲到了中国人民的英勇反抗，如收回权利运动，拒俄运动，抑制美货运动。这一切，对杨闇公都是那么新鲜，那么有趣，平生第一次，他听到了"立宪""共和""救国"等全新的名词；还听到了在日本，张继抱腰，邹容抱头，陈独秀挥剪，把清朝姚学监的辫子剪掉了的故事。

大哥的教导，在杨闇公幼小的心中，激起阵阵波澜。自此以后，他对自己的学习有了全新的认识，而且有了强烈的求知愿望。他认为，自己所学的知识太少，并且对社会，对国家没有实用，他必须去学习更多的有用的知识，以实现自己的救国救民大志，为国家、为社会服务。

九年后，杨剑秋从日本回国，参加反对北洋军阀、维护共和的军事斗争和第一次国共合作。他"振武救国"的主张和投身革命的实践，对少年杨闇公选择出国留学和学习军事产生了直接作用。

1917 年 2 月，时任四川财政厅监印官的杨衡石因公赴京，不久即考入日本知名的私立明治大学商科，与荣昌县路孔乡人赵松生同学。随后加入马克思主义研究会，组织留日学生委员会，改造了中国会日学生总会，开始投身于革命活动。

先后留学日本的大哥和二哥，一直是杨闇公羡慕的榜样。留学日本，振武救国的梦想，久已埋藏在杨闇公心底。

父兄的教诲，使杨闇公开始从无忧无虑的少年走出来，使他比同龄孩子更早地思考社会与人生，更早地走向成熟，参加革命的两次遇险，使他的少年生活进入了一个新的阶段。

江阴脱险逃逸上海后，他便越来越发觉自己的家乡太狭隘、太偏僻、太闭塞、太落后。这里，已不能很好地满足自己的强烈的求知欲望了。他一心想离开家乡，到外面的世界去闯荡。

二哥留学日本半年之后，1917 年 9 月，19 岁的杨闇公终于实现了他东渡留学的愿望。

怀着和大哥、二哥立志救国的抱负和向日本寻求真理的心情，杨闇公从上海乘船去日本。

杨闇公心情颇不平静。想到这次出国留学，因触犯封建宗法，被族中取消留学补助金，自己无能为力，多亏了老亲四处奔波，卖了田产才凑了两百块大洋作留学费用。真不知该怎么感谢老亲才好。惟有学成报国才不负老亲一片苦心。

杨淮清心情也是颇不平静。想自己少年时没有出国留洋的机会．现在能送三个儿子出国留学，也算是实规了自己当年的梦想。

杨闇公到达日本，与在东京都千代田区的明治大学攻读经营贸易学的二哥杨衡石相见。为了日后能振武救国，杨闇公决定先入东京成城学校补习日语。

位于东京新宿河田町的成城学校，是日本陆军参谋本部1900年创办的一所专为中国陆军留学生开办的预科军事学校，是学习军事的中国留日学生踏上日本土地的第一站，既学习日语，又学习军事。从成城学校毕业后，才能再入日本士官学校学习。

从1868年明治维新开始，东京就成为日本的首都，是日本的政治、经济、文化教育中心。见证了日本学习西方，富国强兵的全过程。日本陆军士官学校，是明治维新期间开办的军官军校。该学校的毕业生是日本近代军队的骨干。近代日本四处发动的侵略战争中的陆军军官无论将军还是少尉，几乎都曾在这里学习过。中国很多著名将领，如蔡锷、蒋百里许、崇智、孙传芳、阎锡山、尹昌衡、蒋作宾、何应钦、汤恩伯、朱绍良、程潜等曾在日本陆军士官学校留学，这里成了中国军事家的一个摇篮。

此时正值19世纪初叶，内有军阀纷争、百业凋敝，外有列强环视、蠢蠢欲动，内外交困的局面，不仅让国内有识之士殚精竭虑，更让莘莘学子再难安下心去研读，各种运动、思想和主义在神州大地泛滥。年轻的杨闇公也在问着自己，究竟什么才能救中国？

在杨闇公彷徨之中，二哥给他送来一道曙光——已是马克思主义研究会成员的杨衡石，介绍四弟加入他组织的爱国留日学生组织——留日同学读书会。杨闇公在读书会里，如鱼得水，他和同学谈少年当自强，俄国十月炮声，巴黎公社红旗，资本主义僵尸，共产主义幽灵……听宏论，大家一起喝咖啡；说国梦，回眸望海解乡愁。东京众多的大学、图书馆、博物馆、美术馆，成为杨闇公等寻求救国救民真理的殿堂，

那时，欧美革命思想的书籍和历史名著在日本广为流行，杨闇公在读书

会如饥似渴地学习新知识。在二哥的引导下，通过释文学习了《资本论》，严复翻译的《天演论》，日本学者河上肇的《经济学》，幸德秋水的《社会主义精髓》等宣传马克思主义的进步书籍和理论；梁启超的《少年中国说》以其富有感染力的笔触，将他振兴国家的追求呐喊出来，让杨闇公读后有血脉贲张的感受。还有他那首"一雨纵横亘二洲，浪淘天地入东流。却余人物淘难尽，又挟风雷作远游。"（《太平洋遇雨》）抒写其流亡海外，历经淘洗磨炼的诗句，更让杨闇公感同身受。由此可见，晚清革命的出现，已和中国过去易代之变不同了。所以，这段日本留学的经历对杨闇公的影响很大，广阔的视野让他的思想有了巨大的跃进，民权、民主、科学、自由等概念已深深扎根在他的心里。

莫道救国无望，学子已知路径。

正是日本留学期间，通过杨衡石，杨闇公开始接触马克思主义。

谁知，读书会被日本当局以未经校方批准为借口强令解散。杨闇公不服，为此与日本警视厅据理辩争。反遭扣押，在留日同学会的呼吁下，八天后才被释放回校。这是杨闇公第一次被日本帝国主义的监狱囚禁。

杨闇公思想上最大的跃进是 1918 年 9 月，获释后转入日本士官学校学习期间。此时，十月革命的炮声送来了马列主义。陈望道介绍共产党宣言的文章，对留日学生来说，那显然是一种精神参照，仿佛给杨闇公等人注入了新的血液，身上流淌的是生命的激情。那些被压抑了上百年的民族忧愤，以言和行的方式释放着。《英特纳雄耐尔》让他开始认识到，单纯靠军事非能救中国，只有社会主义才能拯救多灾多难的中华民族。

在晚清中国，孙中山一批流亡域外的文人，每每不忘故国，心系旧地。他们始终报着一腔热血，要寻民族复兴之梦。所以在日本、新加坡、美国，就成了中国反对派的集结地。不仅和清政府对立，与世风也是多异的。

那一时代的革命者、留日学生中的革命党人，因为远离祖国，历史的眼光就更自觉。而在哲学的层面，也有国内学人所不及之处。比如研究西学，已非国内学者的按部就班，是有一种文化的对比和冲动。

这些思想对杨闇公冲击很大。在异域的会聚里，革命者构建的语言世界，让积聚在那里的留日生感到中国文化价值何在，它不只再是所谓孔教的建立之类的问题，而是输进域外的文明，再造本土文化。这些自觉的民族之音，在辛亥革命之后，终成演进革命军的主旋律了。

留日学生的语言激烈而开放，坚定而勇敢。没有迂腐的形影。这些是与杨闇公同气相生的。正是这种不流于情绪和口号，把留日学生被满清压抑的想象和思想与爱国情怀，流水般地倾泻出来了。

这些留日生和反清流亡者，别看是一些小小的群落，其革命的辐射力之大，超出了他们自认为是"多余者"的预料。

杨闇公自认为是"多余者"，可也认为是江山社稷舍我其谁的人物。

晚清的文化变革，可以说是"五四"新文化运动的前奏。因为它不是简单的求新，还有东西方不同理念的重新组合的过程。梁启超那句"吾爱孔子，吾尤爱真理！吾爱先辈，吾尤爱国家！吾爱故人，吾尤爱自由！"的哲言，鼓励着杨闇公等当年留日学生，在寻求救国梦中，应厘清真理和谬误。要多思考，不能盲从。从而认识到，东西文化，各有所长，应取长补短，方能为我所用。

如果说，东洋的文化给了那些迷梦渐醒的留日生一些"知"与"情"的新启示，那章太炎则在故国的文明里，把"意"的存在献给了留日生，让他们知道，文章可以这样充满个性，有悠远的古意在，那完全不是康有为那么老朽。只有儒家的语言传来转去。章太炎有庄子飞动的灵思妙想，也有刘勰那样的古奥深远。《民报》开一代学术新风，把文化从奴性中引向解放的天地。

1919年5月，"五四"运动的消息传到日本，杨闇公等一批留学生十分振奋。为声援国内的爱国运动，他们连夜奔走，四处联络；为声援"五四"运动，参加留日学生和华侨集会与留日学生、爱国华侨一道，在中国驻日公使馆门前请愿示威，带头冲击紧闭的中国驻日使馆大门，抗议"巴黎和会"的无理决议，要求收回日本强占我国山东青岛的一切权利。

在示威游行的最前列，杨闇公挺身昂首，一面带头高呼口号，一面向群众演讲，声援五四，号召大家奋勇救国。

此时的杨闇公和同学，万万没有想到，又一场灾祸随之而来。

中国卖国政府驻日外交官勾结日本反动当局，调来军警进行武力弹压，挥舞木棍、铁棒毒打手无寸铁的中国留学生和华侨，试图驱散示威人群。

杨闇公怒不可遏，与日本军警展开英勇的搏斗，奋不顾身救护受伤同学。

日本东京警视厅以"违反治安罪"的罪名，又将杨闇公逮捕，并判处8个月有期徒刑。这是杨闇公第二次被投入日本帝国主义的监狱。

杨闇公虽身陷囹圄，在狱中备受摧残，但他仍然坚持阅读马列主义和进步书籍，在墙壁上书写爱国标语和抗议口号，反对中国卖国政府和日本帝国主义。直到1920年秋，刑满出狱。杨闇公被迫离开日本回国。

日本的留学生活，对杨闇公的性格改变很大，使他逐渐成熟起来。从前那个淘气、活泼、好动的顽童不见了，杨闇公变得严肃、成熟了。

杨淮清送三个儿子去日本求学，除学费由家里和族中助学金提供外，留学期间需要的零花钱，要靠他们自己业余时间打工获得。杨家三弟兄都在餐厅做过夜间兼职，每晚打工到深夜的经历，使他们不仅懂得了挣钱的艰辛，而且磨练了身心；在日本求学的异常辛苦的经历，使杨家三弟兄悟出了不少灵活变通的道理，并为日后参加革命活动打下了坚毅不屈的性格基础。

　　杨淮清送子东渡日本留学，开了杨氏家族培养人才方法之先河。杨剑秋、杨衡石、杨闇公三兄弟学成后归国，成为反帝反封建的得力猛将。

　　3. 中国百姓啊，何日才能从昏浊的噩梦中醒来。

　　1920年秋分时节，寻梦回国的杨闇公从日本回重庆，面对"祸乱相寻，民穷财尽"的家乡，他似乎发现，这饱含乡愁的秋风秋雨，正在化为初冬的寒露，凋零了这山城的枯枝落叶……

　　眼前的重庆，四周雾蒙蒙的。萧杀的秋夜，像一件破旧的长衫，冷冷地披在山城的老街和江水上。现在才是农历九月，就让久未归乡的学子，生出一丝冬的寒意。杨闇公的脚步声，在蒙笼的夜色中，显得格外沉重。

　　因护法战乱避居重庆的杨淮清，租用二府衙街70号院安家。这时，由于众多子女读书、儿女婚嫁，加之一家人又分为双江、成都和重庆三处居住，所有开支全靠双江老家留下来已不多的田租，真是坐吃山空，经济拮据。为了维持家庭生活，杨衡石在成都作了四川边防军总司令赖心辉的秘书，顺便照料几个随大哥去成都居住的弟妹。杨淮清也在二府衙街住宅临街的底楼开了一间中药房，坐诊问脉，悬壶济世，一家老小倒也平安无恙。

　　二府衙街是坐落于重庆下半城望龙门街对面，一条宽约3.5米，长约0.2公里短街小巷。清代时重庆有三重管理机构，最高一级叫"川东道"（大致相当于现在一个省），重庆府（相当于省辖市），巴县署（相当于市辖县）。这三重机构的衙门，都在下半城。所以在这里设重庆府同知署，这是扶助重庆知府的二级衙门。后重庆同知署迁往江北镇，原来的驻地变为了居民区，袭旧衙名作街名，这才有了这条"二府衙街"。

　　1891年重庆开埠后，英美等国在下半城纷纷开设洋行，修建了一批老重庆最豪华的建筑，形成了风云一时的"金融街"。这条繁华喧闹的街上，142号汪全泰号、154号大清邮局，以及白象街151号和166号建筑群，中西结合的风格，林立的洋行招牌，精致而大气。白象街上还有不少的文化味道，比如白象街15号是1897年宋育仁主办的《渝报》和1924年肖楚女任主笔的《新蜀报》报社旧址，白象街和沿街叫卖的"炒米糖开水"和"担担面"其实就是老重庆繁荣的一个缩影。

　　杨闇公回来后，杨尚昆兄妹每天最大的乐趣，就是在放学后，要四哥带着他们沿着望龙老城墙，去江边那片吊脚楼的黄桷树下听他讲留学日本的故事，然后就闹着去附近的商业场吃担担面，或者去白象街丁字路口吃炒米糖开水。

辛亥革命后，中国依然是军阀统治，巴蜀大地，民不聊生，满眼尽是沧凉。当时的重庆更像个封建部落，死气沉沉；有的人不学无术，一心只想当官，有的顽固守旧，不容许有新思想进来。街上则多是旧官僚和富家子弟，有的一年要花几千银元，带听差、捧名角、逛妓院，对读书毫无兴趣，对当官之路却千方百计地去钻营。

香水、口红、薄如蝉翼的绸衣衫，使一掷千金的纨绔子弟飘飘然，吸大烟、喝花酒、打麻将……看到一些人麻木的神经，杨闇公滚滚的热血在沸腾！奇耻大辱，大辱奇耻，看着一些人花天酒地的堕落生活，如毒蛇之齿，撕咬着杨闇公的心！

杨闇公在日本留学时，正值日本欣欣向荣的时期。日本人民勤勉刻苦，崇尚节俭，热爱国家和虚心学习的精神，无不让人敬佩。只可惜偏狭自私的黩武主义，也同时在滋长，阻凝了国民创造性，由虚心渐转虚骄。日本虽得跻于强国之列，终于抑制不住军国主义的侵略本性，以致中日两国，两败俱伤，东亚元气，耗损殆尽。

想到这里，杨闇公不由发出一声长叹：麻木、自私、贪生与奴性的中国百姓啊，何日才能从昏浊的噩梦中醒来，做一个有国魂、有尊严、有血性的国民。

革命当从家庭起，剪发放脚破陋习。

因为当时四川封闭落后，不少的人对这种中国仅有世界上其他国家绝无的封建陋俗顶礼膜拜，认为妇女不缠脚就是有伤风化，并把吸食鸦片烟当作是一种风气与潮流，甚至到了这种程度，官宦人家都有几杆烟枪，以备客人来时吸食鸦片。

杨闇公回到家中后，积极宣传革命思想，立即给家里带回了新鲜空气。经常向家人们讲述鸦片的毒害和妇女裹脚的坏处。开始母亲对放足有顾虑，为了不让这种陋习继续残害人们的健康，于是杨闇公主动出击，带着尚昆，兄弟俩趁着夜深人静之时，将烟馆里抽鸦片的烟枪和家中母亲、姐妹的裹脚布"偷"了精光，在家中引起了不小的震动。

杨闇公对父亲说："您老也是个开明的人，现在都民国了，怎么还不给妹妹放脚呢！今后她们这双小脚怎能走向社会？"在杨闇公的劝说下，深明大义的杨淮清，同意让妻女剪发放脚，杨家首先辟除了以牺牲女性为前提的基础上建立起来的封建陋习。

六妹杨义君、七妹杨尚友带头剪了辫子，上街时，人们笑她们的"鸡婆头"。杨家姐妹都是一双大脚板，这全靠杨闇公、杨尚昆为姐妹解放的，后来杨尚友进了体育学校，在上海跟着杨尚昆跑"交通"，她还说，全靠四哥解放出来的这双大脚板。

杨尚昆对留日回来的杨闇公的胆识和学识推崇备至。在读书之余，他每天清晨跟四哥到江边练打花拳，这是兄弟俩在双江就早已养成的习惯。他一直不忘杨闇公对他说的："在这个乱世相寻的年代，一个人除了学文，还要习点武术，既能防身，又可健体。有了健壮的身体才可保家卫国。"

杨尚昆最爱听杨闇公讲故事。他说，四哥讲故事爱打比喻，生动好听。现在他回忆杨闇公在双江给他讲的故事，至今还津津有味。

"溪边的桑树很多，我们经常爬到树上摘桑泡吃。闇公四哥比喻说，中国版土就像一片大桑叶，帝国主义像蚕子，一口一口吞噬着祖国。四哥爱国爱民的思想对我影响很大。"杨尚昆对杨闇公当年为他讲述"蚕食桑国"的悲愤的情景记忆犹新。这次，他还从四哥口中知道，日本对中国的侵占和企图，不是从发动甲午战争的1894年，而是比这早400多年的十六世纪的丰臣秀吉时代就开始了。中国自晚清帝国衰败之后，一直为列强任意吞并的弱国。这让年少的杨尚昆更加深了对国家命运的关注。

这次回家，杨闇公除了讲自己在参加革命的四次脱险经历，讲述梁山泊英雄、白莲教起义、鸦片战争、太平天国、义和团等故事外，还特地买了许多进步书报给弟妹们阅读。

这些爱国的故事和进步书报，在杨尚昆幼小的心灵中播下了革命的火种。对杨尚昆人生轨迹的走向产生了根本性的影响。弟妹们立志像闇公四哥那样，去寻求救国救民的道路，做一个有国魂、有尊严、有血性的国民。

杨淮清始终把"修齐治平"作为家风的一种内在要求而言传身教，为子女们的成长留下一种精神，一种传统，一种潜在的力量。体现了在那个民族危亡的时期，仁人志士对强国梦的追寻。

杨剑秋、杨衡石、杨闇公三兄弟留学日本的过程，便是追寻强国梦的过程。也是希望国家富强，民族振兴，从事革命救国最重要的一个动力。

在支持子女寻求强国的过程中，就可以看出杨淮清的开明。这是杨淮清一家之所以能成为那个封建社会中的先觉者、先行者、先倡者的原因之一。

寻梦途中，有时穿过尘埃，有时穿过泥泞，有时横渡沼泽，有时行经丛林。这不但是中国近代史的生动写照，更是杨淮清一家寻梦途中的传奇演绎。

第十二章　毁家纾难

　　杨淮清为了革命几乎把所有家产都献了出来。双江、山城和蓉城见证了杨淮清一家为实现家国梦前赴后继奋斗的影子。杨淮清的"雪中送炭"给早期毫无经济来源四川共产党人提供了巨大帮助。

　　1. 杨淮清把成都、重庆、潼南双江的家用来掩护革命活动。

　　那是一个充满着变革与颠倒的时代。每一次血雨腥风的大变革，都是一次对历史的大颠倒，也是一次对命运的大颠倒。在这种历史和命运的颠倒中，出现了另一种颠倒：出身富家的子弟加入了共产党，为穷人争天下；出身农家的子弟却加入国民党，为富人保江山。

　　杨淮清一家属于前者。

　　当杨淮清为了革命几乎把所有家产都献了出来，从"清仓"为国那一刻开始，他一家的命运，就已和国家兴亡，民族振兴连在一起了。

　　杨淮清在气势磅礴的反帝、反封建、反军阀的大革命激流中，尤为讲究爱国，注意契合时代变革，从追寻"振武救国梦"到探寻"实业救国梦"，直至憧憬"民主建国梦"，一心想让民穷财尽的国家富强起来。

　　为了这个梦想，他把成都、重庆、潼南双江的家作为共产党的联络站，掩护革命活动。

　　——成都娘娘庙街24号——中国青年共产党"诞生地。

　　1924年1月12日，在成都娘娘庙街24号，杨淮清的寓所，宅院的厅堂中悬挂着马克思、恩格斯、列宁的画像。有20多人参加了会议，并形成了党章和决议，选举杨闇公、吴玉章、廖划平等6人为负责人。

　　四川的第一个马列组织——"中国青年共产党"就诞生在这里。

　　在这里，四川共产主义运动先驱者杨闇公曾带领一批热血青年，马氏的信徒为救亡图存、追求真理，组织群众、反帝反封建、出版机关报《赤心评论》……

　　在这里，杨淮清热情接待身穿学生装的青年男女，像父亲一样慈祥地关爱他们。

　　在当年巴金就读的母校——少城区东马棚街四川公立外国语专门学校，杨闇公他们把《赤心评论》的通讯处设在这里。创刊第一期为"追悼列宁纪念号"。

　　……

　　数十年过去了，如今的娘娘庙街已不见踪影。为了感悟当时的环境，我来到了当时是中国青年共产党的诞生地，现在又是中共四川省委机关的驻地寻踪。

杨淮清在成都居住的寓所虽然不在了，但当年的那两株百岁树龄，高大挺拔，依然苍茂的白果树还在。

它就是当年的见证者，它似乎还在向后来者追述杨淮清一家反帝反封建的故事。

那是风起云涌的上世纪初叶。护国战役时杨剑秋随王澄清师长攻进成都。买下了这座绿树环抱的寓所。

顺着梧桐夹道的沙石马路，绕过求子庙，沿着石子小路走进一处绿色树环绕而成的院墙，墙内还有一个竹篱。这是一处幽静怡人的地方。清洁的环境，不见枯叶。路边是修剪得很整齐的绿树和草坪，掩映在绿树丛中娘娘庙街24号院，时隐时现，蝉鸣鸟语，自得其所。见了这般景象，从日本归来的杨闇公心中略为舒展。

杨闇公一行下了车，随二哥进了院子，他们开始打量这幢新居。这是一幢两层楼房，楼下除大厅之外，左右两边是住房。院内种满了各种花草，同城市的喧闹形成鲜明的对比，不由叫人喜欢上这个地方。

按照安排，杨剑秋和蒋惠若住在楼上右边房间。杨衡石和杨尚昆住在靠在卫生间的后屋。杨淮清在成都时和邱祖芬就住在楼下靠右边的房间，正对着上面的房间。左侧的房间是杨闇公的卧室。

想当年这里老少咸集，英贤毕至。老同盟会员吴玉章、童庸生、恽代英、王右木等早期革命家；新一代俊彦孟本齐、钟善辅、廖恩波、张克勤、曾凡觉、张保初等革命青年；后起之秀杨衡石、杨闇公等留日学生。已是人才济济，后来又加上了一个川中名将刘伯承。人人怀家国之梦，个个抱忧国之心。与四川的团组织联系紧密，广泛地宣传马克思主义，聚集了一批革命的中坚分子。杨淮清的家成了马氏信徒聚会的场所，救国图强之心，可照丹青。

穿行在成都商业后街，四川省委机关附近的街道，我追寻的脚步踏着时光的沙沙声，在挺干轧枝，直指蓝天的古银杏树和绿茵铺地的省委机关招待所前流连。因为1959年省委机关扩建，才将附近包括娘娘庙街在内的几条街道拆建，将其纳入了现在省委招待所范围。现住在这儿的都是省委的领导同志。一般的人也许不会知道，这里曾是中国青年共产党的诞生地。

——重庆二府衙街70号——中共重庆地委驻地。

也许是当时重庆的下半城二府衙街交通方便的原因，清代重庆府同知署的所在地便设在这里。

二府衙街左邻苍坪街、大梁子、南通朝天门、老鼓楼、储奇门、西大街和新丰街，是当时的繁华地段。

奔流的长江，灰色的古城门，临江的吊脚楼，旧式门面的商铺，各式各样的作坊，用石板铺成的大街小巷，自重庆开埠以来，这里改变很大。那就是自"西南首富"李耀庭家第一次用上了电灯，重庆烛光电灯公司开始了给商贾大户供电。随后，重庆督办处在上半城的都邮街和二府衙街、金融区陕西街、白象街、左营街、储奇门这些下半城的街道上安上了路灯，才结束了重庆人在城里走夜路提灯笼、打火把的历史。

"好个重庆城，山高路不平，晚上电灯来，好像红头绳。"这首民谣，既是山城崎岖地形的描绘，又是当年重庆市政落后的缩影。

走过二府衙街口的两棵黄桷树，在热闹的下半城中的这条僻静小街上，有一幢三开间的二层楼房的建筑——穿堂式组合瓦房。白墙黑瓦，南北开窗。杨淮清在二府衙70号的家，就在这条街的南头。当时中共重庆地方执行委员会机关所在地。

山城重庆有各种民国风格的房屋，依山临江而建。碎石小道，曲径通幽。偶有琴声或歌声，从窗口或小径飘出。杨淮清一家自避难离潼来渝，就享受着这份独有的宁静与安逸。

只可惜，当时大革命的风暴无情地淹没了这份宁静和安逸。

从成都高师毕业回到重庆的杨尚昆看到，家里一天宾朋满门，来找四哥的客人特别多。除他早在成都便认识的吴玉章老伯及刘伯承、冉钧、萧楚女、李嘉仲、任白戈、廖苏华、童庸生、罗世文、张秀熟、张锡畴等人外，还有许多政界的、军界的、知识界的，也有普通的工人和学生，进进出出，络绎不绝。后来杨尚昆多住几天后，才明白其中的奥秘。原来他家这时实际上已成为四川党、团地委秘密开会和同志们接头休息的地方。许多党团同志日夜在外面奔忙，有时没有饭吃，便跑到他家来。母亲大锅大锅地煮饭，四嫂和弟妹们就帮着买菜、择菜、炒菜、烧水。饭菜做好，父亲就会对他说，快去叫你四哥他们来吃饭。

朱德、刘伯承到重庆与杨闇公一起成立中共四川地委军事委员会，领导顺泸起义时，也常来这里开会。

刘伯承对杨淮清的热情招待很不好意思，就说："杨老伯，本来就打扰你了，你还管我们吃饭，这哪个要得哟！"

可杨淮清却对刘伯承说："要得，要得。我的家就是同志们的家。你们累了饿了，就请来休息、吃饭嘛。"

总之，在那个共产党初建的大革命困难时期，杨淮清一家和共产党的关系才叫"鱼水相依，革命深情"呢！

节日期间，是别人最欢乐、最放松的时候，却正是杨淮清最紧张、最揪心的时刻。因为，作为中共重庆地委的驻地，地委领导同志的家，为了安全起见，地委的重要会议都是利用节日期间秘密举行。

这年的五月，时值仲夏的一个夜晚，杨闇公带着刘伯承、朱德和陈毅几名军委负责人又来到二府衙街70号。杨淮清打开门，警惕地望了望四周，关心地询问："都回来了吗？"

见杨闇公点点头，又不放心的问到："没出事吧？"

看见同志们都安全地回到他的家中，他又忙着为大家张罗吃饭。直忙到深夜才去睡觉。

尤其是在筹备顺泸起义的那段时间，见杨闇公和战友们忙得连吃饭的时间都没得，杨淮清也没闲着，每逢此时，他昼夜巡视，废寝忘食。家人劝他，他总说："这些人都是闇公的战友，也是救国救民的栋梁，到了我的家，我就要负责守护。出一点点问题，我就对不起闇公和他的战友们啊，更对不起我的良心，对不起啊！"

1925年，张闻天从美国勤工俭学回国后，从上海来到重庆，先后在女子第二师范学校及川东师范任教，与肖楚女一道鼓吹五四精神，唤起青年觉醒，杨闇公十分器重张闻天，加之他又是弟妹们的老师，那时重庆二府衙街70号的家，实际也是重庆地委的办公地点，因此张闻天便成了杨淮清家里的常客。从那时起杨尚昆便认识了张闻天。

温文尔雅的张闻天，博学多才，他给杨尚昆讲时局，旁征博引，尖锐犀利，后来张闻天的革命活动触怒了反动军阀们，终于遭反动军阀王陵基勒令出境，为了躲避反动势力的迫害，张闻天又在杨淮清家住了一段时间，使杨尚昆有机会更多地接触了解张闻天。张闻天回到上海后，不久便加入了共产党。此后，杨尚昆与张闻天，一起留苏学习，一起在中央革命根据地江西瑞金编辑党的机关报刊《红色中华》，一起参加苏区反围剿，一起在长征遵义会议上坚决站在正确路线一边，和周恩来一道，支持毛泽东，开始了长达四十余年的友谊。

杨淮清不曾想到，当年在他重庆家中开会、避难、休息、吃饭的众多杨闇公战友，日后和他的五儿竟成了当代中国的风云人物——重庆二府衙70号先后走出了两位党和国家的重要领袖，五任四川省委书记和一任重庆市委书记：

1935年长征途中，张闻天在遵义会议后担任了共产党总书记，杨尚昆则在1988年以80高龄出任新中国第四任国家主席；1927年4月，任白戈接任党团四川临时特委书记；1928年张秀熟代理第三任四川省委书记；1930年程子健任第五任四川省委书记；1938年罗世文任第九任四川省委书记；1946年吴玉章任第十二任四川省委书记；1959年任白戈任第四任重庆市委书记。而他们正是从1924年起，在二府衙街70号开始职业革命家生涯的。

在重庆下半城二府衙街70号原址，有一幢新修的一楼一底建筑。醒目的"中共重庆地委机关旧址"的标志，让人们仿佛又回到了1927年那血雨腥风但又充满革命激情的年代。

今天，笔者在这里已找不到任何杨淮清一家生活过的痕迹，只能想象当年这个革命之家的兴旺和人气。

——双江邮政局大院——中共四川临时省委成立地。

1987年春，杨尚昆回到阔别62年的故乡，乡音未改的他，还是一口一个"邮政局"地叫着。

这个"邮政局"就是杨淮清在潼南双江的老宅——"邮政局大院"。

这个"邮政局"对全川党的建设也有贡献。

1928年10月，几个身穿长衫马褂，商人打扮的青年人敲响了邮政局大院的后门。正在后院摘香橙的杨淮清听到急促的敲门声，以为是国民党特务来了，故意没理会。"爷爷，是我们，快开门。"听见这熟悉的声音，开门一看，却是孙女婿刘披云带来的客人，杨淮清热情地招呼大家进屋。原来四儿牺牲后，新的四川省委遭到破坏。上级派地下党员穆青、刘披云、程子健转移来到双江，他们住进了"邮政局"，杨淮清利用族长身份，以召开乡贤会为掩护，在禹王宫内召开了全省主要地区干部会，建立了以穆青为书记的四川临时省委；

1946年底，川东特委彭咏梧派何明杨到双江"清理旧关系，发展新党员"。何明杨在"邮政局"与杨衡石接上关系后，秘密地在"邮政局"重建了中共潼南支部。党员人数也从最初的3人发展到88人，党的组织也从无到有，从小到大；

为了便于掩护党的地下工作开展，还在"邮政局"前堂口开起了小百货店作掩护，后堂口作为卧室和进行地下活动之用。把邮政局的潘局长也发展为地下党员。从此，双江便成为小川北党的活动枢纽，邮政局大院成为川东地下党隐藏党的干部的秘密据点；

三·三一惨案后，白色恐怖笼罩重庆，几位曾跟随杨闇公一起革命的同志在隐蔽时将子女送到双江杨淮清家。尽管当时杨家生活也很困难，一下增加了几个人吃饭，就更恼火了。但深明大义的杨淮清对革命同志的子女视若骨肉，吃穿住行都安排妥贴，没收过一分的生活费。一直住到第二年过年后才由父母接回安全离开；

杨淮清还接待和保护了一些受反动派追查，来双江镇避难的革命同志，如曾任大革命时期四川党团地委妇委书记程志筠、程仲苍两位同志还在邮政局大院住过一段时间。

5月底，地下党中共潼南支部在永绥祠小学成立，杨衡石任书记。为了便于掩护党的地下工作开展，经过多次争取，把邮政局的潘局长也发展为地下党员。邮政局成了地下党的工作机构。从此，双江便成为小川北党的活动枢纽，邮政局大院成了为川东地下党隐藏党的干部的秘密据点；

扶养烈士遗孤和革命子女。幺女杨白林与廖汉生将军的儿子牛牛，和五儿杨尚昆与李伯钊的大儿杨绍京，都由杨淮清带回"邮政局"抚养。为了安全，对外说是杨衡石的儿子。后来因为国民党特务对邮政局大院监视很严，致使外孙牛牛生病没有及时抢救夭亡，这令外公杨淮清十分伤心。

进入历史空间，"邮政局"的一砖一瓦、一草一木，都像芯片一样，贮存着无数的历史信息。它表面上是建筑，实际上从它那里可以打通中国近代的历史。

邮政局大院雄踞在潼南双江涪江河畔，二府衙街70号坐落在重庆下半城的长江边，娘娘庙街24号蜿蜒在成都的城区西部。潼城、山城和蓉城见证了杨淮清一家在这儿为实现家国梦前赴后继奋斗的影子。

在采访中，四川党史研究室宣传处长杨永康陪同笔者到现在已是中共四川省委机关驻地、原娘娘庙街24号旧址参观时深情地说："娘娘庙街24号作为中国青年共产党的诞生地，二府衙街70号作为中共重庆地委机关驻地，邮政局大院作为四川临时省委的成立地，不仅是四川的荣耀，也是成都、重庆和潼南的荣耀。"

2. 为了救亡图存，杨淮清"雪中送炭"。

"开明、爱国，对人热情、急公好义，支持革命"这是刘伯承、吴玉章、朱德、程子健、任白戈、张秀熟等老一辈革命家对杨淮清最深刻印象。

当时杨淮清也因稻谷减产，租谷减收，谷子又卖不出去，一度也陷入困境。有时双江如果不寄钱来，全家连生活费都无着落。那时谷子价贱，卖不脱就没钱寄到重庆家中，杨淮清经常为钱着急。尽管这样，他还是留来家里开会的同志们吃饭。

在常人看来，杨淮清的家产似乎与他的清贫极不相称。

杨淮清担任着双江杨氏家族族长，又有祖业千亩田产，还兴办蚕桑、运输等实业，可以说是"双江的大户了"。但是，当"大户"未赚大钱。为了送子留日，外出读书，兴办实业，反倒欠了一屁股账，一家过着清贫的生活。

民国中后期，也就是上世纪的二、三十年代，一亩地最多能卖2块大洋。

一块大洋相当于今 100 元人民币。杨淮清一家主要靠地租生活。那时地租一般为收获物的 50%。杨淮清同情穷人，遇上灾年减免，实际以每亩仅收租谷 0.5 担，每担稻谷能卖 1 块大洋计算，千亩田产每年能收的租谷 500 担。除了一大家人的留存部分稻谷食用，余下的能卖上三、四百块大洋。子女发蒙请先生，嫁女娶媳，外出读书，出国留学。支持大儿拉队伍靖国护法，资助四儿建党建团参加革命活动，兴办实业，重庆、成都、双江三个家的生活都全靠租谷卖了来开支。实在没办法了，就卖田产。这在杨闇公 1924 年 1 月 27 日的日记中有着明显的记载：

"大兄来信云：吾家宜从根本解决，变卖二百亩产业……故目前仰给予家庭，我心内确实感不安，然实逼处此，又无其它谋生之道，只好待时以求生活自立。"

日记中提到的"变卖二百亩产业"一事，表明杨淮清家境之困难，已到卖田产以解燃眉之急。而这个时候，杨闇公正在成都筹建中国青年共产党。开明的杨淮清即使再困难，再艰苦，卖掉田产也要支持儿子的革命事业。

建立一个党，巩固一个党，发展一个党，需要理想，需要主义，也还需要经费。

可以想象，在生活非常困难的军阀混战期间，变卖田产的经费援助尽管十分有限，但对早期的四川共产党人来说，清贫的杨淮清为革命的"雪中送炭"，就显得异常重要。

从杨闇公下面的几则日记中，可见杨淮清身为"大户"的清贫。也可见当时共产党人为了民族解放所经历的清贫：

"近日因兑款无着，将近年节，仍不见到来，所以令人心烦且躁，夜不成眠，恶魔的金钱！"（1924 年 1 月 26 日）

"……家中的兑款，又因时局关系阻滞，此间又别无他法，真是难过哟！"（1924 年 1 月 30 日）

"饭后与二哥一函，说明久住成都的困难，非起而力行，与环境为敌，不能达到人生的正轨，并请速筹旅费备用。"（1924 年 4 月 28 日）

"……饭后与大兄一函，说明出川的理由，并请其速筹旅费。信虽是说得非要不可，但他们能与我助力与否，还不敢说嘞。"（1924 年 4 月 30 日）

"……因省寓再不予以接济，行将断炊。此次出川的旅费，尚无十分着落，心焦甚。"（1924 年 4 月日）

"日来心内有种说不出的苦痛，家事又日益窘迫，大兄的接济，常以儿戏出之，老亲的忧焦，不是片言可以解除得了；故我很不愿絮絮的以言解亲忧。"（1924 年 9 月 2 日）

由于党的组织不断发展，以革命为职业者渐多，各种开销日渐加大。对20世纪20年代脱产的共产党员，开始组织上每月还给30元至40元生活费，这还是中央机关的共产党员才能有的生活费。后来连这点生活费也没有了。象四川这些地方党组织连活动经费都无着落，党员生活费更无来源，只能靠自己。

富于理想的共产党人，为了自己认定的主义，仍然坚持在艰苦的环境中干革命。

中国共产党四川地方组织筹建阶段，社会工作急剧增加，不但党员多数渐渐不能兼职以获取薪金，而且，仅创办各种定期刊物、工人夜校，出版各种革命理论书籍，所需费用也远远超出了支付能力。因此，四川党组织接受提供的经费援助不少是私人，主要是杨淮清提供的。当时这种最初的援助带有很大的临时性质。如果援助人一离开，立即经费无着，各种宣传工作，特别是用于对工人进行启蒙教育的工作不得不停止。杨闇公南下广州向陈独秀汇报工作，连区区15元路费都拿不出来，只有找父亲杨淮清想办法才得以成行。

杨淮清的"雪中送炭"给早期毫无经济来源的四川共产党人提供了巨大帮助。在革命最困难的关头，他把家国情怀化为爱国的行动！

1925年8月，遵照党中央"培养干部"的指示，杨闇公与吴玉章奉命在大溪沟"懋园"筹办中法大学四川分校。为了筹集资金，杨闇公回家向父亲说明了来意。尽管当时家中也很困难，但杨淮清说："现在处于国家存亡的紧要关头，每个有骨气的中国人都应该为国分忧，为救亡图存出力。"当即决定再卖掉部分田产，作为中法学校的开办经费。

中法大学四川分校从创办到1927年"三.三一"惨案发生关闭为止，共招收学生一千多人，培养了不少著名的革命家，如罗瑞卿、范长江、阳翰笙、任白戈、廖苏华、游曦（广州起义中的女兵班长）、徐彦刚（井冈山时期红三军军长）、张锡龙（红七军军长）等。很多学生加入共青团和党组织，有的为革命英勇献身，有的在长期革命斗争中作出了重大贡献。

任白戈与杨淮清本来素昧平生。但任白戈始终对杨淮清充满感激之情，因为他在最困难的时候，是杨淮清一家给了他最大的支持。

对于任白戈来说，1925五年上半年在重庆所发生的一系列事情是他毕生难忘的：

这年冬天，任白戈的住地被盗，衣服被小偷偷走，第二天起不了床，身上又无分文。杨淮清听说后，因为家中实在拿不出钱来，就让赵宗楷把自己的首饰当了，叫杨闇公为任白戈买了衣服送去。

杨淮清经常为来家的吴玉章、刘伯承等人提供开会场所和休息、吃饭等便利，坚信四儿的革命活动是救国救民。

这些最早的四川共产党人，尽管生活困难，仍然坚持为家国而战斗。

"……我十五岁到现在，敢说一年三百六十五日，有三百天都在困穷中，而我仍是乐其自然，进行我应做的事，毫不以穷为言为虑。"（1924 年 4 月 5 日）

"正补记前日的日记，突收房钱的来了，把我内心的痛苦惹发了。遂与大兄一函，尚望他们兑款接济。"（1924 年 4 月 7 日）

从杨闇公日记里透露的这些情况，可以看到当时杨淮清家境极为窘迫的一幕：

"今日家内将演在陈绝粮的苦剧。能为我助力的王尔常也正处困境，心内实不忍以此见告，增他的累赘。故向道溪告贷，殊渠也不名一钱，不能相助，心忧甚！时届九钟，又非赴会场不可，遂假……钱半元以济急需。"（1924 年 4 月 13 日）

杨闇公等共产党人就是在这样的艰难贫困中坚持革命的。他对同志们说："革命是我们自己的事，有人帮助固然好，没有人帮助我们还是要干。"

杨淮清用自己的家财，为支持四川地下党的工作尽到了最大力量。虽然极其苦累，但也极其快活，极其酣畅。不啻说，杨淮清是那个时期共产党最值得信赖的人！

这是杨淮清为"国家有难"而赢得的信赖。"匹夫有责"最终汇聚他历史的自觉。

没有满腔热爱家国的赤诚情怀、自甘清贫支持革命的精神，无法获得这样深刻的历史自觉。

在四川共产党无立锥之地时，是谁为刚成立的中共四川党组织提供了落脚之地？

在创办重庆中法学校经费发生困难时，是谁卖了租谷凑齐了办校所需经费？

是杨淮清而不是别人，为在困难中的中共四川地区的革命活动提供了大力资助。

没有杨淮清的大力支持，以杨闇公为书记的中共重庆地委机关能安全地在二府衙街 70 号开会和开展活动吗？

历史中确实有很多东西难以预测。在杨淮清开始反对五儿杨尚昆学文，后又改变主意支持他去上海大学读书的时候，有谁能料想，当年在二府衙街家中为地下党会议作记录的杨尚昆，最终走进中共导领核心，成为党和国家、军队的重要领导人。

是什么力量支撑这位"大户"甘于清贫?

杨淮清心怀坦荡地说:"我一家从反清讨袁到送子留学已经卖了几回田产了。在这长期的奋斗中,都是过着朴素的生活,从没有奢侈过。"他身居族长一职,祠产的款项,总在数万元,但为族人和地方而筹集的金钱,是一点一滴地用之于公益事业。这在某些人看来,颇似奇迹,或认为夸张。而杨淮清说:"位卑未敢忘忧国,应是每个国民具备的懿德。"

清贫的生活,正是杨淮清和他的子女们能够战胜许多困难的地方!

清贫,是一种品质,是一种境界,是一种精神。在"乱世相寻,民穷财尽"的年代,杨淮清靠"清白"传家,靠"清贫"持家,为实现家国梦艰苦奋斗。

刘伯承曾这样讲到杨老先生:"杨老伯是很同情我们搞这些工作的。他的医理很好,经常给吴玉章和其他同志看病,不要钱,还要包捡药。"对儿子从事的事业,杨淮清其实已不仅仅是同情,而是倾力支持了。

杨淮清的"雪中送炭"给居无定所而又毫无经济来源的革命党人提供了巨大帮助。

在整个大革命期间,杨淮清几乎将自己的全部家产拿出来,支援了革命活动。先后为辛亥革命、反袁护法、靖国北伐、四川地下党活动多次变卖田产。

杨淮清热心桑梓公益事业,捐资兴建"双江小学";修桥筑路、修建抗日将士忠烈祠、为抗日筹款捐资等。特别是当年双江瘟疫突发,因为患者众多,精于医药之术的杨淮清,从成都回乡为众人义诊拿药,派人从遂宁购了数百元大洋的药材,每天在双江镇中来回诊治,医好了不少患者之疾,治愈了不少乡邻。

他为革命和公益舍得花钱。他更舍得把家中的六儿、幺儿和幺女及长孙送上抗日前线。

1935年4月下旬,成都的《新新新闻》报,以醒目的大字标题发出一条耸人听闻的消息:《剿共前线空战告捷,炸毙匪尤杨尚昆》。(注:其实是杨尚昆在长征途中经云南沾益县白水镇时遇敌机轰炸腿部受伤。弹片直到63年后杨尚昆逝世火化时才发现)这条消息不胫而走,顿时搅动了四川潼南县双江镇这偏僻的小镇,街头巷尾议论纷纷。这个说:"杨尚昆?是不是邮政局那家的老五哟?"那个说:"杨淮清真是,一个儿子遭枪打,一个儿子挨炸弹,造孽哟!"

杨淮清老人看了报上的消息,听了乡人的议论,更是悲愤交加。悲痛的是又一个儿子牺牲了！愤慨的是这些伤口上撒盐的冷言冷语。但他仍然强忍着内心的悲愤，坚定地说："我虽失掉老四和老五，但我一点不后悔，我还要把更多的儿女送出去参加革命。"

两年后，杨淮清让他六儿杨尚仑随川军127师赴山西、山东抗日；

三年后，杨淮清将他幺儿杨白冰和幺女杨白林送往延安参加抗日；

七年后，杨淮清又将长孙杨肇雄（杨剑秋长子）送去参加中国远征军第6军49师赴缅抗日。

他说："现在国难当头，我怎么能够当逃兵呢？应该尽我所能'清仓为国。'"

他以成都、重庆和双江的住家为掩护，自己甘守清贫，为从事党的地下工作的子女和革命者提供大力资助。

其数多少？老天知晓。

在当时的大户人家当中有许多象杨淮清这样的绅粮，吴玉章、刘伯承特别喜欢像杨淮清这样的绅粮。这样的绅粮总是这么善良宽容，即使是对被他们救助过的革命党人，他们也不会去索取回报。

从捐官买名到自习中医；从辛亥革命到反袁护国；从耕读传家到送子留日；从实业救国到振武救国；从同情革命到支持革命；从成都寓所到重庆府第；从创办智育电影院到协办中法学校；从掩护革命同志到供给衣食住行；从收殓烈士遗体到抚养烈士遗孤；从清仓救国到送儿女参加抗日；从封建大家庭到革命之家，无一不演绎着杨淮清一家为反帝反封建，救国救民而可歌可泣的传奇历史。这里有着杨氏家族命运的回旋，更有着散尽家财支持革命的不凡义举。

在乱世相寻的旧中国、面对列强蚕食，山河破碎的深重灾难，在不少人想的是如何苟且偷生，卖国求荣时，却有不少有血性的中国人奋起一搏，即使毁家纾难，也要救亡图存——杨淮清一家就是这样有血性的中国人。

[节选自《杨氏家国梦》，张渝扬（执笔）李洋述著，
重庆出版社,2016年9月出版]

现实关照

生命的守望者（节选）

牛海坤

太阳给了世界光明，
父母给了儿女生命。

——蒙古族谚语

引　子

在写这篇报告文学的时候，我眼前总是浮现出一幅凄清的画面：一个清瘦的年轻人踉踉跄跄奔走在矿区蜿蜒的山路上，同一条路上，中年的他、老年的他还在奔走，身后那座蓄势待跑的马鞍山始终稳稳地镶嵌在绵长的大青山山脉上。"V"形的青山深处，他披着霞光、星光和曙光，从雾霭、风雨与冰雪的裹挟中走来，穿过世纪的烟尘传递到我的心间和笔下。

凡尘落素，岁月让我们记住了一个名字——朱清章。

——他是矿山的儿子，在那个名叫什桂图

的中国西北角，在那座沸腾了半个多世纪的乌金之海，默默坚守，向着命运逆风飞翔。

一

1974 年，朱清章 24 岁，是内蒙古包头市什桂图河滩沟煤矿的一名临时采煤工。

转眼又到冬天了，这一年的冬天来得格外早。但在朱清章的心里，却是春意浓浓。望着远处恣意绵延的大青山，他感到幸福的日子已触手可及。他就要结婚了，寒冷和繁重的体力劳动也不能抑制住心底的激动和兴奋，他吹着快活的口哨，迈着轻快的步子，走在前往矿井的山路上。

这天他是夜班，刚进更衣室，就有电话找他，说家里出事了。

他心里一惊，家里会出什么事？一定是父亲！他顾不上多问，慌忙朝家的方向跑去。

一路上，他的脑海里不断浮现出父亲在几次矿难中死里逃生的画面。父亲因严重的工伤已被劝退回家，难道他的病又发作了……

家里已一片混乱。

他做梦都没想到出事的竟是母亲。

父亲浑身抽搐着瘫坐在火炉旁，几个邻居正围着母亲团团转。母亲已处于半昏迷状态，嘴角一直在动，想说话却说不清楚。

"妈，您怎么了？怎么了？"他冲上前去，用力摇晃着母亲。

母亲含含糊糊念叨着："火！火！火！钱！钱！钱！"

邻居指了指炉子，炉旁一堆灰烬，灰烬里有几张烧了一大半的钞票，父亲哆哆嗦嗦地捧着灰烬里未烧完的钞票涕泪交零。

他明白了，母亲把用来给他娶媳妇的 1300 元钱全烧光了。

这 1300 元钱是朱清章家多年积攒下来的全部积蓄。

为给儿子娶亲，本来就节俭的母亲更加省吃俭用了。她把攒下的每一分钱都藏在停火不用的炉桶里。这天天冷，母亲点燃了已停用半年的炉子，火生着后，才突然想起钱还在炉桶里，她不顾一切地推倒火炉，把手伸进燃烧的火里去取钱，一次、两次……可燃烧着的钱还是在她的手里变成了灰烬！望着辛苦多年积攒的 1300 元钱瞬间化作灰烬，本来就患有高血压的母亲，平时又舍不得花钱去看病，这一着急上火，就脑溢血了。

母亲病情严重，必须连夜转送到内蒙古医院救治。

救护车沿着崎岖的山路行驶在浓浓的夜色中，起风了，空气中到处弥漫着煤尘腥涩的味道，天地一片混沌，看不见月亮也看不到星星。朱清章握着母亲的手，不停地呼唤："妈，钱没有了咱们能再挣，您不能这么吓唬儿子啊！您醒醒……"

半年后，母亲的命总算保住了，却没有了意识，没有了知觉，大小便失禁，不能自主吞咽，甚至连口水也含不住，只能靠胃管进食，全身的肌肉也变得僵直，而且还在不断地萎缩。

朱清章心急如焚，天天求大夫救治会诊。这一天，主治医师终于对他说出实情："小伙子，我们理解你的心情，医院已尽了全力。但不能改变的事实是你母亲已成了植物人，回家去吧，早点儿给老人准备后事……"

医生的话如晴天霹雳，他无法接受这样的结果。但医院已不肯再收留，他们也早已花光了所有的钱，朱清章只好带着母亲回家。

从呼和浩特到包头再到什桂图行程 200 多公里，因为没有钱，他们搭了一路的货车。车厢外，无垠的原野已是一片绿意盎然的景象，大青山褪去了冬日的赤裸与贫瘠，绵延中透出初春的萌动与生机，车外一泻千里的苍茫绿野，让朱清章低落的心突然升起了一丝憧憬。

他暗下决心，一定要用自己的努力唤醒母亲……

可是，当朱清章背着母亲回到家中，父亲，这个多病缠身的老矿工因不堪妻子成为植物人这一打击，病情突然加重，只几天的时间，生活完全不能自理了。

1974 年的冬天，那个注定给朱清章一生留下悲伤刻痕的寒冷日子，拉开了他守望生命的帷幕。从此，生命的守望者怀揣对父母的挚爱与感恩、对生命的敬畏与渴望，开始了他苦难的坚守和漫长的等待。

相依为命的三口之家，两根顶梁柱垮了，朱清章的生活陷入了无边的黑暗。

不，他还有未婚妻！那是他生命的另一半。可是，他从医院回来已有几天了，为什么还没见到她呢？他要去看看未婚妻，他们的婚期已临近，他要和她商量结婚。

朱清章走进矿务局医院，正巧碰到护士长迎面走来，他急切地迎了上去。

望着朱清章向她走来，护士长却摇着头长长地叹了口气。

"小朱，我不知该怎么对你说，这半年多，你未婚妻一直在照顾你父亲。她的父亲也病倒了，就住在我们医院，你去看看吧……"

"什么？他老人家的身体一直很好啊……"

护士长示意他不要再说下去了。

一缕悲凉掠过，他的心一阵刺痛。

他急匆匆地向病房走去，但到了病房门口又无力地停了下来。透过玻璃窗，他看见未婚妻的父亲躺在病床上，一脸的病容，正在忙碌的未婚妻背影疲惫，半年不见，她消瘦了很多，他想进去拥抱未婚妻，他也想和老人说说话！可在这样的时刻，他能吗？他不愿意因他的出现再刺激未婚妻的父亲！

他不能再拖累她了。

第二天一早，未婚妻来到他家里，朱清章提出了分手，未婚妻一脸愕然，但他态度坚决，看上去毫无挽回的余地，未婚妻哭着夺门而去。

望着未婚妻渐行渐远的背影，他泪落如雨……

朱清章上班不久，母亲开始托人给他找对象。经人介绍，他与矿务局医院的一个护士见了面，文静的护士一眼就看上了浓眉大眼的朱清章，望着眼前温柔甜美的姑娘，他也像是与同类人对上了接头暗号，心里悄然一热。很快，他们就开始约会了。

父母对这个未来的儿媳妇非常满意。每次见到她，母亲都乐得合不拢嘴，父亲的腿脚也似乎利索了不少，连说话的声音都洪亮了很多。女朋友的父母对这个未来的女婿也很中意，双方父母很快就把婚期定了下来。

朱清章憧憬着他们的幸福未来。

然而，天有不测风云，入冬的一把炉火烧掉了朱清章原本顺理成章的一切，他的家陷入了前所未有的困境之中……

未婚妻离开后，朱清章好些天茶饭不思，但悲痛解决不了问题，他得振作起来，父母还需要他来照顾。

秋来暑往，冬去春归，朱清章每天悉心地伺候父母。

父亲的脾气却越来越暴躁了。

朱清章明白，父亲是无法容忍自己瘫痪在床，他懊恼身体垮了，他生气再不能为妻儿遮风挡雨，他懊恼自己成了儿子的负担。

每当父亲发脾气时，朱清章或是静静地听着或是躲在角落里默默流泪。从父亲歇斯底里的叫骂声里，他体会到了一种常人无法体会的极端而沉重的爱。

"打小起，父亲就到处找活干，为了养家，他长工、短工都干过，他吃过很多苦……"提起父亲，朱清章的声音低沉得近乎喃喃自语了。

上世纪 60 年代，一场空前的饥荒降临在中国大地，为了给一家三口寻找活路，父亲逃荒到千里之外的什桂图矿区，他成了一名煤矿上工人。从来到什桂图的那天起，父亲就和工人们修铁路、掘矿井、建学校、盖住宅，几年的时间，在大山深处崛起了一座大型的煤矿，一座崭新的煤城出现在中国西北边疆。

父亲是优秀共产党员、自治区劳模，是名副其实的第一代什桂图人。在长期的劳动实践中，父亲积累了大量的井下工作经验。一次，工人们在井下铺设巷道，突然，有小石子断断续续地从顶板上掉下来，父亲马上意识到这是冒顶的前兆，他带领50多个工人迅速升井。工人刚刚升到井上，那处矿井全部塌方。

还有一次，矿井下电缆突然起火，父亲带领工人们奋不顾身扑向火源，因灭火及时，方法得当，井下的采煤设备得到了最大程度的保护，但父亲的身体却被大面积烧伤，在医院整整抢救了三天。

在朱清章的记忆中，矿上的宣传队每隔一段日子就带着敲锣打鼓的队伍，到他家给父亲颁奖。父亲的奖状，几乎把家里整整的一面墙都贴满了。

"老黄牛"，这是工人们送给父亲的绰号。

在那个技术条件还很落后的年代，又加之井下作业危险系数高的行业特点，工作在矿井一线的父亲尽管经验丰富且技术过硬，但他还是不可避免地与各种矿难不期而遇了。

一次坍方事故造成父亲腿部肌肉三处断裂；井下阴暗潮湿的工作环境，使父亲患上了严重的风湿病；而火灾事故给他的身体留下了大面积的烧伤，致使父亲的皮肤异常敏感，经常灼痛难忍；用电钻打孔，不断有顶板上的污水和着煤尘、石粉流到伤口，导致父亲的皮肤发炎而溃烂不堪，最后，父亲数病齐发，不得不住进医院。这是朱清章童年非常心痛的一段记忆，那么高大结实的父亲一下子就病倒了，他感到特别地难过。在他心里，父亲就是一棵屹立不倒的大树，永远是他和母亲遮风避雨的港湾，伏在父亲的病床前，看着医生不停地用大大的针管从父亲的腿上抽走一管又一管的脓血，他充满了恐惧，他恐惧死神会把父亲夺走，他恐惧没有了父亲的未来。年幼的他第一次感觉到，生活向父亲这个辛苦养家的男人背后袭来的彻骨寒凉。

他使劲地抓着父亲粗粝的手，久久不敢放开。

几个月后，父亲身体逐渐康复，看上去似乎和从前已没什么两样，他又回到了原来的工作岗位。但是，一年后的一天，当工人们在更衣室换衣服时，细心的班长发现父亲的手竟然颤抖得连自己的衣服都穿不到身上了。

"朱师傅，你不要命了吗？都病成这样了，还下井……"

从那一天起，父亲被迫停止井下工作，那些他熟悉的矿山、那些勤勉朴实的矿友，那条他走过了十几年的满是灰尘煤屑的河滩沟煤炭运输通道，这一切都从父亲曾经习惯的生活中退场了。朱清章记得很清楚，那一年是1973年。自此，父亲变得异常的孤独，他经常独自一人站在门前望着远处的矿井发呆，看着工人们从井下归来，父亲的眼里溢满了失意和落寞。父亲曾是一位强者，身躯高大，四肢健硕，意志力坚强，他是矿上人人敬仰的劳动模范，他是出了名的机敏果断、经验丰富的技术工人，他还是名优秀的共产党员。可谁料，眼下，他竟成了这般模样。他的情绪开始变得急躁，可每天又只能用劈柴、挑水、到矸石山捡煤来打发苦闷的时光。朱清章知道，父亲劳碌惯了，他不适应这样赋闲在家。

然而，父亲的身体已非从前，他的病不允许他再像过去那般劳碌了。

朱清章辍学了。

他去河滩沟二矿当了一名临时采煤工人。

上班第一天，朱清章被分到早班。

他跟着同班的工人，先是在更衣室换上工衣，接着领矿灯、点名，然后再到会议室开班前会。

会议室设在竖井旁边，里面站满了准备下井的工人。屋里充斥着呛人的烟味，工人们还没下井就已是一脸的黑花。

朱清章和大伙一起穿过阴暗的廊道，来到井口，风机刺耳的轰鸣掩盖了一切，脚下的震颤令他全身都发麻，他紧张地看了看身边的工人，大伙脸上的表情异常平静，这让他略微放松了些。

三百多米的直井，一分钟就从地面降到了井底，他的心一下子提到了嗓子眼，感觉只要一张嘴，心都会立刻飞出口腔。

一分钟穿越三百米，那到底是一种怎样的感受？没有在井下工作过的人是永远都体会不到的。直到那一刻，朱清章才真正懂得了父亲所从事的劳动，懂得了煤炭工人，懂得了他们对家庭、对国家所担负起的责任。

下午四点，朱清章和工人们从黑暗的井下升上阳光灿烂的地面，走出风门的那一刹那，一种重生的感觉油然而生，他有一种想哭的冲动。

"没有什桂图，就不会有身后那座包钢！"这是当地人经常说的一句话。从井下归来后，朱清章深深体会到了这句话的深刻内涵。

母亲很快发现了儿子的变化。儿子的脸怎么变黑了？饭量比从前大了很多，一进家就喊饿，母亲有些不解，但她想，可能是儿子正在长身体吧！

是父亲最先知道儿子已经辍学了。

"老朱，你儿子不错！这才下井几天，到底是年轻，踏实，脑子也灵活！"一位不知实情的工友啧啧赞叹。

儿子下井了？父亲像是被人猛推了一把，他一个趔趄，差一点跌倒在地。

傍晚，朱清章回到家，只见母亲坐在门前，泪眼汪汪地叹着气，父亲气哼哼地坐在藤椅上一口接一口地抽着烟。见他进来，父亲拿起拐杖向他扔了过去，他没有躲闪，拐杖重重砸在他的头上。

"长本事了，这么大的事，你竟敢瞒着我们！"父亲青筋直暴，眼眶发红，他从没发过这么大的火。

　　他辍学去下矿井，这对于父母来说，是一个沉重的打击。可家里这种情况，作为他们的儿子，他还有别的选择吗？

　　他不能眼睁睁看着这个家就这样下去。

　　第二天早上，母亲很早就起来给儿子做饭。父亲也早早地坐在饭桌前，道出了一肚子不像是他能说出的话："这么多年了，矿上还在吵吵，搞运动，安全管理成了一句空话。在井下干活，要灵活，什么时候都不能大意。管风、防水、防瓦斯、看顶板，下井的人都要懂。风是命、水是病，第一就是要管风，第二就是防水。敲击顶板时发出'咚咚'声，那是坚硬的好顶。如果发出'嘭嘭'声，那是要冒落的零皮顶板声。淋头水增大、煤壁挂红发暗，说明顶板的压力太大。水叫、水涩，是将遇老塘空水的兆头。井下的温度突然升高，顶板有水珠，有煤油味，是马上要自燃发火的情形。咱们矿的安全措施本来就差，这些年又没人管理，一旦发生水、火、瓦斯事故，一定就是井毁人亡……"

　　父亲那天对他说的话，在之后的日子里，父亲又对他说过很多遍。他牢牢记在心底，一生都不敢忘。朱清章知道，父亲把对他的爱都放在这些话里了。

　　河滩沟二矿是包头矿务局的先进矿，尽管还有一矿、三矿、四矿、大发、大瓷、白狐沟等矿井，但矿务局70％的生产任务却都是由这座矿完成，二矿每天出煤700多吨，这在那个年代是一个非常惊人的产量。

　　朱清章工作起来很努力，像父亲一样，他勤劳肯干、出煤量高，没过多久，他就成了河滩沟二矿的一名优秀工人。

　　年轻的朱清章能说爱笑，他所到之处，总是充满了欢声笑语，班上的几十个弟兄都喜欢这个务实又不失幽默风趣的小兄弟。

　　2015年夏天，我来到河滩沟二矿，空荡荡的街区，早已是人迹罕至，飞鸟在废弃的楼宇间穿行，翅膀掠过，惊落一地灰尘，迷蒙一片。望着封闭搁置的矿井和高高耸起的输煤塔，已经物是人非的什桂图，令人唏嘘不已。这座坐落在中国大西北的乌金之海，曾是父辈和朱清章以及千千万万煤矿工人为之奋斗一生的地方，而今，人们却只能在脑海里想象它几十年前的繁华与沸腾了。

　　同一天，朱清章带我来到包头市民馨家园张永贵班长家。

　　回忆起河滩沟二矿，两位老人满脸的自豪。

　　"二矿可是包头矿务局乃至全国的先进矿！"

"我们矿的煤产量最高，每层都是 14 米厚的煤层！"

他们像孩子一样跟我讲起当年那热气腾腾的生产场面，追忆起那早已与他们融为一体的遥远的什桂图。

采访时，张永贵家来了两拨人。老人告诉我，这些人都是矿上的职工，现在退休了，就互相串个门、聊聊天。老人讲到，当年一起来到什桂图的朋友和老乡，因为被分到不同的矿井，有的已经很多年不见，现在大家都搬进民馨家园，也就能经常遇见了，他们在一起很是聊得来。

当问及他们当年的生产生活，他们都抢着回答那时矿上的情景。语气里有追忆、有欢喜，亦有哀婉和感伤，可你能明显感觉到他们言语里更多的是欣慰和自豪，为奋斗、为青春、为那座镌刻着他们汗水与泪水的"煤海之乡"。他们中有人经历过瓦斯爆炸，有人是冒顶事故的幸存者，有人患过煤吸肺，有人是差点在二次瓦斯爆炸中丧生的救护队员，还有人是遇难矿工的家属，但在他们脸上，你看不见因创伤而留下的悲戚与颓废。这些老人热情而质朴地生活着，安稳的神情中流露着心灵的和谐与满足，他们是第一代什桂图人和第二代什桂图人集体精神的写照。

二

父母病倒后，朱清章工作起来更加卖命了，这份工作是他一家三口唯一的经济来源。

每天升井后，他就赶紧回家照料父母、去矸石山捡煤、上山打柴。开门七件事，柴米油盐酱醋茶样样都得想到，这对于一个没有任何生活经验的年轻人来说，实在是难以想象。

照顾瘫痪病人，尤其是照顾植物人特别需要耐心。母亲吃的是流食，他得先把菜煮熟，过滤掉渣滓，把菜糊糊和熬好的玉米糊糊拌在一起再喂给母亲。给母亲喂饭，一定要把她的头垫高。否则，就会把饭呛到气管里，引起窒息。

除了照顾父母的饮食，每天，朱清章都要给父母亲换洗尿布、擦浴全身、泡脚、梳头、定时剪指甲等。换下的尿布得先用洗衣粉洗干净，然后再加些来苏水重新清洗，只有这样做，父母亲的皮肤才不会被感染、起痱子、生褥疮。另外，最重要的是要坚持每天给母亲进行全身按摩，促进体内血液循环，疏通经络，避免母亲肌肉继续萎缩下去。

为节省医疗费用，更为了让父母得到更好的照顾，朱清章开始不停地看医书。他把"人体穴位图"挂在墙上，仔细揣摩研究，通过在自己身上反复练习，他掌握了针灸技术。按照《护理知识》所描述的护理常识和技术，朱清章又学会了导尿、灌肠、注射等。凭着这种聚沙成塔的刻苦精神，他学会了用科学的方法照料父母，二老的生命在儿子的精心呵护下一天天延续下来。

其实，母亲昏迷时并没有痛感，但给母亲输液扎针时，他还是怕扎疼母亲，他用自己的手反反复复地试，不知道在自己的手上扎了多少针，流过多少血。

老人的手上至今还留着一些杂乱斑驳的疤痕，这是他作为人子孝行的见证。朱清章说，孝敬父母，天经地义，这是他的本分。这是最好的答案，本分二字透着温度，看似简单，其实是一种境界和高贵。孟子曰：孝子之至，莫大乎尊亲；孟子又曰：事亲，事之本也。而挚虞则曰：事亲以敬，美过三牲。道德千古事，父母惟其疾之忧，谁言寸草心，报得三春晖。只要是对父母好的，他都义无反顾地去选择、去承担。

巍巍大青山，山山环绕，奇峰绝壁。朱清章说这座山是他的福祉。

之于大青山里的植物、动物以及季候特征，朱清章都非常熟悉，他能凭嗅觉锁定动植物所在的位置，通过听觉判断风霜雨雪来的时间和方向。那些年，朱清章背着背篓进山采药的镜头为当地的矿工和家属人人熟知。他能辨认出黄芪、党参、柴胡等上百种药材，并对这些药材的功效了如指掌。

包头被称为鹿城，什桂图是蒙语有森林的地方，这里曾是北方游牧民族的故乡，生态良好，大青山腹地到处有獾子、松鼠等出没。朱清章一有闲暇就进山套野兔、山鸡，他把套回来的战利品烹调好，然后再一勺一勺的给父母喂下，看着父母吃得香甜，他感到无比的幸福。

然而，对于他来讲，转正，却成了一直未能解决的难题。原本从临时工转为正式工只需试用期半年，朱清章因照顾瘫痪的父母，迟到早退的次数过多，考勤不合格，已经三年了，还是临时工。跟班队长张存祥也很生气，两人还为此还大吵过一次。

张存祥记得，朱清章刚来煤矿上班时，每天一脸阳光，工作起来勤奋卖力，是班上的佼佼者。可现如今，这个年轻人像完全换了个人，不像原来那样有说有笑，干起活来也不再像原来那么起劲，作风拖沓，无组织无纪律……

朱清章变化太大了。张存祥想找他谈谈，但朱清章没有一点主动配合的样子，这让张存祥更加生气。

那时，经常有些不三不四的年轻人到处闲逛、滋事。

"莫非，这孩子也学坏了？"想到这，张存祥突然感到一阵紧张，他的脑门冒出了一层细密的汗珠。

张存祥决定对朱清章做一次家访，他要"挽救"这个年轻人，无论如何，他不能眼睁睁地看着朱清章走下坡路。

这天下了班，朱清章工衣都没顾得上脱就急匆匆地朝家里走，父母还是早上七点吃的早饭，中饭也没吃，现在已经是下午四点多，他们一定已经饿坏了。二老身体本来就差，这么上顿不接下顿，怎么能撑得住？他越想越急，小跑着向家里奔去。进了家没来得及看上父母一眼，他就开始"叮叮当当"地做起饭来。

里间，父亲的咳嗽接连不断地传来。

朱清章像陀螺一样忙碌着。

眼前的这一切，被悄悄尾随而来、站在窗外的张存祥队长看得一清二楚。张存祥，这个在困难面前很少低头的"张硬汉"，那一刻眼睛也湿润了，他被眼前这个"家"给吓着了。他怎么也想不到，这个貌似倔强又不守纪律的年轻人，竟然独自一人承担着这样的一个家。

张存祥的心像是被什桂图的西北风狠狠地刮过了一样，疼得接连打了几个寒颤。他自责作为队长竟如此失职，如此不负责任。班上弟兄家中发生这么大的变故，他不仅一无所知，并且还在不了解事情真相的情况下，对弟兄横加指责、训斥，甚至还怀疑这个年轻人堕落了、学坏了。与此同时，他也生气，生朱清章的气，这小子太倔、太要强了，家里出了这么大的事，他吭都不吭一声，任由他误会、责怪。

看着朱清章像哄孩子一样照顾瘫痪的父母吃饭、喝水，他的眼泪再也控制不住地流了下来。

张存祥默默地离开了，他想为这个年轻人做点什么。

第二天下班后，有人来告诉朱清章说矿上的刘书记找他，他有些纳闷，这没头没脑的，矿上的书记找我干什么？

刘书记："小朱，你的情况，张存祥队长已经向矿上汇报过了。"

朱清章心里一惊：局里莫不是要开除我？张队长，他这是秋后算总账啊！

"你父母得病的事，局里都知道了，这是我们的失职，是我们工作没做到位，请接受我们的道歉！"刘书记给朱清章深深地鞠了一躬。

朱清章一时不知道说什么是好。

刘书记接着说："小朱，矿里对你工作的事很重视，我们向局里打了报告，局领导很关心咱矿上职工，特批准你从这个月起转正……"

刘书记后面的话他已听不清楚。

走出办公楼，朱清章看见楼前站着很多人，仔细一看，是队长带着同班的十几个弟兄，他嘴一咧，瞬间泪崩。

见他出来，大家"哄"地一声向他冲了过来，他们将他举起抛向了空中，一次、二次、三次，开心的笑漾满他们熏黑的脸庞，弟兄们用最单纯、最质朴的方式为他庆祝。

1977年，朱清章成了河滩沟二矿一名正式采煤工人，像父亲一样，工作在采煤一线。

上班，下班，伺候父母；伺候父母，上班，下班，这几乎是朱清章生活的全部内容。

从1975年到1979年，在平常人的眼中，四年只是一千四百多个日夜，但对于朱清章，这四年却是异乎寻常的煎熬。四年来，他自学医学护理常识，到处求医问药，不停地换着针灸、汤药、按摩，寻找偏方为母亲治病。他曾对医生的诊断结果万分地不服气，他一直倔强地认为只要细心呵护照料，母亲就一定能醒过来。可四年过去了，母亲从来没给过他一点点要醒来的暗示。

而父亲的病，却在反反复复中变得愈加严重。

他在问自己：父母真的能好起来吗？我还能撑多久？

整个矿山沉浸在迷蒙凄凉之中。

孤独，在无数个夜晚向他重重袭来；绝望，已将他最后的坚持彻底压垮。他决定痛痛快快地去解脱，去另外一个世界等着父母。

他流着泪喝下一瓶高度白酒，踉踉跄跄登上了他家后面的高山，山上树影婆娑，远天星月低垂。山下自家后窗户透出的如豆的灯光，萤火一样地飘忽在朦胧的夜色中。

他跪在山上与父母道别。

"爸，妈，儿子就要走了，请你们原谅儿子的不孝！儿子真的撑不下去了，我太累了……"撕心裂肺的哭喊声回荡在群山之巅。

他走到悬崖边，闭上眼睛，双臂张开，身体开始向前倾斜，就要跳下去……

就在这时，他突然感觉心口一阵刺痛，山风挟着一股巨大的力量狠狠地把他往后推了一下，他一个趔趄向后退了一大步。

睁开双眼，他愣住了。

只见植物人母亲，活生生地站在悬崖边，伸着僵直的胳膊挡在他的面前。

母亲大声疾呼："儿子，你要干什么？你还是我那个不服输、不认命的儿子吗？"

他惊恐地向后退去，被一块石头重重地绊倒在地。再抬头，母亲不见了。他疯了一样扑向断崖，但被一群人死死摁住了。

邻居们听到了他撕心裂肺的哭喊都跑上山来。

朱清章的神智还在狂乱之中，任凭邻居们怎么劝都难以平静。

"孩子，你这样做，对得起你爸妈吗？他们待你，比亲生的还亲……"

"为了你，他们自己的孩子都没要！"

……

比亲生的还亲，没再要孩子，这是怎么回事儿？

朱清章感到头顶"嗡"的一声。

邻居们接下来说的话，朱清章几乎一句也没听进去，又似乎全部听了进去。

朱清章连滚带爬地回到家。跪在父母跟前，他流泪忏悔。

后来，朱清章从邻居那里，更加详细地了解到自己的身世，知道父母养育自己的艰辛，他心痛无比。他是朱家的养子，父母却一直对他疼爱有加，视如己出，可自己却差一点就弃他们而去，真是不孝啊！朱清章没有向父亲打听自己被收养的事，他知道，父母早已把他当成了他们的亲生儿子。

自那之后，朱清章觉得自己真正长大了、成熟了。他要回报父母的养育之恩，他决不再放弃。

是啊，无论是亲生，还是领养，父母已把最好的给了他。这和血缘有关系吗？爱，在血缘之上！

朱清章开始了他积极的生活，无论多苦、多难，他都坚强地挺着，放弃生活就是对父母最大的不敬不孝。直到今天，当你见到朱清章时，你依然能感觉到这是一位生活热情、与人为善、懂得感恩、乐于回报的老人，他的和蔼、善良、憨厚、淳朴是从骨子里发出来的，很真实，这是他的性格，是父母传递给他的基因。

朱清章要纵身一跃的断崖就在他家屋后不远处。站在山顶，远远地俯瞰着山下那曾经飘荡着如豆灯光的后窗户，还有那已经废弃的煤场、矸石山、断桥和偶尔飞驰而过的从白狐沟方向驶来的运煤车，朱清章的心仍旧是无法平静。他在山上徘徊，迟迟不想离去，迎着阳光，眼前是马鞍山满目的苍翠；背着阳光，如黛的大青山近在咫尺。岁月匆匆，三十几年很快过去了，当年那个意气风发的年轻人，而今已经是白发苍苍。他站在高高的断崖之上，是凭吊那份早已远逝的沉沦与放弃，更是怀念那份由母亲唤回的清醒与坚持。

三

父亲发现儿子变了，他变得热情开朗起来。

每天早上天还没亮，儿子就一骨碌爬起来，打扫房间，换洗被褥和衣裳。

儿子的厨艺也大有提高，每顿做的两种饭，他都变变花样，试着调整饭菜的口味，日日翻新，很少有重复。

每天下班后，儿子雷打不动地作时事报道，耐心地给他和老伴讲述着外面发生的事。矿区变了，各地建设矿区的人源源不断地集结而来，一个崭新的时代即将开始，草原上的煤矿产业，其实已经跃出蓝图，已经可以触摸到，古老的什桂图正在迎来它真正意义上的变革。

"妈，'四人帮'垮台了，'文革'结束了。学校恢复了高考，您要是现在醒过来，儿子也要去念夜大，圆了你们当初让儿子读书的梦。"

"爸，您不是最关心咱们煤矿吗？那您就快好起来，亲眼去看看矿上现在的技改和革新，看看井下安全措施落实的情况。"

"妈，现在有电视机了，那是一个能看新闻、看戏的匣子，等您醒来，咱们家也买一台，您不出家门就能看到外面的世界了。"

"爸，现如今，医学科技飞速发展，再过几年，您和妈的病就都能治好。"

父亲知道，儿子是用矿上发生的那些新鲜事激励他，也是用这样的诉说方式呼唤着母亲。

每当听着儿子讲这些话，父亲心里都非常感动，他又看到了沸腾在他生命里的河滩沟煤矿。他不想辜负儿子的苦心，他也想重新站起来，走出去，再亲眼看看他工作过的矿山。他想再下一次矿井，下到几百米甚至千米之下的地矿深处，呼吸那熟悉的味道，触摸那发亮的煤层，和它们像老朋友似的再拉拉家常。

也许，在别人的眼里，煤田只是自然界亿万年沧海桑田凝固成的坚硬物质，但在他的眼里，它们却有着智慧和深沉的情感。它们是生命的活体，预知等待亿万年之后，注定要与人类相逢。煤块和煤块之间是有语言的，它们操持着人类听不懂的话语，低声地诉说着大自然的密码。每一块煤田，都在固守和找寻属于自己的命运。

他深知重新站起来已只是幻想，活着只能成为儿子的拖累。这么多年，他之所以在病痛中苦熬，是对儿子不放心。但自从儿子要自杀后，他知道儿子又闯过了一道难关。现在，他和妻子撒手而去，也能放心了。

父亲想结束自己的生命已经"蓄谋已久"，为减轻儿子的压力，他决定要带着妻子韩福珍一起走。他与妻子"商量"，妻子虽然没有回应，但他相信她能听见，并且，妻子一定会同意和他一起离去，他知道她比他更心疼儿子，他们要一起给儿子留下一个轻轻爽爽的家，一个没有他们拖累的未来。

这一天，他主动要求儿子给他洗了澡，换上新衣服。父亲不再固执，还开口跟他说了一会话，像是又回到了他没生病前的样子。朱清章很高兴，他觉得这是父亲病情好转的征兆。

"这么多年，爸妈没少拖累你，是爸妈对不起你！你也老大不小了，再不解决终身大事就真的晚了，爸妈帮不了你，你要学会照顾自己。无论将来发生什么事，你都要像现在这样，要挺得住……"

父亲怎么突然对他说教起来了？朱清章感到纳闷，上班时间到了，他没顾上多想。可就在快到矿上时，父亲的叮嘱突然又回响在耳畔，一种不祥的预感掠过心头。父亲说话的表情和语气都很奇怪，父亲不会是……

不祥的感觉在他心里骤然剧烈起来。他转身向家中跑去。

朱清章看到了让他痛心的一幕：父亲不知用什么办法，把放在柜子上的安眠药拿到了手里，正要把嚼碎的安眠药喂给母亲。

父亲想带着母亲自杀！

"爸，您和我妈都走了，儿子还能活吗？"

朱清章知道，父亲这样做是出于对他的爱，可这样的爱他不能接受！

"爸，您要答应我，以后不能再寻短见，您要让儿子放心啊！"

朱清章苦苦哀求父亲打消自杀的念头，老泪纵横的父亲挣扎一番后，渐渐地平静下来。

安顿好父亲，朱清章又踏上前往矿井的路。

就在这时，凄厉的警报声响起了。

生活在矿区的人都知道，警报拉响就意味着有矿难发生。什桂图煤田南北两侧均为由太古代片麻岩为主组成的高山地带，山势沿两侧东西延伸，河谷则南北贯穿其间，奇峰绝崖，南北对峙，形成煤田凹地天然屏障，声音一旦传进山谷，就会产生很强烈的回声，刺耳的警报声在山谷里回荡，经久不息的警报声能传到十里之外。

朱清章拼命向出事的矿井跑去，跑去的还有从四面八方聚集而来的矿工和家属。

矿井前出现了一道厚厚的人墙，无论职工还是家属，都被治安队和消防队挡在黄线之外。

女人和孩子的哭声一片。

时间一分一秒地过去了，几个小时过去了，十几个小时过去了，几十个小时过去了。白天和黑夜像被拉长的弹簧缓慢地交替着，当第二个黑夜到来的时候，家属们的哭声逐渐被机器的轰鸣和愈来愈深的夜色掩盖了，没有人离开，裸露的寒夜里，孩子在母亲的怀里睡着了，老人们坐在地上打起了盹。

"上来了、上来了……"井口传来嘈杂的喊声。

睡梦中的人们猛然惊醒，家属呼喊着他们亲人的名字向井口涌去。

塌方终于被打通，而等来的却是巨大的噩耗，矿井前瞬间爆发出山呼海啸般的嚎哭声。

河滩沟二矿属超级瓦斯、高沼气矿井，煤层贮存条件复杂，多数为急倾斜煤层，有瓦斯突出、折曲、断层、倒转较多。水、火、瓦斯、煤层等灾害普遍存在，生产条件困难，事故亦多。但二矿的煤厚质优，也正是这个原因，二矿承担起矿务局一大半的生产任务。尽管矿务局已进行过几次技术改革，也加大了通风等力度，可高危隐患仍然无法彻底解除。在各种矿难事故中瓦斯事故占 30 %，死亡人数占各种事故死亡人数的 48 %。河滩沟矿为三级瓦斯矿井，有沼气突出的危险。矿井每出 1 吨煤瓦斯为 64091 立方米。而火花是引起瓦斯爆炸的主要原因。

救援队在井下统计，已有 14 人当场死亡，还有几十人被严重烧伤，他们个个性命堪忧。

遇难和受伤的工人被抬上来，家属哭喊着扑了过去。他们拼命想越过那道由救援队和公安消防队员组成的人墙，那道人墙拼尽全力阻挡着扑过来的人群，他们不能让家属看到已被烧焦的亲人。

朱清章也被挡在人墙之外，他远远地望着担架泪流满面，遇难的都是他熟悉的弟兄。几天前，他们还在一起吃饭、一起下井、一起劳动、一起说笑、一起畅想未来、一起想等到有一天钱攒得够多了，他们就锦衣还乡、荣归故里。这些弟兄，他们中有的人刚结婚还不到 10 天，有的孩子刚刚出生还没满月，还有一个是不满 20 岁的临时工，他的父亲因透水事故去世还不到一个星期……

几天后，被救出的矿工，又死去了 11 人，这次瓦斯爆炸事故造成 25 人死亡，李栓子重伤经抢救治疗幸存下来，但终因伤势过重，也于一年后去世。

26 个活生生的人，就在朱清章眼皮底下没了。这些年，他心里从来没有彻底放下过。

遗忘可以被选择，但很多事终将不能彻底被遗忘，因为经历的人还在。也因此说，灾难中最可怕的不仅仅是短时间里就消逝去的无数的生命，而是浩劫后因天人永隔永远无法消散的沉重阴霾。

矿难让不少年迈的父母失去了最直接的"养儿为防老"的指望，这些悲伤过度的父母也很快相继离去；矿难让很多孩子失去了父亲，从而沦为单亲家庭的孩子，有些孩子很快出现了成长方面的问题；而成了寡妇的女人，或陷入悲痛不能自拔，或改嫁而远走他乡，离开曾寄托着她们生存梦想的什桂图。

那一天，朱清章的父亲朱庆和也听到了矿上传来的警报声。

父亲的脸上，骤然间布满了恐惧。他抽搐的脸因恐惧而瞬间扭曲变形，身体在一声紧过一声的警报声中剧烈地抽搐起来。过往的一起起事故案例，一幅幅血淋淋的画面，如同一场场可怕的噩梦惊扰着父亲。他经历过多次矿难，看到过太多的死亡，烧死的、闷死的、淹死的、熏死的。他虽是以重残之身活下来，但已实属遭遇矿难人中最幸运的人。可儿子能够吗？他越想越急，迅速地向透进光亮的房门口爬去，他吃力地晃开儿子锁好的房门，越过门槛，拼尽全力向屋外爬去。

我们已经无法知晓，当听到警报传来，这位瘫痪的老人究竟经受了什么样的恐慌和惊惧。有一个场景却让人难以忘怀：那天，当朱清章怀着悲伤的心情回到自家院子时，眼前的情形让他终生难忘。父亲，瘫痪了多年的父亲，匍匐在院子里，正向着矿井的方向不停地磕着头，父亲的双手和膝盖已经是血肉模糊，额头渗出的血流得到处都是，在他的身后，鲜血浸在雪白的雪地上，两道长长的血迹从门前一直绵延到父亲匍匐的地方，血红雪白，耀眼地刺进朱清章的心里。朱清章震惊了，他跑过去扶住父亲，他无法想象瘫痪多年的父亲用了多大力气才从家里爬到院子中。见儿子回来，父亲怔怔地看了那么几秒后，突然放声大哭，哭声回荡在小院的上空，缠缠绕绕不绝于耳。

对于父亲来讲，这一天，儿子的归来是他凄凉生命中最巨大的喜悦。

四

除夕夜，鞭炮声声入耳。

朱清章一个人在家包饺子，几个邻居来他家串门，邻居们看了看饺子馅，馅里竟然没有一点荤腥。

"这怎么说也是过年，该吃顿肉馅饺子才是！"邻居说完就走了。约莫半个钟头后，邻居们又过来了，他们每个人都带来了一些切好的肉馅。

那个大年夜，当朱清章把煮好的肉馅饺子喂给父母时，看着父母吃的可口，他再次泪落如雨。

他感慨，感慨流年似水，自己的头发都白了，父母也已更加苍老；他感动，感动这么多年以来邻居对他的帮助，他们给了他力量；他难过，难过父母至今还没有好起来，他的生活依然是无际的黑暗。伏在地上，想着父母的病痛，念着邻里的帮助，朱清章感觉膝下沉重如铅，漫过心头的感触，让他同时体会到一种真切的温暖与寒意。

除夕，这个给中国无数老百姓带来欢乐的日子，在朱清章心里却有着斑驳而复杂的颜色，快乐、温暖、凄凉、等待、绝望……

因为命运的无常和乖戾，也因为命运的眷顾和垂怜，诸种情绪在这个辞旧迎新的欢聚时刻，不停地袭扰着这个在困顿中坚守的年轻人。

孤独是世界上最可怕的痛苦，对于朱清章来讲它却如影随形。他已经到了成家的年龄，可是与他相亲的女孩一看到他家的境况，都纷纷退却了。他不怪她们，他甚至还理解她们。爱情之于他，是奢侈品。无数个暗夜，他倚在父母栽种的桃树下，像个孩子一样，一遍遍细数夜空中的星星，怀想那被挤进了时间皱褶里的被大山遮住的童年时光，怀想有父母呵护备至的日子，还有那些和他一起听虫鸣鸟唱的少年伙伴，想着想着，悲凉就如潮水般逼仄而来。每每这种时候，他甚至渴望夜色能与命运合谋埋葬自己孤寂而羸弱的生命，借命运的手，以天数之名了却自己乏味的一生。

季风掠过，什桂图冬去春来，秋至夏归，而在朱清章的世界里，季节却模糊成了一片混沌。

他学会了抽烟，也学会了喝酒。有时候，不良的嗜好和任由自己生命下沉的堕落，真的会让他寂寥无助的灵魂得到片刻的安宁和解脱。而于那时的朱清章而言，至少，借此，可以打发掉一部分孤独的时光，排遣出寄宿在他命运里的无奈和困厄。

如果黑夜有一双眼睛，它一定在悲悯地打量着这个年轻人。

1979 年，仿佛是上天的安排，张凤英，这位河南妹子，在朱清章最为落寞的时候走进了他的生活。

朱清章 30 岁那年，张凤英来什桂图姐姐家走亲戚，姐姐和他是邻居，平时，就对他多有接济和帮助，妹妹来后，姐姐打算做媒把妹妹嫁给朴实敦厚的他。

在姐姐的安排下，朱清章和张凤英见了面。

"这个姑娘，我好像在哪儿见过！"他感到非常吃惊。这份似曾相识的感觉，让他第一次见到张凤英就动了心。但是，朱清章已经历过 20 次失败的相亲，他对自己的婚姻不再抱有奢望。

张凤英一进朱清章家，也着实吃了一惊，屋里光线很暗，屋顶挂着蜘蛛网，墙壁斑驳芜杂，张凤英心想：这还是个家吗？

"我爸已瘫痪多年，我妈也不能行动，是植物人，不知道什么时候能醒，也许永远都醒不过来了。"他不想欺骗眼前这位姑娘。

没想到张凤英却说："我们处处看吧！"

朱清章以为自己幻听了。

"我姐已经跟我说过了，这其实没什么！"

他瞪大眼睛望着张凤英，天下有这么傻的人？她怎么会如此答复？我可不能耽误了人家姑娘，索性把丑话都说到前头。

朱清章非常严肃地对张凤英说："那我要向你讲清三点：第一，你若嫁给我，一进门就得伺候两个重病的老人，也许伺候三五年，也许就是十年、二十年，或者更长时间。第二，我家真的很穷，不但没有半点积蓄，而且为了给父母看病，我还欠着五千多元的外债，可以说是债台高筑，你受得了吗？第三，如果你嫁给我，我们夫妻同心，共同努力，用我们的双手去拼搏，若日子能好起来更好，若是不能改变目前的状况，反而比现在还差，到时你后悔就来不及了。你要想好了……"

张凤英被眼前这个男人的真诚深深地打动了，她觉得已不用再考虑了，如果说刚才她还是怀着和这个男人处处看的态度，当她听完朱清章这番话后，她已经非常确定：这辈子，她就认定这个人了。

"我现在就回答你提出的几个问题，一是我们都是父母所生，父母有病，儿女伺候父母是天经地义的事，我既然成了朱家的儿媳妇，不管公公婆婆病多久，我愿意伺候二老到底；二是你欠了很多外债，你说是债台高筑，我认为这只是暂时的，只要咱们心往一处想，劲往一处使，我们一块去努力，生活一定会越来越好，我看上的是你这个人，你孝顺、厚道，凡事不掖着藏着，跟着你，我踏实，不管将来吃多少苦，受多少罪，我都不会后悔！三是你担心我俩尽了我们最大努力，还是没能改变目前的生活状况，说不定我俩还有讨饭的可能，我可以明确地告诉你，如果我们真到了要饭的那一天，咱俩并肩走，咱们一不偷二不抢，要饭也不丢人。只要我们心往一块搁，就算是吃黄连，心也是甜的。"

听张凤英说完这些话，朱清章彻底地懵了。

张凤英答应嫁给他那天，朱清章一整天神情恍惚，一会儿哭，一会儿笑，老天对他太好了，竟把这么好的一个姑娘带给了他。

第二天，姐姐过来和他商量妹妹的婚事。

很快，朱清章把张凤英又从河南接了过来。

朱清章开始筹备婚礼，他所在的河滩沟二矿团支书组织大伙召开了一个临时会议，工友们纷纷拿出自己的副食券，由班长统一交给朱清章，他用大伙捐赠的副食券买回烟、酒、糖、茶等婚礼必备品。邻居有的送来窗帘，有的送来洗脸盆，有的送来暖壶。居委会的杨大娘想得更周到，她知道朱清章没钱也舍不得花钱给自己置办衣服，就把儿子的一套新衣服送来让他结婚时穿……

婚礼在他家的小院里举行。那天，父亲露出了久违的笑容，儿子终于娶上媳妇了，他去了一大块心病；那天，朱清章喝了很多酒，还破天荒地唱起了歌；那天，他在"众目睽睽"之下，泪雨滂沱；那天，他幸福满满，感激满满。那样的幸福和感恩，一直存留在他日后的人生中，纵使岁月烟尘浩荡，从未褪去。

婚后，朱清章问凤英："傻姑娘，你当时是咋想的，咋那么痛快就答应要嫁给我？"

凤英笑着对他说："我当时想，这个男人对他父母这么好，将来对我肯定也赖不了……"

时间进入八十年代，那首《年轻的朋友来相会》在河滩沟矿区满是煤尘的街巷里反复传唱。生活在这里的人们有了一种明显的感觉：时代变了！一种青春、自由、充满活力的因子跳动在空气里，鲜活的笑容挂在人们的脸上。到处是澎湃、激情、力量和速度撞击出的交响。封闭阻隔的大山已经只是地理上的概念了。流行的奇装异服、邓丽君的温婉演唱、时髦的摇摆舞和李小龙的功夫武打一起涌了进来。世界忽然打开了一扇窗，人们在惊奇中接受和适应着，很快，这些与新时代一起来临的事物就被视作平常。

傍晚，矿井的输煤塔灯火通明，新开的夜大书声琅琅。矿区的山路上漫步走来牵手的恋人，电影院里，情侣们学着接吻，冲破了过去一直不敢越雷池一步的男女防线。忽如一夜春风吹来，人类与生俱来的浪漫、细腻、热情在激情燃烧的岁月中渐次醒来。

这一年，河滩沟煤矿作为改革的试点，通过全体干部群众的团结奋战，产量比上年同季度翻了一番，整个矿区沐浴在改革的春风里，踏入新生活的朱清章，也迎来了他人生最为惬意的金色时光。

而对于张凤英来讲，新的时代并没有给她的新婚增添多少浪漫。相反，从婚后第二天起，她就脚不沾地开始忙碌起来。

多年以来，朱清章独自一人操持着这个家，他一边上班，一边伺候瘫痪的父母，为了多挣些钱，节假日也在加班，他的家，已经好久没有认真收拾过。从嫁进朱家的那一天起，凤英就下定决心，她要让这个家庭重新焕发出活力，让这个家有个家的模样。

婚后第二天，凤英买来了石灰粉，把整个房屋粉刷了一遍。朱清章下班回来，整个家已变了样。墙面雪白，屋子亮堂，已做好的饭菜散发着诱人的香味。朱清章感激地望着妻子，觉得妻子就是传说里下凡的仙女，或是那个从水缸里出来，为他创造富足美满生活的田螺姑娘。

父母盖的棉被已多年没有拆洗，被面的花色早已分辨不清，被子四周都开了线，为了省时省事，他就像装订本子一样用订书机把开线的地方订住，被子里的棉花，东一块西一块，而且已硬得像石头一样。凤英用开水将被褥、衣服、尿布分批次烫过后，随后用碱水泡、用脚踩，再用手一遍遍地搓洗，双手磨破了皮，她也顾不上包扎。凤英在洗那些被褥、尿布和衣物时，邻居家的一位老太太来看望母亲，老太太还没进院子就捂着鼻子跑回去了，邻居老太太是受不了那刺鼻的气味。

婆婆的头发也得拾掇拾掇了，凤英给她换衣服时这样想。她打量着婆婆的模样，老人长得很端庄，但久病不醒的婆婆的脸色苍白如纸。凤英心疼地吻了一下老人的额头。

婆婆的头发很长，且多年没有仔细梳理过，打了结的头发像毡片一样，结结实实的黏在一起。凤英只能慢慢地将头发撕开，今天撕开一缕，明天撕开一把，几天后，婆婆的头发都捋顺了，接着，她又把婆婆的头发剪短，用温水清洗干净。

多年照顾卧病在床的父母，又加之读了很多医学方面的书，朱清章已经成了半个医生。凤英在照顾瘫痪病人方面，她还是外行，凤英开始跟丈夫学着如何伺候卧病在床的公婆，这成了新婚小夫妻最动人的课堂。

朱清章耐心地一边操作一边给妻子讲：按摩要从腿部到头部，滚动拍打、揉搓，用劲要匀，切忌用力过猛，每次按摩时间至少半个小时，只有这样才能使母亲全身的经络保持通畅，肌肉才不至于迅速地萎缩。

尿布要随时换，清洗尿布要用苏打药液进行消毒、杀菌，消毒杀菌做得到位病人就不会生褥疮。母亲身体僵直，换尿布时要先把母亲的身子侧立住，再把事先已经准备好的用一层塑料布、一层尿布和一层卫生纸卷成圆圈的尿布，从一边先铺开一半，把母亲侧着放到展开的尿布上，然后，以同样的步骤，再把尿布另一半打开。换尿布前，要提前准备一盆热水，换尿布的同时，顺便把病人的身体擦拭一遍。朱清章把自己的看护经验和心得一一传授给妻子。没过多久，凤英把朱清章教的护理常识全部学会了。

勤快的凤英把家里打理得井井有条，把公婆收拾得干干净净。光是为婆婆准备的尿布就有五六十块，凤英对尿布做了改进，每块尿布由四到五层布做成且柔软光滑。凤英嫁进朱家之后，朱家门前常年飘扬着由各色布头做成的尿布，这成了他家门前一道特殊的风景。

朱清章的家变了模样，他的精神也焕然一新。可对凤英来说，这还只是一个小小的开始，她还有很多的计划要去实施。为把每天买菜的钱省下，她开始琢磨着开荒种地。

《天工开物》中讲："凡煤炭不生茂草盛木之乡"，"南方秃木无草木者，下即有煤"。什桂图是典型的煤炭地貌，山坡上怪石林立，土质瘠薄，平地极为罕见。夫妻俩把石头搬开，用簸箕把深山里杂草丛生处的土壤移到山坡上，一寸寸开垦，就是以这样的方式，他们在山坡上拾掇出四五块面积不小的菜地。

从这一年起，邻居们经常看到梳着羊角辫的凤英担着水、挑着肥，艰难却又非常执拗地行走在蜿蜒的山路上。有时候，在她的身旁，有朱清章相伴，他也担着水、挑着肥，和妻子一起朝着山上那几块绿油油的菜地走去。他们的笑声和好听的豫剧在山谷中久久回荡：

走一道岭来，
翻过一架山。
山里空气好，
实在啊新鲜。
满坡的野花，
一片又一片。
梯田层层啊，
把山腰来缠。
……

凤英的到来，给朱家增添了无限生机。朱清章又能按时上班了，每天他都是第一个到班上的人，他再也不会因为迟到而感到自责和挨批评，他又成了矿上出煤量最高的好工人，上下班的路上，他又自觉不自觉地吹起了欢快的口哨。

他们的爱情，和着平常日子中的酸甜咸淡，沾满了人间烟火的味道。他们没有天长地久和海誓山盟的承诺，但却有着摧不垮的坚定和能触摸到的真实。他们掰不开的相依相偎，平实而质朴，引领着生命逆风飞翔。

朱清章对雪情有独钟。他说，他喜欢看雪花漫天飞舞，喜欢在雪中散步，喜欢听雪花飘落时那"扑簌、扑簌"的声音。

上世纪50年代初，母亲发现他那天，德州大雪。

卫生所门前站着很多人。一对年轻的夫妇凑上前去，箱子里放着一个包裹，微弱的哭声从包裹里断断续续地传出。

人们围着箱子，喊喊喳喳地议论一阵子后，纷纷走了。

雪下得更紧了，已听不到孩子的哭声。

年轻的妻子弯腰打开了箱子，轻轻地拨开包裹，她被吓了一跳，包裹里包着一个出生没多久的婴儿，孩子的脸已被冻成了紫色，眼睛紧闭，稀疏的头发上还结着冰碴。

她慌忙脱下身上的棉衣，把孩子紧紧地包裹起来。

四野悄然，只有雪在下。

这位年轻的妻子名叫韩福珍，这一年，她 24 岁。

她的丈夫叫朱庆和，这一年，他也 24 岁。

孩子被朱庆和夫妇带回了家。

天已完全黑了下来，寒风刮得土房的门"咣咣"直响。孩子已被韩福珍的体温暖了过来，看着怀里奄奄一息的孩子，她眼里泛着泪花。

"庆和，我们带孩子去王嫂家，讨口奶吧！"

从那一天起，韩福珍几乎天天抱着孩子去村里给他找奶吃。

这个雪天到来的孩子就是朱清章，这对年轻的夫妇就是他的父母，为了全心全意照顾体弱的儿子，父母没有再要孩子，他们把爱全部倾注到小清章身上。

飞扬的大雪，带着他来到了父母身边。

又一个冬天到了，什桂图，这座北国山川里的乌金之海，依然是漫山雪花映出的洁白世界。朱清章来到这里已整整 18 年了，他对这铺排张扬的大雪早已是司空见惯，但这个冬天对于他来说，却是不再寻常。

入冬的第一场雪让矿区的人们很振奋，整个矿区有些沸腾。下班后，工友们吆喝着去喝酒，朱清章婉拒了他们的邀请，在大家的哄笑中，他悠闲地踏上了回家的路，漫步于雪地，他又听到了落雪的声音，这使他的心情愈发愉悦，遥望着远处的高山，在无边的雪落的音符里，青山浮现出壮美的轮廓，什桂图大雪无垠，雪色如画。

朱清章一进家，凤英就对丈夫说，她怀孕了。

朱清章怔住了。他有儿子了，朱家有后了。

这个家已经太久没有好消息了。

那个大雪纷飞的夜晚，是朱清章记忆中一个很难忘的时刻，他拥着妻子站在窗前久久地凝望着夜色中的山峰，雪落的声音，使那夜的什桂图静美到了极点。朱清章感谢妻子给这个家带来的欢乐，感谢妻子对父母无微不至的照顾，感谢妻子给他带来生命的惊喜。儿孙绕膝，子孙满堂，香火永续，这永远是中国老百姓最大的精神满足。

1981 年 5 月，他们的儿子艳斌呱呱落地；1983 年 10 月，女儿艳茹出生。两个小生命的降临，给这个艰难的家庭平添了很多快乐，朱清章的干劲更足了。

五

1984 年，对于包头矿务局来说，是一个多事之秋。1 月 12 日，五当沟矿二水平西一Ⅰ组Ⅰ1 层工作面发生瓦斯爆炸事故，伤 13 人；6 月 12 日，白狐沟矿康包西斜井发生瓦斯爆炸事故，9 人死亡，直接经济损失达 27 万元；7 月 9 日，河滩沟矿东一下山采区西翼回采工作面发生瓦斯爆炸事故，25 人死亡，18 人受伤。

警报一次次拉响，让生活在这里的人们毛骨悚然。

而这一年的冬天，对于朱清章来说，注定也是不平常的一个冬天。

冬日的一天，凤英边喂饭边跟母亲说："妈，又到冬天了，您不知道，您都睡了快 10 年了！这些年，咱们这儿变化可大了，矿区的人越来越多，煤矿马上要实行原煤生产承包，工人们都铆足了干劲！矿上加强了对瓦斯、煤尘爆炸和水、火、冒顶事故的安全防护工作，生产比原来安全了很多。妈，清章去上班了，您儿子他不容易！妈，您有孙子了，他叫艳斌，还有孙女艳茹。您一定要醒来，将来呀，您还得享受四世同堂的天伦之乐呢……"

这么多年了，凤英没有一天不盼望着婆婆能醒过来！

这一天，当斜阳的昏黄隐退，夜幕四合之际，灾难再一次光顾这个多舛的家。

父亲突然剧烈地抽搐起来，他缩在墙角里，发出再也压抑不住的呻吟声，他的病情再次加重。

自入冬以来，父亲的病就一直时好时坏，经常颤抖成一团，疼痛难忍，吃饭常常不入食道入食管，大小便更是常常失禁。父亲忍着不去医院，总说在家养养就好了，朱清章知道父亲是怕连累他和凤英，怕花钱。这一次，他不能再顺着父亲了，父亲的病不能再拖下去了，他必须把父亲送到医院。

朱清章背着父亲匆匆地向矿务局医院走去，父亲伏在他的背上，像一个听话的孩子，安静极了，被病魔折磨得干瘦如柴的父亲，已经没有力气再拒绝儿子带他去医院了。

走在通向医院的路上，朱清章的心头溢满悲凉。这本是一条回家的路，而今，他却背着父亲离开了家，向着医院走去。朱清章想起他和父母刚刚来到什桂图的那一年，也是在这条路上，父亲背着他健步走过，父亲一路对着阳光憨笑、对着星星憨笑、对着路边的树憨笑、对着飞奔而过的麋鹿憨笑，更对着行人憨笑。记忆中，父亲像是这条路上永远的憨笑者。

憨笑，是父亲对苦难和辛苦生活的幸福姿态。

父亲的乐观和坚毅曾经化解了那么多周遭的不幸，父亲一定会闯过这道难关，然后，一家人一起等候母亲醒来。朱清章在心里默默祈祷着。

父亲病情急速恶化，矿务局医院表示无能为力，医生建议朱清章带父亲去包头中医院治疗。

第二天，朱清章带着父亲来到包头中医院，经医院专家诊断，父亲的病被确诊为"外伤性震颤麻痹综合症"，那是一种极罕见的病症，至今医学界尚无治愈的先例。

像当年母亲被医院确诊为植物人时一样，朱清章再一次跌入痛苦的深渊。

在医生和朱清章的说服下，父亲终于答应住院治疗。

从这一年开始，朱清章从他工作的河滩沟二矿调往父亲工作过的 86 建井工程处。遵照局里安排，从那时起，照顾父亲成了朱清章的工作。也是从那时起，朱清章和妻子凤英拉开了十年两地生活的帷幕，夫妻分隔两地，每人照顾着一个生活不能自理的老人。

屋漏偏逢连夜雨。父亲住进医院不久，凤英的哥哥因车祸去世，凤英的嫂子难以承受丈夫去世的巨大打击，一夜之间，精神失常而不知去向。

哥嫂有一个九岁的孩子。

凤英跟他商量，想帮帮这个孩子。

朱清章对妻子说："把孩子接到咱们家吧！再困难也不差这一个孩子的口粮，我们当大人的苦点儿没什么，别苦了孩子。"

没过几天，凤英把哥哥的孩子接到了自己家中。

从此，这个孩子在朱清章家住了下来，直到 1997 年，他才回到河南老家。现如今，他早已长大成人，在河南洛阳一所中学当教师。

朱清章夫妇没有惊天动地的壮举，没有气吞山河的豪言壮语，他们只是千百万平凡人中最平凡的人，可是在这平凡中，却孕育着中华民族最朴实的情感和最温暖的情怀。

现在，去什桂图的路上，人们会经过一座大桥，桥的名字是水磨滩公路大桥，建成于 1991 年 9 月 30 日。这座桥的建成通车，是生活在那里的人的一件大事。在朱清章的印象里，这桥大大缩短了他和父亲回家的距离。

包头距离什桂图 70 多里，每天只有一趟班车往来两地之间，赶上雨季河槽上涨或是冬季大雪封山，每天一趟的班车也不能保证畅通。因为交通不便，也为了省下来回的车票钱，在父亲住院期间，朱清章每隔半年才带着父亲回一趟家。

每次，朱清章和父亲回家，孩子和凤英都高兴得不得了。回到家，他和凤英经常带着几个孩子去爬山，大青山上留下他们一家人的欢声笑语。

孩子大了，妻子也老了，凤英的两鬓已有了白发，发现凤英白发的那一天，朱清章萌发了一个念头，他要送妻子一个惊喜，庆祝他们结婚十周年。

他想给妻子买一枚戒指。

朱清章来到包头百货商场，一问价钱，他才知道，买一枚戒指竟要花那么多钱！他怀着遗憾走出商场，在他的身后，音乐在商场里轻轻响起：

轻轻地捧起你的脸，
为你把眼泪擦干。
这颗心永远属于你，
从此我永不改变。
……

大街上到处都是来来回回的人，人们脸上挂着幸福的微笑，一对对年轻的夫妇手挽着手，有说有笑地从他身边走过，朱清章羡慕地望着他们亲昵的背影，他多想和妻子也像他们一样，享受一下惬意的人生！可怜的妻子，自从嫁给他以后，一直忙着照顾老人和孩子，不得一日的空闲，可妻子从不抱怨，十年如一日地打理这个家。想到这儿，朱清章毅然转身，大步向商场走去。

结婚纪念日到了，那天天气特别晴朗，湛蓝的天空飘着丝丝的白云。见儿子要带自己回家，父亲情绪也很好，车上的乘客也不像平时那么多，他竟然还有了一个座位。

他突然提前回家，妻子很是不解。

"今天是个特别的日子，你忘了？"他微笑地问。

凤英很纳闷：今天是什么特别的日子？

"你往前想，五年、八年，或是再往前……"他提示道。

凤英还是想不出。

儿子问："是爸爸的生日吗？"

朱清章摸着儿子的头说："不是，是比爸爸的生日更重要的一个日子！"

"十年前的今天，爸爸和妈妈结婚了。你说今天是不是个很重要的日子？"朱清章问道。

凤英的脸一下子红了。

这么多年，难得丈夫还记着这个日子，她没有嫁错人，她这辈子值了。

朱清章把戒指从背后拿出来，灯光下，戒指散发出闪闪金光，好看极了。

朱清章想亲手把戒指给妻子戴上，但当着父亲和孩子们的面，他实在有些不好意思。那个年代的人在表达感情方面，远没有今天的人们这样大胆而直白。

凤英接过戒指，一股暖流涌到她的心头。

父亲探过头来，看着那枚金光闪闪的戒指，他流露出吃惊和羡慕的眼神。这位朴实的老人，在矿井下开掘了一辈子，为养家糊口，无数次受伤，最后落得终身残疾，他还从来没有见过这么好看的戒指。

凤英看见父亲瞧戒指的眼神，她的心掠过一丝悸动。

她把戒指拿到父亲跟前。

"爸，这个戒指送给您，以后，谁对您好，您就把它送给谁！来，我给您戴上。"凤英边说边把父亲的手端起。

父亲使劲地往回缩着手，凤英硬是把戒指套到父亲的手指上。

父亲示意凤英把戒指戴在她的手上，凤英不肯收回戒指。

"那、那就给你妈戴上吧！"父亲眼圈红了。

在凤英的帮助下，老人亲手把戒指戴到了母亲手上。

之于母亲，这是一份迟到了几十年的祝福啊！

在朱清章和妻子凤英结婚十周年纪念日这一天，朱清章哭了，这个铮铮铁骨的男子汉，被妻子感动得泪流满面。是妻子的善良与温柔，让他忘却了所有的艰难与不幸，让他忘却了身上的伤和心里的痛，也让他内心多了一份守望生命的勇气和力量。

在朱清章家窗外，人们常常能听到凤英给婆婆读报的声音：1990年12月，长汉沟矿井报废封井。1991年4月10日，宣布局属五当沟矿当日停产，组建五当沟多种经营公司，生产经营与正规矿井脱钩。从7月1日起矿井报废，能力注销。所余煤量由大集体小窑方式回收。9月27日，全局首届职工、学生运动会在一中操场隆重举行，9月30日，水磨淮公路大桥建成通车剪彩仪式……

1994年，父亲在被病魔折磨了十几年后，心脏功能衰竭，他的生命走到了终点。

父亲勤劳朴实，工作在一线，屡次获得劳动模范称号，他和来自祖国各地的工人一起参与到什桂图煤炭产业大规模开发的壮观历史时期，一起鉴证了什桂图从农牧时代到工业时代的变迁，他们是名副其实的第一代什桂图人。从1961年来到这里，直到父亲去世的1994年，整整34年，他再也没有离开过这个地方，这里是他的第二故乡。

当年和父亲一起来到这里的建设者，他们中的许多人和父亲一样，已经永远留在了什桂图纵横交错的山脉之中，这里是他们漂泊人生最后的一个驿站。而今，他们儿孙们中的大多数正沿着他们走过的足迹，继续生活在内蒙古这片辽阔的大地之上，谱写着与他们相同又相异的人生。

父亲去世不久，妻子病了。

一段时间里，凤英经常感觉浑身乏力，胃疼难忍，起初以为是着凉了，后来病情不断加重，凤英时常疼得大汗淋漓，并且不能进食。朱清章带着妻子到包头市二医院做了全面检查。

检查完后，医生把朱清章叫到了办公室。

医生说："你要有个心理准备，通过全面检查和病理切片，基本判定你爱人是胃癌，并且已经是晚期，肺部和肝部都有转移灶。"

医生的话，犹如晴空霹雳。

无常的命运，再一次将他抛入了痛苦的深渊。

朱清章拿着化验单，在楼道里来来回回地走着，看着那个"癌"字在他眼里无限地放大，他恍惚了。

"一定是医生弄错了！"他要去问问医生。

"不用问了！"凤英拉住他的衣角。

朱清章心里一片空白。

"清章，咱们打出租车回去吧！我还从来没坐过出租车呢！"凤英想快点到家、快些见到孩子和婆婆。老天给她的日子不多了。

"好，你说咋回就咋回！"他牵着妻子的手，向出租车走去。

平生第一次，朱清章和妻子乘坐了出租车。一路上，凤英一句话都没说，只是呆呆地望着家的方向。朱清章紧握着妻子的手，他让妻子把头靠在自己的肩上，凤英顺从地把头埋在丈夫的怀里。

一进家门，凤英就对他说："清章，我想单独和咱妈说几句话。"

"我想单独和咱妈说几句话。"多么熟悉的话！父亲去世时，朱清章也这样对凤英说过。守候母亲，守望生命，他们一直在期待母亲的苏醒，并于这坚持不懈的守望中获得了力量，这力量支撑着他和妻子克服了生活上一次又一次的磨难。母亲，这位沉睡着的老人，是他们夫妻共同的精神支柱，无论遭遇到多大的困厄，只要一想到母亲还在，他们就有了坚持下去的勇气。今天，母亲还能给身患绝症的儿媳这样的能量吗？

"妈，帮帮您的儿媳吧！"他默默地向母亲求助。

"妈，儿媳恐怕要走到您前头了，我进朱家这么多年，咱娘俩是天天见，我喊过多少次妈，您也没有答应过，直到今天您都还不认识我……"

"妈，这个家的担子又落在清章一个人身上了。他一个人在外面赚钱养家不容易，以后，清章对您要是有照顾不周到的地方，您要多担待，要是有下辈子，我还做您朱家的儿媳……"

朱清章站在门外，听着妻子对母亲说的话，他心如刀绞。

他想起他和凤英结婚那天，凤英对母亲说的话："妈，我是张凤英，从今天起，我就是您朱家的儿媳了，您要是听见了，就快点好起来，让清章和我好好孝敬你……"那时的凤英浑身洋溢着青春的气息。

这一切好像是发生在昨天的事情。

医院马上安排做手术。

手术后第三天，凤英在医院就呆不下去了。

经协调，医院同意凤英出院。

从医院回到家里，凤英轻松了很多，她又可以每天都看到孩子和时刻都需要人照顾的婆婆了。朱清章不让她再干活，可看着丈夫忙前忙后，凤英心里很不是滋味，趁丈夫不在家时，她把饭菜做好，给婆婆换洗衣服、喂饭，打扫家，帮着他料理家务，照顾老人，给孩子辅导功课。一到晚上，她还整夜整夜地给家里人打毛衣，每天忙个不停。任朱清章怎么劝都劝不住。

凤英在争取一切能够争取的时间，她想为这个家再做些力所能及的事。

可凤英的时间真的不多了，每每想到这儿，朱清章就不敢再想下去。

两个孩子渐渐长大，女儿艳茹经常对凤英说："妈，我长大了要做医生，我要治好奶奶和你的病。"每次听到女儿这么说，凤英都感到既欣慰又心酸，她为女儿的懂事而高兴，也为不能陪着女儿长大而难过，女儿很漂亮，她多想看到女儿披上婚纱步入婚姻殿堂的样子。儿子艳斌已经开始学着帮家里做些力气活，劈柴、拣煤渣，有时候，艳斌还帮着她给奶奶翻身、擦拭身体。偶尔闲下来，也像他父亲当年一样，他就跑到山里去采药，看医书，看着儿子默默地为她做的这一切，凤英的心都碎了。她嘱咐两个孩子，要听爸爸的话，要多陪奶奶聊天，要好好学习……

两年后，凤英走到了生命的尽头。

在凤英去世的前一周，她把丈夫朱清章叫到跟前。

"清章，估计我没几天时间了。你答应我，你一定要伺候好咱妈，让孩子好好上学。如果考不上大学，你也要想想办法，帮孩子找份工作，让他们自食其力，给孩子成个家。我走后，你再找一个老伴儿，也好照顾你的生活。我跟了你十几年，虽然没享过几天福，但你对我好，我也没什么遗憾了，这辈子跟着你，我不后悔。如果有下辈子，我还做朱家的媳妇，我还愿意和你一起做夫妻！"

四野静寂，凤英留在世间的一对儿女，带着和她相似的面容，继续在人间风尘仆仆，在城市的某个角落里生活和劳作，像他们当年一样辛苦而有爱，以善良的情怀，迎接着每个黎明，充实而朴素地生活着。

六

2003 年的一个清晨，这一天，太阳似乎起得特别早，阳光早早地透过窗棂照进了房间，母亲额前旭光闪烁，他感觉母亲的神色与往常不太一样，老人表情温润平静，暖暖生辉，像是回到了几十年前的样子，没有久病在床的变形和浮肿。望着母亲，一股清澈的力和强烈的感动，像激流一样涌上心头，他的眼睛湿润了……

奇迹，就在这个清晨发生了。

这天早晨，给母亲喂过饭后，准备离开时，朱清章感觉衣角被勾了一下，转身的一刹那，他隐约意识到了什么。

"妈，是您勾了我衣服？是您吗？妈……"

"妈，如果是您，您就点点头，或者眨眨眼，怎么都成啊！"

他急切地盯着母亲，可母亲一动不动，他继续目不转睛地看着母亲，10 秒、20 秒、30 秒……大约 1 分钟后，母亲的眼睛动了几下。

"妈，真的是您？您有知觉了！"他兴奋得不知所措。

"妈妈，您终于醒啦！妈，您看看儿子，我是清章啊……"

几十年以来，朱清章一直希望母亲能醒过来，他一直在等着母亲醒来。今天，当母亲真的有了知觉，他激动得不知道要做什么、要说什么，他搓着手在母亲跟前来来回回地走着，像个孩子一样不停地喊着："妈、妈妈……"

天亮了，朱清章迎来了几十年以来最明媚的黎明。

母亲有了知觉，这成了全家最大的喜事。朱清章下决心一定要竭尽全力，他要让瘫痪几十年的母亲重新站起来。

每天，他按时给母亲按摩、梳头，用热毛巾敷母亲的胳膊和腿，帮助母亲弯曲关节、活动肌肉。尽管母亲还在沉睡的状态，但是他坚信，现在，他对母亲说的每一句话，母亲是真的都能听见、能听懂了。

时间又滑过了一年。

2004 年的一个黄昏，刚刚下过一场雨，矿区的空气异常新鲜。马鞍山和大青山苍翠葱茏，连绵的山峰之巅彩虹高悬。楼后的松树青翠欲滴，几只苍鹰翩翩而起，向着层峦叠嶂的山峦和彩虹飞翔而去，雨后的什桂图美景如画。

这天黄昏，朱清章给父亲上香，跟父亲念叨着家里的事。突然间，他发现照片中的父亲仿佛在微笑，对着母亲微笑，他走上前仔细地看着父亲，父亲真的面带笑意。这么多年了，他竟没有察觉到父亲留在照片上那丝浅浅的笑。

"爸，您是知道了母亲醒过来了，是吗？"他轻声地问。

给父亲上过香，朱清章来到母亲跟前，他惊奇地发现，母亲的表情竟然也带着笑意，睫毛还在微微地闪动着。

这就是母亲和父亲之间的心有灵犀吗？父母在对话吗？

朱清章泪光闪动。

"妈，今天想吃什么？儿子给您做去！"

过了一会，他看到母亲的嘴在动。

"妈，您要说话吗？您要说什么？"他激动地把耳朵靠近母亲的嘴边。

"粥……"声音很微弱，听起来像是"粥"的发音。

"妈，您再说一遍，大点声！"他把耳朵贴到母亲的嘴上。

"粥……粥……粥……"母亲连说三个"粥"字，虽然很轻，虽然断断续续，虽然吐字不清，但他听到了，他听清了。

"妈，我听见了，儿子听见了！"他的心几乎跳出了胸膛。

母亲终于能说话了。

有心人，天不负！

这一天的黄昏，什桂图的天空，漫天霞光。

自这一天起，朱清章开始不停地引导着母亲说话，母亲说的话由一个字变成两个字，又增加到三个字、四个字……渐渐地，母亲的眼睛睁开了，又过了一段时间，大小便也逐步由失禁变得自控。慢慢地，他发现母亲的身体不像原来那样僵直了，手脚伸展也一点点自如起来。偶尔，母亲还能在他的帮助下将腿盘起来，端坐那么几分钟。

转眼，2005 年的冬天到了。

这个冬天是个暖冬。山巅的积雪在正午阳光的照射下，银白闪亮。

冬天的一天，朱清章把一壶水放到火炉上后，便去院里劈柴，当他回到屋的时候，他看见母亲站在地上，正伸手去拎那壶烧开的水。

他惊呆了。

"妈，您能站起来了！"

他赶紧跑过去扶住母亲。

"妈，您太了不起了！"他向母亲竖起了大拇指。

"水，水开了，你不在，我、我拿开……"母亲断断续续地说。

母亲能站起来了，朱清章百感交集。

自此，这位在床上躺了31年，不会说话、不能行动、没有意识，生活完全不能自理的植物人母亲，终于苏醒并站了起来，这不能不说是一个奇迹，是医学的奇迹，人间奇迹，更是生命的奇迹。

孝心能创造生命的奇迹、能演绎人间神话。

而今，已是满头银发的朱清章老人，已然忘记了31年守候的艰难，忘记了31年等待的煎熬，31年，朱清章用自己的双肩扛起了生命的重量。匆匆岁月中，生命可贵而易逝，乍看春红转眼成冬。31年不是一段短暂的时光，朱清章却说，母亲醒来后，31年就化作了一瞬间。老人豁达乐观至此，也许，这才是那31年的守望赋予他最珍贵的财富吧！

生命因守候而温暖，而充满希望。

因为31年如一日守望生命，因为守望唤醒了沉睡31年的母亲，朱清章感动了什桂图，感动了内蒙古，感动了中国。第三届全国道德模范评选活动中，朱清章被评为全国"孝老爱亲"道德模范称号。他说，我是一个平凡得不能再平凡的人，我和我已过逝的妻子尽了我们应尽的责任，做了我们应该做的事情。父母养育了我们，我们要懂得感恩。孝老爱亲是中华民族的传统美德，百善孝为先，一个人如果连父母都不懂得孝敬，就很难相信他热爱党、热爱祖国和人民了。

2015年，央视春晚直播现场，全国道德模范65岁的朱清章携89岁的母亲韩福珍出现在亿万观众的视野里，他31年如一日照顾植物人养母直至母亲苏醒的孝心故事感动了数亿中国人。

主持人问他："现在看到妈妈和咱们观众一起坐着看春晚，你是不是特别欣慰呀？"

"我是世界上最幸福的人，89岁的老妈妈还健在，我还能尽孝。我的愿望就是希望再让我妈妈多活30年，我要每天拉着妈妈的手去遛弯儿。"朱清章深情地回答。

就是这样，以"春晚"一个已在中国重复三十次的晚会样式，朱清章由一个平常的人而一夜之间变得家喻户晓，他唤醒沉睡了31年的母亲的故事带领着人们进入了人类关于"孝道"这一传统的永恒叙事。

孝行天下，回报社会。亲其亲，长其长，而天下平。

暴烈的骏马我不爱，
我爱它所在的马群。
宝贵的身躯我不爱，
我爱生我的双亲。

桀骜的骏马我不爱，
我爱他呆惯的马群。
自个的身躯我不爱，
我爱养我的双亲。

——蒙古族歌谣

（节选自《生命的守望者》，牛海坤著，内蒙古远
方出版社，2016 年 6 月出版）

水土中国（节选）

哲　夫

　　明代隆庆三年（公元 1569 年），陕西子洲县黄土洼，因自然滑坡、坍塌，形成天然聚湫，后经加工而形成高 60 米、淤地 800 余亩的淤地坝，距今已有400 多年历史。

　　法天贵真仿造自然原本是人类的强项。有天然便会有人工的。人工淤地坝最早的文献记载见于山西省《汾西县志》明万历年间，记载显示，这个最早的人工淤地坝是老百姓自发修建的："涧河沟渠下湿处，淤漫成地易于收获高田，值旱可以抵租，向有勤民修筑。"

　　引起官方注意已经到清朝，据《续行水金鉴》卷十一记载，清乾隆八年，陕西监察御史胡定在奏折中呈请："黄河之沙多出自三门以上及山西中条山一代涧中，请令地方官于涧口筑坝堰，水发，沙滞涧中，渐为平壤，可种秋麦。"皇上采纳否？修筑规模如何？无考。

　　1922 年水利专家李仪祉著书向民国政府款款陈情："皆渭沟洫可以容水，可以留淤，淤经渫取可以粪田，利农兼以利水，予深赞斯说。""治水之法，有以水库节水者，各国水事用之甚多。然用于黄河，则未见其当，以其挟沙太多，水库之容量减缩太速也。然若分散之为沟洫，则不啻亿千小水库，有其用而无其弊。且有粪田之利，何乐而不为也。"

　　絮絮叨叨地陈情过后响动全无。直到 1945 年黄委会才批准关中水土保持试验区在西安市荆峪沟流域修建淤地坝一座，此可谓民国政府留在黄土高原上的唯一淤地坝丰碑。

　　相映成趣的是，物换星移，在距今四十年前，有那么一个北京知青领着社员，七年内竟然修了四座淤地坝。

　　我的采访便是从梁家河的淤地坝开始的。

　　在陕西，接下来的日子里，我先后还走访了延川、宜川、洛川、富县、延安、渭河沿线等地。还遵循水保路线，不间断地走访了江苏、福建、山西、深圳、黑龙江等地，在2015年春节前完成了22万字的长篇报告文学《五色共和》，因篇幅所限，只能从中先行截取六万余字率先在《中国作家》发出，以助推中国水土保持近几年来取得巨大业绩和雄风。视角下沉从中截取最基层的一条线，多水土保持一线状况与人物速写，难免挂一漏万，遗珠之憾只能待全书出版时补救。之所以将这一组萃取的片断定名为《水土中国》，是因为早些时我所写一首曲牌为《荆州亭》的词，词曰：昨夜枝鸣朵唳，拂晓雨晴云霁。波绕小桥西，碧绿繁荣罔替。日丽重于体制，风和关乎国计。水土即江山，民本风流皇帝。

如此而已。

1. 黄土高原，不单是大风携来黄色尘埃的自然堆积，也是雨水冲刷华夏五千年历史的金色文明的沉淀。黄土高原有多厚中华文化的埋藏就有多深，只要稍微留心，文化的蛛丝马迹随处可寻，发现的已经在那里，没有发现的还有多少？却是个未知数。

从延安走210国道向东到文安驿镇，在去往梁家河村的路上，可以看到一座2012年修建的通往梁家河村的北京知青大桥。这是一座可以沟通过往的桥梁。那天，我长久地逡巡于这座知青桥上，并拨通了那个时代的电话。电话那头传来史铁生诵读他的小说作品《我的遥远的清平湾》的声音："我们那个地方虽然也还算是黄土高原，却只有黄土，见不到真正的平坦的塬地了。由于洪水年年吞噬，塬地总在塌方，顺着沟、渠、小河，流进了黄河。从洛川再往北，全是一座座黄的山峁或一道道黄的山梁，绵延不断。树很少，少到哪座山上有几棵什么树，老乡们都记得清清楚楚；只有打新窑或是做棺木的时候，才放倒一、两棵。碗口粗的柏树就稀罕得不得了……春天播种；夏天收麦；秋天玉米、高粱、谷子都熟了，更忙；冬天打坝、修梯田，总不得闲。单说春种吧，往山上送粪全靠人挑。一担粪六、七十斤，一早上就得送四、五趟；挣两个工分，合六分钱。在北京，才够买两根冰棍儿的……"

动人的不仅是苍凉、悲情、惆怅，还有悠扬如民歌般的温存。

"那时的梁家河村，分上队和下队，5男4女9名知青安排在上队，习近平等6名男知青被分给下队。6人住在位于村庄中部的窑洞。那时，村里人吃的差，一年见不上荤腥，白面馍时头八节吃上一顿，白米饭就根本吃不上，天天就是土豆、玉米面馍、小米黑豆熬稀粥，下饭菜是白菜萝卜腌酸菜。炒个白菜土豆算是改善伙食，一个月就那么几两油，炒不上几回就没了。我达那会儿在学校里教书，是个老师，村里的文化人，村上让我达去给他们几个知青做饭，我达回来说，打小在家里还不知咋的吃香喝辣，来咱这达不习惯，娃们这下可是受了大苦了！"说起当年，现任支书石春阳，仍然有无限感慨。"他能吃苦，力气大，是个好受苦人，挑上一二百斤的担子，走十来里山路也不懂得换肩。"言及于此时，石春阳满脸都是轻怜痛惜，他说，"我们村里人从小挑担子，不用放下担子就能换肩，一会儿换左肩，一会儿换右肩，这样肩膀压得不痛，对身体也还好。习近平从小没受过苦，换不来肩，也有人教他几回，临走也没有学会，总是一个肩膀挑到底，不知你注意没有？他的头微微的有点歪，不注意看不出来，知道为什么？唉，那是担子压的！"

"你说没有油炒菜怎么办呢？"石春阳微笑着问我，"他们就四处寻找杏核，把杏仁捣碎了，在热锅里炒，等到炒出油来，'哗'地倒进白菜土豆一炒，味道还挺香。不过村里的杏树也不是很多，这周围的杏树也就有数的几棵。也得看季节，得杏子熟的时候。五黄六月，冬天，连这个也是没有的。就是腌酸菜啥的，清汤寡水的，吃不上好的，天天又要受苦，近平干活又不会偷懒，那时人长得挺瘦，人瘦了就显得个子高。地头上歇一歇，他就曲着腿在边上看书。都是厚书，学问深的那种书。有时候在地头上唱唱歌，他一张嘴，别人就不好唱了，他嗓子好，说话的声音就好听，吸引人。肚子里学问多，说起话来一套一套的，都不带重样的。每天晚上，年轻人都往他窑里跑，听他说这说那，把大家迷得五迷六道的。"

2015年2月13日习近平回梁家河调研考察时，站在四十年前他带领群众修建的淤地坝之上，与当年的村民一起回忆当年打坝淤地的劳动场景。村民王宪军流利背诵出了当年习近平编写的鼓劲口号："决战1974年，干部带头抓路线，群众都是英雄汉……打坝一座迎新年。"习近平感慨地点点头说："40年了，你还记得！"那时同习近平一起劳动的村民石春阳，当时是生产大队长，如今是梁家河村支部书记，习近平亲切地叫他的小名随娃。随娃笑逐颜开地向当年的村支书习近平介绍了近年来村里开展治沟造地，利用淤地坝增加耕地面积、发展农业生产的情况。习近平边听边同村民们一起回忆当年打坝淤地时的火热场面，恍惚又回到了那个贫穷却充满回忆的峥嵘岁月。他详细询问了村里水土保持和耕地保护情况。这位务农七年打过四座淤地坝的内行人，以切身感受这样说："淤地坝是流域综合治理的一种有效形式，既可以增加耕地面积、提高农业生产能力，又可以防止水土流失，要因地制宜推行。"

这无疑是对陕西、尤其是对延安的水土保持工作，是一种肯定和鼓舞。

2. 有人这样描述："如今浑浊昏黄，涓涓细流的延河，当时被称为清水。鲜卑语称清水为去斤，故延河在当时又称去斤水。"我在延安曾专门看过延河，经过这么多年的水土保持治理，成效也非常明显，可是延河里的水流，却还是那么小，那么黄？何以恢复"去斤"？

先去了宜川，县水保队的王艳红，带我们先去看了桃花沟小流域治理工程。宜川的不仅有被誉为天下奇观的国家重点风景名胜区黄河壶口瀑布。这里的老人想来还记得，昔时黄河壶口上下游的河面，湍奔如黄绢千匹，起伏似秋稻万顷，一里之外隐隐可闻雷鸣之声。远望之有弥天白雾直冲云际，近观之则有点点虹彩四射迸溅。如今黄河水量年复一年如股市飘绿人人减持，似老僧心如止水，禅定乎？像沸汤煮饺子却被无端抽薪，生熟不论，捞到自己碗里即可。全然不知，这等急功近利的小小伎俩，在黄河面前，什么都不是，只是浮云而已。

王艳红身材健美，眉清目秀，脸色呈健康的红润，全然不见城市女性的苍白。她站在十里桃花沟一处刚刚平整出来的土地面前，讲述着桃花沟小流域治理的过程，笑容抚平了她被紫外线灼烧得格外红润的脸色，眼角眉梢，流露出一种成就感。她说："过去这里水毁很严重，到处都是山洪拉出的沟壑和崩塌的堆土，能够种植的面积已经没有多少，经过平整后全种植面积增加了五百亩。头年亩产量能上 800 斤，二年亩产能翻一倍，亩产能上 1600 斤，以后产量还会增加。滩地肥沃，生土变成熟土，肥力就显出来了，能增收很多粮食！"

回去的路上她讲起孤身一人去勘探一条深沟的故事。

"水保人就是这样没运气，车开不进去时你来了，到了大车也能开进去时，你却施完工走了。"王艳红迄今说起犹有余悸，"我们是经常走着走着，前边沟里就没有路了。这就是我们水保人的尴尬。只好让司机开车绕过沟去，在前边村里等你。那天，司机走后，我就背起行囊，扎起头发，顺着山羊踩出的小径，拨开荆棘，深一脚浅一脚往沟里走。野山野沟里也不见一个人影，就我一个人。大伏天，太阳毒辣地晒。哦，你说打伞，在这里，伞根本是打不成的，凉帽也是戴不成的，全是酸刺蒿草，不拿手撩开来，人就走不过去。它们会划你的伞、摘你的帽、扯你的衣裳、割你的皮肉，所以我们一般都不戴那些个东西。好多蜘蛛网，横七竖八，为捕小虫吃。哪里都有它们出没，你往前走，这些网丝就飘过来粘你的脸，粘你的头发，腻腻的，粘粘的，你也得忍着。野外作业，就是这样儿，我们早就习惯了。

"不过，等我走到沟底一看，绿茫茫一片，也是吓了一跳。沟里全是密密实实的比人还高的芦苇。我想妈呀这要是进去了，出得来出不来，还是个问题。心里这么想时，腿却已经带着身子走进去了。没有退路，车已经走了，这里也没有手机信号，要是我一个人退回去，靠两条腿走一天也走不回家。只能咬住牙往沟里头钻。还得要测量地形，记下一些数据，也就顾不上东想西想。芦苇丛里静悄悄的，洼地里还积着一些水，不时有什么东西惊起，叫着飞走。虫子也叫，乌鸦也有叫，还有不知什么叫。山里有狼和野猪，这么一想，心就怦怦地乱跳，要是撞上绝不能露出胆怯的样儿，你不怕它，它也怎么不了你，你要是胆怯了，自己乱了阵脚，慌里慌张地想跑，那它一定不会放过你的，它会追撵着咬你的！

"你得不时给自己打气，还得自己给自己壮胆，不然就会害怕！闷闷的那个热，蒸笼一样，满身的汗，流得跟水似的，擦是擦不过来的，就不管它，让它自己流。要命的是带了一瓶水，没留意就喝光了，到后来渴死的渴，又不敢喝洼里的积水，只好忍着。两米多高的旱苇埋了人辨不清东南西北，想看地形就得往沟边高处爬，记下测量数据后再爬下去，继续往沟底深处走。风是吹不进来的，汗水流得眼睛里酸涩难受，眼睛睁不开，只好眯着。衣衫湿漉漉的，贴在身上，那个难受跟有蚂蚁在全身爬一样。后来实在是受不住热，就……

"不怕你笑话，反正里边也没有一个人，还不如凉快一下，我就索性……索性脱光了衣服，在一个水洼里撩水洗了洗……其实连水都是热的哩，不过跟身上的热一比，就很是清凉了。当时顾不上想，我后来想，自己这样处理是对的，要是不这么降一降温，我怕自己会中暑，会热晕在里头……让狼啃了野猪拱了都有可能的，也没人能找到我。后来当然也有一点后怕，后怕万一恰巧有一个男人正好进来，还是个坏男人，那我可就惨了。不过当时根本顾不上想那么多，就想着完成任务，然后出沟，好好喝一气水，洗一个澡……"

长期的野外生活，水土磨砺，使王艳红巾帼不让须眉，成长为一名水保队的副队长。她一边说一边笑，说到要紧处，脸上浮现出女性特有的妩媚和娇羞，让人不胜感慨。

3. 黄河船夫曲曰：你晓得天下黄河几十几道湾？几十几道湾上几十几条船？几十几条船上几十几根杆？几十几个艄公要把船来扳？我晓得天下黄河九十九道湾，九十九道湾上九十九条船，九十九条船上九十九根杆，九十九个艄公要把船来扳。最大一道是延川的乾坤湾。

在我眼里雷同的沟坡，在任宏祥眼里，却个个是不一般的娃。任宏祥是延川水保队的队长。他晃荡着瘦高的身形，在带我去看沟坡造地时，嘻嘻哈哈笑说当年。天天在野外作业，任宏祥的脸色也就比非洲人略微白些。一路走来我已是见怪不怪。他指点着他的娃，那些沟坡、那些埝坝、那些平展展的农田，眼里全是自得和温情："这些 25 度坡以下的田都是些小块块，还被洪水冲出些沟壑，零零碎碎边边角角，能种几亩庄稼？农民跟过去不一样了，国家给他粮食补贴，他乐意退耕还林吃现成。不给会咋样谁也不敢说。退耕还林好处是使延川水土流失面积大大减少，坏处是耕地总面积也因此减少一多半。尤其是随着第二轮退耕还林8年的钱粮对接期限到来，会不会出现不给粮食，继续实行退耕还林政策，农民因耕地减少口粮没保证，会不会退林还耕呢？沟坡造地，这是一个既能巩固退耕还林又可以增加农民口粮田的好办法？别的工程你得找他商量着做，这个工程，他找上门闹着要让你去给他做。

"以前施工不小心辗坏几棵青苗，拦住你不让走，要你赔钱。我这人火大，一句话不对就想要抡拳，又不能，得好生央告人家。这个工程，反过来了，他找你，处处配合你。那天我平地回来，见路边有个老汉，上来就拦我的车，我心说这是又惹下哪个神鬼爷了？没想老汉二话不说拉开我的车门就丢下一个化肥塑料袋说：'任队长，上午见你过去了，我已经在这儿等你半晌了！'然后就走了。打开那袋子一看，全是向日葵大饼子，颗粒都饱满，有十几个不止。这才想起，是去年沟坡造地时那个倔老汉，他不太懂，刚开始拦住机具不让人平地，还跟我大吵大闹。现在尝到甜头了，敢是心里过意不去，拿个瓜子给我嗑！

任宏祥吸烟不用嘴唇衔，也不用手指夹，而是用牙咬，举凡香烟，无论好坏他都会将香烟的过滤嘴咬得扁扁的，像咬着个烟嘴，丝丝缕缕地在牙齿间吞吐。

"也有误解，以为只要退耕还林、封山育林生态就能好，水土保持没什么用处，不如马放南山，解甲归田。这是错误的。"延川水务局长刘世华，脸上总是挂着谦和甚至羞赧的微笑，似乎还有一点无奈和苦涩，"时代变了，水土没有变，气候没有变，降雨没有变、沟和壑、塬和峁没有变，老头树还是小老树，抵御自然灾害的能力还是那么差，一场病虫害，就能把你的防风林带撕个稀巴烂。为什么？就是因为水土的蓄养能力还没有恢复过来，需要提升。水土保持也要与时俱进，从单纯治理，提升到美化、园林化，新时期得有新办法。"

任宏祥告诉我："我们局长的口头禅是喊破嗓子，不如做出样子。长年累月蹲守在工程一线是他工作的常态，民主决策、严格招投标，严把资金关、确保工程质量，是他持之以恒的坚持。有技术、有能力，他委以重任。再忙也要爬山头、钻山沟。对口帮扶村他每月都要带领人去了解情况，这个村的农民人均纯收入，已经达到5600元。表彰奖励多了去了！"

4. 社稷坛五色土以黄土居中。金木水火土，东西南北中，土为中。手拿绳子掌管四方的土神后土，辅佐黄帝在核心地带统率天地，调停山川。土神足智，掌阴阳，滋万物，是五色之中唯一的女性神，相传乃最早之地王，与主持天界的玉皇大帝婚配，被称为大地之母。

去富县时，正值深秋时节，秋雨连绵，不绝于途。

我注意到沿途所有的苹果树下，都铺有银光闪闪的塑料膜，以为是地膜覆盖技术，一问才知道，原来是苹果着色的反光膜，这才明白何以富县的苹果没有阴阳脸，个个苹果都呈现均匀的红色，原来是这个反光膜在变魔术。富县水保队的李延岭慢条斯理地说："我们富县的苹果驰名全国，栽培技术也不输烟台和青岛。2014年产量55万吨，产值达到25亿元，果农人均苹果纯收入达到1.36万元，2015年预计总产值将达到56.7万吨。"

"这和水土分不开，"他解释说，"我们富县属于渭北旱原与陕北丘陵沟壑区过渡带，适宜苹果生长。延川、宜川、洛川，他们是川我们是塬。陈忠实在《白鹿原》里写到的就是塬。我们这里的土层深达150米。塬和川的水土流失状况不一样，我们塬上主要是水蚀和重力侵蚀。水蚀分为溅蚀、面蚀、和沟蚀，以沟蚀为主。大部分裸露的地面都有溅蚀和面蚀发生，特别是植被覆盖密度小的荒坡地最严重。沟蚀是面蚀的继续，在塬边较陡的坡地，沟蚀非常强烈。"

果然是三句话不离本行，明明是在说苹果，话锋一转就说到水土流失了。

富县，古称鄜州。川塬相济，光照充足，昼夜温差大，素有"五谷杂粮遍地有，九州不收鄜州收"的俗谚，故有"塞上小江南""陕北小关中"之称。

"富县1公里以上沟道2213条，沟壑密度为每平方公里2.48公里，15度以上坡地面积占总面积的65.3%。1949年全县有水土流失面积1507.3平方公里。至1989年全县治理水土流失面积508.9平方公里，占流失面积的33.76%。"

说到这里李延岭念了几句顺口溜："治沟不治塬，还是三跑田。水、肥、土，照样还留不住。治塬不治坡，冲毁水坝灾害多。这是多年实践总结出的经验。现在主要是以小流域治理为单元，主要是平整土地，深翻改土，推广川塬地垄沟种植法和山坡地水平沟种植法，也称水土保持种植法。生物措施主要是退耕陡坡地，还林还牧，植树种草，发展特色经果林，工程措施主要是打堰帮埝，沟头防护，打淤地坝等。"

去几个苹果园走访时，果农见了李延岭，那个亲热劲让人纳罕。

"今年苹果大丰收，人手缺，有好多苹果还在树上哩！"年近古稀的老支书慨叹说，"人手不够啊！"我问："是不是青壮劳力都进城打工去了？只剩些老人孩子？收秋时节也不回来帮帮忙？苹果烂在树上怎么办？"村支书怔了怔，咧开嘴忽然无声地笑了，笑容透着天大的欢乐，"可不是你说的那样，我们这里和别处不一样，我们村没人出去打工，倒是外乡人给我们村打工哩！我们村家家有果园，家家都雇的有人手，还招不下好人手哩！"

李延岭也笑着解释："种苹果需要人手，像剪枝、拉条、粘虫啥的，全家老幼都上阵都不行，还得雇人，还得雇有技术的人手，一天上百块钱，还雇不下那么多人手。一户年收入几十万，谁还出去打工？你说的那个空壳村，在川里有，在我们塬上几乎没有！""还是国家政策好，"村支书嘻着嘴说，"那些年我们村里的青壮年也都出去给人家打工，做梦也想不到现在反过来，让别人为我们打工。这个绿水青山里头，还真的有金山银山哩！"现在轮到我吃惊，原来空壳村，也没有一定。水土保持搞好，生物措施跟上，鱼与熊掌兼得完全可能。

5. 洛川黄土国家地质公园是世界上独一无二的黄土地质公园，它记录着过去数百万年中国北方乃至地球气候与环境的丰富信息。黄土高原如纸，千沟万壑似字，它淋漓尽致地记录了土与水在时空大笔下的行云流水，点捺钩撇的是自然的章节，横平竖直的是人类的历史。

驱车赴洛川，竟然又下起了雨。

"洛川与富县差不多，也有川也有塬，他们的水保任务跟富县相类似。"延安水保人张海东在路上介绍说，"洛川滑坡、塌陷、沟蚀，比富县还要厉害。去年我们几个去拍片子，就是拍他们的地质灾害，结果摄影师不小心，把摄像机的镜头盖掉进塬边的沟里。东西不贵重，可是要靠它保护摄像机呀，总不能就不要了吧？刚下过雨，塬边全是烂泥，沟很深，镜头盖也没掉到底，被泥巴粘在半中腰，拿棍子也够不着，只好救助村支书，村支书来了一看，说：'你们拍你们的，没事情，这个交给俺！'结果我们就去拍别的，一会儿人就把镜头盖送过来了！"

我们第一站去看的就是这个地方。洛川县水保局现任局长赵民生和老局长桂千红，还有张海东说的村支书，都在那里。他们和海东都是熟人，见了面自有一番亲热。这个塬就在村边上。这时雨小了点，我们踏着田里的烂泥走向塬边。赵民生剪小平头，性子有点急，一副精明干练的样子。他回头说："这一大片，包括塌陷去的，以前全是村里的好田地，有十来亩，前些年都滑塌下去了，再滑塌，你们这个村子就得搬上走了！"后一句是对村支书说的。

村支书是个中年人，面很善，憨笑点头："可不，俺心里透亮，这些年全靠你们水保队护着，要不，村子早没啦！""那个镜头盖就是你找人捡上来的？"我问。村支书惊讶地望着我，张海东忙解释："是我说的，他问我，这么深的沟，镜头盖你是咋拿上来的？"村支书说："也容易也不容易，俺在村里找了两个后生，拿了一卷子绳子，往后生腰上一拴，绳子绑在那棵树上，算是个保险，然后放后生下沟，就拿上来了，不过后生也成了个泥猴了。这不挺容易？不容易是这些年跟过去不一样，人人都懂得要酬劳，这么危险的事不给后生几个钱，肯定说不过去。还好，俺一说这是水保上的事，后生们就没二话！"

这话说得沟沿边上泥水之中几个水保人神色忽然凝重起来。

雨，越下越大，我们往沟里留下最后一瞥，告别老支书又去看一处即将被沟壑吞没的危塬地。那儿有十几座新建的高层建筑和一所书声琅琅的学校，还有一些旧的居民住宅区。我们踩着各种废弃物在泥水中沿塌陷的塬边走了一圈，赵民生指着烟雨茫茫的一大片沟壑让我们看，隐隐约约的，塬壁上可见一道道钢铁的框架，如梯田也似逐级向上伸展。这是肉眼可以看到的。还有埋在里边的各种防护措施，是看不到的，例如明的暗的排洪沟等等。雨水径流要汇排到泄洪渠流走。雨水渗透也会造成塌陷，这也是有措施的。赵民生充满信心地说："多项工程措施并举，加上生物措施，这地方肯定保住了，要不得多大损失啊！"

210国道两侧位于灾害易发沟壑边缘的几个村镇都有大片果园环绕。国道上车来车往，并不理会路边这吓人的沟壑。只有几只鸡，散漫地在沟边啄食深秋饱满的草籽。

"如果不做水土防护，这条国道早就不存在了！"赵民生指点上百米宽阔的沟壑对面塌陷处，问我，"你能看出对面那塌下的崖壁上有什么吗？"我顺着他指的方向看去，却见那崖壁上有四五个圆圆的浅痕，仔细辨认，不觉大吃一惊："那不是几孔窑洞吗？是塌陷下前边部分，只剩下后边部分的窑洞吧？"桂千红插话说："那是2003年塌陷的，不过发现早，没有人员伤亡，那个村子塬边上的人家，后来也都搬走了，只是财产损失也不小哩！"

去塬边村时，雨终于停了，还似乎要出太阳。

塬边村沟壑，居心叵测，张着黑洞洞的嘴，似乎在问：你是谁？触目可见洪水冲刷过的痕迹，还有塌陷的狼藉。十几丈深的大坑，有几株大树被全然地陷入坑中，绿叶婆娑，还在东倒西歪顽强地生长着自己。坑里郁郁葱葱，全是种植的乔灌草。无处不见的，代表着乡村生活的，三三两两的鸡，结伴在坑边觅食。几个老者从屋里走出来，远远望着我们。

"我们站的地方，过去都是庄稼。这里是塬边最严重的一片侵蚀区，现在你看沟壑里长满了树，里边还有防护工程。这几年已经不再塌陷，要是不治理，今天恐怕已经塌陷进村子里去了。这说明防护工程的效果很好。"桂千红戳点着说，"那个花园，中间那个大水池子就是我说的涝池。不过已经不是普通的涝池了。村里的雨水会顺着排水渠往池子里流，池子里边也有排洪渠，水到了池子里会顺着排洪渠绵绵流走，不会汇流冲刷塬沟。蓄水可为景观水，也可以养鱼，夏天还能歇凉。这个村子是很富的，家家都有自己的果园。塬地面积越来越小，越来越金贵了。要是把土地全塌陷完了，老百姓吃什么？连人都不能住，就什么都完了。"

"这些年，沟进人退，沟进村退，沟进塬退，已经严重影响了当地群众的生产和生活安全。水保治理项目，现在已经不同以往，不再单纯是生态性工程，已成为民生工程，是救民于水火的工程，责任重大。"赵民生若有所思，眼里有思想的火花，他说："我觉得洛川的水土保持也有点习总书记所说的那个意思：进则全胜，不进则退。不能退，只能进！"

这时，我注意到，天真的晴了。

6. 山川是河流的载体，河流是山川的血脉。上善若水，水利万物而不争。水是液态物，如酒似茶。土是固形物，水土相合，可以塑形，大者为沟渠库堤，小者如盘碗杯盏。水因土而异，也具有了不同的出身、个性、品格、色相。土是水之器，水乃土之魂。

2013年7月初延安市遭遇了自1945年有气象记录以来过程最长、强度最大、连续暴雨天数和量最多且间隔时间最短的一次持续性强降雨，超过百年一遇标准。延安水保科张海东说起当年犹然惊心动魄："吓死人了，12天下了一年的雨，长这么大还没见过，泥水顺着山坡流淌下来，瞬间就把街道淹了。河道水库哪能经得住，不害怕那是假的，打电话报警的人在电话里都哭出了声，说他们水库的堤坝眼看着就要垮塌了……可是最终的结果，却让人很意外，受灾的程度没有预计的那么大，你知道这是为什么？"张海东这样问我。

延安吧里的一个帖子也提到了这件事。这个帖子的标题是：大家来看看77年延安发生的特大洪水吧，是该反省了。忍不住好奇：延安，该反省一些什么呢？贴文大意如下：

1977年7月6日凌晨房门被砸响并有人喊："发大水了！"出门一看南川河已经看不到河堤，公路不见踪影，只有汪洋一片。刚还离我十几米远的水头，已经涨到了我的脚跟前。我急忙往高处走，浪头也跟着追上来。延河大桥洪水已经与大桥持平。洪水凶猛，漩涡大浪一个接一个，漂浮物有牛羊、大树、立柜等等，顺流而下。洪水中忽然出现了一个大锅炉，"轰"地一声撞在桥上，桥栏杆马上粉碎得不见踪影，锅炉跌回水中，又被一个大浪推上桥，翻滚着把另一侧的桥栏杆也撞碎，这才滚入桥下被洪水带走。这时有个特大房盖冲向大桥，房盖上坐着十几个人，浪高水急也听不见他们在喊什么，霎时间房盖到了桥跟前，就见有一个人猛然站起，一个飞跃跳到桥面上，脚刚挨到桥面便向桥东边狂奔而去。大房盖上的其他人就没有这么幸运，房盖与桥身猛烈撞击，瞬间变成碎片，上面坐着的人也随之不见……

大街黄泥磅礴，洪水沿着马路奔东而去，损失最惨重的地区是，南关的市场沟口至南门坡一带，水深近三米。北关西沟往北一带水深也有两三米。东关受损也相当可观。延安地区运输公司的汽车被洪水冲走好几辆。人说北关遭遇水灾时有一个年轻的女子被上涨的洪水吓住，双臂紧紧搂住一根电线杆不放，但她也不会往上爬，活活被上涨的洪水淹死，其实她如果往高处跑也来得及，可她估计是吓坏了，大概也是命中注定的……

第二天延安上空飞来一架直升机，在我们头顶盘旋，红红绿绿的传单飘落下来，捡起一张一看，是中共中央给延安人民的慰问电，老百姓们都捡起来看，一个个都是热泪盈眶，说这下有救了。第三天下午来了也不知道有多少辆军用大卡车运来了救灾物资……

只有亲历者的描述才可以如此生动骇人铭心刻骨。

这篇贴文是个名叫"lhhjpzyq"的网友，在 2013 – 07 – 25 – 20：57 分贴出来的。

恰好是正在我寻找 2013 – 07 – 26 日洪灾进行时。"柠檬没我萌"就此回复说：这个事听大人说过些，延安不会再有这么大的洪水了，这次的大雨早点停。"黑猫咪米"回帖念了三声阿弥陀佛。"王丑丑"反问：楼主想表达个什么意思？你觉得就这几天下的雨能和以前比了？然后，时空转移，2015 – 03 – 22 – 01：56 一名叫"长离寐"的网友，回了最后一个帖子：2013 年的雨，我是碰到了，延长那边，大山一倒就是半座，路上的稀泥能到大腿上，前面走，后面山还塌，幸亏那次没送小命，我们公司一人直接被活埋了，最后又给刨了出来。

斯时的落款，水已归经，泥已落定，时已过去两年。

意外的是我还搜到一篇当年以孩子的眼，看取了 1977 年那场洪灾，长大成人的回忆文章，摘编如下：1977 年夏天我与祖母去延安入住机场。黎明时分有人喊，发大水了。往外面一看，见洪水自北向南呼啸而来，已经快淹到二层楼平台。洪水山呼海啸般向南飞奔，大浪把地底一块泥土带出水面，使之分崩离析，那泥土中间部居然还是干的，泥土分开的瞬间，还有粉尘升起……多年后说起这个细节少有人信，但当时确实是我亲眼所见。这时水面距离我们的二楼楼顶只有 20 厘米，大楼被冲倒我们都会死无葬身之地。洪水冲来的木板，圆木，各种杂物，牛羊随着水流向南方而去。机场上面一辆被冲来的卡车停了下来，一头健壮的大牛在机场上面立住了脚，洪水漫到了它的脖子下面，它显得很无助也很无奈……

北京老知青也参与回忆：延安1977年7月6日，上游特大暴雨，水量空前，洪水迅猛而来，延河水位短时间抬高大约十米上下。造成的人员损失、经济损失极为重大。延安大生产运动中著名的老劳动英雄杨步浩，把自己拴在窗框上，没有被洪水卷走却被淹死。同时被淹死的还有北京女知青李锦，她是杨步浩的儿媳妇，昨晚专门来看望公公，不幸罹难。

走笔于此，忽然匝地里，听见有信天游的曲调，如泣如诉。陕北民歌如同黄土高原也似旷达雄浑，也如千沟万壑那般深沉含蓄。有人这样描述"女人们忧愁哭鼻子，男人们忧愁唱曲子。"倘如此，洪水过后，从此天地间又会添多少个伤情的活人？女人哭丝丝地浅吟低唱，漫坡坡中多一个用"拦羊的嗓子回牛的声"哭唱的汉子。

时光折射出的歌声，色谱，难道没有丝毫变化？

7. 山西的黄土高原多山，逶迤有太行、吕梁、五台、恒山、太岳、中条、等名山；境内自东北向西南，依次排出大同、忻州、太原、临汾、运城五大盆地。黄河在山西拐了个弯，滋润了一部分土地，哗哗的汾河从中流过，地肥水美，五谷丰登。但那已经是过去的事情。

山西最轰轰烈烈的就是30万户承包治理千沟万壑。真正能坚持下来的不容易，钱没有挣到，欠一屁股债的也有。治理有成果，靠这个发家致富的，成了大户的，数得上能有几万户也就不错。这几个大户，各人都有各人的特点。先说平定县柏井镇里牌岭村的耿黑眼。

耿黑眼生下来，睫毛长长，毛茸茸的使得眼睛看起来又大又黑，煞是喜人，可惜是个女孩，父母便应景儿随口起个小名：黑眼。黑眼长大上学，随父姓，官名便成了耿黑眼。家里穷且是个赔钱货，只上了几年小学，便辍学回家，帮着母亲干家务，兼做农活。大了便嫁出去，成了人家的婆姨。生了孩娃自然就成了娘。家里家外，风里去日阳里晒，人瘦瘦的皮肤黑黑的，眼睛更大更黑，欢眉欢眼，不管日子过得多苦，都是满脸的喜色。1997年中央出台农村荒山荒坡绿化承包政策，黑眼听说便怦然心动，对家人说："咱村山大坡大，撂荒地多，要种上果树，结了果拿到城里卖，总好似鸡屁股换油盐，能得多少闲钱？咱也承包一座山试试！"家人已经习惯了听黑眼的，无可不可。于是耿黑眼便与村委会签订了治理经营本村孟家掌沟2000亩小流域的承包合同，承包期50年，承包范围内有荒山1500亩，荒地200亩，零星枣树130亩，苹果幼树170亩，以上家当便是她创业伊始的原始资本。

说起来也是个有心人，合同签订后她先跑去县水利水保局，请人家派技术人员对小流域勘察，请人家因地制宜，制订出一个科学规划。然后便一丝不苟地开始按规划进行治理。林果业、养殖业、农业三管齐下，荒山营造水保林，荒地种植经济林，撂荒地种植农作物。这样一来，桃三杏四梨五年，光有投入没有产出，日子肯定难过。但因为科学种植，长线是林业，短线是粮食和养殖，中线是经果林，以短养中，以中促长，结果头一年粮食丰收，猪羊满圈，虽然数量不大，可却尝到了甜头，全家人欢欢喜喜过了个如意好年。接下来自然就是顺理成章的事，三五年之后，中线果品丰收，摘果实的季节，丰收的喜悦无须细说。

那天干活时，耿黑眼一个不留神，摔坏了自己的腿。好利索后，走路却不利索了。承包地山大坡大，瘸腿怎么走？就算是有钱能雇人干活，可也得不时到地里巡看巡看，指点指点呀！便一咬牙，决定了一件大事。大清早便跑去镇上，哪儿也不去，直奔县里的骡马市场。东瞅瞅西看看便瞄上一头遍体黑亮皮毛，额上有朵白斑的骡子。骡主人伸出手来要跟她捏手指头，也就是在暗处比划价钱。耿黑眼却不会，直撞撞地问："你说多少钱？"人家看她是个外行就笑着伸出四个指头，黑眼说："四百？"人家摇头："四千！"黑眼摸遍全身，说："我只的这么多！"人家问她多少？她说八百。人家冷笑："这点钱，只能买个蹄子。"便不再理她。耿黑眼很灰心，便讪讪地想走开，却见那花额骡子目光炯炯盯着她看，睫毛长长眼睛黑绽绽的，也是个黑眼。便咬牙道："我先给你这些，剩下的两天后再给，骡子我先骑上走。"人家不同意，恰好周围有好多人是认识黑眼的，就说："三邦头，你当她是谁？她就是耿黑眼，承包荒山发了财的，县上还广播过她的事，还怕人家欠你醋钱？"这一说，交易达成，黑眼从此有了自己的坐骑。

如今耿黑眼已年过古稀，看上去年纪却不过半百。大大小小加上骡子，已经拥有了六辆坐骑。还有自己的庄园别墅。孟家掌小流域，山、水、田、林、路一应俱全，松柏缠绕、瓜果满地、鸡场、猪场、牛羊数以几万计。被全国妇联授予"全国绿化奖章"，被阳泉市授予"农业战线十大标兵"，连续几年获得"县级劳动模范"称号。说起个中滋味只是一个笑。

长治县张富贵承包的荒山荒坡上，伫立着一条健壮的黑花狗，在阴霾的天空下，呈现剪影的效果。

老张见了我们，只寒暄了几句，就带我们上山。远远的那狗儿跟着。我就问老张："那是你养的狗？"老张脸上露出痛爱的神情，点头说："它对我可好哩，我巡山，它就在我屁股后边跟着，我去哪儿，它就跟到哪儿。我回办公室，它也跟，不叫它，它也不进门。就在外边守着我。这些年，山上生态好了，野猪、野羊、野兔子，常来光顾糟害，全亏这些狗儿们在山上守着。不是这一条狗，好几条哩，白天黑夜都在这山上守。你看我这大樱桃，一颗能有杏那么大个，再看我这杏树，结的杏比梨子还大。可惜你来晚了，现在没了，明年你早些来，给你吃大杏大樱桃，一年四季，我这里，除了现在果都下了，春起五六月，就有东西吃了！"

大部分情况我已经知道，所以赞叹了几声，还是关心那条狗，就又问："那是什么品种的狗？"老张不屑道："也就是些土狗子，土狗子忠诚！"我瞅瞅了那狗："我怎么觉得你的这条狗有狼狗的血统？"老张说："是杂交，土狗和狼狗配的，有狼狗的猛，土狗的忠！""咋不养几条藏獒？"老张答："藏獒那狗不敢养，着了急还吃人哩，咬着人咋办？""给狗儿起名字没？""没有哩，起啥名字，反正它们都是我养的，都认得我，我也认得它们！"

老张承包的荒山没有修路，全是原生态，一半山是生态林，一半山是经果林，很大。坡高山大，而且刚下过雨，野草掩映的山道泥泞难行。我走得气喘吁吁，跟在后边的几个人远远的落后了。老张却悠悠地在前边带路，还一边不断指点着解说，连口儿大气也不喘。我钦佩地说："老张你身体真好！"老张奇怪地看着我："咋就好了？""走这么多路连口大气都不喘，还不好？"老张说道："这还叫走路？这才走了几步？我天天少也要在山上走两回，多了几趟，一趟也就一小时，汗都不出。"我由衷地称赞老张说："牛，今年有没有60？"老张大笑："我真有那么小？我都72岁的人了！"我瞠目结舌，不知说什么好。老张心却不在这些闲话上，说："最怕过年，一过年就成杨白劳，寻黄世仁借钱。年底总算账，得给工人们发钱，你知道人工费涨得凶，过去一天一只手够了，现在两只手还挡不住哩！"我同情地道："那你咋办？"老张叹了口气，胖胖的脸上显出忧郁的神情，小小矮矮一个人，一佝偻显得更小了，可一扬脸却又笑了："总是有法子想的，我有技术哩，还有好苗木哩，不怕！"

我看到不远处，郁郁的林地中有一群用头巾掩住口鼻的女人，一边干活一边说笑。"怎么都是娘子军？"老张苦笑："青壮年都进城打工去了，村里就剩下些女人和老人。山上的活女人干也轻省，剪剪枝打打药也不累，工钱80就行，壮劳力没有120拿不下来！"我开玩笑说："老张，那你不成了红色娘子军的党代表洪常青了？"老张听了纵声大笑："可不是！"

笑声，在山谷间回荡，传得很远，可很快被风吹散了。

8. 黄河泻落大地，流经岁月，逡巡红尘，在自然与人类长期深刻干预与交互扰动之中，渐次啜土饮沙，并愈演愈烈，终至于，色授魂与，失去了原本的模样，水与土合，染上了黄土的颜色，到唐宋时才被称为黄河。岁月的流水在黄土高原侵蚀出千沟万壑。

与耿黑眼不同的是，以白计昌为首的这四个人，都是乡政府的干部。四个人打一个商量联合购买了保安村 2536 亩荒山和 50 年使用权。这里的意味，除了响应国家号召，自然也是看好承包前景的。30 年后，我见到白计昌时，却只剩他一个人。这个外表粗放内心缜密的山西汉子，说起当年不胜唏嘘："先头几年只是往山上撂钱，撂到最后，也没见个成效，却把三个人相继都撂丢了。挣不下个钱，都退了，把股份撂给我一个。就剩我强撑，还是天天往里撂钱，撂得你心慌慌的！"我注意到他的"龙泉沟绿色生态园"里有农家乐，他的办公室里的墙上挂满了各种奖状证书，其中有阳泉市委书记程步云的手书条幅，可见郑重。

他的业绩始于 2002 年，截至目前，已累积完成投资 600 多万元，打坝 6 座，蓄水 15 万立方米，打谷坊坝 26 座，荒山造林 2000 多亩，栽植各类苗木 32 万余株，养殖草鱼、鲫鱼、鲤鱼 5 万余尾，散养笨鸡 5000 多只，种植杏树、梨树等经济林 200 多亩，硬化道路 5 公里，生态园林木覆盖率达到 70%，生态环境明显改善。2015 年，按照市、区政府发展"生态观光""知青大院"及"水上乐园"的建设规划，投入资金 50 万元，整修窑洞八眼，修建了怀旧室，农家乐餐厅，整修了垂钓中心，添置水上乐园游船等设备，发展观光旅游。

阳泉市郊区水保局的同志笑着说："阳泉市郊区这些年总共完成水土流失治理面积 213 平方公里，水土流失治理度达到 63%。2002 年以来以建设"生态阳泉"为目标，以大户治理小流域为突破口，深化改革，创新机制，对老百姓的扶持力度也不小。不过因为人工费也水涨船高，经营也不易。"

听了这话，大叹苦经的老白忽然就有些不好意思，就起身走出门去。阳泉的同志就笑说："老白诉苦，是以为你是管资金的，多诉诉苦能多给点扶持资金，咱们这的人，都是这样，这个你懂！其实，老白这些年早就翻身了，他现在是咱阳泉最有实力的大户！"

眼见为实。老白的庄园除了满山满坡的经果林和鸡场、鱼塘，竟然还养着几头原汁原味的野猪。之前我见过二代三代的人工繁殖野猪，还未如此近距离观察过地道的野猪。据资料介绍，野猪分为欧洲野猪和亚洲野猪，有 27 个亚种，能吃的东西都吃。公猪有獠牙，耳披有刚硬而稀疏的针毛，背脊鬃毛较长而硬。腹小脚长，毛色棕褐或灰黑色，因地区差异。喜群居群行。公猪打斗时，互相从 20～30 米远的距离开始突袭，胜利者用打磨牙齿来庆祝，并排尿来划分领地。失败者翘起尾巴逃走。也有造成头颅骨折或被杀死。常通过哼哼的叫声来进行远近距离的交流。其肉赤色如马肉，食之胜家猪，牝者肉更美。时下的家猪乃野猪 8000 年前驯化而成。野猪成长速度较家猪慢，体重亦较重。有人曾猎获重达 500 公斤之野猪。据说野猪悍泼异常，连虎狼都怕它三分，不知这么凶险的动物，老白是如何活捉入圈的？

怀着这样的好奇又去走访了娘子关的马瑞昌。马瑞昌年过半百，神完气足。老马早年在河北、石家庄等地做煤炭运销生意，多年打拼，原始积累十分丰厚。用他的话讲是几辈子也花不完，完全可以弄饴养孙安享富足的余年。只是他内心有一个打小儿就有的愿望，这个愿望不让他逍遥人生。马不解鞍，人不卸甲，老马买断了娘子关村 3800 亩荒山荒坡 40 年开发使用权，并于 2009 年 3 月以本村村民土地入股的形式成立了平定县娘子关富利生态农业专业合作社，开始了第二次创业打拼。近年来经济发展滞后，村人纷纷外迁。马瑞昌却反其道而行之，从城里回到了村里。将自己跑煤炭运输赚来的钱分批投入到荒山的治理开发上。没有向国家要一分钱，迄今累计投资 1200 余万元，分分钱都是自己的。以每天 80 元的工资和 20 多个农户签订了长年劳务合同，坚持一年四季不间断开发治理。

老马说："也就是为了圆小时候一个绿色的梦。就是不想让山秃坡荒，不想让村子里的人都去城里打工，村子成个空壳村，不想让村人穷一辈子。总想有一天村人怎么走的还怎么回来！不是说中国梦吗？各人有各人的梦，这就是我的中国梦！"老马爽朗地大笑。

听我说起野猪的事，老马跟我也似，表现出孩子般的好奇，"我这山上也有成群结队的野猪，要是能活捉来养起，那一定很有趣，咋才能捉住狗日的？设套、挖坑、拿枪打？""老马你还真笨，"阳泉水保笑道，"人家老白是搞色诱，放几头母猪上山，然后你第二天再看，不动一枪一弹，公野猪毛顺顺地就在圈里了，还正忙着跟母猪亲热呢！然后你天天可以换一头母猪进去，天天让公野猪忙乎，一年下来，你家的二代野猪就满圈了！呵呵！"

老马听得，眼珠子圆睁，笑逐颜开，一拍脑门道："哎呀，这办法好，我咋没想到呢，咱就这么办！"我也为之恍然大悟，原来是美人计，填一首《祁郎归·家猪诱得野猪归》以记此事曰："猬袍牙笏拱田獠，威仪随耳摇。天荒地老野生妖，良宵风月撩。云彩眼，雪花腰，远山因梦遥。三宫六院意轻佻，上它如上朝。"嫔妃成群公野猪如皇上也似快活。也就是多借几个种，功德圆满时还可放生，还不违反野生动物保护法，岂非一举两得？

阳泉市平定县理家庄位于太行山腹地，总面积 14 平方公里。属典型的土石山区，水土流失较为严重，水土流失面积 10.2 平方公里，占总面积的 72.85%，为中度侵蚀区。老支书讲起当年仍充满激情："生在农村，长在农村，祖祖辈辈受苦、受穷。根源在哪里？单纯依靠苦干、实干，不能取得最佳效益。只有科学技术才能解放生产力，农民致富要在科学技术上找出路。"第二任村支两委也不含糊，坚持治山富民。现任村支书说："和习总书记所说的一样，一任接着一任干，一张蓝图绘到底！"我问他："那你们这一任如何开拓发展？"他笑了笑说："什么你们我们，怎么对大家好，就怎么干！"这话说得到位。

9. 水土钟灵，山川毓秀，草木猗旎，人物风流。水与土血脉相连，须臾不可或离。土为水生色，水因土则异。水土互为因果同生同荣，共性与个性并存不悖。水土即江山，大美天地，丰五谷百姓不饥。草木乃天下，形胜山川，荣万物千秋自雄。反之则异也。

"别的省是先有水利厅后有水保局，而且多数水保部门，只是水利厅的一个处室。我们陕西和别处不一样，我们是先有水保局，后有水利厅，而且最初时级别一样。"陕西省水保局副书记马乐斌在介绍情况时，这样告诉我，并补充说："不是谁要这么着，是历史造成的。责权相连，权力越大责任也越大。还有，这也说明陕西在历史上就是个水土流失的重灾区！"

追溯这段历史，不仅饶有意味，而且很有必要。五十年代出生在县城的人，大约都会知道或是经见过那样一群人，他们不是农民，是公家人，却天天每每在泥水里讨生活。他们是城里人，衣服上却全是泥巴和土。夏天时他们经常会光着膀子，冬天时，在北方，腰里还会系一根绳子。他们裸露的手脸，如同高岭土烧就的粗陶，还被镀上一层厚厚的阳光釉。小时候只知道他们是令人生畏的一群人，却不知他们具体做什么？他们的存在如同随处可见的废品收购站也似平常。说到这一点时，延川县水保局的任宏祥队长，笑呵呵地给我念了几句顺口溜："远看是一群要饭的，近看是一群烧炭的，一问才知道是水保队的，那就是我们过去的形象！"

终身从事水保事业的延安水保局已经退休的赵西安局长，谈起当年也感慨万千。他谈了许多艰辛的水保往事，也失落于大会战的辉煌不再，但他仍然钟情于今天的水保事业，并有许多独特的见地。他说："那时水保没有大型机具，治沟治坡光靠锹镐根本不行，也没有钱买炸药，就自己学着做炸药，捡一堆干羊粪磨成粉末，和化肥柴油混合在一起，装上雷管，不行，再来，按各种比例混合，一次一次的试验，根本也没有想到会出危险什么的。终于试验成功，往崖上拿钢钎戳一个洞，把土炸药塞进去，还要一点一点捶实，不捶实就会放空炮，说起来很危险的，好多地方出现过问题，我这里没有出现。弄好了，然后一点导火索，人赶紧就跑开，跟过年放炮仗似的，然后就听"轰"的一声巨响，半边崖就塌下来，那个高兴比吃碗羊肉还来劲儿！"说到这里赵局长纵声大笑，欢乐一如当年。"然后我就去陕西水校上学了。上完学回了老家。我们老家有座山，叫骡子山。这座山以前叫狼神山，因为我们老家人把狼念成骡，最后就成骡子山了。还在骡子山开过现场会。我这一辈子也不知开过多少现场会。比方说我独自干的第一个工程，那地方没有路，只能人背驴驮，沙子水泥都得驴驮。从黄河那么深的峡谷驮到山上来，最多时几百头驴，从山上往下看，全是驴，那种壮观场面，可惜当时没有照相机，不能拍下来，我现在想起来都觉得激动。后来还在工地开过现场会推广我这种干法。过去我们水保人就是这么成长起来的。"他讲完这几个小故事，然后做了小结，他说，"从多年水保工作实践中我得出一个结论，我们这个行当，开现场会是最合适的一种工作方法，去现场一看，一解说，怎么干，如何干，一目了然，然后回去大会战，村村户户，男女老幼，大家都上阵，苦干实干加巧干，干就行了。那时工作简单，不像现在这么难！"

许多欣慰，许多无奈，在赵西安的脸上交织。

10. 南方多红壤，高温多雨的南方土壤，矿物质风化分解强烈，易溶于水的矿物质大部分流失殆尽，只剩氧化铁、铝等矿物质残留而形成红色土壤。此色由炎帝掌控，手持秤杆掌管夏天的火神祝融效力于他。火神知礼仪，郁郁葱葱，旺旺腾腾，色如夏叶之绚烂。

永春县水利局郑双伟局长，肤色黝黑，爽朗健谈，操一口闽南普通话，十句勉强听懂七八，多半得靠猜。透过他的谈吐和他对永春水保的思路，突显了学生物搞水保的优势，工程措施加生物手段，相得益彰，可谓绝配。似乎还有文学情结，见面就诗意地对我说：

"欢迎你们来我们永春采风，我们永春的城镇化建设，就是一篇好文章。中央城镇化工作会议上，总书记说，城镇建设，要体现尊重自然、顺应自然、天人合一的理念，依托现有山水脉络等独特风光，让城市融入大自然，让居民望得见山、看得见水、记得住乡愁。我们就是这么做的，你看我们永春县，有山有水，桃溪河穿城而过，沿河两边全是绿地、花园、休闲场所、文化设施，山上全是树，城市融入大自然，山水环绕城市，这些年我们一直在这么做。要记得住乡愁还得有文化，乡愁是一首诗，写诗的是台湾诗人余光中，他是我们永春人呐，我们刚刚在桃溪边给他建了个纪念馆，打的就是乡愁牌，你一定要去看看噢！"

还没等我讯问，他便开始滔滔不绝夸奖永春的各种好，天文、地理、人文，几乎无所不包："我们永春在后唐叫'桃源'，虽然不是陶渊明说的那个桃花源，风光也有一比。晚唐诗人韩愈在这里住过好多年。南宋那个朱熹好多次来玩，还留下'千浔瀑布如飞练，一簇人烟似画图'的诗。改叫'永春'也是恰当的，永春永春，四季如春。我们永春一县有三种不同气候类型，西半县属中亚热带，东半县属南亚热带，而千米以上山地则属于北亚热带。这在全国都很少见。1985年我们永春就被国务院列为闽南金三角经济开放县。牛姆林去过吗？被誉为闽南西双版纳，4A级景区。好玩的地方多去了，百丈岩、魁星岩、乌髻岩、普济寺都值得看。还有永春的白鹤拳，就是咏春拳，电影里的那个叶问就打的是这个拳，看过吧？"

"我的普通话说不大好！"他谦虚地善解人意地问我。我笑着点头："不过，我也能猜个八九不离十。"他无声地大笑，呲开一嘴白牙，表扬我说："你们作家记者都有这个本事！"然后放慢语速，把字句尽可能往普通话里说。说到忘情处依然故我。他继续说，我继续猜。为让我多看几个地方，饭后他提议："难得来，想让你们尽量多看看，我们不如走回去，也没有多远，散散步，顺便看看我们桃溪流域综合治理工程，我们桃溪的夜景美着呐！"

顺着灯火璀璨的桃溪，边看夜景边听他聊，倒也心旷神怡。

县委书记林锦明要求，从2011年开始，永春县以桃溪流域综合治理为突破口，按照"安全水利、生态水利、民生水利、景观水利"的理念，通过三年努力，实现"为下游百姓送上一泓清水，为环境改善、生态提升提供一个保障，为展示历史文化风貌腾出一片空间，为经济社会发展开辟一方天地，为沿岸居民宜居宜业构筑一道风景"的"五个一"效应，并摘得了国家级水利风景区的荣誉，荣获桃溪国家湿地公园的称号，等等，还有等等。

"水色还是有点不那么好看。"郑双伟对水质仍有不满。他指着河岸下的树说："你看这些河堤上的树、灌木、杂草，过去就长在这里的。没的要种，有的就要留着，这就叫保护原生态，不能一刀切，砍掉重种，那叫生态破坏，这个是我本行。老百姓说，没想到曾经是崩岗、泥石流、洪水泛滥、水土流失的地方，也会变得这样美。过去桃溪自然灾难多。改革开放后这里又成了生态破坏环境污染的重灾区，水色是脏的是浑的，到位处垃圾遍布、到处污水横流、满溪面都是各种漂浮物，滋生的蚊蝇乱飞，热臭蒸腾的味道难闻，惨不忍睹，不堪回首啊！现在，白天晚上游人不断。总书记说的，望得见山、看得见水、记得住乡愁，我们这里都实现了。永春人说过去的永春现在又回来了。自豪感和幸福感是要自然来支撑的。渴了走进个商铺就能有人招呼你喝茶，听着水声、喝着香茶、闻着花香、扯着闲篇，那叫一个心旷神怡。让永春人去泉州住都不肯呐，北京我都不会去住！"这位皮肤过多吸收了永春阳光因子的中年人，望着被华灯打扮得美轮美奂的桃溪，一时无语，似乎陷入了对往事的回忆。

翌日，先走去看小流域治理的典型大丰村。进村便看见一块大牌子上写：丰山，中国生态乡村。这座被青山怀抱绿水环绕的村庄，湖中竟然还有一只大黄鸭在细雨中随波荡漾。掩映在绿树绿花中的村民住宅皆为别墅。若非尚有鸡鸭偶尔出没，哪里还有乡村的影子，观山村、蓬莱村、大羽村、丰山村、太山村 5 个精品村，都获得了"全国美丽乡村"的称号。

去五里街镇大羽村时，正值大羽村给游人表演永春拳，出场的不是村民，而是几个非洲黑人、几个欧洲白人、几个东南亚人，悉为大羽村各位拳师教出来的徒子徒孙。台上哼哼哈哈比划，门头脚道虽然不懂，却让国人很提气。大羽村广场宣传栏有一张照片，一个赤脚的拳师正在表演永春拳，环绕有一圈人在观摩，其中有一个熟悉的面孔，双手抱臂，脸上流露出赞赏和好奇的神情。2002 年 6 月 15 日，时任福建省长的习近平到大羽村调研，问起大羽村有什么特色。村支书说这里是永春白鹤拳的发祥地，大人小孩几乎都会一招半式的。

习近平马上来了兴趣，说："来啊，谁会啊？"打小儿便练白鹤拳的周金盛踢掉脚上的拖鞋赤脚上阵，表演了一套白鹤拳。于是便有了那张宣传栏里的照片。看过表演之后，习近平成竹在胸地马上给大羽村今后的发展支了个招，他委婉而循循善诱地说："新农村建设也要因地制宜，要有自己的特色，如果能把白鹤拳文化结合起来，就更好了。"如同醍醐灌顶让大羽村人脑洞大开。习近平走后大羽村便开始有模有样地打白鹤拳发祥地的特色牌。11 年过后"永春拳第一村"的名头便不胫而走，人均纯收入从 2000 元攀升到 11936 元。

11. 汀江堪称水土共存共荣之造化杰作。它源于武夷山南麓，经长汀山涧溪谷汇流，在途经上杭之时，自然驱策，随形顺势，如玉带将上杭环绕三匝，形成三褶洄澜。晚清诗人丘逢甲诗赞曰："东南山豁大河通，汀水南来更向东；四面青山三面水，一城如画夕阳中。"

长汀县别称汀州。被中外友人誉为与湖南凤凰古城等量齐观"中国最美丽的山城"，2012 年获"中国十大最具人文底蕴古城古镇"称号。然而，不足为外人道的是，早在上世纪 40 年代，福建长汀就与陕西长安、甘肃天水被列为全国三大水土流失治理实验区。

当时有一位名叫张木匋的学者撰写了一份调查报告，描述了长汀县河田镇的水土流失状况，这是现存的关于长汀水土流失最早的资料。这个报告是 1941 年到 1942 年之间写的："四周山岭皆是一片红色，闪烁着可怕的血光，树木很少看到，偶然也杂生着几株马尾松，正像红滑的癞秃头上长着几根黑发，萎绝而凌乱，仿佛又化作无数的猪脑髓，陈列在满案鲜血的肉砧上面，不闻虫声，不见鼠迹，只有凄怆的静寂，永伴着被毁灭了的山灵。"

顺口溜说：长汀哪里苦，河田加策武，河田哪里穷，朱溪罗地丛。头顶大日头，脚踩砂骨头；三餐蕃薯头，山穷田又瘦。长期以来，越砍越光，愈垦愈穷，互为因果，恶性循环，不能自已。

1982 年 9 月 13 日，长汀县委、县府发出《关于水土保持工作的意见》，并恢复了水土保持委员会及其办公室。1984 年光山种上了马尾松，还长出了芒萁草。30 年的封山治理发生了很大的改变。1999 年 11 月 27 日是长汀水土流失治理划时代的日子。

1999 年 11 月 27 日上午 11 时许，时任福建省委副书记、省长的习近平，专程来调研长汀水土流失治理情况。他在河田镇露湖村项公亭前伫立良久。1983 年 4 月，时任福建省委书记项南考察长汀时写下的《水土保持三字经》之碑刻上，同年，长汀即被省委和省政府列为治理水土流失的试点。项公亭是当地群众自发筹资修建以纪念项南对长汀水土保持的关爱。

项公亭四周的板栗已经成林，冬青树在寒风中依然翠绿，使不远处未经治理过的血红荒山愈加锥心刺目。习近平面色沉凝，对时任长汀县负责人语重心长地说："长汀水土流失治理工作在项南老书记的关怀下，取得了很大成绩。但革命尚未成功，同志仍需努力，要锲而不舍、统筹规划，用 8 到 10 年时间，争取国家、省、市支持，完成国土整治，造福百姓。"

在参观河田镇长坑里果场时习近平看到满山的果树非常开心，他还主动与果场主人赖木生在果树前来了张合影，鼓励赖木生要继续发展，扩大规模，带领别人一起致富，治理水土流失。在策武乡黄馆万亩果园前听完汇报后，习近平赞许地颔首说："鼓励机关干部种果治理水土流失，干部带劳带资搞开发，这条抓得准。没有等靠要，做什么事情都需要干部示范带头，你要群众做的事，只有干部带好了头，起到了示范，群众才能相信你。"

临行前习近平要求长汀县尽快起草一份详细材料报送省政府。

2000 年 1 月 8 日长汀县委书记带着请示材料兴冲冲地来到省里向习近平汇报。有人给他泼了瓢凉水"这件事估计很难，因为省委和省政府为民办实事项目，还从来没有安排到县一级的先例。"意外的是习近平见到报告后，当即批示："同意将长汀县百万亩水土流失综合治理列入为民办实事项目和上报长汀县为国家水土保持重点县。为加大对老区建设的扶持力度，可以考虑今明两年由省财政拨出专项经费用于治理长汀县水土流失。"

当年 2 月，"开展以长汀严重水土流失区为重点的水土流失综合治理"被列为全省 15 件为民办实事项目之一，确定每年由省级有关部门扶持 1000 万元资金。长汀大规模治山治水的大幕就此拉开。此后连续 10 年，长汀水土流失治理都列入省为民办实事项目。

2000 年 5 月 29 日，习近平得知长汀正在建设生态园，专程托人送去1000 元，捐种一棵香樟树。2001 年 10 月 13 日，习近平再次到长汀调研水土流失治理工作。看到河田世纪生态园一侧，他捐种的香樟树已长得枝繁叶茂、郁郁葱葱。习近平高兴地上前去为香樟树培土、浇水。他对长汀县以栽种常青树为主，兼种花木；以绿化为主，兼建植物品种园；以科研为主，兼搞农业观光，打造水土教育"户外教室"、水土治理"大观园"的思路，十分赞同。听取长汀两年来水土流失治理的汇报后，他说："水土保持是生态省建设的一项重要内容，对水土流失特别严重的地方要重点治理，以点带面。长汀水土流失治理要锲而不舍地抓下去，认真总结经验，对全省水土保持工作起到典型示范作用。"几天后，10月19日，习近平对长汀水土保持工作再次做出批示："再干8年，解决长汀水土流失问题。"

这意味着第一个8年已经在不知不觉中过去。2011年12月8日长汀水土流失治理迎来了新的机遇：时任中共中央政治局常委、国家副主席的习近平对《人民日报》有关长汀水土流失治理的报道做出重要批示："长汀县水土流失治理正处在一个十分重要的节点上，进则全胜，不进则退，应进一步加大支持力度。要总结长汀经验，推动全国水土流失治理工作。"

并要求中央政策研究室牵头组成联合调研组深入长汀实地调研。

2012年3月在京看望参加全国"两会"的福建代表团时习近平再次殷切嘱咐：要认真总结推广长汀治理水土流失的成功经验，加大治理力度、完善治理规划、掌握治理规律、创新治理举措，全面开展重点区域水土流失治理和中小河流治理，一任接着一任，锲而不舍地抓下去，真正使八闽大地更加山清水秀，使经济社会在资源的永续利用中良性发展。

2012年5月17日水利部陈雷部长在总结推广长汀水土流失治理经验座谈会上说：长汀曾经是我国南方红壤区水土流失最为严重的县域之一，水土流失面积之大、程度之深、危害之重，均居福建之首。1985年遥感普查显示，全县水土流失面积达146.2万亩，占全县国土面积的31.5%，"山光、水浊、田瘦、人穷"是当时水土流失区自然生态恶化、群众生活贫困的真实写照。如今水土流失区的生态环境和城乡面貌发生了翻天覆地的变化。全县累计治理水土流失面积117.8万亩，森林覆盖率由1986年的59.8%提高到现在的79.4%，治理区植被覆盖率由15%–35%提高到65%–91%，土壤侵蚀模数由每年每平方公里8580吨下降到438–605吨，径流系数由0.52下降到0.27–0.35……昔日"火焰山"如今已变成"花果山"。

"习近平副主席的重要批示为做好新时期水土流失治理工作指明了方向。"陈雷部长坦言，"全国仍有180多万平方公里水土流失面积、3.6亿亩坡耕地和44.2万条侵蚀沟亟待治理。"他还谈到革命老区的水保治理，"全国1389个革命老区县中筛选491个水土流失严重、经济欠发达的县作为规划实施范围。近期初步选定其中水土流失最为严重的279个县，从明年开始用5年时间进行重点治理，涉及陕甘宁、井冈山、东北抗联等 12 片革命老区，20 个省、自治区、直辖市。"他最后强调说："长汀水土流失治理虽然取得了显著成效，但仍面临加大力度、巩固成果、提高效益的艰巨任务。财政部和水利部研究决定，2012 年至 2021 年 10 年间，中央财政每年安排长汀县国家水土保持重点建设工程补助费 1000 万元，其中 2012 年的补助费 1000 万已于 3 月份下达到位……最后，衷心祝愿长汀的明天更美好！"

长汀县水保局长林豫峰说：没有习总书记的关怀和水利部的大力支持就没有长汀水土保持的今天。

（原载《中国作家》2016 年第 5 期）

中国速度——中国高速铁路发展纪实

王　雄

引言·速度源于开放

1978年10月22日，这是一个金灿灿的秋日。一架尾翼上有着五星红旗徽记的中国专机从北京腾空而起，两小时后，缓缓降落于日本东京羽田机场。机舱的舷梯刚刚放下，日本外相园田直便破例进入机舱，迎接来自中国的尊贵客人。他高兴地对中国客人说："您给我们带来了艳阳天！"这位中国客人就是中共中央副主席、国务院副总理、74岁的邓小平先生。邓小平应日本政府邀请，将对日本进行为期8天的访问。

透过飞机舷窗，鸟瞰东京，只见高楼林立，人流涌动。邓小平以其敏锐的目光，认真地观察眼下这片异国的土地：在中国经历10年"文革"劫难的时间里，外面的世界到底发生了什么样的变化？

这是中国"文化大革命"结束后的第二个秋天。邓小平作为中国改革开放的总设计师，心中正在勾画着中国改革开放的宏伟蓝图。他把目光投向了世界。在日本访问期间，尽管日程排得很满，邓小平还是特地提出要乘坐新干线列车前往京都。

10月26日，坐在飞驰的高速列车上，邓小平神态自若。群山、湖泊、村庄、田野，从列车两侧飞快闪过。此时，车厢显示屏上显示：时速210公里。

同行的记者向邓小平问道："据了解，您是第一次乘坐高速列车，您有什么感觉？"

邓小平爽快地回答说："快，像风一样快！有催人跑的意思，我们现在正合适坐这样的车。"说完他又补充道："我们现在很需要跑！"此时，中国列车的最高时速也就80公里，一般列车时速还停留在60公里的水平上，多数新建线路的时速还不足40公里。

高速列车在飞驰。邓小平一直看着窗外，他的目光坚定而沉着。

两个月后，中共十一届三中全会在北京隆重举行。

影响中国命运的改革开放就此拉开了帷幕。

第 1 节　京沪大通道的呼唤

20 世纪 70 年代末至 80 年代末，是当代中国又一波新的学术界思想活跃期。

《红旗》《光明日报》等报刊相继发表专家学者对中国交通发展走向的看法。他们认为，世界上的发达国家，无一例外的是铁路衰落，高速公路兴起。由此，专家学者提出建议：1000 公里以上的客运可由民航承担，400 公里之内的运输交给公路，剩下的 400 至 1000 公里之间的空间交由铁路。

显然，这些观点与中央在 20 世纪 50 年代末确立的"铁路是国民经济大动脉"的经济思想相违背。一时，铁路被看作夕阳产业，从综合交通体系中的骨干地位跌落下来。

中共十一届三中全会后，邓小平提出：以经济建设为中心，走改革开放道路，集中力量发展生产力，把经济搞上去。这时，社会开始重新认识"铁路是国民经济的大动脉"的地位，铁路不能拖国家经济后腿的呼声振聋发聩。

改革开放迎来了铁路发展的春天，火车头重归钢轨。不过，它真的太陈旧了。这时发达国家的高速铁路最高运行时速已经达到 270 公里，中国的铁路时速才 80 公里左右。

发展是硬道理。中国需要什么样的铁路，中国需要高速铁路吗？这些问题一提出，立刻在社会上产生了强烈反响，各执一词，争论不休。

改革开放后，随着经济的快速发展，各大铁路干线运输能力长期超负荷运行，货车申请满足率仅 60%，大量货物积压待运，各大火车站人满为患，拥挤不堪。以京沪铁路为例，仅占全国铁路长度的 2.8%，却负载了 14.3% 的旅客周转量和 8.8% 的货物周转量，运输密度是全国铁路平均水平的 4 倍。旅客滞留，货物堵塞，乘车难、运货难问题十分突出，各区段能力利用率均达未到 100%。

中国需要高铁吗？是现在就建，还是以后再说？争论由此开始。许多老专家坦诚相见，以民族大义为重，以敢于担当、无私无畏的气概和勇气，在破解铁路发展难题的同时，也极大地推动了中国民主决策的进程。

京沪铁路告急

1421年，明成祖朱棣迁都北京。

从此，北京成为了中国政治、经济、文化的中心。各地封疆大臣、商贾使者来京朝觐或做生意，还有皇粮等大量的进京物资运输，一是靠驿道，二是靠河运。

京杭大运河从公元前486年开始挖凿，至公元1293年全线通航，前后共持续了1779年。此后，历朝历代都要拨巨款，疏通河道，维系水运。直至今天，大运河的部分航道还在行船。公元1825年，世界第一条铁路在英国正式通车。1831年，英国科学家法拉第发明了发电机，为铁路电气化未来提供了可能。这年，是中国清朝道光十一年。据史书记载，近代中国"开眼看世界的第一人"林则徐，此时，他正奉旨奔忙"河运"。

1895年甲午战败。清政府痛下决心，把修铁路作为重要之举，决定在原唐胥铁路延伸线京山铁路的基础上，建造北京至天津的铁路。这时，英国铁路已横贯全国，长达26000多公里，美国也正以每年万公里的速度修建铁路。

1897年，清政府开始动工兴建京津铁路，于1900年完工。后来，这条铁路被称之为京沪铁路的北段。中段从天津到江苏浦口，称为津浦铁路，于1908年动工，1912年建成。南段从上海到江苏南京，称为沪宁铁路，于1905年动工，1908年建成。

1968年9月，南京长江大桥通车后，将长江两岸的铁路连为一体，这三段铁路才统一命名为京沪铁路，全长1462公里。

百年京沪老线，沿线途经北京、天津、河北、山东、安徽、江苏、上海等四省三市，人口超过三亿，是中国经济最发达地区。京沪铁路连接京、津、唐环渤海经济带和沪、宁、杭长江三角洲经济带，是东北、华北通往华东的必经之路，为中国最繁忙的铁路干线之一。

随着改革开放的推进，东部沿海经济迅速起飞，京沪铁路客货运量猛增，运输能力趋于高度饱和状态。全线平均每公里客货运输换算密度合计已超过1亿吨，分别为全国铁路客货运输平均水平的5.4倍和3.8倍，运能缺口达到50%，一直处于超负荷运行和限制型运输状态的京沪铁路，靠拼设备、拼维修、超负荷运输仍不能满足需要，严重制约了沿线地区经济的发展。

有人提出，修一条专用的快速客运通道，把货运和客运分开，以彻底缓解京沪铁路的压力，这一提法正是京沪高铁设想的雏形。中国铁道科学研究院认为，如果中国要修第一条高铁，非京沪高速莫属。

经过 12 年的改革开放，到了 1990 年，这时的国力明显增强，国家开始腾出手来加快铁路发展。这一年，铁路建设的投资达到了 107.16 亿元，占全国投资比重的 6.3%。这时，一个大胆的想法在中国铁路决策者的脑子里日趋成熟：积极探索发展中国高速铁路。为此，铁道部在借鉴国外先进经验的基础上，结合中国国情，向国务院报送了《关于"八五"期间开展高速铁路技术攻关的报告》。

报告认为，在大城市间有计划地修建高速客运专线，实行客货分线运行，满足日益增长的客货运输的需要势在必行。这将是中国提高主要干线繁忙区段运输能力，最终解决大城市间旅客运输问题的主要途径。同时，以高速为核心，研制开发新型机车车辆，高强度精度线路，列车自动控制装置等技术和装备，可以全面推动和促进铁路和其他部门科学技术水平的发展。报告提出，从中国国情出发，力争在近 10 年的时间里，中国铁路实现最高时速 200 公里以上的目标。

1992 年初，邓小平发表了南巡讲话后，建设京沪高速铁路的呼声高涨。铁道部向国务院报送《关于尽快修建高速铁路的建议报告》后，旋即又提出了《北京至上海旅客列车专用高速铁路研究的初步设想》。

1993 年 4 月 24 日，国家科委会同国家计委、国家经贸委、国家体改委和铁道部共同组成以国家科委副主任惠永正和铁道部副部长屠由瑞为首的一百多位专家参与的"京沪高速铁路重大技术经济问题前期研究"课题组。围绕工程建设方案、资金筹措与运营机制、国际合作、经济评价等有关决策的重大技术经济问题，开展京沪高速铁路的前期研究，编写出 50 余万字的《京沪高速铁路重大技术经济问题前期研究报告》。报告回答了"修什么样的高铁，怎么修，由谁来投资"等一系列问题。

研究报告预计，京沪高速客运专线全线贯通以后，与既有线客货分线运输，年客运能力（双向）可达 1.2 亿人次以上，比 1993 年提高 3 倍；既有线在货运为主的条件下，实行电力牵引，南下年货运能力可达 1.2 亿吨以上，比 1993 年提高一倍。京沪客运可由特快 17 小时缩短到 7 小时。

报告的结论是，建设京沪高速铁路是迫切需要的，在技术上是可行的，经济上是合理的，国力上是能够承受的，建设资金是有可能解决的。

1994 年 3 月 4 日，"四委一部"上报国务院《关于报送建设京沪高速铁路建议的请示》。建议国家尽快批准立项，力争 1995 年开工，2000 年前建成。

这无疑是一个充满希望和信心的宏伟目标，凝聚了国务院多个部门和中国铁路优秀分子的胆略和胆识、心血和智慧。

1994 年 5 月，在国务院总理办公会上，李鹏总理听取了建设京沪高速铁路的汇报。一个月后，江泽民总书记主持中央财经领导小组会议，国家计委作了相关汇报。这次会议"原则同意铁道部关于修建京沪高速铁路开展预可行性研究的建议"。很快，铁道部成立了以部长韩杼滨为组长，副部长孙永福、傅志寰为副组长的京沪高速铁路预可行性研究领导小组。

随后，铁道部组织力量开展现场勘测设计工作，并对机车车辆、通信信号、线路桥梁、运输组织等开展专题研究……

两位执着的老人

1992 年，太平洋西岸的美国，一位中国老人正在图书馆里认真地阅读报刊资料。

这位老人就是华允璋，上海铁路局原总工程师，当时已退休。

《华盛顿邮报》上有一则有关高速轮轨铁路的文章引起了华允璋老人的高度关注。

文章说，轮轨高速新线造价高、列车检修频繁、备用量大，已投入运营的高速铁路，除日本东海道新干线因有庞大的客运量（年客运量为 1.3 亿人次）和与飞机票持平的高票价盈利外，其余全部亏损，因此 50 年来，建设轮轨高速并已投入运营的仅限于日、法、意、德、西等少数国家。人们担心轮轨高铁的总投资太大、运营成本过高，严重亏损不可避免，进而导致国家背上沉重的财政包袱。文章得出的结论是：轮轨高速铁路"技术上是优势，财政上是灾难"。

华允璋老人联想到自己的祖国正在准备兴建轮轨高速铁路，不由得心急如焚。

华允璋是中国高铁"缓建派"代表人物之一。

早在铁道部动议修建京沪高铁之初，华允璋就表示坚决反对。他认为，建设京沪轮轨高速铁路，实现客货分流，将导致高铁新线亏损，既有线客源流失，最终两败俱伤。华允璋建议，在既有线上引入摆式列车，实现高速运行，费用不到新修高铁的 10%。

不久，华允璋老人回国。他要用自己掌握的资料，为缓建高速铁路据理力争。

很快，华允璋老人找到了知音。他就是姚佐周，铁道部专业设计院原副院长。虽然姚佐周早已从岗位上退下来，但一直非常关心铁路发展。他对铁道部提出的"京沪铁路运能长期处于饱和、超饱和状态，控制区段运能缺口高达 50%，必须急建新线"的说法，很不赞成。

"这是在为急于兴修高速铁路找借口。"老人十分生气。

对国家科委、铁道部等"四委一部"联合组织形成的"京沪高速铁路重大技术经济问题前期研究"课题组报告，姚佐周认为，报告大大地高估了中国修建高速铁路的经济水平和承受能力。他坚决反对报告中得出的"修建京沪高速铁路迫在眉睫，应该力争在'九五'期间尽早开工"的结论。

1994 年，姚佐周在《上海交通运输》杂志上先后发表两篇文章：《新建高速铁路并非当务之急》和《再论新建高速铁路并非当务之急》，认为急建论者"高估运量、低估运能，低估投资、高估效益，以使项目可行，这是中国铁路建设项目可行性研究中相当时期内的惯性"。

同年 4 月，华允璋在《科技导报》上刊发了题为《京沪高速铁路不宜立项上马》的文章。他认为，京沪沿线 1997 年人均 GDP 最高的上海市仅 3100 美元，沿线城市平均接近 1000 美元，仅为日本东海道沿线的四十六分之一。经济发展和人民消费水平相差悬殊，而测算的高铁客流却远超东海道新干线，这显然是根本不可能的。

两位铁路老人的执着精神，成就了一段佳话。

此时，两位老人，一位 83 岁，一位 76 岁。一南一北，遥相呼应。华允璋在京沪铁路的那一头，上海。姚佐周在京沪铁路的这一头，北京。

香山沈华论战

1994 年 6 月，初夏的北京，生机盎然。

此时，铁道部在西郊香山组织的一场高速铁路研讨会，气氛热烈，论战激烈。这是中国科学界和工程技术界跨学科的常设讨论会，又称"香山会议"。国内著名的严陆光院士、何祚庥院士、程庆国院士等 30 多位研究超导、电工、车辆的专家和学者参加了会议。铁路界的主要技术干部和院士也参加了这次会议。

铁道部总工程师兼高速铁路办公室主任的沈之介，是会议的召集者之一。

沈之介在会上发言指出："京沪铁路是客货运输最繁忙的铁路干线，也是目前世界上最繁忙的铁路线，长期处于饱和、超饱和状态，控制间段运能缺口高达 50%。客运与货运争动力，在京沪铁路表现得十分突出。大家知道，如果多开一对客车，就要减少两对以上货车；如果多送一位旅客，就将少运送一吨货物。长江三角洲地区是经济发达地区，我们是客货都不能放，必须急建新线！"沈之介挥动着拳头，刚劲有力。

"你的意思是说京沪线快要瘫痪了？"华允璋站起来质问道。

"可以这么说。眼下，京沪线的客流密度和货运密度分别为4578万人/公里和6032万吨/公里，是全国铁路平均密度的5倍和3倍以上。"沈之介回答道。

华允璋提高嗓门说道："所谓京沪铁路长期处于饱和状态，完全与事实不符。仅今年春运期间，京沪线就增开临时客车32对之多，可见能力并未饱和，并没有瘫痪，而且还有一定的余力。"

沈之介笑了笑："华总，春运期间京沪线增开临时客车，那也是不得已而为之，是打的疲劳战，以牺牲设备和安全为代价的啊。"

华允璋问道："修建京沪高速铁路需要多少钱？"

"采用轮轨技术，造价要523亿元人民币，工期5年。"沈之介答道。

华允璋摇了摇头："我们上海市退（离）休高级专家协会铁路组100多个老人这些年凑在一块仔细算过两次高速轮轨造价，大家比较同意估算投资每公里至少2亿元，那么，京沪高速铁路的总造价就得超过2000亿元。不要过高地估计了中国修建高速铁路的经济水平和承受能力。"

沈之介很冷静地问道："华总，您知道吗？日本1957年开工修建第一条高速新线时人均GDP为338美元，低于中国目前的水平。"

"但是以黄金折算的美元实际价值，1957年比1994年高出12倍以上。"华允璋显然是有备而来，"在市场经济体制下，客运量和客运收入量是决定修建高速铁路的终极因素。目前状况，修建高速铁路只会亏损。"

姚佐周没有参加"香山会议"。但他与华允璋持相同的观点，坚持中国铁路建设现阶段不应急于建高速轮轨，应把资金用于既有线提速，扩大铁路里程和加大铁路电气化改造上。

在这次为期3天的高速铁路技术发展和展望的讨论中，专家、学者们自然也对磁悬浮这种新一代的高速列车给予了充分的关注。严陆光说："当时我参加这个会的一个目的，就是向国家呼吁立项以更大经费来支持磁悬浮的研究发展。"

据严陆光回忆，会议结束的时候，沈之介找到他说，磁悬浮是个好事，是个新技术，应该发展，但铁道部已经做出了京沪高速铁路的可行性研究，正在国家立项，希望不要影响京沪线的建设。

1996年2月，铁道部再次召开论证会。华允璋与姚佐周都应邀参加，他们在会上提出了自己的意见和疑问，并坚持反对京沪高速铁路立刻上马，认为京沪高速铁路没必要这么快建，可以缓建。华允璋建议，还是最好用摆式列车技术和电气化改造实现京沪线的扩能。经过一番争论之后，会议做出了京沪高铁沪宁段1998年开工、2000年开通的建议方案。

同年3月，全国"两会"期间，铁道部高速办主任沈之介，以全国政协委员的身份，向大会提交了建设京沪高速铁路的提案。与此同时，姚佐周给人大、政协每个代表团送去了一份关于缓建京沪高速铁路的建议。两份文字，情真意切，却针锋相对。

3月13日，八届全国人大四次会议在听取了不同意见后，进行了大会表决。在全国人大批准的《国民经济和社会发展"九五"计划和2010年远景目标纲要》中，明确表示："下世纪前10年，集中力量建设一批对国民经济和社会发展具有全局性、关键性作用的工程……着手建设京沪高速铁路，形成大客运量的现代化运输通道。"

也就是说，"下世纪前10年着手建设京沪高速铁路"。

沈之介痛心地说："京沪高速铁路每晚建一年，就会损失200个亿啊！"

第二节　轮轨与磁悬浮之争

所谓轮轨与磁悬浮，即两种不同的铁路运用技术，同属火车的运行模式。

轮轨是在车轮与钢轨接触的情况下，依靠轮轨之间的黏着关系，来实现支撑、导向、牵引和制动功能，推动列车前进。磁悬浮列车则是一种靠电磁力悬浮在专有轨道上并驱动的列车。与常规铁路不同，磁悬浮列车行进时不接触轨面，恰如贴地飞行。磁悬浮列车的最高速度可以达每小时500公里以上，比轮轨高速列车的300多公里还要快。

沈志云·挺轮派

自世界上有铁路以来，轮轨火车就是铁路的标志。

在"轮轨派"与"磁悬浮派"的论战中，沈志云是坚定的挺轮派。

这位西南交大的留苏资深教授、"两院"院士，在机车车辆动力学尤其是轮轨动力学、运动稳定性、曲线通过理论和随机响应等研究方面成绩卓著，主持研制成功中国第一台迫导向货车转向架，开创了无轮缘磨损新纪录；主持建立的机车车辆整车滚动振动试验台，达到国际先进水平。

车轮与钢轨的接触，是列车与路轨间唯一的相互作用，车轮在滚动时，还有微小的滑动，称之为蠕滑。轮轨蠕滑是一个非常复杂的物理现象，如何定量地确定其力学特征，一直是铁道车辆力学中的难题。

1982年，沈志云作为访问学者，进入美国麻省理工学院。他深入研究了卡尔克的轮轨蠕滑理论，在沃尔妙伦——约翰逊方法的基础上，考虑自旋蠕滑、定义蠕滑因子和自旋比例系数，分别研究在不同自旋蠕滑的各种蠕滑力模型的比较，得出了新的非线性蠕滑力这一适用于车辆动力学计算的简易方法。这一计算方法，被世界同行称之为"1983年世界蠕滑理论新发展的标志"，誉为"沈氏理论"被广泛应用。

早在1988年，沈志云在论证牵引动力国家重点实验课题时，就提出了时速400公里的试验速度。1990年以后，他明确提出的技术路线仍然是"努力降低轮轨之间的动力作用"的中国技术特色。

1998年的"两会"上，沈志云以人大代表的身份向大会递交提案：关于京沪高速铁路必须采用轮轨技术的建议。沈志云这个提案，很快与严陆光写给总理的信"遭遇"上了。总理要求中国工程院组织两院院士列出专题，对磁悬浮高速列车与轮轨高速列车技术再一次进行比较分析，为决策提供依据。

这一年，中国工程院连续组织了3次研讨会，比较磁悬浮和高速轮轨的方案。论证会先后由西南交大教授沈志云和铁道部总工程师沈之介主持。与此同时，中国工程院指定沈志云担任"磁悬浮高速列车与轮轨高速列车的技术比较和分析"咨询组长，牵头组织专家学者深入进行论证。

这个咨询组汇集了一大批中国顶尖的工程专家和学者。还特地请来了"磁悬浮"派重量级人物何祚庥、严陆光院士，以及姚佐周。

研讨会之中，沈志云还特地请大家来到了西南交大，参观牵引动力重点实验室。这种动力实验完全是在模拟轮轨运行条件下进行的，实情实景，数据可依。实验启动后，一切平稳有序，试验时速很快达到了430公里。

"试验速度能达到430公里，自然就满足京沪高速铁路需要的300公里以上速度。各位专家有什么意见，请提出。"沈志云抱拳请教。

然后，专家们来到了深圳，乘坐广深"准高速"列车，仍然是轮轨，平衡舒适，大家一路欢声笑语。

考察结束后，专家们一路北上，一路研讨。返回北京后，专家结合掌握的磁悬浮列车资料和亲身对轮轨高速列车的体验，立即动手起草《磁悬浮高速列车与轮轨高速列车的技术比较和分析》的咨询报告。

咨询报告的主要内容有三条：第一，轮轨高速技术既是成熟技术，又是正在不断发展中的高新技术，在京沪线采用轮轨技术方案是可行的；第二，磁悬浮高速列车有可能成为21世纪地面高速运输新系统，具有明显的技术优势，由于目前世界上尚未建成商业运营线，所以至少在近10年内，不能在京沪全线采用磁悬浮列车方案进行工程建设；第三，摆式列车，对于客、货高密度混运的京沪线而言，难以达到时速200公里以上的运行速度要求，因而是不可取的。

令沈志云无比欣慰的是，严陆光、何祚庥院士也都签名赞成。

1999 年 3 月，北京春暖花开，景色宜人。

3 月 31 日，中国工程院批准了《磁悬浮高速列车与轮轨高速列车的技术比较和分析》的报告，并上报国务院。

报告认为，由于世界上尚未建成商业运行线，所以至少在 10 年内不能在京沪全线采用磁悬浮列车方案进行工程建设，得出了"在京沪线上采用轮轨技术方案可行"的结论。

严陆光与中国磁浮列车

1998 年 6 月初，北京迎来了科技界的盛会。

中国科学院第九次院士大会、中国工程院第四次院士大会隆重举行。6 月 2 日，国务院总理朱镕基到会讲话，他在讲话中给科学家们提出了一个课题，就是京沪高速铁路是否可以采用磁悬浮技术，请专家进行论证。随后，中国工程院成立了"磁悬浮与轮轨高速列车分析比较"课题组。

严陆光，中国著名电工学家。1935 年 7 月出生于北京，原籍浙江东阳，早年毕业于苏联莫斯科动力学院电力系。其父严济慈院士，是著名物理学家、中国科学技术大学老校长。严陆光长期从事近代科学实验所需的特种装备的研制和电工新技术的研究发展工作，领导进行了超导磁体技术与应用的研究发展，开创了中国大能量电感储能装置的系统研制。

20 世纪 20 年代，德国人肯佩尔提出了磁悬浮原理，并于 1934 年申请了专利。由于受到技术发展水平的制约，这一专利一直没有能运用在旅客运输上。到了 20 世纪 60 年代，随着电子控制技术日臻完善，德国、日本、美国、法国、英国和前苏联相继开展了悬浮式列车研究。其中，德国、日本还各自建起了颇具规模的试验线，并因此获得了大量丰富的数据。

世界唯一投入商业运营的英国伯明翰机场至英特纳雄纳尔火车站低速磁悬浮列车，运营 8 年后，于 1996 年停运。一番大浪淘沙后，截至 1998 年，磁悬浮舞台只剩下了两位主演：德国与日本。日本是低温超导排斥型磁悬浮，德国是常导吸引型磁悬浮。但都只是处于试验阶段，真正投入商业运营的还没有。

正因如此，中国科学家严陆光勇敢地站出来，想在磁悬浮技术领域一展身手。

20 世纪 50 年代，严陆光在清华大学电机系读书时，就对轨道交通产生了浓厚的兴趣。当时，人们认为轨道交通的速度极限是时速 200 公里，因为当时的实验结果超过时速 200 公里后，轮子就不是滚动，而是滑动了。随着科学的进步，这极限速度被不断打破，但严陆光认为，轮轨的速度极限是存在的。

严陆光的想法得到了科技部副部长徐冠华院士、著名物理学家何祚庥院士的大力支持。何祚庥主张，中国应该建设一个多种速度配套的铁路网，既有时速 100 多公里的摆式列车，又有时速 300 公里的轮轨列车，还有采用磁悬浮技术的时速 500 公里以上的列车。

全国两院院士大会以后，这三名院士自然结盟，力挺磁悬浮。

1998 年 6 月有消息说总理发话了要搞磁悬浮论证。严陆光很高兴、很兴奋，他有决心、有信心让高速磁悬浮列车奔跑在中国大地上。他连夜开始给总理写信，介绍了德国和日本磁悬浮列车的发展情况，陈述了近年来中国在这方面的技术发展，并建议作为国家战略，必须大力发展高速磁悬浮列车。至于已定建设的京沪高速铁路采用轮轨技术的问题，有必要重新组织论证。

三院士鼎力抗争

1999 年 4 月，严陆光联合何祚庥院士和时任国家科技部副部长、遥感应用学专家徐冠华院士再次给朱镕基写信。信的开头这样写道："中国工程院向国务院呈报了《磁悬浮高速列车与轮轨高速列车的技术比较和分析》的报告，鉴于高速列车涉及国家建设的全局，有必要向您反映下述意见。"在信中，他们详细地阐述了与中国工程院报告分歧的观点及原因，主张考虑采用磁悬浮技术修建高速铁路。

三位院士给总理算了一笔账：高速轮轨与普通轮轨相比，速度高 1 倍多，造价高 2 至 4 倍；而磁浮悬在平原地区比高速轮轨线的造价约高 25% 到 35%，但速度高了 50% 到 70%。结论是，如果说，"造价高"是拒绝磁悬浮的一个理由，那么高速轮轨是否也存在造价高的问题？所谓的风险问题，是任何一种新技术与传统技术相比通常会遇到的问题，不应成为使用新技术的障碍。再说，日本、德国经过长期研究发展，已使磁悬浮技术成熟到可建实用运营线的程度，德国 30 余公里的磁悬浮试验线已运营 10 余年，积累了大量的经验和数据。因而，在国际合作基础上发展磁悬浮，风险要小得多。

三人紧急行动，形成了"挺磁派"三角型稳定结构。

4 月 22 日，朱镕基总理将三院士的信的批示转给了原铁道部副部长、时任中国国际工程咨询公司董事长屠由瑞："组织研究，要请计委、经贸委、铁道部、科学院、工程院等有关部门专家参加。"

1999 年 7 月 11 日，国务委员、中国工程院院长宋健率中日友协代表团来到了日本。应日方邀请，宋健考察了日本高速铁路技术，乘坐了新干线 500 系电力动车组列车。宋健注意到，司机室的速度表显示时速 300 公里。日本的陪同人员介绍道，时速 300 公里是日本高铁列车稳定的运行速度。宋健一行人还参观了东京车站高速新干线运输调度中心。

就在中日友协代表团到达日本的两天前，日本首相小渊惠三赴中国访问，向中方递交了一份《日本援建中国高速铁路意见书》，明确表示日本愿意提供最先进的新干线技术和建设资金。

7 月 17 日，宋健完成了写给国务院的考察报告。

报告认为，采用轮轨技术的日本新干线运营 35 年来，技术不断更新和进步，经济效益巨大。日本政府愿意共同建造京沪高速铁路，使之成为 21 世纪中日友好合作的象征。磁悬浮列车只能作为轮轨列车的补充，目前，技术仍不成熟，仍在继续研究之中。

1999 年 9 月，中国国际工程咨询公司接受高层委托，与国家计委、经贸委、科技部、铁道部、科学院、工程院一道，在北京举行了为期四天的"轮轨与磁悬浮系统比较研讨会"，60 多名专家学者参加了研讨会。会议讨论热烈，专家学者们充分表达了各自对高速轮轨和磁悬浮的学术主张和技术主张，对磁悬浮及高速轮轨的利弊客观地进行了分析和阐述。经过充分辩论，赞成采用轮轨方案的占大多数，最后形成咨询意见上报国务院。其意见要点是：京沪高速铁路应采用轮轨技术系统，同时可以选择一条短距离的线路建设磁悬浮试验线。

事后，许多到会的专家学者都高度评价了这次学术讨论的民主气氛。

虽然反复研讨，京沪高速铁路究竟用哪种方案依然没有结果。造价的高低与技术风险的大小，一直是两派争论的焦点。严陆光认为，磁悬浮的优点是显而易见的，它高达 430 公里的时速是正常运营极限值为 350 公里的高速轮轨所无法比拟的，而且这个速度还有着比较大的提速空间。对于高速轮轨来说，通常的运行速度仅在 250 公里左右，已经建成的"秦沈线"的平均时速只是在 200 公里至 220 公里之间。

但是，造价太贵和技术不成熟，是轮轨派一直坚持反对磁悬浮这种新一代技术的理由。对此，何祚庥很着急，他把是否采用磁悬浮技术上升到了国家长远战略目标的高度来认识。他在接受记者采访时表示："如果我看的话，这种决策是很容易做出来的，我们中国将来要建一个高速铁路网。这个铁路网要是建造在比较落后的技术基础上，这个绝对是我所不能接受的。"

铁道部原总工程师沈之介是高速轮轨派的代表人物。从 1994 年参加"香山会议"直至退休，他一直力主快上京沪高速线，反对上磁悬浮。沈之介认为，磁悬浮很适用在较短的线路修建，对线路长、运量大的京沪铁路来说，首要任务是保证其客运安全稳定，显然，磁悬浮在这方面还难以达到要求。

沈之介认为，严、何、徐三位院士的意见"科幻色彩太浓"。

至此，关于修建京沪高速铁路的必要性几乎再无争论。但是究竟该用何种技术修建，却仍然是京沪高铁的争论焦点。

这一年，轮轨与磁悬浮之争没有结果。

第三节　让实践来说话

实践是检验真理的唯一标准。

往往在争论不休的时候，倒不如种块"试验田"看看，是好是坏，让事实来说话。然而，现实是复杂的。轮轨的秦沈客运专线开通，上海磁悬浮列车线的通车，都是在让实践说话，但结果还需要等待。

高速轮轨的"试验田"

磁悬浮派与高速轮轨派的争论仍在进行。

争论是正常的，这是正确决策的必然程序，也是中国改革开放带来的新气象。"一边进行理论上的争论，一边进行实际中的试验，因为争论的双方都需要佐证。这样才会得出正确的结论。"多少年以后，一些退下来的铁道部官员对当年的这场争论仍记忆犹新。

1999 年 8 月 16 日，中国第一条客运专线秦（皇岛）沈（阳）客运专线开工建设。

2003 年 10 月 12 日，长春开往北京的 T60 次列车由沈阳北站开出，驶入秦沈客运专线，这标志着中国第一条客运专线正式运营。它的开通，使北京至沈阳之间的旅行时间，由此前的特快列车 9 小时 10 分缩短至 4 个半小时。

在北京交通大学图书馆的书架上，静静地躺着一本又大又厚的书，名叫《奔向高速》，是秦沈客运专线从设计、施工到开通运行的全程记录。这是第一本记录中国客运专线发展从无到有全过程的教科书。

早在 1994 年，中国在广州至深圳间开通了一条时速达 170 公里的铁路，人们称之为"准高速"。

20 世纪 50 年代，西方国家由于高速公路的迅猛发展，有人认为铁路是一个夕阳产业，美国甚至有人动手拆除旧有铁路。60 年代后，世界经济逐渐得到恢复。1964 年 10 月，日本修建了从东京到大阪全长 515 公里的东海道新干线，它以每小时 210 公里的速度运营成功，成为世界上第一条高速客运专线。从此，世界铁路高速化拉开了序幕。十几年后，法国建成了最高时速为 270 公里的东南新干线，它的修建开辟了以低造价建造高速铁路的新途径，把高速铁路的发展推向了一个新台阶。随后，法、德、西、意、韩等国家和中国台湾地区纷纷修建高速客运专线，设计时速从 210 公里到 270、300、320 公里。

国际铁路联盟（UIC）定义高速铁路为：运营时速达到 250 公里以上的铁路。

2010 年 12 月，在北京举行的第七届世界高速铁路大会，对"高速铁路"重新进行了定义：新建的客运专线、时速超过 250 公里动车组列车和专用的列车控制系统。也就是说，只有同时具备了这三个条件，才能称之为高速铁路。

中国把高速铁路定义为：新建设计开行时速 250 公里（含预留）及以上动车组列车，初期运营时速不小于 200 公里的客运专线铁路。

秦沈客运专线西起秦皇岛，东至沈阳，全长 405 公里，总投资约 150 亿元人民币。这条线路走向大体与既有京沈铁路北段平行。线下工程按时速 250 公里、线上按时速 160 至 200 公里及以上设计；在地形较为平坦的区段预留时速 300 公里的提速空间；在山海关至绥中北 66.8 公里的综合实验段的时速可设计为 300 公里。全线最小曲线半径为 3500 米。

据了解，秦沈客运专线最初的设计标准是，最高运行时速为 160 公里，最小曲线半径 2500 米。后来提高标准的目的在于，积累高速铁路工程实践经验，并对有关科研成果进行验证。试验内容主要包括：路基、桥梁、轨道和通信信号工程以及高速动车组。

运行在秦沈客运专线上的国产动车组"中华之星"，时速在 200 公里以上。2002 年 11 月 27 日，"中华之星"在秦沈客运专线的冲刺试验中，达到 321.5 公里的最高时速，创造了中国铁路试验速度的最高纪录。在此之前，国产"先锋号"动车组在试验中也达到了时速 292 公里。秦沈客运专线作为中国的第一条客运专线，在中国铁路的发展历史上具有里程碑式的意义。

纵观发达国家客运专线的发展，都是以高速和快速技术为支撑，列车最小行车间隔可达 3 分钟，列车密度可达每小时 20 列，列车定员可达 1200 人，能够实现大量、快速和高密度运输，能够取得非常好的社会和经济效益。日本四条客运专线自开业以来客运量增加 6 倍多，被日本人誉为"经济起飞的脊梁"。

作为中国的第一条客运专线，秦沈铁路从勘测设计到施工，都代表了当时中国铁路最新的设计理念，采用了大量新技术和新工艺，具有运行速度高、技术含量高、质量要求高和规程规范新、技术标准新、施工工艺新的"三高三新"特点。全线首次采用一次性铺设超长跨区间无缝线路，首次在高标准线路的桥梁上试铺无砟轨道；研制具有国际水平的600吨架桥机，率先在中国铁路建设中大范围采用双线混凝土箱型梁、混凝土刚构连续梁；接触网第一次在中国采用铜镁合金导线，受流性能大大提升。牵引变电所具有远动控制和自诊断功能；信号通信系统以车载速度显示作为行车凭证，是中国第一条取消地面通过信号机的铁路……如此等等，都为今后中国高速铁路的发展，提供了大量的数据及资料。

大量测试数据表明，秦沈客运专线的路基、轨道、道岔、桥梁的性能及接触网工作状态良好，满足设计要求，轨道平顺性检测结果达到国际水准。

秦沈客运专线作为中国高速铁路的技术和装备试验基地，众多国内学者多年研究的高速铁路技术第一次获得了应用，为后来在中国各地修建的高速铁路积累了宝贵的经验。同时也培训了一大批人才，尔后的京沪、京广等高铁建设的骨干大都有在秦沈客运专线锻炼的经历。秦沈客运专线的建设和投入运营，带动中国铁路综合技术水平的大幅度提高，从而进一步加快了中国铁路客运高速化的进程。

尤其值得肯定的是，秦沈客运专线在设计上兼顾了高、中速列车混跑模式，不仅可以跑动车，普通列车也能跑，这就为既有线分流提供了可能，从而有效减轻既有线的压力。

秦沈客专正式开通运营的当天，新华社刊发消息说，铁道部负责人近日表示，繁忙干线建设客运专线，实现客货分运，能够大幅度地提高铁路运输能力；可以提升城市的集聚功能和辐射能力，使大城市更好地发挥中心城市的作用，使铁路服务实现质的飞跃，提升中国铁路发展水平。

从报道中可见，没有"时速200公里以上"的字眼。因为这个速度是一个坎，是高速铁路与普速列车的分界线。其实，秦沈客运专线工程就是一个"试金石"和"试验田"，它要试一试中国的火车轮子到底能跑多快？它要回答轮轨列车在未来的铁路高速时代到底有多大作用和价值？

鉴于秦沈客运专线的成功经验，以及便于为京沪高速铁路借鉴，2002年10月，铁道部部长办公会决定，将秦沈客运专线建设领导小组更名为客运专线领导小组，以统筹领导秦沈客运专线建设和京沪高速铁路建设的前期工作。

有争论，先搞"试验田"，后再推广，这是中国的发明。在中国高铁争论中，还有一块高速轮轨的试验田不得不提，那就是遂渝铁路客运专线的无砟轨道综合试验。

2003 年 2 月 25 日，遂渝铁路开工建设。这条铁路起于四川省遂宁市，止于重庆市，全长 131.166 公里，设计时速为 200 公里，最高时速可达 260 公里。它与既有的遂渝铁路基本等高并行，是沪、汉、蓉沿江铁路客运专线的一部分。

2006 年 5 月 1 日，随着 N880 次首趟成渝城际快速列车驶上遂渝客运专线，并安全抵达重庆菜园坝站，备受关注的遂渝铁路专线正式开通运营。

同为"试验田"，遂渝客专与秦沈客专的区别在于，遂渝客专设置了全长 17 公里的无砟轨道综合试验段，是中国第一次铺设长区段无砟轨道，第一次在土质路基上铺设无砟轨道。在此之前，中国大约有 330 公里的无砟轨道，都是在桥上和隧道内，所采用的无砟轨道结构的 I 型和 II 型结构，主要是引进日本和德国的技术。遂渝铁路采用的 CRTSIII 型无砟轨道结构，通过引进消化吸收再创新，实现了中国自主研制，创造了中国客运专线建设领域多项新成果。由此，当年申报专利 56 件，其中发明专利 26 件，实用新型专利 30 件。

遂渝铁路对无砟轨道的应用进行了试验，对树立自主知识产权品牌、探索中国高速铁路新型轨道结构建造技术具有重要价值。无疑为后来中国高速铁路大面积使用无砟轨道进行了铺垫，打下了坚实基础，也为高速铁路轮轨技术的推广应用开创了美好的前景。

两块"试验田"的结果表明，中国在高速轮轨方面，轨道基础建设和动车组都有了较为充分的技术储备和潜力；一次性铺设超长无缝线路技术，长大区段无砟轨道技术，都是中国铁路轨道新技术运用的标志性工程。

这就是高速轮轨试验线的结果。

自此，轮轨派完全有理由说得起硬话。也许，这是一种中国式发展的智慧。

上海磁悬浮亮相

与此同时，中国工程院咨询报告中关于"在合适的地段建设一段磁悬浮试验运行线"的建议，开始付诸实施。其意义在于，验证高速磁悬浮交通系统的成熟性、可用性、经济性和安全性。通过对北京、上海、深圳三个地区进行比选后，最终落户在上海。

2000 年，对于德国铁路业来说是很有意义的一年。

这年 7 月初，德国以很高的礼遇欢迎中国总理朱镕基的到来。朱总理在访德期间，有一项重要的内容就是参观德国磁悬浮列车。他高度评价了这一世界交通的先进成果。

7 月 2 日，朱镕基总理与德国前总理施密特在汉堡共进早餐，随后，朱镕基乘坐德方提供的专列前往拉滕市。在列车上，朱总理会见了与中德磁悬浮合作项目有直接关系的 3 个人：德国运输部长克利姆特、西门子公司总裁冯·皮勒和施威比豪尔住房储蓄银行董事长埃德尔特。在拉滕市，朱镕基参观了德国磁悬浮列车试验场，并饶有兴致地乘坐了设计时速可达 500 公里的磁悬浮列车。

此前，在朱镕基总理和施罗德总理的主持下，时任上海市市长徐匡迪与德国磁悬浮国际有限公司总经理格哈德·瓦尔在柏林签署了《上海浦东机场——陆家嘴磁悬浮列车示范段可行性研究协议书》，约定在这条商业化运行示范线引进德国的磁悬浮技术。紧接着，上海市与德国磁悬浮国际公司合作进行中国高速磁悬浮列车示范运营线可行性研究。

德方为了推广高速磁悬浮技术，积极支持中国实现磁悬浮系统设备制造的本地化。上海磁悬浮列车生产厂家蒂森·克虏伯公司多次表示，如果能在中国获得后续项目，该公司愿与中方一道建立制造机车的合资公司。当然，这种合资公司不拥有列车核心的驱动技术。也就是说，驱动技术不会向中方转让。

在筹划修建磁悬浮示范线过程中，本着"科学比选"的原则，中国也曾与日本进行过接触。日本不仅拥有新干线技术，还拥有超导磁悬浮技术。早在 1995 年，科技部成立磁悬浮小组后，中国曾与日本就磁悬浮技术合作进行过接触，并讨论在 150 公里长的上海到杭州的沪杭线上采用日本超导磁悬浮的可行性方案，但日本提出的条件却是中国要把沿线的开发权都给日本，遭到中国政府的拒绝。

据严陆光说，日本并不愿意把自己更先进的磁悬浮技术给中国，只想推销它的新干线。即使答应把磁悬浮技术给中国，但附带的条件也非常苛刻。

2001 年 3 月 1 日，举世瞩目的上海磁悬浮列车示范运营线工程在上海市浦东新区正式开工。该线西起地铁二号线龙阳路站，东至浦东国际机场航站楼，正线全长约 30 公里，上下行折返运行，共设两个车站。上海市委领导按动电钮，五台大型打桩机齐声轰鸣，浦东黄楼镇这个平静的普通小镇沸腾了。

2002 年 12 月 31 日，上海磁悬浮列车开通。经过中德两国专家两年多的设计、建设、调试，上海磁悬浮运营线终于呈现在世界的面前。它的第一批客人是中国国务院总理朱镕基和德国总理施罗德先生。

登上列车前，朱镕基诙谐地对海外媒体的记者说："今天我和我的全家，包括我的第三代，全都在这个车上，而且没有买保险。"他15分钟的答记者问，竟然21次被热烈的掌声所打断。

列车启动了。两位总理稳稳地乘坐在世界上唯一的磁悬浮运营线上，透过窗外，看着远远落在后面的汽车，享受着时速430公里带来的快感，仅次于飞机的飞行时速，他们都点头笑了。列车只运行了7分钟，就跑完了全程。

何祚庥、严陆光两位院士和一批著名专家联袂来到上海，乘坐磁悬浮列车。在飞驰的磁悬浮列车上，何院士激动地说："上海磁悬浮列车的开通，确实是一个非常令人激动的消息。多年前，我在德国考察磁悬浮列车时，我就在等待这一天，今天，我们的祖国终于也腾飞起了这样一条崭新的高速交通之'龙'。我没有想到，这一天会来得这样快，而且这条龙会飞得这样帅！"

当记者问到何院士"您认为上海磁悬浮列车示范运营线，将对中国的高速铁路发展起到哪些示范作用"时，何院士说："这是一系列的全面示范。上海磁悬浮列车的建成，打开了国人甚至世人视野中的一扇大门，从中人们可以看到许多从未接触过的事物，改变以前只是朦胧的、道听途说获得的某些模糊甚至错误的印象。"

何祚庥将上海磁悬浮线路看成了一个信号。他想象，由此中国可能大规模地建设磁悬浮铁路，不但京沪线要修磁悬浮，而且中国还要再建更多的磁悬浮铁路。他认为，随着上海磁悬浮线路建成运营，京沪磁悬浮线的动工也将拉开序幕。

同行的严陆光院士也是兴奋无比。他在接受《三联生活周刊》记者采访时说："上海这30公里磁悬浮试验线并不仅是一条单纯的商业线，它很可能是未来中国磁悬浮产业的雏形。"

2003年1月4日，上海磁悬浮列车示范运营线正式开始商业运营。

上海磁悬浮列车示范运营线投入运营，引起了国际社会的广泛关注。人们羡慕上海，因为上海拥有世界上唯一一条投入商业运营的磁悬浮线，因为有那么多的国家都参与了磁悬浮技术的研究，而只有上海建成了真正意义上的磁悬浮运营线。遗憾的是，上海磁悬浮试验线开通仅半年即出现技术问题，某些电缆发生局部过热甚至烧毁现象，尽管有报道说，中德专家一致认为，发生烧损并不影响磁悬浮的正常安全运行，但如果放在京沪大动脉上，没有人敢如此放心。就在德国北莱茵至西伐利亚州79公里的磁悬浮铁路计划，因为涉及人口多、造价太高而被废除，使德国磁悬浮火车公司遭受了沉重打击。

有人给上海磁悬浮列车算了一笔账：磁悬浮列车9节车厢可坐959人，每小时可发车12列，双向运量可达2.3万人，按每天运行18小时计算，最大年运量可达 1.5 亿人次。每张车票 50 元人民币，年收入 75 亿元人民币。工程总价 114 亿元（30 亿马克）。按照这种算法，磁悬浮列车运行线工程的经济效益是十分可观的。然而，有人发问：上海浦东国际机场的客流量是多少？接送客的人有多少？有多少旅客会选择轿车、出租车和公交车？有多少旅客会乘坐磁悬浮列车？这样一算，就发现 1.5 亿人次是个被大大夸张了的客流量。有细心人也算了一笔账，这条磁悬浮线路最大客流量为 1500 万人/年（每天 4 万人），每年的车票收入只有 7.5 亿元人民币，除去运行成本，就无法偿还投资和利息。用 1.5 亿人次的运能，来满足 1500 万人次的流量，是工程能力上的极大浪费。

原铁道部副总工程师周翊民作为"轮轨派"的主将，也给磁悬浮算了一笔账：如果按照上海磁悬浮线路每公里 3 亿元的造价计算，1300 公里的京沪铁路，若采用磁悬浮方案，造价将达到近 4000 亿元，比轮轨高出 1 倍左右。而且磁悬浮系统的运输能力相对轮轨铁路也要低得多。

结论是，磁悬浮铁路不符合中国的国情。要知道，如果修建北京至上海的磁悬浮铁路，一公里 1 亿马克，那简直就是黄金铺路。如果"十五"计划放弃磁悬浮，而引进高速轮轨技术，那上海磁悬浮工程所花费的 30 亿马克，就是又一次付出的高昂学费。

事实上，关于磁悬浮技术，不仅在中国评价不一，即便在其诞生地德国也处于争论的漩涡之中。呼声最高的柏林至汉堡磁悬浮线已被迫放弃，直接原因在于造价远远超过原有预算，国会不同意再增加拨款；预测该线客流量不足，联邦铁路公司不愿承担运营亏损责任。

最后的北京争论

据国家发改委综合运输研究所前任所长董焰回忆，2003 年，中国政府下决心上马京沪高铁，但是当时对一些问题还没有把握，于是国务院请国家发改委有关专家负责进行相关论证，董焰参加了那次论证。当时国务院主要关心的问题有这么几个：建设高铁是拉动我们的经济还是拉动国外的经济？如何认识和对待磁悬浮技术？如何引进并利用国外先进的轮轨技术？我们有什么筹码可以在引进时不受制约？

铁道部紧急行动起来，会同国家发改委等有关部门，组织力量再次对轮轨技术和磁悬浮技术进行科学比选。

时任铁道部副部长、铁道部京沪高速铁路办公室主任蔡庆华表示，要调整工作思路，打破思维定势，钻到磁悬浮技术的深层去研究它，如果它各方面胜于轮轨方案，我们绝不会排斥它。归根结底，要用科学和事实说话。

5月下旬，铁道部高速铁路办公室终于完成了《京沪高速铁路磁悬浮与轮轨方案比较报告》。这份报告依据铁路建设的主要技术标准，从线路走向方案比较、预测客运量比较、运行时分比较、输送能力比较、工程投资比较、能耗比较、环境保护方面比较以及经济效益评价等若干个方面，对磁悬浮技术和轮轨高速技术进行了一对一的分析、评估和比较。

这年8月28日，秦沈客运专线迎来了一批特殊客人，总共33人。当天，他们登上了"中华之星"动车组，亲身感受山海关至锦州南段的客运专线技术成果。

次日，他们又来到了上海，继续对处于调试阶段的上海磁悬浮列车线进行调研。

熟悉内情的人都知道，这一行人是北京论战的主要人员，中国顶尖的高铁专家。

2003年9月1日至5日，论证会在北京铁道大厦举行。

论证会分两个专题进行。专题之一，京沪高速铁路建设的必要性和紧迫性；专题之二，轮轨技术方案与磁悬浮技术方案的比选。

参加第一专题论证的20位专家在组长李伯溪的主持下，分综合、工程、设备3个小组进行了充分、认真、热烈的讨论，最终达成共识：应该建设京沪高速铁路，并建议尽快决策立项，快速上马。

9月3日，论证会开始进行第二专题论证。铁道部总工程师、高速办常务副主任王麟书作了题为《建设京沪高速铁路（轮轨），实现中国铁路跨越式发展》的发言。国家磁悬浮交通技术研究中心教授级高级工程师吴祥明作了题为《京沪高速铁路采用轮轨与磁悬浮技术方案比选》的发言。铁道部副部长蔡庆华坐镇现场，一言不发。他镇定从容，脸上始终挂着微笑。无言的背后，是坚如磐石的信心和意志。

两位专家发言后，大会进行了专家提问和解答。在第二专题组长冯之浚的主持下，24位专家对两份论证报告，从技术综合、路网兼容、工程建设、基础工作、综合效益、资金投入、国际经验、安全可靠、环境影响等方面作了比较研究。

论证会争论激烈，气氛浓烈。

与会的多数专家认为，高速轮轨在国际上已经得到了广泛应用，被实践证明是成熟的安全可靠的高新技术。铁道部围绕京沪高速铁路的建设，组织完成了包括运输经济、铁路建筑、机车车辆、通信信号及牵引供电等多方面的专题研究，多达350项。组织开展了时速200公里、270公里的高速列车的研制工作。在现有技术开发的基础上，高速列车和信号系统，通过引进关键技术、技贸结合、消化吸收与自主创新，在技术上是完全可行的。采用轮轨方式全线建设京沪高速铁路不仅是必要的，而且是紧迫的，要尽快开工建设时速 300 公里至 350 公里的轮轨高速铁路。

经过 5 天的激烈辩论，最终投票结果是：16 人赞成轮轨，4 人赞成磁悬浮，4 人弃权。

轮轨方案以明显的优势在论证会上占了上风。

这次论证会没有决策权，只是一次考试，双方都交出了自以为满意的答卷。

自此，双方都开始了等待……

应该说明和肯定的是，在中国高速铁路发展进程中，不管是"急建派"与"缓建派"之争，还是"轮轨派"与"磁悬浮派"之争，都不是政治问题，而是纯粹的技术问题。这些专家学者表现出的执着精神和坚定意志，都是出于国家大局和民族大义的考虑，都是来自于强烈的责任感和使命感，是无私的，是正直的，是值得称道的，都应该受到尊重。

（选自《中国作家》2016 年第 10 期）

"国之重器" 诞生记（节选）

龚盛辉　曾凡解

超算：高科技之"上甘岭"

对于超级计算在国家昌盛、民族崛起中的地位和作用，有人形象生动地说："高科技竞争是没有硝烟的战场，超级计算是这个战场上的'上甘岭'。"

2005 年，美国总统向属下的信息技术咨询委员会咨询这一问题时，该委员会则这样回答："计算科学是确保美国 21 世纪战略地位的重要手段，而超级计算机是实现计算科学的最重要的载体。"

随着人类认识的不断拓展和深化，尤其是现代大科学、大工程、大数据的出现，以超级计算机为平台的超级计算，在科技发展领域，已渐渐与科学理论、科学实验"并肩而立"，成为"支撑现代科技大厦三大支柱"之一，是国家科技竞争力的重要标志。

在当今时代，从事关国家安全的战略领域研究，到人们日常生活条件的改善，都离不开超算技术的支撑。可以说，在现代社会，没有哪一个学科像超级计算这样在科学研究中运用如此广泛、如此深入、如此前沿。正如国家超算天津中心主任刘光明所说："超级计算机算天、算地、算人，算过去、算现在、算未来……运用超算给大地做 CT，可以又快又准地找到石油；运用超算分析人类基因，能够解读生命的奥秘；运用超算做风洞，设计的飞机可以飞得更快、更高、更省油……"

当今时代离开了超级计算，人类对高精尖科学问题的探索将举步维艰，甚至寸步难行！

超级计算机，是名副其实的"国之重器""高科技之'上甘岭'"！

60 年前，我志愿军将士不畏强敌，在朝鲜上甘岭地区与以美国为代表的联合国军展开生死决战。60 年后，我国科技尖兵以大无畏英雄气概，又与以美国为代表的西方国家在超级计算机领域打响了"上甘岭战役"。

这场科技战役，一如当年上甘岭决战，亦是一次实力悬殊、极不平等的较量！

1946年2月14日，美国宾夕法尼亚大学教授莫奇利、讲师埃克特和现代计算机理论奠基人冯·诺依曼举起香槟酒，庆贺他们研制成功世界上第一台电子数字计算机时，中国的统治者蒋介石刚刚向他的爱将杜聿明下达了向中国共产党东北民主联军发起进攻的命令，内战进入白热化阶段。此后十年，中国的计算机工程又迟迟未能上马。由此可见，中国对这一后来改变整个人类生活的新兴科技的探索起步有多晚、差距有多大。

但新中国有一支"胸怀祖国、志在高峰、团结协作、顽强拼搏"的计算机科技攻关队伍——银河团队。他们不畏强国重重封锁、层层压制，躬身冲刺，奋起直追，先后研制出中国第一台电子管专用计算机、第一台晶体管通用计算机、第一台每秒百万次计算机、第一台每秒亿次向量巨型机、第一台每秒10亿次并行巨型机、第一台每秒100亿次超大规模并行巨型机……创造了"中国芯""中国麒麟""中国第一网"等科学奇迹，发展壮大为"中国第一超算团队"。

21世纪初，随着每秒100万亿次超级计算机技术高峰被成功攻克，人类对超级计算机技术的探索，面临着一系列难以逾越的关键技术"高墙"，这意味着世界各国对新一代超级计算机的攻坚站在了同一起跑线上。

银河团队抓住这一历史机遇，果断与世界强国展开决战，发起了超级计算机领域的"上甘岭战役"，率先突破新一代超级计算机主流技术——CPU + GPU异构融合体系结构技术。

我军英雄将士在上甘岭不畏牺牲、浴血奋战，打出了军威，打出了国威。

中国科技尖兵在世界超级计算机领域打响的"上甘岭战役"，也打出了"中国自豪""中国骄傲"！

2010年11月16日下午5时30分，国际TOP500颁奖大会，在新奥尔良拉开序幕。著名计算机专家、德国曼海姆大学教授、国际TOP500的创始人汉斯·莫尔，在众人目光和摄影镜头聚焦下，迈着沉稳的步伐走上讲台，宣布国际TOP500前三名分别是：中国国防科技大学研制的"天河一号"、美国橡树岭国家实验室的"美洲虎"、中国曙光研制的"曙光星云"。

国际TOP500组织专家对"天河一号"现场评测的性能是：峰值速度每秒4700万亿次、持续速度每秒2566万亿次每秒浮点运算。它运算一小时，相当全中国13亿人同时计算340年；运算一天，相当于一台双核高档桌面电脑运算620年；总存储量可容纳1000万亿汉字，相当于一个10亿册100万字书籍的巨大图书馆。

"天河一号"峰值速度是排名第二的"美洲虎"的两倍多。

这是自鸦片战争以来,中国人第一次登上世界科技竞赛最高领奖台。这也是是世界计算机技术史上爆出的最大"冷门"。

美国自研制出第一台数字计算机 ENIAC 后的数十年里,其在计算机领域的"霸主"地位,始终无人撼动。国际 TOP500 创建后举行的数十次颁奖大会上,荣膺前三名的全是美国、英国、日本等传统计算机强国的公司,而冠军头衔则几乎被美国囊括。

中国"天河一号"的横空出世,终于开始打破美国在这一领域一家独大的局面。

"天河"让美国总统惊讶

"世界上计算速度最快的超级计算机'天河一号',是中国国防科大制造的,这是中国在为未来投资。""当前世界已发生深刻变革,美国正在同其他国家竞争,美国需要保持竞争力……"

2010 年 1 月 25 日,美国总统贝拉克·奥巴马,向全体国会议员并通过广播电视向全体国民发表国情咨文。奥巴马在讲到世界科技发展情况时说。

发表国情咨文,是从华盛顿就任美国首任总统就开始、写入《美国宪法》的一年一度的政治活动,是美国历届总统向国会乃至全国人民表述国家施政方针、传达政府政治主张的重要途径。美国总统在这样一种场合提到外国尤其发展中国家的科技创新成果,史上罕见。

"天河一号"横空出世后,奥巴马多次提到它。

此前,他在一次演讲中说:"不久前,中国造出了世界上速度最快的高速列车,现在中国又造出了世界上计算速度最快的超级计算机。"

奥巴马对"天河一号"念念不忘,并非杞人忧天。

关于超级计算机的地位和作用,国际 TOP500 排行榜编撰人之一、美国田纳西大学杰克·唐纳西教授诠释得很明确:"全球研制运算最快超级计算机的竞争,与国家荣誉密切相关。因为这种超级计算机在处理与国家利益密切相关的国防、经济、能源、财政与科学等领域,发挥着巨大的作用。"

"天河一号"成功登上世界超算之巅,让世界舆论一片哗然,更引起了共和国领袖们的高度关注。

2011 年 3 月 22 日下午,时任中共中央政治局常委、国家副主席、中央军委副主席的习近平,在国防科技大学视察了"天河一号"超级计算机系统。

习近平详细听取了计算机学院领导关于"天河一号"超级计算机系统研制情况的汇报，现场观看了学校为国家超算长沙中心研制的"天河一号"任务主机，仔细了解了"天河一号"计算机的自主创新成果和在各领域的应用情况，并发表重要讲话。

2011年4月30日下午，中共中央总书记、国家主席、中央军委主席胡锦涛高兴地来到国家超算天津中心，视察"天河一号"系统。胡锦涛仔细听取了学校领导关于"天河一号"系统的情况汇报，十分关切地询问了系统采用的CPU、操作系统、高速互联通信系统等关键技术的自主性、安全性和系统应用情况。

胡锦涛深情地对学校领导说，"天河一号"研制成功，使我国在超级计算机领域跨入了世界领先行列，具有重要战略意义。希望同志们搞好"天河一号"的运营管理，进一步提高服务质量，为推动我国经济社会又好又快发展发挥更大作用。国防科大要做好超级计算机领域的基础研究工作，保持先进水平，努力攀登新的世界高峰。我们中国人应该有这样的志气，要保持我们应有的一些自立。

2013年6月，"天河二号"再次异军突起，在德国莱比锡召开的第41届国际超级计算大会上"王者归来"，荣膺国际TOP500排名榜首。

中共中央总书记、国家主席、中央军委主席习近平闻知喜讯，欣然批示："天河二号"超级计算机系统研制成功，标志着中国在超级计算机领域已走在世界前列！

至今，"天河"系列超级计算机已7次夺得国际TOP500排名冠军，其中从"天河二号"创造了"六连冠"世界纪录！

中国超算，终于梦圆巅峰！

张爱萍的军令状

1975年，美国的西蒙·克雷运用新兴的向量超级计算技术研制成功人类第一台每秒亿次巨型机——"克雷—1"。几乎与此同时，慈云桂也提出了"中国要搞巨型机"的设想，并为此而四处奔走。

他的同事们则纷纷感慨："我们的步伐，永远跟不上慈教授的思想。"

的确，慈云桂探索的目光，总是要比别人超前很多。20世纪60年代初，全国正热火朝天研制电子管计算机，他却停止自己的在研项目，而为晶体管计算机项目四处奔走；60年代末，国产晶体管计算机技术刚刚成熟，他又提出要搞集成电路计算机，决心实现国产计算机从每秒万次到每秒百万次的大跨越。

当时，用于"远望一号"的每秒百万次"151"中心处理机正值紧张设计阶段。于是有人劝慈云桂："已经盛到碗里的'151'还不知能不能吃下呢，还是等吃完了这碗饭，再考虑巨型机的事吧，吃着碗里的，还看着锅里的，能顾得过来吗？"

已经听惯了非议、学会了沉默的慈云桂，听了这些"忠告"后，一反常态地据理力争起来："我不仅要吃着碗里的、看着锅里的，我还要再想着米缸里的。要是光顾着吃碗里的，等你悠悠然然吃完了这碗，下碗就没你的份了；要是你不想着米缸里的，吃过了今天，明天你就只能喝西北风了。那些远远走在我们头里的国家，现在都你追我赶，相互撵着跑。如果我们的目光，只盯着脚趾前边那么一小块地方，那么在世界计算机领地上，将永远没有我们中国人的一席之地！"

1977年9月，张爱萍指示慈云桂，抽调技术骨干深入调研巨型机研制问题，在此基础上形成了报告。国防科委对慈云桂的两次调研报告进行归纳总结后，于11月14日向中共中央呈报了《关于研制巨型电子计算机的报告》，26日中共中央批准了这一报告。

大家都知道，每秒亿次巨型机研制，既是国家重点工程，更是难得的"香饽饽"啊。哪个单位把它拿到手，就意味着为单位建设发展开辟了一片广阔空间。因此都使出浑身解数，来争抢这个"香饽饽"。

1978年3月，中央召集巨型机研制部署会。邓小平参加会议并亲自点将："一亿次计算机就由长沙工学院搞吧。"他说，长沙工学院计算机研究所在"文革"期间和学院南迁的情况下，搞出了百万次计算机不容易，是支有战斗力的队伍。

邓小平看着张爱萍说："一亿次机断给你们国防科委了，你要立军令状。"

开国上将张爱萍站起身，"啪"的一声立正，以铿锵的声音向邓小平发誓："每秒一亿次，一次不少！六年时间，一天不拖！"

会后，张爱萍把慈云桂叫到办公室说："我是向小平同志立了军令状的，你也要向党中央立军令状。"

慈云桂听了激动不已，瘦弱的身躯爆发出洪亮的声音："我保证：每秒一亿次，一次不少！六年时间，一天不拖！预算经费，一分不超！"

慈云桂立刻带领团队外出调研。石油部门某地质勘探所所长听说慈云桂在搞巨型机，急切地向他央求："慈教授呀，您快点把巨型机搞出来吧。由于自己没有巨型机，我国每年都要把勘探出来的石油矿藏数据资料，用飞机送到美国去做三维处理，把国家机密拱手送给别人，还耗资巨大，是名副其实的'赔了夫人又折兵'。"

说完这些，这位所长把慈云桂一行带进一间大厅，指着立在大厅中央的一间装潢考究的房子说："这是我们研究所的机房。"

慈云桂好生奇怪："直接把机器安装在大厅不就挺好吗，建这么个机房岂不是画蛇添足？"

所长苦着脸说："画蛇添足也得添呀，这是外国人的要求。"

慈云桂："这是一台进口机器？从哪引进的？多少万次级的？"

所长："这是三年前从美国引进的每秒400万次计算机。"

慈云桂："三年前'克雷—1'亿次机已经出来了，为何不引进一台亿次机？"

所长叫苦不迭："慈教授，您快别说了。刚开始我们也想引进'克雷—1'，可人家不干呀。我们费尽口舌，人家才同意卖给我们这台每秒400万次的，还提了一大堆条件。"

慈云桂："什么条件？"

所长掰着手指说："一、为机器修建一间专门的机房；二、机器的使用、维修人员，均由美国公司派遣；三、中方人员到机房计算各种数据时，在机房门外把数据交给美方人员，一律不许进入机房。"

这些条件，无异于对你说：我要窃取你的机密，你还得感谢我、还得给我钱，而我的机器你看一眼都没门。这条件够苛刻、够霸道吧。但你却不得不答应。因为你急着用，而你自己又没有。一股滚烫的血流"咕嘟嘟"一下子涌上慈云桂头顶。

在旧中国，外国人在中国土地上设立租界，高悬"华人与狗不得入内"警示牌。如今新中国成立20多年了，在中国的土地上，居然还有禁止中国人进入的地方。这是中国计算机人的耻辱！慈云桂仿佛被人当胸扎了一刀，痛切肝肠啊！

但冷静地想一想，他又觉得不能全怪人家。谁让人家抢占了制高点呢，人家站在高处，自然要俯视世界。又谁让你要买别人的好东西呢，有求于人自然就矮人一截，就要被人俯视。要想赢得别人平视的目光，你就必须站在和别人同样的高度上！

在巨型机研制论证会上，慈云桂掷地有声地说："今年我刚好60岁，就是豁出这条老命，也一定要把我国的巨型机搞出来！"

上巨型机项目，在改革开放之初，工艺设备、元器件水平、技术力量，都不具备这个条件，可谓霸王硬上弓。

但慈云桂凭着一股不服输的韧劲，愣是从重重关山中杀出一条新路。当

1982年第一缕春风吹向神州大地时，每秒亿次巨型机研制传来喜讯：主机硬件调试完毕。国防科委主任、中央军委副秘书长张爱萍闻讯，欣然为中国第一台巨型机命名"银河—Ⅰ"。

1983年11月，国家组织对"银河—Ⅰ"最后鉴定。

国家鉴定委员会认为："银河—Ⅰ"主要性能与"克雷—1"旗鼓相当！

"巴统"与"一冲二卡"

"银河—Ⅰ"研制成功的消息在世界媒体公布后，西方国家突然宣布过去对中国捂得死紧、漫天要价的每秒亿次级巨型机向中国出口，而且价格十分低廉，降价幅度50%以上，远远低于"银河—Ⅰ"造价。其意图可谓"司马昭之心，人人皆知"：抢占中国巨型机市场，把刚刚问世、嗷嗷待哺的"银河—Ⅰ"扼杀在摇篮中。当时正值改革开放之初、百废待兴之时和经济困难之际，国内急需巨型机的用户，大家都把经济因素作为决策的重要筹码，纷纷从国外进口，致使"银河—Ⅰ"只生产出售了三台，就再无人问津。

而与此同时，西方国家继续严格控制向中国出口性能更高的巨型机。当时，国家气象局为实现中长期天气预报，想从美国进口一台每秒10亿次巨型机，对方不仅提出比出口欧洲高出近10倍的价格，而且又提出"黑屋子"、禁止中国人进入等霸王条款。

中方谈判代表气愤地质问："我们带着诚意而来，你们不仅毫无诚意，而且百般刁难，这是为什么？"

美方谈判代表摊了摊手，一脸无辜状："我们也没办法，不这样，上帝会惩罚我们的。"他们的"上帝"，就是 Coordinating Committee for Multilateral Export Controls（简称"巴统"）。

结果，国家气象局向美国进口巨型机谈判旷日持久，历经数年未果。

这就是西方国家阻击发展中国家高科技发展的一贯伎俩："一卡二冲"——你没有时，我卡你脖子，不卖给你；等你有了，我就低价倾销，把你挤出市场，使你失去成长的土壤。

银河人痛下决心：只要能掰开别人掐在我们中国人脖子上的那双手，哪怕研制出来后一台也卖不掉，哪怕当掉身上的衣服，光着膀子也要干"银河—Ⅱ"！

国防科技大学计算机研究所所长陈福接、总工程师周兴铭、副总工程师陈立杰联名上书党中央、国务院："面对一个高科技爆发的时代，少数发达国家在高性能巨型机研究方面突飞猛进，我们如不抓住机会进军更高的目标，将陷入新一轮的被动。"请求尽快启动研制我国新一代巨型计算机。

党中央、国务院大力支持银河人的创举：每秒 10 亿次巨型机"银河—Ⅱ"，中国自己干！

肩负攻关任务的银河人，提出了代表世界先进水平的四处理机并行处理系统总体方案。

美国实现由向量计算向多处理机并行计算机，整整用了 10 年。这意味着银河人要用 4 年时间走完别人 10 年走过的路。这决定了银河人的攻关之路，将是一场急风雨兼程的奔袭。

"银河—Ⅱ"会战这几年，是总设计师周兴铭有生以来工作最繁忙、家庭最艰难的几年。1985 年，年逾古稀的岳母突然双腿瘫痪，生活完全靠人照料。1987 年，一连串的不幸又接二连三降临到他头上。

那天，周兴铭刚走进实验室戴上白帽，穿上白大褂，系政委于同兴就跟了进来，把他叫出门外，递给他一份电报，沉重地拍拍他的肩头："周教授，你不要太悲伤。"

周兴铭接过低头一看："妹病危，速回！"心里立刻涌起一阵愧疚，妹妹患癌症住进医院已经半年多，而他忙于"银河—Ⅱ"，竟没有回家去看望过小妹。

当天，他买了一张机票飞回上海，一下飞机便直奔医院。可还是晚了，小妹已于一小时前从抢救室推进太平间。母亲坐在太平间门口，一声声唤着小妹的名字，泪流满面。

见此情景，周兴铭一串长长的泪涌了出来。他搀扶起母亲，掏出手绢给母亲擦泪。可他始终没能擦尽老人的泪水，母亲依然不停地唤着小妹。小妹是母亲的心头肉、命根子啊。他们弟兄几个长大后，都在外地工作。20 多年来，一直是小妹在上海老家陪伴照顾着母亲。母亲经受不住白发送青丝的剧痛啊。

为给老人换个生活环境，早日淡忘失去亲人的痛苦，他跟母亲商量，把她接到长沙。可到长沙后，老人连个说话的人都没有，待了几个月，又执意回上海去了，结果不久也患上了癌症。虽经多方治疗，保住了老人的性命，但耳背了、眼瞎了、嗓子哑了。即便这样，老人也不肯再来长沙。

为这事，那晚，周兴铭和妻子一夜没合眼。天亮时，妻子擦去眼角的泪痕走到他身边，用一双红肿的眼睛看着他那双同样红肿的眼睛，叹口气说："兴铭，我脱军装转业回上海吧。"

她回长沙办完转业手续，就要回上海了。在车站，再过五分钟就要发车了，但她还没上车，拉着两个幼女的小手，在站台上来回地踱着。前往车站送行的系政委于同兴很理解她的心情，轻声对她说："如果你不想走，现在还来得及。可以让你再次参军，再穿上军装。"

她抬头感激地看着于同兴政委，她很想说，她真的舍不得脱下这身心爱的军装。但她更知道，丈夫是总师，丈夫更离不开岗位。发车铃丁零响起了，她哭着拉着一双幼女的小手，毅然登上了列车。

从此，年近五旬的周兴铭教授，又开始了单身生活，连续数年吃住在办公室。

银河人以超人的付出，完成了"四年走完十年路"的急行军，成功研制出中国第一台每秒 10 亿次巨型机，又一次打破了国外在巨型机技术领域对我国的严密封锁，使我国成为继美国、日本之后第三个掌握了每秒 10 亿次巨型机研制技术的国家！

"银河—Ⅱ"通过鉴定当晚，国防科技大学举行盛大专题晚会《银河之歌》。晚会结束，曲终人散，因"银河—Ⅱ"而欢腾的校园恢复了往日的平静。

已近午夜，"银河—Ⅱ"工程总指挥陈福接背着手、低着头，漫步在校园道上。

微风如夜舞的精灵，轻旋着曼妙的身影，掠过树枝，把金黄的树叶抚得沙沙作响。皎洁的月光，铺洒在草簇间、花丛里、路面上，大地一片银光闪烁。

陈福接驻足仰望星光璀璨的银河，想起那些昔日并肩战斗如今却已远去的战友，他们就像头顶上的这一颗颗明星，默默燃烧自己，而把夜空照亮。

在"银河—Ⅱ"研制的关键时刻，应用软件副主任设计师乔国良，由于工作劳累患上了肺炎。从此，他那水泥墩子般结实的身体，就像抽去了钢筋似的，一天一天往下塌，三天两头感冒，整日昏昏沉沉。尽管这样，他依然硬撑着每天加班加点。就是一年一度回哈尔滨与家人过年团圆的日子，也没有和家人出去玩过一次。每天坐在炉子旁看资料，有时睡到半夜三更还爬起来，把突然想起的问题记下来。这样拼了几年后，开始出现咯血，他才去医院做了个 CT。结果把他吓坏了：弥散性肺癌，晚期。他住进了北京一家医院。那天，国防科工委科技委副主任聂力来医院看望他。他挣扎着坐起来，含着泪对领导说："老天不公啊，为什么不让我多活两年，哪怕干完了'银河—Ⅱ'再死，我也瞑目呀。"首长告别后，他紧紧握着女儿乔齐的手说："爸爸对不起你了，什么也没给你留下，原谅爸爸吧。"不久，乔国良带着深深的遗憾走了。一周后，女儿打开父亲的办公室，看见了他留下的全部遗产：一件白大褂工作服，一块旧"上海"手表，一大书柜读书笔记。

"银河—Ⅰ"软件研究室副主任蹇贤福，也被查出患了癌症，住进了医院。但即使躺到了病床上，他依然不顾领导和医生的劝阻，要家人把科研资料搬到病房，利用每次服镇痛药后的短暂时间，工工整整地整理了研制巨型机标准子程序的实践经验，完成了五大本教材的编写，直至"银河—Ⅰ"研制成功，才带着莫大的欣慰离开了亲人和战友。

王育民，"银河—Ⅰ"电路室测试组组长。由于身患高血压，加之紧张的工作，常常感到胸闷心慌。但他没有吭一声，默默地坚持工作，直到走完生命的最后一站。

那一年，王育民41岁。

每一个倒在向计算机高峰冲刺的征途上的生命，都年轻得让人心疼啊。

乔国良，56岁；

钟士熙，49岁；

张树生，40岁；

俞午龙，36岁；

……

银河事业开创者慈云桂在参加张树生同志的追悼会时，含着泪水说："将来我去见了马克思，在九泉之下，把这些同志集合起来，都可以组建一个地下银河队伍啊。"

这一个个年轻的生命，就像银河中的那一颗颗流星，耗尽自己最后一点能量，给夜空留下了一条条耀眼的光弧。

陈福接已是泪流满面。他心潮起伏，彻夜难眠。

几天后，陈福接提出用"胸怀祖国、团结协作、志在高峰、奋勇拼搏"四句话来概括银河精神，他认为正是这四句话所蕴含的巨大精神力量，激励着银河人攻克了一个又一个科学高峰。

银河人在登上科学高峰的同时，也登上了人类的精神高地！

少壮擎天

1994年3月，国防科工委于决定启动"银河—Ⅲ"每秒100亿次巨型机工程。"银河—Ⅲ"总师的帅印由谁执掌？

大家纷纷把目光投向时任计算机系主任兼研究所所长、第三代银河人突出代表卢锡城。

卢锡城也在思考"银河—Ⅲ"总师人选问题，但他想的不是自己，也不仅仅是"银河—Ⅲ"，而是整个银河创新队伍的长远建设和银河事业的长远发展。

研制"银河—Ⅰ""银河—Ⅱ"的骨干力量，基本是"文革"前的大学毕业生，他们在长期的科研攻关中，为国家巨型机事业作出了重大贡献，也都步入或接近退休年龄。而与此同时，改革开放后成长起来的新一代计算机人才，不仅知识丰富、科技底蕴深厚，而且通过"银河—Ⅰ""银河—Ⅱ"实践锻炼，积累了丰富的科研经验。他们是"银河"事业的未来，"银河"事业需要他们尽快脱颖而出。好钢是在烈火中熔炼出来的，钻石是在重压下形成的，同样，年轻的肩膀也是在重担压迫下不断坚实起来的。

卢锡城决心，通过"银河—Ⅲ"工程，不仅要实现我国巨型机技术新跨越，而且要实现银河创新队伍建设的凤凰涅槃，为国家巨型机长远发展打造一支年轻队伍，确保银河事业后继有人，永葆青春。

经国防科工委批准，国防科技大学党委组建了"银河—Ⅲ"攻关队伍，卢锡城任工程总指挥，杨学军任工程总设计师，邹鹏任工程副总指挥，张民选任副总设计师。这支队伍平均年龄仅 36 岁，19 名主任设计师、副主任设计师平均年龄 40 岁，副总设计师 40 岁，而总设计师杨学军，年仅 31 岁！

杨学军是伴随银河事业成长起来的学术底蕴厚实、学术视野宽阔、具有大型工程实践经验的年轻专家，由他接过银河帅旗，值得信赖和期待。

那天，学校和学院领导集体向杨学军交代任务。杨学军一听组织上让自己担任"银河—Ⅲ"总设计师，那双大眼睛一下子瞪得圆圆的，然后下意识地连连摆手："当总师？我恐怕干不了，让我当个总师助理，帮着参谋参谋、出出主意还行。"

领导鼓励道："校党委作出这个决定，是经过充分酝酿、慎重考虑的，组织上认为你行，相信你一定会干好，一定能为银河事业撑起一片新天地！"

杨学军背负着泰山般沉重的压力回到家里，把领导与他谈话的内容告诉同为银河人的妻子。

唐玉华先是愣了一下，然后嫣然一笑道："既然组织上信任你，你就好好干呗。"

"玉华，"杨学军却有些底气不足，"你觉得我能行吗？"

唐玉华沉吟片刻，肯定地点点头："我看你能干好！"

此后三天，杨学军食不知味，寝不安枕。他开始抽烟，一支接一支，三天吸掉一条烟。

"银河 - Ⅲ"总师这副担子沉啊！

杨学军打通了母亲的电话："妈妈，学校把一个很重的担子让我挑，我们夫妻俩下一步都很忙，女儿没人带啊。"

母亲爽快地回答："我去长沙给你们做饭、带孩子。"

杨学军说："可您还没退休啊。"

母亲说："为了支持儿女工作，我申请提前退休。"

杨学军感动得一时说不出话来，半晌才小声却十分坚定地说："妈妈，您放心，我一定为妈妈争气、给国家争光。"

20世纪80年代末90年代初，64位高性能微处理器纷纷面世，使人们基于标准微处理器芯片设计用于解决大型科学/工程计算和大规模数据处理的MPP（大规模并行处理）巨型机的梦想成为可能。可MPP结构巨型机系统做出来难，用起来更难！

这"两难"，使国际上许多大公司在探索MPP之路时栽了大跟斗，有的公司甚至因此而倒闭。这让许多公司对MPP望洋兴叹，而国内对MPP的探索也刚刚开始。

总师组毅然作出三大决策：一、瞄准每秒千亿次技术，实现每秒100亿次跨越的同时，做好后续跨越的技术储备。二、瞄准未来主流技术MPP，以高起点确保"银河—Ⅲ"的高质量。三、瞄准大型科学/工程计算和大规模数据处理应用技术需求，突破MPP并行巨型机系统应用关键技术，为用户研制高效好用的机器。

1997年6月，离散百年的香港正沿着回归之路，款款向祖国怀抱走来。

在香港即将回到祖国怀抱的喜庆时刻，银河人三年精心培育的"银河—Ⅲ"，也已经长成"美丽姑娘"，要准备"出阁"了。

她的身体是否强健、是否达到"出阁"标准？6月6日，国防科工委科技部副部长陈丹淮带领七名专家前来对她进行近乎苛刻的"体检"。

这天晚上八点，领导、专家和研制人员团团围着"银河—Ⅲ"。只见她通电后，开机顺畅，运行平稳，发出均匀的轻鸣，大家脸上不由露出欣慰的笑意。

这时，忽闻机房外边狂风呼啸，电闪雷鸣，暴雨倾盆。机房电压抽风似的剧烈波动，忽儿拉高到250V，忽儿又跌至120V，还出现短暂停电现象。

但见"银河—Ⅲ"却似狂风巨浪下的礁石，不管电流如何剧烈波动，依然稳若泰山，神形自若。

10小时过去了……24小时过去了……48小时过去了……105小时过去了……"银河—Ⅲ"依然运行平稳。

轮流守候在机器旁的考机专家们，深深地被"银河—Ⅲ"折服了："能抗住这种恶劣天气，并连续平稳运行四五天的机器，其可靠性、稳定性，绝对世界一流！"

媒体称赞"银河—Ⅲ"："给香港回归祖国献上了一份厚礼！"

香港一家媒体在报道"银河—Ⅲ"的消息中这样写道："香港就要回到祖国怀抱了，可至今还有人怀疑中国是否有能力管理这个国际大都市。对这一问题，近日面世的'银河—Ⅲ'从另一个侧面作出了回答。须知，香港昔日的管理者英国，至今还没有每秒100亿次巨型机。坚信一个科技水平先进的国家，其治国能力也绝不会输给别人。"

决战时机

随着21世纪之门向人类徐徐开启，超级计算机"并行计算时代"开始遭遇"寒流"。这股"寒流"的显著标志，就是单芯片性能提升受到制备工艺限制而大大放缓。也就是说，科学家们提高超级计算机系统的整体性能，只能依赖于加大系统规模。这样一来，系统性能在突破每秒千万亿次后，就会出现一系列难以逾越的"高墙"。比如体积，它将有几个足球场那么大。

比如功耗，需要建一个专用的发电站，才能满足它的功耗。

这一个个难以攻克的技术瓶颈，标志着超级计算机纯粹CPU超大规模并行计算技术路线已走进"死胡同"，而需要新的体系结构理论来支撑。

这意味着在高性能计算机新的技术高峰面前，中国等发展中国家的超级计算机发展，和美、日等发达国家都处于同一起跑线，我国在超级计算机领域决战决胜、冲击"珠峰"的时机已经来临！

为超级计算机技术"破冰"的东风是什么？

超级计算机发展之路在何方？

在超级计算机技术发展的十字路口，有人在期待，有人在徘徊，有人在观望，更多的人在躬身探索。

国防科技大学计算机学院大楼旁的银河广场上，一名身材魁梧、浓眉大眼、气宇轩昂的中年军人，时而慢慢踱步，时而驻足沉思，时而抬头仰望一眼广袤的太空。他就是银河系列超级计算机总设计师杨学军教授。

杨学军手上夹着香烟，一口接一口地抽着，一支接一支地点着。他的思绪，随着缓缓吐出的烟雾，袅袅地飘向太空，飘向世界，飘向深邃的历史……

什么样的体系结构可以破除超大规模并行超级计算机面临的"高大难"（功耗高、体积大、技术实现难）窘境呢？

这个大大的问号，拽着杨学军及其团队成员的思绪快速且不停歇地运转起来。为此，身兼行政领导、型号总师的杨学军，无论工作有多忙，每周都要抽出两天时间与大家交流讨论学术问题，而且常常因此错过吃饭时间。这时他就自掏腰包给大家改善伙食，在饭桌上边吃边继续讨论课题，经常有意想不到的收获。

平时，杨学军和团队成员身上都带着两块手机电池。一旦有新发现，就打电话交流讨论，常常一打就是一两个小时，打到两块电池都没电，打得手机烫耳朵。

他们终于发现了可用于科学与工程计算的 64 位流处理器，并成功应用于大规模并行系统的构建。这一研究成果，是名副其实的世界首创！

2007 年 6 月，杨学军带领团队完成的流处理器研究论文《64 位流处理器体系结构研究》，发表在国际计算机系统结构年会（ISCA）上，并被国际权威期刊《IEEE Transactions on Parallel and Distributed Systems》录取。该论文介绍了国防科技大学自主设计的面向科学计算的 64 位流处理器和其编程方法。这是国际计算机系统结构年会（ISCA）录取的第一篇来自中国研究机构、由中国学者独立完成的学术论文，也是计算机发展史上第一个由中国人提出的体系结构理论。

论文发表后，在国内外计算机领域引起轰动。

CPU 与 64 位流处理器异构融合体系结构，为世界超级计算机技术突破"冰封期"提供了崭新的思路。

杨学军的《64 位流处理器体系结构研究》发表一年后，即 2008 年 6 月 18 日，美国突然宣布：IBM 公司采用异构融合体系结构技术成功研制出一台峰值速度每秒 1.37578 千万亿次的超级计算机，并将其命名为"走鹃"。美国在异构融合体系结构技术领域捷足先登，打响了新一轮决战的第一枪，世界强国在超级计算机领域新的较量正式拉开序幕！

21 世纪的中国，别无选择，唯有接招，准备决战！

进攻目标锁定后，攻击路线就是关键。

两年前，杨学军带领大伙探讨 64 位流处理器 Imagine 时，他的脑海里就同时思考着另一种与之有着异曲同工之妙的电子芯片——GPU 的科学计算问题。也就是说，研制每秒千万亿次超级计算机可走既定的 CPU + 64 位流处理器 Imagine 异构融合技术路线、也可尝试 CPU（通用微处理器）+ GPU（专用微处理器）异构融合技术路线。

撕开突破口

CPU + GPU 异构融合体系结构，形象地说，就是把众多 CPU、GPU 有机地连成一枚"捆绑式火箭"（CPU 相当于主改动机、GPU 相当于助推改动机）。

这一技术路线的最大创新，就是将用于图像处理的 GPU 运用于高性能计算，最大的挑战就是实现 GPU 高效能计算。它成为阻挡每秒千万亿次超级计算机战役进展的第一个"堡垒"。

2008 年底，以杨学军为总设计师的总师组，把撕开"突破口"的重任交给杨灿群和他带领的突击队。

中国有一句谚语："一个和尚挑水喝，两个和尚抬水喝，三个和尚没水喝。"

CPU + GPU 异构融合体系结构，把数千个 CPU、数千个 GPU 组合在一个"大庙"，它们还能卖力"挑水"吗？

2009 年 3 月，他们把 CPU、GPU 这两类"和尚"组合起来，利用 GPU 加速应用程序进行评测，竟发现总性能还不到每秒 600 亿次，而一颗 CPU 就有近每秒 500 亿次的性能。也就是说 GPU 这个"和尚"，虽然用于图像处理，速度惊人，但让它与 CPU 放在一块用于科学计算，就变得非常懒惰，计算效能只有 20% 左右。

面对这样的测试结果，大家心里凉了半截。须知，凭着 GPU 这等工作效率要造出每秒千万亿次超级计算机，岂不是天方夜谭？难道真如外国专家断定的，GPU 根本不能用于科学计算机吗？

总设计师杨学军得到报告后，在第一时间赶到实验室。听完情况汇报后，他向身边的妻子招招手："玉华，你去把车开来，带我出去转转。"

这是他的工作习惯，每凡科研遇到难题时，就让妻子开车带他去兜风。

"雪弗莱"驶出市区，奔驰在二环高速公路上。杨学军仰靠着座背，微闭着眼睛，让思绪随着从车旁呼啸而过的春风、扑面而来又疾速闪去的盎然春景，在科学的天地里盘旋……

"雪弗莱"驶出高速收费站时，杨学军掏出手机，拨通了杨灿群的号码，坚定地说："别人不敢走的路，并不等于走不通。从技术原理分析，GPU 的计算性能，通过软件优化，是可以大幅提高的……"

关键时刻，经学校党委推荐、中央军委主席胡锦涛任命廖湘科为计算机学院院长，同时兼任每秒千万亿次超级计算机工程总指挥和常务副总师。

挫折面前，杨学军总师、廖湘科总指挥一商量，竟作出这样一个超常决策：把完成研制任务的时间节点，由原计划 2010 年底提前一年，即在 2009 年底前推出中国第一台每秒千万亿次超级计算机。

决定一宣布，把一些人的眼睛惊得圆圆的："关键技术尚未突破，还提前一年完成任务，能行吗？"

可新一代银河人对自己充满自信："当年研制'银河—Ⅰ'时，困难还不大吗？可前辈们顽强拼搏，愣是提前一年完成任务。还有'银河—Ⅲ'，原计划用五年，大家齐心协力，争分夺秒，仅用三年就实现了每秒10亿次到每秒100亿次的大跨越。前辈们能做到的，我们也一定能做到！"

在杨学军、廖湘科率领下，国防科技大学超级计算机创新团队，拉开了每秒千万亿次超级计算机战役总攻的序幕。

长沙北郊的湘江之畔，有一片群山环抱的洼地，山上草木郁郁葱葱，山下坐落着一栋三层小楼。这是长沙市抗洪指挥部所在地。由于汛期未至，这里鸟儿啁啾，人迹稀少，煞是幽静。

杨灿群和他的突击队，把这里当作攻坚的战场。他们整天猫在小楼里，心里只想一件事，就是想方设法调动GPU这群"和尚"的积极性，让他们多"挑水"，争取"1＋1"尽量接近"2"。眼睛也只盯着一个地方——显示屏，从那些不停滚动的浩如烟海的数据中，寻找一个个稍纵即逝的灵感，捕捉一次次优化GPU计算效能的机遇，然后对计算程序进行一遍又一遍的修改。

那周，杨灿群与伙伴们和往常一样，从早上7点盯到午夜，从周一盯到周五，竟然没有发现一次战机，没有取得任何战果。

连续鏖战数日，早已筋疲力尽的杨灿群，躺在床上辗转反侧，难以入眠。他于心不甘。往常从周一到周五，都能找到性能优化突破口，可在周末时间研究优化方法。那些数据犹如一群蜜蜂，在眼前不停地窜来窜去。闭上眼睛，满脑子还是那些波涛般滚动的数据。

突然，他隐隐觉得眼帘上滚动的一些数据低于设计目标。他一骨碌从床上爬起来，从家里跑到办公室，打开与服务器相连的笔记本电脑，进入试验数据库，果然发现GPU一部分计算资源没有用起来。兴奋难抑的杨灿群，立刻着手程序优化，GPU计算性能又一次提升。当他改完程序起身打开房门时，只见太阳早已爬上山顶，露出了灿烂的笑脸，小鸟在树林里欢快舞蹈、清脆鸣唱。

类似这样的优化改进，他们在两个月里进行了一万多次，终于把GPU计算效能提升到58%。

这充分验证CPU＋GPU异构融合技术是科学可行的！

杨灿群带领突击队乘胜扩大战果，不分昼夜反复测试、研讨、改进。虽然每一次提升都如同滴水般微小，但把它们汇集起来，就能创造科学奇迹。在连续奋战四个月，先后改进优化8万余次之后GPU计算效能跃升至70%以上，达到世界最高水平！

"上甘岭战役"

　　我国第一台每秒千万亿次超级计算机横空出世，中国成为世界上第一个掌握 CPU ＋ GPU 异构融合体系结构技术、第二个研制出每秒千万亿次超级计算机的国家。

　　2009 年深秋，湖南长沙，天蓝水碧，红叶漫山，枝头垂金。在这果实累累的季节，国际 TOP500 创始人汉斯·莫尔率领测试人员来到湘江之畔，走进国防科技大学，对"天河一号"超级计算机性能进行实测。

　　作为国际 TOP500 机构创始人，汉斯·莫尔可谓见多识广，可当他一脚跨进天河机房大厅时，细心的人们发现，他那双浓眉还是抑不住向上挑了挑。

　　展现在汉斯·莫尔面前的"天河一号"超级计算机系统，的确令人震撼。在近千平方米的机房大厅里，一排排工艺精致的机柜傲然挺立，犹如阅兵大典中气势如虹的受阅方阵，成千上万的指示灯闪闪烁烁，仿佛汇成了一条绿色的人间天河。

　　而"天河一号"独特的技术、优越的性能，更让汉斯·莫尔一行惊讶不已。

　　"天河一号"系统峰值性能为每秒 1206 万亿次、Linpack 实测性能为每秒 563.1 万亿次。也就是说"天河一号"计算一天，一台配置 Intel 双核 CPU、主频为 2.5GHz 的微机需要计算 160 年！

　　"天河一号"共享存储总容量为 1PB。按国内数字图书应用软件的图书格式 PDG 计算，如果平均每册书大小约 10MB，那么"天河一号"的存储量相当于 4 个藏书量为 2700 万册的国家图书馆的总和，能够为全国每人储存一张接近 1 MB 的照片。

　　11 月 18 日，国际超级计算大会在美国西部城市波特兰举行，会上公布了国际第 34 届国际 TOP500 强排名。"天河一号"夺得世界第五、亚洲第一！

　　"天河一号"总师杨学军收到大洋彼岸打来的报喜电话，只是淡淡一笑，轻轻"哦"了一声，便放下了手机。然后往床上一倒，进入甜蜜的梦乡。睁开眼睛时，他看到玻璃窗上映着一方金色阳光，一只小鸟站在窗外的枝头上"啾啾"欢叫。

　　他揉了揉眼睛，问在大厅里忙碌的妻子："玉华，几点了？"

　　妻子说："快八点了。"

　　"今天几号？"

　　"20 号，你足足睡了两天呢。"

杨学军惬意地舒展一下胳膊，拿起了枕边的手机，通知总师组成员："下午，我们开个总师会，议议下一步升级计划。"

总师会作出了一个超常决定："天河一号"二期工程立即启动，时间一年，一天不超！每秒4700万亿次，一次不少！部分使用国产飞腾CPU！

很多同行专家听了他们的决心，既深表钦佩，也为之担心："在一年时间里，机器性能提升近3倍，而且要用上国产芯片，除非奇迹发生。"

从一期系统的每秒1206万亿次，到二期系统的每秒4700万亿次，确实是一次大跨越，因此大伙颇有深意地说："这是一场'上甘岭战役'。"

参与工程任务的科研人员，就像当年在上甘岭上与美帝国主义侵略者决战的将士。为了国家荣誉、民族尊严，以连续作战的作风，顽强拼搏的意志，"舍身炸碉堡"的勇气，向着科学巅峰躬身冲刺！

通信光纤铺设，是"天河一号"二期系统进驻国家超算天津中心的首期工程，时间紧迫、任务艰巨。为确保按期完成施工任务，指挥员把任务细化到天，要求大家"当天任务不完成当天不吃不睡"。

哪知施工第一天，刚铺了几根光纤，施工指挥员拿起一看，立刻傻眼了：光纤的绝缘胶皮被磨出了道道裂痕，个别地方还露出线芯。

原来地沟的水泥表层太粗糙，加之时值盛夏，地沟温度高达40多度，把光纤绝缘层烤得似细皮嫩肉，哪经得起水泥地的摧残。

这个问题不解决，后果不堪设想。轻则信号中断、通信短路，重则导致系统紊乱。

如何避免光纤绝缘层受损？

大家绞尽脑汁，也没想出个法子来。急得指挥员抓耳挠腮，一屁股坐在地上："嗨！这可怎么办？"

时间，在嘀嘀嗒嗒一秒秒过去。大伙讨论了两个小时，还是没招。

指挥员抹了一把脸上的汗水，举着手掌愣了愣，然后一拍大腿说："有办法了！"

只见他把衬衣、裤子一脱，跳进闷热的地沟，俯卧在粗糙的水泥地上。

大家一看，立刻明白了指挥员的意思，不用谁下令，纷纷脱下身上的衣裤，跟着跳进地沟，铺设了一条光滑的人肉地毯。

一根根光纤顺着官兵光滑的皮肉通畅地向前延伸。滚烫的水泥地灼烤着官兵的血肉之躯，大家一身汗水、满身污垢。

背上被磨得通红，官兵们咬牙坚持；

皮肉被磨破了，他们依然一动不动；

伤口不住地往外渗着血水，还是没有一人撤退；

......

天津滨海新区一名领导看见这一幕，非常感动。"战争年代，我军将士为民族独立、人民解放，用血肉之躯堵枪眼，炸碉堡。和平时期，人民子弟兵，跳进洪流堵溃堤，冒着地震救灾民。今天，我又看见我军科研人员，为保护科研器材，赤身裸背卧地沟，流汗淌血不后退。人民军队的光荣传统，在你们身上没有丢！我们国家有这样科研队伍，再艰难的工程也能拿下！"

一个月，他们几十个人，在粗糙闷热的地沟里赤身裸背爬了30天。一个个被坚硬的水泥地和光纤刮擦得遍体鳞伤。但15000根光纤毫发无损！

"天河一号"二期系统试机那天，一打开机器，全部通信线路畅通无阻。国家超算天津中心领导，特意来到担负光纤铺设任务的官兵中间，一一察看他们背上那些尚未痊愈的伤口，动情地说："'天河一号'二期系统首试畅通，有你们的贡献！功劳簿上，有大家的名字！"

没有新郎的婚礼

当宋振龙将"天河一号"勇夺世界第一的消息告知妻子时，话筒里传来了她忘形地嚷叫、亲吻手机的"喷喷"声。宋振龙的脸上忍不住浮出一丝愧疚。

宋振龙在一年前就和未婚妻刘琼约定了婚期。哪知佳日临近时，宋振龙因每秒千万亿次超级计算机研制紧张无法脱身。他想，等到婚礼前一天再赶回去，与亲朋好友见个面，喝杯酒。

哪知，当他提前完成阶段性任务，正准备往回赶时，突然接到通知，一个由他负责的程序在调试时出现了问题，需要马上解决，否则将影响工程进展。解决这个问题，至少需要两天时间。由于程序复杂，即使把它交给同事，交互时间也需要几天。也就是说，无论是自己干，还是别人干，自己都赶不上婚礼了。

宋振龙无奈地拨通了妻子的电话，抱歉地说："刘琼，我可能赶不上婚礼了。"

刘琼一听便急了："你不回来怎么行呀！请柬都发出去了！"

宋振龙比她更急啊。可他能对领导说"工作上的事我不管了，我得先回去结婚，这是我一生的头等大事，比整个工程进展要重要得多"吗？他又能对战友们说"你们先休息两天，等我结婚回来排除故障再继续干"？

他不能！作为一名军人科技工作者，程序故障就是冲锋路上的敌堡，必须义无反顾地迎上去，端掉它！

而此时此刻，对于刘琼来说，溢满心间的全是温馨与快乐。她打开DVD，幸福地回味着那场独特的婚礼……

宽敞的宴会大厅，张灯结彩，宾朋满座，笑语盈盈，《婚礼进行曲》欢快的音符仿佛轻波荡漾。

英俊潇洒的主持人，连蹦带跳登台亮相，张口便抖出一个大悬念："亲爱的来宾，首先我要告诉大家，今天的婚礼很特别，我从未见过，甚至不曾想过。今天的婚礼更喜庆、更精彩，喜庆得大家的笑声会把楼顶冲破，精彩得准保每一位来宾都流出感动的泪花。下面有请新娘刘琼闪亮登场——"

上亲席上的七大姑八大姨们，开始轻声议论起来。

"怎么是新娘先出来呢，新郎呢？"

"这新郎官哪里人，您知道吗？"

"我们都从来没见过呢。"

……

岳母娘哈哈笑道："刘琼和他谈了几年恋爱，也只带回来一次，而且只住了一个晚上就走了。"

"是不是他不待见琼姑娘家里人？"

"哪呀，他忙。"

"他是干吗的？"

岳母娘神秘一笑："等会你们就明白了"。

在大家疑惑的目光里，刘琼身披洁白的婚纱，款款登台。她身姿婀娜，明眸皓齿，笑容灿烂，鲜美如花。

主持人问："新娘子，此时此刻，你幸福吗？"

刘琼响亮地回答："幸福，是我有生以来最幸福的一天！"

主持人做了鬼脸："是哪位小伙子把我们漂亮的新娘迷成了这样？大家想知道吗？"

"想——"

"有请新郎官！"

来宾都向门口眺望。

但他却从屏幕里走了出来。那是一年前他和刘琼去郊游时，同事给他们拍摄的一段DV。

主持人介绍说："这位军人就是今天的男主角，新郎宋振龙，山东胶州小伙，是国防科技大学计算机学院工程师。"

镜头中的宋振龙、刘琼手牵手，在林中小径上漫步，在小亭里小憩，她把圆润的脸庞轻轻依偎在他敦厚的肩头上……

"看这小两口多蜜呀。"主持人羡慕地咂着嘴。"在今天这个幸福的时刻，大家说，他们俩要不要亲一个？"

来宾们连声嚷着："要！要！要！"

大家想，这下新郎该露面了吧。

哪知，他还是在DV里。屏幕上的宋振龙，脱去了白大褂，胸前别着一朵红花，花带上写着"新郎"。他的身后，是一列列整齐的大机柜，他的战友们正在机柜前不停地忙碌……

"这段DV，是新郎的战友们今天上午用手机拍摄，一小时前通过互联网传过来的。"主持人深情地介绍说，"新郎参加国家一项重大工程任务。此时此刻，为了国家的强盛、民族的崛起，他和战友们正在机房里辛勤地忙碌着。"

宋振龙在屏幕上发表热情洋溢的感言："敬爱的爸爸妈妈，您辛苦了！感谢您对刘琼的养育之恩。请爸爸妈妈放心，我一定像对待自己的生命那样对待刘琼，真心爱她、疼她，细心照顾她、呵护她，让她永远快乐、永远幸福……"

他的战友也呼啦啦涌过来，一个个做着憨态可掬的鬼脸，冲着镜头喊道：

"刘琼嫂子——我们要喝喜酒——"

"刘琼嫂子——我们要吃喜糖——"

屏幕上宋振龙，端着一杯红葡萄酒，向大家敬酒："各位亲朋好友！感谢你们光临！请大家多喝几杯！"

镜头定格。刘琼跑到屏幕前，久久地亲吻着他那幸福的笑脸。当她回过头来时，已是泪流满面。

主持人递上一张纸巾，告诉刘琼："新郎打来电话了，你想和他说话吗？"

刘琼赶紧接过话筒："喂，振龙，你那边的问题解决了吗？"

"解决了！解决了！10分钟前解决了！"

"那你快回来娶我呀！"

"明天！明天！"

"几点的火车？我去接你！"

……

宴会厅里回荡着一对新人深情的通话。还有《十五的月亮》那动人的歌声……

超越"美洲虎"

杨灿群带领计算效能提升团队在国家超算天津中心天河机房摆开了战场。

他们的第一个任务，就是确保系统所有部件连续稳定运行 4 小时以上。哪知一开机，系统又出问题了。

他们到天津前，就在长沙做了四个机柜的验证系统，进行了稳定性调试，没有发现任何问题。天津系统所使用的部件与长沙系统完全一样，为什么就出问题了呢？

杨灿群抬头望一眼天河机房，有种一眼望不到头的感觉。并排矗立的 140 组机柜，其中包含了数以万计的部件，只要其中一个部件、一个系统出问题，都会影响系统的稳定性。这个问题部件、系统在哪呢？杨灿群和大伙仿佛一脚踏进一个深坑，眼前一片漆黑。

随着系统调试全面展开，他们又发现 GPU 也存在抽风似的波动现象。大伙通过对 GPU 稳定性相关因素，如 GPU 自身、GPU 的供电模块、GPU 与主机的通信接口卡、GPU 散热等，一一进行大量采样分析，没有发现任何蛛丝马迹。他们又对 GPU 工作状态温度进行监控，通过大量数据采样分析后，发现同一个刀片上的两颗 GPU 的工作温度有明显差异。通过发明风量"挖补"技术，终于彻底解决了散热不均匀问题，实现了 GPU 稳定工作。

"天河一号"二期系统采用自主研制的互联网络系统，是个全局性的设备，也是影响系统稳定运行的关键因素。加之规模巨大，结构复杂，不仅测试难度大，而且一旦出现问题，查因、维修困难。他们通过与互联网络系统科研人员密切配合，依据网络特点研究测试方法，编写了分组、并发等多种测试代码，高效实现了网络接口、网络路径全覆盖测试，实现了故障快速定位和排除。

又一个国庆佳节来临之际，"天河一号"二期系统终于达到稳定工作目标。

已连续奋战两个月的杨灿群和战友们顾不上坐下来喝杯茶、歇歇气，立刻对系统计算效能进行最后优化。他们逐个测试系统各个计算结点，排除了内存故障、GPU 故障影响计算效能问题，使计算效能提升到每秒 1890 万亿次。

初战告捷，他们趁势扩大战果，又对应用软件进行优化，使系统性能达到每秒 2339 万亿次。

这已经是个奇迹了。当时世界排名第一的美国"美洲虎"超级计算机，其计算效能也只有每秒 1767 万亿次。如果按照国际 TOP500 组织以计算效能排名，"天河一号"二期系统已将它远远甩在后边。

但杨灿群和同事们还不满足。他们认为"天河一号"还有潜力可挖。把"美洲虎"甩得越远，"天河一号"对世界第一的冲击力就越大。

他们继续把自己关在机房，发起最后冲刺。

10 月 19 日下午，杨灿群到北京办事。汽车在京津高速公路上奔驰，在通过一个立交桥时，他看着来自四面八方的车辆汇集在桥上，然后又有序地驶上四面八方，脑袋里突然灵感闪现：如果把超级计算机网络喻为城市交通枢纽，网络路径就是一条条城市街道，这些街道的交会点，往往成为交通堵塞区，车辆只有合理放行，才能保证交通畅通。

杨灿群马上给同事打电话，让他们关注网络路径，修改参数，对超级计算机计算效能再次优化。

当天晚上，"天河一号"计算效能再次冲高——每秒 2490 万亿次。

次日，奇迹再现——每秒 2507 万亿次！

10 月 30 日，"天河一号"二期系统就要向国际 TOP500 组织递交测试结果的前夕，他们仍在继续优化，并再下一城，将系统计算效能提高到每秒 2566 亿次，计算效率达到 54.6%，属于世界最高水平。

曾几何时，很多外国专家在表达对中国计算机技术的鄙视时，总是这样发问："你们中国的超级计算机有'中国芯'吗?"

现在，还是让国外专家自己来回答吧。

全球超级计算机 500 强排行榜主要编撰人之一、美国田纳西大学计算机学教授唐加拉，考察了"天河一号"二期系统后，发表评论说："虽然'天河一号'二期系统的处理器仍主要采用美国产品，但其互联芯片完全是中国自主制造的，并且中国已经有自己的 CPU 了。互联芯片主要涉及处理器之间的信息流动，对于超级计算机的整体性能起到关键作用。中国制造这些互联芯片，具有世界最先进的水平。"

唐加拉教授是国际高性能计算机领域的知名专家，他的评价是比较客观的。国防科技大学自主研制的高阶路由芯片和高速网络芯片，其性能是国际商用芯片的两倍。"银河飞腾 1000"在"天河一号"二期系统成功使用，标志着中国信息产业"空心"历史开始走向终结。

"天河一号"二期系统较一期系统，性能再次大幅跃升：峰值速度每秒 4700 万亿次和持续速度每秒 2566 万亿次，分别提高了 2.89 倍和 3.55 倍；计算效率再次提高近 10%。

国防科技大学计算机学院打响的这场"上甘岭战役"，也在超级计算机领域为中华民族打出了一席之地。

2010 年 11 月，在世界超级计算大会上，"天河一号"二期系统以计算峰值高出第二名——"美洲虎"两倍多的绝对优势，勇夺国际 TOP500 排名第一。

争霸拉锯战

随着"天河一号"的登顶,新一轮世界超级计算机巅峰"拉锯战"拉开序幕。

仅仅半年后,即2011年6月国际TOP500发布新榜单时,日本公司研制并安装于本国理化研究所的超级计算机"京",扶摇直上,取代"天河一号"占据了榜首位置。2012年6月、11月,美国的超级计算机"红彬""泰坦",又先后登上国际TOP500排名之巅。"天河一号"排名跌到世界第8。

对于日、美的反超,天河人早有预料。这是人家的优势领域、战略领地,是别人耀武扬威、傲视世界的地方,岂能容一匹"黑马"撒蹄狂奔?再说,超越与被超越的角色轮回,仰视与俯视的状态更替,既是科技发展的常态,亦是科技进步的动力,用不着耿耿于怀,更犯不上惊慌失措。

中国科学院院士、"天河一号"总设计师杨学军说:"从'天河一号'问世那天起,'天河二号'的攻关就开始了。在对国际高性能计算发展趋势进行分析后,我们瞄准了每秒亿亿级机器的研制,决心在引领世界超算发展中作出新的贡献。"

他们刚刚占领巅峰,又从巅峰悄悄出发,向着新的巅峰进击。

2011年1月,国防科技大学召开"天河工程领导小组会议",启动"天河二号"每秒亿亿次超级计算机认证与预研工作;计算机学院院长、"天河一号"研制总指挥、副总设计师廖湘科,担任"天河二号"研制总指挥、总设计师。

沉寂两年半后,"天河"超级计算机雄姿再现,王者归来。于2013年6月在国际TOP500排名中,重新占领世界超算之巅!

"天河二号"峰值速度达到每秒54.9千万亿次,持续计算速度达到每秒33.86千万亿次,综合技术处于国际领先水平。

它比此前排名世界第一的美国"泰坦"超级计算机,计算速度快2倍,计算密度高2.5倍。

它与"天河一号"相比,计算性能、计算密度均提升10倍以上,能效比提升2倍,耗电量却只有"天河一号"的三分之一。

"天河二号"的计算能力,名副其实的"超级""神算"!

中国科学院软件研究所研究员张云泉自豪地说:"体系结构之路上,中国人在拉着世界走!"

在超级计算机前沿阵地上,国防科技大学创新团队以得天独厚的"硬实力""软实力",一路冲刺、冲刺、再冲刺,不断谱写新的世界纪录:

2013 年 11 月至 2015 年 11 月,"天河二号"连续 6 次蝉联世界排名第一,成为世界计算机史上连续夺冠最多的机器!

头顶着成功光环天河人,清醒地意识到,虽然异构融合体系结构作为主流技术,在超级计算机研制领域风头正劲,但它同样改变不了科学发展"后浪推前浪"的铁律。异构融合时代与计算机技术所经历的电子管时代、晶体管时代、集成电路时代、并行计算时代一样,终将进入"冰封"时期,而且这种迹象已逐渐显露出来。正如中国科学院院士、国防科技大学校长、CPU＋GPU 异构融合技术创始人杨学军在学术报告《并行计算六十年》中所言:"生物分子模拟、航空宇宙计算、飓风预测等超算高端应用的不断增长,不断推动高性能计算继续向前发展。现在,超级计算正处于从 P 级向 E 级过渡时期,而面向 E 级的超算正面临着巨大的挑战。科学界把这些挑战比作'墙',比如'存储访问墙''通信墙''可靠性墙''能量墙'等等,现在这些'墙'正随着超级计算机系统运算性能的不断抬升而越筑越高。"

而与此同时,超级计算机的国际政治地位和国家战略地位却在不断飙升,大国在超级计算机领域的竞争也在不断加剧。

2015 年,美国能源局宣布:美国将投资 3.25 亿美元建造两套超级计算机系统,其计算速度将超出连续数次夺得国际 TOP500 排名第一的"天河二号"3－4 倍,重新夺回世界冠军。此后,美国总统奥巴马又以行政命令授权建立"国家战略计算规划",旨在维持并提升本国在高性能计算研究、开发和部署领域的领导地位,研制世界上第一台每秒百亿亿次计算系统。

美国能源局对此的解释是:"超级计算机是国家发展的战略领域,也是美国的传统优势领域。现在这一领域优势正在发生变化,对此,美国政府不能置若罔闻。"

媒体和网民对它的解读就更丰富、更有意思了:

俄罗斯媒体说:"美国这一决定,是在告诉我们的普京大帝:你就别用战略武器吓唬我了,就凭着我比你强过百倍、千倍的超级计算机,就可以永远保持比你强大得多的战略武器系统。"

美国网民认为:"美国经济遇到麻烦了。政府的这一投资,是在增强推动创新的引擎,牵引经济向前发展。"

中国的网民说："山姆大叔在连年削减军费的情况下，还舍得花血本与中国争国际 TOP500 桂冠，既让人嗅到浓浓的醋酸味，更让人想到了他的'亚太再平衡'，想到他和日本在中国的东海、南海、香港搅局的那些事。"

……

不管媒体怎么说、网民怎么猜，摆在中国超算人面前的事实是：美国已经向中国下战书！

面对挑战，天河人依然淡定地说："大国在超级计算机领域相互超越已成常态的情况下，我们的选择只有一个，那就是超越、超越、再超越！"

高科技竞争，是一场没有终点的长征。

征战者永远在路上！

（节选自《时代报告·中国报告文学》2016 年 6 月）

中国老兵安魂曲（节选）

高艳国　赵方新

没有一条回家的路，比这条更艰难：不仅要跨越地理意义上的海峡，还要跨越现实政治的鸿沟；不仅要缩短千山万水的时空，还要弥合心灵情感的裂痕；不仅要承受自然界的凄风苦雨，还要摆渡人性的激流险滩。

台湾开放返乡探亲后，高秉涵怀抱一坛坛台湾老兵的骨灰，用孱弱的臂膀和柔软的感恩之心，护送一颗颗孤魂重回故园。八千里路云和月，是一卷苍茫的乡愁画卷，蜿蜒着游子的愁肠；二十五年悲与欣，为一百二十多个"台湾老兵"铺就了回乡路……

一个相同的梦境常常光顾高秉涵的夜晚：他每次返回菏泽老家，一下飞机，呼啦拥上一群手持鲜花的接机人，一一握手，仔细端详，发现这些面孔，竟然都是他送回来的骨灰坛上的台湾老兵的照片，他们都从九泉之下赶来欢迎他呢……

高秉涵，原籍山东菏泽。十三岁那年，他跟随国民党军队逃亡到台湾，曾作为军事法官，服役于驻金门部队军事法庭，国民党员，八十岁。

作为从大陆败退台湾的近百万国民党老兵中的一员，他对这群"无根的兰花"的漂泊之痛，感同身受。一次偶然的承诺，把他推上了抱送台湾老兵骨灰回归大陆的征程。千回百转的颠簸，千辛万苦的探寻，铺就了一条超越现实政治的回乡路。

2012 年，高秉涵作为第一位台湾人士，荣登央视年度"感动中国十大人物"。组委会给高秉涵写下这样一段颁奖词："海峡浅浅，明月弯弯。一封家书，一张船票，一生的想念。相隔倍觉离乱苦，近乡更知故土甜。少小离家，如今你回来了，双手颤抖，你捧着的不是老兵的遗骨，一坛又一坛，都是满满的乡愁。"

如今，人们对他的另一个身份——安魂者——更加熟知。

第一位"老兵"悄然回家

1987 年，沉默了四十年的台湾老兵，穿上写有"想家"字样的衣服，高呼着"我们想家"、"我们想妈妈"的口号走上街头，散发传单，泣血呼吁："难道我们没有父母？我们的父母是生是死不得而知。我们只要求：'生'则让我们回去奉上一杯茶；'死'则让我们回去献上一炷香。"

高秉涵奔走呼号，登台演讲，泪奔请愿，亲历了这一写入两岸关系史的历史时刻。

一潮高过一潮的"返乡运动"，最终促使同样怀着深深家国乡愁的蒋经国先生，做出了"政治让步于乡情"的艰难抉择。

1991 年 5 月 1 日，高秉涵终于踏上了阔别四十三年的故乡土地。

按照常理，他应该先到北京、广州等地，看望多年不见的姨妈或姐弟们，但他毫不犹疑地把菏泽，选做了返乡的首站。因为在他根深蒂固的观念里，那里是他生命的源头，是父母之邦，尽管已没有一个"五服"里的亲人，但血脉深处的乡土呼唤，哪容他再做其他选择！

当高秉涵拉开出租车门，一脚踏上故土的瞬间，一股强大的电流从脚心向上贯通全身，血流骤然加速，心律倏忽失序，他蹲下身子，缩做一团，紧紧抱头，号啕大哭。

近了，更近了，葭密寨、郝胡同、萧老家、田寺村、晁楼村……

一个个熟悉的村子提示他——高庄快到了。他那颗思归的心却突然缓下来，迟疑代替了急切，怯意屏退了兴奋：到了高庄，我去谁家啊？见了父老乡亲，我说什么话？他们还认不认得我这个多年不归的游子？

车到高庄村头停下，高秉涵没有直接进村，而是围着这个不足百户人家的小村转了一圈——这是正餐之前的小点心，还是正式演出前的小热场？他讥笑着自己过于敏感的神经。

走到村西头，迎面过来一位老汉，见高秉涵东张西望，就问："你找谁啊？"

这一问倒把他问愣了：对啊，我找谁呢？

他灵机一动，脱口而出："我找高春生！"

老汉"哦"一声，说："高春生啊，很多年前他死在外地了。"

高秉涵细瞧眼前的老人，很像本家一个堂爷爷，而这位堂爷爷的大名却忘记了，小名倒还记得，就迟疑着问："那个'三乱'还在不在啊？"

老人一听，两眼一瞪："你是谁啊？"

他即刻回道："我就是春生啊！刚从台湾回来的！"

老人一愣，跨前一步，抓起他的双手，惊乍乍地问："你是春生？你还活着？"

"我是春生啊，我没有死！"

老人泪声泪气嚷着："哎呀！俺的春生啊，几十年了，大家都寻思你不在人世了，没想到你还活着哩！你要不跟俺搭话，俺哪敢认你啊！"

正说着，陪同来的二弟高秉涛，带着高家近门近户的几个兄弟和十几个乡亲疾步走来，把高秉涵和"三乱爷"团团围住。人们争相与他握手寒暄，"三乱爷"给他一一介绍，哦，就连当年与他一起光着屁股逮鱼摸虾的"五辈"、"粪叉子"，都对面相逢不相识了。

高秉涵在秉涛等人的引领下，先到父亲的墓前痛哭一场——似又回到了离家前的那个夜晚，被母亲一路牵着来到这里，俯身给父亲磕下三个头。这两次跪拜之间，竟隔了四十三年的时光，第一个头磕下去时，他还是个天真少年，最后一个头磕下去，却已是两鬓霜雪的半百老人！他仔细扫视着墓地的环境，不想漏掉一个细节：

"墓边有棵小柳树，也不大；墓也不大，就是一堆黄土；父亲的墓地所在的农田原来是我家的地，那时候每块地都有一个名字，罗圈地啊，拐子地啊，父亲就埋在拐子地里；墓旁边还有一条水沟，沟边种了不少树……"

村容村貌变化之大，令他猝不及防，似乎那些老房子、烂墙头、破门窗，都应该一成不变地等他回来，跟他打个招呼后再做蜕变，那才叫顺理成章呢——他偷笑着自己的幼稚和痴心妄想。高家的祖宅，当年最是豪阔，也不过是砖包门口或三行台子七行砖，而今几乎家家建起了水泥铺地、砖混到顶的新瓦房，看着既陌生又爽气。在旧宅基地上，几树桃花和海棠开得正艳。

循着记忆走到那口老井前，揭去上面覆盖的草苫子，哦，小小的井口里依然荡漾着碧幽幽的水光，父亲高金锡领着他打水的情景苏醒了，"他探着身子缒下水桶，那吱吱呦呦的响声，听得人心尖发颤，我就站在边上看。过去全村的人口牲畜都吃这口井水。正月十五放花灯，门口放个灯，谢谢门神啊，厕所放个灯，谢谢厕神啊，井口也要放个灯，那是感谢井神的。"

对着水井，高秉涵想着跟父亲提水的往事，又是一场大哭。

点点滴滴捡拾着记忆，燃起一堆小小的篝火，那颗被四十三年思乡之苦，揉得皱皱巴巴的心，渐渐平复了，温馨了，轻盈了，化作一只春鸟融入了湛蓝的天宇。

其实，谁也没有注意到，在高秉涵返乡携带的众多行李中，有一件特殊的物品——一个光滑冰冷的大理石骨灰坛。此行，他还要顺便把台湾老兵王士祥的骨灰送回家。

1943 年，高秉涵在菏泽城西三十里处的葭密寨小学读书，认识了该校工友王士祥。王士祥是菏泽杜庄人，憨厚爽直，没有多少文化，已经结婚，育有一女。在兵荒马乱的年代，一次外出归来，遇见溃败的国民党军队，糊糊涂涂被抓了壮丁，哪来得及跟家人道一声别，最让他痛心的是，连小女儿都没看上一眼，就被裹挟到了这座从未听过的岛上。

1949 年，恓恓惶惶的高秉涵在台北街头巧遇王士祥，老乡加故人，乡音对村语，两个落难人彼此安慰，相互取暖，从此就没再断绝联络。

王士祥总盼着有朝一日"反攻大陆"成功，能够回到菏泽与家人团聚，所以一直独身一人，而且为了多挣点钱，以备将来补贴家用，他脱离了比较舒服的"荣民之家"，自谋生路，一度在一家建筑房屋公司当水泥工，攒了一笔辛苦钱。

高秉涵的律师事务所开业后，他没事就跑来坐坐，两人各捧一杯茶，说着往日菏泽的人和事，到后来同一件事同一个人重复了不知多少遍，也感觉不到腻味。

再后来，王士祥因工作环境恶劣，罹患肝病，健康日益恶化。他无奈地对高秉涵说："秉涵老弟，谁想到咱一个乡下人，会到台湾过一辈子，都是命啊！我这病看来没希望了，万一有一天反攻大陆可以回家了，就托你把老哥的骨灰带回杜庄，交给我的女儿吧——这么多年，也不知道她们娘俩是怎么过来的？"

说罢，呜呜哭出声来。一个男人动不动落泪，在外人看来不可思议，但对这些撇家舍业的老兵来说，不哭还能干什么？

高秉涵安慰着他："王大哥，别净说丧气话，振作起来，把身体恢复得棒棒的，我们都有机会回家！"

王士祥使劲挤出一个笑意，眼里汪着两兜泪，比哭还难看。

高秉涵拍着他的肩头，像哄孩子似的，"老哥，老哥，你别哭，现在两岸的形势已有好转了，说不定，我们很快就能回家了。"

1985年一天的凌晨两点，睡梦里的高秉涵被电话铃声惊醒，原来是荣民总医院打来的，叫他赶紧来："高先生，王士祥先生已宣告病危，他的住院资料显示他在台湾没有家属，你是他唯一的紧急联络人。他现在心智虽然还清楚，但已不能说话，他的心脏随时都可能停止跳动，所以紧急通知你，让王先生最后见你一面吧！"

类似的情况，在高秉涵以后的生活里屡屡上演，"凌晨的电话铃声"，已成为在台同乡老兵通知他最后晤面的"习惯用语"。

高秉涵立即赶往医院，极度虚弱的王士祥一看到他，眼角就溢出了泪水，嘴角急急地张开，却说不出半个字。

高秉涵攥住那双枯瘦的手，趴在他耳边高声说："王大哥，你放心，我会带你回家的，我一定找到你女儿，把你还给她的……"

听着他的话，王士祥艰难地点点头，泪水止不住地喷涌而出。高秉涵掏出手绢给他擦拭着，慢慢感觉王士祥的手指松弛了，两颗晶莹硕大的泪珠，还挂在他的眼角颤颤的……

这时，高秉涵的喉咙里才发出了一声低沉的呜咽。

1949年前后，随蒋介石从大陆败退台湾的老兵大约有七十万人，这个数据因口径不同而有差异，他们在台湾有个特定的称谓——"老荣民"，即所谓"荣誉国民"，由专门负责"荣民"管理的"退除役官兵辅导委员会"——简称"退辅会"——管理。

"大多数老兵都是'列管'的，少数老兵一次性领取退休金后，跟部队一刀两断，自己去做小生意，到最后发就发了，老兵里面也就没了这些人；垮就垮了，有的自生自灭，有的流落街头，被管理单位发现，再重新列入管理。"高秉涵因为长期关注这一群体，对其生存状况熟烂于心，"被列管的老兵温饱没问题，但生活平淡，没事下棋打牌。大多数老兵因为自身条件限制，和当局早年有关军人禁婚的规定，终生未婚，所以晚景凄凉也就不可避免。"

对于菏泽来台老兵的数目，高秉涵给出的数据是五百人以上，并且以当年菏泽县立简易乡村师范学生和跟随国民党军队当兵的人为最多，能够通过个人打拼，成就一番事业的老兵凤毛麟角，多是仅能维持正常生活水平。

王士祥即属"脱管"谋生的老兵，其人生收场可谓辛酸煎心。

高秉涵一直记得对王士祥的承诺，一确定下返乡的行程，就到骨灰塔取出他的骨灰坛，口中念叨着"老哥，我要带你回家了"，把它抱回家中暂存，以方便动身时灵活取走。

高秉涵抱着骨灰坛走进家门的瞬间，除夫人石慧丽外，儿女们都倍感错愕和怪异。

女儿不满地嘟囔着："爸爸，家里放别人的骨灰，我们晚上睡不着。"

高秉涵解释说："我们家里不信神不信鬼，如果你们认为有鬼，下礼拜，这个鬼就要跟我回菏泽老家了，他是感激不尽的；纵然有鬼，他住在我们家里，外面有坏鬼要进来，他一定会给我们看门的。"

这通话说得儿女们哑口无言，但面上凝霜，嘴巴高撅，明显是口服心不服。

果然，因为"新客人"的入住，孩子们夜里上厕所，都要把家里所有灯打开，才敢走出卧室门。

后来，高家放骨灰坛越来越常态化，甚至不少素不相识的老兵的骨灰坛，也堂而皇之地来"小住"，儿女们无奈，渐渐地，被迫适应了这种情况。

那天，提着骨灰坛登机的时候，引起了安检人员的疑问：里面会不会藏有毒品呢？

尽管高秉涵出具了有关证明，但还是无法打消他们的疑问，只好让他们把骨灰坛抱到旁边一间屋里，通过仪器进行检验。

"骨灰坛的盖子是用胶带封住的，可以启开，但不可避免地会有点小损伤，这也是没办法的事儿。"

检查无恙。安检人员的目光里更多了一层疑问：大多数回大陆探亲的人，都是尽可能多地带些土特产和走俏的电子商品，他怎么弄这么重的骨灰坛带着？太不可思议了。

后来，随着高秉涵抱着骨灰回大陆次数的增多，机场安检也相应放宽了检验。

王士祥的女儿赶来了。高秉涵把骨灰坛递给她前，对着那张镶嵌其上的王士祥的照片说："王大哥，我已经把你带回菏泽老家，我这就把你还给你的女儿，愿你的在天之灵好好安息吧。"

接过父亲的骨灰坛，王士祥的女儿扑通跪地，"嘣嘣"磕起了响头，高秉涵伸手拉住她："你爹在台湾非常牵挂你们，每次说起老家，都哭得痛不欲生，这下好了，你们一家人团聚了。"

女儿已哭得瘫倒在地，高秉涵让人赶紧捶打她的后背，也陪着不住抹泪。他不由感慨着：王家人的生离死别，何尝不是千千万万台湾老兵遭际的缩影呢？而这坛骨灰的归来，在某种程度上，不正象征着四十多年隔绝的两岸重新走向融合，被撕裂的民族情感在渐渐弥合吗？

第一次成功返乡探访，让饱受思乡之苦的高秉涵，暂时摆脱了噩梦的纠缠，内心得以平妥，小日子也就过成了圆舞曲。

但谁能料到，此后，高秉涵出现在世人面前的身份，竟因这次抱送骨灰，而由"高律师"变成了送台湾老兵回家的"安魂者"……

骨灰坛咏叹调

怀抱一坛骨灰，清瘦细挑的身子，稳健坚毅的步伐，微微昂起的头颅，深陷的眼睛装满悲戚，高秉涵这种形象，被定格成一帧帧近乎经典的记忆，为国人所熟识。

殊不知，对一个越来越衰惫的老人说，抱起那个大理石骨灰坛绝非一件易事。高秉涵身高一米七五，体重仅四十四公斤，而台湾的骨灰坛，大都由青白色大理石抛光打磨而成，上边刻有逝者的姓名生卒日期，并镶嵌着照片，每一个重达十公斤。以如此单薄的身躯，对付如此沉重且无处措手的骨灰坛，真够难为这位老人的。

相对于领取骨灰的困难而言，抱着骨灰坛走上飞机舷梯简直就是一种幸福。高秉涵坦言，从台湾老兵管理部门领取骨灰，不亚于过五关斩六将，非常耗费心力。

台湾"国军退除役官兵辅导委员会"规定：有权领取已"列管"老兵的骨灰者，为亡故者的父母、配偶、子女、兄弟姐妹；由大陆有继承权的家属，出具亲属关系公证书及委托公证书；由在台代理人（无资格限制）将前项公证书，送往海基会验证；由代理人持前项已验证的公证书，向亡者户籍所在地的法院作出继承表示，经法院准予核备后，即可由代理人前往"辅导会"申请领取。

这套程序走下来，最快一年，稍有延宕，两年三年。

走程序，还有比较清晰的路线图，但确认各种关系的公证事宜，则往往一团乱麻。

"国军退除役官兵辅导委员会"，赖以确认老兵有继承权的家属的原始信息，是1949年来台后登记的户籍资料，但那时多数老兵有临时避难的心理，以为随时就能反攻大陆，登记资料可有可无，也就马马虎虎，以致舛误连篇累牍；另外，有的老兵怕大陆家属受到"海外关系"的牵连，故意将父母、兄弟、姐妹的名字写错或漏写，有的甚至拒填父母的名字，遗患无穷；再就是，有些老兵的父母之间的关系，本来就颇为复杂。高秉涵曾办理过一个叫舒可成的老兵的骨灰。舒可成的父亲三妻四妾，他为二房所生，由大房所生的姐姐舒美云来领取骨灰，其为同父异母关系，办理手续就特别复杂。种种情由，也就造成了领取骨灰时，需要做一连串公证的被动而尴尬的局面。有个极端的例子，有一个老兵的家属曾出具了七份公证书。更有甚者，证据链条缺失，无法做出一环扣一环的衔接，这时候，就需要高秉涵向有关部门，做出合情合理的阐述，以期得到准许。

令高秉涵高兴的是，同他一起牵手来台湾的菏泽老兵们，死后多由他直接善后，所以他可以随时将他们的骨灰送往家乡，而不受任何单位的牵制。

各种公证完成，且得到法院核准后，高秉涵就可以拿着"国军退除役官兵辅导委员会"的批准证明，去老兵骨灰停厝处抱回骨灰坛了。

台湾老兵的骨灰，都存放在军人公墓，而公墓又都建在深山里，来去耗时少说一天。按说百般周折后，剩下的这道门槛随便跨过去就是——错了，水到九十九度不算开，这最后一步也埋着不少小玄机呢。

1997年夏天，一日午后，高秉涵从台北乘飞机到花莲，领取一位定陶老兵的骨灰。落地后，又打一小时的士到了军人公墓。因为手续有点瑕疵，承办员就跟上级部门电话联络，请示此种情况，可不可以让他领走。一番考量下来后，才答应可以办理相关手续。

等高秉涵抱出定陶同乡的骨灰坛，台风携带着雨云已经漫延上来，早先送他的的士，因已结账，就拉着别的乘客溜之乎也。承办员见高秉涵没等到车，就说你在这里等着，我骑着摩托车下去，帮你叫个的士上来。那人刚走，风雨交加而至，高秉涵只好抱着骨灰坛钻进一个小亭子里。

这个供高秉涵避雨的小亭子并非常见的观光亭，而是葬在此处的老兵剩有存款，或受家属的委托，由管理方在墓前修造的纪念亭，一人多高，面积比普通雨伞大不了多少，"风一吹，等于没了亭子"。

风声雨声咆哮在山谷间，似虎吼，似猿啼。天地间水帘密织，烟色苍苍。翘首来路，依然不见的士的影子。

天渐渐黑下来。怎么办？总不能抱着骨灰走下山吧，那可是一个多小时的车程啊！万一跌倒打碎了骨灰坛怎么办？不行，最稳妥的办法还是呆在小亭子里。站了几十分钟，双足酸麻，雨还没有停歇的样子。这时，亭子里已灌满了水，高秉涵索性坐到地上，将骨灰坛放在两腿间稳稳揽定。漆黑的四周，传来的全是低一阵高一阵的风雨流水之声。

"好多人问我那时候怕不怕，因为不远处全是墓地，怀里还抱着一个骨灰坛，我说我没有害怕的感觉，为什么呢？我是抱着骨灰要把他送回家的，那些孤魂野鬼一定很赞赏我这样的好人，所以我没有一点怕的感觉。"多年之后，回忆起那个山中雨夜，高秉涵的语调里依然流露着自得和自信。

后半夜的凉意，扑到湿漉漉的衣服上，高秉涵牙齿瑟瑟，一会儿一个激灵，刚想阖阖眼，又被霹雳闪电惊扰醒来。反正睡不成，就跟骨灰坛里的"老哥"拉拉呱："老哥，你不要怕，老弟陪着你，风雨会过去的；再过几天，咱们就回菏泽了，你就能见到你儿女了，还能见到你家翻盖的新瓦房呢，我上次回去，可是看到了不少变化哩……"

天亮时，风停雨驻。那个承办员骑着摩托来上班，发现高秉涵还蜷缩在亭子里，迭声说着抱歉的话。

这时他才知道，那位承办员骑着摩托到了山下，想叫一辆的士上山，但唯一通向山中公墓的小桥，已被山洪冲毁，的士不敢冒险上来了。

高秉涵说："你不要抱歉，也不怪你，老天爷不作美嘛。"

他说："我走的时候把你带下去就好了。"又说，"我现在把你送到机场吧。"

高秉涵说："你先不要送我去机场，我先到饭店，吃点东西再说。"

承办员把高秉涵带到山下一个小吃摊，要了一碗莜面一个卤蛋，埋头吃起来。

承办员跟卖饭的老婆婆比较熟，就介绍说他是律师，为了给老兵取骨灰，在山里抱着骨灰过了一夜。

老婆婆怜惜地看了高秉涵一眼，说："你是好人，这是积阴德啊。我给你加一个卤蛋，不要钱的。"

回到家中已是下午三四点钟，他趁石慧丽不注意，先钻进卧室换了一身干爽的衣服，更不敢把自己的遭遇告诉她，免得妻子又要大惊小怪地声讨他。

说来也怪，就是饱受一夜风雨欺凌，高秉涵连个咳嗽都没有，"我这辈子几乎没有感冒，我的体质很奇怪。非典流行的时候，大家戴口罩什么的，我一点也不在乎，我外甥女是医生，她说大舅你的体质变异了。我说这是上苍在保佑我。"

另一次留下深刻印象的领骨灰是在2014年8月，同样发生在深山里的军人公墓，这次倒没受风雨之苦，他要征服的是一座五层高的灵骨塔。

按照常规，五层楼能多高啊？还好意思拿出来说道说道？其实不然，这座存放老兵骨灰的灵骨塔为多放骨灰坛，每层的高度都比平常楼房高出三倍，名为五层，实则堪比十五层高楼。高秉涵已是八十老者，望着这高度，头皮都发麻。上去倒好说，找到那位老兵的骨灰坛，再抱着下去，可就惨了：这座塔的台阶设计得特别高，每一台阶近半米高，年青人下起来也相当吃力，何况一个老人抱着十公斤的骨灰坛。就这几层，足足耗时三十分钟。下来后，高秉涵大汗淋漓，浑身的骨头快散了架。

他找到工作人员问："这个地方为什么不安装电梯？"

工作人员说："住在灵骨塔里的'老兵们'，他们都是腾云上下，不需要走楼梯，更用不着电梯。"

高秉涵说："家属来也不方便啊！"

工作人员说："凡是把骨灰放到这里的老兵，百分之九十都是没有家室的孤独老人，哪有人来看他们？所以也用不着电梯。"

无语的高秉涵上的士前，冲着高高的灵骨塔鞠了一躬，说："各位老哥，你们肯定很羡慕这位老先生，他明天就要上飞机回家了，我也想帮帮你们，让你们落叶归根，但是你们的家属没有委托我，你们生前也没有委托我……希望你们尽快托梦给我吧！"

上了车，摇下车窗，把手伸出去，给虚空里的许多双眼睛挥挥手，"那时候，心里面有种说不出的茫茫然，这些老兵真是很可怜，没人来看看他们……"

车子却动不了，难道是"老哥们"一起使劲把车轮拽住了？不是，是那位开的士的女司机，趴在方向盘上哭鼻子，雨打杏花娇，肩头一下一下抽动着。

高秉涵急问："你这是怎么了？"

女司机抬起头，语无伦次："还好，谢谢，对不起！"

高秉涵问："你为什么哭啊？"

她说："我看到你这位老先生，对这些老兵们这么好，我感动得不得了，就哭了。"

最让高秉涵"棘手"的一次，是领取定陶县籍老兵张先生的骨殖，"因为他亡故后，土葬在花莲山边的公墓里，我要雇工人把土葬的墓打开，把他的尸骨捡往火葬场火化后，再装坛带回家乡。这个工程量非常大，费时两天才完成捡骨任务。在这过程中，我还必须按照台湾捡骨的风俗，聘请和尚念经超度，上香膜拜。公墓的管理人员见我如此隆重祭拜，都以为张先生是我的父亲，纷纷夸赞我是个大孝子哩。"

1996年5月，高秉涵作为在台菏泽同乡会会长第一次组团回乡省亲。因为帮手多，一次带回了五个骨灰坛，上车下车，上飞机下飞机，高挂平安牌。

接机的大巴回到菏泽，车下黑压压一片焦急的等候者，尚未停稳，车内已是一片喊叫哭泣，嘈杂如鼎沸。车门一开，秩序大乱，却忘了"无腿的骨灰坛"。高秉涵抱着一个下了车，一位同乡抱下一个，剩下的三个没了动静，正眼巴巴等着呢，骨碌骨碌，一个急不可耐的骨灰坛自己"跳"了下来。高秉涵吓得手足失措，脸色蜡黄，急声喊着"抓住它、抓住它"，众人还没反应过来，那位"急性子"已经落在地上——骨灰撒了一片。

高秉涵抢步向前，蹲下身去，脱下夹克，铺在地上，小心翼翼地捧着骨灰，嘴里念叨着"老哥老哥，真是抱歉，临到家了还让你摔了一跤"。周围静下来，一双双眼睛注视着他，大气不敢喘，仿佛怕吹跑了地上的骨灰似的。

整个过程里，高秉涵轻举轻放，一丝不苟，终于收拾干净，又说道："老哥，你别着急，等一会儿，就见到你的亲人了……"

进入宾馆房间，高秉涵把夹克里的骨灰倒进一个袋子里。他神不守舍，搓着手，来回走动，不时冲这位"老哥"抱抱拳，说句对不起。

这位老兵的儿子来了。

高秉涵忐忑地对他说："真是很抱歉，临下车的时候，把你爸爸的骨灰坛摔坏了。骨灰只好收在这个袋子里了。"

老兵的儿子说："没关系，我们已经准备了骨灰盒，比你们这个还要漂亮。"

高秉涵说："那就好，那就好！这是原来那个上面你爸爸的照片。"

老兵的儿子接过父亲的照片，当即跪下磕头，高秉涵拦住他："别行这样的大礼，你爸爸总算回到他日思夜想的故乡了，还是尽早让他入土为安吧！"

老兵的儿子满脸热泪，使劲点点头。

这次意外让高秉涵惴惴了好些天，总算没有大碍；而接下来的一次意外却叫他越想越后怕……

那次从台北登机回大陆，同行的有位坐轮椅的老兵，高秉涵办完自己的登机手续，就跟机场方面交涉怎样把轮椅弄上去，就把装在一个包里的骨灰坛放在了身边一个台子上。

等把轮椅的事了结了，高秉涵回头去取骨灰坛——没了！头脑霎时一片空白，一身冷汗，心跳突突，手心潮潮，赶紧跑到广播室发布寻物启事，"我就说丢了一个东西，一个红袋子的包包，大概 10 公斤重，我没有讲是骨灰，因为讲骨灰也不好。"

广播完了，高秉涵焦躁地搓着手，等在广播室门口，期待奇迹出现。一分一秒过去，这种煎熬是无法想象的，"怎么向老兵的家属交代啊？我跟人家说，我把你爸爸弄丢了，我把你丈夫弄丢了，人家等了四十多年，你给弄丢了，这事怎么说得过去啊！再说，我也对不起信任我的老哥啊……"

十分钟过去了，没人来，高秉涵急得直打转，就又跑回到丢包的地方，一看，哎，那个包不是好好地放在哪里吗？揉揉眼，确实不是眼花。他三步并作两步跑上去，紧紧抱起那个包，大叫一声："哎呀，老哥你可回来啦！"一点不打诳语，真是这位"老哥"自己回来的。

据高秉涵推测，哪位顺手牵羊的小蟊贼，看到一个这么"别致"的包裹，心里定然一喜，趁他不注意下了手。等到无人处，打开一看，糟糕，原来是个骨灰坛，太走霉运了！想随手丢弃，又怕里面的鬼魂缠住他不放，所以才在"老哥"的神威下，乖乖恭送回原地……

这支骨灰坛的咏叹调，每颗音符都饱含着个人命运与时代交错的悲鸣、家与国搅缠的无尽痛楚、瞬间沧桑与永恒存在的考量。它缄默在时间的角落里，像永远不想开口的花朵，一旦说出就是民族的巨痛；它流动在海峡上空的云层里，没有呼啸，只有悠扬的呼唤，像日暮投林的归鸟，衔着一滴硕大如夕阳的泪珠；它最后扑入温暖厚重的泥土，像赤子钻进严冬的被窝，听着父母的梦语和大地的吟唱安然入眠。

而弹奏这支曲子的双手，竟如此纤弱，流淌出的曲调却又那么硬朗有力，毫不迟疑，像山泉跳过乱石，荡开败叶，踢倒杂草，一路奔跑向前……

生生死死一抔土

菏泽这两个字，在高秉涵和他的同乡老兵心目中，是至高无上的。

他特意从辞书中查出"菏泽"两个字的含义，一次次告诉渐渐长大的儿女们："菏泽的菏字是一条古老的河流，叫菏水，是古时候济水的一条支流；这个菏字又代表着一个大沼泽，是古代济水潴留而成的沼泽。这就是咱们老家菏泽的来历。凡是我菏泽儿女，都应当知道故乡名称的来历。"

他还会跟孩子们讲起菏泽境内，另一条举世闻名的大河，"黄河是咱们中国人的母亲河，你甭看她有时候发脾气，但她的恩惠也是无与伦比的……"这是所有菏泽籍老兵绕不过的两条河流，虽不能至，心向往之。

此外，梁山好汉和牡丹花，也是菏泽的两个符号，两个老兵们画饼充饥的好食材。

然而，现实又是另一番模样。

当高秉涵不经意问自己的小孙女："你知道中国人的母亲河吗？"

回答令他讶然："知道，淡水河啊。"

高秉涵含着热泪说："不是淡水河，是咱老家的黄河，古老的东方有一条河，她的名字叫黄河……"他给孙女轻轻哼唱起来……

一个认识在高秉涵的头脑中越来越清晰：在尚不能实现两岸统一的现状下，老兵骨灰的回归，就具有了精神统一情感统一的特殊意味。

高秉涵说，在台湾，老兵是反对"台独"最坚决的一个群体，他们从不认为台湾是个独立的地理单元，只是祖国心尖的一块肉。

　　2006年9月，台湾爆发了百万人反贪倒扁的"红衫军运动"，高秉涵毅然加入了由著名律师组成的倒扁律师团，身穿律师法袍，高呼着"告别贪腐迎向法制"的口号，走上了凯达格兰大道，成为各大媒体聚焦的新闻人物。"我们老兵反对台独是无条件的，那张登着我站在中间喊口号的照片，我经常拿给朋友看，这证明我们老兵都是千真万确的'爱国党'。"

　　可惜的是，这群被称为"无根的兰花"的游子日渐零落，同乡老兵"托后"的场景，一幕幕进入高秉涵的生活。

　　田瑞卿老先生在台湾已有家室，但无儿女，临终前特意叫来高秉涵，含着泪嘱托他："高会长，看来我是不行了，今天约你在医院见面，有两事相求：一是我过世后，烦请你设法把我的骨灰带回菏泽老家，二是希望在处理我的遗产时，留出一点钱，在我的故里安兴镇设个奖学金，以鼓励家乡学子勤奋学习。"

　　他的中学老师陈兰芝先生，病重期间也多次对他说："秉涵啊，我生为菏泽人，死为菏泽魂，我已交代我的太太，我过世后，一定要把我的骨灰送回菏泽老家安葬，希望你能协助你师母完成我这个心愿。"

　　众多菏泽籍老兵都把这个"会长小弟弟"当做家长，作为呵护他们人生最后一程的托付人。

　　吴春生原籍曹州府菏泽县，二十多岁时，跟随驻扎菏泽的国军第八兵团六十八军南溃到台，走前因为家贫还没来得及成家，便仓皇间落脚在陌生的孤岛。在部队当了几年兵，混了个士官长，后因身体不很好，退了役，靠打零工度日。

　　他与高秉涵相识于菏泽同乡聚会，"他眼睛大大的，双眼皮，有点秃顶，瘦瘦的，骨头很突出，一口菏泽方言"，这个印象一直保留在高秉涵的记忆里。老乡相见总有说不完的话题，加之高秉涵的乳名也叫春生，两人都生出一见如故之感，又同在菏泽城里长大，许多经历有交集，所以高秉涵很喜欢与他共话乡谊，在你一言我一语的相互对答和相互穿插里，稀释着浓烈的乡愁，抚慰着彼此的心灵。

　　吴春生在台中市的生活并不理想，没有文化，不善交际，长期在一间大楼做管理员。虽然薪水不高，但他待人忠厚，勤勤恳恳，赢得了大楼众多业主的赞许。

　　高秉涵利用去台中的机会看望他，钻进那间低矮昏暗的铁皮房里，跟他对坐，喝杯水，聊聊天。这间简陋的房子也不是他的，而是租住的。高秉涵感觉，吴春生之所以没有像一般老兵那样，在无望的等待中颓废下去，是因为他憨厚淳朴的内心，固执地抱着一丝回乡的期望，正是这微弱的火光，照亮了他一个个难眠的思乡之夜，给了他打起精神继续生活的勇气，——他在努力积攒钱财，以备回乡之需。

偏偏老天不假便于人，这位抱着热切回乡愿望且已通过申请的老兵，却让病魔将归乡路换成了升天路。

参加完吴春生的葬礼，高秉涵心情沉重，又一位能用乡音说知心话的兄长离去了，生命里又抽掉了一块楼板。更叫他无法言喻的，还是那种挥之不去的悲凉：游子回乡的路啊，为何如此艰辛而变幻无常？

其后，高秉涵经由菏泽市台办查询到，吴春生在老家有一位姐姐和一个弟弟，随即启动了办理骨灰回乡事宜。

来来往往的公函飞越，反反复复的电话沟通，终于办妥了吴春生的骨灰和遗产交割事宜。

1995年暮春时节，菏泽城尚沉浸在牡丹花开的淡雅清香里，吴春生的骨灰坛，被高秉涵抱回了这片他做梦都想回来的土地。一下车门，高秉涵就拍拍骨灰坛说："吴大哥，你醒醒，睁开眼，看看咱们的菏泽城吧，现在牡丹正在盛开，那是家乡欢迎你回来呢……"

吴春生八十多岁的姐姐和七十多岁的弟弟，见到高秉涵怀中的骨灰坛，双双跪倒在地，泣不成声。老太太哭诉道："春生啊，你可回来了，咱爹咱娘活着的时候，天天念叨你，你这是去哪儿了？你的心也忒野了，咋一走就没了个影儿呢？……春生啊，咱爹娘这下可安心了……"

高秉涵被这一声声的呼唤，撕扯得泪眼婆娑，春生啊春生啊，这何尝不是自己的爹娘，在地下一声声唤他啊？

高秉涵拉起两位老人："快起来，你们这是叫我折寿啊！"

老太太说："大兄弟，我们这是替俺爹娘给你磕的头，你真是好人啊，菩萨心肠。"

高秉涵看着老人一头白发簌簌抖动，哽咽得再说不出话来。

菏泽吕陵镇靳楼村人靳文明，在同乡老兵中有些特立独行。抗日战争爆发后，正值风华正茂之年的靳文明投笔从戎，与日寇顽强作战。1949年，随国军败退台湾，来之前已在家乡娶妻生子，后来以陆军中校营长职务退伍，算是老兵中的翘楚。

在高秉涵的记忆里，靳文明有着军人的干练和坚毅，英俊的脸膛上时常挂着含蓄的笑意，眼神时而冷峻，时而热情，挺拔的身材松柏般轩昂。1973年，高秉涵在"国大代表"靳鹤声先生家做客，与靳文明相逢，二人倾谈订交，日后交往颇多。

靳文明因与靳鹤声同村同宗，多受其照拂，就职于台北"国民代表大会"办公室，步入台湾主流社会。像靳文明这样优越的条件，完全可以重新组建一个家庭，许多热心的老乡找到他，为他做媒。靳文明总是淡淡一笑："谢谢你的好意，我在大陆已有妻室。"

如此多次，心意坚不可摧。

靳文明是个传统观念很重的人，他以为自己离开故乡，将父母双亲抛给妻子照料，已是不孝，再另谋新欢，岂不又成不义；就算有生之年不能与妻子完聚，死后九泉相逢，也当无愧于执手相看泪眼。

1980 年 9 月，靳文明因病住进台北荣民总医院。高秉涵多次前往探望，缠绵病榻多日的靳文明见到他，眼睛一亮："秉涵老弟，我最盼着你来了。"

高秉涵握住老哥瘦弱的手："你安心养病，我会经常来陪你说说话。"

靳文明忽然热泪盈眶："生为异乡游子，死后不愿再做异乡的游魂，我的身体状况，已经来日不多了，没有活着回家的希望了……将来万一反攻大陆成功了，老弟你可不要忘记，把我的骨灰交给我的妻儿啊，我要回老家，我要魂归故里……"

高秉涵说："靳大哥，你会好起来的。要是真有那一天，我会义不容辞地帮你完成这个心愿！"

靳文明点点头："人生如飘蓬，谁会想到在这里过了一辈子，人强犟不过命，何况这是国家的大命运呢?!"

高秉涵也悲从中来："我们都是被隔断根的一代人呀……"

1981 年，靳文明病逝于台北。

两岸开放后，高秉涵不时想起靳文明那双企求的眼睛，于是利用返乡探亲的机会，特地去靳楼村寻访了他的妻儿。遗憾的是，他的妻子郝氏于文革期间，带着儿子离开此地，远走新疆伊犁了。高秉涵又顺着线索寻访，终于查知，郝氏已在新疆去世多年，其子靳玲在伊犁一所小学任教。

1996 年，高秉涵抱着靳文明先生的骨灰，经香港转机广州，略作盘桓，又转机兰州。在兰州机场，将骨灰坛交给了从新疆赶来的靳玲。

在接下父亲的骨灰坛后，靳玲向高秉涵长跪致谢。

高秉涵表情严肃地说："你父亲为人坦荡磊落，为了与你母亲团聚，一生坚持未娶，不愧是男子中的伟丈夫。重要的是，你要知道，你父亲的凤愿是叶落归根、魂归故里——菏泽老家，而不是新疆伊犁……因为新疆对你父亲而言，如同台湾，仍是异乡……"

靳玲连连称是，答应一定相机办理。

第二年 4 月，高秉涵回菏泽探访，靳玲也携带父母的骨灰，从新疆赶回。在高秉涵的见证下，靳玲将父母的骨灰合葬在靳楼村的祖坟地里。在村人乡亲准备覆土前，高秉涵站在墓穴前高声喊道："靳大哥！你今天终于回到老家了，可以与你挚爱的妻子团聚了，可以见到你日夜挂怀的椿萱双亲了。我也兑现了对你的承诺，你安息吧……"

靳玲痛哭流涕，为志孝思，在父母下葬处立一通石碑，上刻："树欲静而风不止，子欲养而亲不待。"

高秉涵默念着这两句话，躲进车里泪雨滂沱。

最有戏剧意味的是菏泽定陶籍老兵杨士豪。来台后，他在台北建国中学日间部担任上下课摇铃的工人，晚上就在建中夜校勤恳攻读，后来考入台北师范学校，毕业后，自愿请缨到台湾山地小学任教。虽然那里的生活条件很艰苦，但他安之若素，令菏泽老乡们为他感到骄傲。杨士豪奉行单身主义，终生未婚。晚年用自己的积蓄，在家乡定陶县东杨楼村小学设立了奖学金。他也极其热心同乡会的公益活动，每有活动必到，他常说的一句话是，"我参加同乡会的目的，就是听听家乡的乡音"。

在病重期间，他对高秉涵说："秉涵老弟，我老家也没有亲人了，我死后，你就把我的骨灰撒到村西一里地的老槐树周围吧，那一片都是我家的地哩！"语气中满是自豪之情。

等到高秉涵抱着他的骨灰坛，在众多媒体和几位同乡老兵的陪同下，来到杨士豪所说的村子，转到村西一里地处，却怎么也找不到那棵作为他记忆坐标的老槐树，眼前只是一片一人高的玉米地。

高秉涵拍拍怀中的骨灰坛说："杨大哥啊，我按你说的找到你家的地了，不过那棵大槐树已经没有了，但这片地肯定还是你家的地，你就在你家的玉米田里安息吧！"

喘口气又说："杨大哥，你的骨灰撒到玉米田里，再发一次光，让玉米长得好一点，这是你对故乡最后的感恩呢。"

说起这次很有"戏剧性"骨灰安放仪式，高秉涵的感慨由那棵大槐树生发而出：四五十年的世事沧桑，哪还留得住一棵老树，偏偏这棵树在老兵的记忆里还长青呢……

这些年，经高秉涵之手回到菏泽故土的老兵骨灰已有六十多位，剩下那些"硕果仅存"的菏泽老兵，都视他为生命的"提灯女神"："秉涵啊，你一定要好好保重，你最年轻了，你得把老哥们都送回家后再走啊！"

他含泪应道："老哥，你们放心吧！"

高秉涵已经对生死看得很通透，对自己的后事毫不避讳："我死后，骨灰一半留在台湾，一半埋到菏泽高庄的祖坟地。我爱台湾，这里有我的儿女后代，我更离不开菏泽，那里是我永远的父母之邦！"

菏泽啊菏泽，你到底是一片什么样的土地，竟叫这些流落他乡四十多年的游子牵肠挂肚，以至于生死不舍？据说你的土质很贫瘠，你的生活很穷困，你的发展很落后，可你的那一抔黄土，却如此高贵圣洁，所有归来的孤魂都愿与你融为一体，天长地久！

女儿　妈妈　未婚妻

女儿鲁励平一个月大时，父亲王海亭随军离开北平。四十三年后，父女两人第一次相见，鲁励平却根本不知道，坐在面前的老人，正是自己的生身之父。

在王海亭走后的四十三年间，这个普通的小家庭，遭罹了怎么不为人知的变故？鲁励平的人生因父亲的缺失，发生了怎样不可逆转的改变？为什么他的亲生女儿姓鲁而不姓王，其中到底有何蹊跷？这些谜团，都在鲁励平写给高秉涵的一封求助信里给出了答案。

这封信写于 2010 年 5 月 10 日。

在鲁励平的生活中，"父亲"一词总是被"养父"取代着。在王海亭失踪两年后，妻子鲁佩文到法院起诉与其解除了婚姻关系，并另嫁他人。

鲁佩文改嫁前，女儿的名字叫王小丽。现任丈夫的意见是让她改姓。鲁佩文明白他的意思，但不赞同孩子随他姓，这毕竟是自己跟王海亭的骨血，可是再继续姓王，时时提醒周遭人孩子有个跑到台湾去的爹，也确实不合时宜，于是折中行事，让她随自己姓。这番考量的背后，牵扯着复杂的政治形势和个人情感因素，却为后来高秉涵接受委托，代为鲁励平办理父亲骨灰回家的事情，埋下了无数的麻烦。

1991 年的一天，鲁励平接到一个陌生电话，说有人受王海亭所托前来看望她。

鲁励平的心乱了。

这些年来，她一直跟母亲和继父生活，因为身体不好，没有结婚成家，平平淡淡的日子，柴米油盐酱醋茶，过得倒也踏实，关于父亲王海亭的话题，早已沉淀为河床里的砂砾，虽有偶尔泛起，却不再是感情的飓风和无端的想往。当然，她曾经一遍遍追问："假如这个男人没离开这个家庭，她的命运会是什么样呢？"

她听母亲说过，父亲的老家在"口外"的河北省围场县，那里曾是满清皇帝射猎的猎场，抱着上进之心的王海亭来北京读书，然后结婚，又在皇城根下谋个宪兵的差事，本想扎稳脚跟，过踏实日子。但人算不如天算，这颗渺小的石子，被时代的洪流裹挟着，冲荡到了几千里外的大海中。

来访的陌生老人穿戴与大陆人迥异，西装革履，皮鞋锃亮，神情有些躲闪，但他望着她的目光里流淌着一股暖流。

他说："我是王海亭的朋友，听说我要来北京，他就托我过来看看你。"

鲁励平笑笑说："我们还行吧，该挺过来的日子都挺过来了。我爸在那边过得还好吧？"

老人的身子似乎震动了一下："你爸爸过得还好，四十多年啦，就是没法治好想家的病。"

老人抬手擦擦眼角，又说，"你爸每次谈起你，就说亏欠你太多了，他说一闭上眼，就想起你一个多月大的样子，想了四十多年了，回去后我就告诉他，放心吧，老伙计你闺女早长大了！"

鲁励平有种奇怪的感觉，这位风尘仆仆、满额皱纹的老者似曾相识！她动情地说："请您转告我爸爸，做女儿的欢迎他回来看看！"

老人使劲点点头应着："好好好，我一定转告给他！"

鲁励平在给高秉涵的信中如此描述这次会面："我虽然不知真情，但感到了对方的真诚、关心，半个小时的谈话，彼此感觉不错，这可能是血浓于水的关系吧……"

之后不久，王海亭托自己的二妹也就是鲁励平的二姑给她送来一封信，王海亭在信中说出了真相，那天来看望她的那个人正是自己，他担心女儿恨他一走多年，恨他这个"海外关系"带给她的痛苦，不跟他相认，所以才出此下策。

鲁励平的泪水打湿了信笺，往事随风，该过去的都已过去，还有什么好抱怨的？再说父亲在台湾的日子过得也很凄苦，这么多年独身一人，泡在思乡的苦水里，着实可怜。

就这样一来二去，父女俩开始通过书信倾诉被隔断的亲情。

第二次见面是在1994年4月下旬，鲁励平陪着王海亭回到河北省围场县老家，给故去的父母上坟。当鲁励平望着这位满头白发、七十多岁的老人，趴在坟前号啕大哭时，被深深地震撼了，"那情景让我永远也忘不了。"

她忽然读懂了父亲：无根的漂泊，给予他的是无法示人的内伤，他想通过这悲恸宣泄心底的积郁，他哭失去儿子的父母，哭失去父亲的女儿，更哭失去了父母又失去了妻子和女儿的自己。

苍黄的山野滚动着粗糙而凶悍的风，王海亭像一片枯叶被吹得簌簌抖动，每一次抖动都扯得鲁励平的心一紧一紧的。

就在这次相见时，王海亭向女儿明确表示，死后愿意魂归故里，安息在父母身边。

次年，父女再次回围场县老家祭祖。王海亭有些伤感地告诉鲁励平，他的岁数越来越大了，再往回跑，从精力、体力和经济上都负担不起了，再回来的机会不多了。鲁励平听后心里倒了五味瓶。

此后，十几年间父女鸿书不断，直到2009年4月王海亭故去，却再也没见上一面。

三次短暂的相聚，压缩了六十年的亲情，这是一杯烈酒，更是一杯苦酒，逝者带着无限的遗憾走远，生者却还要继续品味。

鲁励平对父亲在台湾的生活脉络并不很清楚，只知他在军队里当过班长，后来退伍，像大多数老兵一样，过着勉强糊口的生活；认了邻家一个叫王正芬的女孩做干女儿，第二次回大陆的时候，她陪着父亲去给王正芬刻了一个名章，可见王海亭与干女儿感情不错，后来他又在信中交代，他的后事交给王正芬处理。

鲁励平对这个干妹子颇有好感，"这些年，王正芬给了老爹不少安慰，特别是帮助打理后事，这本该是我做女儿该尽的义务，怎奈我老母年事已高且多病在身，离不开我照顾，不能前往。我从心里感激她。"

最后，鲁励平透露给高秉涵一个细节：父亲到台之初申报个人情况时，为了争取进步填报的是"以前未婚"。高秉涵眉头一皱，这就意味着王海亭在大陆不该有妻室，更不该冒出一个领取骨灰和遗产的女儿了；但类似乱填乱报的情况倒是司空见惯，只是处理起来要大费周折；再加之鲁励平姓鲁不姓王，怎么证明两人之间的父女关系，也着实叫人头疼。

鲁励平表示，魂归故乡是父亲此生最大的愿望，也是她做女儿的唯一能尽的孝，不管千难万难都要办下去。高秉涵极为赞赏鲁励平的态度，表示会尽全力帮她完成父亲的遗愿。

两年间，围绕老兵王海亭骨灰办理事宜的文件，在海峡上空飞来飞去，一份接一份，数量之多，在高秉涵所办理的所有骨灰案例中创下了纪录，而每一份文件背后，都是大量琐碎的工作。

有关档案材料包括：一份鲁励平委托高秉涵办理父亲骨灰及相关补偿费的公证书，一份王海亭与鲁佩文离婚公证书，一份鲁励平是王海亭女儿的公证书，一份鲁励平委托高秉涵只领取王海亭骨灰的公证书，一份鲁励平曾用名王小丽、鲁丽萍的公证书，一份证明鲁励平的父亲是王海亭的公证书，一份鲁励平委托高秉涵，到台有关机构领取王海亭户籍誊本和死亡证明的公证书。另有跟在每一份公证书后边的台湾海基会的认可证明。"做下这些公证来，鲁励平花了一万多块钱。这里求，那里拜，不少办事人员很消极，所以就成了一场旷日持久的马拉松。"

令高秉涵异常头大的是，即便这堆材料被海基会全部认可了，拿到骨灰管理单位，依然吃了闭门羹，理由是认定王海亭与鲁励平父女关系的证据链不完备。关于这一点，高秉涵不得不承认存在着一个环节的缺失，那就是鲁励平从没有与王海亭出现在同一个原始文件中。

怎么办？高秉涵想到了王海亭的干女儿王正芬，想请她帮助作证，证明王海亭在北京有个女儿叫鲁励平。不知何故，王正芬并不积极。

高秉涵想到一个另辟蹊径的办法。如果被列管的老兵死后名下有财产，会立马就被管理单位封存起来，其继承人要想领取死者遗款必须一同抱走骨灰，哪怕只有一分钱的遗款，也得等到三年期满，且通过严格的材料验证后，才能领出来。高秉涵想，如果王海亭所遗存款不是很多，可以单独举证领取骨灰，就会相对容易一些。而老兵身后财产的数目是个秘密，管理单位不会对外透露。高秉涵就到银行察看王海亭名下的提款记录，"如果是大笔的钱一定得纳税，现金不在了，但是那个税还在，比方说如果交十万的税，那就表示他的存款是几千万。但王海亭名下的税款只有四百多块钱，那就表示没多少钱了。"

高秉涵将这一情况告诉了鲁励平，问她是不是一定要把骨灰和遗产一块拿出来吗？鲁励平很淡然，说我主要是为了让父亲早日落叶归根，遗产可以不必考虑。高秉涵说，要是主张遗产，一拖就得半年，你赶快委托我单纯领骨灰，这样事情可以办得快一些。

管理单位还是咬住不放。高秉涵怒了："人家女儿的目的不是来拿钱，是抱骨灰回去安葬。天底下没有一个人愿意花这么多心血、这么多费用，最后把别人父亲的骨灰抱回家的！"

他又找到骨灰管理部门的上级据理力争，终得允准。

2012年4月16日，在菏泽市一家宾馆房间里，鲁励平接过高秉涵递来的骨灰坛后，倒身跪拜，然后抚坛痛哭。

高秉涵静默地立在一旁，任她把六十多年的恩恩怨怨是是非非都哭出来。

过后，鲁励平拿出八千块钱交给高秉涵："高律师，要不是您操持，我父亲的骨灰肯定回不了家，这点钱也不多，是我的一点心意。"

高秉涵笑着说："你这份做儿女的孝心最金贵！你既然给我钱，我不能不收，不收你会过意不去，我就收下了。"说着从中抽出一张百元钞票，剩下的全部塞给了鲁励平，她怎么能要呢？但高秉涵说："我要是奔着钱来做这事，那这样挣钱太费劲了，我深知这些老哥的悲苦，同是天涯沦落人，我不帮他们完成夙愿谁来帮？"

"在菏泽的一天给人的感觉如梦如幻……感到您非常和善亲切，一点都不生疏。就是感到您太瘦弱了，希望您能好好保护身体，为了自己，也为了这个社会……"过后鲁励平在给高秉涵的信中这样写道。

高秉涵进入大众视野后，委托他办理亲人骨灰事宜的更多了，几乎遍及了全国各个省市。当我们问他最难忘的一次送骨灰的经历时，他脱口而出："兰州那次。"

"为什么是兰州那次呢？"

他紧蹙眉头说："这次经历很平常，也没有什么故事，但在我来说非常震撼。"

"为什么呢？"

他说："这是我送出的一百多坛骨灰中，唯一一位台湾老兵的妈妈亲自接收的……"

1949年，吴全文跟随济南第一联合中学逃奔江南后，菏泽老家的父亲吴克勤与母亲胡雪梅的命运从此开始动荡不安。不久，吴全文随国军辗转到达台湾，先在高雄做零工，拉三轮车，后到台北，以开出租车为生。他跟高秉涵相熟于逃亡路上，走动较多。但与高秉涵一心求上进相反，吴全文堕进了颓废，不求进取，又染上了烟酒瘾。高秉涵多次规劝无效，只能无奈叹息，因为这种颓废是许多台湾老兵共有的心态，根本原因还是失去了生活的希望。

与此同时，胡雪梅与吴克勤夫妇在"文革"中遭受牵连，被强制从菏泽迁往甘肃省兰州市劳改，几番摧折，几番挣扎，最后落脚在兰州市长风机器厂，而吴克勤终因积郁成疾，带着对儿子的牵挂撒手而去。

1988年，两岸开放，吴全文几经打听，终于得知父母的遭遇，而且老母胡雪梅已九十高龄，半身不遂，正在贫病煎熬中等待儿子归来。吴全文悲不自胜，号啕大哭，发誓要以最快的速度飞回母亲身边。

1991年，吴全文的探亲申请批下来了，他在中秋节前三个月就买好了机票，巴望着中秋节当天回去跟母亲团圆。

高秉涵深为这位老哥高兴，资助一万台币作为路费，并预祝他一路顺风。

农历七月间，已经离那个翘首以待的日子越来越近，但吴全文突然觉得胸部及腹部不适，饮食难进，住进台北医院检查化验，竟然已是肺癌晚期。医生虽一筹莫展，但预言吴全文尚有三个月的生存期。医生毕竟当不了阎王的家儿，农历八月初一，吴全文流干了最后一颗思乡的泪水，抱憾而去。

再有半个月就能见到母亲了，而这半个月啊，竟让他走了一辈子，也没走到尽头。

高秉涵匆匆办完吴全文的丧事，抱上余温尚存的骨灰坛飞往了广州，他务必要在中秋节那天赶到兰州，完成这次预约中的"母子会"。

在广州，高秉涵住进了大姐高秉洁家，高秉洁见弟弟行李中有一坛骨灰，很是惊讶。

他简单介绍了一下来龙去脉。

高秉洁佩服得不得了，打趣道："我们老高家出圣人了，只有圣人才这么做，我们这些凡人快撵不上你喽！"

高秉涵笑笑："是你也会去做的。"

农历八月十五，高秉涵抱着骨灰出现在了兰州机场。

满脸皱纹、白发苍苍的胡雪梅坐在轮椅上，由一个小伙子推着向他疾行而来。高秉涵疾步迎上前。他看到老人的白发被风吹揉着，一脸焦急，顿时心间涌满酸涩。来到老人面前，高秉涵单腿跪在地上，将骨灰坛送到老人怀里。

老人嘴角嗫嚅着，嗫嚅着，突然拍着冰冷的骨灰坛大放悲声："儿啊，娘白天盼，夜里盼，总算把你盼回来了！虽然盼回来的是一堆白骨，白骨回来，总比什么也没回来好啊！啊啊啊，娘的儿啊……"

高秉涵的泪跟着哗哗流下来。

老人招呼身边的小伙子架着，走下轮椅，作势要跪下去，高秉涵赶紧搀扶住她，又倒身跪下给她磕了几个头。

她说："我得给你磕个头，要不是你，我恐怕连根白骨也见不到，你看，我这把老骨头也快去阎王爷那里报到了……"

在返程的飞机上，高秉涵眼前总晃动着老人那张堆满皱纹的脸，就像他曾经看过的一幅油画《岁月的痕迹》的翻版，纵横交错，层层叠叠，该掩藏着多少人世的悲欢离合啊！而老人那句"盼回来一堆白骨比什么也没回来好"的话，更是重重撞击着他的心扉，令他想到了离家前母亲的叮咛："你要活下去，妈妈等你活着回来。"遗憾的是，妈妈终归没有等到他的归来，"这位兰州妈妈等到了儿子的白骨回来，而我的妈妈连一根白骨也没等回来啊……"

几十万台湾老兵身后，是几十万心碎的母亲。在某种意义上，能被母亲亲手掩埋的台湾老兵，是幸运中的幸运，更是不幸中的不幸！亲手接过儿子骨灰的母亲，是幸福中的幸福，更是苦难中的苦难！

在高秉涵手里，珍藏着一封同乡老兵桑顺良写给未婚妻的信——一封无法投寄的诀别信。

亲爱的肖娟娟：

三十年分离，三十年相思，泪水都流干了，你还记得我吧！

1948 年 7 月，我俩在菏泽高中毕业时，就跪地立誓，私订终身，我非你不娶，你非我不嫁。我当年 9 月 1 日考取警察学校，即前往徐州报到接受教育，约好你在中秋节过后就前来徐州会我。未料时局大变，中秋节过了，你并未来徐州，我也跟着警校迁往南京了，从此就失去了联络。

1949 年初，我随校迁来台湾，最近我在台湾担任警察派出所所长任内，因健康检查发现患了肝癌，已到了末期。医生说：我的生命还有六个月就结束了。

如今，反攻大陆已不可能了，此生我俩也不可能再有相见的机会。我信守了承诺，终身未娶，但你是否早已结婚生子？或是否也在信守承诺等我？或已不在人间？

由于两岸敌对，不通音讯，这是一封寄不出去的信，也算是我的最后遗书吧！你家住在菏泽城西北肖老家村，我家住在大桑庄，我把这封无法投寄的信交给了肖老家西北三里路的小高庄的高秉涵，拜托他，将来万一有一天反攻大陆成功了，或者两岸和解了，如果届时你还活着，如果你还在信守承诺等着我，那就把这封信和我的骨灰交给你，再补举行一次冥婚吧。如果你已不在人间了，那就请高君协助，把我的骨灰埋在你的墓旁，我俩虽然在有生之年未能结为夫妻，也只有在九泉地下结为连理枝了……

因为我的生命已不久人世了，在此行将就木入土前夕，最后在哭泣中完成了这封诀别书信，我俩活着不能相见，我在活着时都在等着你，我也会死后在地下等着你……

亲爱的肖娟娟：我此刻在号啕大哭中呼唤着你，肖娟娟！肖娟娟！我爱你……永远，永远……

你的未婚夫：桑顺良　泣书

1978 年 6 月 1 日于台北荣民总医院

肖娟娟看到这封信时，已是上世纪九十年代初，距离桑顺良去世已经十几年，连同这封信一起交到她手里的还有一坛骨灰……

高秉涵跟桑顺良相识的机缘是因为同乡的关系。时日久了，他便对这位各方面条件都不错的老乡生出疑窦：他怎么不成家呢？许多老乡都为他操心，桑顺良总是婉言谢绝，一来二去，他便被扣上了独身主义的帽子。

直到病入膏肓的桑顺良，把这封写给昔年恋人的诀别信，交到高秉涵手里，他那曾经被人猜不破的情感世界才昭然于世：他竟是这样一位至情至性的真男子！

高秉涵被信中滚烫而悲凉的文字震撼了，虽然时代的动荡是任何人都无法抵挡的，但唯有这闪耀着人性光辉的爱情可以睥睨它，超越它，不惧风雪欺凌，不惧时光滔滔。

1978 年 12 月，桑顺良叫着肖娟娟的名字含泪而逝。

高秉涵按照桑顺良的嘱托，根据诀别信中提供的信息，曲曲折折，终于打探到了肖娟娟的下落，——她竟然不顾世俗的流言蜚语，在肖老家村的娘家独身生活，从一位妙龄少女熬成了白发老妪。当等待成为一生的使命，品味等待里的辛酸和甜蜜，就成为支撑她走下去的唯一理由。

"她是一位伟大的老太太，她也和桑大哥一样信守盟约四十年，立志非桑大哥不嫁，一直等到霜雪盈颠……"高秉涵对这份不可思议的爱情毫不吝惜溢美之词。

苍天开眼，她尽管没有等回未婚夫的拥吻，却等回了心上人同样坚贞的爱的承诺。跪在高秉涵面前的肖娟娟衣服整洁，发髻一丝不苟，虽神情哀伤，但镇定自若。她望着骨灰坛上桑顺良的照片，手指轻轻抚摸，目光里盛满年轻恋人般的柔情爱意。

"这是一位受过良好教育的女子，不会轻易放弃自己的人生信条。"高秉涵对她做出了如此判断，他以试探的口吻问道："肖女士，你也看过桑大哥的信了，他期盼补办一次冥婚仪式，不知你是否同意？"

肖娟娟拭干眼泪，点点头。

第二天，身穿大红袍的肖娟娟，双手将未婚夫的骨灰坛抱在怀里，在高秉涵的见证下，举办了拜天地的冥婚仪式，然后，热泪满面的肖娟娟与丈夫"桑顺良"走进了洞房……

高秉涵悲肠百结，酸泪扑簌，仿佛看到了桑顺良那张被疾病夺去光华的脸庞，洋溢着幸福的笑意。

几个月后，肖娟娟离世，按照桑顺良的意愿，夫妻二人合葬在大桑庄，永生永世不再分开。

不久，高秉涵利用回乡之机，专程到两人墓前凭吊，对着那个已然芳草萋萋的土丘说："桑大哥、肖女士，你们都是重情重义之人，虽然在生前不能做天上的比翼鸟，往生之后，却已经结成了九泉下的连理枝。桑大哥，你托付给我的事，我也顺利完成。祝愿你们夫妇永结同心，天长地久……"

泪水模糊了视线。视线之外，草木竞荣，平野漠漠……

（原载《中国作家·纪实》2016 年第 4 期）

上海的另一种叙事记忆（节选）

管新生

每一座城市都有属于她自己的记忆。

每一种记忆都有属于她自己的传主。

《上海的另一种叙事记忆》不关上世纪二三十年代都会纵横"百乐门"舞厅声色犬马的事，也不关上流社会金枝玉叶高大上的事。文本通过工人子弟的视角叙事所引发的独特记忆，是属于个人的但又不仅仅归于个人，是属于工人新村的但又不仅仅归于工人新村，归根结底，她是属于一代人的集体记忆，是属于共和国的"致青春"。

——作者题记

第一章　跨界行动·工人新村

1

上海的城市地标是什么？据史料云，代表上海开埠至今的建筑文化很历史地分为两类，一类是因太平天国战争而诞生的以石库门为代表的前殖民时代的经典建筑，还有一类是体现 1949 年以后工人阶级成为了社会主流的工人新村。这两种文化范畴，分别赋予了人们完全不同的叙事记忆。

而我，肯定是在混混沌沌之中，被上帝的命运之手轻轻一个拨弄，便实行了"跨界"行动——在一个秋高气爽的日子，父亲带领着我们举家从常德路的弄堂房子搬往了杨浦区的控江新村，一下子从石库门文化迈入了工人新村文化。回想起来，当时的我必定连片言只字的发言权也无。

那年，我实足五岁。属于小赤佬一个，用北方话说，则是小屁孩。

据一本已经发黄已经发脆已经老掉了牙的很古老的户口簿上记载，那一年为公元一九五四年，十月。

至今在我记忆影像中挥之不去的是一个长长的镜头：父亲埋头弓腰拉着一辆很大很长的劳动榻车（一种双轮平板人力车，是当年很常见的运输工具）在一个劲儿地往前跑着，车上端坐着我、奶奶、妈妈三个人——妈妈还时不时地下车去帮忙推上一把。呵呵，不对，妈妈的怀里还抱着一岁多的我的弟弟。在我的身边好像还胡乱堆放着几根长竹竿几块木铺板。那时候似乎也没什么家具，真的是穷得"清汤寡水"的无产阶级，就这样潦潦草草地开始了后来在理论层面上那么富有历史意义的乔迁之喜。

其实，当时是有另一辆劳动榻车和我们并行的，只不过拉车的是一个尚未婚娶的宁波籍小青年，所以他的车上更为简单：一桌一凳一老娘而已。他与我父亲为同一个厂的老同事，此去大杨浦则更是成为了未来几十年出入与共的新同事。他们后来的工作单位皆为国棉十七厂。前些时日遇见了这位已然八十有余的老邻居，他至今犹记得当年他居住在 8 号，而我家则住 4 号。其实这 4 号 8 号并不真正属于他们，他们仅仅是房客罢了，工人们肯定买不起房子的，买得起房子的就绝对不那么工人了。那条弄堂唤作英华里——这三字乃是从已故作家毛炳甫先生的《算命纪事》小说集中查阅而得，在大自鸣钟附近。顺便说说，他们三人当年竟是同一个厂子里的工友。这位老邻居姓李，至今我们见面都改不了沿袭几十年的称呼，唤他为"娘舅"。而他则很奇怪地叫我"老管"。当然，在我未被称作"老管"之前，他是唤我"新生"的。

这样的长途跋涉，拖家带口，他们的脚步不但不知疲倦，而且是一路欢快。童年的我，又如何理解大人们的心事？直到近几年创作长篇说部《工人》，翻阅史料方才恍然。原来在那年头，能住进工人新村，绝对是一大幸事一大快事，当年流行的一句口号自是从历史的故纸堆中一不小心泄露了时代的心事："一人住新村，全厂都光荣"，不少劳模可是戴着大红花敲锣打鼓很光荣地住进工人新村的。那个时代的浪潮改变了我的一家，也影响了千千万万上海家庭的命运。

尤为令人叹服的是，普陀的曹杨新村，杨浦的控江新村长白新村鞍山新村等等，当初连选址都是大有讲究颇具考量的，一毗邻大夏大学（今华东师范大学），二紧挨复旦大学同济大学理工大学（原沪江大学，那时为机械学院），政府的良苦用心十分显然，期盼着工人子弟的教育和文化生活都能更上一层楼。

轻轻掀动历史的台历，每一页均风声雷动。自 1840 年鸦片战争后，上海被迫开埠，列强争相划定租界，西风东渐，外国传教士和商人纷至沓来，在沪上圈地、建厂。时至民国，此风尤甚。1865 年 9 月 20 日（清同治四年八月初一日），两江总督、江苏巡抚李鸿章奏请设立江南制造总局于上海，中国的现代工业从这里起步，中国第一代的产业工人从这里诞生了。然而，直至1949年，尽管上海工人的队伍有如滚雪球一般日长夜大，偏偏却没有属于他们的一间住宅。史料记载，沿着大运河长江一线颠簸来到上海做工的人，大多依岸而居，有住在船上的，有上岸自己搭建了简易棚屋的，是为滚地笼，棚户屋。杨树浦的工人们则通过工人运动争取到了一些专供他们居住的工人宿舍，但此仅为凤毛麟角。这样，我们也许就可以认识到了，工人新村的出现，从当年，时至新世纪的今日，甚至无穷远的将来，都已经恒久地走进了上海历史的回音壁，在上海建筑文化史上添增了前无古人后无来者的崭新一页！

现在想来，我忽然很钦佩父亲他们这种很工人很劳动大众的搬家了。毕竟，从常德路到马玉山路（今双阳路）的距离不是一眼眼远，够你大喘气一阵子的，等于是一步一步又一步地赤脚量地皮。问问如今的青年人，谁还愿意如此徒步走一遭？保不准就会回答你：脑子进水啦？神经搭错啦？是呵，在有私家车出租车最不济也有助动车的今日，一切均变得匪夷所思。但是，在上世纪五十年代早期，我们的父辈、你们的祖辈，就是如此很愚公移山很自力更生地搬家的，而且小菜一碟。至于他们在这么漫长的路途中有没有歇过脚，喘过气，譬如上上厕所，抽一支老刀牌香烟（不不，当年已经与时俱进地改为了"劳动牌"），肚子饿了在街边摊头上来一碗阳春面？可惜，搜遍记忆无印象，只能很遗憾地随它去吧。

大约是下午，很接近傍晚的时分，我们来到了控江新村。不是那种居家在二楼、灶间卫生间在楼下的两层楼"两万户"，而是二楼三楼均铺有木质地板有着尖尖屋顶的三层楼工房，每一楼面四户人家，1室2室3室均为一室户，4室为内套的两室户，走廊里两个卫生间、一个浴室供公用，一个大灶间足可满足四户人家倚墙而立的煤球炉（后来则为煤气灶），外面还有一个七八平米含一大水斗的公共阳台。据说这种房型的设计在当年属于匠心独运——既可解决工人住房的困难，又能让你们时时感受灶间卫生间浴室阳台四家合用的"集体生活"。可谓面面俱到，足以体现政府的关怀。当然，也就此埋下了后来"邻里纠纷"的隐患，这是始料不及的。顺便说说我所居住的这个门号里陆续搬来的邻居，楼上楼下有南京人无锡人淮安人盐城人泰州人金坛人宁波人绍兴人等等江浙籍贯人士，当然前提都是厂里的工人，少数为科室干部。恰恰印证了"上海人当中最多的是江北人、宁波人"那句老话。另有一大好处，便是房钱出奇地便宜，我家是一居室，大约是13点9使用面积（当年好象鲜有建筑面积的提法，若按今天的建筑面积估算，则为28平米以上了），依稀记得房钱为每月几毛钱，这个价钱基本维持到 1977 年我们搬离了工人新村，好像自始至终没有遭遇今日像抽风似的跳价这一说。

后来，我看到了风格迥异的左邻右舍们搬入控江新村的乔迁壮举：或如父亲一般的拉着劳动榻车，或直接步行过来的肩扛手提的大人小孩（估计原住地大概离此不远），或是动用一路飘洒车铃一路飞驰而至的黄鱼车——这当然属于有条件的人家。

相关链接：抗日战争爆发后，上海汽油供给受到了严重限制，汽年数量大幅度缩水，电车也因为战争发生而缩减了大部分线路。上海市区的交通任务，除人力黄包车、板车外，几乎全部由自行车和由其改装的三轮车来承担，这种三轮车因为常被市民小贩用来装载菜品贩卖，特别是用来出摊卖海鲜，当时的海鲜又以黄鱼居多，故后来上海人称这种三轮车为"黄鱼车"。

说来好笑，就在大人们一惊一咋如同看西洋镜一般楼上楼下参观的当口，我已经不甘寂寞地奔出屋子到外面一个人白相去了——真的是"一个人穷白相"，尽管房屋林立，住户居民却甚少，大多人家还没来得及搬过来，于是孩童更少。至今犹然记得，房子外面遍地都是长得和我个头差不多高的野草，加上每一幢房屋之间的幢距又宽，哪像石库门弄堂房子，马桶挨马桶煤球炉挤煤球炉七十二家房客似的，要多闹猛就有多闹猛。幸亏那时还没到进学堂的年龄段，无缘拜读"天苍苍，野茫茫，风吹草低见牛羊"这样的经典名句，只知道闷头瞎皮，从这一堆草丛流窜到另一堆草丛，从另一草丛又向那一边草丛作鼠窜。奔跑得正开心，乍一抬头，哎呀呀，怎么啦？西边的太阳怎么下山了？天色早已灰暗了下来。这才想到了回家。可是，满目尽是一模一样的一幢又一幢三层楼尖顶房子，更要命的是什么呢？家家户户的电灯还没开，一片黑苍苍。家在哪里？父母奶奶又在哪里？唯见暮色飘浮，草影在摇。心中着急，脚下忙乱，头上冒汗。胡乱地奔跑起来，可无论奔跑到哪里，眼中景色不变：三角屋顶，三层楼房，三面草影。后来总在想，自己一定是踏进了父亲经常讲的诸葛孔明布下的"八卦阵"故事里了。天欲发黑了，身不由己地进入了"天苍苍，野茫茫，风吹草低见牛羊"的境界中去了——不不，风吹草低根本见不了"牛羊"，见到的只是自己被初升的月光抛在地上的孤零零影子。虽然自己的智商一以贯之地不那么高，但是笨小孩自有笨小孩的笨办法，我记起了新家在三层楼的第一间，当新村里终于燃亮了电灯的时候，我就把寻觅的目标锁定在了东边屋山头的三楼。灯亮着，便找了上去；灯不亮，便拐向另一幢房。就这样，几经周折，我终于找到了家——家中的灯下只剩爸爸一个人，奶奶和妈妈则去寻找失踪的我了……

这一节"搬家历险记"，成了我人生中永挥之不去的童年印痕，也成了一个最经典的笑话。要是回到弄堂时代，肯定不会如此这般狼狈地找不到家门。也许，这就是工人新村文化给初相遇的石库门文化一个小小的下马威罢。

相关链接：1974 年，阿尔巴尼亚中学生青年足球队在上海访问期间，参观的地方中，除了中共一大会址、上海工业展览会，就有控江新村。1977年，日本田径团访沪，也在参观了上海工业展览会之余，参观了控江新村。控江新村不仅是工人的荣耀，也是那个时代新中国乐意向外国友人展示的幸福生活样本。

2

孩提时代的我绝不可能把自己拔高到很文化的层面去观察问题剖析问题，但却可以切身体验周遭环境的巨大变异。

打弹子刮刮片滚铁圈钉橄榄核这些曾经风靡弄堂的"螺蛳壳里做道场"的游戏正渐渐离我远去，只剩下了一个豁然开朗的感觉：白相的天地一下子变得好大好宽好舒畅。

当新村里的小孩渐渐增多的时候，很多非弄堂式的游戏顿时流行了起来。比如在屋山头成群结队大呼小叫地"老鹰捉小鸡"，比如在整个新村里漫无边际四处奔跑地"逃江山"。而我最有兴趣的则是在小花园里踢足球，我们这个门牌号里的五六个孩子组成了松散型的小小足球队，隔三差五地就和其他门牌号里的足球队举行比赛，值得自豪的是"过招"的结果常常赢多输少，十场比赛总会赢上个七八场。也不知为什么，当年踢球的孩子个个都喜欢赤脚，于是人人便成了飞奔在绿茵场上的"赤脚大仙"。说来难能可贵，我们这一支名不见经传的球队居然能够从童年一直踢到少年，横跨学龄前，小学，直到"文革"中期的中学毕业，真是可圈可点，源远流长。那时，我在球队里永久地担任左扑右挡的守门员，直到在鼻梁上架起了风度不凡的"嘎梁"（眼镜），才恋恋不舍地从绿茵球场退居到了观众席上。至今仍记得球队里有一个小女孩，人唤"野鸭子"，是踢前锋的，极具爆发力，踢出去的球势大、力沉，如若放在今天，焉知就不会是女子足球队的一员猛将？后来才知道，她的芳名就是"雅芝"。美国总统尼克松访华、《上海公报》发表，中美关系正常化以后，她那在美国的父母来了上海，把她接到大洋彼岸去了。其时我们的足球队早已烟消云散各奔东西，插队落户的上山下乡，分配工矿的日班夜班"三班倒"了。即便如此，"足球梦"依然缠身不去，有一回，古巴国家青年队来上海，在江湾体育场与上海青年队踢了一场，我们这些小伙伴球迷徒步穿过了工人新村后面的大片农田和乡村，花了一二毛钱去现场买票观看，不料上半场结束时，天降大雨，咬牙坚持到最后，个个成了痴心不改的落汤鸡"粉丝"，最后还得踏着一地泥泞一步一滑东倒西歪地回家。

控江新村时属大杨浦的上海郊外，隔着营口路便与一大片碧碧绿的田野遥遥相望，有着青青的小河水，有着高高隆起的坟墩头，还有一座国民党残兵败将溃逃时遗下的一半地上一半地下的大碉堡。至于那个绕河蜿蜒在绿树荫中的村庄，记得唤作"石家浜"，当真是"花褪残红青杏小，燕子飞时，绿水人家绕"。现在统统不见了，消失了，取而代之的是钢筋水泥的延吉一村二村直至七村。

相并链接：控江路位于上海市区东部，民国15年（1926年）始筑，当时地处上海公共租界的北侧华界，大上海计划的南部边缘，初仅为黄兴路与马玉山路（今双阳路）中间的联络支路，用以方便市民前往远东公共运动场（今黄兴公园东侧）。"控江"二字，来源于上海县地方志中"华亭县负海控江"一语。

下河游泳捞浜捉鱼，似乎成了我们在每个夏天必做的功课。游泳堪称一流的是邻家男孩小荣，随便你把什么东西诸如手绢纸船芭蕉扇往不停流动的河水中扔去，他一个猛子扎下去，待得从水中露出面来时，保管那些顺流而下的东西全都抓在他的手上。最精彩的一幕是，他突然会在一群悠闲自得漂浮在水上的鸭子或白鹅中间冒出头来，边甩着水珠边看着惊慌失措四下逃散的鸭和鹅，常常得意非凡地哈哈大笑起来。这笑声至今犹自在我耳边回荡，只可惜这画面已经化入了历史大树的年轮。

在芦花飞扬的季节，隔壁爷叔偶尔会带着我去打鸟。我到今天还没能搞懂弄通他带我去的究竟是什么地方，是沿着营口路一直走下去的卢家桥河边，抑或是向右拐穿过观音堂路（今佳木斯路）军工路到黄浦江畔？印象中，那是一片好大好大的水域，好开阔好开阔的视野。还有一片芦苇荡，还有一轮夕阳正西下。隔壁爷叔的打鸟武器是自制弹弓，射程不太远，但他的"眼火"极准。这一来，收获便可想而知，除了射落几只停落在不远处觅食的麻雀之外，便一无所获。于是我就在想，其实在我们家门口的电线杆上不也常常有过路的麻雀栖息吗？根本犯不着如此五斤夯六斤地跑到这么大老远的地方来。我把我的想法说了出来，隔壁爷叔几乎是嗤之以鼻，说，侬这小囡不懂的，我上次到这儿来就打到了一只野鸟，老大老大的，像白鸟居（上海话：白鹅）那么大！

自打说了这话以后，隔壁爷叔就基本上不再带我去打鸟了。那时候我在想，不带就不带，有啥稀奇勿煞的啦，反正好白相的东西多来兮，我自己也好去白相格。现在想来，隔壁爷叔当时打到的大概是大雁，或者就是天鹅之类。有时也反思，幸亏此事发生在动物保护观念淡薄的上世纪五十年代，如若放在今天的话，你惹不起也躲不起，迟早要被鸟类保护协会的人们大张旗鼓地来一番网上人肉搜索，尔后是公开你的身份你的单位你的地址你的家人，彻底曝光！保不准还会雄赳赳地打上门来声讨，一不小心便让你落得个"虐待小动物"的罪名，十恶不赦！

阿弥陀佛，隔壁爷叔。

其实少年时代白相的东西不要太多哦！随便说说，军长师长"排牯绵"的军棋，楚河汉界的象棋，黑白世界的围棋，有那么一个阶段痴迷得我神魂颠倒。一桌二椅一棋盘，两人相向而坐，一旦开局便成了没日没夜废寝忘食的厮杀。输了棋的人不甘心，再下一盘；赢了棋的人感觉良好，手下败将哪里逃！其实彼此都是菜鸟，像我等这般没有接受过专业训练的，哪里比得了骨灰级的人物！呵呵，暂且打住，下棋自是棋文化，与石库门无干，与工人新村无干。但有干系的是，下着下着，忽然觉得脚面上痒酥酥的，低头一看，伸手一抓，哇哈，一只张牙舞爪的大螃蟹！当然，它肯定不是阳澄湖大闸蟹，阳澄湖大闸蟹还没转世投胎呢。妙不可言的是，这样的故事层出不穷，每逢到了这个季节这个时令，亲爱的蟹们常常会十分友好地爬上你的脚面咬住你的裤管，绝不放手，恳请你给它以享受清蒸白灼的优惠待遇，而后让你大快朵颐。这样的"白食"，唯有家居工人新村之人有福享用。

不过，当时最吸引我眼球的，莫过于在田野里放飞风筝的人。尤其是早春或深秋时节，菜地里结束了一季菜蔬的收割，放风筝的真是人山人海。地上大人小孩放肆地奔跑，天上各式各样的风筝争奇斗艳，如此蔚为壮观的景象在石库门时代是无法望其项背的，不，不，是根本无法想象的。试想一下，手里握着缠线板，几步奔跑，一拉一扯，风筝乘风扶摇直上；手腕一动，风筝高高在上引吭高歌；用力一提，风筝翅尖一斜直冲云天！多神气活现，多有派头。真牛！

可惜，我只是很君子风度地在看，偏偏自己无法体验放风筝的快感。

为什么？

因为我没有风筝。

那年头没有现今发达，花点银子就可以去城隍庙商场里购买一个足够大足够花俏的风筝。对不起，全都是自家巧手制作的。

我没有这么一双巧手。

我没能想到的是，母亲有。

在得知了儿子的心事后，母亲不知从哪里弄来了那么多花花绿绿的纸头，还有细细长长的铁丝，并且熬了一盆糨糊，剪呀扎呀糊呀，忙活了整整一个通宵。当第二天早上醒来的时候，一只硕大的牛首风筝正静静地趴伏在我的床前，一望情深地凝视着我。默默的。

那个下午，我和父亲七分高兴三分骄傲地把牛首风筝在田野上放飞了。

后来，母亲告诉我，我是己丑年生人，属相为牛。

我忽然明白了，我放飞在天空中高高翱翔的，哪里是风筝，分明是母亲深深的祝福和心愿。

3

谢谢工人新村，给了工人子弟一个很工人的童年。

细细想来，我的童年恰恰也是工人新村的童年。

无邪。天真。阳光明媚。

第二章　野蛮小鬼·瞎白相

1

记得初到工人新村时节，忽然遇上了一件匪夷所思的事情，那便是每隔一段时间，我在睡梦中常常会被一种一阵紧似一阵的莫名声响纠缠不休，更可怕的是，连床铺偶尔也会像筛子似地颤抖起来。伴随着这些的，还有闪电样的光亮一闪即逝，如同划亮夜空一般划破我的梦境。是不是有点儿今日之恐怖片惊悚片的感觉？

梦耶？非梦耶？

谁也说不清。

因为我压根不敢和大人们叙说。终于知道了，这不是梦。有一天，父母忽然忙开了，将所有的窗户玻璃统统贴上了呈米字状的防玻璃破碎的长条牛皮纸。这时才明白，居然是为了防范空袭。谜底便就此揭破：那时的台湾飞机经常会有事没事借着夜色掩护肆无忌惮地光顾上海的天空，欺侮东海沿岸防空力量的薄弱来下下蛋捣捣蛋什么的，这就引起了地面上的高射炮齐鸣，探照灯齐亮，顺理成章地一不小心便闯入了我似梦非梦的领空中来了。

听父亲说，隆昌路那儿驻扎着当时苏联老大哥的防空炮兵部队。

也难怪高射炮声没能把我惊醒，其实我们这些小孩每天都很吃力很疲乏，不关风事，不关花事，更没什么鸟事，只缘一个字：玩。

那时候的平头百姓家长们绝对没有超前意识，让子女去学学琴棋书画，或者上上学龄前不输在起跑线上的各类补习班，没有，他们一点儿也不觉悟。当然也不可以完全责怪他们，而是那个时代没到觉醒的份上。现在想来，他们倒是慷慨大方地将这些力气活儿历史性地搁到了下一代人的身上，至今让我们又"孝子"又"贤孙"地负重前进，压得背也驼了，腰也弯了。呵呵，像我们光景的这一拨人，那童年时代活得真的既轻松又潇洒，白天是一晌贪玩，夜晚是一晌贪睡，打雷不醒，闪电不惊——径自沉浸在睡梦里一晌贪欢，整一个的比我们后代、后后代们的"幸福指数倍儿高"。

学龄前的我们玩的层次其实尽是在小儿科的初级阶段。尤其是男小囡，喜欢骑着青青的细竹竿当马，对，是老祖宗们遗下的"青梅竹马"的马，挥舞着用竹管筒做成的新式武器去"打仗"，一朝得胜，便自诩为"凯旋大将军"什么的，免不了有点"好战分子"的味道。至今长相忆，那一节蜡黄的短短的两头通的竹管筒，先将一坨浸得湿漉漉水淋淋的纸团推到竹管中间，尔后再推一坨，用力继续推！于是先推进去的纸团会发出"啪"地一响，空气承受不住压力了，便疾速地发射了出去，足可以打在五六米开外的小伙伴脸上，生疼生疼的。长大了，回过头一看，挺无聊挺无趣的，是不是？可它当年确实风靡了工人新村，挺时尚挺流行的。真的，过来人都知道，我没骗你。

有一位也是从那个时代过来的权威人士评判曰：工人新村的野蛮小鬼（沪语，音为居），只会瞎皮，瞎白相！

此言信然。

2

但是也有先知先觉者，那是一个比我大了几岁的小女孩，一个在读的小学生。忽然有一天，她很大人口气地对我们说，你们不读书，将来就是一块烂木头，派不了用场的！大概我们都不大愿意做派不了用场的烂木头，就跟在了她的屁股后头"读"起了书。

总是在下午——上午她自己要去学校上课——阳光灿烂的时候，我们各自从家里搬来了小板凳，齐刷刷地坐在她家的窗下，认真地听她上课。也不知她去哪儿搞来了一块小黑板，一把黑板擦，几支白粉笔，就这样开始办起了学龄前儿童的义务识字班。现在仍记忆犹新，她居然很有老师范儿地在手臂上戴了两只深蓝色的袖套，够牛皮哄哄，够像那么一回事儿似的。

感谢这个名唤"红英"的小女孩，终究很超前地免费给我们这些学龄前的儿童开起了补习班。哪像今天那些个遍地开花的以"让你的孩子别输在起跑线上"为诱饵，继之逼你大把大把掏钱的学前班呵。

可是有一天，我忽然惹了祸。我很捣蛋地取出了几根橡皮筋，悄悄将一颗纸头折成的"子弹"发射出去，很悲催地射中了一个叫阿虎小男孩的后脑勺。没料想这阿虎绝对不哥们，立即很规范地举手报告了"老师"。于是她紧绷着脸走到我的面前，一把抓去了橡皮筋，扔给我两个字：充公！

可怜我的橡皮筋，就此与我天各一方，再也没有了消息。我也去向她讨还过，可她声色俱厉地回答我说，老师说过的，上课做小动作充公的东西，一律不还！

很久很久以后，她去了崇明农场，返沪之后，果然梦想成真，先做代课老师，后来真的当上了一名光荣的人民教师。

3

又过了一年，严格来说，那是1957年的秋天，我终于走进了学校的课堂，正规的校名叫作"杨浦区第二工人联合子弟小学"，简称"二联小学"——这个小学迄今犹在，先后与杨家浜小学、三联小学合并，连校址也搬了家挪了窝。其实，前一年我就去报过名，回答说我是大月份出生的（也即8月31日之后），年龄不到，要晚一年才可以入学。后来又去了民办的杨家浜小学，不料民办的与公办的一样顶真一样严格，一律"拒签"，只好老老实实地在家里又呆了一年。不过或许也有好处，如果我早一年上学的话，那就可能成了六八届高中生，"文革"中毕业分配时是"一片红"，"四个面向"成了一个面向：统统上山下乡炼红心！而且，没你还价的份。

"杨浦区第二工人联合子弟小学"座落在永吉路上，一边是控江东三村，一边是控江西三村。它是由杨树浦发电厂、上海自来水厂、上海锅炉厂及国棉十七厂、国棉十二厂等几家厂子共同出资联合为这个工人新村建造的。据说，老师们大都喜欢教西三村的学生，发电厂的孩子，家庭经济条件好。

那个年代的小学生活还是蛮活跃蛮有时代特色的，因为各种形式的政治活动多，与之配套。所以冠之以"政治"二字，因为大多是有上面红头文件的。我们这些当年的红领巾或准红领巾们自然不知道，而今上网一查则清楚了。

深深印刻在童年记忆底版上的事情有三：一是消灭"四害"，二是大跃进赛诗会，三是大办公共食堂。

说是说开展消灭蚊子苍蝇老鼠麻雀"四害"的爱国卫生运动，其实最闹猛的是消灭麻雀。凡经历过那阵势的，一提起来，到今天还会津津乐道。大人们成群结队在前面敲锣打鼓放鞭炮，仿佛是大过年一般，不，比过年过节气势多了热闹多了。我们这些小学生就跟在后面起哄呐喊助威，一时间，锣鼓点儿把整个工人新村都敲打得沸腾了起来。浩浩荡荡的队伍在楼宇与楼宇之间穿行，锣鼓喧天，鞭炮动地，果然将小小麻雀吓得屁滚尿流溃不成军，自有那被吓晕了吓傻了的，一只又一只从屋顶上电线杆上甚至天空中一个倒栽葱跌下地来，让我们这些小囡冲上前去逮了个正着。印象中最活跃者莫过于前文提及的"娘舅"了，他原本便是属于猴子屁股坐不牢的那一族，趁此大好时机自是过足了放鞭炮的瘾，你看他随手抓了一大把"高升"塞在衣兜里裤袋中，走不上几步，便将香烟屁股凑近"高升"上的引信，一阵"嗤嗤"火花过后，便"乒——啪"地在半空中炸开了！那时候，"娘舅"自是八面威风，风头出足！可惜，老鬼（念：居）也有失蹄的辰光，不知怎么回事，突然"乒"地一响，那"高升"莫名其妙成了"低升"，竟然一头扎到地上去了，"啪"地在众人脚下炸开了！正惊魂未定之时，他紧接着又来了一记"低升"，更恐怖的是这炮仗居然在大家的脚下乱窜了一气之后才炸响！便有人大叫了起来，要开除他放炮仗的资格。幸好，没有"事不过三"，后来他手里的炮仗全都很争气地蹦上了天空爆炸。这是我历经五十余年的时光流逝以后，犹自难以忘怀的一幕。

现在，我们终于知道了，"消灭四害"的红头文件来自中共中央、国务院于1958年2月12日发出的《关于除四害讲卫生的指示》，提出要在10年或更短一些的时间内，完成消灭苍蝇、蚊子、老鼠、麻雀的光荣任务。

相关链接：除四害运动的来源有二。其一、《一九五六年到一九六七年全国农业发展纲要（草案）》，这是毛泽东提出的发展农业的纲领性文件。后来简称为"四十条"，包括讲卫生，除四害。"四害"中的两害，老鼠和麻雀，都被认为是偷吃粮食的罪魁。其二、"爱国卫生运动"。1949年到1952年，为了改变旧中国不卫生状况和传染病严重流行的现实，在全国普遍开展了群众性卫生运动。

当然，将麻雀列入"四害"的阵营是一桩很说不过去的冤假错案，好在不久便获得了平反，取而代之的是"臭虫"。

上点年纪的人应该记得，那年头的"臭虫"还是很嚣张的，个子小小的，仅四分之一指甲盖大小，颜色为黑红黑红的，常常在夜深人静时偷偷从床铺下面枕头中间席子缝里钻将出来，朝着人们的肉头厚实之处诸如头颈大腿手臂咬上一口，恶狠狠地吮吸你的鲜血，尔后奇痒无比，让你再也无法入眠。即便被你发觉了掐死了，当场报复性很强地放出一股浓郁的臭气，臭你一把没商量！是为名副其实的臭臭的虫也。

记得那时每到礼拜天（彼时尚未实行双休日制），父亲总是将床上铺板卸下，尔后用毛笔蘸着666粉扑杀床板上的臭虫。若是发觉了那一粒粒白白黄黄的臭虫幼子，便点上蜡烛用火燎烤，于是床板上常常被熏成了一片又一片的黑。偶一抬头，蓦见左邻右舍家家户户都在上演着这种讨伐臭虫的节目，可谓工人新村的奇特一景。

大战臭虫的故事持续了好几年。终于，曾经不可一世的"臭虫"走到了历史尽头，淹没了人民战争的汪洋大海之中，永久地退出了与人类共存的舞台。"四害"的排名榜如同今日电脑屏幕一样重又"刷新"一遍，改成了：苍蝇、蚊子、老鼠、蟑螂，一直延续至今。

大约在小学二三年级的时候，我们在班主任朱良秀老师的带领下，来到了一个所在——依稀记得在长阳路引翔港一带，也许是少年宫，也许是某一小学校，参加了一次赛诗会。这是我人生旅程中的第一个赛诗会，远比我后来参加过的无数次规模更大的赛诗会都印象深刻。只记得老师要求我们在红红绿绿的大页纸张上写四行诗，每一句七个字，尔后挂到已经悬满了彩色纸张的墙上去。那时节既不知道押韵合辙，也不懂得平声仄声，更不明白启承转合，只记住了一句话："人人写民歌，民歌大跃进"。我和班上的同学们热情高涨，初生牛犊不怕虎，人人吟诗成李白，个个奋笔王羲之，以大跃进的速度一会儿便写就了一首不是诗的诗，一会儿就涂鸦完成了一张大页纸，统统挂到了墙壁上，五彩缤纷，煞是好看！

是呵，有的事，只要遇上了一回，就会让你今生今世忘不了，尽管只是惊鸿一瞥，许多年以后却成了永远的回忆。

一样的童年美丽，让我们荡起双桨；一样的红旗下的蛋，看那早晨八九点钟的太阳；一样的古今多少事，渔唱起三更。

4

按编年史的叙述体，接下来不能不按部就班地说到大办公共食堂的故事了。呵呵，我在上海在工人新村，也亲身体验了一把。

大办公共食堂之事，历来有诸多版本共存，有引经据典的，有"三家村"老学究考证的，有揭秘破译的。现在本人呈现的则是别一种文本，"大狗也要叫，小狗也要叫，就按上帝给它的嗓子叫好了"。信然。唯一条为准：本人所书所写皆是真实可靠的所见所闻，绝无杜撰虚构，除了不知道或者记忆力不逮之外。

公共食堂，据说吃饭不要钱，多共产主义的事呵。用时下的一句话来调侃，那叫作"瞓梦里厢想屁吃"！可是，恰巧，偏偏让我——不，这里该用复数——我们瞎猫碰上死老虫，无巧不巧地撞上了！

那一日放学回家——需要说明的是，我们的小学时代只有上午半天课程，下午全部"放羊"，不上课不读书，和邻居同学组成温课小组，有作业做作业，无作业则自习——正是中午时分，突然看到我们居住的那一个门牌号大门口搭起了一座高高大大的天棚，人来人往川流不息，扶老携幼，呼朋唤友，人人向前，个个争先，一瞬间，但见手臂与筷子齐飞，笑脸共饭碗一色。呵呵，好一幅公共食堂怡人图。

还没等我明白过来究竟是怎么一回事，正在捧着饭碗大快朵颐的小荣阿虎几个小伙伴一齐朝我大声嚷嚷开了，性急的阿凤已经一步奔了过来，将一双碗筷往我手里一塞，说，公共食堂开门了，共产主义到来了！快去吃呀，想吃什么就吃什么！

不绝于耳的是锅碗瓢盆交响曲，目不暇接的是狼吞虎咽享受美味佳肴的众邻居，还有什么可以犹豫的呢？那就不要客气地迈动你的腿张开你的嘴放开你的胃，实实搏搏来一记海吃海喝吧！这对所有双职工家庭的工人子弟来说，不啻于听到了上帝的美妙声音在天堂召唤！

走近才见，天棚底下一溜的长桌一字儿排开，桌子上碗连碗盆接盆钵头套钵头，鸡鸭鱼肉荤素搭配，红烧白灼清蒸油煎，一应俱全，应有尽有。再看掌勺厨师，却是阿虎的老爸和老爸的老爸"胖老爹"——一个是国棉十七厂本部食堂的大师傅，另一个是退休了的 X 级厨师（不好意思，我忘了他是国家哪一级厨师，如今已然查无出处，反正绝不差劲，姑且以 X 代之，免得辱没其光荣称号），这父子拍档可谓绝配：一个做上手——烧炒蒸炸，一个做下手——切菜配菜，忙得自是不亦乐乎红光满面大汗滚滚。用两个字足可形容他们的手艺级别：够味！

我本凡夫俗子，怎能不食人间烟火？又岂能免俗？当下自是同流合污地加入了吃客的同盟军，当仁不让地好好犒劳了一番自己，既丰富了味觉，又满足了肠胃的饥渴，可谓一举多得。

令人叹为观止的是，每一位食客皆可以对他们指手划脚地点菜，你点什么，他们即刻便给你炒上一盘小锅菜！色香味俱全，不能不令你馋涎欲滴！忆昔抚今，三十余年后风靡至今的街头大排档，活脱脱是那时节公共食堂的翻版盗版是也！只不过多了一道程序：倘若增添了涨价的元素，且请你再多付几张人民的币。

到了晚上，灯火通明，公共食堂挑灯夜战，并且来者不拒，哪怕你是过路客陌生人，一律享受同等规格同等待遇，只要你说得出，我就烧得出！真应了当时的一句大跃进名言："人有多大胆，地有多大产"。一切，均是小菜一碟一碟小菜耳！尤为难能可贵的是，你还可以狮子大开口地预订明天一早的早餐，大饼油条豆腐浆老虎脚爪糍饭糕，小馄饨大馄饨阳春面浇头面，凡此等等，不一而足，全部满足！

想一想，那是何等伟大何等壮丽何等令人向往的画面呵。我等小八腊子偏偏当时就没有想到过，在那个物资匮乏的年代，偌多鱼肉菜蔬米面油盐等等一应物品从何而来？那父子拍档的工资和加班时间该如何计算？难道统统是共产主义星期六义务劳动？稍稍往深里一想，又是哪一级机构拍板决定并且通知这父子拍档赤膊上阵的？是居委会，还是他们所在的厂矿企业？一切，均不得而知。或许，当时的大人们是清楚的，而我们这些红旗下的蛋，尚处孩童阶段，不知不晓不清楚当在情理之中了。

走笔至此，适值与小学连中学均为同窗的祥生兄通了电话，聊及公共食堂一事，他同样记忆深刻，当年在他家门口也办了一家公共食堂。他很严谨地补正了一点，说我遗漏了很重要的一条，上海的公共食堂并没有像当时的农村一样实行共产主义吃饭不要钱，是要用钞票买代价券才能打饭打菜的，就像厂里的食堂一样。不过，令他至今长相忆长相思的是：那些个小菜真好吃，是窝里厢绝对烧大不出来的。

不太久，顺理成章地到了那一天——工人新村的公共食堂很突然地来了一个停顿，宛如电影画面中的定格，戛然而止！一切，忽然偃旗息鼓；一切，全都静悄悄撤退，一如开始时候的那般突兀，就像根本没有发生过似的。这昙花一现的美丽，在五十年后成了"雪泥鸿爪"，留待我从记忆深处一一翻检，一一拾取，一一记述，犹记得苏轼先生在《和子由渑池怀旧》诗中的那一声长喟："人生到处知何似，应似飞鸿踏雪泥。泥上偶然留指爪，鸿飞那复计东西……"

自那以后，我们这些小囡忽然与在公共食堂活动中曾经露了一手的"胖老爹"成了忘年交。不是由于他的厨艺不凡，因为后来他再也没有在我们面前摆弄过他的手艺，历史已经很遗憾地不再提供给他那一张显摆特长的平台了。永久记得，在那些个暑热无眠的夏日夜晚，在那些个秋凉四起的朗朗星空下，在屋山头，我们搬着小板凳，亲密地围绕在"胖老爹"的周围，听他神吹海侃薛仁贵征东薛仁贵征西薛仁贵征南薛仁贵征北的故事。这薛仁贵的故事老也讲不完，他很炫耀地说，他家的床底下有一麻袋的书，你们有得听我讲哒！真让我们这些小把戏羡煞慕煞肚肠根痒煞！可是，终于有一天，这薛仁贵的故事向我们挥了挥手，再见了告别了永别了——不是薛仁贵与我们告别，而是"胖老爹"与大家永别了：他在讲完薛仁贵吃了九头面牛两只面虎有了九牛二虎之力辅佐唐太宗平定天下之后，笃悠悠回到家里往床铺上一睡，不料一觉竟然睏黡边了，睡过去了，就此长眠不醒。后来，我们这些傻儿吧唧的小朋友还去追问其孙子阿虎，念念不忘那那一麻袋的书。不料竟令人大失所望，回答仅三个字："不知道。"

不知道的结果便是永远不会有人知道了。

再再后来，忽然轮到了我在屋山头讲故事了。其实在讲故事的先前已经有故事铺垫了——那时，每逢"胖老爹"因故或无故缺席之时，我便毛遂自荐地坐在了"胖老爹"的座椅上，抢班夺权地向小伙伴们舌绽莲花添油加醋地讲述听来的看来的新故事。"胖老爹"发觉后，不但没有不高兴，而且还很谦虚很大度地坐在一边听我讲的故事，听的结果便是——特地借给了一本薄薄的薛仁贵的线装书让我看！这无疑是一种最高的奖赏，大为助长了我的兴趣和人来疯。

谢谢你，"胖老爹"！

"胖老爹"走了之后，常常，一到夜晚，便有许多小朋友涌进了我家的门，连连问，今朝夜里厢讲故事伐？你不去，很多人立马便甩脸子给你看；一旦答应了，大家便欢呼雀跃，抢着帮我把小板凳搬到楼下去，在茶杯里给你斟好凉开水，而且还会事先往被暴晒了一天的泥地上浇洒冷水，恭候你的大驾光临，等候你的山海经吹牛皮开场。这样的优惠待遇令童年的我因此而洋洋得意。

兴趣，是需要鼓励来浇灌的，一如萌芽的营养液。

这也许是一种宿命，为我很多年以后"写字为命"的创作生涯打下了伏笔，可视当年为一雏型。曾记否，五千年前老祖宗们流传至今的文学遗产，岂不都是源远流长地从口头文学起步，后来才一点点发展为书面文学的？

感谢文学雨露，慷慨大度地滋润了我贫瘠的童年。

第三章　书呆子·大种十边

1

那时候迷上了看书。具体时间大约在小学三年级，自以为也算认识了几个方块字，阅读图书的识字率也马马虎虎能够达标了。实在遇到它认识我、我不认识它的字，除了举手问老师，便"跳"了过去。天性迟钝，开不了窍，觉悟得也迟，直到高年级，也可能是进了初中以后，才学会了查字典。很感谢上世纪五十年代末六十年代初小学时代的读书环境，每周起码有两节课是阅读，班主任朱良秀老师从二年级到六年级一直教我们语文算术音乐美术等，每逢阅读课便捧着厚厚的一摞书走进教室分发给每一个同学，至今犹记得《大林和小林》《在烈火中永生》《我的一家》《吕小钢和他的妹妹》《党的儿子穆汉祥》《黄浦江边的儿歌》《小电话员》《毛主席的好孩子刘文学》，稍晚一些到了五六年级的时候，还有《英雄安业民》《雷锋日记》等等。有时候，大概学校图书馆一时周转不过来了，便听朱老师在课堂上讲《白雪公主和七个小矮人》《小美人鱼》之类以及第 26 届世界乒乓球锦标赛中国第一个女子单打冠军邱钟惠的故事。永远忘不了，她时而讲上一段故事，时而弹奏一节风琴，时而在黑板上画上几笔图画，那才叫才华横溢，令我等学生惊为天人！不知朱老师，尚记得当年情景否？

其实这仅仅是阅读课的上半场，下半场就是请同学们走到讲台前复述故事，或者，便请大家摊开作文簿写读书笔记。

阅读课，大有益。于是，许多同学日渐迷上了看书，养成了阅读的良好习惯。此处说一个"迷"字似乎并不过分，起码就我而言，便是如此。

阅读和写作从来就是一对亲密无间的孪生兄弟。记得当年自己读书时节最拿手的成绩便是作文，凡图书中摘抄拈来的精妙词句每每呈现于作文之中，大受老师表扬。班上总有一些不服气的同学要和我公开较劲，每到学期结束时，一一细数谁的作文簿上五分多（当年为五分制）！基本，总是自己胜出，说得谦虚一些，当然是以微弱比分。

当时读书的痴迷程度已经到了谁都看不懂的地步。上学路上手执一卷边看边走，放学时分一卷在手边走边看，一如今天年轻的男孩女孩边走边白相手机。那年头马路上的车辆绝对稀少，饶是如此，好几次还一不小心和路边的电线杆"香鼻头"！吃饭时也看，一顿饭常常吃到饭菜冰凉，不知送进嘴里的是甜是咸是辣是酸，也不知挨了奶奶多少的骂，当然她是心疼大孙子。到了晚上睡觉，悄悄躲进了被窝里如演电视连续剧般继续阅读——怕父母责怪，打着一支手电筒在看，直到一觉睡醒，方才发觉被窝里怎么灯火灿烂一片光明？有时被父亲发现了，一把便掀去了被子，让冰冷的风横扫我的身躯。尤其妙不可言的看书之场所则是厕上，安逸安静安谧，正看得神雅吾知不知今夕是何年之时，蓦听得四户合用的厕所门板上传来一通惊心动魂的猛擂：喂喂！里厢的人是不是跌到马桶里去爬不起来了？一惊，猛一起立，顿时双脚发麻两腿发飘眼冒金星找不到北！唉，读书三昧，谁人懂经？读书养眼，读书勾魂，读书入魄！一旦打开了书卷，便犹如跳出了一个个美女精灵，教人再也放手不得，大有非一口气读完不罢休之势。而今已步入夕阳残照之境，依然改变不了从小养成的这么一个秉性，不管是雅得紧或俗得紧的长篇说部，抑或诗词和理论文本，一沾上手便再也放它不下，且一视同仁，绝无半点厚此薄彼的阅读态度，通吃！抚今忆昔，岂不恰恰暗合了北宋欧阳修的"三上读书法"：马上、枕上、厕上？只可惜，迄今无缘享受骑在马上读书的快感。

当然，自己也就此看书成精，一部三五十万字的长篇小说，要不了一天二十四小时，立马拿下！并且，可以向你娓娓复述精彩篇章。时光穿越到我在厂子里当工人的上世纪八十年代，那时金庸的武侠说部刚流入大陆，港版的四卷本《射雕英雄传》，全书120余万言，一位范姓工友每天早班下班时分借我一卷，次日一早六点钟上班即归还，有借有还，再借不难，后面等着的朋友海着呢，排队的人起码排两条横马路还隔壁带拐弯呢！幸亏自己早年练就的阅读童子功，一个晚上干掉三四十万字不在话下，否则，早就被开除了排队看书的资格。

我的孩提时代流行看连环画。至今犹记得工人新村36号一楼的开放式阳台有出租小人书的书摊，时下价值连城的四大名著连环画《水浒传》《西游记》《三国演义》《红楼梦》全套几十册，应有尽有，随便借借，依稀记得一分钱租三本，时限为24小时；坐在那儿小板凳上当场看则便宜，一分钱可租五六本。那些名家绘画的小人书若放在今天，可是好大的一笔财富。小人书摊主的儿子是我同班同学，前些时日电话中问及当年那些精品连环画的下落，听筒里传来的是一阵苦笑：封资修的东西，难道逃得过"文革"那一把熊熊的烈火？

哑然。

那时候，我们这些小学生还是蛮共产主义的，谁有钱谁租书，没钱的"揩油"，蹭别人借来的小人书。如果彼此都是借回家去的，大家在约定的时间里抓紧先看完自己借来的，然后再和别人互通有无地交换着看。我们看书的习惯也很小学生，凡不认识的字词或者看不懂的地方就跳过去，"看图说画"就行，真的是不求甚解。颇有晋时陶渊明之意："不慕名利，好读书，不求甚解，每有会意，便欣然忘食。"

"三上读书法"的负面后果同样立竿见影——当时我在班级中属个子偏高一类，原本座位安排在教室里的最后一排，书看得越多，座位便朝前挪得越快。非它，乃近视了耶！很快，便如同三级跳远一般地跳到了第一排！遗憾，犹自看不大清楚大黑板上的粉笔字，朱老师只能请我父母给我去配眼镜。天哪，管氏家族就此由我开了先河，配戴"嘎梁"者唯我独创、唯我独有！父母弟妹皆无此不爽装备。按医生的规范说法，是不良的看书习惯弄得眼睛近视了。其实，鼻梁上架一副眼镜倒也蛮好，腔势威风凛凛。君不见，如今明星们上电视露脸，没近视的人也要弄一副不装镜片的大眼镜框框往鼻梁上一架装装门面，还别说，腔调老浓的，这叫达人正能量！

一个礼拜天的下午，父亲把我带到了南京东路上闻名遐迩的吴良材眼镜商店。服务态度真好，配戴的眼镜真好，可是价钱也真好：三十三元！当年我父亲的月薪为六十三元，上海的人均生活费为每月八元！但有一点不好，他们一本正经地关照我，眼镜戴上了，就不可以不戴，否则近视度数会加深。

但过了几年，报载医学界权威人士言，近视眼镜千万不可以一直嘎在鼻梁上，看近无须戴，看远再戴，否则近视度数会加深！呜呼，至今也没有搞懂弄通孰是孰非，但此一理论一直延续至今。

2

说来有趣。隔壁有一位好学的邻居，比我低两届，毫无理由地十分羡慕我嘴巴上有故事，肚皮里有墨水，仗着贴隔壁邻居的优势颇具强势地从我这儿学得了"三上读书法"，取得了西天真经，并且不间断地向我借阅小说书，不借给她还十分不高兴，大为光火生我的气。于是很快便步了我的后尘，作文成绩上去了，开口也有大兴牛皮吹了，真个是"胸中有丘壑，腹中添经纬"。岂料水涨船高竟将一点五的眼睛急流勇退地变成了零点零五！忽一天，突然悲喜参半地向我大兴问罪之师，说是上当了，怎么会一不小心就上了你的贼船？坏人！

可叹邻家孺子不觉悟，凡世上事，有得必有失，有失才有得，原本寻常得紧。呜乎哀哉，无言以对。

书籍，让人开阔眼界，让人增长知识，让人进入美丽的世界，真好！于是手中那薄薄的一册不再能够满足求知欲日益旺盛的少年学子，于是开始向厚厚的小说野书进军。记得那时候的居委会有阅览室，可以办卡借书，可惜念小学的学生过不了资格线，起码须初中以上，凭学生证借书，小学时代偏偏无人持有学生证。有同学说，杨家浜小河边有一个私人书摊，有许多很老古董的书，比如《三侠五义》《隋唐演义》什么的。立马赶去，哦，凭户口簿借阅，几分钱一本，书摊老板是一个少女，长得倒是蛮好看的，无奈脸无半丝笑容。后来才听说是落魄的社会青年。再后来，换了一位老者，听他说，女儿到民办小学当代课老师去了。其实，真正可以消消停停读到的好书都是同学之间互相交换的，如《创业史》《风云初记》《上海的早晨》《红岩》《青春之歌》《暴风骤雨》《铁道游击队》《野火春风斗古城》《林海雪原》《烈火金刚》《苦菜花》《敌后武工队》《红日》《黎明的河边》《钢铁是怎样炼成的》《踏平东海万顷浪》等等。回忆所及，同学中热衷于此道的有俞振雄顾祥生秦汉海周斌奎张宝琥封美凤宋余道徐元宏等，其中尤以男性同学为甚。

虽说读书无数，但真正属于我自己所有的书籍偏偏一本，不，连半本也没有——说到底，只缘一个字：穷。因为家贫如洗，因为老爸老妈的工资开销一家七口人连糊口尚且不够，哪有余钱去购书，故从来不敢作此奢侈之想。

说也怪，老天有眼，居然不经意间掉下一个大馅饼来，无巧不巧地恰恰砸中了我的脑袋，使我不费吹灰之力一下子得到了三本书：《强盗的女儿》

《阿凡提的故事》《小英雄雨来》。倒不是红光照我天灵盖额角头突然放亮显灵，而是阴差阳错机缘巧合的结果。那时候适逢"大跃进"，"妇女解放劳动力"，母亲去到了国棉十七厂职工家属长白街道缝纫组每天工资四毛五分钱踏缝纫机，时日一久便想自学裁剪，就让父亲去新华书店购买两本学习裁剪的入门书，不料父亲买来的竟然是高级裁剪师的书，这就成了拿着火车票去看电影——对不上号的荒诞事儿。于是，母亲便带着我去了双阳路控江路口的新华书店分店。谁知裁剪入门书缺货，且又只能换书不能退钱，这一来自然便宜了我，套用今日的时髦话来说，拾皮夹子是也！

这就是我人生中初次拥有的书籍。

3

又想起一件有关书的往事——此书不关小说事，不关野书事，只关语文算术教科书一事。那一天放学后，不知何事挎着书包去母亲在长白路图们路的单位。途中，偶经一个烘山芋的摊位，那阵阵香味绕梁三尺，直勾得你肚肠根发痒，禁不住的馋老虫统统爬了出来！各位读者，休要责怪我饿煞鬼投胎，须知当时正值三年自然灾害时期，家家户户为了填饱肚皮，统统将个干饭升级换代成了稀饭，以为非如此便不能填饱老是在咕咕叫唤的肚皮，岂料越这样，那饥饿感越发倍增——人的肚皮是骗不过去的！还别说，底层的老百姓真聪明，在一锅稀饭中加水加水再加水，几乎成了一锅饭汤，放入面疙瘩放入菜皮，小火熬成糊状。一到吃饭时辰，你站在走廊里听左邻右舍刮锅底的声音犹如此起彼伏的进餐交响乐。走近才见，大人争着把个脑袋伸进偌大的锅里用舌头舔那锅底的最后一口汤汁！几乎与之同步的，则是家中那一排小囡小把戏，个个捧起手中的饭碗人人伸出舌头舔得干干净净！试想一下这个极为生动的年代画面罢，倘若用电影镜头来表现的话，呵呵，何等既形象又神似的众星捧月"吃大餐"！

且说当我那饿成了臭虫干一般瘪瘪的肠胃吸饱了烘山芋的浓郁香味时，颇具幸福感地准备离开了。倏地想到了《阿凡提的故事》，说是一个穷人经过一个饭馆时被饭馆老板揪住，要他拿出钱来，理由是穷人偷吃了饭馆里的香气；机智的阿凡提为穷人抱打不平，同意付钱，提起钱袋让老板听到了铜钱的响声，不禁哈哈大笑，说，他吃了你的香气，你听了我的钱响，两清！

就在这时，我突然感觉到沉甸甸的书包变轻了！拎起一看，不但语文算术等教科书不翼而飞，而且连那只很好看的文具盒也不见了踪影！顿时大惊失色，清楚地记得，当时的自己哭出乌啦，流下眼泪了。

有一个比我大不了两岁的小男孩在我面前站下了，说，不要哭了，我晓得是啥人偷了侬的东西！走，我带侬到伊拉屋里去，寻伊爷娘！

六神无主的我跟着他走了。当转过长白浴室的时候，在煤堆旁发现了我的文具盒，只是里面已空空如也。小男孩捡起交给了我，恨恨地说，肯定是迭格贼骨头偷侬东西的，伊拉屋里厢就住在前头！

好像是上了二楼，小男孩推开了中间一户人家的门，一头闯了进去！我也跟了进去，只见屋子中间有一个女人，见到我们把脸一板，说，阿拉儿子出去了，要寻伊白相到外头去！

话音未落，小男孩已一头扑向了窗前的桌子，一把抓起了桌上的铅笔橡皮卷笔刀，转身问我，这些东西是不是侬的？

我只看了一眼就大叫起来，全部是我被人家偷掉的！

女人的脸色变了，小赤佬！瞎三话四个啥，统统给我滚出去！

小男孩毫不畏惧，说，俫儿子是贼骨头，一直偷人家东西的！快把伊偷来的东西还拨人家！

女人也不打话，上前一把揪住了小男孩的耳朵，怒吼一声，"滚！"

小男孩一下子被揪得呜呜哭出了声，大概那女人恨之入骨，下手极狠极恶！就这样，我们被那女人撵到走廊里去了。

后来，小男孩把我领到了他的家里，那是紧挨马路上街沿的长白新村一楼，他比我高一届，他把读过的语文书算术书送给了我，还有几本练习簿。

几年以后，我们又见过一次面。可当时"文革"风云已起，上山下乡运动惊涛拍岸，真个是"人面不知何处去，桃花依旧笑春风"。多少年，成过去，之所以在这里详尽地叙述此事，一为怀念纯真无邪的少年时代，一为权充迟到数十年的"寻人启事"，盼有相同经历者，或知当年小男孩下落者，望联络，望告知，则幸甚。

4

有一天，每个小学生人手一份的《中国少年报》头版头条用红字刊出，党中央号召大种"十边"（沟边、塘边、路边、宅边、坟边、荡边、渠边、厕边等），以应对暂时遭遇自然灾害的困难。我等这班小学生还没有想明白"大种十边"到底是怎么一回事，工人新村的大人们已经开始了"自己动手，丰衣足食"的大行动，仅三二日，房前屋后，窗下路边，东山墙西山墙的空地，但见锄影飞舞，汗珠溅地，家家户户削竹为篱笆，各自割据为界，自成天地，分别种上了鸡毛菜、落苏、毛豆、辣椒，甚至还有种黄瓜丝瓜西瓜的！原本，工人新村地处近郊，工房与工房之间的空档又大，"大种十边"的先天条件极佳。父亲自也不甘落于人后，围垦了东山墙下的一方土地，先是响应政府号召种上了"既可增加社会财富，支援国家工业建设，又能增加人民收入，改善人民生活"的蓖麻，后又突发奇想地种上了竹笋。

种竹笋是一件趣味盎然的事，很适合男孩子好动的性格。父亲和我一起汗流浃背在地上先挖了一个深深的大坑，然后满世界去找来了许许多多的枯枝落叶，点火焚烧，再浇上水任其腐烂，这就成了一种叫作"草木灰"的肥料。填上大坑，在其上面埋种竹笋。父亲说，待到春雨一洒，这竹笋就会在泥土下面乱窜乱钻，别看只种下不多的竹笋，到时候就会长成竹林呢！果不其然，春去秋来，真的成了一片小竹林，秋风怒号，竹梢乱点头，诗情画意俱生。只可惜，百密一疏，加上操作终究不怎么熟练，造成了间距过密，竹子统统长成了细细长长的豆芽状，身材虽然挺拔，却没什么实用。父亲这一回可露了馅，原来他根本不是一个合格的农民伯伯，对干农活这一套和我一个级别，压根在同一起跑线上。说穿了，他全都是从书本上照抄照搬过来边干边学的，用规范一点的语言，便是尚处在摸索阶段学徒阶段，刚起步呢！那时候为了配合形势，上海文化出版社出版了一整套的果蔬种植和家禽养殖的书籍，三分钱五分钱一册，薄薄的。后来，父亲还种过别的菜蔬，记得我和同学专门为此去过江湾镇种籽商店购买鸡毛菜小堂菜的菜籽，两分钱一大包，真便宜。

当时，家家户户还十分起劲地响应号召，大力开展了养鸡养鸭养鹅事业。当然，就差一点儿没有养猪养羊养牛养马，因为实在弄大不出那偌大的猪圈羊圈牛棚马厩，要不然新村的田园风光肯定达标肯定"春光灿烂猪八戒"！而今遥想当年盛况，真是工人兼职当起了农民，农村越界跨进了新村，天上地下一片好风光！

当年虽然没有"宠物"一说，但是时日一久，你自会与饲养的那些小动物产生感情，而且情深谊长。前几年，据说有一港台歌星，他养的宠物就是一只大公鸡，有人不理解，宠物犬宠物猫宠物鼠宠物兔，干吗还要来个不着调的"宠物鸡"呢？而我能深深体会他的感觉。因为当年我养的就是"宠物鸡"小黄和小黑，这是两只女鸡，小黄一身黄灿灿羽毛，星星点点的"雀痣斑"排列有序地散布在两翼翅膀上，而小黑通体墨色，唯颔下有几羽白毛飘扬，真的漂亮至极，说是鸡中美女绝不为过。当然，说来自私，当年没有今日豢养宠物的目的单一纯真，还是很实用主义的，为的只是可以吃上它们每天下的蛋——不不，大多时间父母是用鸡蛋去调换家里更为紧缺的匮乏物资。凭心而论，我应该表扬表扬小黄小黑，毫不夸张地说，在这方面完全担当得起"劳模"的光荣称号——一般情况下，每鸡每天能够持之以恒地产下一蛋已是上上大吉，而它们竟然三天两头经常在一早一午或一早一晚各自分娩两只蛋！在那个自然灾害的年头里，我承认，确实蛮有满足感和自豪感的。

每天一早上学之前，我去打开鸡窝的门，喂上一把从菜市场捡来的菜皮，不用你撵，它们自会抖动羽毛，一格一格地从三层楼的楼梯跳呀跳地下到底层一楼，尔后就奔进草影里玩耍去了。中午放学回家，站在门口一叫"小黄""小黑"，它们就会不知从哪儿钻了出来，跟着你的脚步上三楼，乖乖爬进鸡窝里去了，当它们用响亮的"咯嗒咯嗒"的声音来向你报喜时，那肯定是各自在鸡窝里留下了一枚鸡蛋，摸上去还热乎乎的。在你奖赏了一些碎糙米糠之后，它们径自下楼又去白相了。一到天色暗了下来，根本不用你操心，它们自会主动登上一格格楼梯跳跃着回家，倘若房门关着，还会用尖尖的嘴喙轻轻地啄响门扉叫唤你开门呢！这两只鸡，乖巧，通人性，绝不亚于今日之宠物犬！

永远忘不了小黄悄然离去的那一天。放学回家，只见它把头深深埋在翅膀的羽毛里，卧在树下一动不动，一时给我的错觉是它在睡觉。"小黄小黄！"我连连叫了几声，偏偏唤它不醒，也不动。我上前一碰，小黄赫然倒下，身躯已然僵硬。呵，在它的身下，静静地躺卧着一枚清亮清亮的鸡蛋，粉色透红，仿佛是一个圆圆大大的告别句号……

我，哭了。用滴在鸡蛋上的一串泪珠，寄托一个人类朋友的哀思。

这是我念小学五年级的时候。那是一个秋天。

那个年代，还有更为悲惨的故事，那是有关一只鹅。呵呵，不写了，写不下去了，泪水已经涨潮，渐渐模糊了我的眼睛……留待下一章节罢。

（原载《中国作家》2016 年第 7 期）

于阗王子（节选）

徐　剑

第四级 法藏东行

14. 法藏是谁？于阗王子乎，高僧大德乎？

法藏是谁？

2009 年元旦的钟声敲响了，似乎在叩问着鲁西南平原的天空。

几杵晨钟，禅林飞泉，这本是伴随着一座古刹禅寺的朝花夕拾，可是对于兖州这座古城来说，普乐寺、龙兴寺、兴隆寺的钟声，早已经成了一记记历史绝响，淹没在历朝历代的滋阳县志里，成为一种遥远的记忆。

法藏是谁？他是于阗国的什么人，这个千年之谜，一直萦绕在兖州人的脑际。

让法藏复活，回到现代。周鹏苦笑了一下，一个念头掠过，这种执意的复活记忆，不过是一种当下最时髦的穿越戏。在他听来，那钟声，那暮鼓，虽是遥远的，却是温馨的，是杀戮时的一种安全，离乱时的一种慰藉，是躁动时的一种宁静，更是寒冷时的一种温暖。但钟声之中，却划过一个神秘的天问：法藏，何许人也？

如果确定了法藏的身份，兴隆塔的佛舍利出于何处，为何传至中土，葬于兖州等等，便牵一发而动全身，犹如牵住一丝线头，可理清一团乱麻。

2010 年悄然走近，新世纪第一个 10 年，将在身后渐行渐远。另一个新10 年，兴隆塔佛祖金顶骨舍利带来的祥瑞之气，将氤氲于兖州大地。

钟声敲过，挟着舍利佛光，带来新春的肇始之兆。

这年的人间四月天，周鹏局长随兖州市有关领导入京，召开了一个务虚会，分发了兴隆塔藏佛教圣物画册和谭世宝先生的考证文章，引起了宗教界、学术界专家们的极大兴趣，周鹏趁热打铁，邀请专家们晚春时节，到兖州进行一次学术考察。

许多专家当场便允诺了，终于5月14日至15日成行。

是年5月份，兖州决定召开一个佛教历史文化研讨会，时间已经定了，9月份开会，不足150天。最后，组织佛教历史研究会的具体任务落在了周鹏肩上。然而此时，周鹏与宗教界、历史界的专家学者接触很少。经过打听，山东师范大学的一位教授告诉他一个信息，可找一个人，山大历史语言所的谭世宝，可电话打去，人却在澳门。周鹏通过网络寻找有关信息，发现接下来有两个佛教研讨会要召开：一个是辽宁朝阳市的辽代北塔佛教舍利崇奉会议；另一个是浙江宁波市的七塔寺研讨会。周鹏先后参加了这两个研讨会，见到一个关键人物——中国社会科学院世界宗教杂志社的黄夏年先生。由于工作的关系，黄夏年认识不少宗教界的专家学者。听说兖州要举办佛教历史研究研讨会，黄夏年很热情，给周鹏列了一大串国内宗教学术界著名学者和高僧大德的名单，上有北京、西安、杭州和上海等地的专家。包括黄心川、方立天、楼宇烈、杨曾文、明哲长老、大恩大和尚、温玉成、贾兴逸……都是响当当的学术大家，抑或高僧大德。

随后，按照黄夏年提供的名单，周鹏将山东文艺出版社出版的《兴隆塔藏佛教圣物》画册和山东大学历史语言研究所谭世宝先生的《兖州兴隆塔地宫宋嘉祐八年十月六日"安葬"舍利碑考释》两份资料，逐一寄给了专家学者，并邀请他们到兖州实地考察。

春风拂来，诸事皆顺，现在终于到了可以借助宗教界的专家学者和高僧大德的智慧与力量，来确定法藏是何许人也。

而破解法藏身世之谜的主要是两位学者，一位是洛阳龙门石窟研究院原院长温玉成先生，一位则是新疆博物馆研究员贾应逸女士。

温玉成先生可谓大名鼎鼎，当年是北大考古系的高才生，与敦煌研究院院长樊锦诗是大学同班同学。上世纪60年代初支援大西北，他们提前毕业，分别去了文物藏品最丰富的中原地区和大西北。温玉成来到洛阳龙门，守着卢舍那大佛，守着北魏、隋唐、五代和辽宋年间的石窟造像，也守在伊水一方，芦荻悠悠，直至终老。徜徉于他所钟情的佛国世界里，终成研究佛像的一代大家。

而另一位让周鹏敬重的专家是新疆博物馆研究员贾应逸女士。她长于新疆，是于阗学、龟兹学方面的研究专家，常年生活于西域，蛰伏于克孜尔石窟，对于公元前后佛教东传之路，兴盛于龟兹、于阗、库车，乃至高昌的线路图颇有研究，是佛教在西域研究的专家。周鹏与贾应逸相识，缘于洛阳龙门石窟研究院原院长温玉成先生的引荐。后来，温玉成、贾应逸对法藏其人的研究观点高度相近。

也许是冥冥之中的缘分吧，周鹏觉得，兴隆塔出土的文物，有许多当年西域佛教元素，正是贾应逸老师的学术方向。

万事俱备，只欠东风，一个高规格的学术研讨会已呼之欲出。

2010 年 9 月，中国社会科学院世界宗教杂志社与山东兖州市政府联袂举办的"兖州佛教历史文化研讨会"在兖州举行。与会的专家皆是全国一流的宗教学者和高僧大德。

这次研讨会的重要成果之一，就是厘清了于阗国法藏的真实身份。

温玉成的发言夺人先声。他认为这个法藏，可不是寻常人物，更不是一位普通的游方僧人。他入大宋，与那些熙熙攘攘而来敬献舍利的西域沙门完全不同，羸弱的肩上，担当使命而来，这与于阗王室有关，与于阗王国的安危有关。温玉成先生理由很简单，就他向大宋王朝进贡的那 390 斤白玉、两匹细马来看，此非个人行为，也非一个寺院举动，而是一种国家行动。

翻阅《宋史·于阗传》，便会发现一个惊天秘密：于阗国王李从德年代，曾经四次遣使大宋帝国进贡，多带的是白玉。有一次进贡大宋白玉重达 237 斤，还有一头与喀喇汗王朝作战时俘获的白象。当时白玉石料这么巨大，堪称价值连城。虽出于阗国，至大宋，八千里路云和月，万里风尘，一路走来，步行要两年时间。后晋时出使于阗的彰武节度判官高居海一段一段地写下了于阗至汴梁的驿程，长达 9500 华里（4750 公里），且走出于阗国门，东行中土，第一个要面对的是瀚漠莽荡，涯连天际，流沙遍地，这就是今日的塔克拉玛干大沙漠。再往前走是龟兹、库车，在焉耆与敦煌之间，又横亘着浩瀚无边的死海罗布泊。这些荒无人烟的大漠，不知藏了多少响马、多少绿林，随时都可以一拥而上，杀人越货，然后消失在风尘之中。因此，仅凭于阗国一个区区小国之力，无法将绝世宝藏护送至汴京，故有时于阗国王会让使者送上礼单，然后恳请大宋派军队去押送白玉而归。

法藏生活的年代在公元 10 世纪。这时，于阗国国王为李从德，而其父王李圣天曾经派四批遣使入宋朝进贡，但查遍《宋史》，并无法藏此人。可是这丝毫不削弱和降低法藏作为一国之使，抑或是于阗国王子的地位。从当时大宋皇帝回赠御马 2 匹，帘前赐紫衣和师号，奉宣云游圣境等来看，受到大宋朝如此隆重的礼遇，并非一国遣使可以受此隆恩的，唯有于阗国皇室成员入宋，才会有如此待遇。

法藏入使大宋的时间，应该在于阗国僧吉祥入宋贡献俘获喀喇汗王朝的白象（971年），李从德去世（约978年）之后，相对应大宋王朝恰好是太祖之末与太宗初年。

于阗国，是西域古国，位于喀喇昆仑山北麓，紧邻克什米尔高原，在距今3000年左右建立了国家，以塞种人为主。西藏古藏文《于阗国授记》和《于阗国》等文献称，大约在公元前80年，佛教从现印巴交界的克什米尔传入于阗，信奉大乘，可以说是佛教传入中国最早的地区，也是当时大乘佛教的一个中心。至今保持了中国最早的佛教造像，多为公元2世纪所造。于阗国有自己的语言和文字，一直使用到12世纪。于阗国当时的地盘，就在今和田地区的和田市及和田、皮山、墨玉、洛浦、策疏、于田、民丰等一市七县。汉传佛教的许多佛典大多来自于阗，如般若中的《放光般若》和《光赞般若》，以及华严部中60卷《华严》和80卷《华严》等皆出于此。

早在公元前60年，于阗国就归汉朝西域都护府管辖，东汉时是有雄兵3万的大国。东晋时，法显路过于阗，对其举国朝佛，人民安居乐业，印象犹深。到了唐代设毗沙都督府统辖于阗。当时的都督高仙芝还受唐皇之命，赐于阗国王汉姓尉迟。

公元727年，新罗僧人惠超路经于阗国时，发现当时于阗国一大寺院的龙兴寺主是河北冀州人氏。然，公元8世纪下半叶，吐蕃占领了于阗，达70年之久。到了公元866年，于阗国才彻底摆脱了吐蕃的统治。

时光匆匆，转瞬便是千载，而于阗国的舞台上，却是你唱罢了我登台。一个个枭雄粉墨登场，出演了一场场历史大戏，或昙花一现，或惊艳一世。

公元912年，尉迟沙缚波，汉名李圣天，称王于阗。当时的西域境内，三国鼎立，于阗之北，是以高昌古国（今吐鲁番）为中心的回纥仆固俊，而于阗之西，则是八刺沙衮（今天吉尔吉斯斯坦托克马克城以东地区）的喀喇汗王朝（黑汗王朝）苏图克，皆虎视眈眈，欲吞并于阗国。然而历代于阗王始终有一个立国理念，若于阗欲立，必与中原帝国为连襟。可是自从高仙芝败于喀喇汗王朝后，鞭长莫及，晚唐分裂成诸多小王朝后更无暇相顾。但是，李圣天仍旧执著联络汉地，不断那一缕血脉之姻。够不着当时那些纷乱的王朝，便就近联姻。李圣天娶了敦煌"归义军节度使、沙洲刺史、检校司空"曹议金（914年—935年执政）之女为"天皇后"，为的是取得曹氏的支持。而后晋天福三年（938年），后晋册命李圣天为"大宝于阗国王"。随后，李圣天之女又嫁给了沙洲王曹延禄（976年—1002年）。与华族的联姻和血脉不断。

赵匡胤建立大宋王朝时，李从德还是于阗国太子，又名尉迟输罗。登基之前，于阗国王李圣天派他作为特使，出使大宋，向汴京贡献方物，以示归附，也是为了联络感情。那重 237 斤的白玉，就是他送的。见了大宋皇帝，他对大宋皇帝说，自己有一半汉族血统，大宋皇帝是"东方日出处大世界田地主汉家阿舅大官家"。他们这样急切地想与大宋王朝拉上关系，是因为西北两虎喀喇汗王朝和回纥盘踞门口，腹背受敌，欲求保护。然而，自从大唐帝国崩溃后，分裂成若干个割据的小王朝，八姓十二帝，几乎都是藩镇割据。军阀夺权而来，一朝黄袍加身，便偏安一隅，多没有经营西域的雄心和谋略。纵使赵宋登上了历史前台，也非豪强之辈，更不敢像大唐那样将西域玩于股掌之中。因此，李圣天为于阗王后，百年之间，李氏父子唯有依靠敦煌归义军曹氏。李从德执政时，两个太子李从连、李琮原都在敦煌石窟成了佛像造像的供养人。迄今在敦煌 444 窟的东壁门上部中央《见宝塔品》，壁画南侧的供养人题名中就有"大宝于阗国皇太子李从连供养"和"大宝于阗国皇太子李琮原供养"。据考证，此二人最终都未称王。

温玉成先生认为，法藏就是两位其中的一人。

也许英雄所见略同吧。贾应逸女士作为西域学的执牛耳者，她比温玉成先生更肯定地得出结论，法藏就是于阗王子，并且肯定地说，他既不是敦煌石窟 444 窟的从连和琮原两个太子，而是李圣天的第三个皇子总尝。

这个密码，是贾应逸从《宋史·于阗传》中破译出来的。书中记载，善名被大宋皇帝"赐号昭化大师，因令还取玉。"

毋宁说，大宋皇帝下诏令让善名取回未曾送到汴京的 200 多斤白玉，而《宋史·于阗传》接着写道："又国王男总尝贡玉霸刀，亦厚赐予报之。"这条纪录在"开宝二年"（公元 969 年），而这时，于阗国国王李从德刚刚继位，这一消息也不可能马上传至大宋朝廷，因此，《宋书·于阗传》所云国王男应是指李圣天之子总尝，而绝不会是李从德之子。

贾应逸女士的这个结论，总尝即是李圣天之子，也被一个日本学者印证。日本研究于阗学的熊本博士根据北京国家图书馆藏丽字 73 号写本《善财童子比喻经》前面所书"□常宗德"，提出宗德，就是于阗国国王李从德，而□常，很可能就是《宋史·于阗传》所载，开宝二年，入贡于宋的于阗"国王男总尝"，这等于告诉后人，总尝是于阗国国王李圣天的第三个儿子。

《安葬舍利碑》记载了法藏所受的厚赐，既有紫衣，又赐予法号"光正大师"，再赐御马，然后巡游天下，这是一般的高僧大德不可能得到的厚赐。

因此，贾应逸女士得出一个比温玉成先生更准确的结论，法藏大师就是于阗国王尉迟僧乌波（汉名李圣天）的儿子，原名叫总（琮）尝（常），于开宝三年（公元 970 年）到宋廷贡献白玉，赐紫衣，并赐号"光正大师"。

兖州留存下来的历史典籍也印证了贾应逸女士的说法。万历《兖州府志》

记载，兴隆寺："有尉迟公修建年月"，而尉迟公自然是于阗王王族之姓氏，只是这句话湮灭在历史的烟云里，被人忽略了。然，贾应逸的点睛之笔，又将其从历史的烟云中圈了出来。

但是，一个惊天之秘也隐匿于岁月的烟雨里：为何短短的几年之内，万里迢迢，葱岭辽远，于阗国王竟然会派两位王子前往大宋献宝，于阗国究竟向大宋王朝乞求什么呢？其实，一切还得追溯至公元 8 世纪中叶，唐玄宗天宝九年，大唐中亚都督高仙芝在怛罗斯败于大食的穆斯林军队说起。怛罗斯之战，那是一场世界宗教格局的战争。

15. 怛罗斯之战，一场改变世界宗教格局的战争

高仙芝驰马而行，第三次过葱岭了。

屹立山巅，俯瞰着被后人称为"世界第三极"的克什米尔高原，身后只有两万余人，这位年轻的大唐将领一点儿也不惧怕。

那天，在龟兹大唐安西四镇节度使辕门前，接过节度使夫蒙灵察递过来的壮行酒，豪饮而下。高仙芝跃身上马，抽出挂在铠甲上的佩剑，往西域的天空一指，光带划破了晴空，湛蓝的天幕上顿时伤痕累累。高仙芝的剑锋所指，便是当时世界上堪与大唐比肩的信奉伊斯兰教为国教的大帝国——大食。

高仙芝太熟悉西域这片土地了，决不许他人染指。少年时便随父亲入安西从军，辗转河西走廊与河湟一带。虽然血管里流淌着高句丽的血脉，可是心中却景仰大汉帝国青年将军卫青、霍去病，十七八岁便在这块土地上建功立业，马踏飞燕。宁为百夫长，胜作一书生，封他一个万户侯，那才是人生的最高境界。大唐的高天厚土，真是放飞雄鹰之域，不管是华族、异族、东南夷，还是西北胡，只要有本事，就可以在这里找到自己飞翔的天空。

少年从军行，一踏进安西，高仙芝便热血沸腾了。因其骁勇果断，善于骑射，20 岁拜将，可与其父同站在一道虎帐辕门下受领令牌。可是，在安西四镇节度使田仁琬、盖嘉运麾下时，他未受到重用。后来，夫蒙灵察担任节度使，发现了他的才干，对他极为赏识，一路提拔重用，步步擢升，很快就超过了父亲高舍鸡。至开元末年，不到而立之年，高仙芝已经官至安西副都护、四镇都知兵马使。

然而，一将功成，并非浪得虚名。高仙芝初啼试剑，是在天宝初年，达奚诸部叛乱，波及黑山以北，直至碎叶城大部分地区（又称素叶城、索虏城，即大唐诗仙李白的出生地）。唐玄宗诏令安西四镇节度使夫蒙灵察前去平叛。夫蒙灵察派高仙芝率两千精骑自副城向北，直抵绫岭之下迎击叛军。达奚部因行军劳顿，人马皆疲，夜间宿营时，被高仙芝部攻破，尽为唐军所杀，一

仗成名。

大唐开国以来，经"开元之治"，已成盛世，国力空前强盛，是世界上唯我独大的一个大帝国，无人敢于挑战。偌大的西域，也尽握在大唐帝国掌中，帝国依托安西、北庭（今新疆吉木萨尔北破城子）所辖各军镇，号令焉耆、龟兹、疏勒、于阗等20多个西域小国，皆俯首称臣，进贡不断。当时安西四镇为龟兹（今新疆库车）、疏勒（今新疆喀什）、于阗（今新疆和田西南）、焉耆（今新疆焉耆西南），安西都护府则坐落在龟兹镇。安西四镇节度使俨然成了中亚的都督。

偏偏在葱岭之上，有两个国家敢于挑战大唐的权威，一个是中东新崛起的阿拉伯王朝，另一个是青藏高原最强大的吐蕃王朝。居尤野之远，却不时觊觎大唐的这片西域之地。起初，他们与东突厥汗国及突骑施等国联盟，与唐军多次较量，争夺重点在安西四镇及北庭一带。后来，东突厥及突骑施衰落，唐蕃争夺的重点逐渐转移到葱岭以南地区。

当时，葱岭之上有两个国家，一个是小勃律（在今克什米尔西北部，都城孽多城，今吉尔吉特），另一个大勃律（今克什米尔中部一带，都城巴勒提斯坦）。小勃律原为唐属国，是吐蕃通往安西四镇的交通要道，算得上是一个战略要津。吐蕃赞普把公主嫁给小勃律王为妻后，小勃律国遂归附于吐蕃，吐蕃进而控制了西北各国，因此"西北二十余国皆臣吐蕃"，中断了对唐朝的朝贡。大唐几任安西节度使田仁琬、盖嘉运、夫蒙灵察数次派兵讨伐，因高寒缺氧，地势险要，加之吐蕃进行兵援，皆无功而返。

唐玄宗此时尚未沉溺于杨贵妃，仍在励精图治，向天下展盛唐隆恩，但对挑战大唐地位，也绝不容忍，屡出重拳。天宝六年（747年）三月，玄宗皇帝下诏，命安西副都护、都知兵马使、充四镇节度副使高仙芝为行营节度使，率军万人，征讨小勃律。

高仙芝与前几任大唐将领不同，为过葱岭，做了精心准备，充分了解了这块高原的地理、气象和大地构造。帕米尔高原海拔4000—7700米，拥有许多高峰。帕米尔高原分东、中、西三部分，东帕米尔以中山为主，是帕米尔高原海拔最高的部分，海拔平均6100米或更高，山峰相对高度1100—1800米。山体浑圆，山间谷地却宽而平坦，海拔3690—4200米。唐军行军路线不但要经过东帕米尔，而且还要经过海拔7564米的青岭（慕士塔格山），在一个冷兵器时代，靠马匹和步行，其艰难程度可想而知。可是高仙芝却从容应对，一是行军时间的选择上，他避开了天寒地冻的冬季，而选三至十月份为进军时间；对于长途奔袭，此乃兵家之大忌，因远离大后方支撑，粮秣成为最大难题，高仙芝让每个士兵都准备了私马，专驮粮草。再一个是在行军时，注意隐蔽，出其不意。

春天来了，天空中灰头雁掠过，高仙芝仰望天空，对节度使夫蒙灵察说，"天时地利，万事俱备。中丞，可以出发了！"

那天清晨，夫蒙灵察站在安西节度使点将台，为高仙芝出征送行。壮行酒喝过之后，唐军将土碗一摔，在中亚历史舞台上，中国历史上一位伟大将军登台了。他长剑一挥，直指葱岭之上的小勃律国。于是，一万多名唐军出龟兹，一路向西，幕中判官封常清记下了一段驿程：经十五日至拨换城（今新疆阿克苏），又经十余日抵握瑟德（今新疆巴楚），再经十余日至疏勒（今新疆喀什），眼前葱岭横亘千里，寒山暮雪。然后唐军挥师南下，马蹄声碎，从容踏上葱岭，开始千山寂静、高寒缺氧的帕米尔高原的艰苦行程，万里奔袭而来。当时唐军士兵皆有私马相随，后勤粮草在规定的时间内都能得到保障；高仙芝对于西域地理颇为了解，专择平坦宽阔的山间谷地行军，使唐军的困难降至最低。经过二十余日漫漫长征，唐军到达了葱岭守捉（今新疆塔什库尔干塔吉克自治县）。然后再次向西，沿兴都库什山北麓西行，又经二十余日抵播密水（今阿富汗瓦汉附近）。唐军继续驰马而行，再经二十余日到达特勒满川（今瓦罕河）。至此，唐军经过百余日的跋山涉水，于同年六月完成了第一阶段的行军。

夏天悄然而至了。河谷里吹过一阵阵暖风。高仙芝将麾下几位战将召进中帐，摊开地图，说，这是打仗的季节啊，安西部队一分为三，左路由疏勒守捉使赵崇玭统三千骑兵从北谷向吐蕃连云堡进击；右路由拨换守捉使贾崇瓘统领，自赤佛堂路南下；中路由吾与中使边令诚率主力从护密国南下。三路兵马直指连云堡，约定于七月十三日辰时在连云堡下发起总攻。

三路兵马浩浩荡荡，挥师西进。按时抵达了连云堡下。连云堡南面依山，北临婆勒川，堡中吐蕃守军仅有千人。又在城南 15 里处因山为栅，有兵八九千人，遥相呼应，随时声援。当唐军进至婆勒川时，河水暴涨，无法渡河。高仙芝站在河边，遥望连云堡，仔细勘察地形和气象，认为唐军必须尽快渡过婆勒川，否则吐蕃守军一旦发现唐军行踪，势必备战，到时就会加大唐军攻堡的难度。于是，他命兵士每人自备三天干粮。翌日清晨过河。唐将将士皆惊诧不已，雪水滔滔，洪波涌起，舟渡何在？可是安西兵马使精明强干，下此命令，"皆以为狂"。

可是次日清晨，婆勒川河流速变缓了，河水变浅，唐军迅速渡过了婆勒川，竟然"人不湿旗，马不湿鞯，已济而成列矣"。高仙芝见此情景，兴奋不已，对边令诚说，"向吾半渡贼来，吾属败矣，今既济成列，是天以此贼赐我也"。趁着晓色，高仙芝指挥唐军攻城。吐蕃守军怎样也想不到唐军会劳师万里，神兵天降，大为惊骇，仓促上阵，慌乱之中只能依山拒战，滚木礌石如雨而下，不可攀登。高仙芝任命郎将李嗣业为陌刀将，下令说："不及日中，决须破虏！"李嗣业手持一旗，领陌刀手自险处先登，奋力杀去，自辰时至巳时，大败吐蕃，斩首5000级，俘虏千余人，余皆逃入山谷。唐军缴获战马千余匹，衣资器甲数以万计。

高仙芝乘胜追击，可是边令诚认为孤军深入敌境过远，乃兵法之忌，惧战而不敢入。高仙芝遂命边令诚率老弱士卒3000留守连云堡，自己亲率大军继续前进。唐军疾行三日，到达坦驹岭（今克什米尔克什北部德尔果德山口，在今克什米尔西北境巴勒提特之北、兴都库什山米尔峰东）上。坦驹岭长40里，山口海拔4688米，是兴都库什山著名的险峻山口之一，岭下就是阿弩越城。一夫当关，万夫莫开，可此时坦驹岭上一兵一卒未见。高仙芝所率的唐军登临山口，必须沿冰川而上，别无其他蹊径。这里有两条冰川，东面一条雪瓦苏尔冰川，西面一条达科特冰川，冰川的源头就是坦驹岭山口。这两条冰川长度都在10公里以上，而且冰川上冰丘起伏，冰塔林立，冰崖似墙，裂缝如网，稍不注意，就会滑坠深渊，或者掉进冰罅冻死。高仙芝料想：阿弩越胡若速迎，即是好心。可又担心士卒惧怕艰险不敢下岭，便派遣20余人装扮成阿弩越城的奉迎使者，从岭下攀缘而上，假称阿弩越城人前来迎接，以消除兵士恐惧心理。到坦驹岭时，士兵果然恐惧不肯下，并对高仙芝说："大使将我欲何处去？"话未说完，其事先派出的20人恰巧从岭下赶到，并说："阿弩越城胡并好心奉迎，娑夷河藤桥已斫讫。"娑夷水（即今克什米尔西北吉尔吉特之北印度河北岸支流）即古弱水，水上架有一座藤制桥，是小勃律通往吐蕃的唯一之路，断桥则吐蕃不能入援。高仙芝奉迎之语后，假装闻讯欢喜，兵士听后，畏惧心理顿失，唐军得以迅速下岭，向阿弩越城进发。

又过了三天，阿弩越城守军果然派人前来请降。次日，唐军顺利进入城中。入城后，高仙芝先令将军席元庆等率兵先修桥梁、道路。为了避免强攻造成大的伤亡，高仙芝决定用"假途灭虢"之计智取孽多城。次日，高仙芝令席元庆率1000余众行至小勃律首府孽多城下，对小勃律王说："不取汝城，亦不斫汝桥，但借汝路过，向大勃律去。"城中有五六个首领，皆死心塌地投靠吐蕃，但高仙芝对此也早有准备。席元庆临行时，高仙芝就曾对他交代："军到，首领百姓必走入山谷，招呼取以敕命赐彩物等，首领至，齐缚之以待我。"席元庆依计而行，果然俘获小勃律众大臣。小勃律王及吐蕃公主慌忙逃入石窟躲避，使唐军一时无法找到其踪迹。高仙芝率唐军主力到达后，首先处死了那五六个首领，然后，急令席元庆率军砍断通往吐蕃的藤桥。藤桥离孽多城有60里，席元庆在日落时终于将藤桥砍断。藤桥刚砍断，吐蕃兵马已至娑夷水东岸，但桥已砍断，这座藤桥长有一箭之地，修复需要一年的时间，吐蕃兵马只得隔水观望，束手无策。接着，高仙芝又派人招谕小勃律王，小勃律王得知吐蕃兵众被隔在水东，援军路绝，生路无望，只得携公主出降，其国遂平。自平定了小勃律国之后，唐军声威大震，"拂菻、大食诸胡七十二国皆震慑降服"。

高仙芝一战出名，威慑了西域，也在唐皇心中成了赫赫有名的战将、爱将。十二月二十八日，玄宗任命高仙芝为鸿胪卿、摄御史中丞，代夫蒙灵察为安西四镇节度使，成了名副其实的中亚总督。

同年十一月初五，吐火罗（在小勃律以西，今阿富汗北部）叶护失里怛伽罗上表朝廷说："师王亲附吐蕃，困苦小勃律镇军，阻其粮道。臣思破凶徒，望发安西兵，以来岁正月至小勃律，六月至大勃律。"高仙芝奉命出征。由于有了第一次远征的经验，欲出奇兵，选冬天行军，从安西到竭师国（今巴基斯坦奇特拉尔），高仙芝这次准备更加充分，加上形势对唐军有利，唐军的行军虽然艰苦，但却很顺利。天宝九年（750 年）二月，高仙芝击败了竭师国的军队，俘虏了竭师王勃特没。三月十二日，唐廷册立勃特没的哥哥素迦为竭师王。

两次远征大捷，唐朝对吐蕃战争中取得了全胜。大唐贞观、开元之治已到了巅峰。高仙芝因此赢得了极大的声誉，被吐蕃和大食誉为"山地之王"。

但是智者千虑，终有一失。高仙芝在个人生涯达至顶点时，人性的弱点贪婪也暴露无遗，这也使他在处理民族关系时成了致命短板。

与大唐盛世相对峙，一个强大的阿拉伯帝国大食出现了，从穆罕默德 622 年在麦加传教开始，至公元 700 年，正是大食国最风光的时候，国力和疆域都达到了鼎盛，其境内大行伊斯兰教，并被尊为国教，容不下佛教。且不断东扩，安国、火寻、戊地、石国、吐火罗等国纷纷屈服，并向其交纳沉重的赋税。唐与大食西域政治板块发生了激烈碰撞，好在当时大唐皇帝尚未荒淫无度，在西域实施了有效的对策，及时遏止了大食东扩。但是唐玄宗晚年好大喜功，唐朝边帅更为所欲为，渐次将大唐这辆战车拖向了泥泽。

当时地处中亚的石国（昭武九姓之一，都城拓折城，在今乌孜别克斯坦塔什干）地处丝绸之路，沃野千里，草原无垠，百姓擅桑蚕、经商，可谓富甲西域。高仙芝垂涎于石国财富久矣，欲掠为己有。

天宝九年，高仙芝诬告石国王"无蕃臣礼"，领兵前去讨伐。其实石国与唐朝关系一直是不错的，朝贡不断。石国国王那俱车鼻施继位之后，因为对唐朝忠诚，曾被唐玄宗皇帝册封为怀化王，并赐予优待和免罪的证明——铁券。所以，当唐军到来后，那俱车鼻施同意高仙芝的约和。高仙芝假意遣使者将那俱车鼻施骗至长安，然后趁乘其不备，出兵掩袭，俘虏石国部众。随后高仙芝纵兵杀掠，甚至连老弱病残都不肯放过。这次行动，高仙芝共获石国"瑟瑟十余斛，黄金五六橐驼，其余口马杂货称是，皆入其家"。高仙芝从石国回军途中，又诬蔑突骑施反叛，攻打了突骑施，俘虏了移拨可汗。

与石国一样，突骑施也是当时西域各国中与唐朝修好的国家之一。石国与突骑施的被攻打，引起当地民众的反抗，唐军因此大肆镇压，被屠者除石国的老弱之外，多为在石国贸易的昭武九姓的胡商。于是，高仙芝在向朝廷报功时又多了一项"破九国胡"。

天宝十年（751年）正月二十四日，高仙芝入朝，献其所俘获的突骑施可汗、吐蕃酋长、石国王、竭师王。那俱车鼻施行至长安西北开远门时，被唐玄宗所杀。移拨可汗也被处斩。玄宗以高仙芝功勋卓著，加授开府仪同三司。可是过了不久，唐玄宗便识破了高仙芝西征之目的，完全是为了一己之私，不顾大唐的利益，破坏了对属国恩威并重的羁縻之策。可毕竟是边域一代悍将，唐皇还是迁就了高仙芝，没有治他的罪，但也没有因其灭国之功，而重赏他及其部下，唐玄宗任命高仙芝为武威太守，欲让安思顺为河西节度使，欲将其调离西域。可安思顺奉劝部下"割耳捶面"苦苦相留。监察御史裴周南也站出来相挺，故此令未能实行，遂改任右羽林大将军。

石国王子逃到了诸胡部落，将高仙芝欺诱贪暴之事遍告昭武九姓。诸胡部落酋长大怒，便暗中联合大食国，欲共击安西四镇。

这正中大食国的下怀。击败唐军，便可占领西域，扩大穆斯林在葱岭以北20国的影响。这是他们梦寐以求的事情。

高仙芝获知此事后，一点儿也不惧怕。他是大唐的常胜将军，西域诸国皆手下败将，遂决定先发制人，亲率蕃、汉兵3万攻打大食。依旧经过精心准备，率兵亲征，重上葱岭。人间四月天，天空中的灰头雁掠过，身后有3万余铁骑，其中一万葛逻禄部众，个个能征善战，多数都是他当年远征葱岭的老兵将校。

四月，唐军深入大食国境700余里，到怛罗斯城（又作咀逻私，即今哈萨克斯坦东南部江布尔城），与大食军遭遇。3万精兵，对15万阿拉伯军队，唐军虽在人数居于劣势，可是因高仙芝指挥有方，所以激战五日，未见败迹。而就在双方相持的重要时刻，形势突变，大唐军队战斗到傍晚之后，葛逻禄雇佣兵突然叛变，从背后包围了大唐步兵，并且切断了他们与骑兵的联系。而大食联军趁唐朝军队由于葛逻禄雇佣兵突然叛变而暂时混乱的机会恢复过来，出动重骑兵突击唐朝军队的中心。厮杀之中，高仙芝年轻时的虎气不再，终于溃败，两万人的安西精锐之旅，只剩下数千人逃出来。

收拢残部之后，骁勇善战的高仙芝并不甘心失败，仍想组织反击，但在副将李嗣业劝说下，最终放弃。趁夜间逃跑。由于道路阻隘，拔汗那部众又在前面挡住去路，人马壅塞道路，幸亏李嗣业奋起厮杀，为他杀开一条血路，才得以逃脱。这次战役，士卒死亡殆尽，高仙芝仅率数千人逃回。

从军事角度上讲，怛罗斯之战只是古代战争史上一次普通的战役，鲜为人知。高仙芝作为大唐一代名将，其率军跨越葱岭作战，可谓空前绝后，可是这场战争，却影响了世界的格局。唐军的失败，使大唐在中亚的府州沦丧殆尽。安西都护府属下的精兵死伤惨重，所剩无几，在以后的日子里，对于入侵之敌，只有招架之功，再无反击之力。唐朝的号令也不再西出伊犁河。

不久，安史之乱爆发，大唐再也无暇顾及中亚。不仅如此，唐朝还征发西域精兵入关勤王，北庭和安西又抽调了7000人，只剩一些老弱病残拱卫西边，以致不得不依附于新兴的回纥国，勉强支撑残局。后来，吐蕃与葛逻禄相联合，首先攻陷了北庭都护府；不久，吐蕃又独力攻陷了安西，致使唐朝彻底退出了西域。另一个蛰伏东亚已久的大食国，借此扩大了穆斯林在西域的版图和影响。

一千年已矣。英国冒险家斯坦因为盗走楼兰和敦煌经卷，三度走过帕米尔高原，勘察了一千年前高仙芝将军的行军路线，惊叹不已，说，"数目不少的军队，行经帕米尔和兴都库什，在历史上以此为第一次，高山插天，又缺乏给养，不知道当时如何维持军队的供应？即令现代的参谋本部，亦将束手无策。"又慨叹道，"中国这一位勇敢的将军，行军所经，惊险困难，比起欧洲名将，从汉尼拔，到拿破仑，再到苏沃洛夫，他们之越阿尔卑斯山，真不知超过若干倍！"

尽管后来大食国分崩离析了，但是一个无可否认的事实是，伊斯兰教留在了那里。随后，西域的另一个豪强喀喇汗王朝崛起，并展开了一场场卫教之战。打了近百年，终于消灭了盛行于葱岭南北的千年佛教。这股铺天盖地的卫教之战，如瀚海卷起的狂飙一样，黄沙遮天蔽日，直抵长安城垛之下。

16. 于阗王子西天寻找佛陀舍利

已经与喀喇汗王朝打了8年战争了。

公元965年，于阗国王尉迟僧乌波（汉名李圣天）驾崩后，太子尉迟输罗（汉名李从德）接过了王杖，继续剑指喀喇汗王朝。终于在登基后的第四年，于公元969年7月，率军占领了疏勒国国都喀什噶尔。

破城之后，策马在喀喇汗王朝国都的大衢上，于阗王李从德俨然是一副胜者为王的心态，眉飞色舞。王土、城郭、村落、美女、宝象、宝马、黄金和大批的战俘与仆人，都置于于阗国国王帐下了。

战争犹如瀚漠里的沙尘暴一样，一阵飓风掠过，铺天盖地，风一止，便如潮水般一样退却了。灰飞烟灭，繁华一梦，皆成了一掬冷灰。此时，喀喇汗王宫里很寂静，坐在穆萨汗的大帐前，窗外，疏勒国的冬天大雪纷飞，喀喇昆仑千山皆白，雪白血红，胜利之果就是用将士的鲜血换来的啊！挥毫修书一封，第一封捷报当给尉迟家的亲戚沙洲大王曹元忠吧，告诉这位与于阗王室联姻的敦煌归义军首领，也是借他之口，通报大宋王朝：喀喇汗王朝穆萨·阿尔斯兰汗战败后，闻风而逃，翻过葱岭，跑到中亚去了。一月九日，于阗国王尉迟输罗给沙洲大王曹元忠写了这封报捷之书：我们已于七月率军到了怯沙（当时疏勒国都）之城。该地居民期望归顺。敌视我们的 Ta'zik（大食）Tsun Hien 的宝物、妻子、大象、良马及其他，还有他部下的财物，都已经献于王庭……我们按照王室的利益行动，现在已经八年了。

这份文书，是 900 多年后，法国著名探险家、文物大盗伯希和从敦煌道人王圆箓守着的藏经洞里盗走的经卷里一份重要文书，也是当时于阗与疏勒国关系中极少提到的珍贵资料。

虽说战争的胜利是许多士兵的鲜血换来的，但是尉迟输罗不想独享。他一边安抚百姓，重立一个傀儡汗，一边遣使分头向宋朝和沙洲曹元忠报告获胜消息和今后的打算，并送上所缴获的部分战利品。

携着战利品回到于阗国都后，尉迟输罗先将于阗国王家寺院里一位高僧吉祥召进了大殿。

"阿弥陀佛，"吉祥大师跨进大殿门槛后，先向尉迟输罗行了佛家之礼，说，"欣闻我于阗大军班师回朝，尔辈比丘皆在大成宝殿里作法三天，念经超度阵亡将士，保佑我于阗佛国吉祥永在啊……"

"善哉，善哉！吉祥大师，于阗江山永固，就图你这个法号吉祥啊。然唯有于阗国在，佛寺才会万年永存。"于阗国王道，"喀喇汗穆萨 10 年前让 20 万东突厥人皈依伊斯兰，力量在不断壮大啊！对于仍信奉佛祖的僧侣和百姓，烧杀抢劫，无恶不作啊。"

"阿弥陀佛，老衲也有所闻啊！"吉祥答道，"我听过一首流传于喀什噶尔的《突厥诗》：我们如洪水奔流/走进了城市/拆毁了寺庙/在佛像上屙屎……"

"正是！正是。"尉迟输罗说，"大师啊，于阗国与喀喇汗王朝的战争，其实就是一场卫教之战。"

吉祥点了点头说："老衲手无缚鸡之力，除了带众比丘诵经祈福之外，也帮不了国王什么啊。"

"今天请大师而来，有一事相求。"

"但说无妨。"

"一件经国之大事啊。"于阗国王道。

"是吗？只要对于阗国众生有利，老衲粉身碎骨，在所不辞。"吉祥大师道。

"本王想请大师到中土走一趟，作为于阗国使臣，给新立大宋国东方田地主阿舅大官家献上刚俘获的喀喇汗一头会跳舞的白象。"

"好啊！老僧愿意前往。"

"万山千水，沙海茫茫，大师此行中土，千辛万苦，本王冀借吉象感动大宋皇帝，让阿舅官家搬来援兵，彻底击败喀喇汗。"

"喀剌汗王国还会卷土重来？"

"当然！喀喇汗不会就此罢休的，穆萨汗王已经越过葱岭，去搬卫教兵了。"

"那大宋会出兵救于阗吗？"

"唯有大宋出面，于阗国方可保。大师若能以吉象感动大宋皇帝，像当年高仙芝一样经略安西四镇，那可保于阗千秋万世平安了。"

"肝脑涂地老衲也在所不辞啊。"吉祥大师答道。

"本王会修国书一封于你，并派卫队送大师过大流沙，不日就起程吧！"

"阿弥陀佛，善哉，善哉！"吉祥大师从于阗王宫告辞出来。

数日后，于阗国王尉迟输罗站在于阗国的城门前，送吉祥大师一行，牵着白象，远去汴京。

站在于阗城堞之间，于阗国王远眺吉祥大师的马队、驼队和白象消失在塔克拉玛干的大漠里，心情一点儿也轻松不起来。吉祥大师此行，能否感动大宋皇帝，让他们出兵西域，李从德心里一点数也没有。父王执政时，他曾作为于阗太子，带着200余斤于阗镇国之宝——白玉，去汴京敬奉大宋开国皇帝赵匡胤。大河之滨，泱泱皇城，一片繁华景象。宋太祖果然一代英主，杯酒释兵权，收禁军之权于皇室，结束了八姓十二君的乱象，但再也没有唐太宗、高宗、玄宗一朝的气度和胸襟了，派兵镇守安西、北庭，任命少数民族将领为节度使，经营西域，挡住伊斯兰教席卷中亚大地。从德在大宋朝堂之上，代父苦求宋太祖出兵，救于阗于水火之中，可是赵宋皇帝以正在平定陕甘，打通河湟为由，拒绝派禁军远征，只组了一个157人僧侣团入于阗，以示声援。不管如何，这对喀喇汗王朝还是一个不小的震慑，让其知道，于阗也非等闲之辈，还有一个巨大的靠山，阿舅官家大宋朝呢。

然而，到了危急关头，真正能够两肋插刀者，唯吐蕃和高昌国派来军队。

若无他们帮助，仅靠于阗国一国之师，打败不了喀喇汗王朝。

城头悬日，夕阳在沙海上泛起金光。此去，驼队无踪迹，尉迟输罗怏怏地走下城垛，在王室卫队的簇拥下，驰马回到了王宫，一片怅然。

"陛下，你为何一脸愁容？"王后见国王神情严峻，不解地问道。"于阗国刚大捷，又有吉祥大师出使中土，送白象告捷，举国欢庆啊。"

"王后不懂啊。"于阗国王摇了摇头，"汉地有一词，叫'居安思危'，别看于阗与喀喇汗交战，暂时占了上风，可穆萨·阿依斯尔汗逃至葱岭之北，会搬来各国的卫教之兵，喋血大战还在后头。"

"哦！"王后点了点头，又摇了摇头，将信将疑。

尉迟输罗朝身边的太监挥了挥手，"传皇弟总尝来吧。"

王后一惊，"皇弟总尝已经出家在于阗王家寺庙娑摩若寺，改法号为'法藏'。跳出三界外，不问俗家事了。"

"倾巢之下，岂有完卵？"于阗王摇了摇头，"说本王有要事相托。"

很快，侍从打着宫灯，引着于阗王子总尝从于阗国的王家寺院匆匆赶来了。跨进王宫，见到了王兄，连忙唱了一个"喏，"道："阿弥陀佛，国王连夜召法藏入宫，必有要事。是国事，还是家事？"

"对于尉迟王族来说，家事即国事，国事乃家事。尉迟输罗说，到底是一个娘胎里出来的，知我者，莫如皇弟也。"

"既是国事，陛下但说无妨。"法藏道。

"本王想请你去了一趟天竺。"

"去天竺？陛下有何事。"

"寻访佛陀舍利。"

"请来供奉何处？"

"敬奉大宋皇帝。"

"哦！"法藏沉吟道，"不是刚请吉祥大师作遣使，入汴京送吉象吗，王兄为何要敬奉佛舍利之事？"

"当年本王受父王之派，曾出使大宋，发现他们从皇帝到群臣，对佛陀舍利趋之若鹜，向以拥有佛骨为荣。"于阗王说，"若皇弟能去西天寻回佛舍利，敬之于大宋国皇帝前，再求之出兵相援，感其这于阗之诚，不会再不答应啊。"

法藏沉吟片刻道："吉祥大师送吉象入汴京，难道还搬不来救兵？"

尉迟输罗摇头，"大宋不会出兵。唯有佛陀舍利可感其诚。"

"好！"法藏点点头，"谨遵皇兄之命，我去一趟西天，只是天竺国经过婆罗门和大食两次灭佛，印度教和伊斯兰教盛行，举国信佛之盛景不再。"

"葱岭之北，还有一些国家如我于阗国百姓一样崇佛、信佛。"于阗王说，"但是喀喇汗王朝灭佛，容不下信众，毁坏佛塔，对沙门斩尽杀绝，弄得僧侣四处逃散，恰逢此危难之时，更可寻访到佛陀舍利啊。"

"王兄说得极是！"法藏道，"正好喀什噶尔被我方占领，越葱岭之路已经开通。"

于阗国王说，"我在大宋汴京时，不少沙门和文人墨客常提及东晋法显从于阗入佛国的著述。还有大唐玄奘从天竺回长安路经于阗，也提到过达觇货逻国（即吐火罗，今阿富汗北境）、迦毕试国（今阿富汗贝格拉姆）、梵衍好国（阿富汗兴都库什山）东行至犍陀罗国（今巴基斯坦白沙瓦城），进入北天竺的那竭国、缚喝国、迦湿弥罗国，均见过佛牙舍利乃至金顶骨利。此几国，翻越葱岭有千万里。皇弟此去，千山万水，不宜天竺腹地纵深待得太深太久。一旦寻找到佛陀舍利即返，本王还等着皇弟出使中土，可早去早回。"

"谨遵王命！"

"多带盘缠，并带上几名去过西天的沙门为你引路。"

"诺！"

翌日，法藏从于阗国出发了，皇兄尉迟输罗一片好心，欲派王室卫队卫士化装成沙门，紧随总尝左右，作为护卫。

法藏摇头道，"善哉，善哉，既去西天请佛陀舍利，需有诚心、敬心、善心，而王室卫士杀戮甚重，有血光之冲，难当此重任。既请不回佛陀舍利，还坏了于阗国大事。"

"好吧！那皇弟好自为之，万水千山，一路珍重。"

"阿弥陀佛！陛下就等着好消息吧。"法藏向站在城门上的于阗国王作深深一揖，然后跃身上马，朝着莎车、朝于阗刚刚收复不久的喀什噶尔驰马前行。

葱岭在视野中城垣般地崛起了。虽然春天已经到了，但是远处的雪山如冠，犹如一位骑在白马上的王子，展着双翼，在云之上振翮而飞。

马铃悠远，缓步前行，身后是一望无际的大戈壁。不知不觉间，从于阗国出发，法藏已经走了半月，过莎车，穿过刚被于阗军队征服的喀喇汗王朝的国都，亦称"疏勒"。沙漠戈壁在身后渐渐远去。

前方是城郭一样崛起的大雪山。一列列峡谷，形态各异，没有植被，在太阳照耀下呈褐红色，就像一群群大宛的汗血宝马，奔突于群山之间，而山巅覆盖着一层层白雪，景色极为壮观，堪称"大千世界之最气韵沉雄的大峡谷"。此时，法藏已经踏上了克什米尔高原。

法藏进入西天迎请佛陀舍利之路，300 年前法显就走过了。后来，大唐玄奘从天竺取得真经，返长安时也途经此道。数百年间，这条路上，东晋、大唐和赵宋时代去西天的沙门迤逦而来，在大雪山中踽踽独行。

　　法藏走了 20 多天，一直行走在和于阗相邻的葱岭岭东六国。一道峡谷中冲出了一条季节河，中间积出一潭湖水。有水就有绿洲，两岸山形陡峭，是丝绸之路的要道，有几户农家和客栈。虽然已遭受喀喇汗王朝的兵燹之灾，百姓无可奈何，改信奉伊斯兰教，可是曾经信奉过佛教。因此，对于于阗来的僧人，多少还有一些感情，因此法藏一行得到斋供。

　　跋涉 20 多天后，法藏终于到了子合国。然后，又步入葱岭山中，向于麾国挺进。稍作休息。葱岭山中行走了 25 天，到了竭叉国。这是中土沙门法显和玄奘到过的地方。两人当年路经此地，都见到佛陀遗物，释迦牟尼用过的唾壶，佛塔里还供奉一颗佛牙舍利，《佛国记》和《大唐西域记》皆有记载。可是物是人非，仅仅二三百年的光阴。竭叉国供的佛陀唾壶和佛牙舍利早已不翼而飞。佛塔被毁，坍塌于荒草野蒿之中。此地，崇山峻岭相拥，天寒地冻，远处白雪皑皑。时令已至仲夏，可仍旧是万里霜天映冷月，独有石榴闻春晓，看来离故国于阗已经越来越远了。

　　翌日，太阳从雪山后边浮冉而起，又重新上路。驿道小径，板桥霜迹，留下一行行骆驼的脚印，一直延伸到遥远的天边。清风扫过，太阳之吻，迅速将霜地上的驼印渐次模糊掉了。

　　翻过葱岭，法藏进入北天竺之境。雄关漫道，圣境不再。在陀历国中向西穿行了 15 天，放眼望去，皆雪山巍然，沟壑纵横，高绝惊险，群山之巅尽裸露的岩石。峭崖森森，壁立千仞，千山我独行，在山脊上往前走，顿时脑际一片空白，觉得连迈脚的地方都没有了。站在山巅，可闻湍急江河奔腾之声，江流有声，断崖千尺。一位沙门说，这叫新头河，缠空山而横流，落绝壁而有声，怪石突兀，激流险滩之壮观险峻；有飞瀑叠翠，江流滚雪，神奇而壮美；有山高月小，水落石出，幽泉茂林之清幽空灵。沙门队伍之中，有沙门曾经走过此路，告诉法藏，在崖壁上凿出石阶，以作为通路，总共度过了 700 石阶。走完石阶之后，轻轻踩着悬在上空的藤桥，有 80 步宽。渡过新头河，就到峡谷里边了。

　　走过千山万水，终于到了乌苌国，这才是真正的北天竺。遍地都有佛陀的圣迹。

　　天空中什么鸟在啼？真好听！如梵音依依。南亚次大陆的暖风吹过来，法藏单薄的身躯，僧衣被风鼓起来，从林间斜射下来的太阳光，剪出一个寂寥的暗红背影。

法藏摇了摇缰绳，夹紧坐骑，往乌苌国的腹地驰马而去。乌苌国，就是当今巴基斯巴的白沙瓦城，梵语被译为花园。巨大的锡克城堡，面对兴都库什山的开伯尔山口，一直延伸到白沙瓦城。大唐高仙芝将军的军队就是从这里下来，征服了小勃律国。历史上，它就是一个重要的军事要津，三山相围，西北是兴都库什山麓；往东北，可入喀喇昆仑山；往东南则是喜马拉雅山，围成一个桃花源之地，法显的《佛国记》有过记载，玄奘《大唐西域记》也对其有过精彩描写："山谷相属川泽连原。谷稼虽播地利不滋。多葡萄。少甘蔗。土产金铁宜郁金香。林树蓊郁花果茂盛。寒暑和畅风雨顺序。人性怯懦俗情谲诡。好学而不功。禁咒为艺业。多衣白□少有余服。语言虽异大同印度。文字礼仪颇相参预。崇重佛法敬信大乘。夹苏婆伐窣堵河。旧有一千四百伽蓝。多已荒芜。昔僧徒一万八千。今渐减少。"

　　而当法藏到此，200多年已矣，那些供奉佛陀的塔林，已经沦为废墟。月光之下，法藏徜徉于残破不堪的塔林之中，一种沧桑的剪影投射在地上，无言诉说着当年礼佛的盛景。日光流年，也仅仅是250年时光，昔日的盛景不再，佛陀舍利不知何处，连同那些佛龛，皆无迹可寻了。暮色中听到的却是穆斯林在原来佛陀旧址上修筑起来的大清真寺晚祈时诵经的喊声。那听不懂的经文穿越大清真寺的穹顶，在旷野上笼起一层神秘，法藏有些悲凉。

　　唯有去那竭国了，那是北天竺的一个佛教中心，就淹没在前方的崇山峻岭之中。法藏过了犍陀卫国和竺刹尸罗国，前往佛顶骨的所在地。

　　法藏一路向西，空山独行，便到了那竭国边界上的酰罗城。不远处出现了一小片林子。有一袭渐次走远的褐红停了下来，是一位沙门吧。于阗国的沙门说过，那竭国乃繁华之都，城里供奉着佛顶骨精舍，系黄金打造。国王非常敬重佛顶骨，还担心有人抢夺顶骨，他就从国内豪族中挑选了八个人，每人持一印，用封印来守护。每天早晨，八个人都到了精舍门外，各自审视自己的封印，然后开门。开门之后，用香汁洗手，捧出佛顶骨，放在精舍外的高座上，用七宝装饰的圆形砧板垫在佛顶骨下，上罩琉璃钟，这些器物都是用珠玑装饰的。佛顶骨黄白色，方圆四寸，上部隆起。这些叙述犹在耳边，可是，法藏进城再寻时，供奉佛陀的精舍成为一片废墟，那黄白色的顶骨不见了，寻访到仅剩的几座佛寺，听说法藏在寻访圣物带到中土去，那些惴惴不安的沙门告诉他，都被阿拉伯人和突厥人捣毁了。

　　所幸，法藏入印度时，穆斯林对佛教的毁灭才刚刚开始，只是边缘性的，还未深入印度腹地。法藏游历数载，终于在那些尚未破坏的佛教寺院里，请到了释迦牟尼行像、世尊金顶骨真身舍利，然后安全返回于阗。

17. 法藏东行

法藏该从西天返回于阗国了。

于阗王李从德仁立于关城之上，往西边遥望时间越来越长了。前方战事吃紧，王弟总尝迟迟未归，于阗再没有身份合适的使臣可以遣宋了。

其实，此时的法藏正在返回于阗途中。他到底什么时间回到于阗国？《宋史·于阗传》未载，敦煌文书也未说。我依据当年法显、玄奘天竺游记以及宋史、敦煌文书等典籍，勾勒和复活了他的西天迎请佛陀顶骨真身舍利的行程。

兴隆塔安葬碑云：世尊金顶骨真身舍利取自于西天，请回了佛陀行像、金顶骨肉身舍利和菩提叶。这是兴隆塔安葬碑所示的，这似乎更接近历史的真实。

然而，新疆博物馆的贾应逸女士却有一家之言。她认为当时于阗正与喀喇汗王朝进行战争，道路已塞，从于阗至疏勒之途，狼烟四起，兵燹遍地，一片刀光剑影。法藏过不了葱岭，自然入不了北印度了，西天取佛陀舍利谈何容易。

或许，贾应逸女士之说是对的，依据后晋法显和大唐玄奘所述，当时的于阗国佛陀林立，僧侣达万余人，乃佛教东渐后的又一个中心，那些佛塔之中供奉佛陀舍利也是自然的。但是，法显和玄奘路经于阗国，却从未在他们的书中提于阗国佛塔之供有佛舍利的说法，又取之何处呢？贾女士提出，佛陀舍利取之于于阗附近，或者是与喀喇汗战争获胜的战利品。依照突厥人对于佛国的烧杀抢掠，付火一炬的惯常做法，并不会怜惜佛舍利之类的圣物。

法藏的西天之行，恰好有了开宝三年（公元 969 至 970 年）这个历史契机，于阗王国对喀喇汗战争获胜的间隙，疏勒也在于阗国军队控制之中，入葱岭的通道全都打开了，法藏一行可以由此越过帕米尔高原，而入西天。

然而，和平的日子很短暂，穆萨·阿尔斯兰汗并非等闲之辈。从疏勒国都落荒而逃后，他去了中亚，回到他父亲起家的伊犁河和楚河流域，入八拉沙衮城，到阿拉伯帝国版图是去招收卫教军，然后卷土重来。其野心勃勃之状，堪比其父，那个被穆斯林称为"第一位汗王"的索图克·布格拉汗，这个出身九姓乌古思部落的突厥人，自信奉伊斯兰教之后，相信用血与火之剑，可以铸成无坚不摧的信仰。

公元 915 年的一个寒冬，一个 16 岁的王子在皈依伊斯兰教之后，突然于一个风高夜黑之时，抽出身上的佩剑，朝黑暗的天穹刺了过去。曙色将近，喀什噶尔皇宫的夜空溅上血色，一场宫廷流血政变发生了。少年王子杀死了不信伊斯兰教的大汗奥古勒恰克，登上喀喇汗王朝大汗之位。这就是历史上赫赫有名的索图克·布格拉汗。他被后来的穆斯林文献尊为喀喇汗王朝的第一位统治者。

16岁拥有了王杖，刚过不惑，布格拉汗成功地夺取了八拉沙衮城（今伊塞克湖西），奠定了喀喇汗王朝的统一大业，从而使喀什噶尔在中亚腹地以惊人的速度繁华起来。在位的40年间，对疏勒王国境内回鹘和不信伊斯兰教的部族四处征讨，终其一生。索图克·布格拉汗却饮憾不已，在他公元955年要入麻扎之际，并未使伊斯兰教在喀喇汗王朝境内广泛传播。

公元955年，索图克·布格拉汗在喀什噶尔去世，葬于阿图什。他的长子巴依塔什继位。取伊斯兰教名为穆萨·本·阿不都·克里木，封号为"阿尔斯兰汗"。这时，喀喇汗王朝却三面受敌，狼烟遍地，葱岭以西有多年宿敌纯伊朗人种的萨曼王朝，北方是高昌——龟兹的回鹘，南方是于阗国的佛教中枢。而他却想以穆斯林教立国，一统西域，将这块土地变成一个穆斯林的世界。

穆萨·阿尔斯兰汗喀喇汗王骑着战马，挥舞着手中的铁剑，指向于阗王国。他从八拉沙衮城南下，开始对信奉大乘、小乘的喀什噶尔和叶尔羌发起进攻。马踏佛殿，剑指众生，要么皈依伊斯兰教，要么就是去死。大批佛陀沙门，仓皇辞寺院，一袭红褐从干裂的土地上掠过，往李圣天、李从德父子当政的于阗国逃去。

于阗国王尉迟家族世代笃信佛教，其国人融西域和汉地文化入血脉，识音乐，通技艺，知书达理，却英勇顽强。男儿或出家为僧，进寺院念经，或跨身马背，成为一代勇士。尉迟王室宅心仁厚，中国高僧朱士行、法显和玄奘都对于阗国王族和国人多有好评。故对喀喇汗王朝强迫佛教徒改信伊斯兰教的做法非常愤懑。当喀什噶尔的佛教徒放下经卷，从青灯梵香中站起身来，挺身而出，反抗强制改宗时，于阗国对受迫害和暴动失败的佛教徒给予收留和庇护。这无疑触怒喀喇汗王朝的穆萨汗王，他以此为借口，发动了"圣战"。然而，于阗国尉迟父子也非等闲之辈，从小善马上骑射，彪悍勇猛。再环视于阗境内，土地肥沃，人民种桑养蚕，淘河挖玉，堪称富甲一方，有足够的实力可与喀喇汗王朝一战。未曾想到，突厥人的疯狂锐不可当，第一个回合就打了8年之久。这期间，于阗王李圣天将目光投向了东方，企盼得到新立不久大宋王朝的支持。作为李氏王朝的使者，不绝地往来于开封、敦煌和于阗之间的道上。于阗国两位王子从德和从连分赴开封和沙洲，请求援兵。可惜宋朝立国不久，无法在军事上给予援助，以表示道义上的支持。幸好，于阗得到了高昌和吐蕃的全力支持与援助，占据了明显优势。经过历时八年的战争，于阗军队占领了喀喇汗王朝国都喀什噶尔，当地居民纷纷归顺，阿尔斯兰汗战败后逃往中亚。

望穿秋水啊。于阗王李从德心忧如焚，站在于阗国的城楼上，远眺那片瀚海。日出日落，岁月如流沙，大荒了无痕。吉祥高僧东行汴京两载了，却始终不见大宋帝国军队的旌旗和鼓角声响。

马蹄声咽，鼓角铮鸣，喀喇汗王朝的铁蹄踏破了城阙。穆萨·阿尔斯兰汗卷土重来，重新收复了喀什噶尔。长矛、弯刀银光闪闪，穆萨汗已在叶尔羌盘马弯弓，锋芒毕露，再度指向了于阗国界。李从德处处设防，重点屯兵，砺带山河而未知河山将碎，于阗国将殇。

城郭之上，灰头雁浮在空中，排成"人"字，渐渐远去，消失在葱岭的边缘之上。来去匆匆，春秋几度。掐指算来，皇弟总尝去西天好几载了，为何不见踪影啊？

日光流年，岁月如沙。左等右盼，终于在黄昏将至的傍晚，驿使快马一程一程地报来了喜讯：三皇子法藏大师从西天回来了！

于阗国王携王后匆匆登上了城楼。落日楼头，断鸿声里，沙海深处一个黑点渐次放大，背着苦行僧行囊的法藏身影清晰起来，出现在城门之下。于阗王尉迟输罗牵着王后之手，从城楼上沿级而下。站在城门口，迎接三皇弟法藏西天迎取佛陀真身舍利回来。驿使在前匆匆驰过，尘埃落定，只见法藏从驰马上跨身下来，袈裟褴褛，神形枯槁，朝于阗国王和皇后走了过来。

"王弟辛苦了！数载不见，羁旅漫漫，风餐露宿，印度洋的风霜雨雪已经将总尝折磨得不成样子，"于阗王尉迟输罗泪水顿时涌了出来，对法藏道，"王弟先休息数日吧，前方战事危急，喀什噶尔和叶尔羌等地，重又被喀喇汗王朝占领了，现在正虎视眈眈于阗城郭啊。"

"王兄，翻越葱岭之北，在返回路上，吾已经感受到，烽火连天。若不是法藏与几位大宋来的沙门同行，早就被关押起来了。要不改信伊斯兰教，唯有一杀了之，涂炭生灵，罪孽啊！阿弥陀佛。"

"看来，喀喇汗王朝还是对中土大宋国忌惮几分啊。"于阗国王感叹道，"不然凡见佛陀沙门，大多斩尽杀绝。"

"是啊！葱岭南北几乎成了突厥人的天下，当年的佛塔，毁的毁，拆的拆，废墟一片啊！"

"若喀喇汗王朝攻进来了。破城之时，这座千年古城也会成为废墟！尉迟输罗仰天长叹。"

"会有这一天吗？"法藏问道。"我尉迟王族一直骁勇善战，从来就没有怕过谁。"

"会的！"于阗国王怅然若失，"喀喇汗王国是一批野蛮的游牧人，像雄师一样，一天一天地吞噬于阗国的勇士。他们以伊斯兰教立国，容不得别的信仰。国师布道，20万人一下子入教，你去西域多年，他们的地盘越占越大了。现在他们是全力对付萨曼王朝，如果调转刀尖对准于阗国，末日就不远了。"

"阿弥陀佛，中国圣贤说，故国虽安，忘战必危啊。"法藏问道，"陛下，我们该怎么办？"

"本王想请你作为于阗国使臣，出使中土，再到大宋王国走一趟吧！带上从西天请来的世尊金顶骨肉身舍利，佛陀行像、菩提叶，还有于阗的最后一份国宝390斤白玉，一齐敬献给大宋皇帝，并有请求出兵的国书一份，这也许是于阗最后的希望。"

"法藏愿去！"佛陀说，"救人一命，如登七级浮屠，如法藏东行，能救于阗国之难，纵使舍身葬沙，吾也在所不辞。"

"谢谢王弟！"

"阿弥陀佛！"

数日之后，法藏阔别生于斯、长于斯的于阗国，开始东行，于阗王尉迟输罗亲自在城门前为王弟送行。虽然走出于阗城郭，就是一望无边的大流沙，沙海茫茫，每个风险之地，他都帮法藏作了安排，几乎是倾其所有。给法藏带上了于阗国的稀世珍宝，从于阗至沙洲段，于阗国有王家卫队护送。而到了敦煌，东入玉门关、阳关，漫长的河西之旅，则由沙洲大王曹延禄派卫队护送法藏入甘陕，再入大河之下，进入汴京城。

东行万里路。那天早晨，法藏别过王兄和王室成员，跃身上马，将身上的一袭红褐袈裟往肩上一抛，驰马而去。蓦然回眸间，这座自己所熟悉的城郭，这座于阗王都，在身后渐行渐远。唯有城南十里那座自己出家的寺庙，经历于阗国三代国王所修的寺庙，在晨曦中露出一道金塔，或许这是此生最后的一瞥。

对于法藏而言，离开，便是诀别。当年，玄奘离别于阗国，也是这样走进前方这片大漠的。曾留下如此描写：离于阗东境之关防也从此东行入大流沙。沙则流漫聚散随风。人行无迹遂多迷路。四远茫茫莫知所指。是以往来聚遗骸以记之。乏水草多热风。风起则人畜惛迷。因以成病。时闻歌啸或闻号哭。视听之间恍然不知所至。由此屡有丧亡。盖鬼魅之所致也。

法藏东行，一如当年玄奘回长安一样，大漠孤烟，寒山残雪，驿道万里，瘦马风尘，一步一步地往大宋王朝的国都汴京走近了。

第五级 于阗国殇

18. 美玉之邦，唐家风雨汉家烟

法藏已经走远了。

于阗国王尉迟输罗却迟迟不肯离去。仍然爬上关城之上，远眺王弟总尝的马队淹没于前方的大流沙之中，渐次缩小成为一个个黑点，犹如沙丘之中的茇茇草，一簇簇、一点点，随风而逝。

生如草芥啊，一簇兵燹即成灰烟。于阗国王心中悲凉，突然涌起一股莫名的感伤，这或许是尉迟王族兄弟之间的最后一别吧。总尝，法藏，王子，僧人，亦佛亦人，江山家国，凡尘三界，若此去搬不来救兵，战事再起，王子不返，一盏青灯终老，客死异乡，古于阗国的最后一缕皇族血脉就可能永留中土了。

一切都是命运使然啊。于阗与汉家，西域与东方，早在你中有我、我中有你的激烈碰撞中交织、融和了千载。于阗乃美玉之邦，而中原自古便有崇玉为礼器的历史，仁义君王，孝悌儿男，皆以白玉之纯、温润如玉的谦谦君子风度自喻。故对于阗国有一种剪不断、理还乱的汉家情结。

一如于阗国王城将破时，于阗国王尉迟输罗眼睛里饱含深情的泪水，因为他热爱这片王土，一片丰饶之地。

尉迟王族生于斯、长于斯，但，最早的一支出自何方？史家普遍的看法是，公元前3世纪，东土移民1万余人来到于阗河下游。不久，印度阿育王宰辅耶舍也率领7000人越葱岭，东去至此，遂决定联合建国，这就是《大唐西域记》中的"瞿萨旦那国"。从人种上说，主要居民是伊朗的西亚人、印度人和汉人。早在公元前2世纪，于阗这个城邦就已经出现。当时，王国的都城就设在距和田西9公里的约特干。张骞出使西域，从大月氏返回时，路经于阗。是时，于阗国都设在西城，人口仅19300人，全国有3300多户，战士2400人。

于阗国的第一次扩张是西汉末年，皇室势弱，中原战乱，无暇顾及西域极边，当年经营河西的大汉军队已鞭长莫及。于是，于阗国乘机向外扩张，称雄丝路南道。此时，于阗国居民达32000户，83000人口，30000精兵，几乎全民皆兵。其版图东起罗布泊，南邻吐蕃，西南至葱岭，西北入疏勒。偌大的版图堪称背倚昆仑，前瞰绿洲，犹如金瓯一片，美玉一块，无一点伤缺。

到了晋代，虽是偏安一隅，于阗国王仍以与中原王朝联系为荣，被册封为"晋守传中大都附奉晋大侯亲晋于阗王"。

公元 444 年，北魏晋王拓跋伏罗马踏尤野，横戈青藏，带兵攻打青藏高原上的另一番国吐谷浑。兵至乐都，抄小路攻击吐浴浑国王慕利延，杀五千人，慕利延回撤白兰。其侄子慕拾寅逃至河西；一万三千人由慕利延堂弟慕容伏念带着投了北魏。而慕利延因此战大败，带着族人败退到于阗国，杀死于阗王，占据这片美玉之乡长达二百多年。

公元 674 年，大唐设立安西、北庭节度使藩镇，安西治所在龟兹，设毗沙都督府，封于阗王尉迟伏阇雄为都督。一代名将高仙芝就曾经做过于阗镇守使。后来，于阗王尉迟屈密即位，将王子送到长安做质子，被授予相当于都督的毗沙将军衔位，于阗便在大唐的统辖之下，成为一种君臣关系。

唐家风雨汉家烟。

在佛教东传的道上，作为南丝绸之路的重要一站，于阗是一个主要传播中心。

曹魏时，中国第一个到达于阗的僧人叫朱士行。魏甘露五年，朱士行辞别魏都，西行取经。一路风餐露宿，历经千辛万苦。穿过荒无人烟的戈壁、沙海，抵达西域佛国于阗，行程一万余里。

于阗地处西域丝绸之南端，与佛教源头印度仅有一道葱岭之隔，梵香正盛，被中原僧人誉为"小西天"。可朱士行抵于阗后，发现此国当时盛行小乘佛教，对大乘极为排斥。听说朱士行欲去天竺取大乘之经，便将他扣了下来，终生不让离开。朱士行只好留在于阗，一面参拜佛，一面搜寻大乘佛教独有的《般若经》《放光般若经》梵文原本，共有 90 多章、60 多万字，他青灯古卷，精心翻译，请人抄写了一份，并让弟子法饶等 10 人将经卷送回洛阳。

朱士行最终圆寂于阗，一缕梵香之中，遥望中原。

后晋法显比朱士行幸运。彼时，大乘已经成了于阗国教，所以他路经于阗国时，发现"其国丰乐，人民殷盛，尽皆奉法，以法乐相娱。众僧乃数万人，多大乘学，皆有众食。彼国人民垦居，家家门前皆起小塔，最大者可高二丈许，作四方僧房，供给客僧及余所须……"

玄奘修得正果，取了真经，返国途中，路过于阗，受到热情接待。当时，于阗国已大半是沙碛，但气候温和，人民的性情也温恭有礼而崇尚佛法。玄奘来到于阗大约是在公元 7 世纪，当时于阗已经有上百所寺院、近 5000 名僧侣，其中也有外国来此挂单修行的僧人。

然而，汉唐以降，在中国人的记忆中，于阗，却以美玉闻名于世，自然是地地道道的"美玉之邦"。

于阗国王李圣天、李从德父子堪称西域最有作为的一国之君，马背君王。父子两个以于阗一个区区小国，对抗一个强大的阿拉伯帝国，无疑是以卵击石。可是一如诗中所写，平时于阗将士亦农亦兵，春时战马耕田，战时跃身上马，攻城略地，与喀喇汗王朝进行了长达20年的战争，互有胜负。然而，长年的征战，却耗尽了于阗国的国力、兵力和精血。城池最终陷落，只是一个时间早晚的问题，其实这一天已经悄然逼近了。然而，李从德仍然不忘合纵连横，派出于阗国最后一位使臣，让自己的王弟总尝从西天迎请佛陀顶骨真身舍利，再携镇国之宝390斤白玉出使大宋国，可谓用心良苦。

总尝已经走了两年，多少个朝云暮雨，于阗国王李从德似乎还像当年苦等吉祥大师归来一样，站在城垛之上，等着法藏大师，等着大宋王朝的军队从那片大流沙中走出来。

然而，等来的却是十几万如蚁如潮如沙暴一样涌来的喀喇汗王朝的铁骑。

于阗国将破，大宋援兵却迟迟不至。看来，于阗国王李从德只能靠自救了。

19. 于阗国殇

尉迟输罗驰马回到了王宫，将麾下的文武大臣召至廷上，说："本王准备倾于阗国一国之兵，再与喀喇汗王朝决一死战。"

群臣骇然，皆心有余悸。与喀喇汗王朝的战争已经打了20多年，虽然于阗国略占上风，但也是互有输赢啊。先是攻入疏勒国的国都，但只是短暂地风光了一阵子，不久之后，穆萨·阿尔斯兰汗卷土重来，迅速夺回了喀什噶尔、叶尔羌等地，与于阗国形成了多年对峙之势。刚刚硝烟散尽的英吉沙东北边境之战，可谓血雨腥风，血流成河。

到了冬天，喀喇喀什河飘雪了，亦漂着浮尸滚滚而来。血流成河啊，时光之河，也全都凝固在了公元998年1月。

半年前，于阗天空刚吹来一阵阵暖风，阳光灿烂，玉龙喀什河解冻了，春天已至，春耕过后，国王尉迟输罗春风得意，带着一支3万人的军队，踏上了讨伐喀喇汗王朝的征途。于阗军队推进很快，迅速推进到喀什噶尔城下，将城郭团团围住，如铁桶一样，让疏勒王都里的人插翅难飞。当时喀喇汗王朝大汗是穆萨·阿尔斯兰汗。他城门紧闭，不与于阗军交战，欲逼其粮草耗尽，不战自退。然，长期围困，却造成了疏勒国都城内发生饥荒，民心浮动。穆萨·阿尔斯兰汗被迫出城背水一战。

眼看陷入于阗国军队的重围之中，穆萨大汗戴上战盔，跃身上马，带着最精锐的卫队，突发奇兵，从城门奔突而出东，直奔于阗军的指挥中帐。那简直就是一场混战。尉迟输罗乱中手持利剑，直逼穆萨·阿尔斯兰汗，两国之王过招，等于是一场单挑，你来我往，一战就是几十个回合，杀个天昏地暗。落日将尽，一阵罡风袭来，沙尘暴铺天盖地。穆萨·阿尔斯兰手一挥，喀喇汗王朝的军队一拥而上，人多势众，向沙暴一样，扑向了于阗国军队，喋血杀戮，血流成河。

暮色四合，于阗军队战败了，被迫撤退到了两国边界的英吉沙一带。穆萨·阿尔斯兰汗率军紧随其后，跟踪追击，双方在两国边界上形成了对峙之势。

转瞬之间，便是伊斯兰教教历388年（公元998年）1月末，穆萨自改信伊斯兰教后，一切按国师之示为上，尤其重本教礼仪。即便在前方，到了斋戒日，依然号令全军，马放南山，兵戟掷地，不吃不喝，到清真寺或白色帐篷里念经悔过。于阗王一生马背天下，下马可治国，上马能征战，堪称西域一代虎将。他抓住喀喇汗王朝官兵做礼拜的机会，绝地反击。在那个礼拜天的清晨，晓色初露，大地一片寂然，喀喇昆仑仍沉静如梦。尉迟输罗率领大军冲进了喀喇汗王朝军队早祷的帐篷。

穆萨·阿尔斯兰汗起得很早，在大帐中沐浴，净身，然后跪于军帐之中，平举双手，按国师之导，念经祈祷。

寂静的军帐中突然喧嚣四起，喊声、哭声、厮杀声、马啸声震天动地。侍卫长匆匆进了穆萨·阿尔斯兰的帐篷，惊呼道："汗王，于阗国军队攻进来了。"

"啊！"穆萨·阿尔斯兰一骨碌爬了起来，急忙让侍卫替自己穿上战袍、铠甲，牵过战马，跃身上马。但此刻喀喇汗王朝军队已经一片大乱，于阗王尉迟输罗已经带兵攻过来了。乱军之中，穆萨带着卫队左突右冲，一批一批的于阗兵将他们团团围住，穆萨汗王手持弯刀，左砍右劈，手起头落，但是于阗军队实在太勇敢了，前赴后继。一批将士倒下来，另一批又蜂拥而来，长矛大刀纷纷刺向喀喇汗王。

于阗国王到底是马背王子出身，武艺高强，战术一流，百万军中，剑如长虹，划过之后，一注注碧血冲天。穆萨·阿尔斯兰汗勒马回头便跑，于阗国王麾下的两位战将努克、八克穷追不舍。终于，被三匹战马卷入黄沙之中，于阗国王的两位虎将一前一后，堵住了他的去路。长矛剑戟同时插进了他的铠甲，血染白雪。努克抽出佩剑，剑起头落，砍下了穆萨·阿尔斯兰汗的头颅。当于阗国王提着阿尔斯兰汗的头颅出现在大军阵前时，盘马弯弓，两位将军跑到喀喇汗王朝的军队前，举起穆萨·阿尔斯兰汗的头颅。喀喇汗王朝的军队皆惊恐万状，大汗已殁，群龙无首，只好望风而逃。

喀喇汗王朝军队大败，大批将士战死，阿里·阿尔斯兰汗也在激战中阵亡。

于阗国王终于扳回一城，回到国都之后，喀喇汗王朝大汗穆萨·阿尔斯兰汗的躯体便被于阗军抛弃在奥当麻扎。尉迟输罗下令，其头颅被带到喀什噶尔艾斯克萨城堡的城门上，悬首示众，直到后来于阗国破。后来，穆斯林信众在他阵亡的地方为他建造了陵墓，陵墓至今尚存，只埋了阿尔斯兰汗的骷髅之头。穆萨汗王的头颅则被喀喇汗王朝隆重安葬在距艾斯克萨古堡不远的吐曼河畔，这就是我们今日所看到的"阿尔斯兰汗麻扎"。

　　阿尔斯兰汗死后，长子阿赫马德·托干汗继位。阿赫马德·托干汗执政后，继续同于阗作战。

　　尉迟输罗觉得自己的机会来了。喀喇汗王朝老汗王已死，幼主新立，政局未稳。不久，喀什噶尔发生了反对伊斯兰教的暴动，国内反抗声浪高涨，对于一位军事家来说，这是绝好的机会，趁对方立足未稳，给喀喇汗王朝最后致命的一击。

　　然而，于阗国王犯了一个致命的错误。乘人之危，反而激起了对方破釜沉舟，绝地反击，此其一。再则，于阗国在英吉沙边境的最后一战，也不过是偷袭之战，侥幸成功。自己的军队早已经元气大伤，本应休养生息，恢复后再战，可尉迟输罗觉得这是最后的机会了，想一仗鼎定江山。

　　果然，开始进展很顺利。于阗乘机出兵，一举占领喀什噶尔。阿赫马德·托干汗不得不派其堂兄弟玉素甫·卡德尔汗前往中亚，向副汗求援。

　　这已经成为一场宗教战争。阿拉伯帝国副汗派出了一支由四位伊玛目率领的4万人的军队，随玉素甫·卡德尔汗火速赶往喀什噶尔。由于这支生力军的参战，喀喇汗王朝士气大振，战局急转直下。早已疲于战争的于阗军队渐渐不支，开始溃退，喀喇汗王朝收复了喀什噶尔。

　　公元1000年11月11日，于阗国军诱敌深入到今策勒县南部山地的波斯坦乡，战斗前，雇佣军为了鼓舞士气，举行了一次大型礼拜。于阗军队利用敌人做礼拜的机会突然发起攻击，雇佣军在做礼拜时没有带武器，又来不及备马，结果陷入一片混乱，四散奔逃。一场鏖战，卡德尔大军大败，来自麦达音的4位伊玛目全部丧生，喀喇汗王朝付出了沉重的代价。至今在波斯坦乡还能看到有名的"四伊玛目麻扎"。这一惨败，直接导致喀喇汗王朝在于阗的胜利化为泡影，不得不立即撤军。

　　几年后，喀喇汗王朝从失败的阴影中走出来，再度恢复实力，相继向萨曼尼王朝和于阗国发起新一轮的进攻。

　　玉素甫·卡德尔汗进入喀什噶尔后，征集了两万名穆斯林士兵，连同原来的军队，号称14万大军。喀喇汗王朝军队经过重新武装后，开始向于阗进发。在叶城的库姆热瓦特两军展开了激战，于1006年围攻于阗王城，于阗军队多处设防，顽强抵抗，但都被雇佣军相继击破。最终雇佣军兵临于阗城下。无奈之下，于阗王决定投降，全国改信伊斯兰教。于阗将军乔克和努克拒绝改变信仰，率领一部分同样信仰坚定的军民向昆仑山退去。喀拉汗王朝的雇佣军不战而胜，顺利占领了于阗。

战争并没有就此结束。乔克和努克在昆仑山中与追击而来的喀喇汗雇佣军进行了殊死的搏斗。雇佣军来自远方，不熟悉昆仑山中的地形，常常不知方向，屡屡受到乔克和努克的袭击，伤亡惨重，士气空前低落。就这样，这批外国雇佣军被乔克和努克率领的军队彻底歼灭。

喀喇汗王朝对萨曼尼王朝的战争最终以失败而结束，但在于阗的战争中取得了胜利，于阗国都再次被占领，喀喇汗王朝征服了于阗全境。

然而，战争取得了全胜，却埋下了分裂的种子。前任阿里·阿尔斯兰汗的几个儿子自以为是王朝嫡派而大为不满。从1041年起，在玉素甫·卡德尔汗手中曾经强大统一的喀喇汗王朝，开始形成分别以喀什噶尔与撒马尔罕为中心的东部喀喇汗王朝与西部喀喇汗王朝。

在政治、经济和文化方面，喀喇汗王朝长期与中原保持着密切联系。公元933年夏，在喀什噶尔的索图克·布格拉汗向居于华北的辽朝派出过第一个友好使团，公元940年辽朝派使团回访成功；至1068年间，仅据我国正史所记，喀喇汗王朝就向辽朝遣使16次。1009年，自玉素甫·卡德尔汗开始，向宋王朝派出了第一个友好使团。至1088年间，喀喇汗王朝共向宋朝派出使团达50余次。有时，一年间数次。其中1063年（宋嘉祐八年），东部喀喇汗王朝大汗托格鲁尔·喀拉扦·马赫穆德（玉素甫·卡德尔汗的第三子）从喀什噶尔遣使入宋，宋朝正式册封托格鲁尔为"特进归忠保顺鈰麟喀喇汗王"。

坛城之南卷

第六级 巡礼圣境

20. 东方阿舅大官家

大宋端拱三年的春天吧。

一炉檀香袅袅，弥漫于汴京早朝的紫宸殿上。宋太宗赵匡义将肥胖的身躯倚在龙榻之上，眼睛半睁半闭。昨晚与年轻贵妃缱绻了半夜，酥得骨架都快散了，多想偎香倚红，睡个懒觉，可还是被那娘娘腔的太监给唤醒了。做皇帝也有人管，真不自由。他狠狠地踢了太监一脚，从贵妃那白如凝脂的怀中慢腾腾地起来，更衣，坐上大轿，颤颤颠颠地进了金銮殿，仍然春梦未醒。

真烦！早朝官员们唠唠叨叨些什么？宋太宗睁开龙瞳，仿佛又看到陈桥兵变那一幕，犹在昨天，太祖黄袍加身。风水轮流转，大位落到自己屁股底下。皇权在握十四载了，经历建隆、太平兴国之治，但帝国的豪强却难以如日中天，边域仍旧动荡不安。东、西突厥人总在找麻烦，掳掠邻邦，妄想坐大，称雄漠北和葱岭。西域小国纷纷派使臣入汴京，祈望东方阿舅大官家做主，一代英主岂可坐视天下不管？然，收禁军之虎符于皇室，大宋实行的是弱兵之策。虽太祖跃身马背，率兵亲征，挥戈甘陕，打通了河西之道，可是血流成河，无定河边垒白骨啊。跟着太祖班师回朝，回望身后的队伍，从汴京而来的禁军死伤过半，宋太宗当时忽然有一种胜者的落寞：战争并非是最好的政治。

晓风残月，凉风徐徐，仍有几缕倒春寒。宋太宗被太监卷轿帘的寒风惊醒了："陛下！到了。"又是那令人烦心的公鸭嗓音。起身下轿，踱着方步登上殿堂，落座在龙椅上。坐直身子，黄袍朱帽，又是一派九五之尊。春梦初醒，忽闻午门晨钟响起，执掌宫廷礼仪的官员拖着长长的嗓音禀报，"于阗国使者王子法藏大师到！"

使者？法藏？宋太宗悚然一惊。问群臣："还没有到朝贡的时候，于阗国使者来大宋干什么？会不会是边域陡变？"

站在庭下的中书令说："陛下多虑了，近闻于阗大捷，杀了喀喇汗穆萨阿尔斯兰汗，于阗国国王派使者来贺。"

兵部尚书说："贺捷只此其一；有事相商，此其二；抑或还有其三……才是于阗国遣使汴京的目的。"

"哦！"宋太宗捋了一把美须说，"众卿家，于阗国称吾大宋为阿舅官家，每年遣使不绝于道，白玉、白象都送过了，亲善可嘉啊。你们说这回会有何事？"

中书令揣摩皇帝心思，想着如何回答是好。

"还会有什么事！"门下省大臣接过话题道，"余以为大事啊！派王子做使臣，一定是于阗国危啊。如今，与于阗边界相邻的喀喇汗王朝羽翼丰满，改信伊斯兰教，兼并了邻近诸部落，祈望一统西域。想是于阗战事吃紧，搬救兵来了。"

"卿家所云，朕甚明了。这等事，为何总与于阗国有关嘛？"宋太宗问道。

"喀喇汗王朝觊觎于阗国，尉迟输罗岂不如坐针毡？"一位大臣道。

宋太宗突然从龙椅上一跃而起，睿眸炯炯，直逼兵部尚书："这么说，于阗国是来央求大宋出兵了？"

"恐怕是！"兵部尚书点头答道。

"哦！"宋太宗沉吟了片刻，道，"太祖当年在朝，便与朕议过，大宋之强敌，仍是东北方之契丹，燕云十六州就握在他们手中。朕继大位后，不顾契丹要挟，灭北汉，收回太原城，后与契丹在幽燕交手，未料遭到契丹之主耶律贤的顽强抵抗，虽一度兵临北京城，但高梁河之败，幽燕未得。契丹主归天，朕二度发兵，兵分数路，东进幽燕，仍再败，而西突塞外，却得了大同。现在东有契丹，西有西夏。都在虎视眈眈着汴梁，大宋军队若进河西，经营西域，中原空虚，等于东门洞开，大辽便会长驱直入，直捣汴京，不啻拱手让出中原。再则，大宋的西北方，另一支唐兀人崛起，赵保机（又名李建迁）称王，建立了西夏王国，横亘于阿拉善、鄂尔多斯一带，并相机占领大宋的军事重镇灵州，直逼宁州。一东一西，两个虎狼之国觊觎大宋江山。朕已下过多道圣旨，大宋王朝对西域诸国，只持道义，不动干戈，于阗远在万里之遥，大宋国鞭长莫及啊。"

殿下众臣心知肚明，前有恶虎，后边恶狼，大宋王朝已经自顾不暇，哪有力量远征西域？若出兵，定会危及江山社稷。

因而，这些年来，无论于阗国派多少遣使于宋，大宋王朝从未派过一兵一卒，最多就派了一个 157 名沙门组成的佛宣慰团。意在告诉西域诸国，大宋乃于阗国之坚强后盾。仅能如此啊，那么赵宋皇帝会给予阗国的最后一位使臣——于阗王子法藏一个机会吗？

"宣于阗王子法藏吧，朕要见见他。"宋太宗朝站在一旁的太监挥了挥手。

"宣于阗国使者法藏觐见！"站在宋太宗一侧的宦官，操着公鸭嗓子喊道。

"宣于阗国使者觐见……"

太监的呼喊声，传到汴京皇城甬道之上。

于阗王子法藏大师走出驿馆，将一袭红褐袈裟往肩上一抛，手捧舍利金瓶，身后紧跟着于阗国王室的随从，抬着 390 斤白玉，牵着汗血宝马，朝着大宋朝的皇宫宣德宫城徐徐而行。

法藏仰首望去，早春的阳光从殿堂的门口斜照进来。紫宸殿上，金碧辉煌，宋太宗一脸英气，龙袍在身，头戴一顶方正的乌纱帽，黑色加白底的靴子多少有些夸张。因母后曾是沙洲归义军首领曹义军之女，法藏能说汉语，交流起来并无障碍。

"阿弥陀佛，"法藏以僧侣之身份向大宋皇帝行了一个礼，然后递上了于阗国国王李从德委派他带来的国书。

仁立皇帝一旁的内宦念道，"于阗国王尉迟输罗上书表曰——东方日出处大世界田地主汉家阿舅大官家：

于阗国者，去中国一万余里，带甲三万人余，数十年间，北有喀喇汗王朝为恶，南有高昌回纥作我欢邻，东有大宋国为我强援，乃东方日出处大世界田地主汉家阿舅大官家也。

于阗国初立，始与东方日出处亲善，历汉、魏晋、隋、唐，直至大宋，于阗国王族尉迟之姓，乃大唐所赐，王后系沙洲大王曹议金之女也，圣天衣冠如中国，从德亦然。然，喀喇汗王朝初立，灭佛兴回，角力竞斗，虽十年岂得休哉！从德即念天民无辜，受此涂炭之苦，国主自见伐之后，夙夜思念，是为自祖宗之世，求救大宋国也，中国者，礼乐之所存，恩信之所出，动止猷为，必适于正。喀喇汗王朝肆诈穷兵，侵人之土疆，残人之黎庶，毁人之佛寺，是乖中国之体，为外邦之羞。若汉家阿舅家大宋朝兴甲兵，大举征讨，盖天子与边臣之议，与于阗国数路进兵，一举可定也。故去年有英沙吉之役，今秋有喀什噶尔之战，斩穆萨·阿尔斯兰汗贼头，悬城门之上也，然，较其胜负，非于阗王所能定矣。今遣王弟总尝，自西天数载，迎请世尊金顶骨肉身舍利、佛祖行像、菩提叶，连同于阗国贡聘白玉390斤，细马两匹，皆敬奉汉家阿舅大官家也，若祖宗之盟既阻，君臣之分不交，存亡之机，发不旋踵，朝廷岂不恤哉！何如哉！

可谓葱岭落日孤城闭，浊酒一杯家万里。"

内廷宦官念完于阗国书之后，宋太宗对法藏大师道："欣闻带来了佛陀顶骨舍利，从何处取得？"

"小僧受于阗国王之托，专至西天，历时数年之久，终于取回世尊金顶骨肉身舍利。"

"大师一路西行，千辛万苦，其诚可感，其行可敬。朕赐紫衣一套。"

"谢大宋国皇帝！"法藏道，"总尝自出家之后，便不再过问身外之事，人在三界外，不问凡尘事，专心侍佛念经。然，佛家言，救人一命，胜造七级浮屠；而救一国之亡，则如菩萨再世。虽法藏力不能及，但受于阗王所托，法藏仍勇往直前，徒步西天，九死一生。纵使再行东土，舍身饲虎，为了东方乐土，有佛世尊顶骨舍利保佑，也在所不辞。唯有一愿，便是请大宋汉家阿舅恤于阗苍生之苦，救黎民于水火之中，亦保一方佛家净土平安吉祥。"

宋太宗点了点头道："法藏大师所言极是，出之肺腑，其忠可感，其诚可敬啊。汉家与于阗，从古至今，一家人也。彼称吾为阿舅，此甥舅之盟也。斯时，于阗子民深遭喀喇汗涂炭，大宋理应出兵，解生灵于水火，然，兵者，国之大事也。兵家云，故国虽大，好战必亡，天下虽安，忘战心亡。如今大宋国东北方有契丹的虎狼之师，西北方又有西夏王突兀而起，首尾难顾啊，想法藏大师亦有所闻。于阗国请求出兵之事，容朕再好好想想，与各位卿家们商量一个上上之策。鉴于法藏大师为于阗安，万里艽野，独为舍利，图一国正大光明，朕再赐一个封号：'光正大师'。"

"谢大宋阿舅皇帝！"

"哈哈！"宋太宗一阵仰天大笑。

散朝了。法藏走出大殿，捧着紫衣，拥有大宋皇帝赐的"光正大师"封号，他的心情却一点儿也高兴不起来。此行中土，又是竹篮打水一场空。虽说瘦死的骆驼比马大，可是此时的大宋皇帝，早已经没了秦皇汉武、隋主唐宗那种席卷天下、包举宇内、囊括四海之意，并吞八荒之心了。一朝文武，温文尔雅，格局太小，无法与大唐群臣比肩。且志不在西域，而被前门契丹和后门的西夏国死死地拖住了。

朝议几载，未见结果，皇帝迟迟下不了决心，这有可能是无限期地拖下去。法藏和于阗国的随从们唯有在驿馆里等待。

21. 故国不可望兮，唯有哭泣

京城的小麦绿了几回，大宋国兵援于阗，却始终未落地成果。

坐在菩提树下，唯有等吧。法藏早就悟到，世间一切劫难，皆有定数，天意难违啊！坐在汴京大相国寺里青灯之下念经打坐，冥想加持，神思却掠过葱岭之上的佛国世界。

故国已远，晓风残月，葱岭雪飘，不曾入梦来。可是，有一天傍晚，暮鼓刚刚敲过，黄昏泛起，大相国寺一片寂然。那个能容万人的寺中广场空无一人，交换货物的百姓已经散去，流散于天井周遭的僧舍喧嚣渐远，只有几声昏鸦鼓噪，衬托着黄昏的寂静。阿弥陀佛，终得一片清净，终于回到一个安宁世界。这时，住持方丈突然疾步而入，令法藏有些意外。更始料未及的是，一脸平静的住持方丈竟然告诉他一个石破天惊的噩耗：于阗亡国了！此话一出，令已经心如止水的法藏，顿起波澜。他有点不敢相信，询问住持方丈，此消息从何而来。方丈说："近日，河西道上熙来攘往，一群又一群从于阗国逃命出来的西域僧人，纷纷栖身于河西走廊、陕、甘等一带的佛家寺院，也有人东入汴梁、洛阳。问起缘由，则说国破山河碎啊。于阗国已不复存在，喀喇汗王朝兵甲破城，于阗国王率民众出城而降，寺庙被毁，佛家弟子若不皈依伊斯兰教，格杀勿论，逃得快者，捡了一条性命，纷纷逃遁于中原等地的崇佛之国。"

法藏遽然一惊："那整个尉迟王族都难逃此劫啊！"

"生死难卜啊，"住持方丈点头道，"唯有向从于阗国都里逃出来的僧众打听，方会有确切的消息。"

法藏默默地点了点头。谢过方丈，将其送出门后，那盈动于眼帘的泪水，最终还是涌了出来。谁道沙门已断却七情六欲，只是未到国破之时，当自己的一国、一族、一家被灭绝时，那撕心裂肺的痛，纵使是石狮子，也会掬一捧悲悯之泪，何况人者。

　　然，出家之人，生死寂灭，皆为往生，逝者如斯，那是一种苦难的解脱，一种生命的轮回和涅槃。那天傍晚，法藏很快便抑制住生死别离之痛，心渐渐平静了下来。其实，于阗国之劫，也许只是风传。它距离中土万里之遥，黄沙滚滚，瀚漠茫茫，其间横亘着一座又一座大雪岭，国殇之事传至汴京，最起码已经是两年前的事情了。他必须找到一位灭国之时逃出来的沙门或百姓，询问详情，弄清于阗国究竟发生了什么。

　　忽一天，一位西域僧到大相国寺夏坐。到佛堂念经时恰好与法藏不期而遇，原来是王兴寺里的旧识。

　　僧自故乡来，应知亡国事。那位从于阗国来的高僧大德向法藏讲述了他离开于阗之后两年的战事。

　　于阗国王战败身亡。于阗国城破，新王投降，从此被灭。

　　只有两位将军乔克和努克不愿投降，带着残部跑进昆仑山中，坚持了数年。一度还埋伏打击了喀喇汗王朝的军队，攻入喀什噶尔，但也是昙花一现，最终未能挽回败局。随着乔克和努克率领的残部被歼灭，在西域的历史天空中存活了一千多年的于阗国最后消失在葱岭吹来的雪风中。

　　故国已经不在，消失在了历史的风尘中。

　　虽然一切皆有定数，于阗国的千年之劫还是让法藏有一种无法释怀的心痛。

　　翌日早晨，当大相国寺里的晨钟刚刚敲响，法藏步出自己的僧舍，来到大相国寺的塔前。穿过木塔的拱门，沿梯而上，直至塔的最高一层。登高凭栏，朝西远眺，晓风残月，那颗北斗星仍在闪烁，校正着历史的天空，一条从昆仑山腹地奔来的大河绸带绕大宋王朝的国都汴梁城而过，月光之下，一条大河从天而降，折射着那一轮灰白的月亮。

　　这是喀喇昆仑之月吗？还是于阗国的月亮？明月几时有，仍照在故国城墙的垛堞之上。及至壮年的总尝，总也忘不了父王李圣天当政之时，母后是沙洲大王曹家的女儿，那是中原旺族的血脉啊。三个王子从德为大，琮原为二王子，而总尝则是最小的，父王李圣天有意要将一国之主的王杖传给大王子李从德，而作为小王子的总尝，唯有出家，献身于佛陀作为自己的人生归宿。

　　记得剃度之时，一束青丝落下，他便将自己的青春年华全部交给了青灯古刹，梵香磬钟。繁华宠幸皆成为过眼烟云，簪缨鼎食成为遥远记忆，饭钵袈裟、布履素装，锁住了那白玉马、千金裘、夜光杯和颜如玉的追求。

经声阵阵，绕梁多日不散；法号呜呜，那是一个极乐世界的呼唤；梵香袅袅，供奉的佛陀在上，蒲团长跪，五百年前的佛前一瞥，成了今日的青灯木鱼之守望。缘尽尘绝，那一缕缕故国之思，仍然成了法藏的最后乡愁。

晓天将尽，东方既白。东京的城郭上，一轮晨曦从大河流过的尽头浮浮冉冉而起，照着这流金洪波之上。黄河之水天上来，奔流到海不复返。西望大河源头，那一座座大雪山之后，就是于阗王子总尝的故国，尉迟王族已灭门，千年古国不再。西望长安，西望河西，西望葱岭，望不尽西域天涯路，于阗故国再不会有故人而来。

西边厚厚的云层之后，故国不可望兮，唯有痛哭。

哭过了，那只是一个佛门子弟一滴悲悯之泪，早已经流尽。于阗王子总尝已经彻底死了，尘缘了却，一个叫法藏的光正大师复活了，拭去脸庞上挂着的最后一滴残泪，大宋王朝的帝都又慢慢从长夜中苏醒，重现那人间浓郁的气息。

法藏走下大相国寺的隋塔，款步回到自己的僧舍。一炷梵香袅袅，太阳斜射进来，照在蒲团之上，骤然长跪，向那座佛陀行像和供奉的舍利磕了三个长头，口念经文，开始了自己的早课。

晌午时分，寂静的大相国寺门前，石板路上突然响起了清脆的马蹄声。驰马过后，在两个石狮面前戛然停下。紧随其后的轿子轿帘掀开了，侧身走出一个太监，那是大宋皇帝身边的近侍。前边有禁军卫士开道，后边则紧随大宋帝国管理宗教事务的左右僧正、僧录等人。步入大相国寺的殿堂，太监扯着长长的公鸭嗓子喊道："于阗国法藏大师听旨！"

法藏被主寺方丈从僧舍里唤了出来。大宋皇帝下诏，派分管佛教事宜的官员前来宣旨。因为法藏来自于阗国，又是比丘，可免跪下之礼。他唱了一个喏，躬身还礼："阿弥陀佛，于阗国王兴寺比丘，大宋皇帝御封光正大师法藏接旨。"

"奉天承运，皇帝诏曰，于阗国光正大师法藏，念眷皇帝化风，久居中原，弘法无边，特许挟西天取来之世尊金顶骨肉身舍利、佛陀行像、菩提叶，赐御马两匹、闹装金鞍辔，驿券请俸，乞于国内巡礼圣境，奉宣云游西川至峨眉、代州五台山、泗州等地。钦此。"

法藏跪下接旨，口中喃喃而语："遵旨！"

众僧皆惊。这可不是一般的待遇啊，简直是皇家王族出行的最高标准，才可能获此殊荣啊。鞍辔，就是鞍子和驾驭牲口的嚼子，宋朝规定，"御马鞍勒之制，有金、玉、水晶和金涂等四等闹装，仁宗景佑三年，诏官非五品以上，毋得乘闹装银鞍，其乘金涂银装绦子促结鞍辔者，自文武升朝官及内职、禁军指挥使、诸班押班、厢军都虞候、防团副使以上，听之。政和三年，始赐金花鞍鞯，诸王不施狱坐。宣和末始赐，中兴因之"。由此可见，闹装金鞍辔，可是最高等级了。驿站和州府县衙，看此马头和身上的金鞍辔，便知皇家御封的特使来了。

数日之后，法藏携着西天取来的圣物，跨上御马，驮着经书和于阗国留给的万贯珠宝和白玉，开始了他漫长的奉宣云游神州之旅。

（原载《中国作家》2016 年第 6 期）

笼门打开了，"风"托举摇摇晃晃的飞翔。

但，毕竟在飞——

断翅天使飞（节选）

余　艳

广州、西安、北京三地跑下来，再看"慧灵智障人士服务机构"，我像在观众席上欣赏一场雄浑激昂的交响乐。阵容强大的乐团组合我熟悉，一个个极具特点的"演奏家"我都认识——

指挥：孟维娜，被称为"钉在十字架上担当的慧灵创始人"；

首席1：张武娟，被公认为集团化管理贡献最多的"慧灵阿庆嫂"；

首席2：张丽宏，团结大西北凝聚合力的专业领导型"西域大使"；

演奏者：元老霞姐，社工小符、军哥；钢琴王子思铭、舞蹈天使白茹、织布行家辉仔、地铁专家阿斌，还有叶帝、阿锋、李怿、何凡……

全体"演奏者"已在舞台准备就位，大团队、大阵容啊——全国慧灵16个省市区22家分支机构超350名员工，以及被呵护的1000余名智障人士……他们坎坷人生酿出的独特音符，揪心故事演绎的激越旋律，都将在这里集结汇聚，奏一曲震撼心灵、回报社会之强音。

台下已座无虚席，都是关心慧灵、呵护弱势群体的爱心人士。他们来自广州、西安、北京？不，是来自举国上下、世界各地——爱，让他们走在一起；爱，相邀着，让他们共同为慢生命鼓掌。

奇妙的背景效果压着这一主题，在巨大屏幕上呈现——

被阳光洗过的白云；被清风洗过的碧波；被春潮洗过的原野；被泪水洗过的透明。还有，被众多爱的目光洗过的感动……无论多少清纯，凸显的只有一个主调——洁白纯净的爱！

我理解，那是信仰被圣洁洗过的——坚定。

序曲响起，悠扬低鸣仿若天籁——那是刻在我脑海里慧灵的生动与鲜活，幻化成几组意象画面：

30 年，从清晨到日暮，为心智障碍孩子，一群人，一生情；

30 年，从青丝到白发，为家长带去希望，一份爱，一世缘；

30 年，从激情到睿智，创立社区化慧灵，一句话，一起走；

30 年，从冰冬到硕秋，推动行业发展，一个梦，一辈子！

序曲——我们关傻了一笼人，该放飞了！

有这么一群人，他们不够聪慧，只是因为他们与上帝交换了纯真。抑或又是来到人间不小心撞了头、受了点伤。他们行为看起来笨拙，说着人们不懂的咿呀语调，比画着大家难懂的手势。可正因为这样，他们是世间保持赤子之心的折翼天使。

幸运的是，"风"来了，托举着。于是，摇摇晃晃，他们起飞……

时间倒回到 2007 年秋天。

那天是个丽日晴天，早晨八九点钟的太阳生机勃勃地照在"广州慧灵成人托养中心"牌匾上。转眼，光线内移，照在院内一群东倒西歪的人身上。他们或站不直、或坐不稳，本能地回避阳光，脸上除了呆滞、傻笑，就是习惯的阴郁，青春的太阳照着他们，也是暗淡无光。

张武娟抬头看了看头顶上一群自由的小鸟，蓝蓝的天空上它们自由地飞来飞去，多好啊！再看身边的智障人群，她突然不管不顾、几乎命令式地指挥中心主任张红霞——"把门打开！"

其实一月前，张武娟就下达了今天的指令。当时，员工们对这个决定除了惊恐就是担心，但还是计划着、准备着一个月后敞开大门的危机预案：大门打开，智障人士该注意什么？社区大妈、社区保安都要做些什么准备？

眼下，一个月过去，人称霞姐的张红霞主任还是犹豫着，用眼神点醒周围本已严阵以待的护工们，仿佛在示意他们进入一级战备状态。像开闸泄洪般，她小心地慢慢把门打开。她知道，不能幅度太大，否则，后面也许就是不好控制的洪水肆虐。

门开了，好久，没有动静，木呆的人群还是木呆地呆在原地。

闸开了，蓄积已久的洪水呢？怎么不奔涌倾泻、大浪滔天？

张武娟突然对身边的人吼道："铭峰，你不是想回家吗，怎么不走？老蒋，你都逃几次了，这下门开了，你走啊……"

他们还是木呆着不回应。这时，员工中传来低沉的声音，好似为一段悲剧致悼词："他们……已经不会走了。"

张武娟猛地抬头看天，本想掩饰内心的酸痛，眼泪却一下挂满脸颊，她哽咽着说："我们……我们把人关傻了，敞开大门他们都不会走……好好的人关这些年，也关坏了。该——放飞了！"

"他们是断翅的天使。"有来自空中的提醒。

"我们就是托举的风！"张武娟朝着天在心里喊。不能看着他们像败叶飘离枝头，旋转坠落。化作风我们也要托举——飞，摇摇晃晃也是飞。

这里是位于广州市新广二路天鸿花园 28、29 栋连片的一楼，这集中院落叫"慧灵成人托养中心"。广州慧灵 10 个服务智障人士的其中一个点，又是慧灵"全面实行开放式管理，平等参与社区建设"最需要改革的地方——这天是 2007 年 9 月的一天。

8 年后的 2015 年……

第 1 乐章：蜗牛也是牛，虽慢，更牛

因为总是缓慢，我们被称作蜗牛。身上的壳是重量也是梦想。我们努力地往前爬，等待阳光静静地照在脸上。小小的天有太大的梦想，重重的壳里有轻轻的仰望。我想拥有一份工作，我想绘出独特的画作，我想站在舞台中央……是的，我想告诉所有人，我慢，但我一直在路上。一闪一闪微弱的光，却努力想把夜空照亮。

像这场命运交响乐，主角是一群特殊的"孩子"——一群智力在 1 岁到 6 岁的"大孩子"。因智力残缺长期备受歧视，他们有着成年人的身体，却有一颗纯真善良的心。

慧灵一开始就面对他们。

曾几何时，慧灵做过拔苗助长的农夫，又像宠溺花儿的父母，老担心他们的生存，怀疑他们的能力。于是，就用爱筑一个封闭的温室，把他们暖起来，与世隔绝。可是，温室的花朵哪经得起太阳的曝晒、狂风的肆虐？慢慢地，他们丧失了独立生存的能力，更不可能有什么未来。

"我们不是神，没有权利管住他们的命运。尽管是断翅的天使，我们最多做鼓励的风，当助推的力，在共同携手的路上，做他们成长的见证者。而命运——只能握在他们自己手上。"

总裁孟维娜说完这番话，慧灵就开始作学员走出庇荫、走进阳光天地的转变。从 2007 年 9 月"开笼放飞"的那一天起，"慧灵智障人士服务机构"

传统的托养中心，开始让智障人士逐渐融入社会，慢慢学会成长，学习劳动技能，开始走进这个同样属于他们的世界。

总部设在广州，北京、西安、重庆等16个省市都有分支机构，致力于为14岁以上心智障碍人士，提供日间培训、职前训练、庇护性和支持性就业辅导，以及晚间的社区家庭住宿服务。采用的是开放社区化服务模式，希望每一个孩子能融入社区，像正常人一样生活。

爱，就像一个跳动的音符，与残缺一路同行；

力，又像潜藏的生命呐喊，让智障者不再沉默……

一、我努力、我快乐、我成长——智障学员篇

一群特殊的"孩子"，曾经因为智力残缺而备受歧视。现在他们走出自家的庇荫，在大家的帮助下，通过慧灵的专业服务，慢慢学会劳动技能，学会了成长，逐渐融入社会，开始学会走进这个同样属于他们的世界。

几场秋雨，几场北风，古城西安已是冬日的韵律。人们已为雪花的到来，准备温暖的迎候。西安慧灵就在热气腾腾的气氛中，为就业部三岁生日准备独特的庆典——就业有功者在这里接受颁奖。

这里大部分学员都有一份适合的工作，有固定的劳务收入，可爱的学员过上了上班族生活。为了鼓励学员刻苦、拼搏、勇争第一的"蜗牛精神"，这次，他们拿出2700元作奖金。文艺节目、颁奖词，搞得像模像样。

"钱虽然不多，却是双向鼓励。"机构总干事张丽宏主持完颁奖后，说。

真好，喜庆祥和中，我结识了一个个获奖的精英、鲜活的学员。

（1）爱跳舞的白茹

白茹是慧灵绘画工作室小有名气的画家，又是艺术团台柱，经常外出表演。她演技精湛，深受欢迎。

站在台上领奖的白茹就像站在舞台上表演一样有范儿，脸上焕发出丝绸般的异质光彩。她是大家公认的形象大使，深深的酒窝、爱笑的脸庞、柔软的身躯、优美的舞姿，是慧灵众人皆知的"super star"。

打眼一看，白茹就是个纯真、欢快的女孩，时常是表演、工作两手抓。"表演"对于白茹来说从来就是小菜一碟，即兴而起，信手拈来，有音乐就有恰如其分的舞蹈。《天竺少女》曾是她自编自演的节目，多少场演出，多少人为她感动。现场几乎所有人都为她点赞，还都将录制的视频发到朋友圈。

看她到位与优美的动作和表情，谁能想到她是智障人士？曾经，妈妈为

给她找个合适的学校受尽了白眼，最后只能把她关在家里……可现在，她做一份清洁工的活儿，有收入，还能与人沟通，34 岁的她比 24 岁的姑娘还年轻，青春在她爱笑爱跳的生命旅途上像是驻足不前了。

正因为工作和表演都是一把好手，她做着一份清洁工的工作，拖地、擦桌子、清理教室、迎来送往。每天早出晚归，坚持每个细节、每个详细步骤都按最高标准，喜笑待人，勤快做事。所到之处，别人鼓励她，她也感染别人。有个朗诵节目里这样说她——

因为有她，周边有了更多的阳光；因为有她，大家感受了梦想的力量……

（2）阿峰：从巴士粉丝到面包师

当阿峰的爸爸领着 1 米 9 高的他来到慧灵庇护工场，爸爸说，阿峰已经从启智学校毕业一年，每天都自己在外面坐公交车，一辆换一辆地坐。

阿峰是个巴士迷，坐在他喜欢的巴士里，窗外飞驰而过的一幕幕，在他眼中就像电影一般有趣。

麦子烘焙培训班招生了，阿峰父母决定为他报名。他们希望儿子能有一技之长，而不是整天坐车玩。可最开始，他依然逃跑后去坐巴士玩，后来爱上了做面包，不跑了。他负责烘烤，常年站在烤炉旁，嘴唇泛起了一层干燥的皮。在工友看来，那是阿峰努力工作的勋章。

阿峰的梦想是拥有一个"面包王国"。这对心智障碍的他来说，并不容易。烘焙坊里还有 9 位和阿峰相似的工友，在社工和面包师傅指导之下，他们用新鲜鸡蛋、浓郁黄油搅拌在有机面粉里，经过几百次的揉搓，温柔地激活面团里的酵母，然后轻轻放进烤炉，最后出炉正宗的欧式面包。

口味有多正宗？就连欧洲顾客都赞不绝口！

然而，能做出一手好面包的阿峰和他的同伴们，是为数极少的幸运儿。在中国，心智障碍人士是所有残障人士中最难就业的群体，他们平均只有不到 10% 的人能够找到工作。但另外 90% 隐匿在人群之外的也渴望融入，成为像阿峰那样的人。

挑战一个接一个。阿峰爱上了面包，却又面临从来没有离开亲人的独立生活。到这里他要独自料理自己，半年过后，他成为麦子烘焙第一个正式雇用的员工。原因嘛，他能自己管理自己了：每天 6 点多起床，7 点前上班；下班后，回到公寓休息、看书、看电视，到旁边广场散步运动，周末回家探访父母。曾经对生活很渺茫的阿峰，现在可以安心地生活。因为他有一份固定的工作，可以攒钱养自己，不必让父母担心。

最近，阿峰参加一个研讨会，听台湾的老师讲什么是自主生活：包括自我选择、自我决策、自我负责，阿峰觉得他已经一步步接近这个目标了。

（3）莉莉：从"独立团"到独立倡导

23 岁的莉莉在 2015 年 7 月跟随蜗牛网的人，踏上第一个没有父母陪伴的旅程。

那时，她看起来独立、懂事，快乐地享受着旅行，也热情地关心着身边的同伴。她相信自己长大了，相信自己能行。她跟着 3 位同伴一起出发，大家玩笑地称他们是"独立团"。

平时的莉莉希望自己不是那个总被照顾的人，而要用自己的力量帮助更有需要的人。很多心智障碍者都得到了这个"同类姐姐"的关爱。所以，当蜗牛网举办"蜗主张，蜗精彩——心智障碍者自主生活风采奖"评选时，她理所当然成为受邀选手，向来自全国包括大陆、香港、澳门、台湾地区的心智障碍者，展示自己对生活的热爱与追求，以及对心智障碍者群体融入社会、维护权益的殷切向往。

她在几百人的大会上勇敢发言，提出：为心智障碍者设立婚姻介绍机构；心智障碍者也要平等享有住房公积金；心智障碍者与家长进入残联，替自身群体反映现状、表达诉求。10 月下旬，莉莉被推荐代表中国心智障碍者参加在美国举办的融合国际会议。

现在的她忙着到处演讲，分享美国之行的所见所闻，还拉着蜗牛网社工教她制作 PPT。蜗牛网依照她的特长，为她量身定做一个手工小组老师的机会，莉莉十分重视，认真准备活动策划，向蜗牛网社工寻求专业支持。

难怪蜗牛网里全夸她：莉莉是一位有着"领袖"气质的蜗牛会员。

（4）刘佳男和朱岳松

刘佳男在托养中心，总是用五彩的画笔绘出他飞翔的轨迹。

当命运的绳索无情地束缚自己，当别人叹息命运的不公时，他依然固执地为梦想插上翅膀，用绘画诠释自己。刘佳男是个内敛、率真的男孩，他的每一幅作品都充满了他内心的色彩，暖色更多，代表他的阳光和快乐；也有冷色调，诠释他内心的无奈。家人是他心中最大的牵挂，作品售出拿到收入，是他最开心的时刻。他是个孝顺的孩子，收入自己从来不舍得花，全数给抚养他的奶奶。

像姚明一样高大帅气的朱岳松有很多闪光点，最难能可贵的就是勤劳坚持。哪里需要，就在哪里出现。把被需要当成快乐，谁叫他，都是欢快地跑进跑出，脸上洋溢着单纯的笑，双手诠释劳动的快乐，永不失活力。他所到之处，就像一个快乐的铃铛，把欢乐洒了一路。因此，人称他是工场的催化剂！

....

张丽宏，一直陪着我认识这些学员，不无骄傲地对我说："如果，生意的收入与支出，两数相减便是盈利。像佳男、岳松的人生账簿上，记录了满满的付出与收获，两数相加，就是成就，他们的成就啊！你知道，这成就多金贵吗？"说话中，丽宏眼里闪着泪花。"不易啊，它让你感动，让你倍加珍惜，还生生地放不下。"

我信，我真的信！该被别人照顾、爱护的他们，开始自立，还反过来关爱别人，是能让我们这些"智者"，在"残缺"的生命中获得完美的感动和慰藉。25年来，慧灵让智障儿这个名词取代了"白痴""废物"。不搞悲情，代之以希望；不只被动地依赖捐助，而向独立自主转变。

可是，这样的生命进步，要经历多少常人没有的曲折。

"何止是曲折，几乎是毁灭。二三十年前，众人对心身障碍的人是当怪物看的。那眼光、心念充满着歧视。我们慧灵就有这样的家——当两个孩子都出现智障，就有人在背后指指戳戳，甚至恶毒地说，是前世做了亏心事，轮回到今生遭报应。这样的怪物憋在家还算了，放出来吓人就是你们的不对和失德，难道你们还想报应到下一代身上吗……这个家呀，母亲就几次寻短见，想带走这俩孩子，未果。从此将两个大活人紧闭在家，关成无法见光的幽暗魅影……"

"好在，'幽暗魅影'成了现在的阳光丽影。因为，我们有一帮敬业的老师。"

但谁不知道，学员"开放日"，就是老师"受难时"……

二、我付出、我快乐、我收获——敬业老师篇

他们总把自己藏在小小角落，无助的眼神在黑暗中闪烁。在他们的心中，这个世界没有快乐，只有无尽的落寞。好在，老师来了——

不要害怕不要孤单，伸出双手让我拉住你，爱的传递会给你力量。当阳光洒满你紧闭的心房，你会看到那片明媚春光。洗去你眼底的尘埃，挥去那一片阴霾。真心沟通，让心灵传递最美的爱；风雨来临，拥你入怀，爱的传递再给你力量。

是的，开放了，放飞了。老师来了，家也来了。

慧灵的转折点是推行"社区家园"的模式，模拟正常的家庭生活。孩子们白天去慧灵日间服务中心学习，下午四五点钟回到社区家庭里，与"兄弟姐妹"和"妈妈"一起买菜做饭看电视，有分工地做家务劳动，过正常人的家庭生活。

智障人士王钊的妈妈流着泪为这种新创举鼓掌。她回忆说："王钊懂事了，一天，他跪在我面前说:'妈妈，你走了之后我怎么办? 谁来养我?'我说你先起来，有什么问题都要坚强面对。多少回呀，我想在自己快不行时，一起结束两条生命。我害怕遭遇意外，我怕自己突然离去，留下孩子怎么办……我知道，我连病的权利都没有，更没有独自死去的权利。但我真没有过高要求，只希望孩子能自食其力、生活快乐。现在看来，有希望了，不算奢望了……"

经过不断地发展，"社区化服务模式"率先改变集体院舍的隔离模式，让智障人士回归社区生活，像普通人一样享受社交、娱乐、培训和就业的快乐。

慧灵将这种模式迅速复制和裂变。

（1）爱是一种信仰：王春燕苦辣酸甜后的坚持

第一次见王春燕，没想到这位慧灵的家庭辅导员说出的第一句话竟然是"咖啡的苦与甜不在于怎么搅和，而在于是否加糖"。哟，有境界——爱心就是她工作中的那份糖。可再从她口中说出"爱是一种信仰"，我就隐隐感觉，她更多的是说不出的酸和苦。

一个平凡的母亲，带着6个不平凡的孩子。领着他们一起买菜、逛街，身后常有窃窃追问：这个妈妈，怎么生这么多傻孩子，这日子哪得完哦……身边的孩子听到都想"反抗"，可她依然笑呵呵地劝说：我们都表现乖、有进步，以后别人就会夸我们……

可是，就这个全心"护犊子"的母亲，被智障孩子连打几次，打得差点住院!

"多少次我是准备拔腿走人，可身后还有5个不能离人的孩子。他们企盼的目光，他们离了人可能出现的危险。关键，他们都是需要保护的一生一次的生命! 那个间隙性狂躁症孩子，打了之后也知道错，哇哇地直哭，拉着你不让走。你能怎么着? 心一软就迈不开腿。再打，再狠心走，可还是……迈、迈不开腿哟。"

陪春燕大姐流泪，我还没想通，她可话音一转，变调了："我也有被感动的时候，仔细算算，失去和得到，好像得到的更多……"惊讶之后只能再听故事。

那是一次重感冒，她昏昏沉沉睡着了。不多久，有双温暖的手试试她的额头，接着就有"王妈妈，您喝点水，您发烧……"那是小欣，端一杯水坐在她的床边。还没等她起身，另几个孩子都围过来，齐刷刷地六杯水全端在她面前。王春燕的眼泪一下流下来。她被强按在床上休息，再等起床，天哪，屋子里拖得干干净净，喷香的饭菜已端上桌，六个孩子都争着给她盛饭……

像这种感动，王春燕记不得有多少回。可有一次的震撼，成为她坚定留下来的主要原因。

那事发生在一个叫"跃跃"的孩子身上。王春燕轮休假快休完的时候，接到跃跃电话："王妈妈，你是不是不来了？不要我们了……"王春燕知道是孩子们想她了。这个山东沂蒙山的女儿，回去一趟挺不容易。她顺口一说"过几天就回去了"。孩子在电话里就有了笑声。可王妈妈回家后一眼发现缺了跃跃。一问，跃跃让家长带回家严加管制去了。因为，这段时间他老"逃跑"，机构被吓过好几回，全家、全院都在找，还惊动了110。可有两次他自己回来了，还有一次大家在长途汽车站找到他。说这话时，老师加重语气："幸亏找到了，要不，他不知会坐车跑多远……"

王春燕顶着一头雾水先把跃跃接回来，那"出逃"结果意外呈现——跃跃是去接王妈妈，"我接了好多天，我想早点……接到你……"

早该想到的，你付出了爱是会收获更多的情，这些单纯善良的孩子，他们智商低，情商可不差。

于是，就有十二年如一日的坚守，4380天不离不弃的陪伴。执着、坚定、宽容、仁厚。"爱是一种信仰"，她有了来自灵魂、来自生命的力量；相偎相依，风雨同行，她执着打开一个个迷宫般的心灵，再用爱建造一个天堂般的"家"。

难怪，机构在收集孩子们的感激，给了王春燕这样的颁奖词——

我的特立独行，老师，你用心揣摩；我不安的情绪，老师，你默默陪伴；我喃喃的自语，老师，你倾心聆听；我的天天展翅，还是老师你，"风"一般给力……

谢谢老师，您的尽心尽力，让我更加勇敢更加自信！

（2）"变了，他们全变了"——红霞老师收到的特殊礼物

红霞老师一直想给学员一个个美妙的梦，到后来，单色的梦就拼接成了五彩缤纷。

精美的泡泡泥，让学员捏出他们的梦幻，也给他们的生活带去无限乐趣；

大大的抱枕飞往天南地北的同时，让更多人见证了爱的成就；

贴心的脖套，密缝爱心，让冬日的温暖在家长、在社会弥久留心。

红霞的职训组有8名学员，每天在照顾好他们的日常生活与活动之外，今年还开发了泡泡泥、冰箱贴、抱枕、脖套、套袖等新产品。在志愿者的帮助下，抱枕卖到了全国各地。可最初，学员刚开始连针都拿不住，经过一段时间的训练后，才慢慢心静手稳。像李明鑫、王珂现在缝的针脚又齐又细，可以独立缝制精小的作品。关键是在训练过程中，让学员坐得住、静得下，专注力、动手力和生活技能全方位提升。

像一首歌里唱的："有一个梦，由你启动，把汗水融化成满脸笑容。每一个人，一样有用，用心付出总有好梦。"

终于到了检验的时候了。

这是一次亲子活动，每个学员都为自己的父母缝了一个脖套。作品各具花样，有的记住了妈妈喜欢的颜色，有的粘上个"福"字把祝福奉上，还有的将自己的画绣在上面。这天，表演结束后，学员们将亲手缝好的脖套戴在自己父母的脖子上。

袁承成的家长激动地一手搂着孩子，一手拉着老师："谢谢，谢谢。以后，寒冷的冬天，我们不冷了……"这些含辛茹苦的父母感受到了来自智障儿女的爱，也感受到慧灵的精心服务。难怪，家长说得最多的一句话就是："变了，他们全都变了……"

这些孩子来到世上，从出生的那一天起，就被上天做了个记号。他们不幸，他们承受着别人无法想象的"生命之重"；但他们有幸，遇上了千锤百炼的爱，遇上了能正眼相看生命的老师。正是老师悲悯与智慧的付出，孩子们有尊严地学习，有呵护地生活。他们实现了生命的超然价值，成为永恒的天使。

第2乐章：泪水也是水，苦酿，变甜

断翅的天使，我不能让你哭泣，让残留的痛随风远去。你曾经是个美丽的天使，上天放弃你的完美，是想将断翅的伤痛让你用微笑代替。可断了翅，你忍着痛，飞，摇摇欲坠。不能看着你坠落，多少人化作"风"托举你，不让你委屈，为你遮挡风雨。

听，谁在说："为你不流泪，哪怕让我来流泪……"

慧灵有一台很著名的舞台剧《天之水滴》，许多人看了，问"天之水滴"是什么？汗水，泪水？雨水，还是爱心，真诚？团结的力量？慧灵创始人孟维娜的解释——

每一个人都可以是天之水滴，只要水滴汇于江河，便能融为一体，形成无穷大的力量，赶走可怕的"厄尔尼诺怪兽"。

那么，用"天之水滴"来形容智障人士是贴切的。真的不要小看从天上飘洒下来的每一滴水，他们是带着神圣和神秘来到人世，是来昭示生命意义的。

用"天之水滴"来形容"慧灵智障人士服务机构"也是贴切的，真的不要小看从天上飘洒下来的这一滴水——"慧灵智障人士服务机构"，他们是来为上天"补漏"的，堪称今日的"女娲"。

从1985年筹办至灵学校、1990年改名成立慧灵，截至目前有38个分机构中心和64个社区家庭、102个社区服务点。

队伍庞大了，影响起来了，是当初孟维娜想都不敢想的规模。可要问她30年最有感触的，轮不上"成就"与"喜悦"，她会自然倒出那一腔"酸苦辣"。

从业30年，她曾4次被家长告上法庭。虽有惊无险，但一次次站在被告席上，她痛彻心扉。

从业30年，她还被自己创办的至灵学校开除，无奈中她只想：创办一个事业，创办人不担当谁担当？

从业30年，遭遇不止一次被当作贪污挪用或沽名钓誉的坏人，她至今珍藏的"慧灵文物"中有递交法院的诉状……

慧灵经历的风风雨雨，是一言难尽的。曾经因为房租离开慧灵小院，员工和学员们流离失所；也曾因为财务危机，员工时常发不出工资；但没有什么苦难，能阻拦慧灵在各地发展；没有任何坎坷，能妨碍慧灵最终的发展和壮大。

其中一个转折点，是2009年初。

18岁的孤残儿小飞（化名）从福利院里偷跑出来找到了孟维娜。孟维娜问他为什么要逃跑，小飞说："我只是走路不方便，脑子没问题，我不想被当作精神病人一样关起来，在福利院的生活是浪费时间。"小飞的故事真实反映了当时民政系统福利院的"大集中营"形式，对孩子成长带来的不利影响。

正值元宵节，孟维娜带着小飞敲开了民政部社会福利和慈善事业促进司司长王振耀办公室的门，用小飞的亲身经历呼吁改变"圈养"模式，让孩子进入正常家庭生活，给他们平等生活的权利。"改变残障人士的弱势地位，他们需要的不只是钱和帮助，而是真正的像正常人一样，融入社会，得到人们的接受和认同！"

王振耀对孟维娜的许多观点非常认同——让智障人士走进丰富多彩的社区。然而，时隔不久……

（1）孟维娜，哭泣的平安夜

2010 年本应是北京慧灵庆祝成立 10 周年的纪念，但服务 10 年却无从找到"业务主管"完成"民非企"登记，结果诸如税务、筹款等问题得不到政府和社会的支持，又哪有心思庆祝呢？

几天前从媒体得知，又发生了 60 多名智障人士集体被拐卖到新疆做苦工的消息，这一次又一次惨无人道地践踏生命，就像她自己在水深火热之中挣扎！分布在全国十个省份地区的上千名慧灵学员、家长和员工纷纷签署抗议书，提交媒体和中残联。

也就在这期间，有关部门到她家"检查安全"；又有朝阳门辖区的另一个"有关部门"到慧灵四合院"检查执照"；还几次被税务官员传唤，北京慧灵报税不完整、必须去工商登记处补税，并接受处罚……

服务这些弱势群体、把机构建好，怎么就这么难？本来资金来源就紧张。国内喝不到"母奶"，就一向依赖"洋奶"。但 2008 年的全球金融危机，国外资助方都自身难保，慧灵自然受到影响。他们面临着生死存亡步步维艰。每年的大半日子，孟维娜都在焦虑中度过……

她的思绪被带到 20 世纪 80 年代，一个工会干部怎么投身人道事业了呢？

那时，高中毕业的孟维娜已在广州解放家具厂当上了工会干部，发发劳保用品，写写黑板报……日子一天天逝去，孟维娜总觉得少了点儿什么。一个偶然的机会，孟维娜决定开始自己的"人道主义"事业——办残疾人康复，并将服务人群锁定在了智障人士。

当时福利机构都是国家办的，孟维娜既无资金又无技术，要想办福利机构只能从境外寻求资金和经验上的支持。当年 5 月，孟维娜赴港探访并争取到了香港明爱机构的支持。

起步时的招生效果出人意料的好，竟有上百名家长带着孩子前来报名。合作的香港专家认为，根据人力和经验，他们首期只能招 50 个轻度智障的孩子，但孟维娜经不起家长的渴求，自作主张超额招收了 96 个，其中很多都是中度以上智障儿童。

孟维娜的艰难就从那时开始了。

（2）打断骨头连着筋的抱团

1985 年，全国第一家引进"外资"的智障人士特殊教育学校——广州至灵学校诞生了，那是今日慧灵的前身，孟维娜主持的。然而，超员重负造成第一个难关是资金严重不足。家长站出来了——那是一帮打断骨头连着筋的娘家人。每个家庭借给学校 500 元，96 个家庭筹集了近 5 万元，解了孟维娜的燃眉之急。

家长再次站出来，是从自家又背又拉地往学校送米送煤。每天 100 多名师生三餐粮食不够，孟维娜带着老师和家长偷偷到粮油店托关系走后门，在这儿买 5 斤米，在那儿买 10 斤面。今天的人难以想象，这个看上去富于戏剧性的场面，稍不小心在当时就是扰乱经济秩序的违法行为。

与吃饭问题相比，体制滞后则让至灵地位尴尬。孟维娜创办智障学校，给地方政府出了难题——没有任何与民办社会公益事业相关的法规政策，学校的性质无法确定，归口更是无据可循，成为一个没有身份的"黑户"，只能是它的结果。为了"身份"问题，孟维娜有些不近情理地对政府部门轮番轰炸，甚至与主管市长面对面"交锋"，最终不欢而散。到 1986 年 10 月，学校在广州市天河区教育局正式备案注册，时距 1985 年 9 月 1 日开学已一年有余。

（3）"黑户"突破"集中营"

"北京慧灵"静静地落坐。推开院门，几棵大树枝繁叶茂，摆在地上、窗台上的盆景争相斗艳，房间里挂满了精彩纷呈的艺术品。孟维娜精神很好，不无感触地说："和那些孩子相比，我们已经很幸福了。如今历练多了，坚强了，乐观了，会努力用生命去影响生命，让每一个生命都释放它夺目的光彩。"

是的，孟维娜从在广州创办中国第一家专门收养弱智儿童的民办学校开始，就面临学员毕业后无处可去的难题。

经过调查了解，孟维娜发现，16 岁以后，是智障人士的一个"空当期"。接受九年义务教育毕业后的智障孩子，缺乏再教育的机构。这些孩子年龄小，无法工作，父母只好把他们禁闭在家中，没有属于他们的社会活动场所。

让智障人士做到"自强、自立、自理、互助"，是孟维娜创办至灵学校的初衷。她一心想培养智障孩子的生活技能，帮助他们融入社会。然而，社会上普遍存在的"集中营"式的教育模式却让她担心。

经过探索，他们终于将传统封闭模式转向社区服务模式，成为中国相同领域的"异类"。事实证明，孟维娜的社区服务模式是有利于智障人士成长的，因为慧灵提供了一个"社会环境"，一个自由活动的空间。

但香港合作方认为，为保持高规格的专业标准，不能再扩大服务范围，更何况民间机构不是政府，也不是救世主。孟维娜很清楚其中的道理，但她无法拒绝家长们的渴望，又一次通过"集资"的形式，一开学就接收了 20 名毕业学员。

这就是 1990 年，为大龄智障人士提供职业培训的——广州慧灵机构，至灵变慧灵。

这，孟维娜无疑又给自己找了个大麻烦。又何止是麻烦，慧灵所有人都跟着她走了一条"不稳定中稳定发展 20 年"的坎坷路。孟维娜说："我自己被钉在十字架上担当，我不后悔、不退缩。可让我的同路人一起受磨难，我心疼，我不忍啊！就为她们，我几近绝望、濒临崩溃……"

"黑户"突破"集中营"，随后而来的是一艘艘小船在大风大浪中颠簸，甚至濒临颠覆！

（4）张武娟，想做"亲娘养的民营孩子"

中国慧灵 2013 年有两个重大喜事。一是终于登记成功"广东慧灵智障人士扶助基金会"。二是战略规划型"集团化"管理。这些关键性、战略性的突飞猛进都和身为中国慧灵决策委员张武娟的努力分不开，和她具有"阿庆嫂"的智慧分不开。

"广东慧灵智障人士扶助基金会"这一事关"中国慧灵范本性"资质登记成功，给一个庞大的分布全国各地的服务机构，解决了"无户口"的难题。在"黑户"这问题上，他们尝够了苦头。比如北京慧灵，一家公司计划捐赠一笔钱，一听说慧灵是企业性质，无法开具捐赠发票，这家公司放弃了捐款。"人家说你们是企业，可以从事营利活动，我们还捐什么钱？"不仅如此，慧灵学员进社区、工厂表演也难以被批准，也因慧灵的"企业"身份，很多人以为他们"有利可图"。并且，工商注册，慧灵不但承担企业一样的税率，同时对各方的捐款也不能享受免税优惠。其实，张武娟主持的广东慧灵又何尝不是这样。

张武娟是湖南"辣妹子"，有着湖南人的睿智、泼辣、能干和机灵，是个张弛有度、柔韧有余的人。这个中国慧灵目前的行政总监，毕业后从事普教工作 3 年，加入慧灵 20 余年，与慧灵、与心智障碍者结下了不解之缘。从助教到小组老师，从小组老师到中心主任，再到广州慧灵总干事、行政总监，主要为各地慧灵提供行政管理咨询、行政支持，建立全国慧灵共同使用的管理条文，对各地慧灵进行永续经营的评估，招募各省慧灵总干事……她的工作既繁杂又重要。

平日的张武娟，是一个白领，有文化气息、衣着得体、谈吐优雅，又在慧灵多年，与政府打交道，她知道火候在哪儿，明白哪里可以打"擦边球"。但"撂翻"她了，她能"辣"到坐人家办公室，还要别人给她备盒饭。

张武娟曾经在民政局上了"一周的班"。那是民间组织捐资的 38 万要到账，资质却还在"走程序"。这下，她那"辣"劲上来了，出发前跟同事讲好：“从今天起，别排我的活儿，我到政府上班，当一回公务员去。”

当然，张武娟的"辣"是有底气的，她始终相信慧灵做的是造福万代的善事。也相信，人心都是肉长的，连弱者都不帮的人，能强到哪儿去？

真上政府部门了，领导不出面，她能坐在领导办公室，天黑也不走；到了吃饭时候，饿得眼冒金星，她就是不动，最后还是别人给她备好盒饭送来……倔强的同时让人又感动她的执着，笨拙的办法体现着她强烈的责任感。最后，对政府的提问，她对答如流，该坚持的寸步不让，该妥协的也大将风度。沟通渐渐到位了，政府对慧灵也有信心、真正了解啦，再也不怀疑其动机。在不知修改了多少回表格、跑了多少个政府部门后，终于拿到营业执照。整个慧灵啊，都为之欢呼雀跃——张武娟拿下的执照，让整个慧灵看到了希望。

第二件事，是慧灵发展到独立登记20多个执照的众多机构，却在管理、服务上缺乏统一标准而各自为战。这有很大的安全隐患，在几次慧灵高层峰会上，大家都提议，通过战略规划寻找解决问题的方案。对此，张武娟贡献的意见最多，也是参与和建立集团化管理非常关键的人。

我赶到广州采访她，看到她清理的那厚厚一整套"管理制度文本"，我才知道这项惠及整个慧灵的既广又深的"海量"工程，被张武娟拿下，是多么需要魄力和智慧。张武娟成了慧灵这个庞大机构制定规则的人。

然而，抵达成功的磨难又有谁知？小船般在大风巨浪中颠簸，磨难还在后头呢。

（5）张丽宏：在"一个也不能少"中改变方向

《一个也不能少》原本是慧灵的一个舞台剧，说的是钢琴王子阿铭（思铭扮演）在排练中因紧张影响了大家，出于自责偷偷出走，路途上被黑煤窑的"坏人"拐走。艺术团成员难过之后发誓要找回阿铭。于是，许多人走了一条艰苦的寻找路……

张丽宏怎么也没想到，剧里讲的故事，会一次次发生在她的身边，蚀骨之痛、揪心之苦让她几次崩溃绝望。痛定后深深反思：谁才是我们的服务主体？

张丽宏，中国慧灵目前第一个以社工背景出任的一把手。作为西安慧灵总干事兼西部慧灵平台总协调员，她工作的硕果一直有目共睹：

2005年成功筹办重庆慧灵，2008年和2011年兰州慧灵、商洛慧灵均在她手上相继成立。

她协调着包括西安、青海、重庆、兰州的大西北板块，拥有15名比较稳定的社工团队，以团队优势尝试着与政府合作，不但争取了资源，更重要的是倡导影响政府改变慈善观念，把单纯照顾型转变为政府参与型，以至于中国西部每个慧灵的"出生"，都离不开她的付出和坚韧。

张丽宏的能力、实干、智慧不用怀疑。从湖南长沙民政学院社工专业毕业就到慧灵，她一干就是12年。可就这么个专业出身、又吃得苦霸得蛮的年轻干部，对生命之重的感受是"重在对生命的尊重、生存的尊严和生活的支持"。而这样发自肺腑的体会，却是活生生、血淋淋的教训换来的。

2008年5月7号，一个学员丢失。正赶上汶川地震，电视里响起的"无论你走到哪里，我都要找到你"，让张丽宏他们倍感揪心和煎熬。丢了人，机构里鸡飞狗跳、彻底翻天地整整找寻15天。那种寻找，一天天的煎熬，吃不下睡不安，白天上班晚上找人，上万份寻人启事，登报上电视，还多次"110"。无果中再去教堂祈祷，甚至请"易经师"测算中心点，上百名志愿者在西安城内地毯式搜查，那是一分一秒地数着的痛苦和煎熬……

终于，在他家附近找到了！可谁知道，这还算是个幸运的例子。

接下去的11月2号，又一个学员不见了，5天以后在水塘里发现了已没有生命的他……虽然是集体活动，虽然把孩子交给了家长。可好好的、活生生的生命，一不小心就……

这时的张丽宏停下所有筹款、找项目、公关政府等大而光鲜的事，带领全体员工集体反思。她痛啊，流泪不止，原本是想送给学员快乐，怎么就送他上了天堂？她细致处理后事，作祈祷、送花圈，追悼会上亲自致悼词。这时候啊，她只想多聚点温暖，别让逝者冰冷地离去。

从2002年西安慧灵成立到2015年，这里共发生走失事件17起。"出逃"的根源在哪里？是这些学员想看看外面的世界？是他们想逃离现实"投奔自由"？他们想父母亲人，是我们没把"心桥"架好，还是我们尽心不够、他们不温暖？

再看看自己，绝大多数的精力都在忙着做大做强、找钱找靠，给员工提高福利，留住专业社工，为机构作出影响……为此，天天忙、时时累。可当学员丢了，你不得不放下所有的工作，走在这条揪心扯肺的寻找路上。

是的，我们犯了一个很大的错误，我们丢了服务的根本。我们到底是在为谁服务？

"再锁起大门"，有人提议。不，只求安全？不能因每年一两次"投奔自由"的学员，而把成百上千学员的自由之门再关上。张丽宏终于想清了：我们与"飞翔"配套的，只能是细致的管理、到位的服务。于是——

一个安全的防御机制和系统建立了，给爱跑的学员配GPS，便于随时能知道他们的行踪。

呼吁一个安全和更接纳的社会环境。张丽宏在各种演讲中都有她苦苦呼唤的声音："如果谁遇上迷路的孩子，哪怕帮他打一个电话，给一点儿吃的、喝的，或者找一个短期庇护的地方，哪怕报警，都是每一个社会成员小小的爱心、主动的意识，让丢失的智障孩子能够尽快回家，给他们一个更安全、自主的融入社会的机会，让全社会友爱之风形成一张大网，托举着、帮衬着……"

一个彻底的转变——以学员为中心，扎实做好服务，严防死守安全，让西安慧灵回到安宁中温暖、安全中推进的良性循环。

第 3 乐章：断翅也是翅，有爱，就飞

这是一群慢生命，却是这个世界独一无二的存在。这里，没有哀伤哭泣的天使，有的是维纳斯般迷人的微笑；这里，没有失败的灰心失意，有的是坚持不懈的努力；这里，没有海市蜃楼的幻影，有的是梦想的希望！

在慧灵，学员会画画，会做手工，会表演节目。他们想让自己每一分成长、一心一意不懈的努力和点滴的进步，请您见证：他们是——这世界唯一的自己。

（1）庇护工场的几个明星

思铭、辉仔和何凡都是蜗牛网会员，并都在慧灵庇护工场工作。他们是好朋友，2012 年一起参加音乐剧的排演。

思铭，真诚、善良、孝顺，素有"钢琴王子"的美誉，弹钢琴迄今已经18 年了。去年广州慧灵慈善晚宴，穿着绅士礼服的思铭，为各位嘉宾送上一曲曲优雅的琴乐。还凭借琴声和歌声勇夺首届"蜗牛好声音"亚军。思铭很爱妈妈，正如妈妈也爱他一样。

辉仔，热情、直率、主动。庇护工场有一台织布机，除了老师，只有辉仔会用，他常常专注织布，大家给他"织布专家"的雅号。辉仔还爱画画，部分画作参与了慧灵与意大利同行机构的巡展。辉仔很喜欢用他的粤语和普通话混着的声音与人分享蜗牛网的活动。表达比较跳跃，但相处会很开心。辉仔还是慧灵艺术团成员，在《一个也不能少》音乐剧中扮演部落首领，气场宏大、广受好评。

凡人的爱大抵如此，相遇、接纳、相爱、守护，无论健康或疾病，不离不弃。辉仔妈妈花了不短的时间接纳这个心智障碍的孩子，努力保持乐观积极的心态照顾他、爱他。

何凡，阳光、自信、细心。何凡担任过多次慧灵活动的主持人，穿上衬衫和西裤，打着领带的他很帅，也更自信。何凡平时在庇护工场主要的工作是画画，画风不拘一格，他希望有一天可以开一个属于自己的画展。何凡还有一个生活的大计划——结婚。他知道，画展和结婚都是要好好筹备的事。除了在庇护工场工作，何凡也会外出到一家书店包装光碟——挣钱。

虽然语言上有障碍，何凡对人却很和善，即使是初相识的朋友。他的原则性很强，在采访中，我们曾一起过马路，修路时的红绿灯已形同虚设，大家都想早点过去。他大手一拦，一个篮球裁判的暂停手势做得特专业、特庄严。自己坚定地站在马路外，还用手势阻拦着想闯红灯的我们。看到他严谨和善的坚持，大家都退回马路边，和他一起遵守交通规则。

（2）画室里，五彩缤纷的梦

他们是一群长不大的"孩子"，却用手中的画笔，用五彩缤纷的画，触动了人们心底最深处的柔软！

他们的画室堆满了油画颜料，虽然他们作画的速度很慢，但是他们一旦喜欢，就会一直坚持下去，一点一滴的累积，最后都在画布上变成美妙的创意。

在"冬日的太阳——慧灵智障人士艺术作品展"上，近百幅油画作品、近百件手工陶艺品，给广大观众带来了别样的温暖和感动。

"看了几件作品，眼泪就在眼眶里打转，不知道怎么形容我心中的震撼和感动。"观众陈女士看了画作后难抑心中的激动。这是一个特殊的展览，近百幅油画作品、近百件手工陶艺品，均出自一群智障人士之手，年龄最大的有39岁。画作中，有的线条细致拘谨、色彩简洁明亮；有的线条简单流畅，色彩却非常随意。

《阳光下的蒙娜丽莎》是一幅布面油画，这个蒙娜丽莎造型夸张，色彩丰富多样。作者是一位34岁的"唐氏儿"，她在画的右上方加了一个小小的太阳。她说，阳光下的蒙娜丽莎更加迷人。

阿豪，一个内向却非常有思想的大男孩，从小就酷爱画画，对于油画尤为喜欢。近来很喜欢临摹凡·高的作品，慢慢形成自己的画风，大胆、奔放，很具有想象力和创造力。他的画呀，成交率蛮高呢。

18岁的马嘉杰喜欢看报纸看新闻，他喜欢奥巴马、杰克逊，于是把他们都画了下来，用色十分特别，人物神似。他表示，希望有一天把画送给奥巴马。

广州大学美术与设计学院副教授周鲒也对展出作品给予高度评价。他说："看他们的绘画作品，不需要你的怜悯，不祈求你献爱心，你应该来试试，他们的艺术能否拯救眼睛与心灵。"

（3）军哥的清洁队就是棒

军哥叫潘存军，凡涉及智障人士就业问题，中国范围内他就是专家。

就业辅导是他的专长，他的评估与训练、就业形式与岗位开发、密集帮扶与自然支持相结合的实际操作经验，就连各种表格也体现他平日的严格训练。若带着问题与人探讨，更能学到他解决问题的实际操作技巧。

军哥这些经验来源于他最初的清洁队，那享誉业内的一支智障就业队。

2004 年，潘存军从长沙民政学院社工专业毕业就进入慧灵，智障人士的就业难题成了他悄悄攻关的课题。

他突破穿珠子、做手工等类似兴趣小组的传统项目，带领学员扎拖把、卖冷饮、帮厨、清洁，样样都干。近几年，时机成熟了，他转岗成了慧灵第一个就业辅导员。再摸索一段，组建起第一个小型保洁队进驻酒店、办公楼、小区和社区，一炮走红。保洁队成立三年，签约 5 个固定场所。4 名就业辅导员和 20 名学员每天都有班上，高高兴兴去，开开心心回。踏实的工作、稳定的收入，学员们干出了自身的价值。2013 年保洁业务收入 25 万元，占西安慧灵全年收入的 10%。

世界宣明会在一座摩天大楼里，白浩宇在这里承担保洁工作。这高级写字楼涉及的卫生流程可不少，要求也更高——抹布分色分工使用，擦桌子需要酒精，拖地需要 84 消毒液……这些，浩宇都能熟记并按要求操作。大楼里的白领冯主管感慨：浩宇一双清澈的大眼睛盯着每一个部位一丝不苟工作的时候，你会觉得他好清纯好圣洁，有种让你心疼的帅。大家都本能地不忍心丢下哪怕是一点点杂质。

其实，最初带浩宇的军哥，像父亲带着孩子去幼儿园。一早拉手搭肩地去，拖地，先示范；擦洗，记程序；为他们更好地分辨赤橙黄绿青蓝紫各色抹布的用途。慢慢地，他能脱手了；很快，他们成了"抢手货"。

就像生活中的浩宇，本是腼腆、低调、内敛，清洁队里，他可是"气场王子"。在就业组，无论把他换到哪里工作，他都动人以行、认真执着，不辞苦累，乐于助人，因而换来最多的甜美称赞。

第 4 乐章：困难也是难，不怕，向前

我是一棵柔弱的小草，生长在石缝的阴影里，我深情地凝望着蓝天，挺起瘦而倔强的身躯。我不羡慕那些幸运的种子，借助秋风的怜悯，飘落到肥沃的土地里。我不怕寒冬摧残了我的身躯，我要为春吐一丝青绿，即使寒冬在炉火中全部化为灰烬——我都愿意！

这天，主任霞姐、军哥和社工小符，在跟踪阿斌、小丽和叶帝的工作。这几个优秀学员其实早就不用管理，可霞姐总说这段时间，好像有点情绪波动的痕迹，她不放心，就将这工作提前了。

分三路，他们跟着学员出发了。

（1）阿斌，喜欢地铁的男孩儿

阿斌，执迷着有关地铁的一切，每天都会带着地铁模型和地铁线路图穿梭在上下班的路上。如果不是沟通障碍，你无法从外表上将他和智障人士相关联。在慧灵，阿斌负责把农场的蔬菜和面包送到客户手中。他之所以很乐意做这工作，是因为可以坐上他最喜欢的地铁。

这天，社区蔡主任要坐地铁去办点事儿，可他很少坐地铁，有点找不着北。

正好遇到阿斌，就让他带着。地铁站好多人啊，要挤，算了，最后还是选择了打车。可半个多小时后他又回来了，是没打上车。结果，他又遇上了阿斌。原来呀，这个小伙子一直站在他们分开的地方等他，足足等了蔡主任半个多小时啊！紧张得东张西望的阿斌，以为把蔡主任给弄丢了，正内疚呢。而蔡主任，感动之后见着阿斌，居然像小天使一样兴奋地说："阿斌的可爱让人感动，如今的人哪有这样赤诚的？他们对人不虚不假，不要滑弄巧，有的是真诚以待。唉，在他们面前，我们都'成熟'得让自己羞愧……"

军哥则对蔡主任的夸奖"不以为然"："他是地铁通，最喜欢帮助人！"

正说着，有人突然喊：阿斌，去"小寨"坐几号？——2号线。

去"轻工"呢？——1号线……

（2）小丽：在泥土里成长

农场开设的初衷是通过农业劳动，帮助智障人士利用大自然进行物理治疗康复。小丽的经历印证了这个初衷。

几年前，小丽从托养中心转到农场，成为农场第一批学员。从小在老西关长大，穿梭于闹市的街道巷弄，但一来到农场，一草一木，可爱的小动物都让小丽新奇、欣喜，她舍不得离开了。小丽喜欢地里的野花，喜欢鱼塘里的鸭子，喜欢收养田螺，喜欢给猫咪喂食，喜欢自由地呼吸空气。

小丽的父母已去世多年，小丽成为孤儿，智力水平一直停留在八九岁阶段。刚来托养中心时，吃饭和整理衣物都需要老师帮忙。现在，她成了农场学员中最能干的，堆肥、除草、浇水等"重活累活"都难不倒她。"在我工作的时候，请不要打搅我。"这是小丽最喜欢说的一句话。她最勤快，曾一个星期拿到400多元的劳务费。有时，小丽看着自己刚刚浇完水的一大片菜地，会满意地笑笑。小丽现在渴望有一个"爸爸"，节假日，可以像其他伙伴一样，回"家"团圆，享受家庭温暖。而她个人最大的梦想是努力攒钱，有一天能够买房结婚，组建一个真正属于自己的家。

（3）叶帝：我的生活我作主

小符逢人就说，叶帝为肇庆的武垄镇兰源村小学生捐赠书籍以及文具，知道吗？能为乡村图书馆奉献一份爱心，是叶帝有收入了。听他不太清晰的"叶氏"话说："我的……生活，我……作主。"小符惟妙惟肖的模仿常引来笑声一片。

叶帝在满堂红工作，每天快乐地出发，累了坐街边，自己买饭吃、擦汗歇会儿，继续送件，满堂红的员工都对他友善地鼓励和打招呼。

对分配给他的工作从来不曾挑拣，工作再多再苦也不埋怨，再多再杂也没出过任何差错！还从来都是倾情真诚、含笑前行。上司对叶帝在满堂红工作的评价是：专心、专注、负责和友善。

这些品德，在叶帝的日常生活中也充分体现。他现在已不需要机构操心了，能靠自己的双手养活自己，靠自己的收入支配生活！发了工资，常买点水果来看望老师；放假了，买几张票请同学看电影。身上带着障碍，肯定有不快，也会有伤心。只是，能笑他就不哭，能阳光就不忧伤。自立自信，乐观坚强，永远带着微笑！

这天，爱心人士程先生带着他健康的、与叶帝同龄的儿子来"跟班"学习，就感慨道："是什么力量支撑着他们？是工作带给他们的幸福感和满足感！让他们感觉到他们被人、被社会所需要！而正常人缺的就是这种踏实。"

……

小符知道，就是慧灵富有成就感的职业培训和就业模式，让学员就业不再限于"简单重复"的非技术性的低端劳作。慧灵长期在企业上班的有几十名智障人士，他们同工同酬，参与竞争。还有领取劳务费的庇护性工场，像手工艺、缝纫、画室、农场、厨务和保洁等。

小符尽管来的时间并不长，但他知道——

广州慧灵已开办生态农场，由农民带领智障学员耕作四季有机蔬菜，还为城里人提供农家乐度假服务。

北京慧灵设计了智障人士参与接待旅游的就业训练项目，与"有责任之旅"理念的国际旅行社长期签约；还和一家美国慈善基金会合作，帮助那些远居海外的华人孤儿踏上寻根之旅。

有7年旅游接待经验的北京慧灵和西安慧灵，同在旅游城市，正在为实现转型、成为"社会企业"这一梦想而积极寻找合作方。智障学员的劳务收入依赖义卖手工艺产品也是一条出路……

（4）小符，迷茫的大学生

霞姐的督导提前结束，与小符会合了。到底是老员工，霞姐把小符拉到街边小花园坐下，聊起他的心事：

"阿苏走啦，你俩一起来的，心里是不是不好受，也在犹豫去和留？"

小符没敢看霞姐，望着远处说："我家里其实并不清楚我究竟在做什么。我隐瞒了他们，他们只知道我在教学生。"

小符是民政学院社工科班出身，来到慧灵很快融进学员中间。他的同学阿苏上周因女朋友拖后腿，走了。其实，小符也是顶着家里的巨大压力。

"霞姐，你不知道，我家里的条件并不好，我每个月能挣多少钱？能不能养活我自己？能不能给家里贴补一点儿？这才是爸妈最关心的。可咱们就那点工资……我爸从我的消费猜到了收入，开始不停地催我换工作、换工作。唉——"

"这一行要面对将来的生活，压力是很大。可我就喜欢和他们呆在一起，看到他们有一点点的进步，我都会特别满足。每次遇到困难，只要看到他们的笑脸，我又鼓起坚持的力量。其实他们在感染我们，是他们鼓励了我们。"

霞姐不知不觉地说起了自己在慧灵的 22 年。

霞姐叫张红霞，在慧灵算元老。她才来也是个姑娘家，慢慢爱上慧灵之后，找了在慧灵的同事。结婚时，婚礼和婚房都是机构支持的。她邀请老师学员欢欢喜喜参加她的婚礼婚宴，双职工的红霞最后买房就买在单位楼上，做了个随叫随到的长年累月全天候的员工，也成了个以机构为家、主人翁责任感特强的楷模。

霞姐又自然说起一年年的变化，说起最初的外出时被围观，背后总有人指指点点。可是现在，议论少了，问候多了；白眼少了，笑脸多了；逃避少了，接纳多了。走出去，与人交流，和人沟通，像叶帝、阿斌他们，多好。

"霞姐，别说我没法跟你比，我是连那些学员都不如。虽然上天给他们关上一扇门，但他们还是快乐、积极地面对生活，不计较得失，不计较生活的不公，不计较人与人之间的恩怨是非。可我们还……"

"别自责了，看，他们来了。"远远地，阿斌、小丽朝他们跑来。霞姐边站起来边说："他们和我们一样，都曾是上天亲吻过的礼物。从前，他们是社会的负资产，只能躲在阴暗的角落，他们是不见光的。而慧灵的走向社区、走进社会，硬是颠覆了'无知''无能'的魔咒。比起他们，我们没什么想不通的。"

阳光下，叶帝、阿斌几个人挥着手跑来。小符又来了精神，站起来兴奋着，他在等——一个大大的熊抱，或是一声温暖的问候，一张无尘无染的纯净笑脸……当然，这时的霞姐也高兴，她分明看到小符眼里看学员的那束光。

霞姐松了一口气，坚信——小符不会走。

（5）他们该不该有爱情？

霞姐、小符在地铁王子阿斌的带领下，快乐如风般回机构。无奈，在街上遇上了让他们非常痛苦的一幕，差点酿成事故。

那是他们远远地看到两个熟悉的身影，辉仔和李怿。辉仔在前面跑，李怿在后面追。"阿辉，等等我！阿辉，你别跑那么快！"辉仔突然停下，转身吼着："你不要再追我了。"李怿怯怯地："你没来艺术团，我好担心你嘛！"

"别人说我们谈恋爱，我们不能谈恋爱……"李怿委屈的大眼睛忽闪忽闪忍着没说话，而是去拉辉仔的手。四下看看街上，又不敢牵，女孩不好意思，偏偏手又碰到一块儿了，辉仔干脆主动就牵上了。两人抛开尴尬都笑了。李怿一高兴，就想在街上跳。

这两人都是艺术团的台柱子，曾经一个演驸马，一个扮公主。久而久之，李怿就把辉仔当驸马，辉仔若半天没见他的"公主"，也到处找。两个年轻人感情在萌动，朦胧的情感偏偏遭双方家里反对……

眼下，他们不管不顾，正牵手一起哼着《月亮代表我的心》。突然，一个阿姨拽着自己的女儿边走边说着刺耳的话：

"这些人的父母真是，不好好看住孩子，放他们出来，哎哟喂，还学人家拍拖，你说他们结婚后小孩会不会也是这样？"

旁边一同伴马上附和："肯定啦，自己都照顾不了，还谈什么恋爱？只会给社会添麻烦，真是搞笑。快把女儿带走吧，别污染坏了……"

"你……"辉仔刚想回应，受刺激的李怿"啊——啊——"地蹲在地下，接着又跳起，"我不要听，不要听……"她捂着耳朵就跑，大街上啊，辉仔在后面追。

"不好，小符，赶紧拦住！"霞姐推着惊呆的小符。

而身边的阿斌拉着叶帝，一个捏紧拳头，一个喘着粗气，追赶那两个说闲话的人去了……

（6）挣扎的内心在江边释放

珠江的黄昏有些暗淡，晚霞也没出来。

霞姐、小符他们依着珠江南岸的铁栏杆，望着一艘艘大船小艇往来穿梭。突然，大船头像锋利的刀刃劈开平静的江面，卷起一团团白浪，飞溅起一朵朵浪花，行驶在船两侧的小艇和小船，随着被大船掀起的波浪抛上抛下……

这时，军哥赶了过来，把歪着、蹲着的几个学员围坐在一起。从他们的比画中，他看到了一个个暗淡的画面——

送快递的叶帝走在街头——"这人怎么长这样？别笑啊，笑比哭都难看。是有什么病吧？离他远一点。阿仔，你要小心点啊，见到这种人躲远些，千万别让他碰到你，晦气，邪气！"

坐在地铁上的阿斌——"你看那人站在路口一动也不动的，还拿着地铁图遮住脸，好怪哦。还有，他有位子不坐，脸贴着屏蔽玻璃门自言自语，不时张望。看什么嘛，都不知道危险。"

还是阿斌，敲开一家门送面包，里面厉声道："我不懂你说什么。都说了，我没订面包，你送我面包干吗？走走走，话都说不清，费事跟你啰唆。警告你，不要再按我门铃。""砰——"重重的关门声把阿斌无情地关在门外。顷刻间，他两腿不停地颤抖，蹲在地上，痛苦地捶着自己的头。

李怿、辉仔、思铭三人走在大街上——"你看那三个人好奇怪哦。唉，别看他们啦，人家是特殊人群嘛。看他们笑得那个单纯呀，被人卖了都替人数钱的货，能不遭歧视、遭白眼？说是说阳光面对、开心干活，那会一样吗？唉，要是换成我呀，早就受不了，不活了！"

……

各种流言相互交织，越来越刺耳，几个小伙伴们一起捂着耳朵本能逃避。小符一把揽过他们："说出来就好了，我们一起面对！"

一直盯着小符的霞姐，说："是啊，我们来到江边是想平静思索的，小符你别老看江中的小船。小船是像小人物的命运，可小船也可以回避风浪呀……"

偏偏，李怿又哭了，这孩子是受了太大的委屈。小符越劝哭声越大，思铭和辉仔越说越有吵架的趋势，阿斌又紧紧抱着越来越颤抖的腿，把头埋下。

他们那内心的挣扎与痛楚啊，小符"嚯"地站起来，喊："大家听我说，他们说的都不是真的，你们才是最棒的。李怿，你的舞跳得很棒；思铭，你是钢琴王子；阿斌，我很喜欢你的面包！"

思铭突然喊："我不想弹琴啦！"

阿斌也喊："我不要送面包啦！"

辉仔："我也不要织布啦！"

李怿歇斯底里的叫声，"啊——""啊——"那是绝望！

小符突然向河边跑去，他也想逃离，他也想回避。大家都紧张得不得了，拉也拉不住他。小符那积蓄的压力呀，控制不住地在河边发泄："啊——啊——啊——"

这时，另一幕出现了。思铭、李怿、辉仔、阿斌在小符身边极力劝解、安慰。

思铭说："你不是要我们坚强？你要……坚强！"

"小符老师，你是最棒的！"李怿和辉仔一人拉他一只手。叶帝一急就说不出囫囵话，他一把抱着小符，像怕他跑了，像给他温暖……小符突然转身一把搂住大家，含着泪水挤出两个字——"坚强！"

"对，生命只有一次，坚强！"军哥说。

学员们突然齐声朝着小符："我们爱你，小符老师！"一把擦掉眼泪的小符笑了："谢谢你们！我也爱你们！我会坚强，我们一起坚强！"

"来，我们拉手……"霞姐伸出第一只手，接着第二只、第三只，一个个手掌拍到了一起，异口同声爆发出"加油，加油"的喊声。喊声回荡在珠江两岸，被波涛载着传得很远很远……

第5乐章：天堂也是家，终极，关怀

我的世界，因为有你才会美；我的天空，因为有你不会黑。老师啊，你的话你的泪，你的笑你的美，在我眼里胜过最美的玫瑰。给我翅膀就翱翔，给我力量会坚强。抱着梦往前飞，哪怕去天堂，不趴下，不后退，全当人生重新再来……

关爱，时时刻刻；呵护，无处不在。这是常人想象的慧灵。另一块天地里的大爱，是人们难以想象的慧灵的"临终关怀"——这里，最能体现老师的付出，最能看到慧灵的大爱。

慧灵的学员，有父母亲人都不在的，有一开始就是收进的孤儿。而这些人的后事怎么办？怎么守护生命最后的尊严？

捧遗照、捧骨灰的事，他们认真做；

为生命警钟长鸣的警戒日，他们有；

这里给出的就是慧灵临终关怀的整个流程——

生前关怀，让生命最后一刻温暖；向逝者哀悼，精细到只为生命的尊严和平等；不断警醒，悲壮苍凉中追思，记住已逝的教训，更为平安的未来。每有学员离去，悲痛长号、泪眼婆娑，最见师生间的相亲相惜——

（1）小符、阿勤：天上人间

小符这天在大街上一路狂奔。

打不到的士，跑也要往前赶；跑着跑着追上了摩的，一句话——"直奔医院"。摩托车将许多汽车抛在后面，闯红灯，超车，他还在喊："快！快……"

小符脑海里不断显现的是阿勤躺在病床上的样子，偶尔有一瞬间，也在想自己是否失去了理智？这种狂奔得不管不顾，如果发生意外会怎么样？但，他已控制不住自己，只想见阿勤最后一面，不想让他走得太孤单。

阿勤自从确诊为癌症之后，病情越来越严重，他脖子上的肿瘤已压得他呼吸困难、饮食障碍。尽管小符他们做的饭很软，菜也切得很碎，但他还是难以下咽。机构的老师和学员们陆陆续续到医院探望他，鼓励他。还有不少热心的义工和企业人士带着鲜花水果来探望阿勤，阿勤的脸上又露出久违的笑容。

而小符最难忘怀的，是与阿勤相互守望的那段时光。

他刚来，阿勤变着法儿帮他管理农场"不听话"的学员；

一起坐公交，"不顾别人眼光毅然前行"，成了他们共同的慰藉。

一路走来的足迹依然清晰可见。小符感激阿勤，是这个智障人士让他懂得什么是真情陪伴。

时间就这样一天天地流走，小符和所有慧灵人一样都以为阿勤熬一熬就会挺过来。可越来越糟的医疗数据让他们明白，阿勤的时日不多了。他自己最后的愿望就是和大家过个新年。多少次，小符在阿勤病床前直在心里喊："挺住，阿勤，我们一定陪你过一个欢快年！"

无论小符怎么赶，赶到医院，阿勤走了，在新年的前一天，走了。

"阿勤——"小符撕心裂肺地呼喊、泪流满面地顿足，阿勤再不会给他一个笑脸，哪怕是病态的、勉强的笑。

阿勤就这样走了，走得那样突然。12 月 30 日，银河园，阿勤的遗体告别仪式，小符低沉地忙前忙后，依然为阿勤服务。这天晚上，小符给去天堂的阿勤写了封信：

> 亲爱的阿勤：
>
> 你好吗？就在刚才，我打电话给你家的邻居，让她转告你 90 岁的老母，有关你后事处理事宜。邻居说你母亲对儿子得癌病早有思想准备，知道你去了天堂，还算没太动荡。
>
> 但母亲肯定好想你，其实，我也好想你！真难忘和你在一起的岁月。现在，我们天各一方，你在天堂会好吗？能不能告诉我天堂是什么样子？是金灿灿的阳光洒满一地的温暖，还是白云飘飘满是梨花的浪漫；是绿油油的桂花树随风飘动，还是漫天的鸟儿自由飞翔的温馨。反正，我希望天堂是一个很美很美的地方。有你新的伙伴，有待你像亲人、有待你如知心朋友的好伙伴。阿勤，衷心祝福你，在天堂也一定幸福！
>
> 你永远的朋友小符

第二天，人们依然看到小符拖着疲惫的身体，把补助退款金送到阿勤 90 多岁的老母手上，再陪老人吃顿她儿子阿勤该陪的团圆饭。

（2）致悼词的痛彻心扉

2008 年 11 月，西安慧灵在家长亲子游远郊活动中，石一峰学员在游玩中突然和父亲失联，迷路 5 天后在水塘里被发现，却已溺水身亡。

当时，石一峰虽已交到父亲手里，西安慧灵依然把它定为自己的责任事故。总干事张丽宏在2008年11月30日，为石一峰举行的追悼会上，痛彻心扉致了悼词：

2006年，石一峰来到西安慧灵，在这个大家庭里，他爱上了画画。他每次都那么认真那么投入，以至于每次艺术展上，大家都能看到一峰精美的作品。他的作品不仅在西安展出，遥远的瑞士博物馆还收藏了他的作品。

当有人来参观，老师总是要推荐一峰的作品。每当这时，一峰脸上总是挂满了笑容和喜悦。他会很友好地以握手表示他的谢意，再用他不太熟练的英语和外国人打招呼。当别人竖起大拇指夸他时，他还腼腆地不好意思。

善良的一峰是老师和同学引以为傲的学员，他活泼好动，模仿力强，连难度那么大的街舞，他也能模仿得惟妙惟肖。就在今天，许多老师和同学都说忘不了他呀。

致过悼词后的张丽宏，痛苦中不能原谅自己。连续两次"丢人"事件，尤其石一峰的死亡，她像送别亲人一般，精心忙完一场后事，自己却彻底崩溃了。几天后，她去了广州，说是向总部领导负荆请罪，其实是下决心辞职走人。她再也受不了这不定时的心惊肉跳、大海捞针、生离死别、崩溃绝望。

见到总部领导，张丽宏再也控制不了自己，失声痛哭起来。这个大西北的总协调，西安、重庆、兰州建慧灵机构，都做得超级棒，却在赫赫战功后要离职。80后的年轻勇者，也有高压下撑不住的时候。然而，许神父，这个跨越国界为慧灵奉献爱的外国友人，说了一句话，让她把后面要辞职的话咽回去：

"如果我们当他们是自己的孩子，服务更精准，更到位呢……"

是啊，你不能逃。中国有8700多万智障人士的服务需求，面对大西北协调区域的几百人，那也不是你说走就能放下、说丢就能不顾的。你甩手走了，留下没有纠偏的烂摊子；你奔向自己轻松的生活了，那些要保护的孩子随时都可能因失误造成新的危险，你能走得安心、过得放心？

这个来自内蒙古的女孩，推迟了婚期，再延后要孩子，精心投入将机构全面走向正规的纠偏中……

（3）人间至天堂的两封信

这第一封信是叫谭桂英的老师2015年写给学员的。1996年的一场失误，让这个孩子去了天堂。近20年的愧疚，折磨着这位老师；近20年的负罪，让慧灵将这次失误永远钉在耻辱柱上……

致董俊豪：

对不起啊，亲爱的阿豪，多少年了都不堪回首，让我一直活在一种自责和内疚中。

还记得吗？我是你的班主任谭老师，大家经常说你是我的影子、跟屁虫，连你的爸爸妈妈都那样认可我俩亲密的关系，认可我的教学工作。可不幸就在这时发生了。

那一年你才 8 岁，那是一个星期六，学校装修，我带着你们没有回家的几个同学，沿着一条欢快的小河边走边玩。河水由北往南流淌着，水不深却有些浑浊。看着你敏捷地将小石子飞掷在水中，激起片片涟漪，你那开心劲儿，我也和你一块儿高兴着。我放心你一直是个听话的孩子，顾着小一点的孩子时，却一转眼就看不到你了。当时，我吓得脊背发凉，侥幸希望你是在跟我躲猫猫。我们焦急地找，有许多坏念头，但怎么都不敢想……偏偏河水下游传来呼喊声，我最不敢想象的结果出现了，我看见脸色惨白的你时，就没命地扑上去给你做人工呼吸。可是，无论我怎么呼喊、怎么撕心裂肺地哭唤，你都再也不搭理你一直爱着的老师……

噩耗让你的爸爸妈妈和所有的老师伤心欲绝，我又怎能不负罪愧疚，我又怎能原谅自己？至今我还不相信你滑落河床没有一点响声，跌入河水一下被带走 100 多米，就那么短短的时间，你鲜活的生命就戛然而止……天哪，我那么爱你，老天怎么给我这个惩罚！无情的流水不光带走了你，把我的笑容也带走了。留给我的是永远的愧疚，永远的怀念，永远的教训。我对不起你啊，豪仔！如果可以换，我愿意替你去天堂……

这第二封信，是天津慧灵全体老师、员工致天堂孩子的愧疚信。

致亲爱的荣荣：

我们很难过，整个慧灵把你离去的这天定为"6·10 生命价值警钟长鸣警戒日"。

也就是每年的 6 月 10 日，慧灵的一千多名师生跟我们一样会特别纪念你。就连今年慧灵 25 周年，你都成为系列活动中最重要的一部分。这是让大家永远记住这个以生命为代价的教训啊！

可怜的荣荣，你因残疾从小被亲生父母抛弃，好心的教友任大姐把你收留抚养，后来把你送进了慧灵学习生活。大家都以为这是你最好的归宿。2008 年 6 月，因护工外出买菜把你锁在家中，致使你稚嫩鲜活的生命在浓烟中窒息而去。

因为我们天津慧灵管理上的疏漏，尤其是服务不专业，直到今天，我们仍真诚地愧疚、负罪地哭喊，你听到了吗？荣荣。荣荣，对不起啊，我们不敢请求你原谅，只愿你在天堂，还有好多的老师同学爱你。马上，

6月10日又要到了，我们会为你编织这一年的花环，让你以花为伴的生命，在天堂里也盛开艳丽……

就是荣荣离去的6月，成了慧灵统一的"6·10生命价值警钟长鸣警戒日"，这个日子因阿荣的意外身亡定下，却绝不仅仅在每年的6月10日才有警戒，那是慧灵时时警醒、处处揪心。从那以后，类似这样的纯责任事故再也没有发生。

（4）"最高长官"的年年呼喊

40岁左右，是国际上对智障人士寿命的一般认定。慧灵的创始人孟维娜却想通过提升保健水平，尤其提升他们自身的管理能力，来增强其健康，延长其寿命。其中一个很人性、很感动的举措，是2004年开始的"生命好时光——临终关怀服务"。

对每一个去世学员，不论在家里还是在医院，都要让他们享受像正常人去世一样的殡仪馆追悼礼仪，有点评到位的追悼词，还有后面的纪念。对一些父母家都不在世的学员，他们的后事，捧遗照、捧骨灰等都是慧灵人认真做的事。这项服务还细化到服务对象和最后生命阶段的父母相处和惜别。年年的清明为亡者追思，全为体现每一个生命的尊严和平等。

25年来慧灵两起生命事故，孟维娜将其升格为不可饶恕的责任事故，以年年"拉响警笛"的方式，让所有慧灵人记住惨痛教训，以防类似事件的再次发生。

这天的追思会由孟维娜主持，人们似乎没有细数这是第几个"警戒日"。

布置肃穆的会场，哀乐低鸣、菊花带露，慧灵所有同仁聚在一起。孟维娜含泪的话音凄楚哀婉：

往昔如昨日一般多少年过去了，我们依然负罪、愧疚。本是鲜活的生命啊，却早早离我们而去。要是我们多一份责任心，多一份周密和细致，小豪和小荣还欢快地和我们在一起。

小豪、小荣，对不起啊！年年伤心着为你们祈祷，祝福你们在天堂快乐，但无论怎样终归洗不掉我们的愧疚。对不起啊，你们的父母亲人，知道失去你们，父母所有的快乐都随你们去了，我们怎么替他们分担？怎么让他们在漫长的人生中还能偶尔笑起来。

对不起啊，对不起……

（原载《北京文学》2016年第7期）

爆炸现场（节选）

何建明

1. 警铃响起时

天津港大爆炸后，许多人在追问：为什么那个叫瑞海的公司将那么多危险化学品堆放在一个距居民区如此近的地方？背后是否有腐败贪官在插手和经营这家企业？而当那么多消防队员牺牲之后，许多人又在追问他们为什么不能避免"无谓"的死亡，为什么不赶紧躲开爆炸？甚至有人在不停地嘀咕：为什么中国的消防队员那么没知识、指挥官为什么那样"瞎指挥"？

关于天津港大爆炸确实有太多的"为什么？"！有些"为什么"，我跟大家一样，恐怕根本就无法彻底弄清楚。好在国务院事故调查组还在深入调查，最终会作出一些客观的结论。然而，我所要告诉广大读者的是：有些事情并不像公众所置疑的那样简单，比如消防队员和他们的指挥员该不该避开大爆炸，现场指挥是否得当，像这样的问题似乎充满了正义的追问。其实，当我们采访清楚所有基本事实之后，可以用一句简单的话来回答：天津港瑞海公司的大爆炸事故，消防队员们在现场的行动无可挑剔，甚至从消防队员的角度而言，他们做得极其完美，无论牺牲的和活着的人，在现场表现得尽心尽职，也尽情尽性。

没有在现场的人，可以说得很轻松，可以不负任何责任地"畅想"和"谴责"。但消防队员们不行，他们的任何一个行动都在"命令"和"规程"之中。也就是说，他们接到火警后，所有行动都是"规定"好了的，即使面对百分之百的死亡。像天津港大爆炸这样的现场，能活着回来的简直是万幸，是"意外"，是绝对的命大！

无论是那些只有十七八岁的年轻消防队员，还是久经沙场的老消防警官，他们都这样告诉我：一旦接到火警，所有出警的队员，必须在一分钟内完成出警，也就是说，那一分钟内，你无论在睡觉，还是在吃饭、洗澡，即便是上厕所，你都得完成战斗前的一切准备，穿上战斗服，飞奔着登上消防车，奔赴火灾现场……

一分钟，是消防队出警最长的时间。一般消防队只给 50 秒、55 秒时间。也就是说，当突如其来的火警警铃响起的那一刻起，不管你在干什么、身在何处，你必须用短于 50 秒或 60 秒的时间，完成一系列规范动作后，带上参与消防战斗的必需装备随车出营区。这就是我们的消防队员！

他们训练有素，钢铁意志，行动迅速，绝不犹豫，视死如归！英勇和牺牲，对他们而言，中间并不间隔任何距离，时刻联在一起，我因此理解了为什么天津港大爆炸中我们的消防队员牺牲得那么惨烈和巨大……

"8·12"大爆炸，到底是谁最早获得的火情，是谁最先报的警？据天津消防总队值班室的"119"火警处电话记录，是一位市民最先拨打了电话，说是滨海新区有"油罐"爆炸了——其实是滨海新区瑞海公司的危险化学品集装箱发生了小爆炸的火情，虽说最初的小爆炸威力并不大，但它引发的火情仍然比一般的火情要大得多，于是就有市民报了警。

时间是 2015 年 8 月 12 日晚上 10 点 50 分钟左右。

"119"火警报警系统是个自动传输系统，还有人工值班，一旦有人报警后，值班人员就会迅速地记录下报警的内容和大致方位，随后由值班指挥员向相关消防队发出命令。

"叮铃铃——"几乎是同一时刻间，天津公安消防总队的"119"系统应天津滨海新区消防支队的请求，立即向距滨海新区最近的四个消防中队发出紧急增援的警情和命令。现代化的通信设备保障了下达紧急命令的快速性。

在警铃响起的同时，每个消防中队值班室的传真机也自动地将"出警命令"传输给了消防队。

当晚 22 时 55 分前，天津公安消防位于天津滨海新区的八大街消防中队、三大街消防中队、开发区特勤中队和保税区天保中队四个中队级消防队接到总队下达的出警命令。

"快快！有火情，立即出发！"消防队员们无一例外地在 60 秒内将车开出营区，奔赴火场。快十秒八秒最好，但慢于 60 秒的，总队值班系统实时录像记录在案，将追究责任。这是铁的纪律！

四个消防中队，距火灾发生地最近的当属八大街中队。这一夜值班的是 2013 年入伍的战士张梦凡。小伙子长得机灵，所以中队干部一直将他放在值班室。值班室是消防队的"指挥首脑部门"，虽然平时在中队编入"通讯班"，其实真正值班的可能就一两个人。八大街值班就张梦凡一人，他吃住在值班室。"我的腿在一次出警时受过伤，所以中队领导后来就让我守在值班室值班。"张梦凡解释道。

今年中秋节那天（9 月 26 日，距大爆炸后的一个半月后），我来到他所在的中队采访，小张领我到他当时值班的那间房子内。里面已经破碎不堪，靠窗口放着一张床，这便是张梦凡生活的主要"根据地"。床头依然保持着爆炸那一刻的原状：满床的玻璃碴和碎石块，还有断裂的钢窗条……

"我们中队离爆炸现场约三里路远，当时的冲击波将我们的营房内震得七零八落，一片狼藉！"小张随后带着我看了看其他房间。那一刻，我才真切地体会到"8·12"大爆炸的威力：三里路之外的消防中队营房内，所有的天花板基本上全部被掀落，玻璃窗上的玻璃所剩无几，甚至有的钢窗框都变了形。尤其令我吃惊的是中队阅览室内，十来台电脑和书架上的书，不仅撒落一地，且上面覆盖着一层厚厚的尘埃……

"当时随爆炸冲击波一起袭来的什么东西都有，我正在值班室与前方战友用对讲电台联系，突然营房四周像被一股热乎乎的飓风压过来，力量大得你根本站不住，人倒了，天花板落下了，屋里所有的东西乱七八糟地被打翻了，整个房子像一只摇晃的船在海浪中漂荡……我们不知怎么回事，以为是大地震来了！"张梦凡说这话时，双眼仍然布满了恐惧。

"你能回忆一下在接警最初时的情况吗？"我想了解消防队员们在大爆炸那天自始至终的每一个细节。

"好的。"张梦凡从落满尘土的"接警终端"——其实是一台自动传真机（爆炸后已经不能用了）上拿下一份当时的"接警命令单"给我看。

在这份全称为"灭火求援出动命令单"上，清楚无误地写着两个时间：

一是天津消防"119"接到报警的时间："2015 - 08 - 12 - 22：52：18"，就是第一个报火警的时间。另一个是天津消防总队向消防灭火中队"下达命令"时间："2015 - 08 - 12 - 22：54：22"。天津消防接到火情报警后，在2分4秒钟后作出了派部队增援的命令。这时间包括了天津消防总队值班首长了解基本火情后拟定增援方案和战斗部署并下达命令的全过程。从这2分4秒钟的时间可以看出，我们消防系统的战斗行动之快捷、果断，令人敬佩和感叹。

在国家灭火救援最高指挥部——公安部消防局的总值班室里，指挥中心主任尹燕福指着全国灭火指挥系统大屏幕，告诉我：无论在哪个地方出现紧急火情，我们的消防指挥系统都可以在几分钟内向所在地区的消防官兵发布命令，而且这个命令一直从北京通向最基层的消防中队。也就是说，北京的警铃一按，几秒钟、几十秒钟内就可以指挥并启动一个地区、一个中队的消防力量奔赴灭火现场。"当然，出动多少兵力、增援多少力量，需要根据实际情况。但我们的指挥系统自上而下、自下而上是畅通无阻的。"尹燕福说。

"天津港大爆炸发生后，当我们从前方基本了解火情后，不到两三个小时，我们就调动了河北、北京、山东等几个省市的消防兵力支援，很快基本控制了火势蔓延。但天津港大爆炸来得突然，现场的火情变化在最初时完全超出了一般火情的发展，所以造成了我们消防队员自新中国成立以来一次伤亡最严重的后果……"尹燕福说到这里，声音有些哽咽。

蘑菇云腾空而起，满天火光映红天津港区，几千辆汽车片刻间烧成铁疙瘩，数万户居民楼的门窗片甲不留……这是全中国甚至全世界人通过手机和电视视频所看到的当晚爆炸现场情景。

此情此景，何等的揪心！那一刻，是天津消防队员们最为悲壮的时刻，也是所有视频上没有留下的印痕，而我的文字正是记录了他们在这一刻的所有表现：

张梦凡在警铃响起的第二三秒钟时，便向战友传递了"出警"的命令。

"上级的'出警铃'响起与部队出动之间是没有间隙的，就是说，我值班室里的警铃响起，我们全中队的战斗员们就要立即投入55秒的出发前的战斗准备行动，并把消防车开出营区。这时间内我作为值班员，就是负责把上级命令中的内容交给通讯班长，再由他带着命令交给中队指挥员。具体出动多少辆战斗车、火情在哪儿，上级的'命令单'上都有详细的文字表达。"张梦凡把"8·12"当日的"命令单"拿给我看。当时上级给予中队下达的"火情（灾害）描述"和相关要求是这样写的：

灾害类型：火灾扑救。

灾害等级：一级。

注意事项：请参战官兵携带必备灭火、救援器材，速到现场科学处置并及时上报情况。注意安全，做好个人防护和现场警戒。

在看这份天津消防总队下达的"出警命令单"时，我脑海里闪出在大爆炸发生后的第二天、第三天里，我在北京连续参加了几个会议，碰在一起大家自然而然地议论起天津港的这场火灾，尤其听说爆炸现场的消防队员巨大的牺牲后，便有很多人慷慨激昂、振振有词地批评消防指挥员，说什么的都有，最多的当数"他们在瞎指挥""不拿战士们的命当回事"云云。虽然我不懂消防，但多少知道火情与消防队员之间的关系：对任何一个消防队员来说，只要一见火情，任务就是往火场上冲，无论火有多大、多危险，他的责任就是灭火和与火情进行殊死搏斗。不能犹豫，分秒必争。所谓的"科学"与"不科学"，在那一刻外行人和不在火场的人根本无法比正在战斗着的消防队员们更清楚。

事实证明，天津港大爆炸的现场情况更是如此。争论没用。原始的出警"命令单"上留下的文字可以说明，公安消防指挥员们对当时参战的一线消防队员们不仅有着非常专业的要求，而且特别强调了在灭火现场要"科学处置""注意安全"，尤其强调消防队员"个人防护"。我想读者还应当需要特别留意"命令单"上另外几个字：做好"现场警戒"。这句话的意思，消防队员除了在现场要确保灭火正常进行外，还有一项特别重要的任务是，防止火场围观的群众发生危险和火灾的次生灾难。消防队员们每次执行任务都具有双重责任：灭火和保护群众。

"牺牲了那么多可爱的战友，社会上就有人骂我们指挥不力，这是一直以来常常让我们非常难过的事，我们自己又有嘴说不清。事实上，在当时的大爆炸现场，我们的消防队员们一边冒着随时牺牲的危险，一边又在不停地劝阻和驱赶许多在现场围观的群众。试想一下，如果不是我们消防队员用自己的生命在保护围观的群众离火场远一点的话，大爆炸那一瞬间，大家想想还会有多少人失去生命？"天津公安消防总队政委岳喜强很激动地对我说。

岳政委的话，让我想象着爆炸现场的一些情景：瑞海公司的院子起火之初，附近的居民和路过的群众，出于好奇和关注，便纷纷朝火场四周靠近与围观，来自不同方向的人数绝不下几百人。

"大家务必不要靠近现场！"

"快往后退！退——！"

"呜——"

"呜！呜！"

11时左右，起火的瑞海公司院内外，已经聚集了相当多的消防车和消防队员。正当各路消防队员准备灭火时，他们的身后和四周也陆陆续续出现了越来越多的围观群众。

"危险！你们不能往前走了！"

现场的消防队员和驻地跃进路派出所（港区的这个派出所与瑞海公司一路之隔）民警不停地将围观者劝阻至警戒线之外，大声喊话："火场危险！往后撤！越远越好！"

"撤！不能在这里围观！快撤！撤——"民警中领头是当晚正在所里值班的派出所教导员王万强。只见他一边在现场指挥其他民警将警戒线往外拉，一边向围观的人群不停地高喊着。当他回头看到警戒线内仍有非消防战斗员时，便跑身将其拉送到警戒线外。就在他折身再次将离火场较近的那根警戒线往外拉的那一瞬间，惊天撼地的第一声大爆炸响起了……十余秒后，又一个更巨大的爆炸响起！王万强在一团火光中消失了……

"我们是在8月30日那天才找到王万强同志的遗体的。"10月底的最后一天，我来到天津港公安局所在地，一位局干部告诉我："当时我们找到万强同志时，见他的尸体已经不成样儿，半个脸没了，上半身也被什么东西给劈掉了……惨不可睹啊！"

这位王万强的战友颤动着双唇回忆道："大爆炸之后，王万强同志一直处于'失联'状态，我们找了很长时间一直没有发现他的影踪。火灾后的第十一天，也就是8月23日那天，王万强的父亲王胜朋先生来到我们局里。他老人家见了我们领导后第一句话就说：'领导啊，我儿子没给你们丢脸吧！'66岁的老天津港人，儿子找不着了，他却对我们说这样的话，你说让人感动还是悲伤？后来老人家一定要到派出所去，说要看看他儿子工作的地方。我们领导陪他去了跃进路派出所。干警们知道他们教导员的父亲来了，便赶紧集合迎接。老人家见了干警们后，说：'万强不在了，你们还要把工作干好，我代儿子拜托了……'之后，他说要到火场那边去喊喊儿子。那个时候，火场核心区还处在警戒状态，我们只能陪他站在远远的立交桥上往火场那边遥望。老人家当时眼望着还在冒烟的爆炸场地，连声喊着：'万强！爸爸来了！爸爸想带你回去！你在哪里呀——'那一刻，在场的人没有一个不跟着掉眼泪的……"

"事故出来后，不少人说我们天津消防水平不行，我们天津港公安更不行，可说句老实话，我们公安的干警和消防队员的水平和战斗力是摆在那儿的，他们在现场的表现没说的！现在我们的领导已经被追责，其实我们心里很委屈。"

"大家不知道，其实我们局里的干警当时为了避免更多的围观群众无谓伤亡，何止牺牲了王万强一个好同志！副局长兼消防支队队长陈嘉华牺牲了！分局局长刘峰牺牲了！跃进路派出所所长刘学军至今还在医院躺着，身上缝了77针，一只眼永远没有了……"这位干部说。

有关天津港公安人员的事暂且放一下，让我们还是再回到八大街消防中队的干部战士们接到出警命令后的事吧——

"根据上级指令，我们全中队的战斗力量全部出动，包括了全中队4部消防车。"张梦凡说。

现在我才明白，通常一个消防中队有3部或4部消防车，特勤中队会有5部以上的消防车。这些车辆都各有其责，第一辆车被叫做"第一班车"，一般都是指挥车，出警的最高指挥者坐在上面，还有负责通讯、记录和录像等工作的文书一名，其他都是战斗员，三到六人不等；第二辆、第三辆，是供水车或战斗增援车；最后一辆是警戒车加增援车。在灭火现场，各车之间保持一定距离，这得根据现场情况决定，如果现场狭窄拥挤的话，有时几辆车会挤在一起作业。

"8·12"火情出现后，天津消防总队给港区范围内的4个消防中队同时下达了紧急增援令。距火场最近的八大街中队首当其冲。

"那天晚上10点多钟后，中队的有些同志已经上床了，尚未休息的同志看到不远的地方升起了火焰，大家很快知道是火情。就在等待战斗命令时，总队直接按动的警铃响了，我在值班室也同时收到了自动传输过来的'出警命令单'。像往常一样，我把出警单交给了值班室斜对面通讯班的訾青清，我俩平时工作在一起，住得又近，每次出警他是跟在指挥员身边的文书，所以在战斗中前后方的联系也是我们俩，可根本没有想到这一次竟是我们俩最后的诀别……"尽管已经两个多月过去了，一提起牺牲的战友，张梦凡依然无法控制悲伤的情绪。

"我们现在都不愿意再提起那天的事了！"张梦凡说，如果不是首长提前跟他说我是专门从北京来的作家的话，他和中队那些活下来的战士都不会轻易提起"8·12"大爆炸的事。"简直就像噩梦一样，好端端天天在一起的战友们，转眼就没了……我至今还是不相信这是真的！"

国庆节我再去采访时，被爆炸破坏的八中队营房基本保持了原状，我看到战士们临时挤住在一楼的两间通铺上休息。中队还有7名战士没有出院，留下的原八中队战士暂时不再执行任务，由总队另调来充实力量帮助八中队执行日常出警任务。

进入消防队，会深深感觉弥漫着一种悲伤和压抑的气氛。战士们相互之间很少说话，个个表情凝重。"现在我不太去二楼了，一上去就会出现错觉，訾青清、杨钢、成圆、蔡家远……他们都会嘻嘻哈哈地过来跟我说话，我受不了……"张梦凡念叨的这些名字，都是牺牲的战友，与他一样年轻。

"訾青清才 20 岁，再过 20 天他就到了退伍期限。'8·12'爆炸的前一天，我俩还在商量他留下来当士官的事呢！我对他说，你留下来吧，还有谁比你条件更好的呢？訾青清要个头有个头，各项工作都出色，又特别听话，电脑玩得好，尤其是电脑上画画特厉害！中队长、指导员都非常喜欢他，每次出警总带着他。这回也一样，结果他和中队长、指导员都没有回来……我受不了！受不了！"张梦凡突然将头压在桌上，失声痛哭，哭得异常悲伤，令人无法安慰。

啊，大爆炸给这些年轻的战士们留下的心理阴影何时才能消失？我焦虑地想。

"抱歉。"片刻，张梦凡抬起头，用袖子擦脸拭泪，"我们中队出动了 4 部车，26 名战斗员，除了几个在家站岗的和炊事员外，就是我了。我是值班员，必须坚守岗位，负责与前方联络并及时掌握情况，同时还要把上级的指令传达到前方……"

"他们离开营区后你跟他们联系过吗？"我问。

"联系过的。一路上我一直没中断过与指导员、中队长的联系。因为我们要掌握火情的准确位置和具体情况，所以我一直在跟那个报警的人联系，但没有打通对方的手机。这前后也就半个来小时，当时我就坐在值班室通讯台前的椅子上，突然感觉窗外一片热浪压过来，赶紧一边喊着'危险！大家快往外面跑'，一边带着手持电台冲向楼下。就在这时大爆炸开始了，随即又是一个更大的爆炸声。"张梦凡的眼睛变得溜圆，仿佛爆炸现场又出现在他眼前。"走到楼下往火场那边一看，天哪，一团蘑菇云高高地在升起，而且天都是亮的……当时我的心一下就凉了，我知道我的战友必定凶多吉少，于是就赶紧拿起电台和手机跟前方联系，但谁也联系不上……"

"这种事我从来没有碰到过，真的吓坏了。但好像那个时候又特别胆大，我清楚这时中队留下来的战斗员就我一个人了！我应该挺住，应该坚守岗位，应该把中队撑起来呀！"一个 1993 年出生、仅当兵三年的张梦凡，竟然在最关键的时刻会有这样的想法，令人敬佩！这叫什么？叫担当。勇敢的担当。是责任，一个战士的责任。

大爆炸让中国消防队的一代年轻人突然成熟了起来！

然而，令张梦凡没有想到的是，正在他为前方的战友生命万分担忧时，营房外突然涌来几百名周边的群众，他们惊恐万状地跑着过来，寻求张梦凡及营房站岗的消防战士的保护。

张梦凡有些感动了：最紧急关头，老百姓信任的还是消防队员、子弟兵。百姓认为，此刻警营才是安全和可以安身的地方。

"大家不要紧张，要注意安全！注意秩序！"张梦凡觉得自己的责任一下子大得需要他挺直腰板站出来。"就在这时，一个只穿着内衣的年轻女子，突然拉住我的胳膊，一边哭一边乞求我保护她，我感觉她浑身在发抖，抖得特别厉害，甚至有些失去理智地死拉着我不放，好像离开了我，她就有危险似的。无论我怎么劝说、解释，她就是不放，且越说越激动，又哭又闹，我一时真是不知所措。我看到现场的群众，都被大爆炸吓坏了……好一阵后，我才把缠着我的那位女士安置在一个草坪上，让另外几个稍稍镇静些的群众代为照顾。我又赶紧回到营房。那个时候我们的营房已经不像样了，到处都是横七竖八的被震碎的玻璃、拧断的钢条和掉落了的一地天花板，总之乱成一片。就在这时，我的手机响了，一看是三班车司机王大力打来的，赶紧接，只听他说：'我现在找不着回去的路了，找不着……'就挂掉了。第二个电话是前方车也就是第一辆车的司机潘友航打来的，他断断续续地说：'我受伤了，伤得很重，一身血……'就再也没有了声音。当时我急得拼命喊啊！可就是没有人再回答我、没有人应我。我看着空荡荡又乱七八糟的营房，想哭又觉得嗓子里像被啥东西堵住了。但脑子的意识没有糊涂，我当时只想一件事：寻找到前方的战友，了解他们在前方到底发生了什么，他们现在是活着还是……"

之后的几十个小时内，张梦凡独自一人坚守在八大街那幢千疮百孔的消防中队营房，等待着大爆炸现场那些战友们的生与死的每一个消息——只有他了，营房内站岗的烧饭的战士甚至连家属院的大人和小孩子都往火场去寻找他们的战友和亲人去了……

这是离大爆炸现场三里多远的一个消防队的情形。大爆炸现场的情形又是怎样呢？

2. 逃生者讲述火情现场

在增援的4个消防队中，八大街中队因为路近，所以他们是第一个到达火灾现场，故而也是距爆炸核心区最近的几个消防中队之一。

我问那些从爆炸现场死里逃生的受伤战士们还记不记得大爆炸前的现场情形时，几乎没有一个人能回答上来。

为什么？"他们绝大多数是被强大的爆炸声'震'失了记忆！"医生这样告诉我。

"能恢复吗？"

"要看具体情况。轻者，有可能。重者，一般不太容易了。"医生回答。

而我知道，凡是在爆炸现场的人，似乎无一例外地双耳被震得穿孔。这样的伤病者仅恢复听觉就需要两三个月，通常完全康复需要一年半载，有的则永远失去正常听力。

杨光是八大街中队排长，是仅存的1名干部，另外3名干部全部牺牲在现场。

"当时我们中队出动了4部消防车，第一辆指挥车由代理中队长梁仕磊负责；第二辆车是供水作战车，另一位排长唐子懿在车上；第三辆是水源引导车，指导员李洪喜在这辆车上；我在最后的抢险救援车上，负责后面的警戒和随时准备救护伤员等工作。因为每辆车分工不同，一般情况下几辆车之间前后有一百多米的距离，这一天情况也跟平时差不多。抵达现场时，我估测了一下，大约我那辆车的位置距离着火中心点有二百米，与中队长的第一辆指挥车相隔一百来米。中间还有我们中队的第二、第三辆战斗供水车。"杨光个头不高，但是位十分精干的小伙子。"我是在读大学时当的兵，后来又上了消防专业学校，所以有些解放军的战术功夫在这次大爆炸时用上了，因此身体恢复得还算可以。"

杨光在中队的最后一辆车上，但这并不能说明他的车就比前面几辆消防车安全，那个在大爆炸第二天就在媒体上广为流传的"刚子"就跟他在一辆车上。"刚子"叫杨钢，是杨光的兵，"四班车"上的班长——战士们叫第四辆车为"四班车"。

"刚子是我们四班车的司机，那一天是他在开车。"杨光是几个还能记忆得起大爆炸前情形之一的消防队员。

"到达现场后，我观察了一下火场的火势，觉得这个火有点不太对劲，因为现场有不少围观群众在嚷嚷说是油罐爆炸了。可我在消防学校学过，如果是油罐爆炸是有征兆的。但这一次喷出的火焰跟油罐爆炸燃出的烟火不一样，冒的烟是白色的，火光也特别的亮，还伴着声音——'噼里啪啦'的响声。就在这个时候，我听前一辆车上的指导员在喊：'三班车寻找水源，抢救车在后面警戒……'我看到他说完就自个儿往火场方向走去。于是我就命令车上的人下来执行警戒任务，将周边围观的群众驱赶到警戒线之外。这个时候，车上的杨钢正在倒车，准备将我们的消防车停在合适的位置。从我们到达现场，到第一声爆炸，前后也就是二十来分钟……"杨光说。

杨光他们的消防车在全中队最后面，我想知道更前面的三辆车的情况。

　　"孩子你在第一辆车上？"坐在我面前的小伙子实在太年轻了，所以我便这样称呼他。

　　"嗯。"他叫刘钰清，河南周口人。

　　"你今年多大？"

　　"九六年生的。"他低着头回答，一脸腼腆。

　　难怪，周岁才18岁。看着他头上、脸上尚未愈合的伤疤，我非常心疼。

　　"当时你们的车距离火场有多少远？"

　　"四五十米吧！"

　　"那时火灾现场有人吗？"

　　"有。已经有人了，是地方消防队的，还有公安民警……"小伙子说。

　　"你车上的中队长那个时候在做什么？你看到了吗？"

　　"他……他比我们先下车，下车后他就往着火的前面走去，訾青清好像跟在他身后。"刘钰清又摇摇头，说："我记得不是很清楚，医生说我双耳穿孔了，很多事情记不得了。隐隐约约记得我们的车先早停在距火场很近处，也就四五十米的地方。后来班长突然命令我们车子往后撤，一直撤到了距火场一百米左右的地方。这是中队长下的命令。"

　　"他自己跟着车往后撤了吗？"

　　"没有。他还是在前面……这个我记得。"刘钰清的双眼认真地盯着我，他确认这是他看到中队长的最后一个身影。

　　"就在我往后走的时候，突然第一声大爆炸就在头顶炸开了……"刘钰清说。"当时我的头盔一下就被飓风似的热浪掀没了，我身不由己地像被啥力量往前推了一段，是反火场的方向。我一眼看到路边有一辆装运集装箱的大车子，就一个箭步钻到了车底下。当时满脸被尘土蒙住了，还有火星烧似的，心想不能这样憋死在车底下呀！所以又从车底下钻出来了，好像双脚刚刚站稳，突然又听见身后比第一次大好多的响声，之后我感觉双脚从地面上飞了起来，后来就再也不知道怎么回事了……"

　　"也不知等了多久，待我醒来时，发现身边我自己中队的战友一个也没了，倒是有另外一个消防中队的一位战友，后来才知道他叫赵长亮，伤得很严重，倒在地上，死拉着我的腰带，让我救救他。其实当时我们谁也看不清谁，脸都是黑的，身上的衣服还在烧，不敢抬头，满天都在下'火雨'，吓死人了！一团团'火'飞过来，有的砸在地上能刨出个坑……"刘钰清说："我赶紧拉起那个三大街中队的战友往外走，可就是拉不动。后来硬把他搭在肩上，我们就这样一拐一拐地往爆炸火场的相反方向走，不知走了多久，实在走不动了，恍惚中有人把我们背上了皮卡车。再醒来时就已经是几天后的事了。"

"你所在第一班车上除了你和中队长梁仕磊外，还有谁？"这辆车最靠前，每一位消防队员的生命最令人揪心。我想知道他们的命运。

"还有……还有驾驶员潘龙航，班长毛青……其他的我想不起来了。"怎么可能呢？一个班的人天天在一起咋会想不起来？但刘钰清很吃力的样子让我相信小伙子真的有些想不起来了。

"好了，好了，别想了。我问问其他人吧！"我抚摸着小伙子的头，很是心疼——经历大爆炸后的这些年轻的消防队员的记忆都不同程度地受到伤害，需要很长时间恢复。而我这一次到八大街采访的时间是国庆节，距"8·12"已经48天了，或许还要一个48天他们才能基本好转。

"还应该有李鹏升、徐帅、訾青清、成圆，这辆车上总共七个人，三人牺牲了，还有两位在医院里没回呢！"后来是排长杨光拿着一个小本本指着原先留下的"中队花名册"，才帮我理清了我想知道的。杨光其实也一直处在"点不清"状态，我几次尝试问他能不能说明白全中队到底谁牺牲了、谁还在医院时，他始终没有给我说清楚。看着通铺上坐着的这些活着的小伙子，我既为他们庆幸，同时内心总隐隐作痛……

现在，又一位小伙子站在我面前。

"你叫什么名字？"

"叶京春。"

"嗯？你是北京人？"名字中的"京"字使我特意这样问。

"不是。跟刘钰清是老乡，都是河南周口的。"

"那你们是一年兵？"

"对。一三年入伍的。"

"那你跟北京有什么关系？你的名字里有个京字。"

"是。我是在北京出生的。"叶京春比刘钰清似乎嘴巴灵活一些，说："我出生时，爸妈都在都在北京打工"

"明白了！"我点头。"那天的事你还记得些什么？"

小伙子点头。"我在二班车上，就是第二辆车。我和蔡家远一起铺水带……"

"就是灭火的那种帆布带？"

"对。"叶京春说："我们一到达现场，就负责铺设供水带。我和蔡家远一共铺了10圈，每圈20米，正好铺完。从火场那边往回走，这个时候就响起了第一次大爆炸……"

小伙子的话停了下来，低下头。我看看他，又看看安静地坐在一边的其他几位消防队员，他们也都低着头，我感觉我问的话有些刺痛了他们的心……

"事情虽然过去几十天了，但大家还是不想回忆当时的情景。"排长杨光拍拍叶京春，问："行吗？跟何主席说说吧！"

叶京春重新微微抬了一下头，眼睛盯着桌子，说："当时我不知怎的一下被推倒在地，等反应过来，一摸脸，尽是血。回头一看，好像跟火场之间隔着一辆车，心想要不是那辆车挡着，不知被甩出多远。正在想着的时候，身后又响起一个大得没法形容的爆炸声……等再醒来的时候，发现自己被冲到了路边的一辆大卡车底下。我拼命地喊'蔡家远'和同一车的'唐排长'、还有陈剑、周偶……但没有一个人回答。当时四周都在掉火球，我赶紧用衣服裹住头，因为我发现头盔没了。耳边尽是'嗡嗡'的声音，听不清到底是什么声音。后来才知道是耳孔穿裂了。在车底下待了一会儿，觉得也很危险，就爬了出来。这时看到车底下还有一个人，他的脸上在燃烧，烧糊了！我赶紧把自己身上的衣服脱下来，给他扑灭火。他好像也是消防队员，但根本看不清是谁了，他伤得特别重，身子的前面都是火星，其实我自己也烧得不成样了。当时看到战友烧成那个样，像是忘了我也是伤员。我费了好大劲才把那个重伤员从车子底下拖出来。他根本不能走了，我使劲挽着他，一步一步往火场的相反方向走。但没走多少步，我觉得实在走不动了。而且现场十分危险，火球飞来飞去。我的眼睛灼烫得像烤着了，找不到正确的方向，我怕这样下去会再次伤着身边的这位战友，于是见脚下是草坪，就估摸这个地方安全些，便将他放下了。我对他说：'放心，我马上去找人来救你啊！'我自己就开始跌跌撞撞往外走……"

采访了一大圈，我才搞明白那个被叶京春从车底下拖出来的重伤员是三大街消防中队的云南少数民族战士岩强。

岩强能活着，简直是个奇迹。他的故事我们在后面说。现在来说叶京春。

"我凭着感觉往外走了一段后，遇上同样受伤的特勤中队的王林和刘荣龙，因为跟王林是河南老乡，所以知道是他俩，他们伤得也不轻，尤其是刘荣龙，眼睛看不到了。我们几个就相互搀扶着往外走，那时啥都不想，老实说，只想两件事：一是赶快离开火场，怕再来大爆炸。二是希望自己的战友比自己好，能一样侥幸活下来……"

"可是，一个多星期后，我刚刚能看手机时，看到的第一条消息却是我的战友蔡家远牺牲了……"叶京春拭泪，颤抖着嘴唇说："我不相信这是真的，因为我俩在爆炸现场一直是肩并肩地在一起铺水带，我不知道他怎么就被炸没了……"

天津消防开发支队的领导后来告诉我，他们在搜寻到蔡家远的尸体时，发现他身上没有什么伤，完全是被强大的爆炸气浪活活震死的。

太可怕了！

叶京春的父母在大爆炸的第二天中午就赶到了天津——从北京到天津滨海新区平时开车两个小时，那天叶京春的父母才用了一小时十多分钟。

在医院里，当有人指指躺在重症病床上、头部被白纱布包得严严实实的处在昏迷之中的伤员说，这是你们的儿子时，叶京春的父母流着眼泪直摇头。

"爸、妈，是我呀！"数天后，叶京春醒来后，模模糊糊床前站着两个人，他吃力地想睁开眼，可剧烈的疼痛让他只能眯开一条极小的缝……这回他看清了。

"爸、妈……"

"是我们的儿子！"父母又哭又喊起来，那是幸福和庆幸的欢呼声。

然而，儿子叶京春丝毫没有高兴的神情，反倒一天比一天悲伤，因为之后的每天里，他都能听到自己战友牺牲的消息，以及还有诸多令人揪心的、一直处在"失联"状态的消防队员。

八大街中队的指导员李洪喜在第三辆车上。除了在后一辆车的杨光所说，现场听到李洪喜下达那声命令之后，看到他继续往前面的火场前进的身影外，再也没有人能够说得清他们中队最高指导官牺牲时的情形。

我找到了与李洪喜同在第三辆消防车上的湖南籍战士肖旭。

又是一个太年轻的战士！"哪年兵？"我问。

"去年。"

也就是说，到大爆炸时，他才刚刚满一年兵龄。

"你们李指导员当时是跟你坐一辆车吗？"

"是。"

"还记得你最后一眼看到他在现场做什么？"

年轻的战士想了想，摇头，"我们车是负责供水的，我是战斗员，每人身上扛两卷水带。一到现场，我的任务就是铺设水带……"

我有 15 年军龄，也当过新兵。要做好新兵，其他的什么都不用去想，只想把"首长"交代的任务一丝不苟地完成便是。我因此理解眼前的小战士肖旭。

我以为小战士不可能提供"有用"的素材，但我错了。小战士讲的现场一幕，令人惊心动魄，胜过任何精心设计的好莱坞大片的情景：

"我记得到现场后，只看到有交警在现场，他们好像在劝阻那些围观的群众。我下车后就背着水带，按照平时训练的要求，一直往第一辆战斗车那边铺去，感觉越往里走，空气越热，估计距着火的地方也就几十米远。铺完背着的水带后，我就往回走，快到我们的车——第三辆车时，后面突然传来一声巨响，我就像被谁猛地用力推了一下，跄踉几步，摔倒在地。还没等明白过来，只听我的班长杨建佳在大喊：'赶紧跑！'我也不知发生了啥事，爬起来就往火场的相反方向拼命跑，好像才跑了十几步，跑到路边有草地的地方，突然后面'轰——'的一声巨响，像天裂开似的震响，感觉自己的身体一下被从地上掀了起来，等再摔下来时，见身边全是树，有的树在烧，还有路边的汽车也在烧，地上也有东西在烧……总之感觉整个地、整个天都点着了似的。我用手一摸，摸到了一只头盔，也不知是不是我的，就赶紧往头上一扣，却发现脖子上的系带已经断了。看着天上飞来飞去的火球，我害怕了，心想，刚才没死，这会儿横飞来一个啥东西肯定还是活不了，于是就摇摇晃晃地支撑起来。刚跑几步，又听身边'噼里啪啦'爆个不断，好像也是爆炸声，是爆炸，当时除了两声大爆炸外，手榴弹一样的小爆炸其实一直没有停过。我就又趴下。就这样，跑跑趴趴，一路跌跌撞撞往外走。跑的时候往两边看看，到处全是横七竖八的集装箱壳，有的被烧红了，有的叠在一起，翻滚着，特别吓人。一看这情景，我就赶紧往回走。这时看到我同车的班长杨建佳和一个支队干部，他们也都受伤了。那个支队干部伤得很重，眼睛已不能认路。也不知咋回事，走着走着，那个支队干部走丢了。我跟班人喊了好一会儿也没有回音。我只好跟班长两个人往外走，结果发现走错了，走进了一片集装箱堆里去了。这可怎么办？我使出吃奶的力气，上到了一个集装箱上，往四周一望：到处一片火海……我想这下坏大了！要死在这里面了！朦朦胧胧的烟火间，我看到有人也在往我这个方向走，于是就喊：'不要往这边走了！方向不对！别走了！'我见他们停下来了，就从集装箱上跳了下来，这一跳不要紧，我发现自己的脚疼得要命，原来我一只脚上的靴子掉了，脚底心被灼伤了。再一看，怎么杨班长没了？我赶紧喊：'班长''班长'，但没有人回答我。当时我真想哭了，但哭有啥用？于是只好独自一个人找路，找啊找，终于从倒塌的集装箱堆里找回了原来的路。这个时候我又遇见了另外两个消防战友，一个重伤，一个眼睛烫伤了。重伤的根本不能走路，我就和那个眼睛灼伤的扶着他往外走。我们谁也看不清谁，还没有来得及相互问一声是哪个中队的，身边就来了辆车子，我们赶紧截下来，将重伤员塞上车。开始那个车的驾驶员不让上人。我说这位重伤员快不行了，人家才动了恻隐之心。我当时看到，车上确实也很难再装人了，好几位伤员在上面，有的头和脚还搁在车窗口外，而且不停地在流血，那个惨状我一直忘不掉……"

肖旭说到这里，止住了话。一双眼睛盯着天花板，眼珠一动不动。我无法想象留在这位年轻消防队员心底的那一幕有多可怕、多恐惧！

我知道，当时在大爆炸现场，这样的车有很多很多，他们多数是天津市民自发驾车赶来抢救受伤的消防员、群众以及死者们……

"我后来听说，那个被我和另外一名战友送上那辆汽车的那个重伤员叫岩强，是三大街中队的。"又一个人提到了"岩强"这个名字。

"刚来到消防队时，我有些遗憾：因为我们虽然穿的是武警军装，可并不是扛钢枪的战士，而是拿水枪的消防兵。后来慢慢才知道，拿水枪其实也是为人民服务，一样光荣……"望着天花板的肖旭，独白似的喃喃道。

我看到他的脸颊上，淌下两行热泪。这一刻，我也热泪盈眶。

14．最后的安魂曲

人死不可复活。所有悲伤与痛楚必须接受。这也是人类得以继续生存的本性。

现在的天津港区，有几个地方设置了"8·12"爆炸遇难烈士墓地。几乎每天都有人到墓地献花与烧纸，以祭奠那些在这场大爆炸中牺牲的消防队员和无辜死去的群众。我不知道那些埋在地底下的灵魂可否安宁？他们是否也与我们一样一直在咒诅那些造成爆炸事故的罪人？

人的生与死，很多时候就在刹那之间。人的生与死，又在很多时候或光芒四射，或毫无声色。生命如此差异，灵魂可否获得同样的安宁呢？

那个嘈杂而纷乱的爆炸现场，那些英勇奋战、又突然牺牲的消防队员们能否在结束年轻的生命之后，其灵魂获得一丝安宁，这是大爆炸现场遇到的又一场特殊的困难与困境……

这样的工作从某种意义上讲，远比扑灭一场火灾还要难上几倍，甚至几十倍。

人死不可能复活。人死后所有的悲伤都留给了活着的人。活着的人要面临比自己更年轻的生命尤其是自己的后代们突然不辞而别地永久离去，该是何等的悲痛欲绝！

镜头一：

只差一周便是22岁的甄宇航烈士的遗体告别前有一幕让所有参加仪式的人泪流满面——其母侯永芳跪在地，一双布满老茧的手颤抖着为即将永别的儿子点着蜡烛，"航航，妈妈想死你了！""妈妈以后怎么来看你呢？""妈妈想跟你去……"想到儿子那个沉默的深夜来电，那个连呼吸都听不到的电话，却是儿子用尽所有的力气，向妈妈做出最后的呼唤和诀别。

镜头二：

医院工作人员从太平间将江泽国的遗体拉出来，准备往殡仪馆送时，车子突然被两位年轻的消防队员拦住："不许走！""你们不能把我们的教导员拉走！不能！"

"这是上面要求这么做的，再说医院也是迫不得已，太平间里已经放不下死人了。"拉尸体的人说。

"求求你们了！求求你们晚一天拉走，我们想多陪陪教导员……"两个消防队员竟然"扑通"跪在地上。

现场，围观的数十人默然流泪。最后达成"协议"：让这两位消防队员、江泽国的战友随殡葬车将烈士护送到殡仪馆。

镜头三：

烈士郭俊瑶的遗体告别时，只有他的姐姐在场。部队领导问她为啥烈士的父母没有来，他们不是与你一起从老家赶来的吗？烈士的姐姐泣不成声道：前天一家人到殡仪馆"认尸"时，弟弟的那张烧黑的脸让他们全家有些"认不太出"，所以从那一刻起，烈士的父亲就"不太认人"了。母亲则每天夜里都睁着眼不闭，问她怎么啦？母亲对女儿说："眼前总有一群孩子，脸都是黑的，有时也能看到儿子闪过，但儿子笑笑就走了，不说一句话……"

听完这些话，数十名消防官兵早已泣不成声。

我的兄弟，我的战友，你们的灵魂是否安宁，将是我为你做的最后一件事、一件比我自己什么事都重要的事！

从爆炸之后，第一批伤亡者被现场抬出来开始，许多人做着与陈晓龙同样的事：辨认死者，安排后事。

"以前做过这样的事吗？"我问这位安静地坐在我面前的中校警官、消防支队作战指挥中心主任。

"没有。从来没有过。"陈晓龙回答。

真是天再大，也就一个圆。一问，陈晓龙的父母曾在我工作过的廊坊武警学院呆过，当他报出其父母名字时，我仍旧能记忆出一些模糊的印象——30余年了，往事如烟，我们的记忆削弱多了，但"战友"二字从不模糊。

陈晓龙是"大学生"入伍的青年消防警官。有过七年的基层工作经历，当过消防中队的排长、副中队长、中队长、指导员。大爆炸的前一年，陈晓龙才从基层调到支队作战指挥中心任主任。

"'8·12'那天不是我值班。"陈晓龙说，"刚睡下，大约在十一点左右，突然听到响声，因为我家就在距事故现场三四公里的地方。第一响声，楼房小晃；但第二响声时，楼房晃得厉害。我就从床上滚起来，往外一看，已经火光冲天——在我家的北边。凭经验，我知道这不是一般的火灾，而是什么东西引发的大爆炸！于是便给天保消防中队值班室打去电话，问是不是出警了。那边回答我：出警了，但现在联系不上。我估计火情十分严重，便下楼，见下面已经聚了很多人，大家都在议论纷纷。就在这时，我收到了支队值班室电话，说瑞海危险品仓库着大火，你离得近，立即去现场看看情况。我就马上驾车赶往爆炸现场，不到十二点就到了那里。现场火情太恐怖，方圆三四公里左右全是火，还有天上落下的东西也都是燃烧物……我立即向支队首长汇报，并接到命令，要求我立即侦察和搜寻我们的消防队员。于是我就往现场爆炸核心里走，当时只穿了普通的衣着，刚往里走，就感觉空气里的温度特高，烤在脸上很痛。显然是进不了真正的爆炸点，但可以看到靠在外面的几辆被炸毁的消防车，也能看到一些活着的人在往外走，样子都很可怜，浑身血淋衣破，脸都是黑的，一看便知是高温火熏的。再想往里进就不行了，只好后撤。这时与我们的政委和参谋长会合，现场简短一合计，我们作了简单分工：参谋长负责搜救，我在现场接应，政委全面指挥并同上级保持联系。但当时又感觉十分奇怪：一方面时间非常紧急，另一方面又觉得自己不知干啥。身边来来去去的车子和人特别多，都在说赶紧把伤员送到医院去，送到最近的泰达医院。那当口，我好像才找到了自己的大爆炸之后的'救援岗位'——去为自己牺牲的战友完成最后的旅程……"陈晓龙说。

这一任务对陈晓龙来说，也许他这一生不可能再有了。"任务如此特殊，特殊到现场我都回不过神来。"他说。

陈晓龙的任务是什么？不复杂，去确认那些牺牲的战友。在到支队工作之前，他就在天保消防中队当了七年"长官"——从排长一直到指导员，熟悉每一个战士的情况。"你最了解中队的情况，你负责这一块。"支队政委这样交待陈晓龙。

大爆炸之后，一项异常特殊的工作便是辨认伤员和死者。天津港大爆炸之突然和破坏力巨大，伤员和死者的辨认成了非常困难的事：他们几乎都是清一色的"黑脸"，大火熏的；他们几乎都是血肉模糊，冲击波伤害的；如果是牺牲者，面目更不易辨认，断头少臂算好的，最严重的遇难者或什么都没有了，或只剩白骨一堆，轻者也是面目全非……谁是谁，谁会是谁，辨认的任务成了爆炸事故后一项紧迫而艰巨的任务。大批亲属从四面八方赶来，每日滚动的新闻发布会需要及时公布死者名单和人数，都需要现场对死者的辨认，而且必须准确无误。

"消防支队作战指挥中心主任"的陈晓龙，现在的任务是辨认牺牲的战友，一项从未接受过"战斗任务"。

到泰达医院的时间大约在三点钟左右，那个时候的泰达医院处在一半瘫痪状态：伤员已经无处安放，医生都找不到，在抢救室的人手不够，不在抢救室的恐慌者正在逃亡途中，后来许多人折回医院重新投放战斗。因为距爆炸地最近，泰达医院在十三日的临晨几小时里，一片混乱其实也在情理之中。

"快快，他已经不行了！"送伤员的人拼命喊着。

"不行了还往急珍室送啊？"医院的人嚷嚷道。

"不往急诊室往哪儿送？"

"那边——太平间！"

"那、他就这样……走了？"

这样的争执，这样的沉默，在当时的泰达医院和其他医院很多。

陈晓龙在最初的时间里，看到了自己支队的俩名伤员进了重症室。这个时候泰达医院已经不收伤员了，而医院门外涌来的伤员越来越多。"赶紧往其他医院送吧！"陈晓龙就是在这种"感召"下从泰达医院到了塘沽医院。在那个地方他找到了自己老单位的三名伤员。

"陈主任，放心吧，我们在这儿看护呢！"已经有支队的其他同志在医院陪护着伤员。这让陈晓龙欣慰地意识到部队指挥协调的能力。

"晓龙，我们那些牺牲的战友的亲属有的已经到了，有的正在路上，得把所有牺牲的同志找到，并且不要让他们的亲人看到后特别难过啊！这项任务交给你了，务必要完成好！"支队领导命令道。

"请首长放心。坚决完成好任务！"

陈晓龙并没有接受过这样的任务，也不知道它到底是一项怎样的任务。

死人会在何处？死人在医院里一般都放置在太平间。

太平间是个怎样的地方？太平间是生者与死者相隔最近的地方，可又让生者感觉那么遥远，那么陌生。陈晓龙在回到泰达医院、医生们告诉他要认死者就到太平间时的第一感觉便是如此。

这是十三日凌晨五六点的时候。陈晓龙听说泰达医院的太平间里已经放了几具尸体，便赶紧往里那地方走。一推门，一股冷气袭来，让他的心一颤。再细看里面，摆放着六七具尸体，有的满身是血，有的连衣服都没有了……其容貌更不敢细看。陈晓龙的目光首先停在那个身上还穿着迷彩服的人那一具，这一定是我们的消防队员。

是的，是我们的人。第一眼陈晓龙就认出。第二眼他看到死者满脸都是玻璃碴，伴着的是仍未凝固的鲜血。

是田宝健！陈晓龙认出了死者。这是他带的新兵，他熟悉的兵。陈晓龙的眼泪就在眼眶里打转儿，但没有流出来。

为了确认自己的辨认没有错。他伸手去摸尸体的外衣口袋，找到了一只手机。一试，还能用。陈晓龙用自己的手机拨了一下号码，通了……手机上显示的三个字正是"田宝健"。

手机的主人永远不会接电话了。

陈晓龙凄然默立在年轻战友的面前，一时脑子空白。后来，他轻轻地从自己的口袋里掏出几张干净纸，慢慢地给田宝健的脸上擦了擦，可这一擦，让陈晓龙的泪水一下控制不了。"呜呜……好兄弟，你怎么伤得那么重啊？啊，我连给你擦都不能擦呀！呜呜，好兄弟……"陈晓龙感到异常悲伤的是在他给战友擦脸的时候，发现那张年轻的、仍然留存一丝温度的脸上尽是玻璃碴子，无法擦洗，一擦就会划破更多的地方……

陈晓龙的心犹如刀割。当他走出太平间时，觉得整个世界变了，变得都是痛。

还没有从悲伤中缓过气来。天保中队司务长过来向陈晓龙报告："又有一个同志牺牲了，医院方面说是我们中队的，叫袁海……"

陈晓龙有些迟疑："袁海？"

"是 14 年的新兵。"

陈晓龙点点头：他是去年 8 月离开天保中队的，那时 14 年新兵刚刚下中队，所以他对"袁海"没啥印象。

"走，去看看他。"

陈晓龙再次进了太平间。才一会儿功夫，太平间已经多了好几具尸体，有些人满为患了！

"就是他。"司务长指着其中的一具尸体说。

陈晓龙一看，眉睫不由紧锁：新兵袁海死得比田宝健还惨，脸已经成了一团完全模糊的黑疙瘩……为了确认自己战友的真实身份，陈晓龙轻轻地翻动了一下尸体，看到了死者胸前的"保税"二字。又将尸体翻过来，后背战斗服上四个大字更加醒目："保税消防"。

"马上向支队首长报告。"陈晓龙长叹一声后，对身边的司务长说。

时间已至十三日上午。这个时候整个天津、整个大爆炸现场，都处在一片混乱而又有一定的秩序之中。根据中央领导指示精神，大爆炸现场总指挥部下达了一道又一道命令和指示，其中包括了对"失联者"的确认和死者甄别工作。大批专业人员和志愿者被调集到一线，消防部队更是为了接待数以千计的伤员与死者的家属而派分了多路人员负责妥后事宜。

"这项工作的难度完全超出了我们的想象。"一位消防干部这样对我说，她说她从十三日凌晨三点被叫到单位后，一直到 29 日才有机会回自己的家一次，"没日没夜地陪着那些牺牲的战友的家属……你不能有片刻和稍稍的马虎，要不不知会出现啥情况，可是担当不起的！"

是的，我知道，许多消防战士的父母来了后，一听自己的孩子牺牲了，不是当场昏倒就是几天犯糊涂，分秒离不开人陪护。天津消防遇到了前所未有的一项特殊的"灭火战斗"——抚慰那些失去亲人的家属们的心灵伤痛。而且，尽快寻找和确认牺牲者，并让家属在看到自己死去的亲人的第一眼时不那么悲恸欲绝，是当时的重中之重的任务，某种意义讲，可能比当时扑灭爆炸现场残留的火情还要紧急和重要。

陈晓龙的感觉便是如此。他觉得自己的责任重如泰山，不敢有半点含糊。"因为那个时候，死者家属的心是碎的，即使小心翼翼，也会触到他们的最伤痛处。"他说。

但意外的事情总是在最乱的时候出现。田宝健烈士的家属来了，来后的第一件事就是想尽快看到自己的亲人。那个时候迟一分钟就可能让家属的情绪出现异常。见到田宝健的家属时，部队的领导都暗暗捏了一把汗：妈呀，一下来了二三十个亲属呀！

"晓龙，你那边好了没有？可不可以让家属到太平间见面？"领导打电话问陈晓龙。

"应该可以吧。我跟医院方面联系一下。你们等我的回话。"合上手机，陈晓龙就往泰达医院的太平间走。

"天哪！我们的人到哪儿去了呀？"陈晓龙一进太平间，立即跳了起来：原来安放田宝健的尸体柜里换成了另一个人了！他迅速翻遍了所有尸体柜，却仍然没有找到自己的战友，本来是冰冷的太平间，可陈晓龙顿时全身急出了一身汗……

"我们是奉市里的命令：医院里的尸体放不下了，统统往各殡仪馆运……"太平间的工作人员说。

"你是说，都运到其他地方去了？知道我们的人运到哪个殡仪馆呀？"陈晓龙只感觉自己的身子又顿时从热变成了冷，甚至浑身有些打颤。

"这个我们不知道。"

天哪，我怎么向田宝健的家属交待？怎么向部队领导汇报呀？

"怎么回事？准备好了没有？田宝健的亲属们情绪很激动，他们马上想看到自己的亲人……"那边，妥后组的人催命似的在电话里跟陈晓龙这样说。

"报告：田宝健丢了，找不到了……"陈晓龙只得如实汇报。

"啥？丢了？怎么丢的？"责问声能把陈晓龙的耳朵震聋。

无奈，陈晓龙只能一五一十地如实道来。

"赶紧想一切办法把田宝健给我找到。"部队领导用异常严厉的口气命令道。

"是。"

陈晓龙满头大汗地赶到汉沽殡仪馆，但人家不让他进去：上级有令，现在不能随便看尸体。要等公安部门来做 DNA 检测。

"死者家属已经来了，想见一下总可以吧！"陈晓龙急了。

"那也不行。我们请示同意后方可。"

"那求求你们帮忙请示一下吧！"陈晓龙想发火又觉得没用，只得忍气等待。

同一时间里，消防总队领导也在发动其他官兵在其余的天津爆炸附近各殡仪馆寻找，结果大出意外：没有田宝健。

会到哪儿去了呢？陈晓龙一边等一边在思忖。晚上六点左右，陈晓龙被告知可以进塘沽殡仪馆停尸间了。

阿弥陀佛！人找到了。

"那你就赶紧准备吧，我们陪家属到你那儿估计个把小时时间……"妥后组告诉陈晓组，意思是他们一会儿陪着田宝健的二十多位亲属马上到殡仪馆。

"活要见人，死要见尸"，牺牲者亲属的急切心情，完全可以理解。但苦了在殡仪馆的陈晓龙：战友牺牲留下的面目太惨太难看！怎么办？

"求求你们了！马上帮助整一下容吧！"从不求人的陈晓龙，现在突然觉得自己唯一能够做的就是"求人"。

整容师来了，并且立即上手。

陈晓龙却不踏实：他要亲自看着他们如何完美地缝合他所熟悉的战友的容貌……呵，这是极其痛苦的过程：整容师在自己已经没有温度与生命的战友脸上、身上，用刀、用针剪裁与缝合，那针针刀刀仿佛都扎在陈晓龙自己心尖上。他感到痛，痛得喘不过气，然而他又必须坚强地、不动声色地站在整容师的身后、站在战友的面前……

整个整容时间比预期晚了两个小时，因为烈士被炸的地方太多、太严重。

"可以了吧！"当晚九点多，整容师直起身，问陈晓龙。

陈晓龙再一次细细地察看了一眼他熟悉而似乎又陌生的战友田宝健一眼，神圣而又肯定地点了点头。等整容师走后，他又将事先准备好的一床崭新的被子盖在了他亲爱的战友的身上……

"我的儿啊……""我的亲亲啊……"停尸间向家属打开的那一瞬，撼天裂地的恸哭与哀号声，是陈晓龙所不曾想到的。不是以前没有见过死人，也不是没有见过亲人与死者相见的场面，然而陈晓龙觉得这一次这样的场景和悲恸，是他前所未见。

他的心和灵魂被震荡了，甚至有些出窍的感觉。

"儿啊，你才不到20岁呀！"陈晓龙马上意识到为何从未有过的出窍之感：原来他的战友才19岁就要永别于他的亲人……

多么悲惨的世界！无法接受的现实！对每个被大爆炸夺去亲人生命的家属而言，难道不是这样吗？

陈晓龙默默地背过脸，拭泪不止。

这仅仅是开始。大爆炸夺去消防队员的生命达一百多位，共和国消防史上从未有过的一次壮烈。

我知道，大爆炸妥后工作中担任像陈晓龙这样任务的有一批人，他们多数与陈晓龙一样，从未接受过如此特殊的任务。

"害怕，真的很害怕。"开发支队防火处监督科副科长张建辉接受了同样的任务，最初他在打开尸柜时都不敢看。"我既害怕这一眼看到的是自己熟悉的战友，又怕认错了人……"

找来的认尸者都是临时抽调的那些对自己单位比较熟悉的"老兵"。即便如此，许多情况下仍然有种种"意外"：有的尸体被现场的水和其他物质所腐蚀，变得浮肿，甚至严重腐烂，完全变了形，一碰就一股臭水臭气袭来……你即使忍不住，但也得靠近去慢慢通过细节确认死者的身份。有时一具尸体，要翻来覆去几次移动其身子才能最后确认。张建辉说，他就遇到一个烈士的遗体在两个地方，最后费尽功夫才"组合"到一起，并最终确认了身份。

陈晓龙遇到的难题大出一般人想象——

"说说，到底是怎么回事？"听说烈士王琪被送到医院确认死亡后，竟然又"失踪"了！我不能不好奇地一定要让陈晓龙讲讲这事。

"是这样。"他说，"因为王琪被送到医院时已经属于烧得钙化一类的了，就是除剩骨的那种……"陈晓龙有些不想描述。顿时片刻后，又说："这样的烈士从爆炸现场送到医院后一般就直接拉到了太平间。王琪就是这样的。因此烈士的身份也很快被确定，并且列入了向社会公布的'伤亡'名单上。爆炸后的前一两天，医院等各个方面都比较乱，所以造成伤亡和死者常常对不上号及'失踪'的情况。王琪烈士的情况基本上是这样：他的牺牲当时在搜索现场已经确认，后来遗体拉到医院后，我们得到的信息是说拉到塘沽殡仪馆了。居然烈士安置有着落了，我们也就把他的事暂且算放一放，忙着处置其他人去了。但过了两三天，他家里的人来了，说要看烈士，那我们就赶紧准备呀！结果到塘沽殡仪馆一看，竟然没有王琪！那个殡仪馆比较大，当时放了许多尸体，我一个个尸柜拉出来察看，看了一次又一次，结果仍然没有王琪，这是怎么回事？烈士放在殡仪馆的停尸间里'失踪'了，你说怪不怪？领导一听就着急起来，说陈晓龙你咋搞的？赶快给我找出来！人家亲属大老远赶到天津来，我们怎么交代嘛！可不是呀，当时我真有点发楞了，加上连续几天几夜不是在这个医院的太平间忙乎，就是在那个殡仪馆张罗，天天跟一张张根本不认识的死人脸打照面……啥心景你们想象得出的。但这都不要紧，好像那个时候我们都变了人似的，一切都是为了烈士，一切都为了处置好爆炸事故的妥后工作。作为消防支队的一线干部，我自然不例外。但我跟其他人还有不一样的地方是：我是负责牺牲者的最后事宜，就是他们在火化前的所有安放与处置，比如接等他们的亲属察看尸体、开追悼会、遗体告别、火化和骨灰处理等等。我没有想到的是，竟然出现了死人'失踪'的事！没办法，找啊！我就开始到天津市区可能存放爆炸事故中的死者的殡仪馆去一个一个地找，整整找了两天，竟然还是没有找到！"

"真出怪事了？"我的心跟着悬了起来，简直像谜一般。

陈晓龙摇摇头，说："是我们把塘沽殡仪馆和塘沽殡仪服务站这两个地方搞错了。"

"我们只知道塘沽殡仪馆，却不知它下面还有一个塘沽殡仪服务站的小单位，而王琪则被放了这个殡仪服务站。"陈晓龙说。

原来如此！

"当我们弄明白这两个单位的情况后，就赶紧到塘沽殡仪服务站去找王琪。结果你想咋了？"

"又会有什么情况？"

"我去后既然又没找到！"

陈晓龙的话令我目瞪口呆："你开玩笑吧？"

"是。确实开始还是没找到……"他说。

"真的是连环疑案？"我怀疑这太传奇的故事了！

"是这样。"陈晓龙讲故事似的认真道："塘沽殡仪服务站不大，停尸间的冰柜也不多，我第一次一个个察看后真的没有找到，第二次又查了一遍还是没有找到。再去问服务站的值班人，他们说，都在这里，就这些，如果没有就是没有了！这不太奇怪了嘛！明明是记录在这个服务站的，为啥就没有了呢？我们不得不作细致的调查，向服务站的所有工作人员调查从十三日早晨开始进出这个殡仪站的所有死者的记录，结果证明：王琪没有出服务站，还在里面。那为什么我们找不到呢？就在我们谁也弄不明白到底是怎么回事时，一位服务站的工作人员突然想起来了，说那天有一尸体拉来后，发现特别高大，一般的尸柜放不下，就把他搁到了旁边的一个平时不放尸的大柜里……我一听就赶紧冲进停尸间，直奔那个大尸柜，终于见到了我的战友——王琪……"

天！烈士王琪原来是这样"失踪"了！

陈晓龙："王琪本来就身体高大，牺牲时又双手高举过头顶，所以他的骨架会比一般的死者高出不少，因此就有了上面的'失踪'……"

真是难为陈晓龙了！

我听天津港公安局的事故现场搜索组同志说过，他们在爆炸现场后来见到的在最核心区牺牲的消防队员形状，基本上都是双手举过了头的姿势……我请教专家，他们告诉我：这种姿势证明，爆炸的火焰袭来的那一刻，牺牲者会下意识地举起手想"挡"火，于是就有了这个动作。

好惨啊！那些牺牲的消防队员们！

陈晓龙的难事不仅仅是烈士的奇怪"失踪"，他的另外两位年轻战友庞题与宇宁，牺牲得特别惨烈，当前方搜寻他们的战友将其确认是这两位战友时，其面目全无，化至白骨……这样的死者如何让亲属来认辨呢？而亲人的认辨是必须的，否则可能出现的另一种意外会让事态变得更加复杂——安抚死者家属就是对牺牲的烈士们的灵魂的最好抚慰。

"就是没有人了也要给'造'出个真人来！"领导说了，领导说这话非常坚决，丝毫没有余地。

"人"真能"造"出来？

得感谢现代科技与医学。"人"真的能"造"出来。大爆炸的许多烈士最后的模样就是"造"出来的。

"某某和某某烈士的遗体就是这样'造'出来的……因为当时要开第一个烈士遗体告别仪式，他俩又是确认的牺牲者，但已经找不到他们的真身了，我们只能采取'造'了……"陈晓龙经历过这样的过程。

"上面请了北京、上海的专家，也有天津的。他们都是高手，用3D先打印个身体模型，再对着照片进行塑造。"陈晓龙说。"整个过程非常复杂，有一位烈士花了整一夜工夫才塑造完。一般我们都得站在旁边守着，主要是负责看专家们塑得像不像，因为照片上的人跟真人还是有一定差别。我们熟悉战友的模样和平时的表情，尤其像我当过他们的中队长、指导员，平时他们休息的时候我们要进他们的宿舍查铺，所以他们睡后的模样我们也熟悉。"

"唉，谁能想得到连这样积累的一些工作经历，现在都用上了。"陈晓龙悲切地长叹一声，说。

"即便如此，意外还是不断。"他说："那天专家们给某某'造'好后，都收工走了。我再去看看'战友'时，发现坏大了：专家给'他'整的是火化妆……这哪行呀！家属来一看，说不像、不是，那可就坏大事了！"

我不明白陈晓龙说的是什么意思。

"火化妆一般都比较浓些，不像真实的死人。而我们牺牲战友的亲人们，第一次或者开始见的几次都应该是死后的真容。真容接近于平时死者的容貌，所以尽量不用火化妆，这在殡仪馆是有讲究的。"陈晓龙解释后，我才明白过来。

"碰到这种情况你可怎么办呢？让专家回来重新整容？"我问。

"来不及了。人家专家忙了一整夜，又听说去执行另外的任务了。我根本叫不回他们……"陈晓龙说。

"天！你怎么办呢？"

"唉，没有办法。我自己干吧！"陈晓龙又是一长叹。

真是无法想象。一个中校年轻警官，竟然还要做一件他从未做过的事——为死者整容。

"那是我战友，当时我心头想的只是如何不让他的亲属见他时怀疑'他'是假的，否则可就不好收场了！"陈晓龙说的非常严肃。"什么事都可以马虎一点，'人'的事绝可不能马虎。"

"你干过化妆没有？"我真为陈晓龙捏把汗。

"连擦脸油我都极少用，哪干过化妆！"陈晓龙说。

看我直摇头，陈晓龙自个儿苦笑了一下，说："没有别的办法，我只好把殡仪馆的一位师傅叫他，请他一起帮忙。人家毕竟比干过简单的死容化妆，比我强一些。所以我们俩人最后配合着把这事整完了……"

"咋整的？"我觉得不可思议。

陈晓龙："那师傅画这边脸，我就跟着他画另一边脸，淡妆嘛，毕竟人家专家的'3D'模子放在那儿，大体不会太走样，所以加上我们的又一番化妆，基本上就可以了。不过说实话，烈士的家属进殡仪馆瞅见烈士的那一刻，我的心跟着快要蹦出来，直听到他母亲那一通撕心裂肺的'我的儿啊'哭喊声出来，我的心才从半空落了下来……"

Grant them eternal yest, O Lord,

And may perpetual light shine on them.

Thou, O God, art praised in Sion,

And unto Thee shall the vow

Be performed in Jerusalem.

Hear my prayer, unto Thee shall all

Flesh come.

Grant them eternal rest, O Lord, and

nay perpetual light shine on them.

那天，陈晓龙为战友抹上最后一笔红印，又整了整烈士笔挺的警服，用车子推着烈士出停尸房的那一刻，一曲他既熟悉又陌生的《安魂曲》顿时响起……莫扎克那低沉浑厚的低音曲，弥漫了整个殡仪馆，气氛庄严而肃穆，所有在场的人低头哀伤。烈士亲属不可抑制的哭号和战友与同事的低泣声伴在一起，使得告别仪式无比凄苍与悲痛。

　　这场告别仪式，让陈晓龙感到极其压抑。

　　"换！换个乐曲！"陈晓龙建议殡仪馆工作人员。

　　"《安魂曲》是世界名曲，还有啥能替代它的？"人家提出。

　　"那你听听这个！"陈晓龙没有说话，他知道自己的战友已经准备好了。

　　"放——！"

　　顿时，在新一场的烈士告别仪式上，一曲悲伤中带着高亢的新"安魂曲"响起在陈晓龙和那些前来悼念战友的消防官兵及天津各界市民的耳边——

送战友　踏征程
默默无语两眼泪
耳边响起驼铃声
路漫漫　雾茫茫
革命生涯常分手
一样分别两样情
战友啊战友
亲爱的弟兄
当心夜半北风寒
一路多保重
……
战友啊战友
亲爱的弟兄
待到春风传佳讯
我们再相逢

　　那一刻，在殡仪馆停尸室和医院太平间坚持了十二个日夜的陈晓龙，再无法控制抑压在心底的悲怆与激动，一边默默地一遍遍吟唱着这首《驼铃》，一边高高地将右手举到耳旁向躺在鲜花丛中的烈士们行军礼……他希望这些天里自己的努力与陪护，是对牺牲的战友最好的道别与安魂。

　　　　　　　　　　（节选自《爆炸现场》，何建明著，人民文学出版社，2016 年出版）

中国时刻——中国援非检测医疗队抗击埃博拉实录

马泰泉

这是一场人类历史上最惨烈的生物灾难

这是一次义无反顾的国际人道主义救援

这是一个负责任大国在世界舞台上的重装亮相

这是一段令地球村的人们注目铭记的中国时刻……

——

飞机起飞了，到塞拉利昂去。

这是一次史无前例的远征。

由中国疾病预防控制中心挑兵择将组建的首批援非检测医疗队，带着中国研制的移动P3实验室系列装备，将去经历一场"不见硝烟"的特殊战役、面临"逐鹿西非"的国际大考验。这是我国以军地医务人员组成的国家队成建制走出国门、远离本土，奔赴抗击埃博拉最前线，登上全球传染病防治中心舞台与众多强手同台竞技的一次大比拼。

遥远、神秘的塞拉利昂，有最为世人所知的血钻石、金红石矿藏，稀有的红木、红铁木，古朴的原始丛林、野生动物圈，以及大西洋盛满翡翠绿的海岸旖旎风光，海岸边棕榈树下顶盘少女的婀娜风姿……但是，眼下那个国家太容易让人感到恐惧：埃博拉病毒疫情正肆虐地吞噬着数以千万计的生灵，大有冲出非洲向全球蔓延之势！世界各国纷纷拉响警报，御毒疫于国门之外！

此刻，他坐在靠近机翼后侧的窗口舱位，凝视着苍穹下变幻莫测的云。因为时差的缘故，队员们养精蓄锐的休息只是进入一种"假眠"状态，但他深信，这是如同一群精壮的雪豹蛰伏在要塞隘口，随时对发现的目标发起攻击。而他的职责，就是为这支挺身冒死的队伍在同埃博拉之魔决斗中做好医护保障，以期实现"零感染"。不辜负祖国和人民对这支队伍寄予的重托与厚望。

他叫柏长青，某三甲医院呼吸与危重症医学科主任。

他是这支队伍中最年长者，52岁。

按说他可以不来，他可以让本科室得力属下或学生来，但他却主动请缨执意要来。经组织缜密研究后，还是把他列入这支队伍的名单上，因为他是不可或缺的重要成员。直到出发前，有人对他的行动感到疑惑："即使要去，非得你这个主任亲自出马吗？"他只是面含微笑，什么也不说。也有人说："必须要去，说明你已心中有数；但要做到全队'零感染'，你心里有底吗？"看上去他那总是带着和蔼微笑的脸上并没有什么异样，但心情很复杂，无言以对，呵呵一笑。

其实，检测队组建时，在去与不去这个问题上他已深思熟虑想了很多：是啊，无论从主观上还是客观上讲，你都可以不去，因为这支队伍里你的年资最长、职称最高、年龄最大，再说你是日常最忙、责任最重的科室主任，而且你手下也有合适人选，随便找个理由即可推脱不去，但是你为什么要去呢？

面对同事如此的关切与疑问，他没有更多的解释与赘述，他只是与自己的内心对话：

——埃博拉病毒从本质上说它是一个传染病，为什么有那么多国家的疾控生防研究机构或医学组织注观埃博拉，派遣专家和队伍前往西非，其目的只是为了控制疫情的蔓延吗？往深处想，未来生物战会是怎样的一种模式？

——我们每年都搞多次生物防控演练和教学实验，但与真正的实情实地实战相比，那只不过是"纸上谈兵"，现在这个难得的机会来了，所以说我一定要去！

——本科室是承担生物医学防护救治的一个临床单位，这是我的本职工作，也是我应尽的责任，所以说我一定要去！

——这次行动是远离本土、远离后方的异国他乡，万一出现什么状况，对队员自身安全，对国家的声誉都会产生重大影响，毕竟我年龄老一点，经验丰富一点，处理棘手问题会比年轻人要快一点、好一点，所以说我一定要去！

——我不是说我多么高尚，但我实实在在地想，我孩子已经大学毕业了，家里也没有太多负担了，而年轻的医生呢，孩子都小，万一有什么不测，可能我的问题要比他们小的多。用总后勤部政委刘源上将的话说，派你们这些专家去是心中有数，也就是说完全相信你们的医术是过硬的，但又心里无底，因为不知道那里的疫情究竟肆虐到何种程度，你们能不能安全回来，谁也说不准啊……

当然，柏长青把自己的想法一开始就跟妻子常雁军交了底，她很理解也很支持丈夫的这个决定，情投意合的医学夫妻结缘于第四军医大学，风雨同舟走过了二十多载。

哦，直到整装待发的前两天，医院领导还在跟他说，要不要换人？眼下你们科任务很重，虽组建才五年，已拥有60床位的规模，成为一个大学科，资深学科——言外之意，科室离不开他，舍不得他去。

柏长青说："还是我去吧。"

2014年9月15日上午9时，由27名队员组成的检测队出发了。欢送人群奔放着热烈的情绪中却也平添几分送壮士登程的悲壮感怀……

飞机穿云破雾。他和队友们一样，处于一种"假眠"状态：当年爆发的SARS（非典），其生物安全等级仅为3级；即使令人们谈之色变的艾滋病也只有3级。而他和队友们即将面对的埃博拉病毒，其生物安全等级为4级，是迄今人类遭遇的一种十分罕见的烈性传染病病毒，也是目前防护要求最严格的安全级数，并且是"零距离"接触病毒携带者或疑似患者，检测他们的血液样品，能否做到"零感染"？这对他和队友们来说都是一个未知数。

虽然出征之前，挑兵择将组成的检测队进行了为期3周的封闭式综合演练，邀请国内20多位知名专家授课指导；多渠道收集塞拉利昂疫情、社情、民情，起草制定了包括政治安全、生物安全、行政安全在内的20余项方案、预案，立足于野外驻扎、独立保障的最坏打算；搭建1∶1的模拟设施，反复认证检测技术流程；筹集了1000余种科研、后勤物资、医疗器械和药品……但是，这一切在没有进行实战检验之前，也只能说是"纸上谈兵"。

从飞机腾空而起的那一刻起，中国首批援非检测队走出国门，万里驰援，即踏上了未可预卜的征程。

二

天地间在渐渐亮起的一抹曙色里有了响动。

那是太阳正在踉踉跄跄穿越大洋的风暴如期而至的脚步吗？但它一改万米高空那种裸亮鲜活的光线，霎时被重重叠叠的云层封闭住了，那响动分明是云块拥挤碰撞的声音。而且还有丝丝缕缕撕扯不断、纠缠不清的雾霭在机翼下匆匆划过，朦朦胧胧的旷野呈现出一种郁暗的色调。

这是 9 月 16 日，塞拉利昂首都弗里敦的早晨。

要理解这次远征的意义，不能不听听来自埃博拉重灾区的消息。时空仿佛急剧地浓缩了，现实以很大的陌生形态呈现在中国援非检测队面前：

2014 年 3 月，对埃博拉这种人类还一时束手无策的病毒突然在西非暴发。几内亚、利比里亚、塞拉利昂三个国家成为重灾区。而且疫情正在不断蔓延，威胁着周边国家的安全。8 月 8 日，世界卫生组织发布声明，宣布西非埃博拉出血热疫情为国际关注的突发公共卫生事件，建议疫情发生国宣布国家进入紧急状态。一时间，世界各国谈埃色变。有些援非国家开始撤走本国医生，召回驻疫区国外交官。在声明发布的第二天，中国政府决定派出检测队和医疗队奔赴西非，对当地防控埃博拉疫情进行技术援助。同时发出紧急人道主义援助物资运抵疫情最重的三个国家。

世界卫生组织发布的最新疫情统计数据显示，截至 2014 年 9 月 16 日，在西非的几内亚、利比里亚和塞拉利昂三国中，已有超过 2 万人感染致命的埃博拉病毒，其中 7749 人在塞拉利昂，已有 4663 人死亡；临床诊断病例 287 例，死亡 208 例；疑似病例 2038 例，死亡 758 例。并且这个数字仍在飙升。世卫组织总干事陈冯富珍在华盛顿联合国基金会举行的记者会上说，埃博拉病毒被发现已近 40 年，此次病疫是最严重和最复杂的，由于疫情爆发迅速，传播之快，已成为全球性的威胁。目前病毒已"溜出"非洲，传播到了美国、法国、西班牙等国家。

塞拉利昂政府宣布，自 9 月 19 日起，全国实施为期 3 天的戒严，以期阻止致命病毒埃博拉的传播。9 月 22 日又发布消息称，全国"闭户"三天之后，医护人员已查出数十起感染埃博拉病毒的新病例，但由于没有查遍全国每一个人，因此须延长封锁行动。

塞拉利昂人民生活水平低下超出人们的想象，直到十九世纪中叶，开拓殖民地的英国人仍把这里作为欧洲奴隶的供应来源地。迄今这个国土面积仅有 71400 平方公里，人口 610 万的国度，仍为全球最贫穷的国家之一，世界排名第 176 位。就是首都弗里敦，当地经济也相当落后，物资匮乏，民众一天只吃一顿饭。中资企业华人曾这样形容当地人的生活：吃饭靠上树，穿衣一块布，睡觉躺马路，经济靠援助。疫情爆发后，全市仅有几家简陋医院全部转为埃博拉专用，能转运病患的急救车只有 6 辆，且经常断水断电，缺医少药，卫生体系几乎瘫痪。塞拉利昂整个国家的注册医生不到 100 人，埃博拉疫情暴发后，已有 20 多名医生因感染埃博拉病毒而死亡，有的感到太危险了，不干了，逃散了。除埃博拉外，该国还是疟疾、伤寒、霍乱、艾滋病、拉沙热等传染病的疫源地，据统计，当地民众感染这些疾病的比例高达 50%

以上，人均寿命只有 42 岁。平时的小病，此时就是大病、急病、难治之病……

眼前的情景，毫不吝啬地将中国检测队置于如此窘迫的境地——他们面对的是几乎没有任何条件可依托的空白，一切都要从"零"开始，白手起家！

时值高温多雨季节，作为检测队后勤保障副组长、随队医生柏长青，在心理上经历了短暂的炎热和酷雨之后，神情显得从容平静，队长钱军跟他交谈时说："柏主任，您可是咱全队的守护神，我们的队员不能生病，也生不起病啊！"

柏长青说："让全队人员不生病我做不到，但我敢保证一旦有队员生病，我会竭尽全力治好他的病。"

为此，他和另一名随队医生聂为民（解放军三０二医院感染性疾病诊疗与研究中心副主任）进一步细化出国之前就已制定好的一日健康登记制度；根据驻地的实际疫情再次修订了各项疾病的诊治预案；坚持每天巡医问诊，每周进行环境消毒；对发热、身体不适人员，重点医护，确保队员们的健康安全。

"精细、精准、精深"是柏长青从医三十余载的定位和操守。出征前他已仔细梳理过要干的几件事：

首要的就是保障全体队员的健康，可想而知这种不见硝烟的特殊战场，打的是体力消耗战，心理素质战，超乎寻常的坚守和忍耐是信念与意志的合金，队员们的身心健康就是战斗力；

二是要保障饮食卫生安全，必须把好"病从口入"这一关，让队员们吃出战斗力，若是队员吃坏了肚子，那就是队医的失察、失职；

三是要为在塞拉利昂的中资机构（比如大使馆、援塞企业等）做力所能及的医疗服务，他们是我们的同胞，爆发疫情后，大部分人员都回国了，但还有一些人因工作需要不能回来，这些人是为了祖国在战斗，我们既然是国家队去了，也要保障他们的健康；

最后注脚点归到"老本行"，看能不能经过这次实情实地实战，寻找到埃博拉救治的途径与方法。他甚至对每道环节、每个细节诸一筛检过滤：队员发烧了怎么办？头痛了怎么办？得了伤寒、疟疾怎么办？万一感染上了埃博拉怎么办？……为此拟定了各种医疗救治预案，并且翔实具体，信手即可操控。最关键的是做好了充分的物资准备，专门制作了 24 个医药专用箱，选备了 500 多种药品以及监护仪、呼吸机等医疗仪器，都一应俱全地进行分类、编码、装箱，展开就是一个野战诊所和临时监护室。

这些说起来似乎很简单、很平常，但是到了塞拉利昂，做起来却很难，该国的落后程度似乎把人带进了洪荒的远古。

这时的柏长青和队友们在异国他乡体验着祖国和世界，用心灵的天平度量着在特殊环境、特殊战场、履行特殊使命的分量！

三

弗里敦狮子山下。

原想在野外驻扎，搭建野战实验室，但因没有水源，这个方案只能放弃。经过多方协调，现场勘察，就把实验室搬进了早已人走屋空的塞中友好医院。而实验室与驻地之间隔有 28.5 公里的颠簸山路。柏长青带领医护小组经常要分班次颠簸穿行在两地之间，进行巡诊、防护和环境消毒。

在塞拉利昂，每时每刻必须面对两大威胁：一个是毒魔埃博拉，一个是宿敌疟疾。眼前正在发生的残酷现实是：曾在国际著名杂志"SCIENCE（科学）"发表埃博拉论文的 6 位署名作者，有 5 位因感染埃博拉而死亡，其中包括塞拉利昂首席医生。由塞方指派给中国检测队送标本的司机因感染埃博拉而死亡，塞卫生部与我队的联络员弟马萨因感染埃博拉而死亡，与中国检测队相距不远的塞方隔离中心有 11 名医护人员被感染，其中 9 名死亡……

当亲眼目睹隔离中心的埃博拉患者闯入我方工作区，当附近居民艰难地忍受着高热的折磨领着十来岁的小男孩向我医护人员要钱要食，当打开塞方送来的标本袋发现带血的针头、纱布和破裂的玻璃采样管时，"我们切身感受到了死神的威胁，仿佛看到了它狰狞的嘴脸。但我们的队员没有胆怯，没有后退一步，宁可蹈险犯难，把风险自己来担！……"柏长青回忆起那一幕幕惊险情景，神情看上去虽有几分凝重，却也颇为淡定，无风无浪。

这位中国医生说，当年海湾战争，美国把参战人员的死亡数缩小到微乎其微，甚至提出"零伤亡"。可是，抗击埃博拉，却是一场不见刀枪、与无形杀手较量的战争。美国派遣西非的提供后勤和工程技术支持的军人，已先后有近十名埃博拉感染者被接回国内；英国的皇家海军医疗船和直升机一直在弗里敦港湾游弋、盘旋，随时准备将感染病疫的医护人员和驻塞职员直接接送回国。而中国检测队首次跨出国门，远离本土，支援与后送体系尚未健全，直面疫情肆虐的严峻态势，险象环生的复杂形势，在历时两个月的抗击搏斗中，能否实现"零感染"？这个沉重的疑问号一直萦绕在他的脑际，挥之不去——之所以沉重，是因为浇铸着责任、使命和荣誉！

柏长青说："这是最令人揪心的。"

凭借扎实的理论基础和临床经验，结合当地疫情态势和检测队面临的险恶处境，他和聂为民提出并实施了一整套行之有效的防疫策略，从严从细抓细节养成，杜绝侥幸、麻痹轻敌的心理：

为全队人员建立个人健康档案，制定一日健康登记，要求队员每天早晚测体温、报告当天活动接触史，定期注射免疫增强药物、配发常用药品；

针对疫情防护，明确要求人人随身必备手消灭菌试剂，食堂门前设置温馨提示栏，餐桌台摆放了自动消毒装置，并时时进行监督提醒；

为一线队员购置一次性餐盒，避免交叉感染的可能性，并严格食品卫生监督，队医每天对厨房卫生进行安全检查，要求所有食品均不得凉拌，厨具每餐必须彻底消毒清洗；

对实验区、生活区每周进行一次环境防疫消杀，决不可疏忽留任何死角，实现环境广覆盖、消杀高强度；

对一旦发现有发热、身体不适人员，决不能放松警惕、吊以轻心，严明调休计划和医护措施，保证队员及时得到健康治疗。

……

柏长青和后勤保障组组长田成刚把职责范围内任何一件细微小事像过筛子一样滤得清透明晰，为给大家提供更快捷的服务，特地制做了一张"告知"牌，挂在驻地门厅显眼处：

前方战友们辛苦了！
身体不适请联系柏主任，　　102 房间，电话：99365201
房间消毒杀虫请联系聂主任，103 房间，电话：99365202
领取个人物品请联系小崔，　207 房间，电话：99365203

检测队后勤保障组

就这样，检测队员轮班次在前线拼搏鏖战，中国研制的移动 P3 实验室高效运转，医护保障也从"幕后"走向"前台"。

在非洲，每年有 60 多万人因患疟疾而死亡。驻塞中资企业不少员工罹患疟疾，因病死亡时有发生。驻塞大使馆一名工作人员与检测队同住一栋楼里，一天深夜突然病情发作，他怀疑自己感染上了埃博拉，一见到闻讯赶来的柏长青就问："医生，我得的什么病？快救我，我不能这样死去……"

柏长青给他诊断后说："你得的是疟疾，不用担心，我会治好你的病。"

这一例证说明什么？住的是一样，不一样的是预防。

为预防疟疾，柏长青打破长规，大胆采用治疗药物高剂量顿服，每隔 10 天服一次，利用其血液蓄积效应进行疟疾防控。要求全队人员一个都不能少。

尽管服用过程中有人出现了一些不适，但必须服用。他和队长钱军带头服下，然后看着每一个队员把药咽进肚里。

毋庸置疑，时间作出这样的答案：中国检测队成功实现了疟疾零感染。长期驻塞拉利昂的中国援塞医疗队队长王耀平感慨地说："你们创造了一个奇迹，你们的经验值得我们援塞医疗队推广学习。"

四

9月28日下午2时26分，中国检测队检测组组长鲁会军和队员孙洋成功对第一批24例来自塞拉利昂卫生部的病毒样品进行了阴阳性筛查检测，首战告捷，准确率100%！

当二人安然走出移动P3实验室时，掌声似弗里敦港湾骤起了波涛！这其中就有塞拉利昂总统厄内斯特·巴伊·科罗马专程前来视察的掌声和当地民众的欢呼声：

"EBOlA, CHINA! EBOlA, CHINA! （埃博拉，中国！埃博拉，中国！）"

战幕拉开，这是中国时刻！

弗里敦古老的基督教堂轰鸣的钟声和伊斯兰教堂高吭的颂唱，在狮子山麓悠悠回荡……

然而，疫情的压力远远超出人们的想象，无论是塞国总统，还是塞国民众，都对中国检测队寄予期待。科罗马总统殷切希望检测量能够尽快多一些，再多一些……以减轻被隔离的人们惊慌、饥饿和悲痛的煎熬。

面对总统的期待，民众的期望，检测队员们顶着生物安全风险未知的巨大压力，反复认证，大胆尝试，双批次、主副班，咬紧时间的牙齿，把检测流程、识别速度甚至每一步操作都精确计算到分秒！最大限度地提高检测效率，节约检测时间。因为即使节约10分钟，就可能让滞留在留观中心的一名埃博拉疑似患者得到及时判别和治疗。

新的突击战打响了！

火力如此密集——一个波次紧压着一个波次，一轮冲锋紧接着一轮冲锋——移动P3实验室就是他们死守的阵地。日检测量不断被打破、被刷新：从日均42例上升到69例，86例……直至突破106例，且多次位列美国、加拿大、南非等5国之首。其中，美国、加拿大、南非3国用了69天冲击千例大关，中国检测队43天即突破1435例。

科罗马总统紧蹙的眉头舒展了。他在中国驻塞拉利昂大使赵彦博陪同下，再次来到中国检测队视察慰问，他在移动P3实验室前驻足察看，并由衷称赞道："在塞拉利昂最困难、最无助、最危险的时候，是中国伸出了援助之手，中塞两国是患难之交。"联合国开发计划署负责人和欧盟驻塞大使向记者说出同样的一番话："在埃博拉疫情中，中国用实际行动让世界看到了中国检测医疗队的使命，也看到了中国作为负责任大国的担当。"

超负荷、高强度作战，无疑给后勤补给和医护保障加大了力度。柏长青深知，为一线队员做好精细严密的防护和"精神解压"是多么重要。2003 年他作为第四军医大学医疗队副队长率队赴北京小汤山医院抗击 SARS（非典），那里聚集了来自全国的医疗精英队伍，而他率领的医疗队被编为第 23 病区兼重症监护室——在小汤山这是最后一个病区，作为最强的"后盾屏障"，主要担负全体医务人员的防护和被感染者的救治康复。正因为此，这也是他主动请缨参加援非抗埃检测队的一个重要"理由"。但这个"理由"是经受生与死的历练对生命不离不弃的馈赠，早已被他珍藏心底而倍觉珍惜。

从抗击非典到抗击埃博拉，人类遭遇病疫的情景似乎有着惊人的相似。只不过时空变了，场景变了，抗击的病毒种群变幻了面孔。抗击埃博拉这种毒性等级最高的病疫，在人类以往的世代还不曾有过。尽管它已被发现近四十年，是人类走到二十一世纪的今天，在世界万种风情中最令人们惊异和悲怆的情景之一，因为人类迄今还没有找到最有效治疗埃博拉病毒的解药和预防感染的疫苗。

无论现代科技所支撑的世界文明已经多么发达，无论发达国家用怎样的语言描绘自己的强大和这个世界全球化时代的到来，而埃博拉这个隐形杀手，却在这片似乎被现代文明遗忘的蛮夷之地嘲笑着现代文明的虚伪、凶险和尴尬：愚昧和野蛮不因文明的进展而消失，现代科技的发达裹藏着更加贪婪的巨大愚昧和野蛮，这就是看上去道貌岸然却又霸气十足的强权政治和扩张主义。

人类脚下所踩的这个地球，很容易被毁灭。

这么多年，柏长青像解剖动物标本一样至少解剖了人类有史以来若干个战争的"标本"，尤其是令世界唏嘘的几场现代高科技局部战争，这些战争"标本"被他用来解剖人类的行为。然而所有这些只能使他得出一个结论：这是一个不安宁的世界，根本不值得善良的人们尤其是以救死扶伤为天职的医学者的信赖！

珍爱生命、畏惧死亡是人的天性。每天面临感染埃博拉的死亡威胁，每天高强度的工作负荷，每个队员的精神和心理都承受着如此负重的莫大压力。因此队领导要求队员走进移动 P3 车之前，要留给他们 10 分钟哪怕 5 分钟的"解压时间"：因为队员们走进 P3 车就是上了前沿阵地，检测仪器一开动就与埃博拉毒魔狭路相逢、短兵相接了，其厮杀搏斗的情景如同打响了一场不同形式的"上甘岭"战役——他们身着紧密的防护衣和正压头套，牢牢地把自己拧在移动 P3 这台战车上，在负压环境下相当于背负 20 公斤荷载爬山，一连 5－6 个小时不吃不喝，不能上厕所，汗水蛰得眼睛酸疼不能擦，甚至连情绪和体力消耗必须掌控在一条持久稳定的平行线上，因为手上的血液样品里潜藏着上亿个病毒细胞，高强度的检测容不得丝毫差错！

临上"战场"前的那短短的几分钟，如同开战前的沉寂，是参战者精神拧紧发条、肌肉拉紧韧带的时刻——这一时刻最佳的状态就是解压，或喝口茶水，或听一段音乐，或活动一下关节，或仅仅是闭目养神，这些不仅是大战前的心态调整，更是面临死亡前的最后享受。

在穿好防护装具后的那一刻，透过防护面罩，队员们之间一个眼神，一声问候，拍一拍肩膀，打一个手势，都是彼此的安慰和支持，都是兄弟般的温暖和自信。那情景，就像航天员挥挥手走进飞船舱门。

作为随队医生，柏长青会经常走过去，跟大家聊一些有趣的话题，甚至一句话不说，只是在队员们面前晃一晃、走一走，就会起到一种放松情绪的效果。在他眼里，这些队员都是冲锋陷阵、敢打敢拼的勇士。在队员们眼里，这位队医是最值得信赖的兄长和后盾。或许每次上阵他们彼此互道珍重时又都会对自己说：

这是中国时刻，埃博拉，我们来了！

当下追求梦想的人们，是那么渴望读到当今社会的中国医生最具当代特点的新鲜故事，那么，你此刻读到的这个故事，是否足够具有世界性的时代特征呢？或许你能从中感悟到中国检测和医疗队员们无畏生死的血性！

五

队医柏长青最"揪心"的事发生了。

检测组同一小组的户义和另一名队员同时出现发烧迹象！

惊愕，担心，疑虑……大家都在分析排查引起发烧的每一种可能性：连续苦战，是累病的吧？来到异国他乡，是水土不服引起某种炎症反应？是实验室内外的温差引起风寒感冒？啊，难道是在检测血样时感染上了埃博拉……说到这谁都不愿往下想了！

柏长青悉心诊断了二人发热的症状后说："你们俩只是普通感冒，安心休息两天就会好的。"而后给二人服药、输液。

为慎重起见，他所说的"休息"就是"隔离"。

队长钱军关切地问："柏主任，确信他们得的是普通感冒？"

柏长青说："观察治疗两天后就会有结果。"

两天后，二人体温下降，体能恢复，便主动要求重返一线。一场虚惊归于平复。

可是，不料想检测队副队长兼指挥组长孙宇紧接着病倒了，咳嗽，发烧，恶寒身痛，且病来得突然，吃药打针不见好转。这个精明能干的年轻人是队长钱军最得力的辅佐，他病倒了，钱军有几分伤感又有些自责：从组队以来，孙宇总是激情满怀地跑前跑后，布置任务，协调工作，事事都做得细致周详，显然他是被工作拖病的啊！

在隔离治疗期间，钱军向柏长青问询孙宇的病情有无大碍。柏长青说，孙宇的症状比起前两名队员要严重得多，连续退热两次又复发。

队长和队医相视良久，各自的心揪得很紧。

而此时的孙宇有一种"壮士一去不复还"的感怀。

妻子来电话了，问他说话的声音怎么跟以前不一样了？他说，"相隔万里，声波会发生一些变化。"接着他对妻子说，"如果万一我回不去了，你趁年轻再嫁，千万不要为我耽误了青春，可我有一个请求，我家三代单传，让孩子随我的姓，等长大了继承父辈未尽的事业。"

听起来犹为悲壮。

妻子那边想必是一个被泪水浇透的夜晚……

柏长青对连续两次高热不退的孙宇采取了打破常规的治疗，他对孙宇说："兄弟，忍着点，如果难受，你就喊两声，我会一直陪着你，相信你一觉醒来看到的是一个晴朗的早晨。"

孙宇得的是病毒性感冒，而非埃博拉感染。

三天后，一夜豪雨浇透了狮子山。早上起来，雨雾未散，如同给郁郁葱葱的山林披上了一层蝉翼般的轻纱。空气中弥漫着的，是被雨水冲刷过的清新味道。这是援塞以来难得的一个凉爽天气。一大早，有队员发现孙宇走出门外敞开双臂做深呼吸扩展运动，然后直奔食堂吃早饭去了。人们又看到了孙宇活跃的身影和他那突兀的下巴处一道漂亮的窝纹。

事情总是一波三折，一波未平一波又起。负责对外联络和翻译的王壮突然腹痛剧烈，时而呕吐，时而干咳，难以忍受的疼痛使他浑身都在痉挛颤抖，绿色的胆汁都吐出来了，大把大把的汗珠把床铺都浸透了……难道他是病毒感染后大发作的征兆？

这征兆着实令人惊懼！

柏长青诊断后马上作出结论：急性胆囊炎。

可是，没有有效的治疗仪器和药物，更不能做胆囊切除手术。只好破例给他开"毒品"——吗啡缓释片，以缓解其疼痛。王壮就是靠吃这种"毒品"维持着，接任指挥组组长，一直坚守在第一线，大家称他为"无胆英雄"。

王壮的"警报"解除了。

紧接着又一个不好的消息接踵而来：中国CDC（中国疾病预防控制中心）副主任、中国科学院院士高福出现高热症状！

高福是中国援塞检测医疗队副领队兼专家组组长，又是对外联络新闻发言人。他发高热是怎么引起的？据同事说，他曾在不经意间与埃博拉患者有过两次近距离的接触，其中一次距离不到1米，他没有穿防护服。

问题似乎变得严峻起来，空气也仿佛在凝固。

柏长青的表情看上去依然是那么平静，可他心里却感到像突然压了块石头一样沉重：高福长期从事病原微生物与免疫学领域研究，对流感病毒、冠状病毒等病原传播与致病机制有独到的建树，是"国家973项目"首席科学家，2013年12月当选中国科学院院士，53岁。并且他作为中国首批援非检测队最高学术负责人亮相西非这个国际舞台，有着非同反响的意义。抵塞以来，他与在塞各国卫生组织和专家建立联系，及时将中国检测队检测进度、有益经验向国际同行通报，积极撰写研究性文章，在国际著名杂志"SCI-ENCE"（科学）上刊发，由于他对非洲国家疾病防控的突出贡献，在塞期间评选为世界科学院院士……如果他有什么不测，这将会产生怎样的后果？在外国同行眼里又如何看中国？

柏长青诊断了高福的病情，并仔细询问其接触埃博拉患者的详细经过后，果敢地采取多方位的治疗方案。他认定，高福院士感染埃博拉的可能性不大，除了常规的抗感染、对症与支持治疗外，为缓解患者的病痛，消除队友的恐慌和国外同行的猜忌，必须采取果断措施把高院士的体温高热降下来，不再让其免疫功能受到更大伤害。

不知何时，队长钱军已在观察室外默默地站立许久，神色凝重。

柏长青回头一看才发现，这位队长出发前那一头浓密漂亮的发型已脱落得稀疏松软，嗓音听起来也那么嘶哑："柏主任，依你的诊断和经验来看，高院士感染埃博拉病毒的几率有多大？"

柏长青说："是不是埃博拉我不能完全确定，但根据现在的病情判断，凭我和聂主任的临床经验，我们会尽最大能力治好高院士的病。"

钱军说："无论如何，高院士不能倒下，他关乎着我们这支队伍的荣辱兴衰。"

柏长青说："相信他一定能挺过来，站起来。"

听话音，他把这一"挺"一"站"说得很平和，其实是在讲述自己的内心，是在下一个生死攸关的赌注！

钱军自然从这一"挺"一"站"的字音里感受到莫大的欣慰，他从柏长青那日渐消瘦的脸上看到的是一双深邃而自信的目光。

这目光，不由得你不信赖。

二人互相触碰一下胳膊肘，便是一种珍重的礼仪；道别或问候。因为目前在塞拉利昂，人们见面已经没有了西方的贴面礼或中国式的握手，为避免皮肤直接接触，大家以胳膊肘互相触碰一下打招呼。

七天后，曾两次近距离接触埃博拉患者的高福院士不仅挺了起来，站了起来，而且步态矫健地走了出去！连天气都显得如此晴朗灿烂！

这说明什么？

柏长青的分析是：高福院士肯定不是埃博拉病毒感染，即便是感染上埃博拉，缺乏特性药物，但根据我们治疗 SARS 非典、H7N9 禽流感或其他病毒感染等重症病例的经验，只要我们敢担当、不抛弃、不放弃，加强对症与支持治疗，部分埃博拉病人是可以治愈的。

这是中国医生在抗击埃博拉的国际前沿发出的声音，这一经验还将继续被验证。

六

柏长青对埃博拉病毒关注已久。这也是他主动请缨其中一个最重要的"理由"。

他说，三防医学救援大队生防临床救治单元就设在他的科室，作为三防医学救援队和国家队的一员，当一场真正的生防战役在非洲大地以抗击埃博拉的形式打响时，他没有理由置身世外。

埃博拉原本是刚果（金）北部一条美丽河流的名字。1976 年，一种神秘的病毒悄然侵袭埃博拉河沿岸 55 个村庄的百姓，致使数百生灵涂炭，甚至有的家庭无一幸免。紧接着，病毒又肆虐苏丹，一时尸横村舍，万户萧疏。比利时科学家彼得·皮奥特和同事首次发现这种病毒，并用疫情发生地埃博拉河给它命名。于是，这条美丽的母亲河背上了让全世界诅咒的骂名。

几乎每隔十年八年，埃博拉就会在非洲一些国家爆发，然后便神秘地销声匿迹，如幽灵般在非洲大陆时隐时现，所到之处哀鸿遍野。截至目前，它是世界上最致命的病毒性出血热，文献报告的死亡率为 50%—90%，病毒潜伏期可达 21 天，通常只有 2 至 5 天。感染者初始症状与流行性感冒极为相似，包括咳嗽、发烧、呕吐、腹泻、全身酸痛等，随之，病毒在体内迅速扩散、大量繁殖，袭击多个器官，并逐一分解、坏死，继而引发内出血、外出血、七窍流血不止直致死亡。用皮奥特的话来说，感染上埃博拉的人会在你面前"融化"掉。

恐惧的埃博拉病毒在电子显微镜下呈现长丝状，其形状宛如中国古代的"如意"。病毒粒子一般直径约 80 纳米，长度可达 1400 纳米。正由于埃博拉病毒致死率极高，被认为是最可怕的威胁公共安全和人类健康的潜在生物武器。

美国参议院 2004 年 5 月 19 日通过"生物盾牌计划"法案，批准拨款 56 亿美元用于美国预防生物或者化学武器袭击。法案涉及的生化袭击包括天花、炭疽菌、肉毒杆菌毒素和埃博拉病毒等。美国原定派遣 3000 名官兵前往利比里亚帮助抗击埃博拉疫情，现又决定增至 4000 人，他们对外声称的主要任务是警戒隔离区，为美国检测队伍及医护人员提供后勤和工程技术支持，参与建造用于培训医护人员、提供医疗服务的总部基地。

再来看看日本。日本对埃博拉表现出的极大兴趣和热情，总令人感到居心叵测。2014 年 11 月 7 日，日本内阁官房长官菅义伟宣布，为应对在西非日益严重的埃博拉病毒加剧蔓延，日本将再提供 1 亿美元的援助。与此同时，日本东京大学一个研究小组已成功研制合成了与埃博拉十分相似的病毒，这种病毒的外形、结构形式及所包含的蛋白质都与真正的埃博拉病毒一模一样，就像一对"双胞胎"。其形状在电子显微镜下显示也宛如中国古代的"如意"，日本专家宣称，这种埃博拉类似病毒可用于研究真正埃博拉病毒的感染和发病机制，帮助开发埃博拉疫苗，并且研究、试验、携带更为方便。相形之下很容易让人联想起当年日本在中国东北的"731 部队"。就在 1992 年，日本的奥姆真理教领袖麻原彰晃曾带领 40 名成员赴刚果（金），希望获得埃博拉病毒，作为实施恐怖和大屠杀工具，但最后并未成功。

还有德国、英国、法国、加拿大、韩国、菲律宾等国家以及无国界医生组织和志愿者，都踊跃参与抗击埃博拉病毒的行动。或许大都扛着"国家意识"或各自的"使命"逐鹿西非，抢占生物之战的"制高点"。

中国与塞拉利昂于 1971 年建交之初，即向塞派遣医疗队，迄今已派出 15 批，四十余载信守承诺，被塞国元首和民众一致称赞：中国，够朋友！而此次中国以军地融合组成的首批援非检测队和解放军 302 医院医疗队执行埃博拉病毒防控任务，体现出一个负责任大国不可缺席的角色与担当。作为一名随队医生做好队员们医疗保障的同时，把抗埃博拉的战场直接变成生防临床，他感到这是一种荣幸，一种挑战，更是一种生死对决的历练与升华！

直面生死未卜的险恶处境，对中国检测和医疗队员来说，每时每刻都是用生命担当使命。

柏长青和队友们当然是有备而来。

10月10日，中国常驻塞国医疗队工作的医院里有3名塞方雇员（1名护士、1名清洁工、1名挂号收费员）确诊感染埃博拉，送至无国界医生主导的治疗中心后不治身亡。10月14日，该院又有1名护士（ADIAHUPUJCH，40岁）出现埃博拉症状，高热、乏力、生命垂危，经南非实验室检测，呈强阳性，这无疑宣告了又一条生命即将终结。危急之时，该院中方队长王耀平和塞方院长西西向中国检测队求助。经中国援塞检测医疗队总领队刘柳、副领队高福等队领导研究同意后，柏长青拿出了出征前备好的药品，建议在患者被送至无国界医生组织治疗中心之前，给她服用这种药，并将后续药物带至治疗中心继续服用。

西西院长看不懂药盒上的中文字，但细细看了中文下面的英文标注，便问："这是什么药，能治疗埃博拉患者吗？"

柏长青用英文告诉他："这是我们研制的抗病毒新药，不妨让患者服用试试。"

西西院长将信将疑的眼神里有一种"死马当活马医"的无奈。

三天后，患者病情好转，随后的两次病毒检测为阴性，11月4日康复出院。

10月18日，西西院长又急匆匆地跑来了，主动向柏长青索取上次给患者服用的药物，因为他的叔叔确诊感染了埃博拉。柏长青拿了与上次同样剂量的药交给他说："服用试试，应该有效。"

西西院长连连点头，眼神里没有了丝毫犹豫。

又一个奇迹发生了，11月10日西西院长的叔叔也康复了。之后的11月13日，检测队回国前，柏长青治疗的第一名埃博拉患者Adiahupujch特地前来向柏长青医生答谢救命之恩，这位劫后重生的黑人妇女身着民族盛装，将一件雕刻精美的乌木小象赠送给柏长青留作纪念。刚刚生出剑齿的小象，象征着友谊，象征着美好，更见证着中国队披肝沥胆的奋战与担当！

10月31日，塞拉利昂冈比亚区国立医院院长乔治，在留观中心确诊感染埃博拉，有发热、便血症状、病情危重，服用两剂我们研制的药物后，症状明显改善。但乔治院长强烈要求转入治疗中心输液治疗，11月2日转入治疗中心，次日死亡。

柏长青为失去了一位好同事、好医生而感到很遗憾：人的生命竟是如此脆弱，生与死往往仅一步之遥，一线之隔，甚至一念之差。只有尽快探寻发现埃博拉的有效治疗方法才能挽救更多患者和同事的生命，才能有效遏制埃博拉的蔓延趋势，才能为中国应对埃博拉疫情进行技术上的准备。

在上级领导的指示下，柏长青联合医疗队和检测队的同志们，克服多方面的巨大困难，系统观察了这种药物治疗埃博拉的临床疗效，取得了令人鼓舞的阶段性成果。因为他已敏锐地捕捉到一个信号：通过亲历实战现场探索，控制埃博拉疫情的威胁与侵袭，我们又向它魔变的本质要害处逼近了一步……应该说，这是柏长青为什么要"老将出马"的最大追求和最大荣耀，哪怕以生命为代价也在所不辞！

七

猝不及防！

一个在单位无人能及的长跑冠军、曾夺得长春市 400 米、800 米比赛第一名的山东汉子，竟突然倒在了他的战位上，昏迷抽搐，呼吸困难，生命垂危。

这是 10 月 17 日深夜。指挥组组长刘文森突发的这种症状让所有人都感到意外、震惊！

其实，两天前他就感到有些不舒服，脑袋懵懵的，浑身疲倦、乏力、晕眩，测体温 37.6°。柏长青给他服用退烧药，并叮嘱他要多加注意，再有什么不适一定及时就诊。柏长青知道，刘文森是个干起活敢舍命的家伙，又是技术指挥组组长，肩上的担子和承受的压力有多重，外人无法体恤，"生命不能承受之轻"此时是对他和全体队员的真实写照！柏长青放心不下，就私下对负责跟踪宣传报道的郝力扬说，要多留意刘文森，像他这种平时不轻易得病身体强壮的人，一旦得起病来就会来势汹汹。但是，刘文森只是表面上应付一下，心里并没有太在意，认为自己壮得像头牛，扛一扛就过去了。可是这一次，壮得像头牛的汉子无论怎么强忍着坚持着却也没能扛过去。

莫非他真的感染上了埃博拉？其症状似乎正在被证实。他本人在神智还算清醒时也怀疑自己像是被埃博拉毒魔"缠上"了，不然决不会轻易被击倒。接下来两天两夜的生死抢救，他一概不知道了。

当得到刘文森病倒的消息，柏长青和聂为民迅即赶到检测现场实施救治。302 医院医疗队医护人员也闻讯赶来。后勤保障组组长田成刚在第一时间协调中资机构运来氧气罐，又马上组织队员将所用医疗物资搬运在现场……在惊心动魄两个小时的抢救之后，刘文森的脉搏有了跳动，也能听到微弱的呼吸，这说明他的生命体征已经转危为安。有几位队员问柏长青：

"需要献血吗？我是 O 型血！"

"我也是 O 型血！"

"我也是，抽我的！"

在无任何影像设备，又无最基本生化检测能力的情况下，柏长青和医护人员很快在驻地宿舍建起一个简陋的"重症监护室"。之前有人建议把刘文森送到留观中心去"甄别"，被柏长青拒绝："去留观中心干什么，即使是埃博拉，我也要亲自治疗护理我的战友、我的兄弟，这是我的责任所在、使命所在。"

做出这种判断，他那淡定沉静的神情里充盈着果敢与决绝！

说这话时，他和队员们已是眼含热泪。

参加救护的 302 医院护士们也都忍不住失声哭泣。

悲怆而悲壮的气氛令人感到的是一种别样的压抑：刘文森是在实战现场发病的，又发烧又头痛，浑身痉挛抽搐，大小便失禁，不能不令人怀疑他感染上了埃博拉。因他发病突然，抢救他时大家没穿防护服硬是冲进去的，几乎是近距离、零距离接触，如果他真的感染了埃博拉，无疑，大家也有被感染的风险。而后回想一下，不禁有点后怕！由此大家都深深地感到：死亡离我们真的很近、很近，如果真有不测，只有魂飞祖国，梦回故里了，因为塞拉利昂没有一家火葬场，只有埋尸队，万一我们回不去了，亲人连骨灰都看不到……

而抢救刘文森的情景又是怎样的惊心动魄啊！这在柏长青二三十年的医学生涯中留下最难忘的一幕：当时，参加抢救的医护人员看到刘文森病情如此危重，觉得这人今晚上活不过来了……但作为重症科的医生，柏长青抱定的是，哪怕病人还有一点点微弱的生命体征，就决不放弃抢救！而眼前躺着的是和自己朝夕相处、生死与共的战友啊！当他曾拥有的健壮突然走向消逝，谁来倾听他生命的绝唱？……

一直处于深度昏迷状态的刘文森必须一直保持不间断吸氧。田成刚从中资机构找来的氧气罐是塞方提供按欧洲标准生产的，与检测队从国内带去的湿化装置连接无法配套——一道难题横亘在大家面前，是这么急切、棘手，又令人窘迫、哭笑不得！

"来，我们想办法。"柏长青和卜朝阳、聂卫民紧急切磋后，马上取出一个输液袋和胶带，将输液管与氧气罐端口连接密封，调试好输氧开关，很快，便自制了一个湿化瓶，虽然简陋，但效果良好。

将刘文森搬至临时监护病床的情景，绝对可以说是当下这个时代难得一见的创举：几个人小心翼翼地抬着昏迷的刘文森，几个人小心翼翼地抬着氧气罐，二者中间有护士托着长长的氧气管，就这样轻轻地、稳稳地、一步一步地送进了监护室，整个过程配合得是那样的默契、娴熟、井然有序。事后有记者报道称，这是在西非抗击埃博拉前线上演的一场中国版的"拯救大兵瑞恩"。

然而，"剧情"并没有结束。

接下来是两天两夜的救治与坚守。

柏长青一直守候在刘文森身边，时时观察其病情，及时调整治疗措施，等盼着战友的苏醒。

深夜，漆黑如墨。

一场雷雨过后，万籁俱寂。

墙上的壁灯透着柔和的光晕，映出一个人守候的身影。这一夜，柏长青思绪如磐，想的很多、很远。

1980年，他以令人羡慕的高考成绩从安徽合肥走进第四军医大学临床医学系。读研究生时他主攻的是呼吸内科专业，毕业后留校执教，继而从事临床，一直在呼吸内科医学领域潜心钻研与耕耘。当下五六十岁的中国人大都记得30年前一个响亮的称号——"华山抢险英雄集体"。柏长青就是这英雄集体中的一员，那时他是学员三大队团委副书记，是由学员推选、组织研究决定的学员干部。但在他看来，英雄之举只是历史镜头的瞬间定格，同时也镌刻在一位莘莘学子记忆的年轮里，要领略人生绚丽的风景，还是要靠自己锲而不舍地跋涉与攀登。

2007年3月，医院组建呼吸与危重症医学科，于是就把他以学科带头人"挖"过来了。既然从事危重症临床与研究，他恪守的信条是：不抛弃，不放弃；只要患者有一线希望，就要付以百分之百的努力。这些年来，他殚精竭虑，挽救了不少生命。他率领的科室先后两次荣立集体三等功，被评为总后"创先争优先进基层党组织"，"医院医德医风示范科室"。其事迹在中央电视台、《光明日报》《经济日报》《健康报》等媒体均有报道。

一个时期以来，"医患矛盾"成为国人热议的话题，而他的"换位思考"是：医患关系应该建立在相互信任基础之上，医生信任患者更为重要，医德医风的背后是你的医疗水平。病人把生命托付给了你，就是对你最大的信任，你有什么理由不竭尽全力去救治病人？改善医患关系，光靠服务态度好不行，还要靠医术过硬。你服务态度再好，把病人当亲爹亲娘，但你治不好他的病，他还是不满意，还是告你！一些百姓为亲人治病东借西借举债前来，把病人托负给你，把你当上帝，而你把本来可以治好的病却没能治好或是误判误诊，人家怎能不找你闹，光口口声声喊态度好有什么用？

曾有一位危重患者被柏长青收治，人虽没能救过来，可是病故者亲属却给总后勤部政委刘源上将写了一封感谢信，信中对柏长青及其团队的精湛医术和高尚医德给予高度赞扬，对他们为抢救患者生命所付出的巨大努力和心血表示诚挚地感恩和答谢。刘源政委在感谢信上深情批示：这封短信很实在、很感人，如果病患者都把我们视为亲人，就牢牢确立了医生在人民群众心目中的地位和形象。我深知这一页多纸的感谢信后面凝集了多少人、多少日夜的辛苦、技术、投入与爱心。

作为一名医生，柏长青不想跳出普通人的行列，站在一个吓人的高度去忧国忧民，而是用力所能及的方式乃至细微细小的行动，真诚地为共和国分忧，为更多的患者医病解难。人们时常看到他总是那么平易、随和，而他内在里却是如此强韧、坚毅——他有一种赤裸裸的效命祖国的意识，这应该是中国医生诸多品质中品位最高的操守！同时也是中国医生最高的医德！

直面"生死恐惧"这个话题，柏长青说，对一个经常从死神手里抢夺生命的医生来说，生与死的心理恐惧已经很淡、很平常。生与死只在一刹那间，面对没有了任何生命迹象的逝者，那毕竟还是有血有肉有骨骼的躯体，然而，眼下面对的是看不见、摸不着、无影无踪的埃博拉毒魔，在不知不觉中一旦被感染了，十有八九人就没了，要说没有恐惧感，那他一定是说谎！站在千万里外说话不腰疼！虽然检测队有几位资深专家，有搞病疫基础研究的，有从事病原体与免疫学的，但他们接触危重病人毕竟少，当看到被埃博拉吞噬生命的死者，你能断定他没有心理负压，没有恐惧感吗？

活着是美好的，尽管我们周围的世界还有阴暗和冷酷，还存在许多阳光射不透的心灵，但人类仍然顽强地活着，人最珍惜的生命只有一次。然而，作为中国首批检测队的队员来说，在抗击埃博拉的实战中，首先要面对的就是如何把好生死观、荣辱观和苦乐观，而履行的天职和使命要求我们，平日里不能患得患失，出战时不能贪生怕死。

他说，在这支援非队伍里，也有最年轻的"90后"队员，像齐勇、徐欣等，他们都是蛮拼的，每天不但要接送队员上下班，还要负责实验室废弃物的清运和焚烧，在高温下作业，且与留观中心的垃圾处理场仅一墙之隔。他们从媒体上听到的、看到的足以让他们认识到病毒的可怕。在这种高危环境下，对于他们来讲，危险不言而喻，恐惧攻击在心，尽管作业时对他们做了严密的防护，但从他们的眼神中却也窥见到一丝惶恐——那只是一瞬，随即又从他们坚定的神情和步伐中感受到一种无畏的决心。

正因为这个缘故，他能体会到队员们每时每刻所承受的心理压力有多重，为他们每时每刻做好医护保障和心理安抚显得多么重要！用时下的流行语来形容，中国检测队如此"任性"——"你懂的"。

他和每个队员都有一种发自内心的共鸣：站在抗击埃博拉的阵地上，我代表中国！

他以出征前的初心，咬紧时间的分分秒秒，瞄准既定目标：力争实现中国首批援非检测队"零感染"！

收回思绪，柏长青将目光投向仿佛沉睡在梦乡中的刘文森：多好的兄弟啊！身为技术指挥组组长，面对如此险恶环境、艰苦条件、艰巨任务、国际舆论的严峻考验，他所承受的压力是常人无法想象的，再加上连日奔波、操心劳累，如此硬朗的汉子突然被击倒了！柏长青暗暗告诫自己：救活刘文森不光是考验你的医术水平，也是考验中国的水平。这是中国首批检测队以建制团体的战斗姿态站在国际舞台上，与众多强手同台竞技的一次大比拼，如果我们有人感染被放倒了，那不是出国际笑话吗？这不仅关乎着中国检测队的声誉，更关乎着国家的形象。

但是有一点，柏长青是确信无疑的：刘文森没有感染埃博拉。这是不幸中的万幸。他相信自己的诊断。无论如何要让刘文森活着回国！

昏迷两天两夜的刘文森从死亡线上苏醒了，渐渐恢复的神智告诉他：你得的是什么病？还能不能回到自己的祖国，回到亲人身边？……他恍惚看到床头柜上医护人员作护理记录用的笔和纸，连他自己也说不清是以怎样的思念之情给正在厦门大学上大二的儿子刘霄和家中的妻子万晖写下的遗书：

儿子：

爸爸的生命要贡献给西非了！你跟妈妈要坚强

地活下去，照顾好妈妈！奶奶、姥姥、姥爷都爱你，

你要多听他们的话，多孝敬他们。

儿子，爸爸深深地爱着你，永远地爱你们……

万晖：我的爱妻！感谢你这多年的陪伴。请只

记住我的好吧，很抱歉我不能陪你了……

刘文森　绝笔

10 月 21 日

刘文森的病情牵动着国务院和军委总部首长的心，迅速作出重要批示，要求不惜代价、全力救治，汇集国内一流专家团队远程会诊、指导前方的治疗。

为了让专家们更细致地了解刘文森突发重病的症状和救治情况，队长钱

军举着手机让穿着防护服的柏长青给国内的专家们讲解、汇报。通过会诊，专家们完全同意柏长青的诊断和实行的果断抢救处置：刘文森突发的病症属脑部疾病的范畴，由颅脑感染引起颅内压增高，导致长时间、间歇性惊厥，但并非埃博拉病毒感染。专家据此分析，给出的诊断是：隐源性颅内感染引发癫痫病症。

而这一切，刘文森并不知道，就在他写下"遗书"当天，他把自己携带的保险箱密码记下来，交给前来看望的田成刚和王成宇，说："这保险箱里有1万美元，是我来时借公家的，我要是回不去了，请你们代我还给公家。另外我还有两千元人民币，是我媳妇硬塞给我的'零花钱'，她说因为要供儿子上大学，还要孝敬两家老人和家庭，平时对你抠得很紧，这次要出国了，说啥腰里也得装点零花钱。没想到来塞拉利昂一分钱也花不出去，麻烦你们回国后就把这零花钱代我还给我媳妇吧……"

两位战友听着为之动容：他分明是在交代"后事"啊！"不，文森，我们这个团队待完成肩负的使命回国时一个都不能少，一个都不会少！文森，你当然知道并坚信，我们在异国他乡并不是孤军作战，我们身后有一个正在崛起走向强大的祖国！"

精诚所至，金石为开。

奇迹出现了。

只是，不身临其境，你无法领略这个奇迹——是怎样不可思议地在一个从死亡线上抢夺过来的刘文森身上演绎得出神入化！

此次抢救被媒体称为"中国派遣海外执行任务人员突发重病抢救的一个范例"。通过这个范例，不能不令我们思考该如何建立一种前后方互动、伤病员会诊和后送的机制与体制，这种机制与体制的建立将对我国本土外军事与非军事任务医疗后勤保障提供有益的借鉴。

当刘文森又重新挺起胸膛走出"临时监护室"时，他想要表达的全部情感化作一个动作：张开双臂，与柏长青和医护人员紧紧地拥抱！一句暖意汹涌的话从胸膛里蹦出："柏主任啊，你比亲哥哥还亲！"

这是拯救生命的拥抱，坚强而美丽！

八

飞机又要起飞了，回到自己的祖国去。

还是来时的那架专机，机组人员和"空姐"们向登机的队员点头笑迎：欢迎中国队凯旋。显然，他们已得到中国队"打胜仗、零感染、首战告捷"

的消息。

经过整整两个月"实毒、实操、实战"的高危历练，并成功实现"零感染"，这要比美国提出的高科技战争"零伤亡"更具有拯救地球、警示人类、关爱生命的现实意义。

总后勤部政委刘源上将得知检测队成功实现"零感染"回国的捷讯后，挥笔写下这样的赞语：

"我们的同志挺身冒死的举动足以感动人心，给祖国争得荣光！"

在这"零感染"的背后，凝聚着中国援非检测队用忠诚饱蘸着热血青春写下的叙说不完、震撼心灵的故事，揭示着中国援非检测队在险恶处境中所承受巨大付出与考验，同时也印证着随队医生所面对的是怎样的挑战和敏捷应对的精湛医术。为保障全体队员不被感染而要实施严密的防控措施，似乎苛刻得不近人情，因为死亡的威胁无处不在，被感染的风险却又让你毫无知觉。尽管他让队员遵守规范、执行措施时的语气依旧是温和的，然而分明不容拒绝！

除此之外，在柏长青所作的《援非抗埃工作汇报》图表中还记录下处置多种突发疾病的一组数字：

发热13人次；癫痫大发作1人次；高血压3人次；疲劳综合症6人次；外伤5人次；股癣等皮肤病6人次；痔疮3人次；胆道疾病1人次；心律失常2人次；症疾1人次；伤寒2人次……同时，对驻地和一线区域有效实施了卫生防疫布控；为中资机构做出了力所能及的服务；协助后勤组实现了饮食安全与营养均衡。

这是柏长青在援非抗疫前线60多天主要工作的"清单"。它足以证明一位医者的天职与悲悯情怀对一支队伍的安危冷暖是多么弥足珍贵而不可或缺。这个"清单"就是一种凝聚力的象征，因为在这位富有魅力的随队医生身上就证实了这一点。仁心大爱是从医之道最宝贵的东西。

队员们由衷地称他为"幕后神医"。

柏长青始终铭记：我是医学队伍里普通一兵。

如期完成援非抗埃任务就要回国了。两个月的另类"生活"景象，已成为"过去时"，将很快会从人们"现在进行时"的生活中流逝。回忆，会成为一首咀嚼有味的诗：

他们不会忘记，在直面毒魔的每一天，从起床、洗漱、吃饭、乘车往返、战前准备、穿防护服、进P3车，对时间苛刻苛薄得都以分钟计算！

他们不会忘记，在实战对决的那一幕幕，总是怀着对生命的敬畏，极尽全力多检测一个血液样品，那情景如同以血肉之躯冲进枪林弹雨而义无反顾！

他们不会忘记，在抗击埃博拉这个"国际难题"搏弈中，中国队以怎样的胆识、果敢与智慧让国外同行的眼神里流露出惊喜和羡慕；每天往返路上，当地民众挥手高呼：中国来了，埃博拉走了！

他们更不会忘记，每当倒班轮换或乘车途中的间歇里，不管烈日烤得皮肤灼痛，还是滚雷闪电裹挟着大西洋的滔天巨浪，队员们任性的呼噜声竟也如此的甜美、酣畅、响亮！

每一滴汗水都是历练。

每一天时光都在生与死的搏击中成长。

每一次成功的检测与突破，都意味着队员们在用自己的生命来探求人类未解之谜。

应当说，首战告捷并成功实现"零感染"，这绝不仅仅是中国检测队的胜利，而是他们所代表的中国精神的胜利！

然而，跨国抗击埃博拉给人们以怎样的思考与启示？作为一个参与者、见证者能从这里带回去什么？……与队友们一起乘坐包机回国的随队医生柏长青，脑海里一直萦绕着缕缕思绪。

目前人类对埃博拉病毒的了解有多少？它最早的来源据说可能是果蝠或某种野生的鸟类，或是从果蝠传到其他一些动物身上，如森林羚羊、野猴子、狒狒、黑猩猩等灵长类动物，为什么这种病毒能够脱离动物宿主，在人际间传播？而非洲人有吃果蝠等野生动物的习惯，进而就感染上了病毒。当年的SARS（非典）疫情，认定果子狸是其元凶，现已研究表明，非典病毒的天然宿主是一种叫"菊花蝠"的蝙蝠，而非果子狸，果子狸只是非典病毒的中间宿主，也是受害者，蒙冤十年终沉冤得雪。而果蝠是世界上最大的蝙蝠，体型肥硕，比鸽子、鸭子还大。其脑袋长得像狐狸，并且有棕红色的皮毛，因此又叫"飞狐"。在媒体上人们看到，非洲人大啖烤熟的果蝠，吃得津津有味。有队友说，埃博拉病毒之所以比非典病毒毒性大，大概是因为果蝠比菊花蝠更狡猾。

一个不争的事实是，不论是埃博拉病毒，还是SARS非典、H7N9禽流感，或是其他流感病毒，都有一个共同的机制，那就是病毒在人体内引起了"细胞因子风暴"——即病毒入侵激起人类免疫系统的反应十分强烈，最终因免疫系统崩溃杀死了人。

人类只有一个地球。

我们都是地球的子民。

当今世界已进入信息化大数据时代，互联网把这个世界和人类活动压缩到一个微小的芯片里，人们感叹时空和速度真快，把居住的这个星球称为

"地球村"。而不断改头换面的病毒对地球村的袭扰，即是对"村民们"发出的一次次警告：人类破坏了生态环境，使一些原本很远的病毒离人越来越近！人类啊，你们要悔改！那么多被病毒吞噬生命的亡灵，还有直接威胁到人类生存的环境污染而导致的各种病患和不治之症，难道不足以引起你们的反省吗?!

在疫区通过药物对治疗埃博拉感染者的初步探讨，柏长青有了更深一步的体会和见解：

当火把人类同野兽区别开来，光明和温暖就成为人们须臾不可或缺的心灵呼唤，不管你是富有，还是贫穷。

长期以来人们误认为，埃博拉病毒只影响生活在贫困地域的人群，因而在相关领域研究的病毒学家和疫苗学家极少极少，尽管埃博拉有过几次爆发，但仅限于非洲几个国家范围内而被全球所忽视。所以有人说，埃博拉是个"贫穷病"。比如塞拉利昂，确实太穷了，政府和人民都没有钱。有的村庄因感染埃博拉死了不少人，当地政府派警力搞戒严，但把病人隔离起来后却没有饭吃，没有水喝，病人又一个一个逃了出来，捕捉到果蝠还照吃不误。从这个意义上说，埃博拉是个贫穷病。

但是，他说，当下全球交流如此密切，而埃博拉旅行无需签证，病毒传播无国界，唇亡则齿寒。

时至今日，埃博拉一边在西非横行霸道，一边把恐怖的触角伸向了北美、西欧和南亚，成为波及全球的重大公共卫生事件。这说明埃博拉已经不需要动物宿主了，具备了人际间传播的能力。如果说，在西非打的是贫穷病战役，并且已经部分失守了，埃博拉开始向外突围，向发达国家和发展中国家流窜，那么主战场就要转移到阔绰发达的西方了，那时就不再是贫穷病，而是"富裕病"了。

这无疑给中国敲响了警钟！

目前中国境内还没有发现埃博拉病毒感染者，但在全球化的今天，病毒的传播力远胜从前，如果不能从非洲这个源头上控制住病毒的传播，那么埃博拉迟早会来到中国。中国派遣首批检测队和医疗队赴西非开展检测、预防控制工作，除人道主义和中非友谊因素外，实际上这也是在保护我们自己。

作为一名长期从事呼吸疾病临床研究的专家，柏长青从一开始就意识到了：注定一辈子要与病毒做伴，由病毒通过飞沫传播引起的呼吸道传染病才是最难防控的传染病，因为这类病毒攻击的首要目标是人的呼吸系统，一切生命物种每时每刻都离不开呼吸，而对一个生命结束的断定是其已停止了呼吸。再从广义上讲，无论吃的、喝的、吸的、吐的，大凡一切"病从口入"

的疾病，都与他的"本行"息息相关。古人云"民以食为天"，但不能暴殄天物，饕餮盛宴，鸟兽草木什么都敢吃！但是，请记住：从过去的瘟疫、鼠疫再到非典、禽流感，直至埃博拉对人类的侵害，换一个反向的角度讲，正是这些病毒发起的一次又一次对人类的报复！

已经有一种声音，在这个世纪传唱了：珍爱生命，从我做起。

一个痴心关注"人类呼吸"的医学专家最崇尚的梦想是什么：放飞生命，让人类和地球自由地呼吸！

应该说，中国首批检测队和医疗队从撤离塞拉利昂的这一天，并不是抗击埃博拉的"结局"。

结局，尚未到来。

中国又派遣第二批、第三批向西非开进。

抗击埃博拉的战斗，仍将继续……

补记：

2014 年 12 月 30 日，中共中央总书记、国家主席、中央军委主席习近平向中国援非抗击埃博拉出血热疫情全体医疗队员致慰问信，向他们致以诚挚的问候，祝全体医疗队员新年好。

习近平在慰问信中指出，西非部分国家埃博拉出血热疫情发生以来，我国军地医务人员组成的援非医疗队，坚决贯彻党中央决策部署，奔赴西非抗疫前线，不畏艰险，救死扶伤，同所在国家人民一道，在病毒检测、病人留观和治疗、公共卫生防疫培训等方面取得显著成效，用实际行动体现了风雨同舟、患难与共的中非友好情谊，赢得了受援国家政府和人民赞誉，受到了国际社会好评。

习近平向继续奋战在西非抗击埃博拉一线的全体医疗队员提出殷切希望：希望你们牢记使命、再接再厉，努力实现"打胜仗、零感染"的目标，为中非友谊作出新的贡献，祖国和人民期待着你们胜利凯旋。

2015 年 2 月 27 日晚，《感动中国 2014 年度人物颁奖盛典》在央视播出，在接近尾声时，现场举行了一个隆重的特别致敬环节，致敬的对象，就是抗击埃博拉病毒中国援非医疗队。主持人宣布："感动中国 2014 年度特别致敬——抗击埃博拉病毒中国援非检测医疗队。"

[原载《中国作家》2016 年第 2 期（纪实版）]